EDIÇÕES BESTBOLSO

Uma fortuna perigosa

O escritor inglês Ken Follett nasceu m 1949 e estreou na literatura em 1978 com o livro *O buraco da agulha*. Com formação em filosofia e jornalismo, Follett escrevia ficção como hobby, nos fins de semana. Especialista em suspense e espionagem, passou também a produzir romances históricos no início da década de 1990.

Ken Follett

Uma fortuna perigosa

Tradução de
A. B. PINHEIRO DE LEMOS

2ª edição

EDIÇÕES
BestBolso

RIO DE JANEIRO – 2014

CIP-BRASIL. CATALOGAÇÃO NA FONTE
SINDICATO NACIONAL DOS EDITORES DE LIVROS, RJ

Follett, Ken, 1949-
F724f Uma fortuna perigosa / Ken Follett; tradução de A. B. Pinheiro
2ª ed. de Lemos. – Rio de Janeiro: BestBolso, 2014.
12 x 18cm

Tradução de: A Dangerous Fortune
ISBN 978-85-7799-302-4

1. Ficção inglesa. I. Lemos, A. B. Pinheiro de (Alfredo Barcellos Pinheiro de), 1938-. II. Título.

CDD: 823
12-2214 CDU: 821.111-3

Uma fortuna perigosa, de autoria de Ken Follett.
Título número 306 das Edições BestBolso.
Segunda edição impressa em março de 2014.
Texto revisado conforme o Acordo Ortográfico da Língua Portuguesa.

Título original inglês:
A DANGEROUS FORTUNE

www.edicoesbestbolso.com.br

Design de capa: Tita Nigrí.

Impresso no Brasil

ISBN 978-85-7799-302-4

Pela generosa ajuda na elaboração deste livro,
agradeço aos seguintes amigos, colegas e conhecidos:

Carole Baron, Joanna Bourke, Ben Braber, George Brennan,
Jackie Farber, Barbara Follett, Emanuele Follett, Katya Follett,
Michael Haskoll, Pam Mendez, M. J. Orbell, Richard Overy,
Dan Starer, Kim Turner, Ann Ward,
Jane Wood, Al Zuckerman.

Ken Follett
16 de março de 1993

Prólogo
1866

1.

No dia da tragédia, os meninos da Windfield School haviam sido confinados em seus quartos.

Era um sábado quente de maio, e normalmente passariam a tarde no campo do lado sul, alguns jogando críquete e outros assistindo à partida da margem ensombreada de Bishop's Wood. Mas um crime fora cometido. Seis soberanos de ouro haviam sido roubados da escrivaninha do Sr. Offerton, o mestre de latim, e a escola inteira se encontrava sob suspeita. Todos os meninos ficariam detidos em seus quartos até que o ladrão fosse descoberto.

Micky Miranda sentava-se a uma mesa escalavrada com as iniciais de gerações de estudantes entediados. Tinha nas mãos uma publicação do governo, *Equipamento de infantaria*. As gravuras de espadas, mosquetes e rifles costumavam fasciná-lo, mas agora estava sentindo muito calor para se concentrar. No outro lado da mesa, seu colega de quarto, Edward Pilaster, levantou os olhos de um livro de exercícios de latim. Copiava a tradução de Micky de uma página de Plutarco quando apontou um dedo sujo de tinta e disse:

– Não consigo ler esta palavra.

Micky deu uma olhada.

– Decapitado – disse ele. – É a mesma palavra em latim, *decapitare*. Micky achava o latim fácil, talvez porque muitas palavras fossem parecidas com o espanhol, a sua língua materna.

A pena de Edward continuou a deslizar sobre o papel. Micky levantou-se, irrequieto, e foi até a janela aberta. Não havia nenhuma brisa. Ele olhou ansioso através do pátio do estábulo para o bosque. Havia um poço ensombreado numa pedreira abandonada na extremidade norte de Bishop's Wood. A água era fria e profunda...

– Vamos nadar – propôs ele, subitamente.

– Não podemos – respondeu Edward.

– Poderíamos sair pela sinagoga.

A "sinagoga" era o quarto ao lado, partilhado por três garotos judeus. A Windfield School ensinava teologia, mas era tolerante com diferenças religiosas, motivo pelo qual atraía pais judeus, a família metodista de Edward e o pai católico de Micky. No entanto, apesar da posição oficial da escola, os garotos judeus sofriam um pouco de perseguição. Micky acrescentou:

– Passamos pela janela deles, descemos para o telhado da lavanderia, pulamos para o chão pelo lado sem janelas do estábulo e corremos para o bosque.

Edward parecia assustado.

– É a Listradora se você for apanhado.

A Listradora era a bengala de freixo usada com destreza pelo diretor, Dr. Poleson. A punição por violar o castigo eram 12 golpes dolorosos. Micky já fora açoitado uma vez pelo Dr. Poleson, por jogar a dinheiro, e ainda estremecia quando pensava a respeito. Mas a possibilidade de ser apanhado era remota, e a perspectiva de se despir e entrar nu no poço era tão urgente que ele quase podia sentir a água fria em sua pele suada.

Olhou para o companheiro de quarto. Edward não era muito apreciado na escola – era preguiçoso demais para ser bom aluno, desajeitado demais para se sair bem nos esportes e egoísta demais para fazer muitos amigos. Micky era o único amigo de Edward, e este o odiava sempre que ele passava um tempo na companhia de outros garotos.

– Vou perguntar se Pilkington quer ir – disse Micky, encaminhando-se para a porta.

– Não faça isso! – exclamou Edward, nervoso.

– Por que não? – indagou Micky. – Você está apavorado.

– Não estou apavorado – protestou Edward, sem muita lógica. – Preciso acabar o dever de latim.

– Então acabe enquanto vou nadar com Pilkington.

Edward pareceu obstinado por um momento, depois acabou cedendo, embora relutante:

– Está bem, vou com você.

Micky abriu a porta. Havia um rumor surdo por todo o prédio, mas não se via nenhum bedel no corredor. Ele correu para o quarto ao lado. Edward seguiu-o.

– Olá, hebreus – disse Micky.

Dois dos meninos jogavam cartas à mesa. Fitaram-no por um momento, depois continuaram o jogo sem dizer nada. O terceiro, Fatty Greenbourne, comia um bolo. A mãe lhe mandava comida o tempo todo.

– Olá, vocês dois – disse ele, afável. – Querem bolo?

– Por Deus, Greenbourne, você come como um porco! – disse Micky.

Fatty deu de ombros e tornou a se concentrar no bolo. Sofria muitas zombarias por ser gordo e judeu ainda por cima, mas nada parecia afetá-lo. Diziam que seu pai era o homem mais rico do mundo, e talvez isso o tornasse imune aos insultos, supunha Micky.

Micky foi até a janela, abriu-a e olhou ao redor. O pátio do estábulo estava deserto. Fatty perguntou:

– O que vocês vão fazer?

– Vamos nadar – respondeu Micky.

– Serão açoitados.

– Sei disso – murmurou Edward, lamuriento.

Micky sentou-se no peitoril da janela, virou-se de barriga para baixo, esticou-se para trás e deixou-se cair pelos poucos centímetros que o separavam do telhado inclinado da lavanderia. Teve a impressão de ouvir uma telha se partir, mas o telhado aguentou seu peso. Virou o rosto para cima e viu Edward olhando para ele na maior ansiedade.

– Desça logo! – disse Micky.

Ele arrastou-se pelo telhado e aproveitou um conveniente cano de escoamento para facilitar sua chegada ao chão. Um minuto depois, Edward estava ao seu lado.

Micky espiou pelo canto da parede da lavanderia. Não havia ninguém à vista. Sem mais hesitação, ele disparou pelo pátio do estábulo e entrou no bosque. Continuou a correr entre as árvores até estar certo de que ninguém mais podia avistá-lo dos prédios da escola e só então parou para descansar. Edward parou ao seu lado.

– Conseguimos! – exclamou Micky. – Ninguém nos viu!

– Provavelmente seremos apanhados na volta – murmurou Edward, sombrio.

Micky sorriu. Edward tinha uma típica aparência inglesa, cabelos louros lisos e olhos azuis e um nariz grande como uma faca de lâmina larga. Era grande, de ombros largos, forte mas sem muita coordenação. Não possuía a menor noção de elegância e se vestia de qualquer maneira. Ele e Micky tinham a mesma idade, 16 anos, mas em outros aspectos eram muito diferentes: Micky tinha cabelos pretos cacheados e olhos escuros, era meticuloso com a aparência e detestava andar desarrumado ou sujo.

– Confie em mim, Pilaster – disse Micky. – Não cuido sempre de você?

Edward sorriu, acalmando-se.

– Está certo. Vamos embora.

Seguiram através do bosque por uma trilha quase impossível de ver. Estava um pouco mais fresco sob as folhas das faias e dos olmos, e Micky começou a se sentir melhor.

– O que vai fazer neste verão? – perguntou a Edward.

– Costumamos ir para a Escócia em agosto.

– Sua família tem uma caixa de tiro ali?

Micky assimilara o jargão das classes altas inglesas e sabia que "caixa de tiro"" era o termo correto para indicar uma cabana de caça, ainda que a cabana em questão fosse um castelo de cinquenta cômodos.

– Alugamos uma propriedade – explicou Edward. – Mas não caçamos nada. Meu pai não é desportista.

Micky percebeu um tom defensivo na voz de Edward e tentou analisar seu significado. Sabia que a aristocracia inglesa gostava de atirar em aves em agosto e caçar raposas durante todo o inverno. Sabia também que os aristocratas não enviavam os filhos para aquela escola. Os pais dos meninos de Windfield eram homens de negócios e engenheiros, e não condes e bispos, e homens assim não tinham tempo a desperdiçar com caçadas. Os Pilaster eram banqueiros, e quando Edward dizia "Meu pai não é desportista" estava reconhecendo que sua família não ocupava a posição mais alta na hierarquia social.

Micky achava engraçado os ingleses respeitarem mais os ociosos do que as pessoas que trabalhavam. Em seu país, o respeito maior não era concedido nem aos nobres sem objetivos, nem aos homens de negócios que trabalhavam com afinco. O povo de Micky respeitava o poder acima de tudo. Se um homem tinha o poder de controlar outros – de alimentá-los ou deixá-los à míngua, aprisioná-los ou libertá-los, matá-los ou permitir que vivessem –, de que mais precisava?

– E você? – indagou Edward. – Como vai passar o verão?

Micky queria que ele fizesse essa pergunta.

– Aqui. Na escola.

– Vai passar as férias inteiras na escola outra vez?

– Tenho de passar. Não posso ir para casa. A viagem leva seis semanas... Eu teria de começar a voltar antes mesmo de chegar lá.

– Por Deus, isso não é fácil!

Na verdade, Micky não sentia o menor desejo de voltar. Detestava sua casa desde que a mãe morrera. Agora havia apenas homens lá: o pai, o irmão mais velho, Paulo, alguns tios e primos e quatrocentos vaqueiros. Papa era um herói para os homens e um estranho para Micky – frio, inacessível, impaciente. Mas o maior problema era o irmão de Micky. Paulo era burro, mas forte. Odiava Micky por ser mais esperto e gostava de humilhar o irmão caçula. Nunca perdia a oportunidade de provar a todos que Micky não era capaz de laçar novilhos, domar cavalos nem matar uma cobra com um tiro na cabeça. Sua brincadeira predileta era assustar o cavalo de Micky para que disparasse. Micky fechava os olhos, segurava-se nas rédeas com toda a força, apavorado, enquanto o cavalo corria freneticamente pelos pampas até se exaurir. Não, Micky não queria voltar para as férias em casa. Mas também não estava a fim de permanecer na escola. O que ele realmente desejava era ser convidado a passar o verão com a família Pilaster.

Edward, porém, não fez a sugestão de imediato, e Micky abandonou o assunto. Tinha certeza de que tornaria a surgir.

Pularam uma cerca de estacas podres e subiram por uma colina baixa. Assim que chegaram ao cume, encontraram o poço. Os lados bem talhados da pedreira eram íngremes, mas os meninos ágeis podiam encontrar um meio de descer. No fundo havia um poço de água verde e turva que continha sapos, rãs e uma ou outra cobra-d'água.

Para surpresa de Micky, já havia três garotos ali.

Ele contraiu os olhos por causa da claridade do sol que se refletia na superfície e olhou atentamente para os meninos nus. Os três eram da quarta série da Windfield.

A cabeleira ruiva pertencia a Antonio Silva, que, apesar dos cabelos, era um compatriota de Micky. O pai de Tonio não possuía tantas terras quanto o de Micky, mas os Silva residiam na capital e tinham amigos influentes. Como Micky, Tonio não podia ir para casa nas férias, mas era bastante afortunado por ter amigos na embaixada de Córdoba em Londres e, assim, não precisava ficar na escola durante todo o verão.

O segundo menino era Hugh Pilaster, primo de Edward. Não havia nenhuma semelhança entre eles – Hugh tinha cabelos pretos, feições delicadas e finas e quase sempre exibia um sorriso maroto. Edward ressentia-se de Hugh porque o primo era bom aluno, o que o fazia parecer o relapso da família.

O outro era Peter Middleton, um garoto um tanto tímido sempre ligado a Hugh, que era mais seguro de si. Os três tinham o corpo branco e sem pelos, próprio dos seus 13 anos, com braços e pernas finos.

Depois Micky viu o quarto menino. Ele nadava sozinho, no outro lado do poço. Era mais velho que os outros três e não dava a impressão de que viera com eles. Micky não conseguia ver seu rosto direito para identificá-lo.

Edward tinha um sorriso malicioso. Percebera a oportunidade de fazer uma brincadeira. Levou um dedo aos lábios pedindo silêncio e começou a descer pelo lado da pedreira. Micky foi atrás dele.

Chegaram à saliência da rocha em que os garotos menores haviam deixado suas roupas. Tonio e Hugh estavam mergulhando, investigando alguma coisa, enquanto Peter nadava sozinho de um lado para o outro, e foi ele o primeiro a avistar os recém-chegados.

– Essa não! – exclamou Peter.

– Ei, vocês não estão violando o castigo? – gritou Edward.

Hugh Pilaster notou que era o primo e respondeu:

– E vocês também!

– É melhor voltarem antes que sejam apanhados! – Edward pegou uma das calças no chão. – Mas tomem cuidado para não molharem as roupas, ou todos saberão onde estiveram!

No instante seguinte, ele jogou a calça no meio do poço e caiu na gargalhada.

– Seu desgraçado! – berrou Peter, nadando para pegar a calça, que flutuava.

Micky sorria, divertindo-se.

Edward pegou uma botina e arremessou-a.

Os meninos menores começaram a entrar em pânico. Edward pegou outra calça, jogou-a na água. Achava hilariante ver as três vítimas berrando e mergulhando para buscar suas roupas, e Micky caiu na gargalhada.

Enquanto Edward continuava a lançar botinas e rouυas no poço, Hugh Pilaster saiu da água. Micky esperava que ele fugisse, mas inesperadamente Hugh foi para cima de Edward. Antes que este pudesse se virar, Hugh deu-lhe um violento empurrão. Embora Edward fosse muito maior, ele estava meio desequilibrado quando levou o golpe. Cambaleou na saliência da rocha por um instante e caiu no poço fazendo o maior barulho.

Tudo aconteceu muito depressa. Hugh recolheu as roupas que ainda estavam ali e subiu pela encosta da pedreira como um macaco. Peter e Tonio caíram na gargalhada, zombando de Edward.

Micky perseguiu Hugh por um momento, mas logo compreendeu que não tinha chance de alcançar um menino menor e mais ágil. Ao se virar para trás, olhou para ver se Edward estava bem. Nem precisava ter se preocupado. Edward subira à tona. Agarrara Peter Middleton e começara a empurrar a cabeça do garoto para dentro d'água várias vezes, punindo-o pela risada zombeteira.

Tonio nadou para longe e chegou à beirada do poço, segurando um punhado de roupas encharcadas. Virou-se para olhar o que acontecia lá atrás.

– Deixe-o em paz, seu macaco grande! – gritou ele para Edward.

Tonio sempre fora temerário, e Micky se perguntou o que ele faria agora. Tonio se afastou um pouco mais pela lateral do poço e tornou a se virar, com uma pedra na mão. Micky berrou uma advertência para Edward, mas já era tarde demais. Tonio arremessou a pedra com uma precisão surpreendente, acertando Edward na cabeça. Uma mancha de sangue apareceu na sua testa.

Edward soltou um grito de dor, largou Peter e começou a atravessar o poço em busca de Tonio.

II.

Hugh correu nu pelo bosque na direção da escola, segurando o que restava de suas roupas, tentando ignorar a dor nos pés, que estavam descalços no terreno acidentado. Quando chegou ao ponto em que outra trilha se cruzava com a sua, ele virou à esquerda, correu mais um pouco e depois mergulhou nas moitas, escondendo-se.

Esperou, tentando acalmar a respiração ofegante, e ficou escutando atentamente. Seu primo Edward e o amigo dele, Micky Miranda, eram os piores animais de toda a escola – preguiçosos, maus desportistas, valentões. A única coisa a fazer era ficar longe deles. Mas Hugh tinha certeza de que Edward viria em seu encalço. O primo sempre o odiara.

Seus pais também haviam brigado. O pai de Hugh, Toby, tirara seu capital dos negócios da família e iniciara seu próprio empreendimento comercializando tintas para a indústria têxtil. Embora só tivesse 13 anos, Hugh sabia que o pior crime na família Pilaster era tirar seu capital do banco. O pai de Edward, Joseph, nunca perdoara o irmão.

Hugh se perguntou o que teria acontecido com seus amigos. Eram quatro no poço antes de Micky e Edward aparecerem: ele, Tonio e Peter se divertiam num lado do poço, e um garoto mais velho, Albert Cammel, nadava sozinho no outro lado.

Tonio era normalmente corajoso, ao ponto da temeridade, mas tinha pavor de Micky Miranda. Eles eram do mesmo lugar, um país sul-americano chamado Córdoba, e Tonio dissera que a família de Micky era poderosa e cruel. Hugh não compreendia direito o que isso significava, mas o efeito era impressionante: Tonio podia ser insolente com os outros garotos da quinta série, no entanto era sempre educado com Micky, até mesmo subserviente.

Peter devia estar aterrorizado, tinha medo da própria sombra Hugh esperava que ele tivesse fugido dos valentões.

Albert Cammel, apelidado Hump, não estava com Hugh e seus amigos e deixara as roupas num lugar diferente; por isso era provável que tivesse escapado.

Hugh também fugira, mas ainda não estava livre dos problemas Perdera as roupas de baixo, meias e botinas. Teria de se esgueirar para a escola com a camisa e a calça encharcadas e torcer para não ser visto por um bedel nem por um dos garotos mais velhos. Só de pensar nisso soltou um grunhido alto. Por que essas coisas sempre acontecem comigo?, perguntou a si mesmo, angustiado.

Vinha se metendo em encrencas desde que chegara a Windfield, 18 meses antes. Não tinha problemas com os estudos – dedicava-se muito e era sempre o primeiro da turma em todas as provas. Mas as pequenas regras o irritavam além da razão. Embora fosse obrigado a se deitar todas as noites às 21h45, sempre encontrava um motivo compulsivo para permanecer de pé até as 22h15. Descobrira que os lugares proibidos eram irresistíveis e sentia-se tentado a explorar o jardim do presbitério, o pomar da diretoria, o depósito de carvão e a adega de cerveja. Corria quando deveria andar, lia quando deveria dormir e conversava durante as orações. E sempre acabava daquele jeito, culpado e assustado, especulando por que se deixara levar a tanto sofrimento.

O bosque continuou silencioso por vários minutos enquanto ele refletia sombriamente sobre seu destino, imaginando se terminaria como um pária da sociedade ou até mesmo como um criminoso, metido na cadeia, banido para a Austrália ou enforcado.

Acabou chegando à conclusão de que Edward não viria em seu encalço. Levantou-se, vestiu a calça e a camisa molhadas. Foi nesse instante que ouviu alguém chorando.

Cauteloso, deu uma espiada... e viu os cabelos ruivos de Tonio. Seu amigo caminhava devagar pela trilha, nu, todo molhado, carregando as roupas e soluçando.

– O que aconteceu? – perguntou Hugh. – Onde está Peter?

Tonio explodiu subitamente:

– Não vou contar nunca! Eles me matariam!

– Tudo bem, não precisa me contar.

Como sempre, Tonio sentia pavor de Micky, por isso jamais revelaria o que ocorrera, fosse o que fosse. Hugh acrescentou, pragmático:

– É melhor você se vestir.

Tonio olhou apático para a trouxa de roupas encharcadas em seus braços. Parecia chocado ao separá-las. Hugh pegou as peças. Ali estavam as botinas e a calça, apenas uma meia, e faltava a camisa. Ajudou o amigo a vestir o que ele trouxera e depois seguiram para a escola.

Tonio parou de chorar, embora ainda permanecesse abalado. Hugh torcia para que os valentões não tivessem feito algo horrível com Peter. Mas naquele momento não podia deixar de pensar que precisava salvar a própria pele.

– Se conseguirmos entrar no dormitório sem que ninguém nos veja, poderemos vestir roupas limpas e calçar as botinas de reserva – disse ele, planejando com antecedência. – E depois, assim que o castigo for suspenso, iremos até a cidade e compraremos roupas novas a crédito na Baxted's.

Tonio fez um aceno de cabeça e murmurou, apático:

– Está certo.

Enquanto seguiam entre as árvores, Hugh especulou de novo por que Tonio estava tão transtornado. Afinal, a brutalidade dos garotos mais velhos não era novidade em Windfield. O que teria acontecido no poço depois que Hugh escapara? Tonio, porém, não disse mais nada a respeito do assunto durante todo o caminho de volta.

A escola era um conjunto de seis prédios que já tinham sido o núcleo de uma grande fazenda. O dormitório deles era na antiga leiteria, perto da capela. Para chegar lá, tinham de pular um muro e atravessar a quadra de *fives*, jogo de bola parecido com o handebol. Subiram o muro e espiaram. O pátio estava deserto, como Hugh esperava, ainda assim ele hesitou. A ideia da Listradora acertando seu traseiro o deixava arrepiado. Mas não havia opção. Ele tinha de voltar à escola e vestir roupas secas.

– Tudo limpo – sussurrou ele. – Vamos embora!

Pularam o muro juntos e correram através do pátio para a sombra fresca da capela de pedra. Até ali, tudo bem. Esgueiraram-se em torno do lado leste, quase colados na parede. Depois correram pelo caminho principal, a fim de entrar no dormitório. Hugh parou por um instante. Não havia ninguém à vista.

– Agora! – disse ele.

Os dois meninos saíram correndo. No instante em que alcançaram a porta se deu o desastre. Uma voz familiar e autoritária gritou:

– Pilaster mais jovem! É você?

Hugh compreendeu então que estava perdido. O Sr. Offerton escolhera aquele exato momento para sair da capela e agora se achava parado na sombra do pórtico, uma figura alta e mal-humorada usando a túnica do colégio e barrete na cabeça. Hugh reprimiu um gemido. O Sr. Offerton, cujo dinheiro fora roubado, era o menos propenso entre todos os mestres a demonstrar misericórdia. Seria mesmo a Listradora. Os músculos de seu traseiro se contraíram involuntariamente.

– Venha até aqui, Pilaster – ordenou o Sr. Offerton.

Hugh se aproximou, arrastando os pés, com Tonio logo atrás. *Por que assumo esses riscos?*, pensou Hugh, angustiado.

– Para o gabinete do diretor, agora mesmo – acrescentou o Sr. Offerton.

– Pois não, senhor – balbuciou Hugh, desesperado.

A situação ia ficando cada vez pior. Quando o diretor visse como ele estava vestido, era possível que o expulsasse da escola. E como explicaria isso à sua mãe?

– Vá logo! – insistiu o mestre, impaciente.

Os dois meninos se adiantaram, mas o Sr. Offerton acrescentou:

– Você não, Silva.

Hugh e Tonio trocaram um olhar rápido de perplexidade. Por que Hugh deveria ser punido e Tonio, não? Mas não podiam questionar as ordens, e Tonio escapuliu para o dormitório, enquanto Hugh era conduzido à casa do diretor.

Já podia sentir a Listradora. Sabia que choraria, e isso seria ainda pior do que a dor, pois aos 13 anos de idade se considerava velho demais para chorar.

A casa do diretor ficava no outro lado da escola, e Hugh foi andando bem devagar; mas chegou lá cedo demais, e a criada abriu a porta um segundo depois que ele tocou a campainha.

Encontrou o Dr. Poleson no vestíbulo. O diretor era calvo, com uma cara de buldogue, mas por algum motivo não parecia tão furioso quanto deveria estar. Em vez de perguntar por que Hugh saíra de seu quarto e estava todo molhado, ele apenas abriu a porta de seu gabinete e disse em voz baixa:

– Entre, jovem Pilaster.

Não restava a menor dúvida de que ele estava poupando a raiva para a aplicação do castigo. Hugh entrou, com o coração disparado.

Ficou atônito ao ver sua mãe sentada ali.

Pior ainda, ela estava chorando.

– Mas eu só fui nadar um pouco! – balbuciou Hugh.

A porta foi fechada às suas costas, e ele percebeu que o diretor não entrara com ele.

Depois, começou a compreender que aquilo nada tinha a ver com a violação do castigo para ir nadar, a perda das roupas e o fato de se encontrar seminu.

Teve o terrível pressentimento de que era muito pior do que isso.

– Mãe, o que aconteceu? Por que veio até aqui?

– Ah, Hugh – soluçou ela –, seu pai morreu.

III.

Sábado era o melhor dia da semana para Maisie Robinson. No sábado, seu pai recebia o pagamento. Naquela noite haveria carne para a ceia e pão fresco.

Ela sentou-se no degrau da frente, com o irmão Danny, esperando que o pai voltasse do trabalho. Danny tinha 13 anos, dois a mais que Maisie, e ela o achava maravilhoso, embora nem sempre o irmão a tratasse com gentileza.

A casa situava-se numa rua de habitações úmidas e sem ventilação, no bairro do cais de uma pequena cidade na costa nordeste da Inglaterra. Pertencia à Sra. MacNeil, uma viúva. Ela residia no quarto da frente, no primeiro andar. Os Robinson viviam no quarto dos fundos e outra família ocupava o segundo andar. Na hora em que o pai de Maisie chegasse em casa, a Sra. MacNeil estaria na porta, esperando para receber o aluguel.

Maisie estava com fome. No dia anterior suplicara ao açougueiro que lhe desse alguns ossos quebrados. Seu pai tinha comprado um nabo e fez um ensopado. Essa fora a sua última refeição. Mas hoje era sábado!

Ela tentou não pensar no jantar, pois isso só aumentava a dor em seu estômago. A fim de afastar os pensamentos de comida, ela disse a Danny:

– Papa praguejou esta manhã.

– O que ele disse?

– Falou que a Sra. MacNeil é um *paskudniak*.

Danny riu. A palavra significava saco de merda. As duas crianças falavam inglês fluentemente depois de um ano no novo país, mas ainda se lembravam do iídiche.

Na verdade, o nome da família não era Robinson, mas Rabinowicz. A Sra. MacNeil passara a odiá-los desde que descobrira que eram judeus. Jamais conhecera qualquer judeu antes e, quando alugou o quarto, pensou que fossem franceses. Não havia outros judeus na cidade. Os Robinson também não tinham a intenção de ir para lá. Eles haviam comprado passagem para um lugar chamado Manchester, onde viviam muitos judeus, porém o capitão do navio os enganara dizendo-lhes que Manchester era ali. Ao descobrir que estavam no lugar errado, Papa disse que teriam de economizar bastante dinheiro para irem até Manchester, mas depois Mama ficou doente. E ainda estava, e eles continuaram ali.

O emprego de Papa era no cais, num armazém bem alto que tinha a inscrição *Tobias Pilaster & Co.* em letras grandes acima do portão. Maisie se perguntara muitas vezes quem seria Co. Papa trabalhava como escriturário mantendo os registros dos barris de tintas que entravam no prédio e saíam dele. Era um homem meticuloso, fazia anotações e elaborava listas. Mama era o inverso. Sempre fora a ousada. Foi ela quem quis se mudar para a Inglaterra. Adorava festas, viajar, conhecer novas pessoas, arrumar-se toda, participar de jogos.

Era por isto que Papa a amava tanto, pensou Maisie: porque ela era algo que ele nunca poderia ser.

Mama não era mais tão animada. Passava o dia inteiro deitada no colchão velho, dormindo e acordando, o rosto pálido brilhando de suor, o hálito quente e malcheiroso. O médico dissera que ela precisava se fortalecer comendo muitos ovos frescos, nata e carne todos os dias; depois, Papa o pagara com o dinheiro do jantar daquela noite. Agora, Maisie sentia-se culpada toda vez que comia, sabendo que assim tirava o alimento que poderia salvar a vida de sua mãe.

Maisie e Danny haviam aprendido a roubar. No dia do mercado, iam para o centro da cidade e furtavam batatas e maçãs das barracas armadas na praça. Os vendedores ficavam atentos, mas de vez em quando se distraíam com alguma coisa – uma discussão pelo troco, uma briga de cães, um bêbado – e as crianças agarravam o que podiam. Quando a sorte as ajudava, encontravam um garoto rico, da idade deles; tratavam então de cercá-lo e roubá-lo. Assim, os dois sempre tinham uma laranja ou um saco de balas no bolso, até mesmo algumas moedas. Maisie temia ser apanhada, porque sabia que Mama ficaria muito envergonhada, mas também sentia fome.

Ela ergueu os olhos e viu alguns homens se aproximando pela rua num grupo. Ficou imaginando quem seriam. Ainda era muito cedo para os trabalhadores das docas voltarem para casa. Eles falavam com vozes iradas, acenavam com os braços, sacudiam os punhos cerrados. Quando estavam mais próximos, Maisie reconheceu o Sr. Ross, que morava no segundo andar e trabalhava junto com Papa na Pilaster. Por que ele não estava no armazém? Teria sido despedido? Parecia furioso o bastante para isso. Tinha o rosto vermelho e suava muito, falava sobre pessoas burras, sanguessugas miseráveis e desgraçados mentirosos. Quando o grupo passou pela casa, o Sr. Ross deixou-os abruptamente e entrou. Maisie e Danny tiveram de se desviar apressados para evitar suas botinas pregadas com tachas.

Quando Maisie tornou a erguer os olhos, ela viu Papa. Um homem magro, de barba negra e cabelos castanho-claros, ele seguia os outros a distância, andando de cabeça baixa. Parecia tão desolado e desesperado que Maisie sentiu vontade de chorar.

– Papa, o que aconteceu? – perguntou ela. – Por que voltou para casa mais cedo?

– Vamos entrar – murmurou ele, a voz tão baixa que Maisie mal conseguia ouvir.

As duas crianças acompanharam-no até os fundos da casa. Ele ajoelhou-se ao lado do colchão e beijou os lábios de Mama. Ela despertou, sorriu. Papa não retribuiu o sorriso.

– A firma quebrou – anunciou ele, falando em iídiche. – Toby Pilaster foi à falência.

Maisie não sabia direito o que isso significava, mas o tom de voz de Papa fazia com que parecesse um desastre.

– Mas por quê? – perguntou Mama.

– Houve um craque financeiro – explicou Papa. – Um grande banco de Londres quebrou ontem.

Mama franziu as sobrancelhas, num esforço para se concentrar.

– Mas não estamos em Londres – disse ela. – O que Londres tem a ver com a gente?

– Não sei dos detalhes.

– Então não tem mais trabalho?

– Nem trabalho, nem pagamento.

– Mas hoje eles pagaram a você.

Papa baixou a cabeça.

– Não, não pagaram.

Maisie tornou a olhar para Danny. Isso eles compreendiam. A falta de dinheiro significava que não haveria comida. Danny parecia apavorado. Maisie sentiu vontade de chorar.

– Eles são obrigados a pagar – sussurrou Mama. – Você trabalhou a semana inteira. Eles têm de pagar.

– Eles não têm dinheiro. É isso o que "falido" significa, que você deve dinheiro às pessoas e não pode pagar.

– Mas o Sr. Pilaster é um bom homem, você sempre disse.

– Toby Pilaster está morto. Enforcou-se ontem à noite em seu escritório em Londres. Tinha um filho da idade de Danny.

– Mas como vamos alimentar nossos filhos?

– Não sei.

Para o horror de Maisie, Papa começou a chorar. As lágrimas escorriam para sua barba, enquanto ele acrescentava:

– Desculpe, Sarah. Eu a trouxe para este lugar horrível, onde não há judeus, ninguém para nos ajudar. Não posso pagar o médico, não posso comprar remédios, não posso alimentar nossos filhos. Eu falhei. Sinto muito, sinto muito...

Ele inclinou-se para frente, comprimiu o rosto molhado contra o peito de Mama. Ela afagou seus cabelos com a mão trêmula.

Maisie estava consternada. Papa nunca chorava. Aquilo parecia significar o fim de qualquer esperança. Talvez todos morressem agora.

Danny levantou-se, olhou para Maisie, sacudiu a cabeça na direção da porta. Ela também se levantou; saíram juntos do quarto, na ponta dos pés. Maisie sentou-se no degrau da frente e começou a chorar.

– O que vamos fazer? – murmurou ela.

– Teremos de fugir – respondeu Danny.

As palavras de Danny provocaram uma sensação de frio no peito da irmã.

– Não podemos.

– Devemos. Não há comida. Se ficarmos, morreremos.

Maisie não se importava se morresse, mas um pensamento diferente ocorreu-lhe: Mama com certeza passaria fome para alimentar os filhos. Se ficassem, ela morreria. Tinham de ir embora para salvá-la.

– Tem razão – disse ela. – Se partirmos, talvez Papa consiga arrumar comida suficiente para Mama. Temos de ir embora, pelo bem dela.

Quando se ouviu dizendo essas palavras, Maisie ficou abalada pelo que estava acontecendo com sua família. Era ainda pior do que o dia em que haviam deixado Viskis, com as casas da aldeia ainda em chamas, e embarcaram num trem frio, com todos os seus pertences em dois sacos de pano de vela; pois naquela ocasião sabia que Papa sempre cuidaria dela, não importava o que mais pudesse acontecer, e agora precisava tomar conta de si mesma.

– Para onde iremos? – perguntou ela, num sussurro.

– Eu vou para a América.

– América? Como?

– Há um navio no porto que vai para Boston com a maré da manhã.... Vou subir por uma corda hoje à noite e me esconder num dos escaleres no convés.

– Vai viajar como clandestino – murmurou Maisie, com medo e admiração na voz.

– Isso mesmo.

Olhando para o irmão, ela percebeu pela primeira vez que havia a sombra de um bigode começando a aparecer no seu lábio superior. Ele estava se tornando um homem, e um dia teria uma barba negra cheia como a de Papa.

– Quanto tempo leva para se chegar à América, Danny?

Ele hesitou, fez uma cara de tolo e balbuciou:

– Não sei.

Maisie compreendeu que não estava incluída nos planos do irmão e se sentiu infeliz e assustada.

– Não vamos juntos, então – disse ela, com tristeza.

Danny assumiu uma expressão de culpado, mas não a contestou.

– Vou lhe dizer o que você deve fazer, Maisie. Vá para Newcastle. Pode chegar lá em cerca de quatro dias de caminhada. É uma cidade enorme, maior do que Gdansk, ninguém vai notar a sua presença. Corte os cabelos, roube uma calça e finja que é um menino. Procure um estábulo grande e ajude com os cavalos... sempre foi boa com eles. Se gostarem de você, vão lhe dar gorjetas e, depois de um tempo, podem até lhe arranjar um emprego adequado.

Maisie não conseguia imaginar a perspectiva de ficar completamente só.

– Prefiro ir com você, Danny.

– Não pode. Já vai ser bastante difícil sozinho, tendo de me esconder no navio, roubar comida, e assim por diante. Não teria condições de cuidar de você também.

– Não precisaria cuidar de mim. Eu ficaria quieta como um camundongo.

– Eu me preocuparia com você.

– E não se preocupa em me deixar aqui sozinha?

– Temos de cuidar de nós mesmos! – exclamou Danny, irritado.

Maisie compreendeu que o irmão já tomara sua decisão. Ela nunca fora capaz de dissuadi-lo de nada depois que ele se decidia. Com temor no coração, ela sussurrou:

– Quando devemos partir? Pela manhã?

Ele balançou a cabeça.

– Agora. Terei de entrar no navio assim que escurecer.

– Está realmente falando sério?

– É claro.

Como para se quisesse provar isso, ele levantou-se. Maisie também ficou de pé.

– Devemos levar alguma coisa?

– O quê?

Ela deu de ombros. Não tinha outra muda de roupa nem objetos pessoais. Não havia comida nem dinheiro para levar.

– Quero dar um beijo de despedida na mamãe.

– Não faça isso – disse Danny, em tom ríspido. – Se fizer, vai ficar.

Era verdade. Se ela visse Mama agora, perderia a coragem e contaria tudo. Maisie engoliu em seco.

– Tem razão – balbuciou ela, reprimindo as lágrimas. – Estou pronta.

Eles se afastaram, andando lado a lado.

Quando chegaram ao fim da rua, Maisie teve vontade de se virar, lançar um último olhar para a casa; mas sentiu medo de titubear se fizesse isso, e assim continuou a andar, sem olhar para trás.

IV.

Do *The Times:*

O CARÁTER DO COLEGIAL INGLÊS – O juiz sumariante de Asliton, o Sr. H. S. Wasbrough, realizou ontem uma audiência no Station Hotel, Windfield, sobre a morte de Peter James St. John Middleton, de 13 anos, um colegial. O menino nadava num poço numa pedreira abandonada, perto da

Windfield School, quando dois meninos mais velhos o viram aparentemente em dificuldades, como foi testemunhado na audiência. Um dos meninos mais velhos, Miguel Miranda, natural de Córdoba, declarou que seu companheiro, Edward Pilaster, de 15 anos, despiu-se e mergulhou, a fim de tentar salvar o menino mais jovem, mas em vão. O diretor da escola, Dr. Herbert Poleson, declarou que o acesso à pedreira era proibido aos alunos, porém sabia que a regra nem sempre era obedecida. O júri apresentou um veredicto de morte acidental por afogamento. O juiz sumariante destacou a bravura de Edward Pilaster ao tentar salvar a vida do amigo e disse que o caráter do colegial inglês, quando formado por instituições como a Windfield, era uma coisa de que podíamos nos orgulhar.

V.

Micky Miranda ficou fascinado pela mãe de Edward.

Augusta Pilaster era alta e escultural, beirando os 30 anos. Tinha sobrancelhas e cabelos pretos, um rosto altivo, de malares salientes, o nariz reto e afilado, um queixo forte. Não chegava a ser linda, nem mesmo bonita, mas de certa forma aquele rosto orgulhoso exercia um profundo fascínio. Ela compareceu à audiência usando um casaco preto e um chapéu também preto, e isso fez com que parecesse ainda mais expressiva. E, no entanto, o mais encantador era a sensação incontestável que ela transmitia a Micky de que as roupas formais cobriam um corpo voluptuoso e que a atitude arrogante e autoritária escondia uma natureza ardente. Ele mal conseguia desviar os olhos daquela mulher.

Ao seu lado se sentou o marido, Joseph, o pai de Edward, um homem feio, de rosto amargo, beirando os 40 anos. Como Edward, tinha o nariz largo e a pele clara, mas os cabelos louros já haviam recuado bastante no alto da cabeça, e ele usava fartas costeletas que se projetavam das bochechas como que para compensar a calvície. Micky não pôde deixar de se perguntar o que levara uma mulher tão espetacular a se casar com um homem assim. Ele era muito rico, talvez fosse isso.

Estavam voltando para a escola numa carruagem alugada no Station Hotel – o Sr. e a Sra. Pilaster, Edward e Micky, e o diretor, o Dr. Poleson. Micky achou graça ao perceber que o diretor também se encantara com Augusta Pilaster. O velho Pole perguntou se a audiência a cansara, indagou se ela se sentia confortável na carruagem, ordenou ao cocheiro que fosse mais devagar e se apressou em saltar primeiro no fim do percurso para ter a emoção de segurar sua mão quando ela desembarcou. O rosto de buldogue nunca parecera tão animado.

A audiência transcorrera sem problemas. Micky exibira sua expressão mais franca e honesta ao contar a história inventada por ele e Edward, mas no fundo ficara apavorado. Os britânicos podiam ser muito rigorosos quando se tratava de dizer a verdade, e ele estaria perdido se descobrissem o que de fato acontecera. O tribunal, no entanto, se mostrara tão maravilhado com o relato de heroísmo do colegial que ninguém o questionara. Edward estava nervoso e gaguejara em seu depoimento, porém o juiz o desculpara, sugerindo que ele encontrava-se transtornado por não ter sido capaz de salvar a vida de Peter e insistindo que não deveria se culpar por isso.

Nenhum dos outros meninos fora chamado para a audiência. Hugh deixara a escola no dia do afogamento por causa da morte do pai. Tonio não fora convocado a prestar depoimento porque ninguém sabia que ele testemunhara a morte; além disso, Micky o intimidara a se manter em silêncio. A outra testemunha, o menino desconhecido que nadava no outro lado do poço, não se manifestara.

Os pais de Peter Middleton estavam abalados demais para comparecer. Enviaram seu advogado, um velho sonolento, cujo único objetivo era abafar todo o incidente, com um mínimo de estardalhaço. O irmão mais velho de Peter, David, que compareceu à audiência, ficou indignado quando o advogado se recusou a fazer perguntas a Micky e a Edward. Para alívio de Micky, o velho rejeitara os protestos sussurrados de David. Micky sentira-se grato pela indolência do advogado. Ele estava preparado para um interrogatório da outra parte, mas Edward poderia desmoronar nessa situação.

Na sala de visitas empoeirada do diretor, a Sra. Pilaster abraçou Edward e beijou o ferimento em sua testa, onde a pedra arremessada por Tonio o atingira.

– Meu pobre menino – murmurou ela.

Micky e Edward não haviam contado a ninguém que Tonio o acertara com uma pedra, pois nesse caso teriam de explicar o motivo. Em vez disso, disseram que Edward batera com a cabeça ao mergulhar para salvar Peter. E Tonio se calara, com medo de Micky.

Enquanto tomavam o chá, Micky viu uma nova faceta de Edward. A mãe, sentada ao seu lado no sofá, tocava-o a todo instante, chamava-o de Teddy. Em vez de se mostrar constrangido, como aconteceria com a maioria dos garotos, ele parecia gostar e reagia aos afagos da mãe com um sorriso cativante, que Micky nunca vira antes. *Ela se baba pelo filho, e ele adora*, pensou Micky.

Após alguns minutos de conversa fiada, a Sra. Pilaster levantou-se abruptamente, surpreendendo os homens, que também ficaram de pé.

– Tenho certeza de que o senhor deseja fumar, Dr. Poleson.

Sem esperar por uma resposta, ela acrescentou:

– O Sr. Pilaster o acompanhará numa volta pelo jardim e poderá também fumar um charuto. Teddy, querido, vá com seu pai. Eu gostaria de passar alguns minutos sozinha na capela. Talvez Micky possa me mostrar o caminho.

– Certamente, certamente, certamente – gaguejou o diretor, demonstrando toda a sua ansiedade em concordar com aquela série de ordens. – Vá, Miranda.

Micky ficou impressionado. Sem o menor esforço, ela impusera sua vontade a todos! Ele abriu a porta para ela e saiu atrás.

No vestíbulo, perguntou gentilmente:

– Gostaria que eu providenciasse uma sombrinha, Sra. Pilaster? O sol está muito forte.

– Não, obrigada.

Chegaram ao lado de fora. Havia muitos meninos nas proximidades da casa do diretor. Micky supôs que a notícia sobre a deslumbrante mãe de Edward se espalhara e todos queriam contemplá-la. Sentindo-se feliz por acompanhá-la, ele a conduziu através de pátios e quadras gramadas até a capela da escola.

– Devo esperá-la aqui fora, Sra. Pilaster?

– Entre. Quero conversar com você.

Ele começou a se sentir nervoso. O prazer de acompanhar uma atraente mulher madura pela escola se desvaneceu, e Micky se perguntou por que ela queria conversar com ele a sós.

A capela estava vazia. Ela sentou-se num banco no fundo, convidou-o a sentar-se ao seu lado e disse, olhando diretamente para os seus olhos:

– Agora me conte a verdade.

AUGUSTA PERCEBEU O LAMPEJO de surpresa e medo no rosto do garoto, e compreendeu que acertara em cheio. Mas Micky recuperou-se num instante.

– Já contei a verdade.

Ela balançou a cabeça.

– Não, não contou.

Ele sorriu.

O sorriso pegou-a de surpresa. Acuara-o de forma inesperada. Sabia que o pusera na defensiva, ainda assim o garoto lhe sorria. Poucos homens conseguiam resistir à força de sua vontade, mas parecia que ele era uma exceção, apesar de sua juventude.

– Quantos anos você tem, Micky?

– Dezesseis.

Augusta observou-o atentamente. Ele era escandalosamente bonito, com cabelos castanho-escuros cacheados, a pele macia, embora já houvesse uma insinuação de declínio nas pálpebras largas e nos lábios cheios. Lembrava-lhe um pouco o conde de Strang, com seu controle e beleza... Ela tratou de afastar esse pensamento, com uma pontada de culpa.

– Peter Middleton não estava em dificuldades quando vocês chegaram ao poço – disse ela. – Nadava tranquilo e feliz.

– Por que diz isso? – perguntou Micky, friamente.

Augusta podia sentir que ele estava apavorado, mas ainda assim mantinha a compostura. Era de fato um garoto bastante maduro. Involuntariamente, ela se viu revelando mais do que pretendia.

– Esquece que Hugh Pilaster também estava lá? Ele é meu sobrinho. O pai se matou na semana passada, como já deve saber, e é por isso que ele deixou a escola. Mas Hugh falou com a mãe, que é minha cunhada.

– O que ele disse?

Augusta franziu as sobrancelhas:

– Disse que Edward jogou as roupas de Peter no poço.

Ela não conseguia entender por que Teddy fizera uma coisa assim.

– E depois?

Augusta sorriu. O menino estava assumindo o comando da conversa. Ela é que deveria interrogá-lo, mas acontecia o inverso.

– Quero apenas que me conte o que aconteceu.

Micky balançou a cabeça.

– Está bem.

Quando ele disse isso, Augusta ficou aliviada, mas também preocupada. Queria saber a verdade, porém ao mesmo tempo a temia. Pobre Teddy... Ele quase morrera quando bebê porque havia algo errado com o leite de Augusta. Definhara a olhos vistos antes que os médicos descobrissem a natureza do problema e recomendassem uma ama de leite. Desde então, Teddy sempre fora vulnerável, precisando de sua atenção especial. Se dependesse dela, o filho não teria ido para um colégio interno, mas o pai fora intransigente nesse ponto. Augusta tornou a concentrar a atenção em Micky.

– Edward não queria machucar ninguém. Estava apenas se divertindo. Jogou as roupas dos outros garotos na água por brincadeira – ele disse.

Ela fez um aceno de cabeça, concordando; isso lhe parecia normal, meninos provocando uns aos outros. O pobre Teddy também devia ter sofrido tais perseguições.

– Foi então que Hugh empurrou Edward para o poço.

– O pequeno Hugh sempre foi um encrenqueiro... igual ao seu desventurado pai – comentou Augusta.

E como o pai, supôs ela, era provável que tivesse um fim trágico.

– Os outros meninos riram, e Edward empurrou a cabeça de Peter para dentro d'água a fim de lhe dar uma lição. Hugh fugiu. Foi nesse momento que Tonio jogou uma pedra em Edward.

Augusta ficou horrorizada.

– Mas ele podia ter desmaiado e se afogado!

– Só que isso não aconteceu, e Edward saiu atrás de Tonio. Fiquei observando os dois. Ninguém estava olhando para Peter Middleton.

Tonio conseguiu escapar. Foi só então que notamos que Peter estava quieto demais. Não sabemos realmente o que aconteceu com ele. Talvez estivesse muito cansado ou sem fôlego para sair do poço por causa dos caldos que Edward lhe dera. Seja como for, ele estava boiando com a cabeça virada para a água. Nós o tiramos da água no mesmo instante, mas ele já estava morto.

Não era culpa de Edward, refletiu Augusta. Os meninos eram sempre rudes uns com os outros. De qualquer forma, ela sentia-se grata por aquela história não ter aflorado na audiência. Micky dera cobertura a Edward, graças a Deus.

– E os outros meninos? – indagou ela. – Eles devem saber o que aconteceu.

– Foi muita sorte Hugh ter deixado a escola naquele mesmo dia.

– E o outro? Você o chamou de Tony?

– Antonio Silva. Nós o chamamos de Tonio. Não se preocupe com ele. É do meu país. Fará o que eu mandar.

– Como pode ter certeza?

– Ele sabe que se me causar algum problema, sua família vai sofrer as consequências lá em Córdoba.

Havia algo assustador na voz do menino ao dizer isso, e Augusta estremeceu.

– Quer que eu vá buscar um xale? – perguntou Micky, atencioso.

Augusta sacudiu a cabeça.

– Nenhum outro menino viu o que aconteceu?

Micky franziu as sobrancelhas.

– Havia outro garoto nadando no poço quando chegamos.

– Quem?

Ele acenou negativamente com a cabeça.

– Não consegui ver seu rosto, e não imaginei que isso seria importante.

– Ele viu o que aconteceu?

– Não sei. Não posso afirmar em que momento ele foi embora.

– Mas já tinha desaparecido quando vocês tiraram o corpo da água?

– Já, sim

– Gostaria de saber quem é ele – disse Augusta, ansiosa.

– Talvez ele nem seja do colégio – ressaltou Micky. – Podia ser alguém da cidade. Mas, por qualquer motivo, ele não se apresentou como testemunha, e por isso acho que não é um perigo para nós.

Não é um perigo para nós. Ocorreu a Augusta que se envolvera com aquele menino em algo desonesto, possivelmente ilegal. Não gostava da situação. Entrara nela sem pensar direito e agora se sentia aprisionada em uma armadilha. Fitou-o nos olhos.

– O que você quer?

Ela pegou Micky desprevenido pela primeira vez. Parecendo desnorteado, ele perguntou:

– Como assim?

– Deu cobertura ao meu filho. Cometeu perjúrio hoje. – Augusta percebeu que ele ficara desequilibrado com sua franqueza. Isso a deixou satisfeita, pois significava que recuperara o controle. – Não creio que tenha assumido tamanho risco pela bondade de seu coração. Acho que quer alguma coisa em troca. Por que não me diz logo o que é?

Ela viu o olhar de Micky baixar para seu busto e, por um momento insano, pensou que ele faria uma sugestão indecente.

– Quero passar o verão com vocês.

Augusta não esperava por isso.

– Por quê?

– Teria de viajar seis semanas para chegar em casa. Por isso, fico no colégio durante os feriados. E detesto... é solitário e entediante. Gostaria de ser convidado a passar o verão com Edward.

Subitamente, ele era de novo um colegial. Augusta pensara que ele pediria dinheiro ou talvez um emprego no Pilaster Bank. Mas aquele pedido parecia insignificante, quase infantil. Contudo, era evidente que não se tratava de algo trivial para o garoto. Afinal, pensou ela, ele tinha apenas 16 anos.

– Muito bem, passará o verão conosco e será bem-vindo – garantiu Augusta.

A perspectiva não lhe desagradava. Era um jovem um tanto temível sob certos aspectos, mas tinha modos perfeitos e era bonito; não seria difícil tê-lo como hóspede. E ele podia ser uma boa influência para Edward. Se Teddy tinha algum defeito, era a falta de determinação. Micky parecia ser o oposto. Talvez transmitisse um pouco de sua força para seu Teddy.

Micky sorriu, exibindo dentes brancos, e disse:

– Obrigado.

Ele parecia sinceramente satisfeito. Augusta desejou ficar sozinha um pouco e meditar sobre o que acabara de acontecer.

– Agora pode se retirar. Encontrarei sozinha o caminho para a casa do diretor.

Micky levantou-se.

– Não pode imaginar como me sinto grato – disse ele, estendendo a mão.

Ela apertou-lhe a mão.

– Também sou grata a você por proteger Teddy.

Ele inclinou-se como se fosse beijar sua mão, mas depois, para espanto de Augusta, beijou-a nos lábios. Foi tão rápido que ela não teve tempo de desviar o rosto. Procurou por palavras de protesto enquanto Micky esticava as costas, porém não conseguiu pensar no que dizer; e no instante seguinte ele já tinha deixado a capela.

Um abuso! O garoto não deveria tê-la beijado, muito menos nos lábios. Quem ele pensava que era? O primeiro pensamento de Augusta foi o de cancelar o convite para o verão. Mas sabia que nunca faria isso.

Por que não?, ela perguntou a si mesma. Por que não podia cancelar o convite feito a um mero colegial? Ele agira com extrema presunção, e por isso não deveria ser seu hóspede.

Mas a ideia de voltar atrás em sua promessa deixou-a incomodada. Não era apenas porque Micky salvara Teddy da desgraça, refletiu Augusta. Era pior do que isso. Ela entrara numa conspiração criminosa com o garoto. Isso a deixava desagradavelmente vulnerável a ele.

Augusta continuou sentada na capela fria por um longo tempo, olhando para as paredes vazias e se perguntando, com um profundo sentimento de apreensão, como aquele jovem tão bonito e esperto usaria o seu poder.

Parte I
1873

1
Maio

I.

Quando Micky Miranda estava com 23 anos, seu pai foi a Londres comprar rifles.

O señor Carlos Raul Xavier Miranda, conhecido como Papa, era um homem baixo, de ombros imponentes. O rosto bronzeado era esculpido em linhas que expressavam agressividade e brutalidade. Numa calça de vaqueiro recortada nos quadris e de chapéu de aba larga, montado num garanhão castanho, podia parecer uma figura graciosa e imponente; mas no Hyde Park, de sobrecasaca e cartola, ele sentia-se um tolo, o que o tornava perigosamente mal-humorado.

Não eram nada parecidos. Micky era alto e esguio, com feições harmoniosas, conseguia o que queria sorrindo, e não amarrando a cara. Estava profundamente ligado aos requintes da vida em Londres: belas roupas, boas maneiras, lençóis de linho e água corrente em casa. Seu grande receio era o de que Papa quisesse levá-lo de volta para Córdoba. Não conseguiria suportar o retorno a dias passados na sela e a noites de sono no chão duro. Ainda pior era a perspectiva de ficar de novo sob o domínio do irmão mais velho, Paulo, que era uma réplica de Papa. Talvez Micky voltasse para casa um dia, mas seria como um homem importante por si mesmo, não como o filho mais novo de Papa Miranda. Enquanto isso, precisava persuadir o pai de que era mais útil em Londres do que seria em Córdoba.

Caminhavam pela South Carriage Drive numa tarde ensolarada de sábado. O parque estava apinhado de londrinos bem-vestidos, a pé, a cavalo ou em carruagens abertas, aproveitando o tempo ameno, mas Papa não estava se divertindo.

– Preciso desses rifles! – murmurou ele para si mesmo, em espanhol, duas vezes.

Micky falou na mesma língua, sondando a situação:

– Pode comprá-los em Córdoba.

– Dois mil rifles? Talvez pudesse. Mas seria uma compra tão grande que todos saberiam a respeito.

Portanto, ele queria manter aquilo em segredo. Micky não tinha a menor ideia das intenções de Papa. O pagamento pelos dois mil rifles e a munição deveria consumir todas as reservas de dinheiro da família. Por que Papa precisava de repente de tanto material bélico? Não havia guerra em Córdoba desde a agora legendária Marcha dos Vaqueiros, quando Papa levara seus homens através dos Andes para libertar a província de Santamaria dos dominadores espanhóis. Para quem seriam as armas? Somando-se os vaqueiros, parentes e demais empregados e agregados de Papa, daria menos de mil homens. Papa só podia estar planejando recrutar mais. Contra quem lutariam? Papa não dera nenhuma informação e Micky tinha medo de perguntar. Em vez disso, ele comentou:

– De qualquer maneira, é provável que você não conseguisse encontrar armas de boa qualidade em nosso país.

– Isso é verdade – disse Papa. – O Westley-Richards é o melhor rifle que já conheci.

Micky tinha conseguido ajudar Papa na escolha dos rifles. Sempre fora fascinado por armas de todos os tipos e se mantinha a par dos avanços técnicos mais recentes. Papa precisava de rifles de cano curto que não fossem muito difíceis de manusear por homens a cavalo. Micky levara Papa a uma fábrica em Birmingham e mostrara a carabina Westley-Richards de retrocarga, apelidada de Monkeytail (rabo de macaco) porque sua alavanca era recurvada.

– E eles podem providenciar a remessa bem depressa – acrescentou Micky.

– Eu imaginava que teria de esperar seis meses para que as armas fossem fabricadas. Mas eles podem fornecer tudo em poucos dias!

– É que eles usam as máquinas americanas.

No passado, quando as armas eram fabricadas por ferreiros que ajustavam as peças por tentativa e erro, seriam realmente necessários seis meses para que se produzissem dois mil rifles; porém, as máquinas modernas eram tão precisas que os componentes de qualquer arma se encaixavam em qualquer outra do mesmo padrão, e uma fábrica bem equipada poderia fazer centenas de rifles idênticos por dia, como se fossem alfinetes.

– E existe ainda uma máquina que faz duzentos mil cartuchos por dia! – exclamou Papa, balançado a cabeça, maravilhado.

Mas seu ânimo se alterou mais uma vez, e ele acrescentou, sombrio:

– Mas como podem pedir o dinheiro antes da entrega dos rifles?

Papa nada sabia de comércio internacional. Presumira que o fabricante entregaria os rifles em Córdoba e aceitaria o pagamento lá. Ao contrário, o pagamento deveria ser efetuado antes que as armas deixassem a fábrica em Birmingham.

Mas Papa relutava em enviar moedas de prata dentro de barricas através do oceano Atlântico. Pior ainda, não podia enviar toda a fortuna da família antes que as armas fossem entregues em segurança.

– Resolveremos esse problema, Papa – garantiu Micky. – É para isso que servem os bancos mercantis.

– Explique tudo de novo. Quero ter certeza de que compreendi direito.

Micky sentiu-se satisfeito por ser capaz de explicar alguma coisa a Papa.

– O banco pagará ao fabricante em Birmingham. Providenciará para que as armas sejam embarcadas para Córdoba e fará o seguro da viagem. Quando a carga chegar, o banco aceitará seu pagamento no escritório que mantém em Córdoba.

– Mas depois terá de mandar a prata para a Inglaterra.

– Não necessariamente. Podem usá-la para pagar uma carga de carne salgada enviada de Córdoba para Londres.

– E como eles ganham dinheiro?

– Tiram uma parte de tudo. Pagam ao fabricante dos rifles com um desconto, ficam com uma comissão do transporte e do seguro e cobram uma taxa extra pela entrega da mercadoria.

Papa acenou com a cabeça, concordando. Ele tentava não demonstrar, mas era evidente que estava impressionado, e isso deixou Micky feliz.

Os dois saíram do parque e foram caminhando por Kensington Gore até a casa de Joseph e Augusta Pilaster.

Nos sete anos que se seguiram ao afogamento de Peter Middleton, Micky passou todas as férias com os Pilaster. Concluído o curso colegial, excursionou pela Europa durante um ano em companhia de Edward, e foram colegas de quarto nos três anos que permaneceram na Universidade de Oxford, bebendo e jogando, fazendo baderna e apenas fingindo, sem muito empenho, que eram estudantes.

Micky nunca mais tornara a beijar Augusta. Bem que teria gostado. E queria mais do que apenas beijá-la. Tinha a impressão de que talvez ela permitisse. Por baixo daquele verniz de arrogância fria havia o coração quente de uma mulher ardente e sensual, ele tinha certeza. Mas se contivera por prudência. Alcançara algo de valor inestimável ao ser aceito quase como um filho numa das famílias mais ricas da Inglaterra, e seria loucura arriscar essa posição invejável por seduzir a esposa de Joseph Pilaster. Apesar disso, ele não conseguia deixar de sonhar com a possibilidade.

Os pais de Edward haviam se mudado pouco antes para uma nova casa. Kensington Gore, que não muito tempo atrás era uma estrada rural, estendendo-se de Mayfair pelos campos até a aldeia de Kensington era agora delineada, ao longo do lado sul, por esplêndidas mansões. No lado norte da rua, ficavam o Hyde Park e os jardins do Palácio de Kensington. Era o lugar perfeito para a residência de uma rica família da área comercial.

Micky não sabia exatamente qual era o estilo arquitetônico.

Sem dúvida, era impressionante A mansão fora construída com tijolos vermelhos e pedras brancas. No térreo e no segundo andar, havia enormes janelas feitas com pequenas lâminas de vidro e presas com tiras de chumbo. Acima do segundo andar, havia um imenso frontão englobando, em seu formato triangular, três fileiras de janelas – seis, depois quatro, e duas no ápice. Eram quartos, presumivelmente, para os numerosos parentes, hóspedes e criados. As empenas do frontão eram íngremes, e nos degraus estavam empoleirados animais de pedra, leões, dragões e macacos. No topo, havia um navio com a vela enfunada. Talvez representasse o navio negreiro que, segundo a lenda da família, fora a fundação da riqueza dos Pilaster.

– Tenho certeza de que não há outra casa como esta em toda a Londres – comentou Micky enquanto a contemplava da rua com o pai.

Papa respondeu em espanhol:

– É com certeza o que a dama queria.

Micky fez um aceno de cabeça, indicando que concordava. Papa ainda não havia conhecido Augusta, mas já tinha sua avaliação sobre ela.

Na casa havia também um enorme porão. Uma ponte cruzava a área ocupada por ele, levando ao pórtico de acesso. A porta estava aberta, e eles entraram.

Augusta oferecia um chá da tarde, a fim de exibir sua casa. O vestíbulo revestido de painéis de carvalho estava apinhado de convidados e empregados. Micky e o pai entregaram seus chapéus a um criado e depois abriram caminho pela multidão para a enorme sala de visitas, nos fundos da casa. As portas de vidro estavam abertas, e os convidados se espalhavam pelo terraço de placas de pedra e pelo comprido jardim.

Micky escolhera de propósito apresentar o pai numa ocasião com muitos convidados, pois o comportamento de Papa nem sempre correspondia aos padrões de Londres e era melhor que os Pilaster começassem a conhecê-lo aos poucos. Até mesmo pelos padrões cordoveses, ele não dava muita atenção aos refinamentos sociais, e acompanhá-lo por Londres fora como levar um leão na coleira. Ele insistia em carregar a pistola por baixo do casaco em todas as ocasiões.

Papa não precisou que Micky lhe apontasse Augusta.

Ela estava no meio da sala de visitas, num vestido de seda azul-imperal, com um decote quadrado baixo que revelava o início dos seios. Quando Papa apertou sua mão, ela fitou-o com seus olhos escuros hipnóticos e disse em voz baixa, aveludada:

– Señor Miranda, que prazer finalmente conhecê-lo!

Papa ficou fascinado no mesmo instante. Inclinou-se sobre a mão de Augusta e disse, num inglês precário:

– Nunca poderei retribuir toda a sua gentileza com Miguel.

Micky observou-a atentamente enquanto ela lançava seu encantamento sobre Papa. Augusta mudara muito pouco desde o dia em que a beijara na capela da Windfield School. Uma ou duas linhas extras em torno dos olhos faziam com que parecesse ainda mais fascinante; os fios prateados nos cabelos realçavam a escuridão do resto; e se ela se tornara um pouco mais corpulenta, isso só contribuíra para que seu corpo ficasse ainda mais voluptuoso.

– Micky tem me falado com frequência de seu esplêndido rancho – disse ela a Papa.

Ele baixou a voz.

– Deve nos visitar um dia.

Deus nos livre! *Augusta em Córdoba ficaria tão deslocada quanto um flamingo numa mina de carvão*, pensou Micky.

– Talvez eu vá – disse ela. – Fica muito longe?

– Com os novos e velozes navios, é apenas um mês de viagem.

Micky notou que o pai ainda segurava a mão de Augusta. E sua voz se tornara insinuante. Ele já se apaixonara. Micky sentiu uma pontada de ciúme. Se alguém tinha de flertar com Augusta, devia ser Micky, não Papa.

– Ouvi dizer que Córdoba é um lindo país – comentou ela.

Micky rezou para que Papa não fizesse nada constrangedor. Mas ele podia ser encantador quando lhe convinha, e agora representava o papel do romântico fidalgo sul-americano para impressionar Augusta.

– Posso lhe prometer que a receberíamos como a rainha que é – disse ele, ainda em voz baixa, agora deixando óbvio que a estava cortejando.

Mas Augusta sabia se posicionar à altura dele.

– Que perspectiva mais tentadora... – murmurou ela, com uma descarada falta de sinceridade, deixando Papa sem entender nada.

Retirando sua mão da dele com a maior suavidade, olhou por cima do ombro de Papa e exclamou:

– Capitão Tillotson! Que gentileza a sua ter vindo!

E Augusta se afastou para cumprimentar o recém-chegado. Papa ficou desconsolado. Demorou um momento para recuperar o controle e depois disse, abruptamente:

– Leve-me ao presidente do banco.

– É claro – respondeu Micky, nervoso.

Ele olhou ao redor à procura do velho Seth. Todo o clã Pilaster estava presente, incluindo tias solteironas, sobrinhos e sobrinhas, parentes por afinidade e primos em segundo grau. Ele reconheceu dois membros do Parlamento e alguns outros de menor nobreza. Os demais convidados, em sua maioria, eram pessoas que mantinham relacionamento comercial com os Pilaster, avaliou Micky, e havia concorrentes também, constatou ele ao avistar a figura empertigada de Ben Greenbourne, presidente do Greenbourne Bank, que diziam ser o homem mais rico do mundo. Ben era o pai de Solomon, o garoto que Micky conhecera como Fatty Greenbourne. Haviam perdido o contato depois que saíram do colégio, pois Fatty não chegou a cursar a universidade nem a fazer uma excursão pela Europa, fora direto trabalhar com o pai.

A aristocracia, de modo geral, considerava vulgar falar sobre dinheiro, mas aquele grupo não tinha tais inibições, e Micky ouviu várias vezes o termo "craque". De vez em quando, a palavra era grafada nos jornais como "Krach" porque se originara na Áustria. Os preços das ações estavam em baixa e os juros bancários tinham subido, segundo Edward, que começara a trabalhar no banco da família. Algumas pessoas estavam alarmadas, mas os Pilaster sentiam-se confiantes na ideia de que Londres não seria arrasada junto com Viena.

Micky passou com Papa pelas portas de vidro, levando-o para fora até o terraço, onde havia bancos de madeira à sombra de toldos listrados. Ali encontraram o velho Seth sentado com uma coberta sobre os joelhos, apesar do calor da primavera. Ele estava debilitado por alguma doença indeterminada e parecia frágil como uma casca de ovo; mas tinha o nariz dos Pilaster, uma lâmina enorme e curva que o ainda fazia parecer temível.

Uma convidada que se mostrava efusiva com o velho disse:

– Pena que o senhor não esteja bem para ir à recepção real, Sr. Pilaster!

Micky poderia ter avisado à mulher que essa era a coisa errada para se dizer a um Pilaster.

– Ao contrário, fico contente pela desculpa – resmungou Seth. – Não vejo por que deveria curvar os joelhos diante de pessoas que nunca ganharam um pêni na vida.

– Mas o príncipe de Gales... Que honra!

Seth não estava com disposição para ser contestado – na verdade, quase nunca estava –, e disse:

– Minha jovem, o nome Pilaster é uma garantia aceita de negócios honestos em cantos do globo nos quais nunca se ouviu falar do príncipe de Gales.

– Mas o senhor quase dá a impressão de que desaprova a família real, Sr. Pilaster! – insistiu a mulher, numa tentativa forçada de assumir um tom brincalhão.

Seth não fora brincalhão por setenta anos.

– Desaprovo a ociosidade. A Bíblia diz: "Se alguém não trabalha, não deve comer." São Paulo escreveu isso na Segunda Epístola aos Tessalonicenses, capítulo três, versículo dez, e não acrescentou que a realeza era uma exceção à regra.

A mulher retirou-se, confusa. Reprimindo um sorriso, Micky disse:

– Sr. Pilaster, permita que eu lhe apresente meu pai, señor Carlos Miranda, que veio de Córdoba para uma visita.

Seth apertou a mão de Papa.

– Córdoba, hein? Meu banco tem um escritório em sua capital, Palma.

– Vou muito pouco à capital. Tenho um rancho na província de Santamaria.

– Então está no negócio de carne bovina.

– Isso mesmo.

– Pense na refrigeração.

Papa ficou atordoado. Micky explicou:

– Alguém inventou uma máquina para manter a carne gelada. Se conseguirem encontrar um meio de instalar essa máquina em navios, poderemos enviar carne fresca para o mundo inteiro sem salgá-la.

Papa franziu as sobrancelhas.

– Isso pode ser ruim para nós. Tenho uma fábrica enorme para salgar carne.

– Desative-a – disse Seth. – E passe para o ramo da refrigeração.

Papa não gostava que as pessoas lhe dissessem o que fazer, e Micky sentiu-se um pouco preocupado. De esguelha, ele avistou Edward.

– Papa, quero lhe apresentar meu melhor amigo. – Ele conseguiu afastá-lo de Seth. – Permita que lhe apresente Edward Pilaster.

Papa examinou Edward com um olhar frio e objetivo. Edward não era bonito – saíra ao pai, não à mãe –, mas parecia um saudável garoto do campo, musculoso, a pele clara. As noites em claro e o excesso de vinho não haviam cobrado seu preço – pelo menos ainda não. Papa apertou sua mão e disse:

– Vocês dois são amigos há muitos anos.

– Almas irmãs – comentou Edward.

Papa franziu as sobrancelhas, sem compreender.

Micky disse:

– Podemos falar de negócios por um momento?

Saíram do terraço para o gramado novo. As bordas haviam sido plantadas recentemente, a terra revolvida, as mudas ainda pequenas.

– Papa tem feito algumas compras grandes aqui e ele precisa providenciar o transporte e o financiamento – disse Micky. – Isso pode ser o primeiro pequeno negócio que você leva para o banco de sua família.

Edward se mostrou interessado.

– Terei o maior prazer em cuidar de tudo – garantiu ele a Papa. – Gostaria de ir ao banco amanhã de manhã, para que possamos acertar todos os detalhes?

– Estarei lá – respondeu Papa.

– Há algo que quero saber – disse Micky. – Se o navio afundar, quem perde... nós ou o banco?

– Nenhum dos dois – informou Edward, presunçoso. – A carga será segurada pelo Lloyd's. Nós receberemos o dinheiro do seguro e embarcaremos uma nova carga. Vocês não pagam até receberem a mercadoria. Por falar nisso, qual é a carga?

– Rifles.

Edward ficou desolado.

– Nesse caso, não poderemos ajudá-los.

Micky ficou espantado.

– Por quê?

– Por causa do velho Seth. Ele é metodista. Toda a família é, mas Seth é mais devoto do que os outros. Não financia vendas de armas, e, como ele é o sócio principal, essa é a política do banco.

– Mas que diabo! – praguejou Micky. Ele lançou um olhar apreensivo para o pai. Por sorte, Papa não entendera a conversa. Micky sentiu um frio no estômago. Todo o seu plano podia fracassar por causa de algo tão idiota quanto a religião de Seth? – O maldito velho hipócrita está praticamente morto. Por que deveria interferir?

– Ele está prestes a se aposentar – informou Edward. – Mas creio que o tio Samuel vai assumir, e ele é igual a Seth.

Muito pior, pensou Micky. Samuel era o filho solteirão de Seth, com 53 anos e gozando de perfeita saúde.

– Teremos de procurar outro banco mercantil – murmurou Micky.

– Não deve ser problema – garantiu Edward – desde que vocês possam fornecer sólidas referências comerciais.

– Referências? Por quê?

– Um banco sempre assume o risco de que o comprador pode voltar atrás no negócio, deixando-o com uma carga indesejável no outro lado do mundo. Por isso, precisa de alguma garantia de que está tratando com um negociante respeitável.

O que Edward não compreendia era que o conceito de um negociante respeitável ainda não existia na América do Sul. Papa era um *caudillo*, um latifundiário provinciano com cerca de 50 mil hectares de pampas e uma força de trabalho de vaqueiros que também atuavam como seu exército particular. Exercia o poder de uma forma que os britânicos não viam desde a Idade Média. Era como pedir referências a Guilherme o Conquistador. Micky fingiu que continuava imperturbável.

– Não tenho a menor dúvida de que podemos fornecer alguma coisa.

Na verdade, ele sentia-se impotente. Mas se quisesse permanecer em Londres tinha de fechar aquele negócio.

Voltaram para o terraço apinhado de gente. Micky escondia a ansiedade. Papa ainda não percebera que estavam diante de uma grande dificuldade. Micky teria de explicar mais tarde, e então haveria problemas. Papa não tinha paciência com o fracasso, e sua raiva era assustadora. Augusta apareceu no terraço e disse a Edward:

– Procure Hastead para mim, Teddy querido. – Hastead era o prestimoso mordomo galês. – O cordial acabou, e o infeliz escolheu logo este momento para desaparecer.

Edward afastou-se. Ela presenteou Papa com um sorriso caloroso e íntimo.

– Está gostando de nossa pequena reunião, señor Miranda?

– Estou gostando muito, obrigado – disse Papa.

– Tome um chá ou uma taça de cordial.

Papa teria preferido tequila, Micky sabia, mas bebidas alcoólicas não eram servidas em chás de metodistas.

Augusta olhou para Micky. Sempre rápida em reconhecer estado de espírito das pessoas, ela comentou:

– Percebo que não está gostando da festa. Qual é o problema?

Ele não hesitou em fazer uma confidência:

– Esperava que Papa pudesse ajudar Edward a levar um negócio novo para o banco, mas isso envolve armas e munição. Edward acaba de explicar que o tio Seth não financia armas.

– Seth não continuará como sócio principal por muito tempo – declarou Augusta.

– Ao que parece, Samuel tem a mesma posição do pai.

– Verdade? – O tom de Augusta era malicioso. – E quem disse que Samuel será o próximo sócio principal?

II.

Hugh Pilaster usava uma nova gravata azul-celeste, no estilo plastrão, ligeiramente estufada no colarinho e presa por um alfinete. Deveria usar também um paletó novo, mas ganhava apenas 68 libras por ano e por isso tinha de dar um realce às roupas velhas com uma gravata nova. O plastrão era a última moda, e o azul-celeste era uma ousada escolha de cor. No entanto, quando contemplou seu reflexo no enorme espelho por cima do consolo da lareira na sala de visitas de tia Augusta, constatou que a gravata azul e o terno preto combinavam muito bem com seus olhos azuis e seus cabelos pretos, e esperava que o plastrão lhe proporcionasse uma aparência jovial.

Talvez Florence Stalworthy pensasse assim. Começara a se interessar por roupas desde que a conhecera.

Era um pouco embaraçoso morar com Augusta e ser tão pobre, porém havia uma tradição no Pilaster Bank: a de que os homens eram pagos pelo que valiam, independentemente de pertencerem ou não à família. Outra tradição era a de que todos começavam de baixo. Hugh se destacara nos estudos e teria sido líder de turma se não se metesse em tantas encrencas; todavia, sua instrução contava pouco no banco, e ele fazia o trabalho de aprendiz de escriturário, e recebia de acordo. A tia e o tio nunca se ofereciam para ajudá-lo financeiramente e por isso tinham de aturar o aspecto um tanto desgastado de suas roupas.

Hugh não ligava muito para o que pensavam de sua aparência, é claro. Era com Florence Stalworthy que se preocupava. Era uma jovem pálida e bonita, filha do conde de Stalworthy; o mais importante nela, porém, era o fato de se mostrar interessada por Hugh Pilaster. A verdade era que Hugh podia se deixar fascinar por qualquer moça que conversasse com ele. Isso o perturbava, porque significava sem dúvida que seus sentimentos eram superficiais; mas não podia evitar. Se uma jovem o tocava por acaso, era suficiente para deixá-lo com a boca seca. Sentia-se atormentado pela curiosidade sobre a aparência das pernas das moças por baixo de todas aquelas camadas de saias e anáguas. Havia ocasiões em que o desejo doía como uma ferida. Ele tinha 20 anos, sentia-se assim desde os 15, e nesses cinco anos nunca beijara ninguém além da mãe.

Uma festa como aquele chá de Augusta era uma tortura refinada. Por ser uma festa, todas as pessoas se empenhavam em ser agradáveis, encontravam assuntos para conversar, demonstravam interesse umas pelas outras. As moças pareciam adoráveis, sorriam e, às vezes, flertavam discretamente. Tantos convidados se apinhavam na casa que, inevitavelmente, algumas das moças roçavam em Hugh, esbarravam nele ao se virar, tocavam em seu braço ou até mesmo comprimiam os seios nas costas dele quando se espremiam para passar. Ele teria depois uma semana de noites irrequietas.

Muitos dos presentes eram parentes, como não podia deixar de ser. Seu pai, Tobias, e o pai de Edward, Joseph, haviam sido irmãos.

Mas o pai de Hugh retirara seu capital do negócio da família, iniciara seu próprio empreendimento, falira e se matara. Foi por isso que Hugh deixou o dispendioso colégio interno em Windfield e passou a estudar na Folkestone Academy for the Sons of Gentlemen; foi por isso que começou a trabalhar aos 19 anos, em vez de realizar uma excursão pela Europa e desperdiçar alguns anos na universidade; era por isso que morava com a tia; e era por isso que não tinha roupas novas para usar na festa. Era um parente, mas pobre; um constrangimento para uma família que baseava na riqueza seu orgulho, sua confiança e sua posição social.

Nunca ocorreria a qualquer um deles resolver o problema dando-lhe dinheiro. A pobreza era a punição para quem fazia maus negócios, e, se o sofrimento pelos fracassos fosse atenuado, não haveria incentivo para que as pessoas se saíssem bem. "Seria como pôr colchões de plumas em celas da prisão", diziam sempre que alguém sugeria ajudar os que fracassavam na vida.

O pai de Hugh fora vítima de uma crise financeira, mas isso não fazia a menor diferença. Ele faliu em 11 de maio de 1866, data conhecida pelos banqueiros como Sexta-feira Negra. Naquele dia, uma corretora de títulos de créditos comerciais chamada Overend & Gurney Ltd. quebrou, com uma dívida de 5 milhões de libras, e muitas firmas foram arrastadas na crise, incluindo o Joint Stock Bank de Londres e a companhia construtora de sir Samuel Peto, além da Tobias Pilaster & Co. Mas não existiam desculpas no mundo dos negócios, segundo a filosofia Pilaster. Também havia uma crise financeira naquele momento e, com certeza, algumas firmas quebrariam antes que ela terminasse, contudo os Pilaster defendiam-se com extremo vigor, desvencilhando-se dos clientes menores, reduzindo o crédito e rejeitando de forma implacável todos os negócios que não fossem absolutamente seguros. Eles acreditavam que a autopreservação era o maior dever do banqueiro.

Ora, também sou um Pilaster. Posso não ter o nariz da família, mas entendo de autopreservação, pensou Hugh. Havia uma raiva que às vezes fervilhava em seu coração quando refletia sobre o que acontecera com seu pai e o deixava ainda mais determinado a se tornar o mais rico e mais respeitado de toda a maldita família. A escola comum lhe ensinara coisas úteis, como aritmética e ciências, enquanto seu primo rico, Edward, lutava para aprender latim e grego; e o fato de não ter ido para a universidade lhe permitira começar mais cedo nos negócios. Nunca se sentira tentado a seguir um caminho diferente na vida, tornar-se pintor, parlamentar ou clérigo. As finanças estavam em seu sangue. Conseguia dizer qual era a taxa de juros do momento com mais rapidez do que era capaz de responder se chovia. Decidira que nunca seria tão presunçoso e hipócrita quanto seus parentes mais velhos, mas ainda assim seria banqueiro.

Contudo, não pensava muito a respeito. Na maior parte do tempo, só pensava em mulheres.

Ele saiu da sala de visitas para o terraço e avistou Augusta se aproximando com uma jovem a reboque.

– Meu caro Hugh – disse ela –, aqui está sua amiga, Srta. Bodwin.

Hugh soltou um gemido interior. Rachel Bodwin era uma jovem alta, intelectual, de opiniões radicais. Não era bonita – tinha cabelos castanhos opacos e olhos claros muito juntos –, mas era animada e interessante, cheia de ideias subversivas, e Hugh a apreciara muito quando chegara a Londres para trabalhar no banco. Augusta, porém, decidira que ele deveria se casar com Rachel, e isso arruinara o relacionamento. Antes disso, discutiam com a maior veemência e liberdade sobre divórcio, religião, pobreza e direito de voto para as mulheres. Desde que Augusta iniciara sua campanha para uni-los, eles limitavam-se a uma conversa superficial e desagradável.

– Está adorável, Srta. Bodwin – disse ele, automaticamente.

– É muito gentil – respondeu ela num tom entediado.

Augusta já estava se virando para sair dali quando reparou na gravata de Hugh.

– Oh, céus! – exclamou ela. – O que é isso? Você parece um dono de hospedaria!

Hugh enrubesceu. Se pudesse formular uma resposta afiada teria arriscado, mas nada lhe ocorreu, e limitou-se a murmurar:

– É uma gravata nova, que chamam de plastrão.

– Deve dá-la amanhã mesmo ao criado que engraxa nossas botas – disse ela, afastando-se em seguida.

O ressentimento aflorou no peito de Hugh contra o destino que o obrigara a morar com a tia autoritária.

– As mulheres não deveriam comentar as roupas de um homem – murmurou ele, sombrio. – Não é próprio de uma dama.

– Acho que as mulheres devem comentar qualquer coisa que lhes interesse – protestou Rachel. – Por isso, direi que gosto de sua gravata e que combina com seus olhos.

Hugh sorriu para ela, sentindo-se melhor. Afinal, Rachel era muito amável. Mas não era por sua gentileza que Augusta queria que Hugh se casasse com ela. Rachel era filha de um advogado especializado em contratos comerciais. Sua família não tinha outra renda além dos ganhos profissionais do pai, e na hierarquia social eles se encontravam vários níveis abaixo dos Pilaster; na verdade, nem estariam naquela festa se não fosse pelo fato de o Sr. Bodwin ter prestado serviços úteis ao banco. Rachel era uma jovem de nível social inferior e, se a desposasse, Hugh confirmaria a sua posição como um ramo secundário da família; e era isso o que Augusta queria.

Ele não era totalmente avesso à ideia de pedir Rachel em casamento. Augusta insinuara que lhe daria um generoso presente de casamento se ele se casasse com a moça escolhida por ela. Mas não era o presente de casamento que o tentava, e sim a perspectiva de todas as noites poder ir para a cama com uma mulher, levantar sua camisola além dos tornozelos e joelhos, além das coxas...

– Não me olhe desse jeito – disse Rachel, sagaz. – Disse apenas que gostei de sua gravata.

Hugh corou de novo. Ela não podia imaginar o que aflorara em sua mente, não é mesmo? Seus pensamentos sobre as mulheres eram tão grosseiramente físicos que ele envergonhava-se de si próprio durante a maior parte do tempo.

– Desculpe – murmurou.

– Que família numerosa a dos Pilaster! – exclamou ela, com vivacidade, olhando ao redor. – Como consegue lidar com todos eles?

Hugh também olhou em volta e avistou Florence Stalworthy. Ela era de uma beleza extraordinária: os cachos louros caíam sobre seus ombros delicados, usava um vestido rosa com rendas e fitas de seda e tinha plumas de avestruz no chapéu. Fitou Hugh nos olhos e sorriu-lhe do outro lado, na sala de visitas.

– Dá para perceber que perdi sua atenção – comentou Rachel, com uma franqueza característica.

– Sinto muito.

Rachel tocou no braço dele.

– Hugh, meu caro, escute por um momento. Gosto de você. É uma das poucas pessoas na sociedade de Londres que não são completamente insípidas. Mas não o amo e jamais casarei com você, não importa quão grande seja o empenho de sua tia.

Hugh ficou surpreso.

– Eu acho...

Mas ela ainda não acabara.

– E sei que você sente o mesmo em relação a mim. Portanto, não finja que está desolado, por favor.

Depois de um instante de perplexidade, Hugh sorriu. Aquela franqueza era o que apreciava em Rachel. No entanto, presumiu que ela estivesse certa: gostar não era amar. Ele não tinha certeza do que era o amor, mas Rachel parecia saber.

– Isso significa que podemos voltar a discutir sobre o sufrágio para as mulheres? – perguntou ele, alegremente.

– É claro que sim, mas não hoje. Vou falar com o seu antigo colega de escola, o señor Miranda.

Hugh franziu as sobrancelhas.

– Micky não é capaz de soletrar "sufrágio", muito menos dizer o que isso significa.

– Apesar disso, metade das debutantes de Londres suspira por ele.

– Não posso imaginar por quê.

– Ele é a Florence Stalworthy do sexo masculino – explicou Rachel, afastando-se em seguida.

Hugh tornou a franzir as sobrancelhas, pensando a respeito. Micky sabia que Hugh era um parente pobre e o tratava nesses termos. Por isso, era difícil para Hugh ser objetivo em relação a ele. Micky era atraente, sempre muito bem-vestido. Lembrava-lhe um gato, insinuante e sensual, com pelo brilhante. Não estava exatamente na moda andar tão bem-arrumado, e havia homens que diziam que ele não era muito viril, mas as mulheres pareciam não se importar com isso.

Hugh seguiu Rachel com os olhos enquanto ela atravessava a sala de visitas, indo para o lugar onde Micky se encontrava conversando com a irmã de Edward, Clementine, tia Madeleine e a jovem tia Beatrice. Ele virou-se para Rachel concedendo-lhe toda a sua atenção enquanto apertava sua mão e dizia algo que a fez rir. Micky estava sempre conversando com três ou quatro mulheres ao mesmo tempo.

Ainda assim, Hugh detestou a sugestão de que Florence era de alguma forma parecida com Micky. Ela também era atraente e popular, no entanto Micky era um cafajeste, pensou Hugh.

Ele aproximou-se de Florence, emocionado e nervoso.

– Como tem passado, lady Florence?

Ela sorriu, deslumbrante.

– Que casa extraordinária!

– Gosta? – ele perguntou.

– Não tenho certeza.

– É o que diz a maioria das pessoas.

Ela riu, como se Hugh tivesse feito um comentário espirituoso, e ele sentiu-se extremamente satisfeito.

– É muito moderna – continuou Hugh. – Tem cinco banheiros, uma enorme caldeira no porão que aquece a casa inteira com canos de água quente.

– Talvez o navio de pedra acima do frontão seja um pouco exagerado.

Hugh baixou a voz ao dizer:

– Também acho. Ele me lembra a cabeça de vaca na frente de um açougue.

Florence soltou outra risadinha. Hugh ficou muito satisfeito por ser capaz de fazê-la rir. Decidiu que seria ótimo afastá-la da multidão.

– Venha conhecer o jardim.

– É adorável!

Não era adorável, pois acabara de ser plantado, mas isso não tinha a menor importância. Hugh conduziu-a pelo terraço, mas foram interrompidos no caminho por Augusta, que lançou um olhar de censura para o sobrinho e disse:

– Lady Florence, foi muita gentileza sua ter vindo! Edward vai lhe mostrar o jardim.

Ela pegou o filho, que estava por ali, e despachou os dois para o jardim antes que Hugh pudesse dizer qualquer coisa. Ele rangeu os dentes em frustração e jurou a si mesmo que não a deixaria escapar impune por isso.

– Hugh, meu caro, sei que você quer conversar com Rachel.

Augusta segurou-o pelo braço e levou-o de volta. Não havia nada que ele pudesse fazer para resistir, a não ser soltar seu braço e provocar uma cena. Rachel conversava com Micky Miranda e seu pai.

– Micky, quero que seu pai conheça meu cunhado, o Sr. Samuel Pilaster.

Augusta afastou-se com Micky e o pai, deixando Hugh outra vez em companhia de Rachel, que começou a rir.

– Não se pode discutir com ela.

– Seria como discutir com um trem a toda velocidade – comentou Hugh, furioso.

Pela janela, ele podia ver a anquinha do vestido de Florence balançando pelo jardim ao lado de Edward. Rachel acompanhou seus olhos e sugeriu:

– Vá atrás dela.

Hugh sorriu.

– Obrigado.

Ele encaminhou-se apressado para o jardim. Ao se aproximar, uma ideia maliciosa lhe ocorreu. Por que não entrar no jogo da tia e afastar Edward de Florence? Augusta ficaria uma fera ao descobrir... Mas valeria a pena para ter alguns minutos a sós no jardim com Florence. E que se danasse o resto, pensou ele.

– Edward, sua mãe me pediu que o chamasse. Ela está no salão.

Edward não questionou, pois estava acostumado às repentinas mudanças de ideia da mãe.

– Com licença, por favor, lady Florence.

Ele deixou os dois e voltou para a casa. Florence perguntou:

– Ela mandou mesmo chamá-lo?

–Não.

– Mas que maldade! – protestou ela, mas sorrindo.

Hugh fitou-a nos olhos, deleitando-se com sua aprovação. Teria problemas depois, porém arriscaria muito mais em troca de um sorriso como aquele.

– Venha conhecer o pomar – sugeriu ele.

III.

Augusta estava se divertindo com Papa Miranda. Que camponês mais atarracado! Era muito diferente do filho esguio e gracioso. Augusta gostava bastante de Micky Miranda. Sempre se sentia mais mulher quando estava em sua companhia, embora ele fosse muito jovem. Micky tinha um jeito de contemplá-la como se ela fosse a coisa mais desejável que já vira. Havia ocasiões em que Augusta desejava que ele fizesse mais do que olhar. Era um desejo absurdo, é claro, ainda assim ela o sentia de vez em quando.

Ficara alarmada com a conversa a respeito de Seth. Micky presumia que, quando o velho Seth morresse ou se aposentasse, seu filho Samuel assumiria como o sócio principal do Pilaster Bank. Micky não faria essa suposição por conta própria, certamente a ouvira de alguém da família. Augusta não queria que Samuel ocupasse aquela posição. Queria o cargo para seu marido Joseph, sobrinho de Seth.

Ela olhou pela janela da sala de visitas e avistou os quatro sócios do Pilaster Bank juntos, no terraço. Três eram Pilaster: Seth, Samuel e Joseph – os metodistas do início do século XIX tinham uma preferência por nomes bíblicos. O velho Seth parecia o inválido que era, sentado com um cobertor sobre os joelhos, sobrevivendo à sua utilidade. O filho estava ao seu lado. Samuel não tinha uma aparência tão distinta quanto a do pai. Possuía um nariz adunco igual ao dele, parecido com um bico, mas a boca era um tanto mole, com dentes estragados. A tradição o indicava como sucessor porque era o mais velho dos sócios, depois de Seth. O marido de Augusta, Joseph, era quem falava, argumentando diante do tio e do primo com movimentos curtos e rápidos da mão, um gesto característico de impaciência. Ele também tinha o nariz dos Pilaster, no entanto o resto das feições era um tanto irregular, e começava a perder os cabelos. O quarto sócio mantinha-se um pouco recuado, escutando com os braços cruzados. Era o major George Hartshorn, marido da irmã de Joseph, Madeleine. Ex-oficial do Exército, exibia uma cicatriz proeminente na testa, de um ferimento sofrido vinte anos antes, na Guerra da Crimeia. Não era nenhum herói, porém; seu cavalo se assustara com um motor a vapor, ele caíra e batera a cabeça na roda de uma carroça. Reformou-se no Exército e passou a atuar no banco ao se casar com Madeleine. Homem amável, que seguia as orientações dos outros, não era bastante inteligente para dirigir o banco, e além do mais nunca houvera um sócio principal cujo nome não fosse Pilaster. Os únicos candidatos para valer eram Samuel e Joseph.

Tecnicamente, a decisão era tomada por votação dos sócios. Pela tradição, a família costumava chegar a um consenso. Na realidade, Augusta sentia-se determinada a impor sua vontade. Mas não seria fácil.

O sócio principal do Pilaster Bank era um dos homens mais importantes do mundo. Sua decisão de conceder um empréstimo podia salvar um monarca, e sua recusa podia desencadear uma revolução. Junto com alguns outros – J. P. Morgan, os Rothschild, Ben Greenbourne – ele tinha nas mãos a prosperidade das nações. Era adulado por chefes de Estado, consultado por primeiros-ministros e cortejado por diplomatas; e sua esposa era bajulada por todos.

Joseph queria o cargo, mas não era nada sutil. Augusta tinha pavor de que o marido deixasse a oportunidade lhe escapar das mãos. Se o assunto ficasse apenas por sua conta, ele poderia dizer de forma direta que gostaria de ser considerado e depois permitir que a família decidisse. Podia não lhe ocorrer que havia outras coisas que deveria fazer para se assegurar de que venceria a competição. Por exemplo, Joseph jamais faria algo para desacreditar o rival.

Augusta teria de encontrar meios de fazer isso por ele.

Ela não teve nenhuma dificuldade em identificar a fraqueza de Samuel. Aos 53 anos de idade, ele era um solteirão e vivia com um rapaz a quem todos chamavam despreocupadamente de seu "secretário". Até aquele momento, a família não dispensara nenhuma atenção à estrutura doméstica de Samuel, mas Augusta ficava imaginando se não poderia mudar essa situação.

Seria necessário o maior cuidado para lidar com Samuel. Ele era um homem detalhista e cheio de frescuras, o tipo capaz de mudar toda a roupa se uma gota de vinho caísse no joelho da sua calça; mas não era um fraco e não podia ser intimidado. Uma ofensiva direta não era o meio de atacá-lo.

Augusta não teria nenhum arrependimento por prejudicá-lo. Jamais gostara de Samuel. Às vezes, ele se comportava como se a achasse divertida e tinha um jeito de se recusar a aceitá-la pelo que ela aparentava que a deixava profundamente aborrecida.

Circulando entre os convidados, ela tratou de afastar da mente a relutância impertinente do sobrinho Hugh em cortejar uma jovem adequada. Esse ramo da família sempre criara problemas, e ela não permitiria que isso a distraísse da questão mais importante para a qual Micky a alertara – a ameaça de Samuel.

Ela avistou a cunhada, Madeleine Hartshorn no vestíbulo. Pobre Madeleine, logo se via que era irmã de Joseph por causa do nariz dos Pilaster. Em alguns dos homens, ele parecia distinto, mas nenhuma mulher podia parecer outra coisa a não ser feia com um nariz adunco como aquele.

Madeleine e Augusta já haviam sido rivais. Anos antes, logo após o casamento de Joseph, Madeleine ressentira-se da maneira como a família começara a se concentrar em torno de Augusta – embora Madeleine nunca tivesse tido o magnetismo ou a energia para fazer o que Augusta fazia: cuidar de casamentos e funerais, promover romances, apaziguar brigas e conseguir apoio para doentes, grávidas e enlutados. A atitude de Madeleine quase causara uma divisão na família. Depois, no entanto, ela entregou uma arma nas mãos da cunhada. Certa tarde, Augusta entrou numa loja de prataria exclusiva na Bond Street no exato momento em que Madeleine se esgueirava para os fundos do estabelecimento. Augusta continuou ali, fingindo hesitar diante de um suporte para torradas, até ver um jovem bonito seguir pelo mesmo caminho. Ela já tinha ouvido comentários de que quartos sobre lojas assim eram às vezes usados para encontros românticos, e agora tinha quase certeza de que Madeleine mantinha uma relação extraconjugal. Uma nota de 5 libras persuadiu a proprietária da loja, uma certa Sra. Baxter, a revelar o nome do rapaz, visconde Tremain.

Augusta ficara verdadeiramente chocada, mas o primeiro pensamento que lhe ocorreu foi o de que, se Madeleine podia se divertir com o visconde Tremain, ela também poderia fazê-lo com Micky Miranda. No entanto, isso era inadmissível, é claro. Além do mais, se Madeleine fora descoberta, o mesmo poderia lhe acontecer.

Madeleine poderia ser socialmente destruída por isso. Um homem que tinha um caso amoroso era considerado libertino, mas também romântico; uma mulher que fazia o mesmo era uma meretriz. Se o seu segredo transpirasse, ela seria escorraçada pela sociedade, a família se envergonharia de sua pessoa. A primeira ideia de Augusta foi a de usar o segredo para controlar Madeleine, mantendo sobre sua cabeça a ameaça da denúncia. Isso, porém, a tornaria hostil para sempre. Era tolice multiplicar inimigos sem necessidade. Tinha de haver um meio pelo qual ela pudesse desarmar Madeleine e ao mesmo tempo convertê-la numa aliada. Após muita reflexão, Augusta formulou uma estratégia. Em vez de intimidar Madeleine com a informação, ela fingiria estar do seu lado.

– Um aviso sensato, minha cara Madeleine – sussurrara Augusta. – A Sra. Baxter não merece confiança. Diga a seu visconde para providenciar um lugar mais discreto.

Madeleine lhe suplicara que guardasse segredo e se mostrou pateticamente grata quando Augusta prometeu de bom grado silêncio eterno. Desde então, não houve mais rivalidade entre as duas.

Agora, Augusta estava no vestíbulo pegando Madeleine pelo braço e dizendo:

– Venha conhecer o meu quarto... Acho que você vai gostar.

No segundo andar da casa ficavam o seu quarto de dormir e o de vestir, o quarto de dormir e o de vestir de Joseph, além de um escritório. Ela levou Madeleine a seu quarto, fechou a porta e esperou pela reação.

Decorara o quarto na última moda japonesa, com cadeiras de ornatos em relevo, papel de parede de plumas de pavão e um conjunto de peças de porcelana no consolo da lareira. Havia um enorme guarda-roupa pintado com temas japoneses, e o divã junto da janela que se projetava para fora era parcialmente encoberto pelas cortinas.

– Quanto arrojo, Augusta! – exclamou Madeleine.

– Obrigada. – Augusta sentiu uma felicidade quase total pelo efeito. – Havia um material melhor para as cortinas, e era o que eu queria, mas a Liberty's já o tinha vendido quando fui lá. Venha conhecer o quarto de Joseph.

Ela conduziu Madeleine pela porta de comunicação. O quarto de Joseph era decorado numa versão mais suave do mesmo estilo, com um papel escuro nas paredes, imitando couro, e cortinas de brocado. Augusta sentia um orgulho especial pelo armário laqueado, de portas de vidro, onde o marido guardava sua coleção de caixinhas de rapé cravejadas de pedras preciosas.

– Joseph é um excêntrico – comentou Madeleine, olhando para as caixas de rapé.

Augusta sorriu. O marido não tinha nada de excêntrico, em termos gerais, mas era esquisito que um banqueiro metodista tão prático e durão colecionasse algo tão frívolo e requintado, e toda a família se divertia com isso.

– Ele diz que é um bom investimento – explicou Augusta.

Um colar de diamantes para ela também seria um bom investimento, mas o marido jamais comprava tais coisas, pois os metodistas consideravam as joias uma extravagância desnecessária.

– Um homem deve ter um hobby – disse Madeleine. – Serve para mantê-lo longe de encrencas.

Longe dos bordéis, era o que ela queria dizer. A referência implícita aos pecadilhos dos homens fez Augusta lembra-se de seu propósito. Com extrema delicadeza, ela perguntou:

– Madeleine, minha cara, o que vamos fazer em relação ao nosso primo Samuel e seu "secretário"?

Madeleine ficou perplexa.

– Devemos fazer alguma coisa?

– Se Samuel se tornar o sócio principal, devemos.

– Por quê?

– Ora, minha cara, o sócio principal do Pilaster tem de receber embaixadores, chefes de Estado, até mesmo a realeza, e deve ser *absolutamente* irrepreensível em sua vida particular.

Assim que entendeu o que Augusta queria dizer, Madeleine corou.

– Não está sugerindo que Samuel seja de alguma forma... depravado?

Era exatamente o que Augusta sugeria, mas não queria dizê-lo expressamente por receio de pressionar Madeleine a defender o primo.

– Espero nunca saber – respondeu ela, evasiva. – O importante é o que as pessoas pensam.

Madeleine ainda não se convencera.

– Acha mesmo que as pessoas pensam... isso?

Augusta forçou-se a ter paciência com os melindres de Madeleine.

– Minha cara, ambas somos casadas e sabemos como são os homens. Possuem apetites animais. O mundo presume que um homem solteiro ae 53 anos que vive com um rapaz bonito é pervertido... E os céus sabem que na maioria dos casos o mundo provavelmente está certo.

Madeleine franziu as sobrancelhas, parecendo preocupada. Antes que pudesse dizer qualquer coisa, houve uma batida na porta e Edward entrou.

– O que é, mãe?

Augusta irritou-se com a ınterrupção e não entendeu o que o filho queria.

– Como assim?

– Você mandou me chamar.

– De jeito nenhum. Eu lhe disse para mostrar o jardim a lady Florence.

Edward assumiu uma expressão magoada.

– Mas Hugh disse que você queria falar comigo!

Augusta compreendeu tudo.

– É mesmo? E posso supor que é ele quem está mostrando o jardim a lady Florence neste momento?

Edward percebeu aonde a mãe queria chegar.

– Certamente – murmurou ele, aflito. – Não fique zangada comigo, mãe, por favor.

Augusta se derreteu no mesmo instante.

– Não se preocupe, Teddy querido. Hugh é um menino muito astuto.

Mas se ele acreditava que podia ser mais esperto do que tia Augusta, era um tolo também.

A interrupção irritara-a, mas pensando bem ela chegou à conclusão de que já dissera o suficiente a Madeleine sobre o primo Samuel. Àquela altura, tudo o que desejava era plantar a semente da dúvida; qualquer coisa a mais poderia ser muito forte. Decidiu deixar como estava. Saiu com a cunhada e o filho do quarto dizendo:

– Agora preciso voltar aos meus convidados.

Desceram todos. A festa corria muito bem, a julgar pela cacofonia produzida por conversas, risos e uma centena de colheres de chá de prata retinindo em pires de porcelana. Augusta verificou por um instante a sala de jantar, onde os criados serviam salada de lagosta, bolo de frutas e bebidas geladas. Passou pelo vestíbulo trocando uma ou duas palavras com cada convidado que atraía sua atenção, mas procurando por uma pessoa em particular – a mãe de Florence, lady Stalworthy.

Preocupava-se com a possibilidade de Hugh se casar com Florence. Hugh já vinha se saindo muito bem no banco. Tinha o cérebro comercial ágil de um vendedor ambulante e o comportamento cativante de um trapaceiro em jogos de carta. Até mesmo Joseph falava dele com aprovação, desatento à ameaça a seu próprio filho. O casamento com a filha de um conde daria a Hugh a posição social para desenvolver seus talentos naturais, o que o tornaria um perigoso rival para Edward. O querido Teddy não possuía o charme superficial de Hugh nem sua cabeça para números e, por isso, precisava de toda a ajuda que Augusta pudesse lhe conceder.

Ela encontrou lady Stalworthy de pé, junto à janela da sacada da sala de visitas. Era uma bela mulher de meia-idade, num vestido rosa e um pequeno chapéu de palha com flores de seda. Augusta imaginava, ansiosa, como ela se sentia em relação a Hugh e Florence. Hugh não chegava a ser um grande partido, mas também não era um desastre do ponto de vista de lady Stalworthy. Florence era a mais jovem de suas três filhas, e as outras duas haviam feito bons casamentos. Assim, lady Stalworthy podia ser tolerante. Augusta precisava impedir aquela união. Mas como?

Ela aproximou-se da janela e percebeu que lady Stalworthy observava Hugh e Florence no jardim. Hugh explicava alguma coisa, e os olhos de Florence faiscavam de prazer enquanto o contemplava e escutava.

– A felicidade despreocupada da juventude – murmurou Augusta.

– Hugh parece um bom rapaz – comentou lady Stalworthy.

Augusta fitou-a atentamente por um momento. Lady Stalworthy exibia um sorriso sonhador. Fora outrora tão bonita quanto a filha, avaliou Augusta. Agora, recordava-se da sua própria juventude. Precisava ser trazida de volta ao mundo com uma pancada, decidiu.

– Como passam depressa esses dias despreocupados...

– Mas são idílicos enquanto duram.

Era a hora do veneno.

– O pai de Hugh morreu, como você sabe. E sua mãe leva uma vida muito pacata em Folkestone. Por isso, Joseph e eu nos sentimos na obrigação de assumir um interesse de pais em relação a ele. – Augusta fez uma pausa. – Creio que nem preciso dizer que uma aliança com sua família seria um triunfo extraordinário para Hugh.

– É muita gentileza sua dizer isso – respondeu lady Stalworthy, como se tivesse recebido um lindo elogio. – Os Pilaster também são uma família de distinção.

– Obrigada. Se Hugh trabalhar com afinco, poderá um dia ter uma vida confortável.

Lady Stalworthy parecia um pouco consternada.

– Quer dizer que o pai nada lhe deixou?

– Não. – Augusta precisava fazer com que ela soubesse que Hugh não receberia nenhum dinheiro dos tios ao se casar. – Ele terá de trabalhar para conquistar posições mais altas no banco, vivendo de seu salário.

– Ah... – murmurou lady Stalworthy, o rosto deixando transparecer um indício de decepção. – Felizmente, Florence tem uma pequena renda.

Augusta sentiu um aperto no coração. Portanto, Florence tinha seu próprio dinheiro. Era uma péssima notícia. Augusta ficou imaginando quanto seria. Os Stalworthy não eram tão ricos quanto os Pilaster – poucas pessoas eram –, contudo levavam uma vida confortável, Augusta refletiu. De qualquer forma, a pobreza de Hugh não era suficiente para colocar lady Stalworthy contra ele. Augusta teria de tomar medidas mais rigorosas.

– A querida Florence seria uma grande ajuda para Hugh, uma influência estabilizadora, tenho certeza.

– É, sim – disse lady Stalworthy, distraída, e depois franziu as sobrancelhas. – Estabilizadora?

Augusta hesitou. Esse tipo de coisa era perigoso, mas tinha de assumir o risco.

– Nunca dou ouvido a boatos e tenho certeza de que você também não – disse ela. – Tobias *foi* bastante desafortunado, quanto a isso não resta a menor dúvida, mas Hugh *praticamente* não apresenta nenhum sinal de ter herdado a fraqueza.

– Isso é ótimo – comentou lady Stalworthy, mas com uma expressão de profunda ansiedade.

– Ainda assim, Joseph e eu ficaríamos felizes em vê-lo casado com uma moça tão sensata quanto Florence. Sente-se que ela seria firme com ele se...

Augusta deixou o resto da frase no ar.

– Eu... – Lady Stalworthy engoliu em seco. – Não me recordo de que fraqueza o pai dele tinha.

– Acho que não era verdade.

– Apenas entre nós duas.

– Talvez eu não devesse ter tocado no assunto.

– Preciso saber de tudo, pelo bem da minha filha. Tenho certeza de que compreende.

– O jogo. – Augusta falou em voz baixa, pois não queria ser ouvida por outros; havia pessoas ali que saberiam que ela mentia. – Foi o que o levou a tirar a própria vida. A vergonha.

Queiram os céus que os Stalworthy não se deem ao trabalho de conferir a verdade, pensou ela, com todo o fervor.

– Pensei que a empresa dele tivesse quebrado.

– Isso também.

– Que coisa trágica!

– É verdade. Joseph teve de pagar as dívidas de Hugh uma ou duas vezes, mas falou muito firme com o rapaz e temos certeza de que isso não tornará a acontecer.

– O que é tranquilizador – disse lady Stalworthy, porém seu rosto demonstrava algo diferente.

Augusta concluiu que já devia ter falado o suficiente. A farsa de que era a favor da união se dissipava de um modo perigoso. Tornou a olhar pela janela. Florence ria de alguma coisa que Hugh dizia, inclinando a cabeça para trás e mostrando os dentes de um jeito um tanto... impróprio. Ele praticamente a comia com os olhos. Todos na festa podiam perceber que se sentiam atraídos um pelo outro.

– Tenho a impressão de que não vai demorar muito para que a situação alcance o ponto culminante – acrescentou Augusta.

– Talvez já tenham conversado o suficiente por um dia – declarou lady Stalworthy, transtornada. – É melhor eu interferir. Com licença.

– Fique à vontade.

Lady Stalworthy encaminhou-se apressada para o jardim.

Augusta sentiu-se aliviada. Conduzira com êxito outra conversa delicada. Lady Stalworthy desconfiava agora de Hugh, e, no momento em que uma mãe se sentia apreensiva em relação a um pretendente à mão da filha, raramente o favorecia.

Ela olhou ao redor e avistou Beatrice Pilaster, outra cunhada. Joseph tivera dois irmãos: um fora Tobias, o pai de Hugh, e o outro era William, sempre chamado de Jovem William porque nascera 23 anos depois de Joseph. Estava agora com 25 anos e ainda não se tornara um dos sócios do banco. Beatrice era sua esposa. Era como um enorme filhotinho de cachorro, feliz e desajeitada, ansiosa por ser amiga de todos. Augusta decidiu lhe falar sobre Samuel e seu secretário. Aproximou-se e disse:

– Beatrice, minha cara, não gostaria de conhecer meu quarto?

IV.

Micky e o pai deixaram a festa e voltaram a pé para seus aposentos. Passaram apenas por parques – primeiro o Hyde Park, depois o Green Park e o St. James's Park – até chegarem ao rio. Pararam no meio da ponte de Westminster para descansar por um momento e contemplar a vista.

Na margem norte do rio ficava a maior cidade do mundo. Rio acima, podia-se avistar as Casas do Parlamento, construídas numa imitação moderna da abadia de Westminster, do século XIII, situada nas proximidades. Rio abaixo, viam-se os jardins de Whitehall, o palácio do duque de Buccleuch e o grande prédio de alvenaria da nova estação ferroviária de Charing Cross.

As docas se achavam fora do campo de visão e os navios grandes não subiam até ali, mas o rio estava movimentado, com botes, barcaças e embarcações de passeio, uma linda paisagem ao sol do fim da tarde.

A margem sul poderia pertencer a um país diferente. Era a área das olarias de Lambeth, e ali, nos campos de barro pontilhados de oficinas caindo aos pedaços, bandos de homens de rosto cinzento e mulheres esfarrapadas ainda trabalhavam, fervendo ossos, separando o lixo, acendendo fornos e despejando a massa nos molde, a fim de fazer canos de escoamento e capelos de chaminés para a cidade em rápida expansão. Até mesmo na ponte, a cerca de meio quilômetro de distância, o cheiro ainda era forte. Os barracos ilegais em que aquelas pessoas viviam se agrupavam em torno dos muros do palácio de Lambeth, a residência em Londres do arcebispo de Canterbury, como a sujeira deixada pela maré alta na praia lamacenta. Apesar da proximidade do palácio do arcebispo, o lugar era conhecido como Devil's Acre, o acre do demônio, provavelmente porque as fogueiras, a fumaça, os trabalhadores que se arrastavam e o cheiro fétido levavam as pessoas a pensar no inferno.

Os aposentos de Micky ficavam em Camberwell, um subúrbio respeitável, além das olarias; mas ele e o pai hesitaram na ponte, relutantes em atravessar Devil's Acre. Micky ainda amaldiçoava a escrupulosa consciência metodista do velho Seth Pilaster por frustrar seus planos.

– Resolveremos esse problema do embarque dos rifles, Papa – disse ele. – Não se preocupe.

Papa deu de ombros.

– Quem está se interpondo em nosso caminho?

Era uma pergunta simples, mas tinha um significado profundo na família Miranda. Quando enfrentavam um problema difícil, sempre perguntavam *Quem está se interpondo em nosso caminho?* Significava, na verdade, *Quem temos de matar para conseguir o que queremos?* Fazia Micky lembrar-se de todo o barbarismo da vida na província de Santamaria, todas as lendas pavorosas que ele preferia esquecer: a história da punição que Papa aplicara à sua amante por ser infiel, enfiando-lhe um rifle e puxando o gatilho; a ocasião em que uma família judia abrira um armazém ao lado do seu na capital da província, e por isso ele incendiara o estabelecimento, queimando o homem, a mulher e os filhos vivos; a do anão que se vestira como Papa no carnaval e fizera todo mundo rir ao desfilar de um lado para outro numa perfeita imitação do modo de andar de Papa, até este se aproximar calmamente, sacar uma pistola e estourar a cabeça do anão.

Até mesmo em Córdoba isso não era normal, mas lá a brutalidade audaciosa de Papa o tornara um homem a ser temido. Na Inglaterra, o levaria à cadeia.

– Não prevejo a necessidade de uma ação drástica – declarou Micky, tentando encobrir seu nervosismo com um ar de despreocupação.

– Por enquanto, não há pressa. O inverno está começando em Córdoba. Não haverá luta antes do verão. – Papa lançou um olhar duro para Micky. – Mas preciso dos rifles até o final de outubro.

O olhar deixou Micky com os joelhos bambos. Teve de encostar-se no parapeito de pedra da ponte para se firmar.

– Cuidarei de tudo, Papa – murmurou ele, ansioso. – Não se preocupe.

Papa assentiu, fazendo um aceno de cabeça, como se não tivesse a menor dúvida a respeito. Permaneceram em silêncio por um minuto. E depois, inesperadamente, Papa anunciou:

– Quero que você continue em Londres.

Micky sentiu os ombros baixarem em alívio. Era o que ele mais desejava. Portanto, devia ter feito algo certo.

– Acho que pode ser uma boa ideia, Papa – disse ele, tentando disfarçar sua satisfação.

E foi nesse momento que Papa lançou a bomba:

– Mas vamos suspender a remessa de dinheiro para você.

– Como?

– A família não pode mais mantê-lo. Terá de cuidar do seu próprio sustento.

Micky ficou estarrecido. A mesquinhez do pai era tão lendária quanto sua violência, mas ainda assim aquilo era inesperado. Os Miranda eram ricos. Papa tinha milhares de cabeças de gado, monopolizava todos os negócios com cavalos num vasto território, arrendava terras para pequenos fazendeiros e possuía a maior parte das lojas da província de Santamaria.

Era verdade que o dinheiro da família não comprava muita coisa na Inglaterra. Em sua terra, um dólar de prata cordovês pagava uma lauta refeição, uma garrafa de rum e uma meretriz para passar a noite; ali, mal daria para uma refeição ordinária e um copo de cerveja fraca. Micky compreendera isso como um tremendo golpe quando ingressara na Windfield School. Conseguia complementar sua mesada jogando cartas, mas teve dificuldades em equilibrar o orçamento até se tornar amigo de Edward. Mesmo agora, Edward ainda pagava por todas as diversões caras que partilhavam: a ópera, as visitas aos hipódromos, as caçadas e as meretrizes. Mas Micky precisava de uma renda básica para pagar o aluguel, as contas do alfaiate, mensalidades dos clubes de cavalheiros, que eram um elemento essencial da vida em Londres, e gorjetas para os criados. Como Papa esperava que ele conseguisse esse dinheiro? Arrumando um emprego? A perspectiva era assustadora. Nenhum membro da família Miranda trabalhava por salário.

Ele já ia perguntar como poderia viver sem dinheiro quando Papa mudou de assunto abruptamente:

– Explicarei agora para que são os rifles. Vamos nos apoderar do deserto.

Micky não entendeu. A propriedade dos Miranda abrangia uma extensa área da província de Santamaria. Era limitada por uma propriedade menor, que pertencia à família Delabarca. Ao norte de ambas, estendia-se uma terra tão árida que nem Papa nem seu vizinho jamais haviam se dado ao trabalho de reivindicá-la.

– Para que queremos o deserto? – indagou Micky.

– Por baixo da areia há um mineral chamado nitrato. É usado como fertilizante, muito melhor do que esterco. Pode ser embarcado para o mundo inteiro e vendido por altos preços. Quero que você fique em Londres para tomar conta da venda.

– Como sabemos que o mineral existe?

– Delabarca começou a extraí-lo. Isso enriqueceu sua família.

Micky sentiu-se animado. Aquilo podia transformar o futuro da família. Não de imediato, é claro; não depressa o suficiente para resolver o problema de sua sobrevivência sem o dinheiro de Papa. Mas a longo prazo...

– Temos de agir depressa – acrescentou Papa. – Riqueza é poder, e logo a família Delabarca será mais forte do que a nossa. Antes que isso aconteça, temos de destruí-la.

2
Junho

I.

Whitehaven House
Kensington Gore
Londres, S. W.
2 de junho de 1873

Minha cara Florence,

Onde você está? Esperava encontrá-la no baile da Sra. Bridewell, depois em Richmond, depois na casa dos Muncaster no sábado... mas você não foi a nenhum desses lugares! Escreva-me uma linha e diga que continua viva!

Afetuosamente,
Hugh Pilaster

Park Lane, 23
Londres, W.
3 de junho de 1873

A Hugh Pilaster, Ilustre Cavalheiro
Senhor,

Agradeceria se não tentasse se comunicar com minha filha, em qualquer circunstância, daqui por diante.

Stalworthy

Whitehaven House
Kensington Gore
Londres, S. W.
6 de junho de 1873

Querida Florence,

Finalmente encontrei uma mensageira confidencial para lhe entregar um bilhete. Por que vem sendo afastada de mim? Ofendi seus pais? Ou – que os céus não permitam – você? Sua prima Jane ficou de me trazer a resposta. Escreva-a depressa!

Com profundo afeto,
Hugh

Stalworthy Manor
Stalworthy
Buckinghamshire
7 de junho de 1873

Caro Hugh,

Estou proibida de vê-lo porque você é um jogador como seu pai. Lamento sinceramente, mas devo acreditar que meus pais sabem o que é melhor para mim.

Com extremo pesar,
Florence

Whitehaven House
Kensington Gore
Londres, S. W.
8 de junho de 1873

Querida Mãe,

Uma jovem acaba de me rejeitar porque meu pai era um jogador. Isso é verdade? Por favor, responda imediatamente. Preciso saber?

Seu filho que muito a ama,
Hugh

Wellington Villas, 2
Folkestone
Kent
9 de junho de 1873

Meu querido filho,

Jamais soube que seu pai jogava. Não posso imaginar quem inventaria uma coisa tão pérfida a seu respeito. Ele perdeu seu dinheiro num colapso dos negócios, como eu sempre disse a você. Não houve nenhum outro motivo.

Espero que esteja bem e feliz, meu querido, e que sua amada acabe por aceitá-lo. Continuo como sempre. Sua irmã Dorothy manda-lhe todo o seu amor, assim como eu.

Sua Mãe

Whitehaven House
Kensington Gore
Londres, S. W.
10 de junho de 1873

Querida Florence,

Creio que alguém pode ter lhe contado uma coisa errada sobre meu pai. Sua companhia foi à bancarrota, é verdade. Não foi culpa dele – uma grande firma chamada Overend & Gurney quebrou, devendo 5 milhões de libras, e muitos dos credores ficaram arruinados. Ele acabou com a própria vida no mesmo *dia*. Mas jamais foi um jogador, e eu também não sou.

Se explicar isso ao nobre conde, seu pai, acredito que tudo ficará esclarecido.

Afetuosamente,
Hugh

Stalworthy Manor
Stalworthy
Buckinghamshire
11 de junho de 1873

Hugh,

Escrever mentiras para mim não vai adiantar. Sei agora com certeza que o conselho de meus pais é certo e que devo esquecer você.

Florence

Whitehaven House
Kensington Gore
Londres, S. W.
12 de junho de 1873

Querida Florence,

Você tem de acreditar em mim! É possível que não tenham me contado a verdade sobre meu pai – embora eu não possa, com toda a sinceridade, duvidar da palavra de minha mãe –, mas quanto a mim sei a verdade! Quando tinha 14 anos, apostei um xelim no Derby e perdi; desde então, nunca mais pensei em jogar. Quando a encontrar, farei um juramento.

Com a maior esperança,
Hugh

Foljambe & Merriwether, Advogados
Gray's Inn
Londres, W. C.
13 de junho de 1873

A Hugh Pilaster, Ilustre Cavalheiro
Senhor,

Fomos instruídos por nosso cliente, o conde de Stalworthy, a lhe solicitar que desista de qualquer tentativa de comunicação com sua filha.

Por favor, queira tomar conhecimento de que o nobre conde tomará toda e qualquer providência necessária, inclusive uma ação judicial para obrigá-lo a cumprir sua vontade nessa questão, a menos que se abstenha imediatamente.

Pelos Srs. Foljambe & Merriwether
Albert C. Merriwether

Hugh,

Ela mostrou sua última carta à minha tia, a mãe dela. Levaram-na para Paris até o fim da temporada social em Londres e, depois, vão para Yorkshire. Não adianta – ela não quer mais saber de você. Sinto muito.

Jane

II.

O Argyll Rooms era o local de diversão mais popular em Londres, mas Hugh nunca estivera lá. Jamais lhe ocorreria visitar um lugar assim; embora não chegasse a ser um bordel, tinha péssima reputação. Contudo, poucos dias depois de Florence Stalworthy rejeitá-lo de forma definitiva, Edward convidou-o a ir com ele e Micky até lá para uma noite de devassidão. Hugh aceitou.

Ele não passava muito tempo com o primo. Edward sempre fora mimado, um valentão e preguiçoso que arrumava outras pessoas para fazerem seu trabalho. Havia um bom tempo que Hugh fora enquadrado no papel de ovelha negra da família, seguindo os passos do pai. Edward e ele tinham pouco em comum. Apesar disso, Hugh decidiu experimentar os prazeres da devassidão. Espeluncas de baixo nível e mulheres libertinas faziam parte do estilo de vida de milhares de ingleses das classes altas. Talvez eles soubessem o que era certo: talvez fosse aquele, em vez do amor verdadeiro, o caminho para a felicidade.

Na verdade, Hugh não tinha certeza de que estivera genuinamente apaixonado por Florence. Sentia-se furioso com o fato de os pais dela terem-na virado contra ele, sobretudo porque o motivo fora uma mentira insidiosa sobre seu pai. Mas descobrira, um tanto constrangido, que não ficara desolado. Embora pensasse com frequência em Florence, ele continuava a dormir bem, comia com apetite e se concentrava no trabalho sem dificuldade. Isso significava que nunca a amara? A garota de quem mais gostava no mundo, além da irmã Dotty, de 6 anos, era Rachel Bodwin, e Hugh cogitara a ideia de se casar com ela. Isso era amor? Ele não sabia. Talvez fosse jovem demais para compreender o amor. Ou talvez simplesmente ainda não tivesse experimentado esse sentimento.

O Argyll Rooms ficava ao lado de uma igreja, na Great Windmill Street, perto de Piccadilly Circus. Edward pagou o ingresso de um xelim para cada um e eles entraram. Os três usavam traje a rigor: fraque preto com lapelas de seda, calça preta com galão de seda, colete branco, camisa branca e gravata-borboleta branca. O traje de Edward era novo e caro; o de Micky, bem mais barato, mas na última moda; e o de Hugh, herdado do pai.

O salão de baile era uma arena extravagante com iluminação a gás, onde imensos espelhos com molduras douradas aumentavam ainda mais a claridade. A pista de dança encontrava-se apinhada de casais e, por trás de uma requintada treliça dourada, havia uma orquestra, meio escondida, tocando uma polca muito animada. Alguns homens usavam traje a rigor, sinal de que pertenciam à alta classe e tinham ido confraternizar com pessoas de nível inferior; porém, quase todos ali estavam com o respeitável terno preto comumente usado durante o dia, o que os identificava como escriturários e pequenos comerciantes.

Havia uma galeria escura acima do salão de baile. Edward apontou para lá e disse a Hugh:

– Se fizer amizade com uma das mulheres, pode pagar mais um xelim e levá-la para cima. Lá tem poltronas de pelúcia, meia-luz e garçons cegos.

Hugh sentia-se ofuscado não apenas pelas luzes, mas também pelas possibilidades. Ao seu redor havia mulheres que tinham vindo com o propósito exclusivo de flertar! Algumas estavam acompanhadas dos namorados, mas outras se encontravam sozinhas e tinham a intenção de dançar com estranhos. Todas se vestiam com esmero, em vestidos de noite com anquinha, muitas com decotes profundos e os chapéus mais espantosos. Mas ele notou que na pista de dança todas usavam seus mantos, recatadas. Micky e Edward haviam lhe assegurado que não eram prostitutas, mas jovens comuns, atendentes de lojas, criadas e costureiras.

– Como se faz para conhecê-las? – indagou Hugh. – Tenho certeza de que não é abordando-as como se fossem meretrizes de rua.

Edward apontou para um homem alto e de aparência distinta, de fraque e gravata branca, com um emblema no peito e que parecia supervisionar a dança.

– Aquele é o mestre de cerimônias. Fará uma apresentação, se você lhe der uma gorjeta.

O clima era uma mistura curiosa mas excitante de respeitabilidade e licenciosidade, constatou Hugh.

A polca terminou, e alguns dançarinos retornaram às suas mesas. Edward apontou e exclamou:

– Essa não! Lá está Fatty Greenbourne!

Hugh olhou na direção indicada e avistou seu antigo colega de colégio, maior do que nunca, estufando o colete branco. Estava abraçado com uma moça de beleza espetacular. Os dois sentaram-se a uma mesa, e Micky sugeriu:

– Por que não vamos até lá por um momento?

Hugh estava ansioso por ver a moça de perto e concordou no mesmo instante. Os três jovens adiantaram-se entre as mesas.

– Boa noite, Fatty! – disse Edward, animadamente.

– Olá, turma – respondeu ele, muito amável. – As pessoas me chamam agora de Solly.

Hugh vira Solly algumas vezes em City, o distrito financeiro de Londres. Havia alguns anos que Solly trabalhava no escritório central do banco da família, perto do Pilaster, logo depois da esquina. Ao contrário de Hugh, Edward estava trabalhando em City havia poucas semanas, e era por isso que não esbarrara antes com Solly.

– Pensamos em nos juntar a vocês – acrescentou Edward em tom casual, lançando um olhar inquisitivo para a moça.

Solly virou-se para sua acompanhante.

– Srta. Robinson, permita que eu lhe apresente alguns antigos colegas de colégio: Edward Pilaster, Hugh Pilaster e Micky Miranda.

A reação da Srta. Robinson foi surpreendente. Empalideceu por baixo do ruge e disse:

– Pilaster? Da mesma família de Tobias Pilaster?

– Tobias Pilaster era meu pai – disse Hugh. – Como conhece o nome?

Ela recuperou o controle num instante.

– Meu pai trabalhava na Tobias Pilaster & Co. Quando criança, eu ficava imaginando quem seria o Co.

Todos riram, e o momento de tensão passou. A moça perguntou:

– Não gostariam de se sentar?

Havia uma garrafa de champanhe na mesa. Solly serviu a Srta. Robinson e pediu mais taças.

– É uma verdadeira reunião dos antigos companheiros da Windfield – disse ele. – Adivinhem quem mais está aqui: Tonio Silva.

– Onde? – perguntou Micky.

Ele pareceu insatisfeito por saber que Tonio estava ali, e Hugh perguntou-se por quê. No colégio, Tonio sempre tivera medo de Micky, lembrou-se.

– Está na pista de dança – informou Solly. – Dançando com uma amiga da Srta. Robinson, a Srta. April Tilsley.

A Srta. Robinson interveio:

– Podem me chamar de Maisie. Não sou uma moça *formal*.

E ela deu uma piscadela lasciva para Solly. Um garçom trouxe um prato com lagosta e pôs na frente de Solly. Ele enfiou um guardanapo no colarinho da camisa e começou a comer.

– Sempre pensei que rapazes judeus não comessem carne de crustáceos – comentou Micky, num tom levemente insolente.

Solly continuava indiferente, como antes, a comentários do gênero.

– Só como a comida *kosher* em casa.

Maisie Robinson fitou Micky com uma expressão hostil.

– Nós, garotas judias, comemos o que gostamos – disse ela, tirando um pedaço de lagosta do prato de Solly.

Hugh ficou surpreso ao saber que ela era judia – sempre pensara que os judeus eram morenos. Observou-a atentamente. Ela era um tanto baixa, porém ganhava um palmo ou mais de altura empilhando os cabelos castanho-amarelados num coque alto e complementando com um enorme chapéu enfeitado com folhas e frutas artificiais. Por baixo do chapéu, havia um rosto pequeno e atrevido, com um brilho malicioso nos olhos verdes. O decote do vestido castanho revelava uma extensão surpreendente de busto sardento. As sardas, de modo geral, não eram consideradas atraentes, mas Hugh mal conseguia desviar os olhos. Depois de algum tempo, Maisie sentiu seu olhar e fitou-o também. Ele desviou os olhos, com um sorriso de desculpa.

Hugh tratou de afastar o pensamento daquele busto e correu os olhos pelo grupo. Notou como seus antigos colegas de colégio haviam mudado nos últimos sete anos. Solly Greenbourne amadurecera. Embora ainda fosse gordo e exibisse o mesmo sorriso descontraído, adquirira um ar de autoridade nos seus 20 e poucos anos. Talvez fosse uma decorrência da riqueza... Mas Edward era rico e não tinha uma aura como aquela. Solly já era respeitado em City; e, embora fosse fácil conquistar respeito quando se era o herdeiro do Greenbourne Bank, um jovem tolo nessa posição poderia em pouco tempo se tornar alvo de zombarias.

Edward ficara mais velho, todavia não amadurecera, ao contrário de Solly. Para ele, como para uma criança, a diversão era tudo. Não era burro, mas tinha dificuldade para se concentrar em seu trabalho no banco porque preferia estar em outro lugar, dançando, bebendo e jogando.

Micky era agora um belo demônio, com olhos escuros, sobrancelhas pretas e cabelos encaracolados um pouco compridos demais. Seu traje para a noite era correto, embora um tanto ousado: paletó com gola e punhos de veludo e camisa com rufos. Hugh notara que ele já atraíra olhares de admiração e sorrisos convidativos de várias mulheres sentadas às mesas próximas. Mas Maisie Robinson demonstrara aversão por ele, e Hugh achou que não era apenas por causa do comentário sobre os judeus. Havia algo sinistro em Micky. Ele era quieto, vigilante e controlado, de um modo enervante. Não era franco, raramente deixava transparecer hesitação, insegurança ou vulnerabilidade e nunca revelava nada de sua alma, se é que tinha uma. Hugh não confiava nele.

A dança terminou, e Tonio Silva foi para a mesa com a Srta. April Tilsley. Hugh encontrara-se com Tonio em diversas ocasiões desde os tempos do colégio, mas poderia reconhecê-lo de imediato pelos cabelos ruivos, ainda que passasse anos sem vê-lo. Haviam sido os melhores amigos até aquele dia pavoroso em 1866 quando a mãe de Hugh fora avisá-lo da morte do pai e o tirara do colégio. Eram os garotos mais levados da quarta série, sempre metidos em encrencas, mas aproveitavam a vida apesar das surras.

Ao longo dos anos, Hugh especulou muitas vezes o que teria acontecido de fato no poço naquele dia. Nunca acreditara na história do jornal de que Edward tentara salvar Peter Middleton – Edward não teria coragem. Mas Tonio ainda se recusava a falar a respeito, e a única outra testemunha, Albert "Hump" Cammel, fora viver na Colônia do Cabo.

Hugh ficou observando o rosto de Tonio enquanto ele apertava a mão de Micky. Tonio continuava a parecer intimidado por Micky.

– Como vai, Miranda? – disse ele numa voz normal.

A expressão, no entanto, era uma mistura de medo e admiração, a atitude que um homem poderia assumir diante de um campeão de boxe famoso por seu temperamento explosivo.

A companheira de Tonio, April, era um pouco mais velha do que a amiga Maisie, calculou Hugh, e tinha um ar aflito e impetuoso, o que a tornava menos atraente. Tonio, no entanto, estava se divertindo em sua companhia – tocava-a no braço, sussurrava em seu ouvido, fazia-a rir.

Hugh virou-se para Maisie. Ela era loquaz e animada, com uma voz melodiosa que tinha um leve sotaque do nordeste da Inglaterra, onde antes ficavam os armazéns de Tobias Pilaster. Sua expressão era sempre fascinante, estivesse ela sorrindo, franzindo as sobrancelhas, fazendo beicinho, torcendo o nariz arrebitado ou revirando os olhos. Tinha cílios claros, notou Hugh, e havia um punhado de sardas no nariz. Era uma beleza pouco convencional, mas ninguém podia negar que era a mulher mais bonita do salão.

Hugh sentia-se obcecado por uma ideia: como Maisie se encontrava ali, no Argyll Rooms, estava aparentemente disposta a beijar, acariciar e talvez "Ir até o fim!" naquela noite com um dos homens à mesa. Ele imaginava um encontro sexual com quase todas as moças que conhecia – envergonhava-se da intensidade e frequência com que pensava a respeito –, mas isso normalmente só podia acontecer depois da corte, noivado e casamento. Com Maisie, porém, podia ser naquela noite!

Ela voltou a perceber que Hugh a fitava e ele sentiu aquele constrangimento que Rachel Bodwin às vezes lhe proporcionava por parecer que sabia quais eram seus pensamentos. Procurou desesperado por alguma coisa para dizer e acabou balbuciando:

– Sempre viveu em Londres, Srta. Robinson?

– Estou aqui há apenas três dias.

Podia ser superficial, pensou Hugh, mas pelo menos estavam conversando.

– Tão pouco tempo! – exclamou ele. – Onde esteve antes?

– Viajando – respondeu ela, virando-se em seguida para falar com Solly.

– Ah... – murmurou Hugh.

Isso parecia encerrar a conversa, e ele ficou desapontado. Maisie agira quase como se tivesse um ressentimento contra ele.

Mas April ficou com pena dele e explicou:

– Maisie trabalha num circo há quatro anos.

– Céus! Fazendo o quê?

Maisie tornou a se virar e disse:

– Montando a cavalo sem sela. Ficando de pé sobre os cavalos, pulando de um para outro, todos esses truques.

April acrescentou:

– Numa malha justa, é claro.

Pensar em Maisie usando uma malha justa era um suplício insuportável. Hugh cruzou as pernas e indagou:

– Como começou a fazer esse trabalho?

Ela hesitou por um instante, depois pareceu tomar uma decisão sobre alguma coisa. Mudou de posição na cadeira para fitar Hugh diretamente, e um brilho perigoso surgiu em seus olhos.

– É fácil explicar. Meu pai trabalhava para a Tobias Pilaster and Co. Seu pai enganou o meu, deixando de pagar uma semana de trabalho. Minha mãe estava doente nessa ocasião. Sem aquele dinheiro ou eu passaria fome ou ela morreria. Por isso, fugi de casa. Tinha 11 anos de idade.

Hugh sentiu o rosto se enrubescer.

– Não creio que meu pai tenha enganado alguém. E se você tinha 11 anos, não poderia compreender o que aconteceu.

– Compreendi a fome e o frio!

– Talvez a culpa fosse de seu pai – insistiu Hugh, embora soubesse que era uma insensatez. – Ele não deveria ter filhos se não tinha condições de alimentá-los.

– Ele podia alimentá-los! – explodiu Maisie. – Trabalhava como um escravo... e depois vocês roubaram o dinheiro dele!

– Meu pai foi à falência, mas nunca roubou.

– Para quem perde isso não faz diferença!

– Não é a mesma coisa, e você está sendo tola e insolente ao fingir que é.

Era evidente que os outros achavam que ele fora longe demais, e várias pessoas se puseram a falar ao mesmo tempo. Tonio disse:

– Não vamos discutir sobre algo que aconteceu há tanto tempo.

Hugh sabia que deveria parar, mas ainda se sentia furioso.

– Desde os 13 anos tenho tido de escutar a família Pilaster injuriando meu pai, mas não aceitarei isso de uma artista de circo.

Maisie levantou-se, os olhos faiscando como esmeraldas lapidadas. Por um momento, Hugh chegou a pensar que ela fosse esbofeteá-lo. Depois, ela disse apenas:

– Dance comigo, Solly. Talvez o seu amigo grosseiro já tenha ido embora quando a música acabar.

III.

A discussão de Hugh com Maisie acabou com a festa. Solly e Maisie foram embora, e os outros decidiram ir a uma briga de ratos com cães. Era ilegal, mas havia meia dúzia de arenas regulares a cinco minutos a pé de Piccadilly Circus, e Micky Miranda conhecia todas elas.

Estava escuro quando saíram do Argyll e foram para o distrito de Londres conhecido como Babylon. Ali, fora das vistas dos palácios de Mayfair, mas convenientemente próximo dos clubes de cavalheiros em St. James's, havia um labirinto de ruas estreitas dedicadas ao jogo, esportes sangrentos, ópio, pornografia e – acima de tudo – prostituição. Era uma noite quente e úmida, o ar estava impregnado dos cheiros de comida, cerveja e esgoto. Micky e seus amigos foram andando devagar pelo meio da rua cheia de gente. Logo no primeiro minuto, um velho usando uma cartola amassada propôs lhe vender um livro de versos libidinosos, um rapaz com ruge nas faces piscou para ele, uma mulher bem-vestida, de sua idade, abriu o casaco rapidamente oferecendo-lhe um vislumbre de seus belos seios, enquanto uma velha esfarrapada perguntou se ele queria fazer sexo com uma garota de rosto angelical que tinha em torno de 10 anos de idade. Os prédios, quase todos bares, salões de dança, bordéis e pensões ordinárias, tinham paredes encardidas e janelas pequenas e sujas, através das quais se podia ver de vez em quando uma festa com iluminação a gás. Desfilavam pela rua grã-finos de colete branco como Micky, escriturários e pequenos comerciantes de chapéu-coco, agricultores de olhos arregalados, soldados com a túnica desabotoada, marujos com os bolsos temporariamente cheios de dinheiro e uma quantidade surpreendente de casais de classe média, de aparência respeitável, andando de braços dados.

Micky estava se divertindo. Era a primeira vez em muitas semanas que conseguia escapulir de Papa por uma noite. Esperavam pela morte de Seth Pilaster, a fim de fecharem o negócio dos rifles, mas o velho se apegava à vida como uma lapa no rochedo. Não era divertido ir a salões de dança e bordéis com o próprio pai. Ainda por cima, Papa tratava-o mais como um criado, às vezes chegando ao ponto de fazê-lo esperar do lado de fora enquanto ia para o quarto com uma prostituta. Aquela noite era um bendito alívio.

Ele sentia-se contente por ter se encontrado de novo com Solly Greenbourne. Os Greenbourne eram ainda mais ricos do que os Pilaster, e Solly poderia ser útil um dia.

Mas não ficara tão contente por ter visto Tonio Silva. Tonio sabia demais sobre a morte de Peter Middleton, sete anos antes. Naquele tempo, Tonio tinha pavor de Micky. E ainda se mostrava cauteloso e o respeitava, no entanto aquilo não era o mesmo que se sentir assustado. Micky preocupava-se com ele, mas naquele momento não sabia o que poderia fazer com relação a isso.

Ele deixou a Windmill Street e avançou por uma viela estreita. Olhos de gatos piscavam para ele de pilhas de lixo. Depois de verificar se os outros o seguiam, Micky entrou num pub escuro e sujo, atravessou-o, saiu pela porta dos fundos, cruzou um pátio onde havia uma prostituta de joelhos na frente de um cliente, ao luar, e abriu a porta de um prédio de madeira caindo aos pedaços que parecia um estábulo.

Um homem de cara suja, metido num casaco comprido e seboso, cobrou 4 *pence* como ingresso. Edward pagou, e eles entraram.

O lugar era bem iluminado, cheio de fumaça de tabaco e tinha um cheiro repulsivo de sangue e excremento. Quarenta ou cinquenta homens e umas poucas mulheres se agrupavam em torno de uma arena circular. Os homens eram de todas as classes, alguns em grossos ternos de lã e com lenços coloridos no pescoço, o traje típico de trabalhadores prósperos; outros usavam casaca e roupas mais refinadas. Mas as mulheres eram todas mais ou menos de má reputação, como April. Muitos homens estavam com cães, alguns em seu colo, outros amarrados na perna da cadeira.

Micky apontou para um homem barbudo, com um gorro de tweed, que segurava um cão com uma focinheira, preso por uma corrente pesada. Alguns espectadores examinavam atentamente o cachorro. Era um animal atarracado e musculoso, com uma cabeça enorme e mandíbulas poderosas; parecia furioso e irrequieto.

– Ele será o próximo – informou Micky.

Edward afastou-se para comprar drinques de uma mulher que vendia bebidas numa bandeja. Micky virou-se para Tonio, falou-lhe em espanhol. Era falta de educação fazer isso na presença de Hugh e April, que não entendiam aquele idioma; mas Hugh não era ninguém, e April, ainda menos, e assim não tinha a menor importância.

– O que anda fazendo agora? – perguntou ele.

– Sou adido do embaixador cordovês em Londres – respondeu Tonio.

– É mesmo? – Micky ficou intrigado. A maioria dos países sul-americanos não via sentido em ter um embaixador em Londres, mas Córdoba mantinha um representante ali havia dez anos. Não restava a menor dúvida de que Tonio conseguira o posto de adido porque sua família, os Silva, era bem-relacionada na capital cordovesa, Palma. Em contraste, o Papa de Micky era um barão provinciano e não exercia tanta influência. – O que você tem de fazer?

– Respondo às cartas de firmas britânicas que querem fazer negócios em Córdoba. São perguntas sobre clima, moeda, transporte interno, hotéis, uma porção de coisas.

– Trabalha o dia inteiro?

– Não com frequência. – Tonio baixou a voz para acrescentar: – Não conte a ninguém, mas só preciso escrever duas ou três cartas na maioria dos dias.

– E eles lhe pagam?

Muitos diplomatas eram homens que tinham recursos próprios e trabalhavam de graça.

– Não. Mas tenho um quarto na residência do embaixador e todas as refeições, além de receber uma verba para roupas. Eles também pagam minhas mensalidades em clubes.

Micky estava fascinado. Era o tipo de trabalho que lhe conviria com perfeição, e sentiu inveja. Casa e comida de graça, as despesas básicas de um jovem pagas em troca de uma hora de trabalho toda manhã. Micky ficou imaginando se haveria um jeito de afastar Tonio do cargo.

Edward voltou com cinco doses de conhaque em copos pequenos e distribuiu-os. Micky engoliu o seu de uma só vez. Era vagabundo, e ardia ao descer pela garganta.

Subitamente, o cão rosnou e começou a correr em círculos frenéticos, puxando a corrente, os pelos do pescoço eriçados. Micky olhou ao redor e viu dois homens carregando uma gaiola com ratos imensos. Os ratos estavam ainda mais frenéticos do que o cão, correndo por cima e por baixo uns dos outros, guinchando de pavor. Todos os cachorros começaram a latir, e por algum tempo houve uma terrível barulheira enquanto os donos berravam com os animais para ficarem quietos.

A entrada foi fechada e trancada por dentro, e o homem do casaco seboso começou a recolher as apostas. Hugh Pilaster disse:

– Por Deus, nunca vi ratos tão grandes! Onde são apanhados?

Foi Edward quem respondeu:

– São criados para isso. – Ele virou-se para um dos homens que carregavam a gaiola. – Quantos nesta briga?

– Seis dúzias.

Edward explicou:

– Isso significa que vão pôr 72 ratos na arena.

– Como se aposta? – perguntou Tonio.

– Pode-se apostar no cão ou nos ratos. Se você acha que os ratos vão vencer, pode apostar em quantos deles restarão depois que o cachorro morrer.

O homem do casaco seboso gritava os rateios e aceitava dinheiro em troca de pedaços de papel, nos quais escrevia números com um lápis grosso.

Edward apostou um soberano no cão, e Micky um xelim em seis ratos sobreviventes, visto que a cotação era de cinco para um. Hugh recusou-se a apostar, *como o grande morrinha que era*, pensou Micky.

A arena tinha aproximadamente 1,20 metro de profundidade e uma cerca de madeira também de 1,20 metro de altura. Toscos candelabros espaçados em torno da cerca projetavam uma claridade intensa no buraco. Depois que seu dono tirou-lhe a focinheira, o cachorro entrou na arena por um portão de madeira, que foi fechado em seguida. O cão ficou imóvel, as pernas rígidas e os pelos no dorso eriçados, esperando pelos ratos. Os homens levantaram a gaiola. Houve um silêncio de expectativa. Foi nesse instante que Tonio gritou:

– Dez guinéus no cachorro.

Micky ficou surpreso. Tonio falara do emprego e das vantagens como se precisasse tomar cuidado com a maneira como gastava seu dinheiro. Seria uma falsidade? Ou ele fazia apostas com as quais não podia arcar?

O *bookmaker* hesitou. Era uma aposta grande para ele também. Ainda assim, depois de um instante, rabiscou num pedaço de papel, que entregou a Tonio em troca do dinheiro.

Os homens balançaram a gaiola para a frente como se fossem jogá-la na arena; depois, no último instante, uma portinhola se abriu na extremidade e os ratos escorregaram para fora, caindo com guinchos de terror. Chocada, April soltou um grito, e Micky riu.

O cão começou a trabalhar com uma concentração letal. Enquanto os ratos caíam sobre ele, suas mandíbulas se movimentavam num ritmo furioso. Pegava um rato, quebrava sua espinha fazendo um forte movimento com sua enorme cabeça e depois o largava para agarrar outro.

O cheiro de sangue tornou-se repugnante. Todos os cães no local latiam desesperados, e os espectadores pioravam a barulheira – as mulheres soltando gritos estridentes por verem a carnificina, os homens berrando palavras de encorajamento para o cachorro ou os ratos. Micky não parava de rir.

Os ratos levaram um momento para compreender que estavam acuados na arena. Alguns corriam pela borda, procurando uma saída; outros pulavam, tentando em vão se agarrar nos lados lisos; outros se amontoavam em pilhas. Por alguns segundos, o cão atacou à vontade, matando uma dúzia ou mais.

Depois os ratos se viraram, todos ao mesmo tempo, como se tivessem ouvido um sinal. Começaram a investir contra o cachorro, mordendo-lhe as pernas, os quadris, o rabo curto. Alguns subiram em suas costas, morderam o pescoço e as orelhas, um cravou os pequenos dentes afiados em seu beiço inferior, ficou balançando nas mandíbulas letais até que o cão uivou de raiva, bateu-o com força contra o chão e, finalmente, conseguiu soltá-lo de sua carne, que sangrava.

O cachorro continuou a girar em círculos vertiginosos, pegando um rato após outro, matando todos; mas sempre havia mais por trás dele. Metade dos ratos já havia morrido quando ele começou a se cansar. As pessoas que tinham apostado em 36, com um rateio elevado, agora rasgavam seus talões; mas os que haviam apostado em números menores passaram a gritar ainda mais alto.

Com vinte ou trinta mordidas, o cão sangrava, e o chão se tornara escorregadio por causa do seu sangue e dos corpos úmidos dos ratos mortos. Ele ainda sacudia a cabeça enorme, ainda quebrava as frágeis espinhas com a boca implacável, mas já se movia com menos rapidez, as patas não tinham tanta firmeza na terra escorregadia. *Agora é que começa a ficar interessante*, pensou Micky.

Sentindo a fadiga do cachorro, os ratos se tornaram mais ousados. Quando ele tinha um nas mandíbulas, outro pulava para sua garganta. Corriam entre suas pernas, por baixo da barriga, saltavam para as partes macias da pele. Um rato particularmente grande cravou os dentes numa de suas pernas traseiras e se recusou a largar. O cachorro virou a cabeça para mordê-lo, mas outro rato distraiu-o atacando-o no focinho. Um instante depois, a perna pareceu ceder – o rato deve ter cortado um tendão, supôs Micky – e subitamente o cão passou a mancar.

Ele estava muito mais lento agora. Como se percebessem isso, todos os ratos remanescentes, cerca de uma dúzia, atacaram-no por trás. Cansado, ele os abocanhava, quebrava suas espinhas, deixava-os cair na terra ensanguentada. Mas a barriga estava agora em carne viva, e ele não conseguiria resistir por muito mais tempo. Micky achou que talvez tivesse feito a aposta certa e que haveria seis ratos vivos quando o cachorro morresse.

Foi nesse instante que o cão mostrou um repentino acesso de energia. Girando sobre três pernas, matou mais quatro ratos, em quatro segundos. Mas foi seu último suspiro. Largou um rato, e as pernas vergaram sob o corpo. Novamente, virou a cabeça para abocanhar as criaturas, porém dessa vez não encontrou nenhuma, e sua cabeça baixou.

Os ratos começaram a se alimentar.

Micky contou: restavam seis ratos.

Ele olhou para seus companheiros. Hugh parecia nauseado. Edward disse-lhe:

– Um pouco forte para seu estômago, hein?

– O cachorro e os ratos estão se comportando de acordo com sua natureza – disse Hugh. – São os seres humanos que me causam repugnância.

Edward soltou um grunhido e afastou-se para comprar mais drinques.

Os olhos de April faiscavam ao contemplar Tonio, um homem – ela pensou – que podia se dar ao luxo de perder 10 guinéus numa aposta. Micky observou Tonio com mais atenção e constatou que havia um indício de pânico em seu rosto. Não acreditava que ele *tivesse* condições de perder 10 guinéus.

Micky recebeu seus ganhos do *bookmaker*: 5 xelins. Já obtivera lucro naquela noite. Mas tinha o pressentimento de que descobrira algo sobre Tonio que, no fim das contas, poderia valer muito mais.

IV.

Fora Micky quem deixara Hugh mais enojado. Ao longo de toda a briga, ele ficara rindo, quase histérico. A princípio, Hugh não conseguira determinar por que aquela risada lhe parecia tão assustadoramente familiar. Depois, lembrou-se de Micky rindo da mesma maneira quando Edward jogara as roupas de Peter Middleton no poço. Era uma recordação desagradável de um incidente macabro. Edward voltou com os drinques e propôs:

– Vamos até a casa de Nellie.

Tomaram as doses de conhaque e saíram. Na rua, Tonio e April despediram-se e entraram num prédio que parecia um hotel barato. Hugh presumiu que passariam uma hora num quarto ou talvez o resto da noite. Perguntou-se se deveria continuar com Edward e Micky. Não estava se divertindo, mas sentia-se curioso, queria saber o que acontecia na casa de Nellie. Uma vez que decidira experimentar a depravação, refletiu, teria de seguir até o fim da noite, e não largá-la no meio.

A casa de Nellie ficava na Prince's Street, perto da Leicester Square. Havia dois porteiros uniformizados na entrada. Quando os três chegaram, eles estavam proibindo o ingresso de um homem de meia-idade que usava um chapéu-coco.

– Somente com traje a rigor – declarou um dos porteiros sob os protestos do homem.

Os dois funcionários da casa pareciam conhecer Edward e Micky, pois um deles tocou no chapéu e o outro abriu a porta. Eles avançaram por um corredor comprido até outra porta. Foram inspecionados através de uma portinhola, e depois a porta foi aberta.

Era um pouco como entrar numa sala de visitas de uma mansão de Londres. Havia duas lareiras grandes acesas, sofás, cadeiras e mesas pequenas por toda parte, e a sala estava repleta de homens e mulheres em trajes a rigor.

Contudo, bastava um instante para se reparar que não era uma sala de visitas comum. A maioria dos homens continuava de chapéu na cabeça. Cerca da metade deles fumava – o que não era permitido nos salões refinados – e alguns haviam tirado o casaco e desfeito o nó da gravata. A maior parte das mulheres se achava completamente vestida, mas umas poucas pareciam usar roupas de baixo. Algumas estavam sentadas no colo de homens, outras os beijavam, enquanto uma ou duas permitiam que as acariciassem nas partes íntimas.

Pela primeira vez na vida, Hugh estava num bordel.

Era um lugar barulhento, com homens contando piadas aos berros, mulheres rindo e um violinista tocando uma valsa. Hugh seguiu Micky e Edward, atravessando a sala. Havia nas paredes retratos de mulheres nuas e de casais fazendo sexo, e Hugh começou a se sentir excitado. Na outra extremidade da sala, abaixo de um enorme quadro a óleo de uma complexa orgia ao ar livre, estava sentada a pessoa mais gorda que Hugh já vira: uma mulher de busto imenso, com uma maquiagem bem forte, trajando um vestido de seda que parecia uma barraca roxa. Ela estava acomodada numa grande cadeira semelhante a um trono, cercada por moças. Por trás, havia uma escada larga com um carpete vermelho que presumivelmente levava aos quartos.

Edward e Micky aproximaram-se do trono e fizeram uma reverência, e Hugh seguiu o exemplo. Edward disse:

Nell, minha querida, permita que lhe apresente meu primo, Sr. Hugh Pilaster.

– Sejam bem-vindos, rapazes – disse Nell. – Espero que divirtam essas lindas moças.

– Daqui a pouco, Nell. Há um jogo esta noite?

– Sempre há um jogo na casa de Nellie – respondeu ela, acenando na direção de uma porta no outro lado da sala.

Edward fez outra reverência.

– Voltaremos logo.

– Não deixem de vir, rapazes!

Eles se afastaram.

– Ela age como a realeza! – murmurou Hugh.

Edward riu.

– Este é o melhor bordel de Londres. Algumas das pessoas que estão fazendo reverências para ela esta noite estarão se curvando diante da rainha pela manhã.

Foram para a sala ao lado, onde havia 12 ou 15 homens sentados ao redor de duas mesas de bacará. Cada mesa tinha uma linha branca a cerca de 30 centímetros da beirada, e os jogadores empurravam fichas coloridas, cruzando a linha, para fazer suas apostas. A maioria tinha drinques ao lado, e o ar recendia a fumaça de charuto.

Havia umas poucas cadeiras vazias em uma das mesas, e Edward e Micky sentaram-se. Um garçom trouxe-lhes algumas fichas, e eles assinaram um recibo. Hugh perguntou a Edward em voz baixa:

– De quanto são as apostas?

– Uma libra no mínimo.

Ocorreu a Hugh que, se jogasse e ganhasse, teria dinheiro para ficar com uma das mulheres na sala ao lado. O que ele tinha nos bolsos não chegava a uma libra, mas era evidente que Edward dispunha de crédito ali. Depois, lembrou-se de Tonio perdendo 10 guinéus na briga de ratos.

– Não vou jogar – murmurou ele.

Micky comentou, indiferente:

– Nunca imaginamos que você jogaria.

Hugh sentiu-se constrangido. Pensou em pedir a um garçom que lhe trouxesse um drinque, porém concluiu que provavelmente lhe custaria o salário de uma semana. Um homem deu as cartas, retirando-as de um estojo próprio para distribuí-las, e Micky e Edward fizeram suas apostas. Hugh decidiu sair dali.

Retornou à sala principal. Observando os móveis com mais atenção, percebeu que estavam em más condições: havia manchas nos estofados de veludo e marcas de queimado na madeira envernizada, os tapetes eram puídos e rasgados. Ao seu lado, um bêbado cantava ajoelhado para uma prostituta enquanto seus dois companheiros riam às gargalhadas. Num sofá, um casal se beijava, as bocas abertas. Hugh já tinha ouvido dizer que as pessoas faziam isso, mas nunca vira. Ficou observando, fascinado, enquanto o homem desabotoava a frente do vestido da mulher e começava a acariciar seus seios. Eram brancos e flácidos, com enormes mamilos vermelho-escuros. A cena deixou-o excitado e nauseado ao mesmo tempo. Apesar da aversão, sentiu o pênis endurecer. O homem no sofá baixou a cabeça e começou a beijar os seios da mulher. Hugh não podia acreditar no que via. A mulher olhou por cima da cabeça do homem, percebeu que Hugh observava e piscou um olho. Uma voz no ouvido de Hugh sussurrou:

– Você poderia fazer isso comigo, se quisesse.

Ele virou-se, com um sentimento de culpa, como se tivesse sido surpreendido fazendo algo vergonhoso. Ao seu lado se encontrava uma jovem de cabelos escuros, mais ou menos de sua idade, com bastante ruge nas faces. Ele não pôde deixar de olhar para seu busto. Desviou os olhos no instante seguinte, embaraçado.

– Não seja tímido – disse ela. – Pode olhar à vontade. São para você desfrutar.

Horrorizado, Hugh sentiu a mão da mulher em sua virilha. Ela encontrou seu pênis rígido e apertou-o.

– Puxa, como você está excitado!

Hugh estava sentindo uma aflição extrema. Sentia-se prestes a explodir. A moça ergueu a cabeça e beijou seus lábios ao mesmo tempo em que acariciava seu pênis.

Foi demais. Incapaz de se controlar, Hugh ejaculou nas roupas de baixo.

A moça sentiu. Por um momento ficou surpresa, depois desatou a rir.

– Meu Deus, você é virgem! – exclamou ela, em voz alta.

Hugh sentiu-se humilhado. A moça olhou ao redor e acrescentou para a prostituta mais próxima:

– Bastou eu tocar e ele se molhou todo!

Várias pessoas riram. Hugh virou-se e encaminhou-se para a saída. Os risos pareciam acompanhá-lo por toda a sala. Teve de fazer um esforço para não correr. Finalmente alcançou a porta, e um instante depois saiu para a rua.

A noite esfriara um pouco. Ele respirou fundo e parou por um momento a fim de se acalmar. Se aquilo era devassidão, não tinha gostado. Maisie fora grosseira em relação a seu pai, a briga de ratos fora repugnante, as prostitutas haviam rido dele. Pois que todos se danassem!

Um porteiro lançou-lhe um olhar compassivo.

– Decidiu se retirar cedo, senhor?

– Uma boa ideia – murmurou Hugh, afastando-se.

MICKY ESTAVA PERDENDO dinheiro. Podia trapacear no bacará se estivesse com a banca, mas naquela noite a banca não foi parar em suas mãos. Sentiu-se secretamente aliviado quando Edward propôs:

– Vamos pegar duas garotas.

– Vá você – disse ele, simulando indiferença. – Vou continuar jogando.

Um brilho de pânico surgiu nos olhos de Edward.

– Está ficando tarde.

– Tentarei recuperar o que perdi – insistiu Micky, obstinado.

Edward baixou a voz:

– Pagarei suas fichas.

Micky fingiu hesitar, mas acabou cedendo.

– Está bem.

Edward sorriu.

Ele acertou as contas e os dois voltaram à sala principal. Quase que no mesmo instante, uma loura de seios grandes aproximou-se de Edward. Ele passou o braço por seus ombros nus, e ela comprimiu-se contra seu peito.

Micky avaliou as prostitutas. Uma mulher um pouco mais velha, com uma expressão bem depravada, atraiu sua atenção. Ele sorriu-lhe, e a mulher se aproximou. Ela enfiou a mão por dentro de sua camisa, cravou as unhas em seu peito, ficou na ponta dos pés e mordeu delicadamente seu lábio inferior.

Micky percebeu que Edward os observava, afogueado de excitamento, e começou a se sentir ansioso. Olhou para a mulher.

– Qual é o seu nome?

– Alice.

– Vamos subir, Alice.

Subiram juntos. Havia no patamar uma estátua de mármore de um centauro com um enorme pênis ereto, que Alice acariciou ao passarem. Ao lado, um casal fazia sexo de pé, alheio a um bêbado que os observava sentado no chão. As mulheres se encaminharam para quartos separados, mas Edward conduziu-as para o mesmo quarto.

– Todos juntos esta noite, rapaz? – indagou Alice.

– Estamos querendo economizar – disse Micky, arrancando uma gargalhada de Edward.

– Estiveram juntos no colégio, hein? – murmurou Alice, insinuante, enquanto fechava a porta. – Costumavam masturbar um ao outro?

– Cale-se – ordenou Micky, abraçando-a.

Enquanto Micky beijava Alice, Edward aproximou-se por trás, envolvendo-a com os braços para apertar-lhe os seios. Ela pareceu um pouco surpresa, mas não fez nenhuma objeção. Micky sentiu as mãos de Edward movendo-se entre seu corpo e o da mulher, e percebeu que o amigo estava se esfregando no traseiro da prostituta. Depois de um momento, a outra mulher perguntou:

– O que tenho de fazer? Estou me sentindo por fora.

– Tire as roupas – disse Edward. – Você será a próxima.

3
Julho

I.

Quando menino, Hugh pensava que o Pilaster Bank pertencia aos homens que ficavam por ali circulando de um lado para outro. Esses personagens não passavam, na verdade, de meros mensageiros, mas todos tinham um bom porte e usavam trajes impecáveis com correntes de relógio de prata estendidas sobre o colete amplo. Andavam pelo banco com uma dignidade tão impressionante que para uma criança deviam mesmo parecer as pessoas mais importantes ali.

Hugh fora levado ao banco aos 10 anos de idade pelo avô, irmão do velho Seth. O salão de paredes de mármore no primeiro andar lhe parecera uma igreja – imenso, gracioso, silencioso, um lugar em que rituais incompreensíveis eram cumpridos por um sacerdócio de elite a serviço de uma divindade chamada Dinheiro. O avô lhe mostrara tudo: a quietude atapetada do terceiro andar, ocupado pelos sócios e pelos escriturários encarregados da sua correspondência, onde fora servido ao pequeno Hugh uma taça de xerez e um prato de biscoitos na sala dos sócios; os escriturários seniores, de óculos e ansiosos às suas mesas no quarto andar, cercados por pilhas de papéis amarrados com fitas, como presentes; e os escriturários juniores no último andar, sentados a mesas altas, em fileiras, como os soldadinhos de brinquedo de Hugh, escrevendo registros em livros-caixa enormes com os dedos sujos de tinta. Mas o melhor de tudo para Hugh fora o porão, onde contratos ainda mais velhos do que seu avô eram guardados em cofres, milhares de selos esperavam para serem lambidos e havia uma sala inteira cheia de tinta, acondicionada em enormes jarros de vidro. Espantara-o refletir sobre o processo. A tinta chegava ao banco, era espalhada sobre papéis por escriturários e, depois, os papéis eram levados ao porão, onde ficariam para sempre; e de alguma forma isso dava dinheiro.

Isso agora já não era mais um mistério. Ele sabia que os enormes livros-caixa com encadernação de couro não eram textos secretos, e sim meras listas de transações financeiras compiladas de forma meticulosa e atualizadas com precisão; e seus próprios dedos haviam ficado com câimbras e manchados de tinta por passarem dias escrevendo neles. Uma letra de câmbio não era mais um encantamento mágico, apenas uma promessa de pagamento de determinada quantia numa data futura, escrita num papel, com a garantia de um banco. Descontar – que lhe parecia, quando criança, contar para trás de cem até um – passara a ser a prática de adquirir letras de câmbio por um pouco menos do que seu valor expresso, guardando-as até a data especificada para então resgatá-las com um pequeno lucro.

Hugh era assistente-geral de Jonas Mulberry, o escriturário-chefe. Homem calvo, em torno dos 40 anos, Mulberry tinha um bom coração, mas era um tanto amargo. Sempre se demorava em explicar as coisas a Hugh, mas era sempre rápido em encontrar defeitos se o seu assistente se mostrasse apressado ou descuidado. Hugh trabalhava sob suas ordens havia um ano e, no dia anterior, cometera um erro grave. Perdera o conhecimento de embarque de uma remessa de tecido que partira de Bradford para Nova York. O fabricante de Bradford se apresentara no salão do primeiro andar pedindo seu dinheiro, porém Mulberry precisava conferir o conhecimento de embarque antes de autorizar o pagamento, e Hugh não conseguira encontrar o documento. Foram obrigados a pedir ao homem que voltasse no dia seguinte.

Hugh acabara encontrando o documento, mas passara a maior parte da noite preocupado, e naquela manhã criou um novo sistema de arquivar documentos para Mulberry.

Na mesa à sua frente havia duas bandejas de madeira, dois cartões retangulares, uma pena de escrever e um tinteiro. Ele escreveu devagar, com todo o cuidado, em um dos cartões:

Aos cuidados do escriturário-chefe

No outro, escreveu:

Documentos já vistos pelo escriturário-chefe

Depois de passar cuidadosamente o mata-borrão, ele prendeu um cartão em cada uma das bandejas. Levou-as para a mesa de Jonas Mulberry e afastou-se para avaliar seu trabalho. O Sr. Mulberry entrou nesse momento.

– Bom dia, Sr. Hugh.

Todos os membros da família eram tratados no banco pelo primeiro nome, caso contrário haveria a maior confusão entre os diferentes senhores Pilaster.

– Bom dia, Sr. Mulberry.

– Mas que diabos é isto? – perguntou Mulberry, mal-humorado, olhando para as bandejas.

– Encontrei aquele conhecimento de embarque – informou Hugh.

– E onde estava?

– Misturado com algumas cartas que o senhor tinha assinado.

Mulberry apertou os olhos.

– Está tentando insinuar que a culpa foi minha?

– É claro que não – disse Hugh rapidamente. – É minha a responsabilidade manter seus papéis em ordem. Por isso é que instituí o sistema de bandejas: para separar os documentos que o senhor já examinou dos que ainda aguardam sua atenção.

Mulberry grunhiu evasivamente. Pendurou o chapéu-coco no gancho atrás da porta e sentou-se à mesa antes de dizer:

– Muito bem, vamos experimentar, talvez seja eficiente. Mas da próxima vez tenha a gentileza de me consultar antes de pôr em prática suas ideias engenhosas. Afinal, esta é a minha sala, e sou o escriturário-chefe.

– Pois não – murmurou Hugh. – Peço desculpas.

Ele sabia que deveria ter pedido a permissão de Mulberry, mas ficara tão ansioso por executar a nova ideia que não tivera paciência para esperar.

– O empréstimo para os russos foi fechado ontem – anunciou Mulberry. – Quero que você desça para a sala de correspondência e organize a contagem das aplicações.

– Certo.

O banco estava levantando um empréstimo de 2 milhões de libras para o governo da Rússia. Emitira títulos de 100 libras, com juros de 5 libras ao ano; mas os títulos estavam sendo vendidos a 93, o que significava que a taxa de juros real se situava acima de cinco e três oitavos. A maioria dos títulos fora comprada por outros bancos em Londres e Paris, no entanto alguns haviam sido oferecidos ao público em geral, e agora as aplicações deviam ser contadas.

– Vamos torcer para que tenhamos mais aplicações do que podemos atender – comentou Mulberry.

– Por quê?

– Porque assim as pessoas não atendidas tentarão comprar os títulos amanhã no mercado aberto, e isso fará a cotação subir, talvez para 95 libras... E todos os nossos clientes acharão que fizeram um bom negócio.

Hugh fez um aceno de cabeça, indicando que concordava.

– E se tivermos poucas aplicações?

– Nesse caso, o banco, como garantidor, terá de comprar o excedente... a 93 libras. E amanhã a cotação pode baixar para 92 ou 91 libras, e teremos prejuízo.

– Entendo.

– Pode ir.

Hugh deixou a sala de Mulberry, que ficava no quarto andar, e desceu a escada apressado. Sentia-se feliz por Mulberry ter aceitado a ideia das bandejas e aliviado por não ter havido consequências maiores pelo extravio do conhecimento de embarque. Ao chegar ao terceiro andar, onde ficava a sala dos sócios, ele viu Samuel Pilaster, muito elegante numa sobrecasaca cinza-prateada e com uma gravata de cetim azul-marinho.

– Bom dia, tio Samuel.

– Bom dia, Hugh. O que está fazendo?

Ele demonstrava mais interesse em Hugh do que os outros sócios.

– Vou contar as aplicações para o empréstimo russo.

Samuel sorriu, exibindo os dentes tortos.

– Não sei como pode estar tão animado com um dia assim pela frente!

Hugh continuou a descer as escadas. Na família, as pessoas começavam a falar aos sussurros sobre o tio Samuel e seu secretário. Hugh não achava chocante que Samuel fosse o que se chamava de efeminado. As mulheres e os vigários podiam fingir que o sexo entre homens era pervertido, mas acontecia o tempo todo em colégios como o Windfield e nunca fazia mal a ninguém.

Ele chegou ao primeiro andar e entrou no imponente salão do banco. Eram apenas 9h30, e as dezenas de escriturários que trabalhavam no Pilaster ainda entravam pela porta da frente, recendendo a desjejuns com bacon e trens subterrâneos. Hugh acenou com a cabeça para a Srta. Greengrass, a única representante do sexo feminino entre os escriturários. Um ano antes, na época de sua contratação, houvera muita discussão no banco: homens especulando se uma mulher seria capaz de realizar aquele trabalho. Ela acabou por resolver a questão demonstrando uma excepcional competência. Haveria mais mulheres trabalhando ali no futuro, calculava Hugh.

Ele desceu pela escada nos fundos para o porão e seguiu para a sala de correspondência. Dois mensageiros separavam as cartas, e as aplicações para o empréstimo russo já enchiam uma sacola grande. Hugh decidiu convocar dois escriturários juniores para somar as aplicações e, depois, faria a conferência da aritmética.

O trabalho tomou a maior parte do dia. Faltavam poucos minutos para as 16 horas quando ele conferiu o último lote de aplicações e acrescentou o valor à coluna. A emissão não fora totalmente vendida – haviam deixado de adquirir pouco mais de 100 mil libras em títulos. Não era nada significativo numa emissão de 2 milhões de libras, mas havia uma grande diferença psicológica entre vender tudo e faltar um pouco. Os sócios ficariam decepcionados.

Hugh escreveu o registro das contas num papel em branco e subiu à procura de Mulberry. O salão do banco estava quase quieto agora. Havia apenas uns poucos clientes junto ao balcão envernizado. Por trás do balcão, os funcionários tiravam os enormes livros-caixa das prateleiras. O Pilaster não tinha muitas contas particulares. Era um banco mercantil que emprestava dinheiro a negociantes para financiar seus empreendimentos. Como o velho Seth dizia, o Pilaster não se interessava em contar as moedas ensebadas de um dono de mercearia nem as notas encardidas de um alfaiate – não havia lucro suficiente nisso. Mas toda a família mantinha suas contas pessoais no banco, e o mesmo privilégio era oferecido a uns poucos clientes muito ricos. Hugh acabara de ver um deles: sir John Cammel. Conhecera seu filho em Windfield. Homem magro e calvo, sir John tinha grandes rendimentos de minas de carvão e docas em suas terras em Yorkshire. Ele andava de um lado para outro no chão de mármore, parecendo impaciente e irritado. Hugh aproximou-se.

– Boa tarde, sir John. Espero que esteja sendo atendido.

– Não, meu rapaz, não estou. Será que ninguém trabalha neste lugar?

Hugh olhou ao redor rapidamente. Não havia nenhum sócio nem escriturários seniores à vista. Ele decidiu tomar a iniciativa.

– Não quer subir para a sala dos sócios, senhor? Sei que terão o maior prazer em recebê-lo.

– Está bem.

Hugh levou-o para cima. Todos os sócios trabalhavam na mesma sala, a fim de poderem ficar de olho uns nos outros, segundo a tradição. O lugar parecia um salão de leitura num clube de cavalheiros, com sofás de couro, estantes e uma mesa de centro com jornais. Em retratos emoldurados nas paredes, os Pilaster olhavam do alto de seus narizes aduncos para seus descendentes. A sala estava vazia.

– Um deles voltará logo, tenho certeza – disse Hugh. – Posso lhe oferecer uma taça de Madeira?

Ele foi até o aparador e serviu uma dose generosa enquanto sir John se acomodava numa poltrona de couro.

– A propósito, sou Hugh Pilaster.

– É mesmo? – Sir John acalmou-se um pouco ao descobrir que falava com um Pilaster, e não com um empregado qualquer. – Estudou em Windfield?

– Estudei, sim, senhor. Fui contemporâneo de seu filho Albert. Nós o chamávamos de Hump, ou "corcunda", por causa do sobrenome Cammel.

– Todos os Cammel são chamados de Hump.

– Não o vejo desde... desde então.

– Ele foi para a Colônia do Cabo e gostou tanto que nunca mais voltou. Cria cavalos agora.

Albert Cammel era um dos estudantes que nadavam no poço naquele dia fatídico em 1866. Hugh nunca ouvira sua versão sobre o afogamento de Peter Middleton.

– Eu gostaria de escrever para ele, senhor.

– Eu diria que ele ficará muito contente em receber uma carta de um antigo colega de colégio. Darei o endereço. – Sir John foi até uma mesa, molhou uma pena no tinteiro e escreveu num pedaço de papel. – Aqui está.

– Obrigado. – Sir John já não demonstrava nenhuma irritação, notou Hugh, satisfeito. – Há mais alguma coisa que eu possa fazer enquanto espera?

– Talvez possa cuidar disso.

Ele tirou um cheque do bolso. Hugh examinou-o. Era de 110 mil libras, o maior cheque pessoal que já manuseara.

– Acabei de vender uma mina de carvão a meu vizinho – explicou sir John.

– É claro que posso depositar – disse Hugh.

– Que juros vão me pagar?

– Quatro por cento, no momento.

– Acho que está bom.

Hugh hesitou. Ocorreu-lhe que, se fosse possível persuadir sir John a comprar os títulos russos, a emissão do empréstimo seria um pouco mais do que coberta. Deveria mencionar o assunto? Já ultrapassara sua autoridade ao levar um visitante para a sala dos sócios. Decidiu correr o risco.

– O senhor pode conseguir cinco e três oitavos com a compra de títulos russos.

Sir John apertou os olhos.

– É mesmo?

– É, sim. A subscrição foi encerrada ontem, mas para o senhor...

– São seguros?

– Tão seguros quanto o governo russo.

– Pensarei a respeito.

O entusiasmo de Hugh fora atiçado, e ele queria fechar a venda naquele momento.

– A taxa pode não ser a mesma amanhã, como sabe. Quando os títulos entrarem no mercado aberto, o preço poderá subir ou descer. – Hugh concluiu que parecia ansioso demais e tratou de recuar. – Depositarei o cheque em sua conta imediatamente. Se desejar, pode conversar com um dos meus tios sobre os títulos.

– Está certo, jovem Pilaster. Até a próxima.

Hugh saiu e encontrou tio Samuel no corredor.

– Sir John Cammel está na sala, tio. Encontrei-o no salão lá embaixo parecendo irritado, por isso o trouxe para cá e servi uma taça de Madeira. Espero ter feito a coisa certa.

– É claro que fez. Pode deixar que cuidarei dele.

– Ele trouxe este cheque de 110 mil libras. Mencionei o empréstimo aos russos... faltam 100 mil libras para completar a subscrição.

Samuel franziu as sobrancelhas.

– Foi uma precipitação de sua parte.

– Comentei apenas que ele poderia conversar a respeito com um dos sócios se quisesse uma taxa de juros mais elevada.

– Está certo. Não é má ideia.

Hugh voltou ao salão no primeiro andar, pegou o livro-caixa de sir John, anotou o depósito e levou o cheque ao funcionário responsável pela compensação. Subiu para a sala de Mulberry no quarto andar. Entregou o cômputo das aplicações nos títulos russos, mencionou a possibilidade de que sir John Cammel pudesse comprar o saldo e sentou-se à sua mesa.

Um mensageiro entrou na sala com chá e pão com manteiga numa bandeja. Esse lanche era servido a todos os funcionários que ficavam no banco após as 16h30. Quando não havia muito trabalho, a maioria do pessoal ia embora às 16 horas. Os empregados do banco figuravam na elite dos escriturários e eram muito invejados pelos funcionários de comerciantes e armadores, que muitas vezes trabalhavam até tarde, inclusive pela noite adentro. Pouco depois, Samuel chegou e entregou alguns papéis a Mulberry.

– Sir John comprou os títulos – informou ele a Hugh. – Bom trabalho... Foi uma oportunidade bem aproveitada.

– Obrigado.

Samuel viu as bandejas marcadas com cartões na mesa de Mulberry.

– O que é isto? – perguntou ele num tom divertido. – Aos cuidados do escriturário-chefe... Documentos já vistos pelo escriturário-chefe.

Mulberry explicou:

– O propósito é manter separados os documentos que entram e os que saem. Evita confusões.

– É um bom sistema. Acho que posso fazer o mesmo.

– Para dizer a verdade, Sr. Samuel, foi ideia do jovem Sr. Hugh.

Samuel lançou um olhar divertido para Hugh.

– Parece-me bastante esperto, meu caro rapaz.

Hugh era às vezes acusado de ser presunçoso, e por isso preferiu simular humildade.

– Sei que ainda tenho muito a aprender.

– Sem falsa modéstia. Diga-me uma coisa: se você fosse liberado do serviço do Sr. Mulberry, que função escolheria em seguida?

Hugh nem precisava pensar na resposta. O cargo mais cobiçado era o de escriturário encarregado da correspondência. A maioria dos escriturários só tomava conhecimento de uma parte da transação – a que eles registravam –, mas os encarregados da correspondência, responsáveis por rascunhar as cartas para os clientes, tinham uma visão global. Era a melhor posição para se aprender e a melhor para se obter uma promoção posterior. E o escriturário encarregado da correspondência de tio Samuel, Bill Rose, estava prestes a se aposentar. Sem a menor hesitação, Hugh respondeu:

– Gostaria de ser o escriturário encarregado da sua correspondência.

– É mesmo? Depois de apenas um ano no banco?

– Quando o Sr. Rose se afastar, já serão 18 meses.

– É verdade. – Samuel ainda parecia estar se divertindo, mas não deu uma resposta negativa. – Veremos, meu rapaz, veremos...

Assim que ele saiu, Mulberry perguntou a Hugh:

– Aconselhou sir John Cammel a comprar os títulos russos excedentes?

– Apenas mencionei a possibilidade.

– Ora, ora... – disse Mulberry. – Ora, ora...

Por vários minutos depois ele ficou observando Hugh com uma expressão especulativa.

II.

Era uma tarde ensolarada de domingo, e toda a Londres saíra para passear em trajes dominicais. A larga avenida de Piccadilly estava livre de tráfego, pois somente um inválido usaria um veículo no dia santificado. Maisie Robinson e April Tilsley desciam por Piccadilly, apreciando os palácios dos ricos e tentando atrair homens.

Moravam no Soho, partilhando um único quarto num cortiço na Carnaby Street, perto de St. James's Workhouse. Levantavam-se por volta do meio-dia, vestiam-se com o maior capricho e saíam para as ruas. Ao cair da noite, já haviam encontrado, de modo geral, dois homens para lhes pagar o jantar; caso contrário, passavam fome. Quase não tinham dinheiro, mas precisavam de pouco. Quando atrasavam o pagamento do aluguel, April pedia um "empréstimo" a um namorado. Maisie sempre usava as mesmas roupas e lavava os trajes de baixo todas as noites. Qualquer dia alguém lhe compraria um vestido novo. Mais cedo ou mais tarde, ela esperava, um dos homens que pagavam seu jantar haveria de pedi-la em casamento ou instalá-la como sua amante.

April ainda estava animada com o sul-americano que conhecera, Tonio Silva.

– Pense nisto: ele pode perder 10 guinéus numa aposta! – exclamou ela. – E eu sempre gostei de cabelos ruivos.

– Não gostei do outro sul-americano, o moreno – comentou Maisie.

– Micky? Ele é deslumbrante!

– Tem razão, mas achei que havia algo dissimulado nele.

April apontou para uma enorme mansão.

– Esta é a casa do pai de Solly.

Era afastada da rua, com um caminho semicircular na frente. Parecia um templo grego, com uma fileira de colunas por toda a frente subindo até o teto. O latão reluzia na imensa porta, e havia cortinas vermelhas de veludo nas janelas.

– Você pode morar aí um dia – disse April.

Maisie balançou a cabeça.

– Eu, não.

– Isso já aconteceu – insistiu April. – Você só precisa ser mais sensual do que as garotas das classes altas, o que não é difícil. Depois de se casar, pode aprender num instante a imitar o sotaque. Já fala muito bem, a não ser quando se zanga. E Solly é um bom garoto.

– Um bom garoto gordo – murmurou Maisie, fazendo uma careta.

– Mas muito rico! As pessoas dizem que seu pai mantém uma orquestra sinfônica em sua casa de campo só para o caso de querer ouvir um pouco de música depois do jantar!

Maisie suspirou. Não queria pensar em Solly, então perguntou:

– Para onde vocês foram depois que gritei com o tal Hugh?

– A uma briga de ratos. Depois, Tonio e eu fomos para o Batt's Hotel.

– Fez sexo com ele?

– É claro! Por que acha que fomos para o Batt's?

– Para jogar uíste?

As duas riram. April fez uma cara de desconfiada.

– Você também fez com Solly, não é?

– Eu o deixei feliz.

– O que isso significa?

Maisie fez um gesto com a mão, e elas tornaram a rir.

– Só o masturbou? – perguntou April. – Por quê?

Maisie deu de ombros.

– Talvez você esteja certa, Maisie. Às vezes é melhor não deixar que eles tenham tudo na primeira vez. Quando os fazemos esperar, eles ficam ainda mais ansiosos.

Maisie mudou de assunto.

– Encontrar pessoas com o nome Pilaster me trouxe lembranças terríveis.

April assentiu, fazendo um aceno de cabeça.

– Odeio as porras dos patrões! – disse ela com uma súbita veemência. A linguagem de April era mais vulgar do que o vocabulário a que Maisie se acostumara no circo. – Nunca trabalharei para nenhum deles. E por isso que levo esta vida. Fixo o meu preço e recebo adiantado.

– Meu irmão e eu saímos de casa no dia em que Tobias Pilaster foi à bancarrota. – Maisie sorriu, pesarosa. – Pode-se dizer que é por causa dos Pilaster que hoje estou aqui.

– O que fez depois que partiu? Juntou-se ao circo imediatamente?

– Não. – Maisie sentiu um aperto no coração ao se lembrar de como se sentira assustada e solitária. – Meu irmão embarcou num navio que ia para Boston. Nunca mais o vi nem tive notícias dele. Dormi num depósito de lixo por uma semana. Graças a Deus que o tempo estava bom, era maio. Só choveu uma noite; eu me cobri com trapos e fiquei com pulgas por anos depois disso. Eu me recordo do funeral.

– De quem?

– De Tobias Pilaster. O cortejo fúnebre passou pelas ruas. Era um homem importante na cidade. Lembro-me de ter visto um garoto, não muito mais velho do que eu, usando um casaco preto e cartola, segurando a mão da mãe. Devia ser Hugh.

– Imagine só!

– Depois, fui andando até Newcastle. Vestia-me como um garoto, e trabalhei num estábulo como ajudante. Deixavam-me dormir na palha à noite, junto com os cavalos. Passei três anos ali.

– Por que foi embora?

– Ganhei isto aqui. – Maisie sacudiu os seios. Um homem de meia-idade que passava por elas no momento arregalou os olhos. – Quando o chefe dos cavalariços percebeu que eu era uma moça, tentou me estuprar. Bati em sua cara com um chicote de montaria e perdi o emprego.

– Espero que o tenha cortado – comentou April.

– Com certeza esfriei seu ardor.

– Deveria ter batido na coisa dele.

– Ele poderia gostar disso.

– Para onde foi depois que deixou o estábulo?

– Fui para o circo. Comecei ajudando a cuidar dos cavalos e acabei me tornando uma das amazonas. – Ela suspirou, nostálgica. – Gostava do circo. As pessoas eram afetuosas.

– Até demais, aposto.

Maisie acenou afirmativamente com a cabeça.

– Nunca me dei bem com o dono do circo, e quando ele quis me levar para a cama, resolvi ir embora. Cheguei à conclusão de que se tinha de chupar paus para viver, ia querer um salário melhor. E aqui estou.

Ela sempre absorvia os modos de falar e adotara o vocabulário licencioso de April.

Fitando-a com um olhar matreiro, April perguntou:

– E quantos paus você chupou desde então?

– Nenhum, para dizer a verdade. – Maisie parecia constrangida. – Não posso mentir para você, April: não tenho certeza se sou talhada para esse ofício.

– É perfeita para isso! – protestou April. – Tem aquele brilho nos olhos ao qual os homens não resistem. Quero que me escute. Insista com Solly Greenbourne. Dê a ele um pouco mais de cada vez. Deixe-o sentir sua xoxota num dia, vê-la nua no outro... Em cerca de três semanas, ele estará ofegando de desejo. Uma noite, quando você arriar a calça dele e estiver com a ferramenta na boca, diga-lhe: "Se me comprasse uma casinha em Chelsea, Solly, poderíamos fazer isso a qualquer momento que você quisesse." Maisie, juro para você que, se ele disser não, eu viro freira.

Maisie sabia que a amiga tinha razão, mas sua alma se revoltava contra isso. Não entendia direito por quê. Era em parte porque não se sentia atraída por Solly. Paradoxalmente, outro motivo era o fato de ele ser tão bacana. Não tinha coragem de manipulá-lo sem piedade. Mas o pior de tudo era achar que se fizesse isso renunciaria a toda e qualquer esperança do verdadeiro amor... um casamento de verdade com um homem por quem ardesse de paixão. Por outro lado, tinha de sobreviver de alguma forma e estava determinada a não viver como os pais, esperando a semana inteira por uma ninharia no dia do pagamento e sempre correndo o risco de desemprego por causa de uma crise financeira a centenas de quilômetros de distância.

– O que me diz dos outros? – indagou April. – Poderia ter escolhido qualquer um.

– Gostei de Hugh, mas o ofendi.

– De qualquer maneira, ele não tem dinheiro.

– Edward é um porco, Micky me assusta e Tonio é seu.

– Então, Solly é mesmo seu homem.

– Não sei...

– Pois eu sei. Se o deixar escapulir por entre os dedos vai passar o resto da vida circulando por Piccadilly e pensando "Eu poderia estar morando naquela casa agora."

– É provável.

– E se não for Solly, quem será? Você pode acabar ficando com um comerciante antipático de meia-idade que a manterá sem dinheiro, além de esperar que você lave seus próprios lençóis.

Maisie remoeu essa perspectiva enquanto chegavam à extremidade oeste de Piccadilly e viravam para o norte, entrando na Mayfair. Se decidisse se empenhar, provavelmente conseguiria fazer com que Solly se casasse com ela. E seria capaz de desempenhar o papel de uma grande dama sem muita dificuldade. A fala era metade da batalha, e sempre fora competente na imitação. Mas o pensamento de fazer Solly cair na cilada de um casamento sem amor a repugnava.

Cortando caminho por uma rua repleta de casas que outrora haviam sido estrebarias, elas passaram por um grande estábulo que alugava cavalos. Maisie sentiu saudades do circo e parou para afagar um enorme garanhão castanho. O cavalo encostou o focinho em sua mão no mesmo instante. Uma voz masculina disse:

– Redboy não costuma permitir que pessoas estranhas o toquem.

Maisie virou-se e viu um homem de meia-idade num fraque preto, com um colete amarelo. As roupas formais contrastavam com o rosto curtido e a fala rude, e ela calculou que se tratava de um ex-cavalariço que abrira seu próprio negócio e se saíra muito bem. Ela sorriu.

– Ele não se importa que eu o afague. Não é mesmo, Redboy?

– Mas não acho que seria capaz de montá-lo, seria?

– Se seria capaz? É claro que sim, e o montaria sem sela e ainda ficaria de pé em cima dele. Redboy é seu?

O homem fez uma pequena reverência.

– George Sammles, a seu serviço, senhoras. Proprietário, como diz ali. – Ele apontou para seu nome pintado acima da porta.

– Eu não deveria me gabar, Sr. Sammles – disse Maisie –, mas passei os últimos quatro anos num circo e por isso consigo montar qualquer animal de seu estábulo.

– É mesmo? – murmurou ele, pensativo. – Ora, ora...

April interveio:

– Em que está pensando, Sr. Sammles?

Ele hesitou.

– Pode parecer um tanto repentino, porém me pergunto se esta dama não estaria interessada numa proposta de negócios.

Maisie ficou imaginando o que viria em seguida. Até aquele momento, pensara que a conversa fosse uma simples brincadeira sem consequências.

– Continue.

April acrescentou, insinuante:

– Sempre estamos interessadas em propostas de negócios.

Mas Maisie tinha a impressão de que Sammles não estava interessado no que April tinha em mente.

– O caso é que Redboy está à venda – começou o homem. – Mas não se vende um cavalo deixando-o dentro do estábulo. No entanto, se o cavalgar pelo parque por mais ou menos uma hora, uma dama como você, se me permite a ousadia, tão bonita assim, atrairia muita atenção, e as possibilidades são de que mais cedo ou mais tarde alguém lhe pergunte quanto quer pelo animal.

Daria para ganhar dinheiro com isso?, pensou Maisie. Poderia ser um meio de pagar o aluguel sem vender seu corpo nem sua alma? Mas ela não fez a pergunta que estava em sua mente. Em vez disso, comentou:

– E eu diria então à pessoa: "Vá falar com o Sr. Sammles, em Curzon Mews, pois o pangaré é dele." É isso que pretende?

– Exatamente. Só que em vez de chamar Redboy de pangaré, poderia falar em "esta magnífica criatura", ou este "esplêndido animal", ou qualquer coisa assim.

– Talvez – disse Maisie, pensando que usaria suas próprias palavras, não as de Sammles. – Agora, vamos aos negócios. – Ela não podia mais simular indiferença pelo dinheiro. – Quanto me pagaria?

– Quanto acha que vale?

Maisie pensou numa quantia absurda.

– Uma libra por dia.

– É demais – disse ele no mesmo instante. – Pagarei a metade.

Ela mal podia acreditar em sua sorte. Dez xelins por dia era um salário fabuloso – as moças de sua idade que trabalhavam como criadas tinham sorte se ganhassem 1 xelim por dia. Seu coração disparou.

– Negócio fechado – ela apressou-se em dizer, com receio de que o homem mudasse de ideia. – Quando começo?

– Venha amanhã, às 10h30.

– Estarei aqui.

Trocaram um aperto de mão, e as moças se afastaram. Sammles disse mais uma coisa:

– Não se esqueça de usar este vestido... é encantador.

– Não se preocupe – respondeu Maisie.

Era o único que tinha. Mas não disse isso a Sammles.

III.

TRÁFEGO NO PARQUE

AO EDITOR DO *THE TIMES*

Senhor,

Tem sido observado no Hyde Park, nos últimos dias, por volta de 11h30, todas as manhãs, um congestionamento tão grande de carruagens que não se pode avançar durante cerca de uma hora. Numerosas explicações foram sugeridas, por exemplo: a de que muitos residentes nos campos vieram à cidade para a temporada social ou a de que a prosperidade de Londres é agora tão grande que até as esposas dos comerciantes também dispõem de carruagem e vão passear no parque. Mas a verdade ainda não foi mencionada em nenhum lugar. A culpa é de uma dama, de nome desconhecido, mas a quem os homens chamam de "A Leoa", sem dúvida por de seu cabelo castanho-amarelado. Trata-se de uma criatura encantadora, muito bem-vestida, que monta com facilidade e graça cavalos que desafiariam muitos homens; e conduz, com igual facilidade, uma carruagem puxada por parelhas perfeitas. A fama de sua beleza e de sua ousadia com os equinos é tão grande que toda a Londres desloca-se para o parque a essa hora e, uma vez ali, descobre que não pode se mover. Senhor, como seu ofício é saber de tudo e conhecer todos, e por isso deve estar a par da verdadeira identidade da Leoa, não poderia persuadi-la a desistir, a fim de que o parque possa voltar a seu estado normal de decoro sereno e passagem tranquila?

Sempre ao seu dispor, senhor,

UM OBSERVADOR

A carta só podia ser uma piada, pensou Hugh enquanto baixava o jornal. De fato, a Leoa era real – ouvira os escriturários falarem a seu respeito –, mas não era a causa da paralisação das carruagens. Ainda assim, ele estava intrigado. Olhou para o parque pelas janelas da Whitehaven House. Era feriado. O sol brilhava e já havia muitas pessoas passeando a pé, a cavalo, em carruagens. Hugh achou que poderia dar um pulo até o parque na esperança de ver a causa de toda aquela confusão.

Tia Augusta também planejava ir ao parque. Sua caleche estava parada na frente da casa. O cocheiro estava de peruca, e o lacaio de libré esperava para subir atrás. Ela ia ao parque àquela hora na maioria das manhãs, como faziam todas as mulheres e homens ociosos das classes altas. Diziam que era pelo ar fresco e pelo exercício; mais importante ainda, porém, era o fato de o parque ser um lugar para se ver e ser visto. Quem de fato causava o congestionamento eram as pessoas que paravam suas carruagens para conversar, bloqueando a passagem.

Hugh ouviu a voz da tia. Levantou-se da mesa do desjejum e foi para o vestíbulo. Como sempre, Tia Augusta estava lindamente vestida. Usava um vestido púrpura, com um corpete justo e metros de babados abaixo. A escolha do chapéu, no entanto, fora infeliz: era uma miniatura de chapéu de barqueiro, de palha, que não tinha mais de 10 centímetros, empoleirado em cima do penteado, na frente. Era a última moda e ficava encantador nas moças bonitas; mas Augusta estava longe de ser graciosa, e nela o chapéu ficava ridículo. Não era com frequência que cometia tais erros, mas quando isso acontecia era quase sempre porque seguia a moda com uma fidelidade exagerada.

Ela conversava com tio Joseph, que exibia o ar de incômodo que costumava demonstrar quando a esposa lhe falava. Postava-se na frente de Augusta, meio de lado, passando a mão nas enormes costeletas, impaciente. Hugh se perguntou se haveria algum afeto entre os dois. Devia ter existido no passado, refletiu ele, pois haviam concebido Edward e Clementine. Agora, quase nunca demonstravam afeição, mas de vez em quando Augusta fazia algo atencioso por Joseph. Era provável que ainda se amassem, concluiu Hugh.

Augusta continuou a falar como se o sobrinho não estivesse presente, uma atitude habitual de sua parte.

– Toda a família está preocupada – disse ela, insistente, como se tio Joseph tivesse sugerido o oposto. – Pode haver um escândalo.

– Mas a situação... qualquer que seja, existe há anos, e ninguém jamais achou que era escandalosa.

– É porque Samuel não é o sócio principal. Uma pessoa comum pode fazer muitas coisas sem atrair a atenção. Mas o sócio principal do Pilaster Bank é uma figura pública.

– Ora, talvez o problema não seja urgente. Tio Seth ainda está vivo, e tudo indica que assim continuará por muito tempo.

– Sei disso. – Havia um tom de frustração revelador na voz de Augusta. – Às vezes eu gostaria... – Ela parou antes de se expor demais. – Mais cedo ou mais tarde, ele entregará o comando. Pode acontecer amanhã. O primo Samuel não pode fingir que não há nada com que se preocupar.

– Talvez – disse Joseph. – Mas se ele fingir, não sei o que se pode fazer.

– Pode ser necessário informar Seth sobre o problema.

Hugh se perguntou quanto o velho Seth sabia sobre a vida do filho. No fundo de seu coração, era provável que conhecesse a verdade; mas talvez nunca a admitisse, nem para si mesmo.

– Que os céus não permitam isso – murmurou Joseph, apreensivo.

– Seria de fato lamentável – disse Augusta, com uma hipocrisia total. – Mas você deve fazer Samuel compreender que, se ele não mudar, seu pai terá de ser consultado, e nesse caso Seth ficará a par de tudo.

Hugh não podia deixar de admirar a astúcia implacável da tia. Ela dava um recado a Samuel: renuncie a seu secretário ou forçaremos seu pai a enfrentar a realidade de que tem filho mais ou menos casado com um homem.

Na verdade, ela não se importava absolutamente com Samuel e seu secretário. Queria apenas tornar impossível que ele se tornasse o sócio principal, a fim de que o manto passasse para seu marido. Era um golpe baixo, e Hugh ficou imaginando se Joseph compreendia realmente o que Augusta estava fazendo.

– Eu gostaria de resolver tudo sem uma atitude drástica como essa – declarou Joseph, incomodado.

Augusta baixou a voz para um murmúrio íntimo. Quando isso acontecia, Hugh sempre achava que ela parecia obviamente insincera, como um dragão tentando ronronar.

– Tenho certeza de que encontrará um meio de fazer isso. – Ela sorriu, suplicante. – Vai me levar para passear hoje? Eu gostaria muito de sua companhia.

Ele fez um aceno negativo com a cabeça.

– Preciso ir ao banco.

– É uma pena ficar trancado num escritório empoeirado num dia lindo como este!

– Houve pânico em Bolonha.

Hugh ficou intrigado. Desde o "Krach" em Viena, registram-se muitas falências de bancos e liquidações de companhias em diferentes partes da Europa, mas aquele era o primeiro "pânico". Londres escapara aos prejuízos, até aquele momento. Em junho, a taxa bancária, o termômetro do mundo financeiro, subira para 7 por cento – nem chegava a ser um estado febril – e já caíra para 6 por cento. Naquele dia, no entanto, podia haver alguma agitação.

– Espero que o pânico não nos afete – disse Augusta.

– Enquanto tivermos cuidado, isso não acontecerá – garantiu Joseph.

– Hoje é feriado... não haverá ninguém para fazer o seu chá.

– Eu diria que posso sobreviver por meio dia sem tomar um chá.

– Mandarei Sara servi-lo dentro de uma hora. Ela assou um bolo de cereja, o seu predileto... Levará uma fatia e fará o chá.

Hugh percebeu que era uma boa oportunidade.

– Quer que eu o acompanhe, tio? Talvez necessite de um escriturário.

Joseph balançou a cabeça.

– Não vou precisar de você.

– Pode querer que ele saia para algum serviço, querido – sugeriu Augusta.

Hugh acrescentou, com um sorriso:

– Ou ele pode querer o meu conselho.

Joseph não apreciou o gracejo.

– Só vou ler os telegramas e decidir o que deve ser feito quando os mercados reabrirem amanhã.

Como um tolo, Hugh insistiu:

– Eu gostaria de ir assim mesmo, só por interesse.

Era sempre um erro pressionar Joseph.

– Já disse que não preciso de você – respondeu ele, irritado. – Vá passear no parque com sua tia. Ela precisa de um acompanhante.

Joseph pôs o chapéu na cabeça e saiu.

– Você tem um talento para aborrecer desnecessariamente as pessoas, Hugh. Pegue o seu chapéu. Já estou pronta para sair – comentou Augusta.

Hugh não queria passear com Augusta, mas o tio lhe dera essa ordem e ele sentia-se curioso em ver A Leoa, por isso não discutiu.

A filha de Augusta, Clementine, apareceu vestida para sair. Hugh brincava com a prima quando eram crianças, e ela sempre fora uma intrigueira. Aos 7 anos, pedira a Hugh que lhe mostrasse seu pênis. Depois, contara à mãe o que ele fizera e Hugh levara uma surra. Agora, aos 20 anos, Clementine se parecia com a mãe, enquanto Augusta era autoritária, ela mostrava-se dissimulada.

Saíram todos. O lacaio ajudou-os a subir na caleche. Era um veículo novo, pintado de azul, puxado por uma magnífica parelha de tordilhos castrados – tudo à altura da esposa de um grande banqueiro. Augusta e Clementine sentaram-se viradas para a frente, e Hugh instalou-se no outro lado. A capota estava arriada por causa do sol brilhante, mas as mulheres abriram as sombrinhas. O cocheiro estalou o chicote e partiram.

Pouco depois, alcançaram a South Carriage Drive. Estava tão apinhada quanto dissera o autor da carta ao *The Times*. Havia centenas de cavalos montados por homens de cartola e mulheres em silhões, dezenas de carruagens de todos os tipos, abertas e fechadas, de duas e quatro rodas, além de crianças em pôneis, casais a pé, babás com carrinhos de bebê e pessoas com cães. As carruagens faiscavam com tinta nova, os cavalos estavam escovados, os homens usavam fraque completo e as mulheres exibiam todas as cores brilhantes que as novas tinturas químicas podiam produzir. Todos avançavam devagar, o que era melhor para se avaliar cavalos e carruagens, roupas e chapéus. Augusta falava com a filha, e a conversa não exigia qualquer contribuição de Hugh além de uma indicação ocasional de concordância.

– Lá está lady St. Ann com um chapéu de Dolly Varden! – exclamou Clementine.

– Saíram de moda há um ano – comentou Augusta.

– Ora, ora... – murmurou Hugh.

Outra carruagem emparelhou, e Hugh viu tia Madeleine Hartshorn. *Se ela tivesse costeletas, ficaria igual a Joseph, seu irmão*, pensou ele. Era a maior aliada de Augusta. Juntas, controlavam a vida social da família. Augusta era a força orientadora, mas Madeleine era sua fiel acólita.

As carruagens pararam e as duas trocaram cumprimentos. Obstruíam a passagem, e duas ou três carruagens pararam atrás.

– Dê uma volta conosco, Madeleine. Preciso conversar com você – pediu Augusta.

O lacaio de Madeleine ajudou-a a descer da carruagem e subir na de Augusta. Tornaram a partir.

– Estão ameaçando contar ao velho Seth sobre o secretário de Samuel.

– Ah, não! – protestou Madeleine. – Não podem fazer isso!

– Falei com Joseph, mas eles insistem em fazer isso.

O tom de sincera preocupação de Augusta deixou Hugh impressionado. Como ela conseguia? Talvez se convencesse de que a verdade era qualquer coisa que lhe fosse conveniente dizer no momento.

– Vou conversar com George – prometeu Madeleine. – O choque pode matar o querido tio Seth.

Hugh aventou a ideia de relatar a conversa ao tio Joseph. Será que Joseph ficaria horrorizado ao descobrir como ele e os outros sócios vinham sendo manipulados por suas esposas? Mas não acreditariam em Hugh. Ele não era ninguém, e era por isso que Augusta não se importava com o que dizia em sua presença.

A carruagem passou a andar mais devagar, quase parando. Havia um agrupamento de carruagens e cavalos à frente. Augusta indagou, irritada:

– Qual é a causa disso?

– Deve ser A Leoa – informou Clementine, alvoroçada.

Hugh esquadrinhou a multidão na maior ansiedade, mas não conseguiu ver o que causava a retenção. Havia várias carruagens de tipos diferentes, nove ou dez cavalos e alguns pedestres.

– Que história é essa de leoa? – perguntou Augusta.

– Ah, mãe, todo mundo sabe disso!

À medida que a carruagem de Augusta seguia em frente, uma pequena e elegante vitória saiu do meio da multidão, puxada por uma parelha de pôneis de passadas altas e guiada por uma mulher.

– *É* a Leoa! – balbuciou Clementine.

Hugh olhou para a mulher que conduzia a vitória e ficou espantado ao reconhecê-la.

Era Maisie Robinson.

Ela estalou um chicote e os pôneis aumentaram a velocidade. Usava um traje marrom de merino, com babados de seda, uma gravata marrom-clara com um laço na altura de sua garganta. Tinha na cabeça um chapéu brejeiro, pequeno e com a aba enrolada.

Hugh sentiu-se outra vez furioso com ela, pelo que dissera a respeito de seu pai. Ela nada sabia de finanças, não tinha o direito de acusar pessoas de desonestidade de uma forma tão leviana. Ainda assim, ele não pôde deixar de pensar que Maisie estava deslumbrante. Havia algo encantador e irresistível na pose daquele corpo pequeno e perfeito sentado na vitória, na inclinação do chapéu e até mesmo na maneira como ela segurava o chicote e sacudia as rédeas.

Portanto, A Leoa era Maisie Robinson! Mas como ela adquirira de repente cavalos e carruagens? Será que ganhara muito dinheiro? E o que ela pretendia?

Hugh ainda estava especulando sobre tudo aquilo quando houve um acidente.

Um puro-sangue nervoso passou trotando pela carruagem de Augusta e foi assustado por um pequeno e barulhento *terrier*. O cavalo empinou-se no mesmo instante, e o cavaleiro caiu... bem na frente da vitória de Maisie.

Ela mudou de direção prontamente, demonstrando um controle extraordinário do veículo, e atravessou o caminho. A ação evasiva levou-a para a frente dos cavalos de Augusta, fazendo o cocheiro puxar as rédeas e soltar uma imprecação.

Maisie parou a vitória bem ao lado da caleche. Todos olharam para o cavaleiro caído. Ele parecia ileso. Levantou-se sem ajuda, limpou a poeira das roupas e afastou-se, praguejando, para pegar seu cavalo. Maisie reconheceu Hugh e disse:

– Ora essa, Hugh Pilaster!

Hugh corou.

– Bom dia – balbuciou ele, sem ter a menor ideia do que fazer em seguida.

Ele compreendeu no mesmo instante que cometera um grave erro de etiqueta. Não deveria ter respondido a Maisie enquanto estava na companhia das tias, uma vez que não podia lhes apresentar uma pessoa daquele tipo. Deveria tê-la esnobado.

Maisie, no entanto, não fez a menor tentativa de cumprimentar as mulheres.

– Gosta destes pôneis?

Ela parecia ter se esquecido da discussão entre os dois. Hugh sentia-se completamente atordoado por aquela mulher linda e surpreendente, com uma excepcional habilidade nas rédeas e maneiras descuidadas.

– São muito bonitos – murmurou ele, sem olhar para os animais.

– Estão à venda.

Tia Augusta interveio, a voz gelada:

– Hugh, faça o favor de dizer a esta *pessoa* para nos deixar passar!

Maisie fitou-a pela primeira vez e disse calmamente:

– Cale a matraca, sua velha megera.

Clementine engasgou, e tia Madeleine soltou um gritinho de horror. Hugh ficou boquiaberto. As roupas deslumbrantes e a carruagem de luxo tornavam fácil esquecer que Maisie era uma criancinha pobre e esfarrapada dos cortiços. Suas palavras eram tão vulgares que por um momento Augusta ficou atordoada demais para responder. Ninguém se atrevia a lhe falar daquela maneira. Maisie não deu tempo para que ela se recuperasse. Tornou a se virar para Hugh e acrescentou:

– Diga a seu primo Edward que ele deveria comprar meus pôneis!

Em seguida, estalou o chicote e partiu. Augusta explodiu:

– Como ousa me expor a uma pessoa assim? Como tem coragem de tirar o chapéu para ela?

Hugh olhava para Maisie, admirando as costas perfeitas e o chapéu gracioso.

Tia Madeleine aderiu ao coro:

– Como pode conhecer uma mulher assim, Hugh? Nenhum rapaz de berço jamais teria qualquer relacionamento com esse tipo! E parece que você até a apresentou a Edward!

Fora Edward quem apresentara Maisie a Hugh, mas ele não tentaria transferir a culpa para o primo. Não iam mesmo acreditar.

– Não a conheço muito bem – protestou ele.

Clementine estava fascinada.

– Onde a conheceu, Hugh?

– Num lugar chamado Argyll Rooms.

Augusta franziu as sobrancelhas para Clementine e disse:

– Não quero saber dessas coisas. Hugh, mande Baxter nos levar para casa.

– Vou sair para dar uma volta – anunciou Hugh, abrindo a porta da caleche.

– Vai atrás daquela mulher! – exclamou Augusta. – Eu o proíbo!

– Pode ir, Baxter – disse Hugh ao saltar.

O cocheiro sacudiu as rédeas, as rodas viraram. Hugh tirou o chapéu, como a educação determinava, enquanto as tias furiosas se afastavam.

Ainda não ouvira a última palavra. O problema continuaria mais tarde. Tio Joseph seria informado, e logo todos os sócios saberiam que Hugh se relacionava com mulheres de baixo nível.

Mas era feriado, o sol brilhava, o parque estava repleto de pessoas se divertindo, e Hugh não podia se preocupar com a raiva da tia naquele dia.

Sentia-se alegre enquanto avançava pelo caminho. As pessoas às vezes andavam em círculos, e assim poderia encontrá-la de novo.

Estava ansioso por conversar mais com ela. Queria esclarecer tudo sobre seu pai. Por mais estranho que pudesse parecer, já não guardava ressentimento pelo que Maisie dissera. Ela se enganara, pensou Hugh, e compreenderia se ele explicasse. E, de qualquer forma, apenas falar com ela já seria emocionante.

Ele chegou a Hyde Park e seguiu em direção ao norte, ao longo da Park Lane. Tirou o chapéu para numerosos parentes e conhecidos – os jovens William e Beatrice numa berlinda, tio Samuel numa égua castanha, o Sr. Mulberry com a esposa e os filhos. Maisie poderia ter parado no outro lado, talvez até já tivesse deixado o parque àquela altura. Hugh começou a achar que não tornaria a vê-la.

Mas viu.

Ela estava de partida, atravessando a Park Une. Era mesmo Maisie, sem a menor sombra de dúvida, com a gravata marrom-clara. Ela não o vira.

Num impulso, Hugh seguiu-a até Mayfair, passando pela rua de antigas estrebarias. Teve de correr para não perdê-la de vista. Maisie parou a vitória num estábulo e saltou. Um cavalariço se adiantou e começou a ajudá-la com os cavalos.

Hugh aproximou-se por trás, ofegante. Ele mesmo não entendia por que estava fazendo aquilo.

– Olá, Srta. Robinson.

– Olá de novo!

– Eu a segui – disse ele, desnecessariamente.

Maisie fitou-o nos olhos.

– Por quê?

Sem pensar, ele balbuciou:

– Gostaria de saber se não quer sair comigo uma noite dessas.

Ela inclinou a cabeça para o lado, o rosto um pouco franzido, avaliando o convite. Sua expressão era cordial, como se apreciasse a ideia, e Hugh pensou que ela aceitaria. Mas parecia que considerações práticas travavam uma guerra com suas inclinações. Maisie desviou os olhos, ainda relutante, mas logo pareceu se decidir.

– Você não tem cacife para sair comigo – afirmou ela, incisiva, virando as costas e entrando no estábulo.

IV.

Cammel Farm
Colônia do Cabo
África do Sul
14 de julho de 1873

Prezado Hugh,

Foi ótimo ter notícias suas! Vive-se um tanto isolado por aqui, e você não pode imaginar o prazer que sentimos quando recebemos uma carta longa e cheia de notícias da Inglaterra.

A Sra. Cammel, que era a honorável Amelia Clapham até se casar comigo, divertiu-se bastante com seu relato sobre A Leoa...

É um pouco tarde para falar a respeito, sei disso, mas fiquei muito chocado com a morte de seu pai. Colegiais não escrevem mensagens de condolências. Além disso, sua tragédia pessoal foi um tanto ofuscada pelo afogamento de Peter Middleton naquele mesmo dia. Mas, pode ter certeza, muitos de nós pensamos em você, falamos a seu respeito depois que foi tirado do colégio de uma forma tão abrupta...

Estou contente por me perguntar sobre Peter. Tenho me sentido culpado desde aquele dia. Não cheguei a ver o pobre coitado morrer, mas testemunhei o suficiente para adivinhar o resto.

Seu primo Edward, como você descreveu de maneira tão pitoresca, era mais podre do que um gato morto. Você conseguiu pegar a maior parte das suas roupas na água e escapou, mas Peter e Tonio não foram tão rápidos.

Eu estava no outro lado e creio que Edward e Micky nem me notaram. Ou talvez não tenham me reconhecido. De qualquer forma, nunca me falaram sobre o incidente.

Depois que você foi embora, Edward continuou a atormentar Peter ainda mais, empurrando sua cabeça para o fundo, jogando água em seu rosto, enquanto o pobre se debatia e tentava recuperar as roupas.

Percebi que a situação estava fugindo ao controle, porém fui um verdadeiro covarde, infelizmente. Deveria ter ido socorrer Peter, mas também não era muito grande, não tinha condições de enfrentar Edward e Micky Miranda, e não queria que minhas roupas ficassem molhadas também. Você se lembra da punição por violar o castigo? Eram 12 golpes da Listradora, e não me importo de admitir que tinha mais medo disso do que de qualquer outra coisa. Tratei de pegar minhas roupas e fui embora, sem atrair atenção.

Só olhei para trás uma vez, da beirada da pedreira. Não sei o que aconteceu no intervalo, mas Tonio subia pela encosta nu, segurando uma trouxa de roupas molhadas, Edward nadava em seu encalço, deixando Peter ofegante e cuspindo água lá no meio.

Pensei que Peter se recuperaria, mas obviamente eu estava enganado. Ele devia estar no limite de suas forças. Enquanto Edward perseguia Tonio e Micky observava, Peter se afogou, sem que ninguém notasse.

Só mais tarde é que eu soube disso, é claro. Voltei à escola, fui para meu dormitório. Quando começaram a fazer perguntas, jurei que passara a tarde inteira ali. E quando a história terrível foi revelada, nunca tive coragem de admitir que testemunhara o que aconteceu.

Não é algo de que eu possa me orgulhar, Hugh. Mas contar a verdade, finalmente, fez com que eu me sentisse um pouco melhor...

Hugh largou a carta de Albert Cammel e ficou olhando pela janela de seu quarto. A carta explicava tanto mais quanto menos do que Cammel imaginava.

Explicava como Micky Miranda se insinuara nas boas graças da família Pilaster, a tal ponto que passava todas as férias em companhia de Edward e tinha todas as despesas pagas pelos pais do amigo. Não podia haver a menor dúvida de que Micky dissera a Augusta que Edward virtualmente matara Peter. No tribunal, porém, Micky jurara que Edward tentara salvar o garoto que se afogava. E ao dizer tal mentira, Micky livrara os Pilaster da desgraça pública. Augusta teria sentido a mais profunda gratidão... e talvez também temesse que Micky pudesse um dia se voltar contra a família e revelar a verdade. Hugh sentiu um frio de medo no estômago. Albert Cammel, sem saber, revelara que o relacionamento de Augusta com Micky era profundo, sinistro e corrupto.

Mas outro enigma persistia, pois Hugh sabia de uma coisa sobre Peter Middleton da qual quase mais ninguém tinha conhecimento. Peter era um tanto franzino, e os outros meninos o maltratavam. Constrangido por sua fraqueza, ele iniciara um programa de treinamento, e seu principal exercício era a natação. Percorria aquele poço de um lado a outro, hora após hora, tentando desenvolver o físico. Não dera certo – um garoto de 13 anos só podia adquirir ombros largos e peito musculoso ao se tornar um homem, e esse processo não podia ser acelerado.

O único resultado de todo o seu esforço foi conseguir ficar como um peixe na água. Era capaz de mergulhar até o fundo, prender a respiração por muitos minutos, boiar de costas e manter os olhos abertos sob a superfície. Seria preciso muito mais do que Edward Pilaster para afogá-lo.

Então por que ele morrera?

Albert Cammel dissera a verdade até onde a conhecia, Hugh estava certo disso. Mas tinha de haver mais. Outra coisa acontecera naquela tarde quente em Bishop's Wood. Um nadador inexperiente poderia ter morrido por acidente, se afogado porque a atitude rude de Edward fora demais para suportar. Mas isso não seria capaz de matar Peter. E se sua morte não tinha sido acidental, então fora provocada.

E isso era assassinato.

Hugh estremeceu.

Só havia três pessoas ali na ocasião: Edward, Micky e Peter. Peter devia ter sido assassinado por Edward ou Micky.

Ou por ambos.

V.

Augusta já se sentia insatisfeita com sua decoração japonesa. A sala de visitas estava cheia de biombos orientais, móveis angulosos sobre pernas finas e compridas, leques e vasos japoneses em armários pretos laqueados. Era tudo muito caro, mas cópias baratas já apareciam nas lojas da Oxford Street, e a decoração não era mais exclusiva das melhores casas. Infelizmente, Joseph não permitiria uma redecoração tão cedo, e Augusta teria de conviver com aqueles móveis cada vez mais comuns por muitos anos.

A sala de visitas era o lugar em que Augusta recepcionava os convidados na hora do chá, todos os dias da semana. As mulheres costumavam chegar primeiro: suas cunhadas, Madeleine e Beatrice, e a filha, Clementine. Os sócios vinham direto do banco, por volta das 17 horas: Joseph, o velho Seth, o marido de Madeleine, George Hartshorn, e Samuel de vez em quando. Se os negócios andavam tranquilos, os rapazes também compareciam: Edward, Hugh e o jovem William. A única pessoa que não pertencia à família e se tornara um frequentador regular do chá era Micky Miranda, mas às vezes também aparecia um clérigo metodista, talvez um missionário procurando recursos para converter os pagãos nos mares do hemisfério sul, na Malásia ou no recém-aberto Japão.

Augusta empenhava-se muito para que todos continuassem a vir. Os Pilaster gostavam de coisas doces, e ela providenciava os mais deliciosos biscoitos e bolos, além do melhor chá de Assam e do Ceilão. Grandes eventos, como os feriados e casamentos na família, eram planejados durante esses encontros; assim, quem deixasse de comparecer logo perdia o contato com o que estava acontecendo.

Apesar de tudo isso, de vez em quando um deles ingressava numa fase de querer ser independente. O exemplo mais recente fora o da esposa do jovem William, Beatrice, cerca de um ano antes, depois que Augusta se mostrara um tanto insistente sobre um tecido para vestido escolhido por ela, e que não lhe convinha. Quando isso acontecia, Augusta deixava a pessoa em paz por algum tempo, depois a reconquistava com um gesto de extravagante generosidade. No caso de Beatrice, ela oferecera uma elegante festa de aniversário para sua velha mãe, que já se encontrava na fronteira da senilidade e já quase sem condições de ser apresentada em público. Beatrice ficara tão agradecida que se esquecera por completo da discussão sobre o tecido... exatamente o que Augusta queria.

Naquelas reuniões na hora do chá, Augusta descobria o que estava acontecendo na família e no banco. Agora, sentia-se ansiosa em relação ao velho Seth. Com extremo cuidado, vinha desenvolvendo na família a ideia de que Samuel não poderia ser o próximo sócio principal. Seth, no entanto, não demonstrava a menor disposição para se aposentar, apesar da saúde precária. Ela achava irritante ver seus planos cuidadosos bloqueados pela tenacidade obstinada de um velho.

Era o final de julho, e Londres se tornava mais sossegada. A aristocracia deixava a cidade nessa época do ano, indo para seus iates em Cowes ou para suas propriedades de caça na Escócia. Permaneceria no campo, abatendo aves, caçando raposas e perseguindo os cervos até depois do Natal. Entre fevereiro e a Páscoa, começaria a voltar e, em maio, a "temporada social" de Londres estaria no auge.

A família Pilaster não seguia essa rotina. Embora muito mais rica do que a aristocracia, eram homens de negócios, nem pensavam em passar a metade do ano na ociosidade, perseguindo animais estúpidos pelos campos. De modo geral, no entanto, era possível persuadir os sócios a tirar férias durante a maior parte do mês de agosto, desde que não houvesse nenhuma agitação indevida no mundo financeiro.

Naquele ano, pairaram dúvidas sobre as férias durante todo o verão, pois uma tempestade distante ressoava ameaçadora sobre as capitais financeiras da Europa. O pior, no entanto, parecia ter passado, as taxas bancárias haviam caído para 3 por cento, e Augusta alugara um pequeno castelo na Escócia. Ela e Madeleine planejavam viajar dentro de uma semana, e os homens seguiriam um ou dois dias depois.

Poucos minutos antes das 16 horas, quando Augusta estava na sala de visitas, sentindo-se descontente com seus móveis e com a obstinação do velho Seth, Samuel apareceu.

Todos os Pilaster eram feios, mas Samuel era o pior, pensou ela. Tinha o nariz enorme da família, além de exibir uma boca sem vigor, feminina, e dentes tortos. Era meticuloso, vestia-se de forma impecável, era exigente com a comida, amava gatos e odiava cães.

Mas o que Augusta mais detestava nele era o fato de ser, entre todos os homens da família, o mais difícil de persuadir. Ela conseguia envolver o velho Seth, suscetível a uma mulher atraente mesmo em sua idade avançada; normalmente era capaz de controlar Joseph, esgotando sua paciência; George Hartshorn se encontrava sob o domínio de Madeleine, e assim podia ser manipulado indiretamente; e os outros eram bastante jovens para serem intimidados, embora Hugh às vezes lhe criasse problemas.

Nada dava certo com Samuel – muito menos os seus encantos femininos. Ele tinha uma maneira irritante de rir quando Augusta pensava que estava sendo astuta. Dava a impressão de que Augusta era uma mulher que não se podia levar a sério, e isso a ofendia profundamente. Ela sentia-se muito mais magoada pelo escárnio sutil de Samuel do que por ser chamada de velha megera por uma vagabunda no parque.

Naquele dia, porém, Samuel não exibia seu sorriso divertido e cético. Parecia furioso... tão furioso que por um momento Augusta ficou alarmada. Era óbvio que ele chegara mais cedo para encontrá-la sozinha. Ocorreu-lhe que havia dois meses vinha conspirando para destruí-lo e que pessoas já haviam sido assassinadas por muito menos. Samuel não apertou a mão de Augusta. Parou na sua frente, usando um fraque cinza-pérola e uma gravata grená, recendendo a água-de-colônia. Augusta ergueu as mãos num gesto defensivo. Ele soltou uma risada seca e afastou-se.

– Não vou agredi-la, Augusta, embora os céus saibam que você merece uma surra de chicote.

É claro que ele não a tocaria. Era uma alma gentil, que se recusava a financiar a exportação de rifles. Augusta recuperou a confiança no mesmo instante e disse, desdenhosa:

– Como se atreve a me criticar?

– Criticar? – A raiva tornou a aflorar nos olhos de Samuel. – Não me rebaixo a criticá-la! – Ele fez uma pausa, e a voz tinha um tom de ira controlada quando voltou a falar. – Eu a desprezo.

Augusta não podia ser intimidada pela segunda vez.

– Veio aqui para me comunicar que está disposto a renunciar a seus hábitos iníquos? – indagou ela, numa voz retumbante.

– Meus hábitos iníquos... – ele repetiu. – Você está disposta a destruir a felicidade de meu pai e tornar minha própria vida miserável só por causa de sua ambição e ainda fala dos *meus* hábitos iníquos! Creio que ficou tão absorvida no mal que esqueceu por completo o que é isso.

Ele mostrava-se tão convicto e veemente que Augusta se perguntou se não teria sido uma maldade de sua parte ameaçá-lo. Depois, no entanto, compreendeu que Samuel tentava enfraquecer sua determinação com um apelo à sua compaixão.

– Só estou preocupada com o banco – disse ela, friamente.

– É essa a sua desculpa? É o que vai dizer ao Todo-Poderoso, no Dia do Juízo Final, quando Ele perguntar por que me chantageou?

– Cumpro o meu dever.

Sentindo-se outra vez no comando da situação, Augusta começou a especular por que ele viera. Seria para admitir a derrota... ou desafiá-la? Se Samuel cedesse, ela poderia ter certeza de que muito em breve se tornaria a esposa do sócio principal. Mas a alternativa a deixava com vontade de roer as unhas. Se ele a desafiasse, teria uma luta longa e difícil pela frente, sem nenhuma garantia do resultado. Samuel foi até a janela e olhou para o jardim.

– Lembro-me de que você era uma menina bonita – murmurou ele, pensativo, arrancando um grunhido impaciente de Augusta. – Costumava ir à igreja num vestido branco, com fitas brancas nos cabelos. As fitas não enganavam ninguém. Já era uma tirana mesmo naquele tempo. Todos passeavam pelo parque depois da missa, e as outras crianças tinham medo de você. Apesar disso, aceitavam-na, porque era você quem organizava as brincadeiras. Aterrorizava até mesmo seus pais. Se não conseguisse o que queria, podia ter um acesso de raiva tão ruidoso que as pessoas paravam suas carruagens para saber o que estava acontecendo. Seu pai, que Deus guarde sua alma, tinha o olhar atormentado de um homem que não é capaz de compreender como trouxe tal monstro ao mundo.

Tudo o que ele dizia era bem próximo da verdade, e aquilo deixou Augusta contrafeita.

– Essas coisas aconteceram há muitos anos – protestou ela, desviando os olhos.

Samuel continuou, como se ela não tivesse falado:

– Não é por mim que estou preocupado. Gostaria de ser o sócio principal, mas posso viver sem isso. Seria dos bons... Não tão dinâmico quanto meu pai, talvez, porém alguém que trabalha em equipe. Mas Joseph não está à altura do cargo. É irascível e impulsivo, toma péssimas decisões; e você piora a situação ao estimular sua ambição e turvar seu julgamento. Joseph é excelente num grupo, quando outros podem guiá-lo e contê-lo. Mas não pode ser o líder, porque seu julgamento não é bastante bom. Vai prejudicar o banco a longo prazo. Você não se importa com isso?

Por um momento, Augusta se perguntou se ele teria razão. Estaria correndo o risco de matar a galinha dos ovos de ouro? Mas havia tanto dinheiro no banco que jamais poderiam gastar tudo, ainda que todos eles nunca mais trabalhassem. De qualquer forma, era um absurdo dizer que Joseph seria prejudicial ao banco. Não havia nada de muito difícil no que os sócios faziam: iam ao banco, liam as páginas financeiras dos jornais, emprestavam dinheiro às pessoas, cobravam os juros. Joseph poderia fazer isso tão bem quanto qualquer outro.

– Os homens sempre fingiram que o trabalho no banco é complexo e misterioso. Mas você não me engana.

Ela compreendeu que caíra na defensiva e tratou de acrescentar:

– Eu me justificarei perante Deus, não para você.

– Falaria mesmo com meu pai, como ameaçou? – indagou Samuel.

– Sabe que isso poderia matá-lo.

Augusta hesitou apenas por um instante.

– Não há alternativa.

Ele fitou-a em silêncio por um longo tempo.

– Acredito em você, seu demônio.

Augusta prendeu a respiração. Era a submissão? Ela sentiu que a vitória se encontrava quase ao seu alcance, e em sua imaginação ouviu alguém dizer, com o devido respeito, *Permita-me apresentar a Sra. Joseph Pilaster, a esposa do sócio principal do Pilaster Bank...*

Samuel ainda hesitou por um momento, mas acabou falando, com óbvia repulsa:

– Muito bem. Direi aos outros que não quero ser o sócio principal quando meu pai se aposentar.

Augusta reprimiu um sorriso de triunfo. Vencera. Virou o rosto para esconder sua alegria.

– Pode desfrutar sua vitória – acrescentou Samuel, amargurado. – Mas lembre-se, Augusta, de que todos temos segredos... até você. Um dia alguém usará seus segredos contra você dessa maneira, e vai recordar-se do que fez comigo.

Augusta ficou atordoada. A que ele se referia? Sem nenhum motivo aparente, o pensamento de Micky Miranda aflorou em sua mente, mas ela tratou de expulsá-lo.

– Não tenho segredos de que me envergonhar.

– Não mesmo?

– Não!

Mas a segurança de Samuel a preocupava. Ele fitou-a com uma estranha expressão.

– Um jovem advogado chamado David Middleton procurou-me ontem.

Por um momento, Augusta não compreendeu.

– Eu deveria conhecê-lo?

O nome era perturbadoramente familiar.

– Encontrou-o uma única vez, há sete anos, numa audiência.

Augusta sentiu um súbito calafrio. Middleton: era o nome do garoto que se afogara. Samuel acrescentou:

– David Middleton está convencido de que seu irmão Peter foi assassinado... por Edward.

Augusta queria desesperadamente se sentar, mas recusou-se a dar a Samuel a satisfação de vê-la abalada.

– Por que ele tenta criar problemas agora, depois de sete anos?

– Ele me disse que nunca ficou satisfeito com o resultado do inquérito, porém permaneceu em silêncio com receio de causar um sofrimento ainda maior aos pais. Mas a mãe morreu pouco depois de Peter, e o pai morreu este ano.

– Por que ele procurou você, e não a mim?

– Ele pertence ao meu clube. Diz que releu os registros da audiência e verificou que muitas testemunhas não foram chamadas para prestar depoimento.

Era verdade, pensou Augusta, angustiada. Havia o nocivo Hugh Pilaster, um garoto sul-americano chamado Tony ou qualquer coisa parecida e uma terceira pessoa que nunca fora identificada. Se David Middleton pressionasse um deles, toda a história poderia ser revelada.

A expressão de Samuel era pensativa.

– Do seu ponto de vista, foi uma pena que o juiz sumariante fizesse aqueles comentários sobre o heroísmo de Edward. Isso deixou as pessoas desconfiadas. Acreditariam que Edward ficasse parado na beira da água, hesitando, enquanto um garoto se afogava. Mas quem conhece Edward sabe que ele não atravessaria a rua para ajudar alguém, muito menos mergulharia num poço para salvar um garoto se afogando.

Aquele tipo de conversa era um absurdo total, e ainda por cima, insultuoso.

– Como ousa falar assim? – protestou Augusta, sem conseguir projetar o tom de autoridade habitual.

Samuel ignorou-a.

– Os outros garotos no colégio nunca acreditaram. David estudou ali também, não muitos anos antes, e conhecia muitos dos rapazes mais velhos. Conversou com eles, o que aumentou suas suspeitas.

– Toda essa história é ridícula.

– Middleton é belicoso, como todos os advogados – insistiu Samuel, indiferente aos protestos. Não vai deixar o caso ser esquecido.

– Ele não me assusta nem um pouco.

– Isso é ótimo, porque tenho certeza de que receberá uma visita dele muito em breve. – Samuel encaminhou-se para a porta. – Não ficarei para o chá. Boa tarde, Augusta.

Ela sentou-se num sofá. Não previra isso... Como poderia? Seu triunfo sobre Samuel fora ofuscado. Aquela velha história ressurgira, sete anos depois, quando deveria estar completamente esquecida! Augusta sentiu medo por Edward. Não suportaria que acontecesse nada ruim ao filho. Baixou a cabeça para que parasse de latejar. O que poderia fazer?

Hastead, o mordomo, entrou na sala nesse momento acompanhado por duas criadas com bandejas de chá e bolos.

– Com sua permissão, senhora? – murmurou ele, com seu sotaque galês.

Os olhos de Hastead pareciam espiar em direções diferentes, e as pessoas nunca sabiam em qual delas se concentrar. No princípio, isso fora desconcertante, mas Augusta já se acostumara. Ela acenou com a cabeça.

– Obrigado, senhora.

Ele e as criadas começaram a arrumar tudo para o chá. Augusta podia às vezes se acalmar com o comportamento subserviente de Hastead e a visão das criadas obedecendo às suas ordens, mas naquele momento isso não adiantou. Ela levantou-se e foi até as portas de vidro, abertas. O jardim ensolarado também não a ajudou. Como poderia deter David Middleton?

Ainda se angustiava com o problema quando Micky Miranda chegou.

Augusta sentiu-se contente ao vê-lo. Ele estava encantador, como sempre, em seu fraque preto e calça listrada, um colarinho branco imaculado em torno do pescoço, uma gravata preta de cetim na garganta. Micky percebeu a aflição de Augusta e, no mesmo instante, demonstrou sua solidariedade. Atravessou a sala com a graciosidade e rapidez de um gato selvagem, e sua voz soou como uma carícia:

– O que a deixou assim transtornada, Sra. Pilaster?

Ela sentiu-se grata por Micky ter sido o primeiro a chegar. Segurou-o pelos braços.

– Aconteceu uma coisa terrível.

Micky pôs as mãos na cintura de Augusta, como se estivessem dançando, e ela experimentou um tremor de prazer quando os dedos apertaram seus quadris.

– Não precisa ficar tão aflita – murmurou ele, tranquilizando-a. – Conte-me tudo.

Augusta começou a se sentir mais calma. Em momentos como aquele, gostava muito de Micky. Lembrava-se de como se sentira com o jovem conde de Strang quando moça. Micky era bem parecido com Strang: tinha modos elegantes, era bonito, usava roupas impecáveis e, acima de tudo, encantava-a a maneira como ele se movimentava, a agilidade das pernas e dos braços, um corpo que funcionava com perfeição. Strang era louro e inglês, enquanto Micky era moreno e latino, mas ambos tinham a capacidade de fazê-la se sentir feminina. Ela queria puxar o corpo de Micky ao encontro do seu, repousar a cabeça em seu ombro...

Percebeu que as criadas os observavam e compreendeu que era um pouco indecoroso Micky permanecer assim, com as mãos em seus quadris. Tratou de se desvencilhar, pegou seu braço e conduziu-o pelas portas de vidro para o jardim, onde poderiam conversar sem que os serviçais os ouvissem. O ar estava quente e perfumado. Sentaram-se juntos num banco de madeira, à sombra, e Augusta virou-se de lado para fitá-lo. Ansiava por segurar a mão de Micky, mas isso seria impróprio.

– Vi Samuel saindo. Ele teve alguma coisa a ver com isso? – indagou Micky.

Augusta falou em voz baixa; e Micky teve de inclinar a cabeça para ouvir, tão perto que ela poderia até beijá-lo sem se mexer.

– Ele veio me dizer que não vai reivindicar a posição de sócio principal.

– Grande notícia!

– É verdade. Significa que o cargo caberá com certeza a meu marido.

– E Papa poderá ter seus rifles.

– Assim que Seth se aposentar.

– É irritante a maneira como o velho Seth resiste! – exclamou Micky. – Papa sempre me pergunta quando isso vai acontecer.

Augusta sabia por que Micky se preocupava tanto: tinha medo de que o pai o mandasse voltar para Córdoba.

– Não creio que o velho Seth possa aguentar por muito mais tempo – comentou ela para confortá-lo.

Ele fitou-a nos olhos.

– Mas não foi isso que a deixou transtornada.

– Não, não foi. É por causa daquele menino infeliz que se afogou no colégio... Peter Middleton. Samuel me contou que o irmão dele, o advogado, começou a fazer perguntas.

Micky franziu as sobrancelhas.

– Depois de tantos anos?

– Ao que parece, ele permaneceu calado por causa dos pais, mas agora os dois já morreram.

– Acha que o problema é grave?

– Você deve saber melhor do que eu. – Augusta hesitou. Havia uma pergunta que tinha de fazer, mas receava a resposta. Tomou coragem. – Micky, o menino morreu por culpa de Edward?

– Bem...

– Diga sim ou não! – ela ordenou.

Micky fez uma pausa.

– Sim.

Augusta fechou os olhos. *Teddy, querido, por que você fez isso?*, pensou ela.

– Peter não nadava muito bem – acrescentou Micky, com calma. – Edward não chegou a afogá-lo, mas deixou-o exausto. Peter estava vivo quando Edward o deixou e foi atrás de Tonio. Mas acho que ficou fraco demais para nadar até a beira do poço e se afogou enquanto ninguém o observava.

– Teddy não queria matá-lo.

– É claro que não.

– Foi apenas uma brincadeira rude de colegiais.

– Edward não tencionava lhe causar nenhum mal.

– Então não foi assassinato.

– Receio que tenha sido – disse Micky, sério, e o coração de Augusta parou por um segundo. – Se um ladrão derruba um homem apenas com a intenção de roubá-lo, mas o homem sofre um ataque cardíaco e morre, o ladrão é culpado de assassinato, ainda que seu propósito não fosse matar.

– Como sabe disso?

– Consultei um advogado há alguns anos.

– Por quê?

– Queria saber a situação de Edward.

Augusta baixou o rosto, cobrindo-o com as mãos. Era pior do que imaginara. Micky retirou as mãos de seu rosto, beijou-as, uma de cada vez. Foi um gesto tão terno que a deixou com vontade de chorar. Ele continuou a segurar suas mãos enquanto falava:

– Nenhuma pessoa sensata perseguiria Edward por causa de algo que aconteceu quando ele era garoto.

– Mas será que David Middleton é uma pessoa sensata? – gritou Augusta.

– Talvez, não. Parece que ele acalentou essa obsessão ao longo dos anos. Deus nos livre que sua persistência o leve a descobrir a verdade.

Augusta estremeceu ao imaginar as consequências. Haveria um escândalo: a imprensa sensacionalista diria SEGREDO VERGONHOSO DE HERDEIRO DE BANCO, a polícia entraria em ação. O pobre Teddy poderia ser levado a julgamento e se fosse considerado culpado...

– Micky, é horrível demais para sequer cogitar! – murmurou ela.

– Então temos de fazer alguma coisa.

Augusta apertou as mãos de Micky, soltou-as, avaliou a situação. Encarara a magnitude do problema. Vira a sombra da forca se estender sobre seu único filho. Era tempo de parar de se angustiar e tomar uma atitude. Graças a Deus, Edward tinha um amigo de verdade – Micky.

– Devemos dar um jeito para que as investigações de David Middleton não levem a lugar nenhum. Quantas pessoas conhecem a verdade?

– Seis – Micky disse de imediato. – Edward, você e eu já somos três, mas não vamos lhe contar coisa alguma. Há Hugh também.

– Ele não estava presente quando o menino morreu.

– Não, mas testemunhou o suficiente para saber que a história que contamos no inquérito era falsa. E o fato de termos mentido vai fazer com que pareçamos culpados.

– Portanto, Hugh é um problema. E os outros?

– Tonio Silva viu tudo.

– Ele não disse nada na ocasião.

– Tinha muito medo de mim naquele tempo. Mas não estou certo de que Tonio ainda sinta a mesma coisa agora.

– E o sexto rapaz?

– Nunca descobrimos quem era. Não vi seu rosto na ocasião, e ele nunca se apresentou. Receio que nada possamos fazer a seu respeito. Mas se ninguém sabe quem ele é, creio que não representa um perigo para nós.

Augusta foi tomada por outro tremor de medo – não tinha certeza daquilo. Havia sempre o risco de que a testemunha desconhecida pudesse se apresentar. Mas Micky estava certo ao dizer que não existia nada que pudessem fazer a respeito.

– Portanto, há duas pessoas com quem precisamos lidar: Hugh e Tonio.

Houve um momento de silêncio.

Hugh não podia mais ser considerado um estorvo menor, refletiu Augusta. Seu comportamento impositivo lhe valia um crédito cada vez maior no banco, e Edward parecia lento se comparado ao primo. Augusta conseguira sabotar o romance entre Hugh e lady Florence Stalworthy. Mas agora Hugh ameaçava Teddy de um jeito muito mais perigoso. Era preciso fazer algo em relação a ele. Mas o quê? Hugh era um Pilaster, ainda que do pior tipo. Ela vasculhou o cérebro à procura de uma resposta, porém nada encontrou. Micky comentou, pensativo:

– Tonio tem uma fraqueza.

– Qual é?

– É um mau jogador. Aposta mais do que pode e sempre perde.

– Conseguiria arranjar um jogo para ele?

– Talvez.

Passou pela cabeça de Augusta que Micky poderia saber como trapacear nas cartas. Só que não podia perguntar, pois a mera sugestão seria um insulto mortal para qualquer cavalheiro.

– Pode sair caro – acrescentou Micky. – Vai me financiar?

– De quanto precisaria?

– Cem libras, no mínimo.

Augusta não hesitou. A vida de Teddy estava em jogo.

– Está certo. – Ela ouviu vozes no interior da casa, os outros convidados começavam a chegar. Levantou-se. – Não sei ainda como lidar com Hugh – acrescentou, preocupada. – Terei de pensar a respeito. E agora precisamos entrar.

Sua cunhada Madeleine estava lá e pôs-se a falar no instante em que eles passaram pela porta.

– Aquela costureira ainda vai me levar à loucura, duas horas para marcar uma bainha. Mal posso esperar por uma xícara de chá... E você mandou fazer esse bolo de amêndoas divino! Meu Deus, não acham que o tempo esquentou demais?

Augusta apertou a mão de Micky num gesto de conspiração e sentou-se para servir o chá.

4
Agosto

I.

Londres estava quente e abafada, a população ansiava por ar fresco e campos abertos. No primeiro dia de agosto, todos foram às corridas em Goodwood.

Viajaram em trens especiais, partindo da Victoria Station, no sul de Londres. As divisões da sociedade britânica refletiam-se no modo de utilização dos meios de transporte – a alta sociedade ocupava os estofados luxuosos dos vagões da primeira classe; os pequenos comerciantes e professores viajavam na segunda classe, lotada, mas ainda confortável; e os operários de fábricas e criados domésticos sentavam-se nos duros bancos de madeira da terceira classe. Após o desembarque, a aristocracia subia em carruagens, a classe média ia para os ônibus puxados por cavalos e os trabalhadores seguiam a pé. Os piqueniques dos ricos já haviam sido enviados em trens anteriores: dezenas de cestos, carregados nos ombros por lacaios jovens e robustos, com louça de porcelana e toalhas de linho, galinhas cozidas e pepinos, champanhe e pêssegos de estufa. Para os menos ricos, haviam barracas vendendo salames, crustáceos e cerveja. Os pobres levavam pão e queijo embrulhados em lenços.

Maisie Robinson e April Tilsley foram com Solly Greenbourne e Tonio Silva. A posição deles na hierarquia social era incerta. Solly e Tonio, com toda a certeza, pertenciam à primeira classe, mas Maisie e April deveriam ficar na terceira. Solly optou pelo meio-termo, comprando passagens de segunda classe, e pegaram um ônibus puxado por cavalos ao deixarem a estação com destino ao hipódromo.

Solly, no entanto, gostava demais da comida a que estava habituado para se satisfazer com um almoço comprado numa barraca, e por isso enviara quatro criados na frente, com um farto piquenique de salmão frio e vinho branco no gelo. Estenderam no chão uma toalha branca como a neve e sentaram-se ao redor dela, na grama macia. Maisie colocava porções de comida na boca de Solly. Sentia uma afeição cada vez maior por ele. Solly era gentil com todos, divertido, tinha uma conversa interessante. A gula era seu único vício. Ela ainda não o deixara fazer tudo o que ele queria; no entanto, parecia que quanto mais recusava, mais devotado ele se tornava.

As corridas começaram logo depois do almoço. Havia um *bookmaker* ali por perto, em cima de um caixote, gritando as cotações. Usava um terno xadrez, uma gravata de seda sem prendedor, um imenso ramo de flores na lapela e chapéu branco. Carregava a tiracolo uma bolsa de couro cheia de dinheiro e se mantinha sob uma faixa que dizia: "Wm. Tucker, o King's Head, Chichester."

Tonio e Solly apostaram em todos os páreos. Maisie acabou entediada – uma corrida de cavalos era igual a qualquer outra para quem não apostava. April não queria sair do lado de Tonio, mas Maisie decidiu dar uma volta sozinha.

Os cavalos não eram a única atração. Os campos ao redor do hipódromo estavam apinhados de bancas, barracas e carroças. Havia cabines de apostas, espetáculos de aberrações e ciganas de pele escura e lenços coloridos na cabeça lendo mãos. Pessoas vendiam gim, sidra, pastelões de carne, laranjas e bíblias. Realejos e bandas competiam uns com os outros, e entre a multidão circulavam mágicos, malabaristas e acrobatas, todos pedindo algumas moedas. Havia cães que dançavam, anões, gigantes e homens em pernas de pau. O clima exuberante de parque de diversões fez Maisie lembrar-se do circo, com uma pontada nostálgica de pesar pela vida que deixara para trás. Os artistas ali estavam para tirar dinheiro do público por todos os meios possíveis, e ela sentia-se satisfeita quando alcançavam seu objetivo.

Sabia que deveria tirar mais de Solly. Era uma loucura sair com um dos homens mais ricos do mundo e continuar a morar num quarto no Soho. Àquela altura já deveria estar usando diamantes e peles e de olho na aquisição de uma casinha suburbana em St. John's Wood ou em Clapham. Seu trabalho de montar os cavalos de Sammles não duraria por muito tempo, pois a temporada social de Londres se aproximava do fim e as pessoas que tinham condições de comprar cavalos partiriam para o campo. Mas ela não permitia que Solly lhe desse outra coisa além de flores, o que deixava April furiosa.

Maisie passou por uma enorme barraca. Do lado de fora, duas moças vestidas como *bookmakers* e um homem de terno preto gritavam:

– A única certeza nas corridas em Goodwood hoje é o advento do Dia do Juízo Final! Apostem sua fé em Jesus e a recompensa será a vida eterna!

O interior da barraca parecia fresco, e Maisie resolveu entrar, num súbito impulso. A maioria das pessoas que ocupavam os bancos dava a impressão de que já tinha sido convertida. Maisie sentou-se perto da saída e pegou um livro de hinos.

Podia compreender por que as pessoas se reuniam em capelas e iam pregar em corridas de cavalos. Isso as fazia sentir que pertenciam a alguma coisa. O sentimento de ser parte de algo era a verdadeira tentação que Solly lhe oferecia: não tanto os diamantes e peles, e sim a perspectiva de se tornar amante de Solly Greenbourne, com um lugar para morar, uma renda regular e certa posição. Não era uma situação respeitável nem permanente – o arranjo terminaria no instante em que Solly se cansasse dela –, contudo era muito mais do que tinha agora.

A congregação levantou-se para cantar um hino. Era sobre se lavar com o sangue do Cordeiro, e isso deixou Maisie nauseada. Ela saiu.

Passou por um espetáculo de marionetes no instante em que chegava ao clímax, com o irascível Sr. Punch sendo lançado de um lado para outro do pequeno palco pela esposa, que brandia um porrete. Maisie observou atentamente a multidão com olhos de quem entendia do assunto. Não havia muito dinheiro para se ganhar num espetáculo de marionetes, se conduzido com honestidade – a maior parte da plateia se afastava sem pagar nada, e os outros davam apenas quantias ínfimas. Mas havia outros meios de depenar os espectadores. Instantes depois, avistou um garoto roubando um homem de cartola. Todos estavam assistindo ao espetáculo, à exceção de Maisie, e ninguém mais viu a mãozinha suja se insinuar pelo bolso do colete do homem.

Maisie não tinha a menor intenção de fazer algo a respeito daquilo. Os jovens ricos e descuidados mereciam perder seus relógios de algibeira e os ladrões ousados mereciam o que furtavam, em sua opinião. No entanto, quando olhou mais atentamente para a vítima, reconheceu os cabelos pretos e os olhos azuis de Hugh Pilaster. Recordou-se de que April lhe dissera que Hugh não tinha dinheiro. Ele não tinha condições de perder seu relógio. Maisie decidiu, num súbito impulso, salvá-lo de sua própria negligência.

Deu rapidamente a volta por trás da multidão. O punguista era um garoto maltrapilho, de cabelos ruivos, com cerca de 11 anos, a idade que Maisie tinha quando fugiu de casa. Ele estava tirando do colete, com o maior cuidado, a corrente do relógio de Hugh. Houve uma explosão de risos da plateia, e nesse momento o punguista saiu se esgueirando com o relógio na mão.

Maisie agarrou-o pelo punho.

O garoto soltou um grito de medo e tentou se desvencilhar, porém Maisie era forte demais para ele.

– Passe-me o relógio e não direi nada – sussurrou ela.

Ele hesitou por um instante. Maisie percebeu o medo e a ganância em conflito no rosto sujo. Depois, como se resignado pelo cansaço, o garoto largou o relógio no chão.

– Vá roubar o relógio de outro – disse ela.

Maisie soltou sua mão e o menino sumiu num piscar de olhos. Ela pegou o relógio. Era de ouro, com tampa articulável. Maisie abriu-o, verificou a hora: 15h30. Atrás, estava inscrito:

Tobias Pilaster
de sua esposa que muito o ama
Lydia
23 de maio de 1851

O relógio fora um presente da mãe de Hugh para o pai. Maisie sentiu-se contente por tê-lo recuperado. Fechou o relógio, bateu no ombro de Hugh.

Ele virou-se, contrariado por ter sua atenção desviada do espetáculo, mas logo seus olhos azuis se arregalaram com a surpresa.

– Srta. Robinson!

– Que horas são? – perguntou Maisie.

Num gesto automático, ele estendeu a mão para pegar o relógio e encontrou o bolso vazio.

– Estranho... – Hugh olhou ao redor, como se o relógio pudesse ter caído de seu bolso. – Espero não ter...

Ela levantou o relógio.

– Por Deus! Como o encontrou?

– Vi quando você estava sendo roubado e consegui recuperá-lo.

– Onde está o ladrão?

– Deixei-o ir embora. Era apenas um menino.

– Mas...

Hugh parecia perplexo.

– Eu o teria deixado levar o relógio se não soubesse que você não tem condições de comprar outro.

– Não está falando a sério.

– É claro que estou. Quando era criança, eu também roubava sempre que podia escapar impune.

– Que coisa horrível!

Maisie viu-se irritada com ele mais uma vez. Na sua maneira de pensar, havia algo de hipócrita na atitude de Hugh.

– Ainda me lembro do funeral de seu pai. Era um dia frio, chovia muito. Seu pai morreu devendo dinheiro ao meu... No entanto, você usava um casaco naquele dia, enquanto eu não tinha nenhum. Isso era honesto?

– Não sei – respondeu Hugh, com uma súbita raiva. – Eu tinha 13 anos quando meu pai faliu. Isso significa que tenho de fechar os olhos à vilania pelo resto da minha vida?

Maisie sentiu-se atordoada. Não era com frequência que os homens a tratavam com rispidez, e era a segunda vez que Hugh agia assim. Mas não queria discutir de novo com ele. Tocou em seu braço e murmurou:

– Desculpe. Não tive a intenção de criticar seu pai. Só queria que compreendesse por que uma criança pode roubar.

Ele acalmou-se no mesmo instante.

– E ainda não lhe agradeci por recuperar meu relógio. Foi presente de casamento de minha mãe para meu pai, e por isso é mais precioso do que o seu valor.

– E o menino encontrará outro para roubar.

Hugh riu.

– Jamais conheci alguém como você. Gostaria de tomar um copo de cerveja? Está muito quente.

Era o que Maisie desejava.

– É claro que gostaria.

A poucos metros dali havia uma carroça com enormes barris. Hugh comprou duas canecas de cerâmica com uma cerveja morna maltada. Maisie tomou um gole prolongado, pois estava com muita sede. Era mais saborosa do que o vinho francês de Solly. Um cartaz escrito a giz fora pregado na carroça: *Saia daqui com uma caneca, e ela será quebrada na sua cabeça.*

Uma expressão pensativa estampou-se no rosto normalmente animado de Hugh, e depois de algum tempo ele disse:

– Compreende que nós dois fomos vítimas da mesma catástrofe?

Maisie não entendeu.

– Como assim?

– Houve uma crise financeira em 1866. Quando isso acontece, companhias totalmente idôneas quebram, como um cavalo que cai, arrastando os outros do bando para o chão. A companhia de meu pai faliu porque havia pessoas que lhe deviam dinheiro e não pagaram; e ele ficou tão transtornado que se matou, deixando minha mãe viúva e fazendo de mim um órfão aos 13 anos. Seu pai não conseguia alimentar a família porque as pessoas que lhe deviam dinheiro não puderam pagar, e você fugiu de casa aos 11 anos.

Maisie percebeu a lógica do que ele dizia, mas seu coração não lhe permitia concordar – odiara Tobias Pilaster por tempo demais.

– Não é a mesma coisa – protestou ela. – Os trabalhadores não têm controle sobre essas coisas, apenas fazem o que os patrões mandam. Os patrões têm o poder. É culpa deles se as coisas não dão certo.

Hugh refletiu por um momento.

– Não sei... talvez você tenha razão. Os patrões, sem dúvida, ficam com a parte do leão nas recompensas. Mas de uma coisa tenho certeza, pelo menos: patrões ou empregados, seus filhos não são culpados.

Maisie sorriu.

– É difícil acreditar que descobrimos alguma coisa em que podemos concordar.

Acabaram de tomar a cerveja, devolveram as canecas e se afastaram por alguns metros até um carrossel com cavalos de madeira.

– Quer dar uma volta? – sugeriu Hugh.

Maisie tornou a sorrir.

– Não.

– Está aqui sozinha?

– Não. Vim com... amigos. – Por algum motivo, não queria que ele soubesse que fora trazida por Solly. – E você? Veio com aquela sua tia horrível?

Hugh fez uma careta.

– Não. Os metodistas não aprovam as corridas de cavalos. Ela ficaria horrorizada se soubesse que estou aqui.

– Sua tia gosta de você?

– Nem um pouco.

– Então por que o deixa morar em sua casa?

– Ela gosta de manter as pessoas à vista, a fim de poder controlá-las.

– E controla você?

– Bem que tenta. – Ele sorriu. – Às vezes consigo escapar.

– Deve ser difícil morar com ela.

– Não tenho condições de morar sozinho. Preciso ser paciente e me esforçar ao máximo no banco. Mais cedo ou mais tarde, serei promovido e poderei então me tornar independente. – Hugh tornou a sorrir. – E direi a ela para fechar a matraca, como você fez.

– Espero que isso não tenha lhe causado problemas.

– Causou, mas valeu a pena ver a expressão dela. Foi quando comecei a gostar de você.

– Foi por isso que me convidou para jantar?

– Foi, sim. Por que recusou?

– Porque April me disse que você não tinha dinheiro.

– Tenho o suficiente para duas costeletas e um pudim de ameixa.

– Como uma moça pode resistir a isso? – perguntou Maisie, zombando de Hugh.

Ele riu.

– Saia comigo esta noite. Iremos a Cremorne Gardens, dançaremos um pouco.

Maisie ficou tentada, mas pensou em Solly e sentiu uma pontada de culpa.

– Não, obrigada.

– Por que não?

Ela se fez a mesma pergunta. Não estava apaixonada por Solly e não tirava dinheiro dele, então por que então se guardava para ele? *Tenho 18 anos e, se não posso sair para dançar com um rapaz com quem simpatizo, de que adianta viver?*, pensou Maisie.

– Está bem.

– Você irá?

– Irei.

Hugh exibiu um enorme sorriso. Ela o deixara feliz.

– Devo ir buscá-la?

Maisie não queria que ele visse o cortiço no Soho em que partilhava um quarto com April.

– Não. Vamos marcar um encontro em algum lugar.

– Certo, vamos nos encontrar no Westminster Píer. Pegaremos a barca para Chelsea.

– Combinado. – Maisie sentia uma animação que não experimentava havia meses. – A que horas?

– Oito?

Ela fez os cálculos depressa. Solly e Tonio iam querer ficar até o último páreo. Depois, tinham de pegar o trem de volta a Londres. Poderia se despedir de Solly na Victoria Station e seguir a pé para Westminster. Concluiu que seria possível.

– Mas se eu me atrasar, você vai esperar?

– A noite inteira, se necessário.

Pensar em Solly fez com que ela se sentisse culpada de novo.

– É melhor voltar para junto de meus amigos agora.

– Eu a acompanharei – propôs Hugh, na maior ansiedade.

Maisie não queria isso.

– É melhor não ir comigo.

– Como quiser.

Ela estendeu a mão, Hugh apertou-a. Parecia estranhamente formal.

– Até esta noite – murmurou Maisie.

– Ficarei esperando.

Maisie afastou-se, com a sensação de que ele a observava. *Por que fiz isso?*, pensou ela. *Quero sair com ele? Gosto de fato desse rapaz? Em nosso primeiro encontro tivemos uma briga que acabou com a festa, e hoje ele estava prestes a discutir de novo se eu não o acalmasse. Não nos damos bem. Nunca seríamos capazes de dançar juntos. Talvez eu não vá.*

Mas ele tinha olhos azuis adoráveis.

Ela tomou a decisão de não pensar mais a respeito. Concordara em encontrá-lo e haveria de comparecer. Poderia gostar da noite ou não, mas de nada adiantaria se preocupar com antecedência.

Precisaria inventar uma desculpa para deixar Solly. Ele esperava levá-la para jantar. Mas Solly nunca a questionava – aceitava qualquer desculpa, por mais implausível que fosse. De qualquer forma, ela tentaria pensar numa justificativa convincente, pois se sentia mal por abusar da natureza complacente de Solly.

Ela encontrou os outros no mesmo lugar em que os deixara. Passaram o resto da tarde entre a grade e o *bookmaker* de terno axadrezado. Os olhos de April e Tonio brilhavam e sua expressão era triunfante. Assim que viu Maisie, April foi logo dizendo:

– Ganhamos 110 libras, não é maravilhoso?

Maisie ficou feliz por April. Era um bocado de dinheiro para se ganhar a troco de nada. Enquanto ela lhes dava os parabéns, Micky Miranda apareceu, passeando com os polegares nos bolsos do colete cinza. Ela não ficou surpresa por vê-lo ali – todos iam a Goodwood.

Embora Micky fosse muito bonito, Maisie não gostava dele. Fazia-a lembrar-se do diretor do circo, que achava que todas as mulheres deveriam ficar emocionadas quando as convidava para ir para a cama, sentindo-se afrontado quando alguma delas o recusava. Micky trazia Edward Pilaster a reboque, como sempre. Maisie estava curiosa sobre o relacionamento entre os dois. Eram bastante diferentes: Micky era esguio, impecável confiante; Edward era enorme, desajeitado, parecia um porco. Por que eram inseparáveis? Mas a maioria das pessoas se encantava com Micky. Tonio tratava-o com uma espécie de veneração nervosa, como um cãozinho com seu dono cruel.

Atrás deles vinham um homem mais velho e uma moça. Micky apresentou o homem como seu pai. Maisie estudou-o com interesse. Ele não se parecia nada com Micky. Era baixo, de pernas tortas, ombros largos, o rosto curtido pelo tempo. Ao contrário do filho, não parecia à vontade de colarinho duro e cartola. A mulher agarrava-se a ele como uma amante, mas devia ser pelo menos trinta anos mais jovem. Micky apresentou-a como Srta. Cox.

Todos falaram sobre seus ganhos. Edward e Tonio haviam apostado alto num cavalo chamado Prince Charlie. Solly ganhara muito dinheiro e depois perdera tudo, dando a impressão de se divertir com as duas coisas. Micky não informou como se saíra, e Maisie concluiu que ele não apostara tanto quanto os outros – parecia muito cauteloso e calculista para ser um grande apostador. Mas ele a surpreendeu em seguida quando disse a Solly:

– Vamos ter um jogo grande esta noite, Greenbourne... mínimo de uma libra. Quer entrar?

Maisie teve a impressão de que a pose descontraída de Micky encobria uma considerável tensão. Ele era do tipo controlado, e Solly um homem que aceitava qualquer coisa.

– É claro que sim.

Micky virou-se para Tonio.

– E você, também está interessado?

O tom de "para mim tanto faz se você aceita ou não" soou falso para Maisie.

– Pode contar comigo – respondeu Tonio, todo animado. – Estarei lá!

April ficou perturbada e protestou:

– Não esta noite, Tonio. Você me prometeu.

Maisie desconfiou de que Tonio não tinha condições de jogar com a aposta mínima de 1 libra.

– O que eu prometi? – perguntou ele, piscando para os amigos.

Ela sussurrou alguma coisa em seu ouvido, e todos os homens riram. Micky acrescentou:

– É o último grande jogo da temporada, Silva. Vai se arrepender se perdê-lo.

Isso foi uma surpresa para Maisie. No Argyll tivera a nítida impressão de que Micky detestava Tonio. Por que ele tentava agora persuadi-lo a participar de um jogo de cartas?

– Estou com sorte hoje, basta ver quanto ganhei com os cavalos – disse Tonio. – É claro que entrarei no jogo desta noite!

Micky lançou um olhar para Edward, e Maisie surpreendeu uma expressão de alívio em seus olhos. Edward sugeriu:

– Vamos todos jantar juntos no clube?

Solly olhou para Maisie, e ela compreendeu que o convite lhe proporcionava a desculpa de que precisava para não passar a noite em sua companhia.

– Pode jantar com seus amigos, Solly – disse ela no mesmo instante. – Não me importo.

– Tem certeza?

– Tenho, sim. Tive um dia adorável. Passe a noite em seu clube.

– Então está combinado – declarou Micky.

Ele, o pai, a Srta. Cox e Edward se despediram. Tonio e April foram fazer uma aposta no páreo seguinte. Solly ofereceu o braço a Maisie e propôs:

– Vamos dar uma volta?

Foram andando ao longo da cerca pintada de branco que delimitava a pista. O sol estava quente, o ar do campo tinha um cheiro agradável. Depois de algum tempo, Solly perguntou:

– Você gosta de mim, Maisie?

Ela parou, ergueu-se na ponta dos pés e beijou seu rosto.

– Gosto muito de você.

Solly fitou-a nos olhos e ela ficou espantada ao ver lágrimas por trás dos óculos.

– Solly, querido, o que foi?

– Também gosto de você, Maisie. Mais do que de qualquer outra pessoa que já conheci.

– Obrigada.

Maisie sentiu-se comovida. Era inesperado da parte de Solly demonstrar uma emoção mais forte do que um leve entusiasmo.

– Quer se casar comigo, Maisie?

Ela ficou perplexa. Era a última coisa no mundo que esperava ouvir. Os homens da classe de Solly não pediam em casamento moças como ela. Seduziam-nas, davam dinheiro, mantinham-nas como amantes, tinham filhos com elas, mas não as desposavam. Maisie estava atônita demais para falar. Solly acrescentou:

– Eu lhe daria qualquer coisa que você quisesse. Por favor, diga que sim.

Casamento com Solly! Maisie compreendeu que seria rica, incalculavelmente rica, pelo resto da vida. Uma cama macia todas as noites, um fogo aceso em todos os cômodos da casa e tanta manteiga quanto conseguisse comer. Poderia se levantar quando quisesse, não quando tivesse de se levantar. Nunca mais sentiria frio, nunca mais passaria fome, nunca mais se vestiria em andrajos, nunca mais ficaria exausta.

A palavra "sim" tremeu na ponta de sua língua.

Pensou no quarto de April no Soho, com seu ninho de camundongos na parede; pensou em como a latrina fedia nos dias quentes; pensou nas noites em que não jantavam; pensou em como seus pés doíam depois de um dia inteiro circulando pelas ruas.

Olhou para Solly. Até que ponto seria difícil se casar com aquele homem?

– Eu a amo demais, Maisie. Estou desesperado por você.

Ele a amava de fato, Maisie sabia disso.

E era esse o problema.

Ela não o amava.

Solly merecia algo melhor. Merecia uma esposa que o amasse de verdade, não uma garota de coração duro, criada nas ruas e em busca apenas de seus próprios interesses. Casando-se com ele, estaria enganando-o. E ele era bom demais para isso. Maisie sentiu-se à beira das lágrimas.

– Você é o homem mais generoso e gentil que já conheci...

Ele interrompeu-a:

– Não diga não, por favor. Se não pode dizer sim, então não diga nada. Pense a respeito, pelo menos por um dia, talvez mais.

Maisie suspirou. Sabia que deveria recusar, e seria mais fácil se fizesse isso logo. Mas ele estava suplicando.

– Muito bem, pensarei a respeito.

Solly ficou radiante.

– Obrigado.

Ela balançou a cabeça, pesarosa.

– O que quer que aconteça, Solly, acho que nunca serei pedida em casamento por um homem melhor.

II.

Hugh e Maisie fizeram o passeio de barca do Westminster Pier a Chelsea. Era um princípio de noite quente e claro, o rio lamacento estava cheio de botes, barcaças e outras embarcações. Subiram pelo rio, sob a nova ponte ferroviária para a Victoria Station, passaram pelo Hospital Christopher Wren, em Chelsea, na margem norte, e contemplaram, na margem sul, as flores de Battersea Fields, a tradicional área de duelos de Londres. A ponte de Battersea era uma estrutura de madeira em precárias condições, parecia prestes a cair. No lado sul, ficavam as fábricas de produtos químicos, mas no lado oposto havia lindos chalés em torno da Old Church de Chelsea, e crianças nuas se banhavam nas águas rasas.

Eles desembarcaram pouco mais de 1 quilômetro além da ponte e subiram do cais para o espetacular portão dourado de Cremorne Gardens. Eram 6 hectares de bosques e grutas, canteiros de flores e gramados, estufas e caramanchões, entre o rio e a King's Road. Já escurecia quando chegaram, e havia lanternas chinesas nas árvores e lampiões a gás acesos ao longo dos caminhos sinuosos. O lugar estava lotado. Muitos dos jovens que tinham ido às corridas haviam decidido encerrar o dia ali. Todos se vestiam com esmero e circulavam despreocupados pelos jardins, rindo e flertando, as moças em duplas, os rapazes em grupos maiores, os casais de braços dados.

Durante todo o dia, o tempo estivera bom, ensolarado e quente, mas agora a noite se tornava ainda mais quente e abafada, com ameaça de tempestade. Hugh sentia-se ao mesmo tempo exultante e nervoso. Estava emocionado por estar com Maisie, mas experimentava a insegurança de quem não conhecia as regras do jogo em que se metera. O que Maisie esperava? Deixaria que ele a beijasse? Permitiria que fizesse qualquer coisa que desejasse? Ansiava por tocar o corpo de Maisie, contudo não sabia por onde começar. Ela esperava que ele fosse até o fim? Bem que Hugh queria, porém nunca fizera isso antes e tinha medo de bancar o tolo. Os outros escriturários do Pilaster falavam muito sobre mulheres, o que faziam e deixavam de fazer com as meretrizes, todavia Hugh desconfiava de que grande parte daquilo não passava de invenção. De qualquer forma, Maisie não podia ser tratada como uma vagabunda. Ela não era isso.

Ele também se preocupava com a possibilidade de ser visto por um conhecido. Sua família desaprovaria com veemência o que estava fazendo. Cremorne Gardens não era apenas um lugar frequentado pelas classes inferiores – na visão dos metodistas, era um local que encorajava a imoralidade. Hugh sabia que, se fosse descoberto, Augusta com certeza usaria essa arma contra ele. Uma coisa era Edward levar mulheres desregradas a lugares de péssima reputação; afinal, ele era o filho e herdeiro. Era diferente para Hugh, sem dinheiro e com uma instrução precária. Ele era alguém que todos esperavam que fosse se tornar um fracassado como o pai – diriam que aqueles jardins do prazer constituíam o seu hábitat natural, que o seu lugar era entre escriturários, artesãos e moças como Maisie.

Hugh atingira um ponto crítico em sua carreira. Estava prestes a ser promovido a escriturário encarregado da correspondência – com um salário de 150 libras por ano, mais do que o dobro do que ganhava no momento – e podia perder tudo por um relato de comportamento dissoluto.

Ele olhava ansioso para os homens que andavam pelos caminhos sinuosos entre os canteiros de flores, com medo de reconhecer alguém. Havia uns poucos homens das classes altas, alguns abraçados a moças; mas todos tomavam o cuidado de evitar os olhos de Hugh, e ele compreendeu que também tinham receio de serem vistos ali. Hugh concluiu que se encontrasse homens que conhecia, era provável que se sentissem tão preocupados quanto ele em manter tudo em segredo, e ficou mais tranquilo.

Não podia deixar de se orgulhar de Maisie. Ela usava um vestido azul-esverdeado com decote e anquinha, um chapéu de marinheiro graciosamente colocado sobre os cabelos presos no alto da cabeça, atraindo muitos olhares de admiração.

Passaram por um grupo de balé, um circo oriental, um gramado para se jogar boliche americano, diversas barracas de tiro ao alvo e entraram num restaurante para jantar. Era uma experiência nova para Hugh. Embora os restaurantes se tornassem cada vez mais comuns, eram frequentados principalmente pela classe média; as pessoas das classes altas não gostavam da ideia de comer em público. Jovens como Micky e Edward iam a esses lugares com frequência, mas achavam que era apenas uma farra e só faziam isso quando estavam procurando ou já haviam encontrado mulheres libertinas para lhes fazer companhia.

Durante todo o jantar, Hugh tentou não pensar nos seios de Maisie. As curvas apareciam sedutoras por cima do decote, e eram muito alvas, cheias de sardas. Ele só vira seios à mostra uma única vez – no bordel de Nellie, poucas semanas antes. Mas nunca tocara em nenhum. Seriam firmes, como músculos, ou flácidos? Quando uma mulher tirava o espartilho, os seios balançavam quando ela andava ou permaneciam rígidos? Se apalpados, cediam à pressão ou ficavam duros, como joelhos? Maisie o deixaria acariciá-los? Às vezes passava até por sua cabeça beijá-los, como o homem no bordel beijara os seios da prostituta, contudo era um desejo secreto de que se envergonhava. Na verdade, sentia-se vagamente envergonhado de todos esses sentimentos. Parecia animalesco sentar-se em companhia de uma mulher e pensar o tempo todo em seu corpo nu, como se não se importasse com ela e estivesse apenas querendo usá-la. Hugh, porém, não podia deixar de se sentir assim, ainda mais com Maisie, que era tão atraente.

Enquanto comiam, houve um espetáculo de fogos de artifício em outra parte de Cremorne. Os estouros e clarões perturbaram os leões e tigres nas jaulas, que rugiram em desaprovação. Hugh lembrou-se de que Maisie trabalhara num circo e perguntou como era.

– Você passa a conhecer as pessoas muito bem quando vivem tão juntas – comentou ela, pensativa. – É bom em alguns aspectos, ruim em outros. Todos sempre ajudam uns aos outros. Há romances, muitas discussões e algumas brigas. Ocorreram dois assassinatos nos três anos que fiquei no circo.

– Que coisa!

– E não se pode contar com o dinheiro.

– Por quê?

– Quando as pessoas precisam economizar, a diversão é a primeira coisa que cortam.

– Eu nunca tinha pensado nisso. Devo me lembrar de não investir o dinheiro do banco em nenhum tipo de diversão.

Maisie sorriu.

– Pensa em finanças o tempo todo?

Não, refletiu Hugh, *penso em seus seios o tempo todo.*

– Deve compreender que sou o filho da ovelha negra. Sei mais sobre a atividade bancária do que os outros rapazes da família, mas preciso trabalhar em dobro para provar o meu valor.

– Por que é tão importante provar que é capaz?

Boa pergunta, pensou Hugh, e demorou um pouco a responder:

– Sempre fui assim, eu acho. No colégio, tinha de ser o primeiro da turma. E o fracasso de meu pai tornou a coisa ainda pior: todos pensam que também acabarei da mesma forma, e preciso mostrar que estão enganados.

– De certa forma, também me sinto assim. Nunca viverei como minha mãe, sempre à beira da miséria. Terei dinheiro, não importa o que precise fazer.

Tão gentilmente quanto podia, Hugh perguntou:

– É por isso que sai com Solly?

Maisie franziu as sobrancelhas, e por um momento Hugh pensou que ela fosse se zangar. Mas logo passou, e Maisie sorriu com ironia.

– Acho que é uma pergunta justa. Se quer saber a verdade, não me orgulho de minha ligação com Solly. Venho enganando-o com certas... expectativas.

Hugh ficou surpreso. Isso significava que ela não fora até o fim com Solly?

– Ele parece gostar de você.

– E eu gosto dele. Mas a amizade não é a única coisa que ele quer, nunca foi, e eu sempre soube disso.

– Acho que entendo.

Hugh concluiu que ela não fora até o fim com Solly, o que significava que podia não se mostrar disposta a fazer com ele. Sentiu-se ao mesmo tempo decepcionado e aliviado – decepcionado, porque estava ansioso por ela, e aliviado, porque seu nervosismo em relação àquilo era intenso.

– Você parece satisfeito com alguma coisa – comentou Maisie.

– Estou contente por saber que você e Solly são apenas amigos.

Ela pareceu um pouco triste, e Hugh ficou imaginando se dissera a coisa errada.

Ele pagou o jantar. Foi muito caro, mas levara o dinheiro que vinha economizando para comprar roupas novas, 19 xelins, e assim dispunha do suficiente. Quando eles deixaram o restaurante, as pessoas nos jardins pareciam mais efusivas do que antes, sem dúvida por terem consumido muita cerveja e gim no intervalo.

Chegaram a uma pista de dança. A dança era algo em que Hugh se sentia confiante – fora a única atividade em que recebera uma boa instrução na Folkestone Academy for the Sons of Gentlemen.

Levou Maisie para a pista e tomou-a em seus braços pela primeira vez. As pontas dos dedos comicharam quando encostou a mão direita em suas costas, um pouco acima da anquinha. Podia sentir o calor do corpo de Maisie através das roupas. Com a mão esquerda segurou a dela, e Maisie a apertou – a sensação deixou-o emocionado.

No fim da primeira dança, Hugh sorriu para ela, satisfeito, e para sua surpresa ela tocou em sua boca com a ponta de um dedo.

– Gosto quando você sorri. Parece um menino.

Não era exatamente essa a impressão que tentava transmitir, mas àquela altura qualquer coisa que a agradasse seria ótima para ele.

Dançaram de novo. Eram bons parceiros; embora Maisie fosse baixa, Hugh era apenas um pouco mais alto, e os dois tinham leveza nos pés. Ele já dançara com dezenas de moças, talvez mesmo centenas, mas nunca se divertira tanto. Era como se só agora descobrisse a sensação deliciosa de ter uma mulher bem perto enquanto se movia e se balançava ao ritmo da música, executando os passos mais complicados em harmonia.

– Está cansada? – perguntou Hugh no fim da música.

– É claro que não!

E continuaram a dançar.

Nos bailes da sociedade, era falta de educação dançar com a mesma moça mais do que duas vezes. Tinha-se de levá-la para fora da pista, oferecer-se para buscar champanhe ou um sorvete. Hugh sempre se irritara com tais regulamentos, e agora se sentia liberado, na maior alegria, para ser um dançarino anônimo naquele baile público.

Permaneceram na pista até meia-noite, quando a música parou.

Todos os casais deixaram a pista de dança e se afastaram pelas trilhas do parque. Hugh notou que muitos homens mantinham o braço em torno de suas parceiras, apesar de não estarem mais dançando; e por isso, com alguma apreensão, ele fez o mesmo. Maisie pareceu não se importar.

As festividades estavam começando a se tornar turbulentas. Ao lado das trilhas havia pequenas cabines, como camarotes no teatro, onde as pessoas podiam se sentar e jantar, observando a passagem dos transeuntes. Algumas dessas cabines haviam sido alugadas por grupos de estudantes, que agora estavam embriagados. A cartola de um homem que andava à frente de Hugh foi derrubada de brincadeira, e ele próprio teve de se abaixar para evitar um pedaço de pão arremessado em sua direção. Puxou Maisie mais para perto, num gesto de proteção, e sentiu uma imensa alegria quando ela passou o braço por sua cintura, apertando de leve.

Havia numerosos agrupamentos de árvores e moitas ensombreados ao largo da trilha principal. Hugh percebeu casais nos bancos de madeira, embora não pudesse ter certeza de que estavam se abraçando ou apenas sentados juntos. Ficou surpreso quando o casal à frente parou de repente e trocou um beijo ardente no meio da trilha. Conduziu Maisie para o lado, sentindo-se constrangido. Mas logo superou o embaraço, a excitação dominou-o. Poucos minutos depois, passaram por outro casal abraçado. Hugh olhou para Maisie, que lhe sorriu de uma forma que ele julgou seguramente encorajadora. Mas não foi capaz de reunir a coragem necessária para beijá-la.

Os jardins se tornavam cada vez mais turbulentos. Tiveram de contornar uma briga envolvendo seis ou sete rapazes, todos embriagados, aos gritos, esmurrando e derrubando uns aos outros. Hugh notou que havia agora diversas mulheres desacompanhadas, e se perguntou se eram prostitutas. O clima era cada vez mais ameaçador, e ele sentia necessidade de proteger Maisie.

Foi nesse instante que um grupo de trinta ou quarenta rapazes se aproximou, arrancando os chapéus das pessoas, empurrando as mulheres para o lado, derrubando os homens no chão. Não havia como escapar, pois eles espalhavam-se pelo gramado nas laterais da trilha. Hugh agiu depressa. Postou-se na frente de Maisie, de costas para os que atacavam, tirou o chapéu e abraçou-a com firmeza. O bando passou por eles. Um ombro pesado acertou as costas de Hugh, ele cambaleou ainda segurando Maisie, mas conseguiu recuperar o equilíbrio. A seu lado, uma moça foi derrubada e, mais adiante, outro homem levou um soco no rosto. E depois os arruaceiros sumiram.

Hugh relaxou o aperto e olhou para Maisie. Ela fitou-o com expectativa. Hesitante, ele baixou a cabeça e beijou-a nos lábios. Eram deliciosamente macios e receptivos. Hugh fechou os olhos. Esperara por isso durante anos – era o seu primeiro beijo. E era tão maravilhoso quanto sonhara. Aspirou a fragrância de Maisie. Os lábios dela se moviam contra os seus com extrema delicadeza. Ele queria nunca mais parar.

Foi Maisie quem interrompeu o beijo. Fitou-o nos olhos e apertou-o com toda a força, os corpos se comprimindo.

– Você pode estragar todos os meus planos – murmurou ela. Hugh não entendeu o que ela queria dizer com isso.

Olhou para um lado. Havia um caramanchão com um banco vazio. Tomando coragem, ele sugeriu:

– Quer se sentar um pouco?

– Está bem.

Avançaram pela escuridão e sentaram-se no banco de madeira. Hugh tornou a beijá-la.

Desta vez sentiu-se um pouco menos hesitante. Passou o braço pelos ombros de Maisie, puxou-a ao seu encontro, inclinou seu queixo com a outra mão e beijou-a com mais ardor do que antes, comprimindo os lábios com força. Ela reagiu com entusiasmo, arqueando as costas para que ele pudesse sentir os seios comprimidos contra seu peito. Surpreendeu-o que Maisie se mostrasse tão ansiosa, apesar de não conhecer nenhum motivo para que as mulheres não devessem gostar de beijos tanto quanto os homens. A ansiedade dela deixou-o ainda mais excitado.

Hugh acariciou o rosto e o pescoço de Maisie, e sua mão desceu para o ombro. Queria tocar nos seios, mas tinha medo de que ela ficasse ofendida; por isso hesitou. Maisie encostou os lábios em seu ouvido e disse num sussurro que era também um beijo:

– Pode tocá-los.

Surpreendeu-o que ela fosse capaz de ler seus pensamentos, porém o convite excitou-o de uma maneira quase insuportável - não apenas porque ela estava disposta, mas também porque falara a respeito. *Pode tocá-los.* As pontas dos dedos de Hugh desceram do ombro, atravessaram a clavícula, alcançaram a curva de um seio, por cima do decote. A pele era macia e quente. Ele não sabia o que fazer em seguida. Devia tentar enfiar a mão por dentro?

Maisie respondeu à pergunta silenciosa pegando sua mão e comprimindo-a contra o vestido, abaixo do decote.

– Toque-os, mas delicadamente – sussurrou ela.

Foi o que ele fez. Não eram como músculos ou joelhos, descobriu, e sim macios, exceto pelos mamilos duros. Sua mão passou de um para outro, acariciando e apertando, alternadamente. A respiração de Maisie era quente em seu pescoço. Hugh sentiu que podia ficar daquele jeito a noite inteira, mas fez uma pausa para beijá-la nos lábios outra vez. E agora beijou só por um instante, afastou o rosto, tornou a beijar e a se afastar várias vezes, e aquilo era ainda mais excitante. Compreendeu que havia muitas maneiras de beijar.

Subitamente, Maisie ficou imóvel.

– Escute!

Hugh já percebera, de forma um tanto vaga, que os jardins haviam se tornado mais barulhentos e agora escutava gritos e estrondos. Olhando para o caminho, viu que as pessoas corriam em diversas direções.

– Deve ser uma briga – comentou ele.

E foi nesse instante que ouviu um apito da polícia.

– Droga! Agora vai ser a maior confusão.

– É melhor irmos embora – sugeriu Maisie.

– Vamos tomar o caminho para a entrada da King's Road e ali pegaremos um fiacre de aluguel.

– Está bem.

Ele hesitou, relutante em partir.

– Só mais um beijo.

– Pode dar.

Ele beijou-a, e Maisie abraçou-o com toda a força.

– Hugh, estou contente de ter conhecido você.

Ele pensou que era a coisa mais linda que alguém já lhe dissera.

Voltaram à trilha e seguiram para o norte, apressados. Um momento depois, dois jovens se aproximaram correndo, um perseguindo o outro; o primeiro esbarrou em Hugh, derrubando-o. Quando ele se levantou, os dois já haviam desaparecido. Maisie ficou preocupada.

– Você se machucou?

Ele limpou as roupas e pegou o chapéu.

– Não. Mas não quero que lhe aconteça a mesma coisa. Vamos pelos gramados, pode ser mais seguro.

No instante em que deixaram a trilha, os lampiões a gás se apagaram.

Foram andando no escuro. Havia agora um contínuo clamor de homens berrando e mulheres gritando, juntamente com apitos da polícia. Ocorreu de repente a Hugh que poderia ser preso. Todos saberiam então o que andara fazendo. Augusta diria que ele era devasso demais para merecer um posto de responsabilidade no banco. Sentiu-se angustiado. Mas logo se lembrou da sensação que experimentara ao tocar nos seios de Maisie e decidiu que não se importaria com o que Augusta dissesse.

Mantiveram-se afastados das trilhas e dos espaços abertos, passando através das árvores e dos arbustos. O terreno se elevava um pouco desde a margem do rio, e assim Hugh sabia que permaneceriam no caminho certo desde que continuassem a subir.

Avistou a distância lanternas piscando e se encaminhou para as luzes. Começaram a encontrar outros casais que seguiam na mesma direção. Hugh torceu para que houvesse menos chances de problemas com a polícia se estivessem no meio de um grupo de pessoas obviamente respeitáveis e sóbrias.

No momento em que eles se aproximaram do portão, trinta ou quarenta policiais passaram por ali. Fazendo força para entrar no parque contra o fluxo da multidão, os guardas puseram-se a bater com os cassetetes em homens e mulheres, indiscriminadamente. A multidão virou-se e correu na direção oposta. Hugh pensou depressa.

– Deixe-me carregá-la – disse ele a Maisie.

Ela parecia perplexa, mas concordou:

– Está bem.

Ele abaixou-se e suspendeu-a, um braço sob os joelhos, o outro em torno dos ombros.

– Finja que desmaiou.

Maisie fechou os olhos e ficou inerte. Ele adiantou-se contra a pressão da multidão, gritando uma voz autoritária:

– Abram caminho! Saiam da frente!

Ao verem uma mulher que aparentemente passava mal, até as pessoas em fuga se desviavam. Hugh avançou contra os policiais, que pareciam tão em pânico quanto o público.

– Saia da frente! – gritou ele para um dos guardas. – Deixe a dama passar!

O homem tinha uma expressão hostil, e por um momento Hugh chegou a pensar que seu blefe seria descoberto. Mas depois um sargento gritou:

– Deixem o cavalheiro passar!

Ele atravessou a linha da polícia e no instante seguinte se viu numa área livre.

Maisie abriu os olhos, e ele sorriu-lhe. Gostava de segurá-la assim e não tinha a menor pressa em largar seu fardo.

– Você está bem?

Ela fez um aceno afirmativo com a cabeça. Parecia à beira das lágrimas.

Hugh baixou-a com toda a gentileza e abraçou-a.

– Não precisa chorar. Já passou.

Maisie fez um aceno positivo com a cabeça.

– Não é pela confusão. Já estive em meio a brigas antes, mas esta foi a primeira vez que alguém tomou conta de mim. Sempre tive de me cuidar sozinha. É uma experiência nova.

Ele não sabia o que dizer. Todas as moças que conhecia sempre presumiam que os homens cuidariam delas, numa reação automática. A companhia de Maisie era uma constante revelação.

Hugh procurou por um fiacre de aluguel. Não havia nenhum à vista.

– Infelizmente, acho que teremos de andar.

– Quando eu tinha 11 anos, andei durante quatro dias para chegar a Newcastle. Creio que posso andar de Chelsea até o Soho.

III.

Micky Miranda começara a trapacear nas cartas quando ainda estudava na Windfield School, a fim de complementar o dinheiro insuficiente que o pai enviava. Os métodos que inventara para isso eram toscos, mas bons o suficiente para enganar colegiais. Depois, numa viagem transatlântica de volta para casa, realizada no período entre o colégio e a universidade, tentara trapacear num jogo com outro passageiro, que por acaso era um jogador profissional. O homem mais velho achara engraçado e tomara Micky sob sua proteção, ensinando-lhe todos os princípios básicos do ofício.

Trapacear se tornava mais perigoso quando as apostas eram altas. Quando as pessoas jogavam por ninharias, nunca lhes ocorria que alguém pudesse trapacear. A suspeita aumentava com o volume das apostas.

Se fosse descoberto naquela noite, não seria apenas o fracasso de seu plano para arruinar Tonio. Trapacear nas cartas era o pior crime que um cavalheiro podia cometer na Inglaterra. Seria convidado a se desligar de seus clubes, os amigos nunca estariam em casa quando os visitasse e ninguém lhe falaria nas ruas. As raras histórias que ouvira a respeito de ingleses trapaceando sempre terminavam com o culpado deixando o país para se estabelecer em algum território selvagem, como a Malásia ou a baía de Hudson. O destino de Micky seria voltar a Córdoba, suportar as zombarias do irmão mais velho e passar o resto da vida criando gado. A perspectiva deixava-o angustiado.

Mas as recompensas por aquela noite eram tão significativas quanto os riscos.

Não fazia aquilo apenas para agradar a Augusta. Isso era de fato importante, afinal ela representava seu passaporte para as pessoas ricas e poderosas de Londres. Mas Micky queria também o cargo de Tonio.

Papa dissera que o filho teria de ganhar seu sustento em Londres – não receberia mais dinheiro de casa. O emprego de Tonio era ideal. Permitiria que Micky vivesse como um cavalheiro, trabalhando muito pouco. E seria também mais um degrau na escalada para uma posição superior. Um dia Micky poderia se tornar o embaixador. E assim seria capaz de manter a cabeça erguida em qualquer companhia. Nem mesmo seu irmão ousaria escarnecer disso.

Micky, Edward, Solly e Tonio jantaram cedo no Cowes, o clube que todos preferiam. Entraram na sala de jogo por volta das 22 horas. Outros dois jogadores do clube, que haviam ouvido falar das apostas altas, sentaram-se com eles à mesa de bacará: o capitão Carter e o visconde Montagne. Micky sabia que Montagne era um tolo, mas Carter era esperto, teria de ser cauteloso com ele.

Havia uma linha branca em torno da mesa, a cerca de 30 centímetros da beirada. Cada um dos jogadores tinha uma pilha de soberanos de ouro à sua frente, fora do quadrado branco. A partir do momento em que o dinheiro cruzasse a linha para dentro do quadrado, estava apostado.

Micky passara o dia fingindo beber. No almoço, molhara os lábios com champanhe e jogara o resto na cama sem que ninguém percebesse. No trem de volta a Londres, aceitara várias vezes a oferta do frasco de Edward, mas sempre bloqueara o gargalo com a língua enquanto parecia tomar um trago. No jantar, servira-se de uma taça pequena de clarete, tornara a enchê-la mais duas vezes, sem beber nada. Agora, pediu uma cerveja de gengibre que parecia conhaque com soda. Precisava manter-se absolutamente sóbrio para executar as delicadas trapaças que lhe possibilitariam arruinar Tonio Silva.

Passou a língua pelos lábios, nervoso; depois se controlou, fazendo um esforço para relaxar.

Entre todos os jogos, o preferido dos trapaceiros era o bacará. Talvez tivesse sido inventado, pensou Micky, para permitir que os espertos roubassem os ricos.

Em primeiro lugar era um jogo de pura sorte, que não requeria nenhuma habilidade ou estratégia. O jogador recebia duas cartas e somava seus valores: um três e um quatro davam sete, um dois e um seis davam oito. Se o total fosse superior a nove, apenas o último dígito contava: assim, 15 era cinco, vinte era zero, e a soma mais alta possível era nove.

Um jogador com um total baixo podia pedir uma terceira carta, que seria aberta, para que todos vissem.

A pessoa na banca dava apenas três mãos: uma para a esquerda, outra para a direita, e a terceira para si mesma. Os jogadores apostavam na mão da esquerda ou da direita. A banca pagava qualquer mão maior do que a sua.

A segunda grande vantagem do bacará, do ponto de vista do trapaceiro, era o fato de ser jogado com pelo menos três baralhos. Isso significava que o trapaceiro podia usar um quarto baralho, tirando uma carta da manga com a maior segurança sem se preocupar com a possibilidade de outro jogador já ter uma carta igual na mão.

Enquanto os outros ainda se acomodavam e acendiam seus charutos, Micky pediu a um garçom que lhe trouxesse três baralhos novos. Quando voltou, o homem entregou naturalmente os baralhos a Micky.

A fim de controlar o jogo, ele precisava dar as cartas, e assim seu primeiro desafio era obter a banca. Isso envolvia dois truques: neutralizar o corte e dar a segunda carta. Eram duas operações relativamente simples, mas ele estava um tanto rígido com a tensão, o que poderia frustrar até as manobras mais fáceis.

Micky rompeu os lacres. As cartas eram sempre arrumadas da mesma maneira, com os curingas em cima e o ás de espadas na parte de baixo. Ele tirou os curingas e embaralhou, desfrutando a sensação escorregadia das cartas novas. Era muito simples transferir um ás da parte de baixo para cima do baralho; porém, depois ele teria de deixar que um dos outros jogadores cortasse sem mudar a posição do ás.

Estendeu o baralho para Solly, sentado à sua direita. Ao baixar o maço para a mesa, contraiu a mão um pouco, a fim de que a carta que colocara em cima – o ás de espadas – permanecesse escondida sob sua palma. Solly cortou. Mantendo a palma sempre virada para baixo para ocultar o ás, Micky tornou a pegar o baralho, repondo sobre ele a carta escondida. Tivera sucesso na neutralização do corte.

– A carta mais alta fica com a banca? – indagou ele, forçando-se a parecer indiferente se respondessem sim ou não.

Houve murmúrios de assentimento.

Segurando o baralho com firmeza, ele manteve em sua mão a carta de cima e começou a distribuir as demais bem depressa. Mantendo a carta de cima recuada alguns centímetros, ele sempre dava aos outros a segunda, até que chegou a sua vez, quando ficou com o ás. Todos viraram suas cartas. Micky era o único com ás e ganhou a banca. Ele conseguiu exibir um sorriso natural.

– Acho que vou ter sorte esta noite.

Ninguém fez nenhum comentário.

Micky relaxou um pouco.

Disfarçando seu alívio, deu a primeira mão.

Tonio jogava à sua esquerda, junto com Edward e o visconde Montagne. À direita, sentavam-se Solly e o capitão Carter. Micky não queria ganhar – não era esse o seu propósito naquela noite. Desejava apenas que Tonio perdesse.

Jogou sem trapacear por um tempo, perdendo um pouco do dinheiro de Augusta. Os outros relaxaram e pediram uma nova rodada de drinques. Quando chegou o momento oportuno, Micky acendeu um charuto.

No bolso interno de sua casaca, próximo à charuteira, havia outro baralho – comprado na papelaria da St. James's Street, de onde eram as cartas com as quais estavam jogando, de modo que combinassem.

Micky tinha organizado o baralho extra em pares vencedores, todos dando um total de nove, a soma mais alta: quatro e cinco, nove e dez, nove e valete, e assim por diante. Deixara em casa as cartas excedentes.

Ao guardar a charuteira no bolso, ele empalmou o baralho extra. Ao pegar o maço da mesa com a outra mão, encaixou as cartas novas por baixo. Enquanto os outros misturavam seus conhaques com soda, Micky embaralhava, trazendo cuidadosamente para o alto do maço, e na ordem, uma carta de baixo, duas cartas ao acaso, outra carta de baixo, mais duas ao acaso. Começou a distribuir as cartas, primeiro para a esquerda, depois para a direita, em seguida para si mesmo, ficando com um par vencedor.

Na rodada seguinte, ele concedeu ao lado de Solly a mão vencedora. Por algum tempo continuou assim, fazendo Tonio perder e Solly ganhar. O dinheiro que ganhava do lado de Tonio era pago no lado de Solly, e ninguém desconfiava de Micky, pois a pilha de soberanos na sua frente permanecia praticamente inalterada.

Tonio começara colocando na mesa a maior parte do dinheiro que ganhara nas corridas – em torno de 100 libras. Quando estava reduzido a cinquenta, ele levantou-se e disse:

– Este lado está com azar... Vou me sentar junto de Solly.

Ele foi para o outro lado da mesa. *Isso não vai adiantar*, pensou Micky. Não era mais difícil fazer o lado esquerdo ganhar e o direito perder dali por diante. Mas Micky ficou um pouco nervoso ao ouvir Tonio falar em azar. Queria que Tonio continuasse a pensar que estava com sorte, até mesmo enquanto perdia.

De vez em quando, Tonio variava seu estilo, apostando 5 ou 10 soberanos numa das mãos em vez de 2 ou 3. Quando isso acontecia, Micky lhe dava a mão vencedora. Tonio recolhia os ganhos e comentava, exultante, apesar de sua pilha de soberanos diminuir cada vez mais:

– Estou com sorte hoje! Tenho certeza!

Micky sentia-se mais relaxado agora. Estudava o estado mental de sua vítima enquanto manipulava as cartas com absoluta habilidade. Não era suficiente tirar tudo o que Tonio tinha. Micky queria que ele jogasse um dinheiro que não possuía, apostasse com dinheiro emprestado e fosse incapaz de pagar as dívidas contraídas. Só assim o lançaria na desgraça total.

Micky esperou apreensivo enquanto Tonio perdia mais e mais. Tonio sentia-se intimidado por Micky e em geral fazia o que o outro lhe sugeria, mas não era um rematado idiota; havia a possibilidade de que tivesse o bom senso de recuar à beira da ruína.

Quando o dinheiro de Tonio estava quase acabando, Micky efetuou uma nova manobra. Tornou a tirar a charuteira do bolso e disse:

– Estes são da nossa terra, Tonio. Experimente um.

Para seu alívio, Tonio aceitou. Era um charuto comprido e levaria meia hora para ser fumado. Tonio não ia querer sair do jogo antes de terminar o charuto.

Depois que acenderam os charutos, Micky iniciou o golpe de misericórdia. Mais duas mãos, e Tonio estava quebrado.

– Lá se foi tudo o que ganhei em Goodwood hoje à tarde! – exclamou ele, desolado.

– Devemos lhe dar uma chance de se recuperar – disse Micky. – Pilaster emprestará 100 libras, tenho certeza.

Edward ficou um pouco surpreso, mas pareceria mesquinhez se recusasse tendo uma pilha de ganhos à sua frente.

– É claro que sim – disse ele.

Solly interveio:

– Talvez seja melhor você sair, Silva, e se sentir agradecido por ter um grande dia de jogo sem nenhum custo.

Micky xingou Solly silenciosamente por ser um intrometido de boas intenções. Se Tonio assumisse agora a atitude sensata, todo o seu plano seria arruinado.

Tonio hesitou.

Micky prendeu a respiração.

Mas não era da natureza de Tonio jogar com prudência, e como Micky previra, ele não conseguiu resistir à tentação de continuar.

– Está bem – disse Tonio. – Posso continuar a jogar até acabar o charuto.

Micky deixou escapar um discreto suspiro de alívio.

Tonio chamou um garçom, pediu pena, papel e tinta. Edward contou 100 soberanos, e Tonio escreveu o título de dívida. Micky sabia que Tonio nunca seria capaz de pagar se perdesse tudo.

O jogo continuou. Micky se viu suando um pouco enquanto mantinha o delicado equilíbrio, garantindo que Tonio perdesse sem parar, com um ganho ocasional mais elevado, a fim de mantê-lo otimista. Mas desta vez, quando ficou reduzido a 50 libras, Tonio declarou:

– Só ganho quando aposto alto. Vou apostar tudo na próxima rodada. Era uma aposta elevada, até mesmo para o Cowes Club. Alguns sócios viram o volume da aposta e se aproximaram da mesa para observar.

Micky deu as cartas.

Olhou para Edward, à esquerda, que sacudiu a cabeça para indicar que não queria outra carta.

Solly, à direita, fez o mesmo.

Micky virou suas cartas. Dera a si mesmo um oito e um ás, somando nove.

Edward virou sua mão, à esquerda. Micky não sabia que cartas eram; sabia apenas de antemão que cartas ele próprio ia receber, mas dava as outras ao acaso. Edward tinha um cinco e um dois, somando sete. Ele e o capitão Carter perderam suas apostas.

Solly virou a mão, as cartas em que Tonio apostara seu futuro.

Ele tinha um nove e um dez. Dava 19, que contava como nove. Igualava o total da banca, e assim não havia vencedor nem perdedor, e Tonio continuava com suas 50 libras.

Micky praguejou mentalmente.

Queria agora que Tonio deixasse aqueles 50 soberanos na mesa. Recolheu as cartas depressa e indagou com um tom zombeteiro:

– Vai reduzir sua aposta, Silva?

– É claro que não – respondeu Tonio. – Pode dar as cartas.

Micky agradeceu à sua boa estrela e deu as cartas, ficando com outro par vencedor.

Desta vez Edward deu uma batidinha nas cartas, indicando que queria uma terceira. Micky deu-lhe um quatro de paus e olhou para Solly, que passou.

Micky virou suas cartas, eram um cinco e um quatro. Edward tinha um quatro virado para cima, mostrou um rei sem valor e outro quatro, somando oito. Seu lado perdera.

Solly virou um dois e um quatro, fazendo seis. O lado direito tam bém perdera para a banca.

E Tonio estava arruinado.

Ele empalideceu, parecia doente, murmurou alguma coisa, que Micky reconheceu como uma imprecação em espanhol.

Micky suprimiu um sorriso de triunfo e recolheu os ganhos... E foi nesse instante que ele viu uma coisa que o fez prender a respiração enquanto o coração parava de medo.

Havia quatro quatros de paus na mesa.

Eles estavam jogando com três baralhos. Quem notasse as quatro cartas idênticas saberia no mesmo instante que cartas extras haviam sido de alguma forma acrescentadas.

Era um risco daquele método de trapacear, e a chance de que ocorresse era de uma em 100 mil.

Se a irregularidade fosse notada, seria Micky, não Tonio, quem ficaria arruinado.

Até agora, ninguém percebera. Os naipes não tinham nenhum significado naquele jogo, e por isso a irregularidade não era flagrante. Micky apressou-se em recolher as cartas, o coração disparado. Estava justamente agradecendo à sua boa estrela por ter escapado impune quando Edward disse:

– Espere um instante... havia quatro quatros de paus na mesa.

Micky xingou-o mentalmente por ser tão burro. Edward estava apenas pensando em voz alta. É claro que não tinha a menor ideia do plano de Micky.

– Não é possível – declarou o visconde Montagne. – Jogamos com três baralhos, e assim só pode haver três quatros de paus.

– Exatamente – concordou Edward.

Micky soprou uma baforada do charuto.

– Você está bêbado, Pilaster. Um deles era um quatro de espadas.

– Peço desculpas.

– A esta hora da noite, quem pode perceber a diferença entre espadas e paus? – indagou o visconde Montagne.

Mais uma vez, Micky pensou que escapara, e mais uma vez sua exultação foi prematura.

– Vamos examinar as cartas – propôs Tonio, beligerante.

Micky teve a impressão de que seu coração parara. As cartas da mão anterior eram colocadas numa pilha que era embaralhada e reutilizada quando o baralho acabava. Se as cartas descartadas fossem viradas, os quatro quatros idênticos seriam vistos, e Micky estaria liquidado. Desesperado, Micky murmurou:

– Espero que não esteja duvidando da minha palavra.

Era um desafio dramático num clube de cavalheiros, pois não haviam se passado muitos anos da época em que tais palavras levavam a um duelo. As pessoas às mesas vizinhas começaram a se virar para ver o que estava acontecendo. Todos fitaram Tonio, à espera de sua resposta.

Micky pensava depressa. Dissera que um dos quatros era de espadas, não de paus. Se pudesse tirar o quatro de espadas de cima da pilha de descarte, provaria sua afirmação, e com um pouco de sorte ninguém ia querer ver o resto das cartas.

Mas primeiro precisava encontrar um quatro de espadas. Havia três. Podiam estar na pilha de descarte, mas as probabilidades eram de que houvesse pelo menos um no baralho que vinha usando, ainda em sua mão.

Era sua única chance.

Enquanto todos fitavam Tonio, ele virou o maço, de modo que as cartas ficaram voltadas para seu rosto. Com movimentos mínimos do polegar, foi expondo um canto de cada carta. Mantinha os olhos firmemente em Tonio, mas levantou as cartas para seu campo de visão, a fim de ainda poder ler os números e naipes no canto. Tonio insistiu, obstinado:

– Vamos examinar o descarte.

Os outros se viraram para Micky. Controlando os nervos, ele continuou a manusear o baralho que tinha na mão, rezando para que aparecesse logo um quatro de espadas. Em meio a tamanho drama, ninguém reparava no que ele fazia. As cartas em discussão se encontravam na pilha sobre a mesa, e assim parecia não haver importância no que ele fazia com as cartas em sua mão. Eles teriam de observar com a maior atenção para perceber que por trás das mãos ele manipulava o baralho. No entanto, ainda que notassem, não compreenderiam de imediato quais eram suas intenções.

Mas Micky sabia que não podia depender indefinidamente de sua dignidade. Mais cedo ou mais tarde, um deles perderia a paciência, deixaria a cortesia de lado e pegaria o descarte. A fim de ganhar uns momentos preciosos, ele declarou:

– Se não pode perder como homem, então não deveria jogar.

Sentiu que um pouco de suor aflorava em sua testa e se perguntou se passara pelo quatro de espadas em sua pressa. Solly interveio, a voz suave:

– Não faz mal nenhum verificar, não é mesmo?

Maldito Solly, sempre repulsivamente sensato, pensou Micky, cada vez mais desesperado.

E foi nesse instante que ele encontrou o quatro de espadas.

Tratou de empalmá-lo.

– Está bem – murmurou Micky, com uma despreocupação simulada, que era o extremo oposto do que sentia.

Todos ficaram imóveis e silenciosos.

Micky largou o baralho que manuseara de modo furtivo, mantendo o quatro de espadas na palma da mão. Pegou a pilha de descarte, largando o quatro em cima. Pôs a pilha na frente de Solly.

– Garanto que vai encontrar um quatro de espadas aí.

Solly virou a carta de cima e todos viram que era um quatro de espadas.

Houve um burburinho pela sala à medida que todos relaxavam.

Micky ainda se sentia apavorado com a possibilidade de que alguém virasse mais cartas e descobrisse que havia quatro quatros de paus por baixo. O visconde de Montagne disse:

– Creio que isso esclarece tudo, e falando por mim, Miranda, só posso pedir desculpas se houve alguma dúvida sobre sua palavra.

– É bom ouvi-lo dizer isso – respondeu Micky.

Todos olharam para Tonio. Ele levantou-se, o rosto contraído.

– Que se danem todos vocês! – gritou ele, retirando-se em seguida.

Micky recolheu todas as cartas da mesa. Agora, ninguém jamais saberia a verdade.

Suas palmas estavam úmidas de suor. Enxugou-as com discrição na calça.

– Lamento pelo comportamento de meu conterrâneo – ele disse. – Se há uma coisa que detesto, é alguém que não sabe jogar como um cavalheiro.

IV.

Nas primeiras horas do novo dia, Maisie e Hugh foram andando para o norte, através dos novos subúrbios de Fulham e South Kensington. A noite esquentou e as estrelas desapareceram. Caminhavam de mãos dadas, embora as palmas estivessem suadas com o calor. Maisie sentia-se confusa, mas feliz.

Alguma coisa estranha acontecera naquela noite. Ela não entendia, porém gostava. No passado, quando os homens a beijavam e apalpavam seus seios, sentira que era parte de uma transação, algo que dava em troca do que precisava deles, o que quer que fosse. Naquela noite fora diferente. Ela *desejara* que Hugh a tocasse... e ele fora bastante educado para não fazer nada sem ser convidado!

Começara enquanto dançavam. Até aquele momento, Maisie não imaginara que poderia ser radicalmente diferente de qualquer noite anterior que já passara com um jovem de classe alta. Hugh era mais encantador do que a maioria, e muito bonito de colete branco e gravata de seda, mas ainda era apenas um rapaz simpático. Depois, na pista de dança, ela começara a pensar em como seria agradável beijá-lo. A sensação se tornara mais intensa ao passearem pelos jardins, depois da dança, ao ver tantos casais se acariciando. A hesitação dele era irresistível. Outros homens consideravam o jantar e a conversa uma preliminar tediosa ao evento importante da noite e mal podiam esperar para levá-la a um canto escuro e começar apalpá-la. Mas Hugh se mostrara inibido.

Em outros aspectos, ele era o oposto de tímido. No meio da confusão, comportara-se de modo absolutamente destemido. Depois que fora derrubado, sua única preocupação fora a de evitar que o mesmo acontecesse com ela. Havia muito mais em Hugh do que no jovem elegante comum.

E quando finalmente o fizera compreender que queria ser beijada, fora delicioso, muito diferente de qualquer beijo que já experimentara antes. Contudo, ele não era hábil nem experiente. Ao contrário, era ingênuo e indeciso. Então por que ela gostara tanto? E por que ansiara de repente em sentir as mãos de Hugh em seus seios?

Maisie não se sentia atormentada por essas indagações, apenas intrigada. Estava contente, caminhando por Londres no escuro em companhia de Hugh. De vez em quando sentia umas poucas gotas de chuva, mas a ameaça da tempestade não se concretizava. Ela começou a pensar como seria maravilhoso se ele a beijasse de novo.

Chegaram a Kensington Gore e viraram à direita ao longo do lado sul do parque, encaminhando-se para o centro da cidade, onde ela morava. Hugh parou na frente de uma casa enorme, cuja fachada era iluminada por dois lampiões a gás. Passou o braço pelos ombros de Maisie e disse:

– Esta é a casa de tia Augusta. É aqui que eu moro.

Maisie passou o braço pela cintura dele e contemplou a casa, tentando imaginar como seria viver numa mansão tão grande. Teve dificuldade para pensar no que faria com tantos cômodos. Afinal, se você tivesse um lugar para dormir, outro para cozinhar e talvez o luxo de uma sala para receber convidados, do que mais precisava? Não havia sentido em ter duas cozinhas ou duas salas de estar: só se podia ocupar uma de cada vez. Isso a fez se lembrar de que ela e Hugh viviam em ilhas distintas da sociedade, separadas por um oceano de dinheiro e privilégio. O pensamento perturbou-a.

– Nasci numa cabana de um só cômodo – murmurou ela.

– No nordeste?

– Não. Na Rússia.

– É mesmo? "Maisie Robinson" não parece um nome russo.

– Meu verdadeiro nome é Miriam Rabinowicz. Todos trocamos de nome quando viemos para cá.

– Miriam. Gosto desse nome.

Hugh puxou-a e tornou a beijá-la. A ansiedade de Maisie evaporou-se, e ela entregou-se à sensação. Ele era menos hesitante agora – sabia do que gostava. Ela absorvia os beijos, sedenta, como um copo de água gelada num dia quente. E torceu para que Hugh tocasse de novo em seus seios.

Ele não a desapontou. Um momento depois, ela sentiu sua mão no seio esquerdo, acariciando-o delicadamente. Quase que no mesmo instante o mamilo ficou duro, e as pontas dos dedos de Hugh o tocaram através da seda do vestido. Maisie ficou constrangida por seu desejo ser tão óbvio, mas isso o inflamou ainda mais.

Depois de um tempo, ela quis sentir o corpo de Hugh. Enfiou as mãos por dentro da casaca, subindo e descendo pelas costas, sentindo a pele quente através da *chemise* fina de algodão. Estava se comportando como um homem, pensou ela. E se perguntou se Hugh se importava. Mas experimentava um prazer grande demais para se controlar.

E foi nesse instante que começou a chover.

Não foi o tipo de chuva que vai aumentando aos poucos, e sim uma tempestade que desabou de repente. Houve um relâmpago, uma trovoada logo em seguida e um aguaceiro imediato. Ao terminarem o beijo, já tinham os rostos molhados. Hugh pegou-a pela mão.

– Vamos nos abrigar na casa!

Atravessaram a rua correndo. Desceram alguns degraus para a área do porão, passando por uma placa que dizia "Entrada de entregadores". Maisie estava encharcada quando alçaram a porta. Hugh abriu-a. Levou um dedo aos lábios, pedindo silêncio, e introduziu-a na casa.

Maisie hesitou por uma fração de segundo, especulando se deveria perguntar o que ele tinha em mente; mas afastou o pensamento, e passou pela porta.

Cruzaram na ponta dos pés uma cozinha do tamanho de uma pequena igreja até uma escada estreita. Hugh encostou a boca em seu ouvido e sussurrou:

– Há toalhas limpas lá em cima. Vamos subir pela escada dos fundos.

Ela seguiu-o por três longos lances de escada, passando por outra porta e saindo num patamar. Hugh olhou por uma porta aberta em que ardia uma luz noturna e disse em voz normal:

– Edward ainda não voltou. Não há mais ninguém neste andar. Os quartos do tio e da tia ficam no andar abaixo deste, e os criados dormem lá em cima. Venha.

Ele levou-a para seu quarto e acendeu a luz a gás.

– Vou buscar as toalhas – murmurou, saindo em seguida.

Maisie tirou o chapéu e correu os olhos pelo quarto. Era surpreendentemente pequeno, mobiliado com simplicidade, com uma cama de solteiro, uma cômoda, um guarda-roupa mínimo e uma escrivaninha. Ela esperava algo mais luxuoso... Mas Hugh era um parente pobre, e seu quarto refletia isso.

Ela examinou com interesse as coisas de Hugh. Ele tinha um par de escovas de cabelo com cabo de prata com as iniciais *T. P.* gravadas – outra herança do pai. Estava lendo um livro intitulado *Manual da boa prática comercial*. Havia na escrivaninha uma fotografia emoldurada de uma mulher e uma menina de cerca de 6 anos. Maisie abriu a gaveta da mesinha de cabeceira. Continha uma Bíblia e outro livro por baixo. Ela afastou a Bíblia para o lado e leu o título do livro escondido: *A duquesa de Sodoma*. Compreendeu que estava bisbilhotando. Com um sentimento de culpa, tratou de fechar a gaveta.

Hugh voltou com uma pilha de toalhas. Maisie pegou uma. Estava quente, e ela comprimiu-a contra seu rosto molhado, agradecida. Era assim que os ricos viviam, pensou ela, tinham enormes pilhas de toalhas quentes sempre que se precisavam. Enxugou os braços nus e o peito.

– De quem é a fotografia, Hugh?

– De minha mãe e minha irmã. Ela nasceu depois da morte de meu pai.

– Qual é o seu nome?

– Dorothy. Eu a chamo de Dotty. Gosto muito dela.

– Onde elas moram?

– Em Folkestone, à beira-mar.

Maisie se perguntou se algum dia as conheceria.

Hugh puxou a cadeira da escrivaninha e fez com que ela se sentasse. Ajoelhou-se na frente, tirou seus sapatos, enxugou os pés molhados com uma toalha limpa. Maisie fechou os olhos – a sensação da toalha quente e macia nas solas dos pés era maravilhosa.

Seu vestido ficara encharcado, e ela estremeceu. Hugh tirou seu casaco e as botinas. Maisie sabia que não poderia se enxugar sem remover o vestido. Por baixo, estava até decente. Não usava o calção comprido até os joelhos - só as mulheres ricas faziam isso –, mas tinha uma anágua comprida e um camisão de baixo. Num súbito impulso, ela levantou-se, virou as costas a Hugh e pediu:

– Pode me ajudar?

Maisie sentiu as mãos de Hugh tremerem enquanto os dedos manuseavam desajeitados os colchetes do vestido. Ela também estava nervosa, mas não podia recuar agora. Depois que ele acabou, Maisie agradeceu e tirou o vestido.

Virou-se para fitá-lo.

A expressão de Hugh era uma tocante mistura de vergonha e desejo. Ele mantinha-se imóvel, como Ali Babá contemplando o tesouro dos ladrões. Maisie pensara vagamente que iria apenas se enxugar com uma toalha e tornaria a pôr o vestido mais tarde, assim que estivesse seco, mas agora compreendeu que não aconteceria assim, o que a deixou contente.

Levantou as mãos para o rosto de Hugh, puxou-o para baixo e beijou-o. Desta vez Maisie abriu a boca, esperando que ele fizesse o mesmo, porém isso não ocorreu. Hugh nunca beijara assim, ela compreendeu. E projetou a ponta da língua contra seus lábios. Sentiu que ele ficou chocado, mas também excitado. Depois de um momento, Hugh entreabriu a boca e respondeu com sua língua, ainda inibido. E sua respiração se tornou mais ofegante.

Logo ele interrompeu o beijo, estendeu as mãos para o alto do camisão de Maisie e tentou abrir o botão. Atrapalhou-se um pouco e acabou pegando a *chemise* com as duas mãos e puxou-a com força, arrancando os botões. Maisie experimentava a sensação de que se derretia por dentro. Queria mais daquilo, agora e sempre.

– Maisie...

Ela fitou-o.

– Quero...

Ela sorriu.

– Eu também.

Quando as palavras saíram, ela se perguntou de onde vinham. Falara sem pensar. Mas não tinha nenhuma dúvida. Desejava-o mais do que jamais quisera qualquer outra coisa. Ele acariciou seus cabelos.

– Nunca fiz isso antes – ele disse.

– Nem eu.

Hugh a encarou.

– Mas pensei...

Ele não continuou. Maisie sentiu um ímpeto de raiva, mas se controlou no mesmo instante. A culpa era sua se Hugh pensara que ela era uma mulher promíscua.

– Vamos nos deitar – murmurou ela.

Hugh suspirou feliz, mas perguntou:

– Tem certeza de que é isso o que quer?

– Se tenho certeza? – Maisie mal podia acreditar que ele dissera isso. Jamais conhecera um homem que fizesse essa pergunta. Nunca pensavam em seus sentimentos. Ela pegou a mão de Hugh entre as suas e beijou a palma. – Se não tinha certeza antes, tenho agora.

Maisie deitou-se na cama estreita. O colchão era duro, mas o lençol estava limpo. Ele deitou-se ao seu lado.

– E agora?

Aproximavam-se dos limites da experiência de Maisie, mas ela conhecia o passo seguinte.

– Acaricie-me – murmurou ela.

Ele a tocou, hesitante, por sobre a roupa. Subitamente, Maisie ficou impaciente. Arrancou a anágua – não usava nada por baixo – e comprimiu a mão de Hugh contra a elevação entre suas pernas.

Hugh a acariciou, beijando seu rosto com uma respiração quente e acelerada. Ela sabia que deveria ter o receio de engravidar, mas não conseguia se concentrar no perigo. Perdera o controle; o prazer era intenso demais para que conseguisse pensar. Era o ponto máximo a que já fora com um homem, ainda assim sabia exatamente o que queria em seguida. Encostou os lábios no ouvido de Hugh e sussurrou:

– Enfie seu dedo.

Ele o fez e disse, espantado:

– Você está toda molhada!

– É para ajudá-lo.

Os dedos de Hugh a exploraram, com extrema delicadeza.

– Parece tão pequena...

– Você terá de ser delicado – disse Maisie, embora uma parte dela quisesse ser possuída com toda a fúria.

– Vamos fazer agora? – ele perguntou.

A impaciência de Maisie era total.

– Depressa, por favor!

Ela sentiu-o mexer na calça, depois se ajeitar entre suas pernas. Estava assustada – ouvira histórias sobre a dor intensa da primeira vez –, mas também consumida pelo desejo por Hugh.

Ele a penetrou. Depois de um momento, encontrou resistência. Empurrou devagar... e doeu.

– Pare! – exclamou Maisie.

Hugh fitou-a, preocupado.

– Desculpe...

– Vai dar tudo certo. Beije-me.

Ele baixou o rosto, beijou seus lábios, delicadamente no início, e logo com um ardor intenso. Maisie pôs as mãos na cintura de Hugh, levantou um pouco seus quadris da cama e puxou-o com força. Houve um instante de dor bastante intensa para fazê-la gritar, depois algo cedeu dentro do seu corpo, e ela experimentou uma imensa liberação da tensão. Interrompeu o beijo e fitou-o nos olhos.

– Você está bem, Maisie?

Ela respondeu afirmativamente com um aceno de cabeça.

– Fiz algum barulho?

– Fez, mas acho que ninguém ouviu.

– Não pare.

Hugh ainda hesitou por um momento.

– Maisie, isto é um sonho?

– Se for, não vamos acordar agora.

Ela se moveu contra ele, guiando-o com as mãos em sua cintura. Hugh seguiu as orientações. Maisie pensou que parecia com o jeito como haviam dançado poucas horas antes. Entregou-se à sensação. Ele começou a ofegar.

A distância, acima do barulho de suas respirações, Maisie ouviu uma porta ser aberta.

Mas estava tão absorta em suas sensações e no corpo de Hugh que o som não foi capaz de alarmá-la.

E de repente uma voz áspera destruiu o ânimo, como uma pedra atirada por uma janela:

– Ora, ora, Hugh... o que é isto?

Maisie ficou paralisada.

Hugh soltou um gemido desesperado, e Maisie sentiu que ele ejaculava dentro dela.

Sentiu vontade de chorar.

A voz desdenhosa acrescentou:

– O que pensa que esta casa é... um bordel?

Maisie sussurrou:

– Hugh, saia de cima de mim.

Ele fez isso, rolando para fora da cama. Maisie avistou o primo Edward, parado na porta, fumando um charuto, observando-os atentamente. Hugh cobriu-a com uma toalha grande. Ela sentou-se na cama e puxou a toalha até o pescoço. Edward exibiu um sorriso repulsivo.

– Se você já acabou, Hugh, acho que posso dar uma trepada agora.

Hugh enrolou a toalha na cintura. Controlando a raiva com um esforço visível, ele disse:

– Você está bêbado, Edward. Vá para seu quarto antes de dizer algo de que se arrependa.

Edward ignorou-o e aproximou-se da cama.

– Mas é a garota de Solly Greenbourne! Não contarei nada a ele... desde que seja boazinha comigo.

Maisie compreendeu que ele falava a sério, e estremeceu em aversão. Sabia que alguns homens se sentiam atraídos por uma mulher que acabara de ser possuída por outro – April lhe dissera que a palavra, na gíria, para essa situação era "sopa" – e percebeu, intuitivamente, que Edward era desse tipo.

Hugh ficou furioso.

– Saia daqui, seu idiota! – disse ele.

– Seja camarada – insistiu Edward. – Afinal, ela não passa de uma prostituta.

Ao dizer isso, ele inclinou-se e arrancou a toalha de Maisie. Ela saltou para o outro lado da cama, cobrindo-se com os braços; mas não havia necessidade. Em dois passos, Hugh atravessou o pequeno quarto e acertou um violento soco no nariz de Edward. O sangue jorrou, e Edward soltou um berro de agonia.

Edward fora instantaneamente neutralizado, contudo Hugh ainda estava furioso e esmurrou-o de novo,

Gritando de dor e medo, Edward cambaleou para a porta. Hugh seguiu-o, acertando outros socos atrás da cabeça. Edward desatou a berrar:

– Deixe-me em paz! Pare com isso! Por favor!

Ele caiu na entrada da porta. Maisie se adiantou. Edward ficara estendido no chão com Hugh em cima dele, ainda batendo. Ela gritou:

– Pare, Hugh! Você vai matá-lo!

Maisie tentou segurar os braços de Hugh, mas ele estava dominado por tamanha fúria que era difícil contê-lo.

Um momento depois, ela vislumbrou um movimento com o canto dos olhos. Levantou o rosto e deparou com Augusta, a tia de Hugh, parada no alto da escada, usando um penhoar de seda preta, fitando-a fixamente. Com a bruxuleante iluminação a gás, ela parecia um fantasma voluptuoso.

E havia uma estranha expressão nos olhos de Augusta. De imediato, Maisie não conseguiu identificar o que era, mas logo compreendeu e sentiu-se assustada.

Era uma expressão de triunfo.

V.

Assim que viu a moça nua, Augusta sentiu que era sua oportunidade de se livrar de Hugh de uma vez por todas.

Reconheceu-a no mesmo instante. Era a mesma vagabunda que a insultara no parque, a que as pessoas chamavam de A Leoa. Passou pela cabeça de Augusta o pensamento de que até mesmo aquela mulherzinha à toa poderia um dia meter Hugh numa tremenda encrenca: havia algo arrogante e inflexível na cabeça erguida, no brilho dos olhos. Até mesmo agora, quando deveria estar mortificada de vergonha, mantinha-se firme ali, completamente nua, sustentando com frieza o olhar de Augusta. Tinha um corpo magnífico, pequeno, mas benfeito, os seios brancos e cheios, uma explosão de pelos ruivos na virilha. Sua expressão era tão altiva que quase fez Augusta se sentir como a intrusa. Mas ela provocaria a desgraça de Hugh.

Os contornos de um plano já se definiam na mente de Augusta quando ela notou, de repente, que Edward se encontrava estendido no chão, o rosto todo ensanguentado.

Todos os seus antigos temores afloraram com uma força incrível, e ela retornou ao passado, 23 anos antes, quando o filho pequeno quase morrera. O pânico cego a dominou.

– Teddy! – gritou ela. – O que aconteceu com Teddy?

Ajoelhou-se ao lado de Edward, berrando:

– Fale comigo! Fale comigo!

Um medo insuportável a envolvia, como acontecera quando seu bebê fora emagrecendo dia a dia e os médicos não conseguiam entender por quê.

Edward sentou-se e gemeu.

– Diga alguma coisa! – suplicou Augusta.

– Não me chame de Teddy!

O terror diminuiu um pouco. Ele estava consciente e era capaz de falar. Mas a voz era engrolada, e o nariz parecia deformado.

– O que aconteceu?

– Surpreendi Hugh com sua prostituta e ele ficou furioso! – respondeu Edward.

Reprimindo a raiva e o medo, Augusta estendeu a mão e tocou delicadamente no nariz do filho. Ele soltou um berro, mas permitiu que a mãe apalpasse seu nariz. Não havia nada quebrado, concluiu ela; estava apenas inchado. Foi neste instante que ouviu a voz do marido:

– O que está acontecendo aqui?

Augusta levantou-se.

– Hugh agrediu Edward.

– O garoto está bem?

– Acho que sim.

Joseph virou-se para Hugh.

– Maldição, rapaz, como foi capaz de fazer uma coisa assim?

– O idiota pediu por isso – declarou Hugh, num tom de desafio.

Isso mesmo, Hugh, torne a sua situação cada vez pior, pensou Augusta. *Faça qualquer coisa, mas não peça desculpas. Quero que seu tio fique furioso com você.*

A atenção de Joseph, no entanto, dividia-se entre os rapazes e a mulher, e seus olhos retornavam a todo instante ao corpo nu. Augusta sentiu uma pontada de ciúme.

E isso a deixou mais calma. Não havia nenhum problema mais grave com Edward. Ela começou a pensar depressa. Como poderia aproveitar melhor a situação? Hugh se achava totalmente vulnerável agora; podia fazer qualquer coisa com ele. Pensou no mesmo instante em sua conversa com Micky Miranda. Hugh tinha de ser silenciado, pois sabia demais sobre a morte de Peter Middleton. E aquele era o momento de atacar.

Primeiro, tinha de separá-lo da moça.

Alguns criados haviam aparecido, em suas roupas de dormir, e estavam na passagem que levava à escada dos fundos, olhando consternados, mas também fascinados, para a cena no patamar. Augusta viu o mordomo Hastead num chambre amarelo de seda de que Joseph se desfizera alguns anos antes, e Williams, o lacaio, num camisão de dormir listrado.

– Hastead e Williams, ajudem o Sr. Edward a ir para sua cama, está bem?

Os dois se adiantaram apressados e ajudaram Teddy a se levantar. Augusta dirigiu-se em seguida à governanta:

– Sra. Merton, cubra esta moça com um lençol ou alguma outra coisa; leve-a para o meu quarto e ajude-a a se vestir.

A Sra. Merton tirou seu próprio chambre e ajeitou-o nos ombros de Maisie, que o fechou para cobrir sua nudez, mas não fez nenhuma menção de se retirar. Augusta acrescentou:

– Hugh, corra até a casa do Dr. Humbold, na Church Street. É melhor ele examinar o nariz do pobre Edward.

– Não vou deixar Maisie – protestou Hugh.

– Como foi você quem causou o dano, o mínimo que pode fazer é chamar o médico! – insistiu Augusta em tom ríspido.

– Eu ficarei bem, Hugh – interveio Maisie. – Vá chamar o médico. Ainda estarei aqui quando você voltar.

Mas Hugh ainda hesitava. A Sra. Merton disse a Maisie, indicando a escada dos fundos:

– Por aqui, por favor.

– Ora, acho que devemos usar a escada principal – declarou Maisie.

Andando como uma rainha, ela atravessou o patamar e começou a descer a escada. A Sra. Merton seguiu-a.

– E então, Hugh? – murmurou Augusta.

Ela percebeu que o sobrinho ainda resistia à ideia de se afastar, mas, por outro lado, não podia pensar em nenhum bom motivo para recusar. Depois de um momento ele cedeu e disse:

– Vou calçar as botinas.

Augusta ocultou seu alívio. Conseguira separá-los. Agora, se sua sorte continuasse, seria capaz de sacramentar o destino de Hugh. Ela virou-se para o marido.

– Vamos para o seu quarto e conversaremos sobre o que aconteceu.

Desceram a escada e entraram no quarto de Joseph. Assim que a porta foi fechada, Joseph abraçou-a e beijou-a. Augusta compreendeu que ele queria fazer amor.

O que era inesperado. Faziam amor uma ou duas vezes por semana, mas era sempre ela quem tomava a iniciativa: ia para o quarto dele, para a sua cama. Considerava que mantê-lo satisfeito era parte de seu dever conjugal, porém gostava de ter o controle, e por isso o desencorajava a procurá-la em seu quarto. Ao se casarem, fora mais difícil conter Joseph. Ele insistia em possuí-la sempre que quisesse, e por algum tempo Augusta fora obrigada a se submeter; mas acabara impondo sua maneira de pensar ao marido. Depois, durante um período, ele a pressionara com sugestões indecorosas, como a de fazerem amor com a luz acesa, a de que Augusta ficasse por cima ou lhe fizesse coisas inomináveis com a boca. Ela, contudo, resistira com firmeza, e há muito que o marido deixara de manifestar tais ideias.

Agora, no entanto, ele estava rompendo o padrão. E Augusta sabia o motivo. Joseph ficara inflamado pela visão do corpo nu de Maisie, aqueles seios jovens e firmes, a moita de cabelos ruivos. O pensamento deixou-a com um gosto amargo na boca, e ela tratou de repelir o marido.

Ele exibiu uma expressão ressentida. Augusta queria-o furioso com Hugh, não com ela; por isso pôs a mão em seu braço num gesto conciliatório.

– Mais tarde – murmurou ela. – Virei procurá-lo depois.

Joseph aceitou e comentou:

– Há sangue ruim em Hugh. Herdou-o do meu irmão.

– Ele não pode continuar a morar aqui depois disso – declarou Augusta num tom de quem não admitia discussão.

Joseph não se mostrou disposto a contestá-la nesse ponto.

– Tem toda a razão.

– E deve também despedi-lo do banco.

Joseph se tornou obstinado.

– Peço que não tome decisões sobre o que deve acontecer no banco.

– Ora, Joseph, ele acaba de insultá-lo ao trazer para esta casa uma mulher desafortunada – insistiu Augusta, usando o eufemismo para prostituta.

Joseph foi sentar-se à sua escrivaninha.

– Sei muito bem o que ele fez. Só estou lhe pedindo que separe o que acontece na casa do que acontece no banco.

Ela decidiu recuar por um momento.

– Está bem. Tenho certeza de que você sabe melhor do que eu o que deve fazer.

Joseph sempre se surpreendia quando a esposa cedia inesperadamente.

– Acho que é melhor mesmo despedi-lo – murmurou ele, depois de um momento. – Imagino que voltará para a casa da mãe em Folkestone.

Augusta não tinha muita certeza a respeito. Ainda não definira sua estratégia; procurava pensar com os pés no chão.

– Em que ele poderia trabalhar?

– Não tenho a menor ideia.

Augusta compreendeu que cometera um erro. Hugh seria ainda mais perigoso se ficasse desempregado, ressentido, sem ter nada para fazer. David Middleton ainda não o procurara – talvez ainda não soubesse que Hugh estivera no poço com os outros meninos naquele dia fatídico –, porém isso aconteceria mais cedo ou mais tarde. Ela ficou aflita, desejando ter pensado melhor antes de insistir na demissão de Hugh. Sentiu-se irritada consigo mesma.

Poderia persuadir Joseph a mudar de ideia outra vez? Tinha de tentar.

– Talvez estejamos sendo rigorosos demais.

Ele alteou as sobrancelhas, espantado com aquela repentina demonstração de misericórdia. Augusta tratou de acrescentar:

– Afinal, você vive dizendo que ele tem grande potencial como banqueiro. Talvez seja uma insensatez mandá-lo embora.

Joseph se aborreceu.

– Decida logo o que quer, Augusta!

Ela sentou-se numa cadeira baixa, perto da escrivaninha. Deixou a camisola subir, estendeu as pernas. Ainda tinha pernas bonitas. O marido contemplou-as, sua expressão abrandou.

Enquanto ele estava distraído, Augusta vasculhou o cérebro em busca de uma ideia. E teve uma súbita inspiração.

– Mande-o para o exterior.

– Como?

Quanto mais pensava na ideia, mais Augusta a apreciava. Hugh seria mantido fora do alcance de David Middleton, mas ainda dentro de sua esfera de influência.

– Mande-o para o Extremo Oriente ou para a América do Sul – continuou Augusta, animando-se com a perspectiva. – Algum lugar onde seu mau comportamento não se reflita diretamente sobre a minha casa.

Joseph esquecera a irritação com ela.

– Não é uma má ideia – respondeu ele, pensativo. – Há uma vaga nos Estados Unidos. O homem que dirige nosso escritório em Boston precisa de um assistente.

A América seria um lugar perfeito, pensou Augusta. Ela sentia-se satisfeita com seu próprio brilhantismo.

No momento, porém, Joseph apenas aventava a possibilidade. Ela queria que o marido assumisse o compromisso.

– Mande Hugh para lá o mais depressa possível. Não quero que ele continue nesta casa nem por mais um dia.

– Ele pode reservar a passagem pela manhã. Depois disso, não terá mais motivos para permanecer em Londres. Pode ir a Folkestone para se despedir da mãe e ficar lá até o navio zarpar.

E assim ele não se encontrará com David Middleton por muitos anos, pensou Augusta com a maior satisfação.

– Esplêndido! Então esse problema está resolvido.

Havia mais alguma coisa? Ela lembrou-se de Maisie. Será que Hugh gostava dela? Parecia improvável, mas tudo era possível. Talvez se recusasse a se separar da garota. Aquilo era um fio solto, e preocupou Augusta. Por um lado, Hugh não podia levar uma vagabunda para Boston, mas por outro podia não querer deixar Londres sem ela. Augusta ficou imaginando se haveria como atrapalhar o romance que se iniciava, apenas como precaução.

Levantou-se e foi até a porta que se comunicava com seu quarto. Joseph parecia decepcionado.

– Preciso me livrar da garota – explicou Augusta.

– Alguma coisa que eu possa fazer?

A pergunta surpreendeu-a. Não era típico do marido fazer ofertas generalizadas de ajuda. Ele queria dar outra olhada na prostituta, pensou Augusta, contrariada. Ela fez um aceno negativo com a cabeça.

– Voltarei num instante. Espere-me na cama.

Augusta passou para o seu quarto e fechou a porta. Maisie já se vestira, prendia o chapéu nos cabelos. A Sra. Merton dobrara um cintilante vestido azul-esverdeado e o estava guardando numa bolsa barata.

– Emprestei-lhe um vestido meu, pois o dela está encharcado – explicou a governanta.

Isso respondia a uma pequena pergunta que vinha intrigando Augusta. Ela havia achado muito estranho que Hugh fizesse uma coisa tão burra quanto levar uma prostituta para casa. Compreendia agora como acontecera. Haviam sido surpreendidos pela súbita tempestade, e Hugh conduzira a mulher até ali para que ela se enxugasse, depois uma coisa levara a outra.

– Qual é o seu nome? – perguntou ela.

– Maisie Robinson. Já sei o seu.

Augusta descobriu que sentia aversão a Maisie Robinson. Não sabia direito por que, pois a garota não valia nenhum sentimento forte. Só podia ser por algo na maneira como ela se portara quando nua – orgulhosa, sensual, independente.

– Imagino que você queira dinheiro – disse ela, com desdém.

– Sua vaca hipócrita! – explodiu Maisie. – Não se casou com aquele seu marido rico e feio por amor!

Era a pura verdade, e as palavras deixaram Augusta sem fôlego. Subestimara a jovem. Começara mal e agora precisava fazer um esforço para sair do buraco. Dali por diante, precisaria ter o maior cuidado com Maisie. Era uma oportunidade providencial e não deveria desperdiçá-la. Augusta engoliu em seco, forçando a fala num tom neutro:

– Não quer se sentar por um momento?

Ela indicou uma cadeira. Maisie se mostrou surpresa, mas acabou se sentando depois de uma ligeira hesitação.

Augusta sentou-se à sua frente.

Tinha de persuadir a moça a renunciar a Hugh. Ela reagira com desdém à insinuação de um suborno. Augusta relutava em repetir a oferta; sentia que o dinheiro não daria certo com Maisie. Mas era evidente que também não se tratava de uma garota que podia ser pressionada.

Augusta precisava fazê-la acreditar que a separação seria a melhor coisa para ambos. E funcionaria melhor se Maisie pensasse que renunciar a Hugh fosse ideia sua. E seria possível chegar a esse ponto se Augusta argumentasse em contrário. Era uma ideia e tanto...

– Se quer se casar com ele, não posso impedi-la – declarou Augusta.

A moça ficou surpresa, e Augusta se deu os parabéns por pegá-la desprevenida.

– O que a faz pensar que quero me casar com ele? – indagou Maisie.

Augusta quase riu. Teve vontade de dizer *O fato de que você é uma mulher interesseira e astuta*, mas se conteve.

– Que moça não gostaria de se casar com Hugh? É um jovem simpático e bonito, e pertence a uma grande família. Não tem dinheiro, mas suas perspectivas são excelentes.

Maisie contraiu os olhos.

– Quase parece que você quer que eu me case com ele.

Augusta tencionava dar exatamente essa impressão, porém precisava ser cautelosa. Maisie era desconfiada e parecia inteligente demais para ser enganada com facilidade.

– Não devemos ter fantasias, Maisie. Perdoe-me por dizer isso, mas nenhuma mulher da minha classe gostaria que um homem de sua família se casasse com alguém de um nível tão inferior ao seu.

Maisie não demonstrou nenhum ressentimento.

– Se essa mulher o odiasse bastante, ela poderia desejar isso.

Sentindo-se encorajada, Augusta continuou a conduzi-la no rumo que desejava.

– Acontece que não odeio Hugh. Quem lhe deu essa ideia?

– Ele próprio. Disse-me que você o trata como um parente pobre e cuida para que todos façam o mesmo.

– Como as pessoas podem ser ingratas! Mas por que eu desejaria arruinar sua carreira?

– Porque ele se destaca mais do que Edward, o idiota do seu filho.

Uma onda de raiva envolveu Augusta. Mais uma vez, Maisie chegara perto da verdade. Não havia dúvida de que Edward carecia da astúcia de Hugh, mas era um jovem bom e delicado, enquanto Hugh era um grosseiro.

– Acho que é melhor não mencionar o nome de meu filho – murmurou ela.

Maisie sorriu.

– Parece que toquei num ponto fraco. – No instante seguinte, ela voltou a se mostrar séria. – Portanto, é esse o seu jogo. Mas não vou entrar nele.

– Como assim?

As lágrimas afloraram de repente nos olhos de Maisie.

– Gosto demais de Hugh para arruiná-lo.

Augusta ficou surpresa e satisfeita com a força da paixão de Maisie. Seu plano se desenvolvia com perfeição, apesar do início desastroso.

– O que pretende fazer?

Maisie fez um esforço para não chorar.

– Nunca mais tornarei a vê-lo. Você ainda poderá destruí-lo, mas não terá a minha ajuda.

– Ele pode ir atrás de você.

– Vou desaparecer. Hugh não sabe onde moro e permanecerei longe dos lugares em que ele pode me procurar.

Augusta pensou: *Um bom plano, e você só vai precisar cumpri-lo por pouco tempo, porque depois Hugh irá para o exterior e ficará ausente por anos, talvez para sempre.*" Mas ela não disse nada. Levara Maisie à conclusão óbvia, e agora a moça não precisava de ajuda adicional.

Maisie enxugou o rosto na manga do vestido.

– É melhor eu ir agora, antes de Hugh voltar com o médico. – Ela levantou-se – Obrigada por me emprestar seu vestido, Sra. Merton.

A governanta abriu a porta.

– Vou lhe mostrar o caminho.

– Vamos pela escada dos fundos desta vez, por favor – pediu Maisie. – Não quero...

Ela parou de falar, engoliu em seco e depois acrescentou num quase sussurro:

– Não quero ver Hugh de novo.

E depois saiu.

A Sra. Merton seguiu-a e fechou a porta.

Augusta deixou escapar um longo suspiro. Contivera a carreira de Hugh, neutralizara Maisie Robinson e evitara o perigo de David Middleton, tudo em uma só noite. Maisie fora uma oponente formidável, mas no final demonstrara ser emocional demais.

Augusta saboreou seu triunfo por alguns momentos e depois subiu para o quarto de Edward.

Encontrou-o sentado na cama, tomando conhaque num copo. O nariz estava machucado, havia sangue ressequido ao redor e ele parecia sentir pena de si mesmo.

– Meu pobre menino... – murmurou Augusta.

Ela foi molhar o canto de uma toalha na bacia, sentou-se na beira da cama e limpou o sangue do lábio superior do filho. Ele estremeceu.

– Desculpe! – exclamou ela.

Edward sorriu.

– Tudo bem, mãe. Pode continuar. É reconfortante.

Enquanto ela o lavava, o Dr. Humbold entrou no quarto, acompanhado por Hugh.

– Andou brigando, meu jovem? – indagou o médico, num tom brincalhão.

Augusta irritou-se com a sugestão.

– É claro que não. Ele foi agredido.

Humbold ficou desconcertado.

– É claro, é claro...

Hugh perguntou:

– Onde está Maisie?

Augusta não queria falar a respeito de Maisie na presença do médico. Levantou-se e saiu com Hugh do quarto.

– Ela foi embora.

– Você a mandou embora?

Augusta sentiu-se propensa a lhe dizer que não falasse com ela naquele tom de voz, mas concluiu que nada teria a ganhar enfurecendo-o – sua vitória sobre Hugh já era total, embora ele não o soubesse. Por isso, respondeu num tom apaziguador:

– Se eu a tivesse expulsado, não acha que ela esperaria na rua para lhe contar? Ela retirou-se por livre e espontânea vontade e disse que escreveria para você amanhã.

– Mas ela garantiu que estaria aqui quando eu voltasse com o médico!

– Mudou de ideia. Nunca viu uma garota de sua idade fazer isso?

Hugh estava confuso, não sabia o que dizer em seguida.

Augusta acrescentou:

– Não tenho dúvida de que ela desejava se livrar o mais depressa possível da situação constrangedora em que você a colocou.

Parecia fazer sentido para Hugh.

– Suponho que você a fez se sentir tão envergonhada que ela não pôde mais suportar a permanência na casa – ele disse.

– Já chega! – protestou Augusta. – Não estou interessada em ouvir suas opiniões. Seu tio Joseph conversará com você pela manhã antes de sair para o banco. Boa noite.

Por um momento, Hugh deu a impressão de que insistiria em discutir o assunto. Mas não havia mais nada que ele pudesse dizer.

– Muito bem – murmurou ele, indo para o seu quarto.

Augusta voltou ao quarto de Edward. O médico fechava sua maleta.

– Não houve nenhum dano maior – informou ele. – O nariz ficará dolorido por alguns dias, e Edward poderá acordar amanhã com o olho roxo. Ele é jovem e vai se recuperar rápido.

– Obrigada, doutor. Hastead o conduzirá até a porta.

– Boa noite.

Augusta inclinou-se sobre a cama e beijou o filho.

– Boa noite, Teddy querido. Trate de dormir agora.

– Está bem, mãe querida. Boa noite.

Augusta tinha mais uma tarefa a cumprir.

Desceu a escada e entrou no quarto de Joseph. Esperava que ele tivesse adormecido enquanto a esperava, mas encontrou-o sentado na cama, lendo a *Pall Mall Gazette*. Largou-a no mesmo instante e levantou as cobertas para que Augusta se deitasse.

Abraçou-a imediatamente. Augusta percebeu que havia bastante claridade no quarto: o dia amanhecera sem que tivesse notado. Fechou os olhos.

Joseph penetrou-a depressa. Ela passou os braços em torno dele, respondendo a seus movimentos. Pensou em si mesma quando tinha 16 anos, deitada na margem de um rio num vestido rosa e chapéu de palha, sendo beijada pelo jovem conde de Strang; só que em sua mente ele não parava de beijá-la, levantava sua saia, fazia amor sob o sol quente com o rio murmurando a seus pés...

Depois que tudo acabou, ela passou um tempo deitada ao lado de Joseph, pensando em sua vitória.

– Uma noite fora do comum – murmurou ele, sonolento.

– É verdade, aquela moça horrível...

– Hum, muito bonita, arrogante e voluntariosa... Pensa que é tão boa quanto qualquer outra pessoa... Um corpo adorável... Como você era nessa idade.

Augusta sentiu-se mortalmente ofendida.

– Joseph! Como pode dizer isso?

Ele não respondeu, e Augusta percebeu que o marido já adormecera.

Enfurecida, puxou as cobertas, saiu da cama e deixou o quarto.

Não voltou a dormir naquela noite.

VI.

Os aposentos de Micky Miranda em Camberwell, um subúrbio modesto no sul de Londres, consistiam em dois cômodos na casa de uma viúva que tinha um filho adulto. Nenhum de seus amigos de alta classe jamais o visitara ali, nem mesmo Edward Pilaster. Micky representava o papel de um jovem elegante com um orçamento muito apertado, e acomodações de luxo era uma das coisas que podia dispensar.

Todos os dias, às 9 horas, a senhoria levava café e pão quente para ele e Papa. Enquanto comiam, Micky contou-lhe como fizera Tonio Silva perder 100 libras que não possuía. Não esperava que o pai entoasse louvores, mas esperava pelo menos um relutante reconhecimento de sua engenhosidade. Papa, no entanto, não se mostrou impressionado. Soprou o café e soltou um sonoro arroto.

– Quer dizer que ele voltou para Córdoba?

– Ainda não, mas voltará.

– É o que você espera. Tanto trabalho e ainda apenas *espera* que ele volte.

Micky sentiu-se magoado.

– Confirmarei seu destino hoje.

– Quando eu tinha a sua idade...

– Teria cortado a garganta dele, sei disso. Acontece que estamos em Londres, não na província de Santamaria, e acabará enforcado se sair por aí cortando a garganta das pessoas.

– Há ocasiões em que não se tem opção.

– Mas há outras ocasiões em que é melhor avançar com cuidado, Papa. Pense em Samuel Pilaster, nas suas insípidas objeções a negociar com armas. Não consegui tirá-lo do caminho sem derramar sangue?

Na verdade, aquilo fora obra de Augusta, mas Micky não dissera isso a Papa.

– Ainda tenho minhas dúvidas – insistiu Papa, obstinado. – Quando terei os rifles?

Era uma questão delicada. O velho Seth continuava vivo, ainda era o sócio principal do Pilaster Bank. Era o mês de agosto. Em setembro, a neve do inverno começaria a derreter nas montanhas de Santamaria. Papa queria voltar para casa... com as armas. Assim que Joseph se tornasse o sócio principal, Edward fecharia o negócio e as armas seriam embarcadas. Mas o velho Seth se apegava com uma teimosia irritante ao seu posto e à sua vida.

– Vai recebê-los em breve, Papa. Seth não pode durar por muito mais tempo.

– Ainda bem – murmurou Papa, com a expressão presunçosa de quem ganhara uma discussão.

Micky passou manteiga num pão. Sempre fora assim. Jamais conseguia agradar ao pai, por mais que tentasse.

Ele concentrou-se no dia que teria pela frente. Tonio devia agora um dinheiro que não tinha como pagar. O próximo passo era converter esse problema numa crise. Micky queria que Edward e Tonio travassem uma discussão em público. Se pudesse providenciar isso, a desgraça de Tonio se tornaria do conhecimento geral, e ele seria obrigado a renunciar ao emprego e voltar para Córdoba. O que o deixaria fora do alcance de David Middleton.

Micky tencionava fazer tudo isso sem transformar Tonio num inimigo. Afinal, tinha outro propósito: queria o emprego dele. Era provável que Tonio dificultasse as coisas, se assim desejasse, denegrindo Micky perante o embaixador. Micky queria persuadi-lo a lhe abrir as portas da embaixada.

A situação era complicada pela história de seu relacionamento com Tonio. No colégio, Tonio odiara e temera Micky; mais recentemente, passara a admirá-lo. Agora, Micky queria ser o melhor amigo de Tonio... ao mesmo tempo em que arruinava sua vida.

Enquanto Micky remoía o dia movimentado à sua frente, houve uma batida na porta do quarto e a senhoria anunciou um visitante. Um momento depois Tonio entrou.

Micky planejava procurá-lo logo depois do desjejum. A visita lhe poupava esse esforço.

– Sente-se e tome um café – disse ele, descontraidamente. – Mas que azar você teve ontem à noite! É o que sempre acontece nos jogos de cartas, alguns ganham, outros perdem.

Tonio cumprimentou Papa antes de se sentar. Dava a impressão de que não dormira.

– Perdi mais do que podia – admitiu ele.

Papa soltou um grunhido irritado. Não tinha paciência com pessoas que sentiam pena de si mesmas, e ainda por cima desprezava a família Silva como pusilânimes habitantes da cidade que viviam de favores e corrupção. Micky fingiu compaixão.

– Lamento ouvir isso.

– Sabe o que significa. Neste país, um homem que não paga suas dívidas de jogo não é um cavalheiro. E um homem que não é um cavalheiro não pode ser um diplomata. Talvez eu tenha de pedir demissão e voltar para casa.

Exatamente, pensou Micky. Mas ele disse em voz pesarosa:

– Compreendo o problema.

Tonio continuou:

– Sabe como são as pessoas nessas coisas... Se você não paga logo no dia seguinte, já se torna suspeito. Mas eu levaria anos para conseguir pagar 100 libras. É por isso que vim procurá-lo.

– Não estou entendendo – disse Micky, embora compreendesse perfeitamente.

– Pode me dar o dinheiro? – suplicou Tonio. – É cordovês, diferente desses ingleses; não condena um homem por um único erro. E um dia eu lhe pagarei tudo.

– Se eu tivesse todo esse dinheiro, pode ter certeza de que daria a você. Mas não sou tão próspero assim.

Tonio olhou para Papa, que o encarou friamente e disse apenas:

– Não.

Tonio baixou a cabeça.

– Sou um idiota em relação ao jogo. Não sei o que fazer. Se voltar para casa em desgraça, não terei coragem de encarar minha família.

Micky anunciou, pensativo:

– Talvez eu possa fazer outra coisa para ajudá-lo.

Tonio se animou no mesmo instante.

– Oh, por favor, qualquer coisa!

– Edward e eu somos grandes amigos, como você sabe. Posso conversar com ele em seu nome, explicar as circunstâncias e pedir que seja indulgente... como um favor pessoal para mim.

– Faria isso?

Tonio palpitava de esperança.

– Pedirei a ele que espere por seu dinheiro e não conte a ninguém. Não posso garantir que ele vai concordar, é claro. Os Pilaster têm muito dinheiro, mas são durões. De qualquer forma, tentarei.

Tonio segurou a mão de Micky e disse:

– Não sei como agradecer. Jamais esquecerei o que está fazendo por mim.

– Não fique tão esperançoso...

– Não posso evitar. Estava desesperado e você me deu um motivo para continuar a viver. – Tonio parecia envergonhado. – Pensei em me matar esta manhã. Fui até a ponte de Londres pensando em me jogar no rio.

Houve um grunhido baixo de Papa, que obviamente acreditava que essa seria a melhor solução. Micky apressou-se em dizer:

– Graças a Deus que você mudou de ideia. Agora, é melhor eu ir logo ao Pilaster Bank para conversar com Edward.

– Quando poderei encontrá-lo? – perguntou Tonio?

– Estará no clube na hora do almoço?

– É claro, se você quiser que eu vá.

– Então me espere lá.

– Combinado. – Tonio levantou-se. – Deixarei que terminem o café da manhã. E...

– Não me agradeça – interrompeu Micky, levantando a mão num gesto de silêncio. – Dá azar. Espere e torça.

– Está bem. – Tonio fez uma reverência para Papa. – Adeus, señor Miranda.

Ele saiu.

– Garoto burro – murmurou Papa.

– Um idiota rematado – concordou Micky.

Ele foi para o quarto e vestiu um fraque: camisa branca de colarinho duro e punhos engomados, calça bege-clara, gravata preta de cetim com um laço perfeito e uma sobrecasaca preta trespassada. Os sapatos reluziam engraxados, os cabelos brilhavam com o óleo de macáçar. Sempre se vestia com elegância, mas num estilo conservador – jamais usaria um dos novos colarinhos virados para baixo, como era a moda agora nem portaria um monóculo, como um dândi. Os ingleses sempre se mostravam dispostos a acreditar que um estrangeiro era mal-educado, e ele tomava o cuidado de não lhes dar o menor pretexto para que o considerassem assim.

Deixando Papa sozinho por aquele dia, Micky saiu, atravessou a pé a ponte para o distrito financeiro, chamado de City por ocupar a área original da cidade romana de Londres. O tráfego estava completamente parado em torno da catedral de St. Paul, com as carruagens, ônibus puxados por cavalos, carroças, fiacres de aluguel e carrocinhas de verdureiros disputando espaço com um enorme rebanho de ovelhas que era conduzido para o mercado de carne de Smithfield.

O Pilaster Bank era um prédio novo e imenso, com uma fachada comprida e clássica, uma entrada imponente, flanqueada por maciças colunas acaneladas. Passavam alguns minutos do meio-dia quando Micky entrou ali. Embora Edward raramente começasse a trabalhar antes de 10 horas, quase sempre se podia persuadi-lo a sair para o almoço em qualquer momento depois do meio-dia.

Micky aproximou-se de um dos mensageiros e disse:

– Por gentileza, avise o Sr. Edward Pilaster de que o Sr. Miranda deseja lhe falar.

– Pois não, senhor.

Ali, mais do que em qualquer outro lugar, Micky invejava os Pilaster. Sua riqueza e seu poder se evidenciavam em cada detalhe: no chão de mármore polido, nos ricos painéis de madeira nas paredes, nas vozes abafadas, no arranhar das penas nos livros-caixa e também, talvez acima de tudo, nos mensageiros bem alimentados e bem-vestidos. Todo aquele espaço e todas aquelas pessoas eram basicamente usados para contar o dinheiro da família Pilaster. Ninguém ali criava gado, extraía nitrato de minas nem construía ferrovias – o trabalho era realizado por outros, muito longe dali. Os Pilaster apenas contemplavam o dinheiro se multiplicar. Para Micky, parecia a melhor maneira possível de se viver, agora que a escravidão fora abolida.

Havia também algo falso naquele ambiente. Era solene e distinto como uma igreja, um salão presidencial ou um museu. Eles eram agiotas, mas se comportavam como se cobrar juros fosse um nobre ofício, igual ao sacerdócio.

Depois de alguns minutos, Edward apareceu... com o nariz machucado e um olho roxo. Micky alteou as sobrancelhas.

– Meu caro amigo, o que aconteceu?

– Tive uma briga com Hugh.

– Qual foi o motivo?

– Eu o repreendi por levar uma prostituta para casa e ele perdeu a cabeça.

Ocorreu a Micky que isso podia proporcionar a Augusta a oportunidade que ela vinha procurando para se livrar de Hugh.

– O que aconteceu a Hugh?

– Você não tornará a vê-lo por um longo tempo. Ele foi mandado para Boston.

Bom trabalho, Augusta, pensou Micky. Seria ótimo se pudessem liquidar Hugh e Tonio no mesmo dia.

– Edward, tenho a impressão de que uma garrafa de champanhe e um bom almoço lhe farão bem.

– Uma esplêndida ideia!

Deixaram o banco e seguiram na direção oeste. Não havia sentido em pegar um fiacre, pois as ruas estavam bloqueadas pelas ovelhas, e todos os veículos se encontravam parados. Passaram pelo mercado de carne, que era o destino das ovelhas. O mau cheiro dos matadouros era insuportavelmente repulsivo. As ovelhas eram jogadas da rua por um alçapão para o abatedouro subterrâneo. A queda era suficiente para quebrar suas pernas, o que as deixava imóveis até que o carniceiro se aproximava para cortar suas gargantas.

– É o suficiente para se deixar de comer carne de carneiro pelo resto da vida – comentou Edward enquanto cobriam o rosto com o lenço.

Micky pensou que seria preciso muito mais do que aquilo para afastar Edward de seu almoço.

Assim que saíram de City, pegaram um fiacre e mandaram o cocheiro levá-los a Pall Mall. Quando partiram, Micky iniciou seu discurso preparado.

– Detesto pessoas que espalham notícias sobre o mau comportamento de outras.

– Eu também – murmurou Edward, vagamente.

– Mas quando afeta os amigos, a pessoa sente-se obrigada a dizer alguma coisa.

– Hum, hum...

Era evidente que Edward não tinha a menor ideia do que Micky queria dizer.

– E eu detestaria que você pensasse que me mantive calado só porque ele é meu conterrâneo.

Houve um momento de silêncio e depois Edward disse:

– Acho que não estou entendendo.

– Eu me refiro a Tonio Silva.

– Ah, sim. Suponho que ele não tenha condições de pagar o que me deve.

– Bobagem. Conheço a família dele. É quase tão rica quanto a sua.

Micky não tinha o menor receio de contar uma mentira tão ultrajante quanto aquela, pois as pessoas em Londres não faziam a menor ideia de quão ricas as famílias sul-americanas podiam ser. Edward ficou surpreso.

– Santo Deus! Eu pensava justamente o contrário.

– Ele pode pagar com a maior facilidade. O que torna a situação ainda pior.

– Como assim? O que torna a situação pior?

Micky deixou escapar um profundo suspiro.

– Receio que ele não tenha a menor intenção de lhe pagar. E tem se gabado por aí, dizendo que você não é homem o bastante para obrigá-lo a isso.

O rosto de Edward ficou vermelho.

– Diabos, ele disse isso? Não sou homem o bastante? É o que veremos!

– Avisei-o de que não devia subestimar você. Disse que talvez você não suportasse que o fizessem de tolo. Mas ele preferiu ignorar meu conselho.

– Mas que canalha! Bem, se ele não quer escutar um conselho sensato, talvez tenha de descobrir a verdade pelo caminho mais árduo.

– É uma vergonha – disse Micky.

Edward permaneceu em silêncio, fervilhando de raiva.

Micky se remexia, impaciente, enquanto o fiacre se arrastava pela Strand. Tonio já deveria ter chegado ao clube àquela altura. Edward estava com o humor adequado para uma briga. Tudo corria bem.

O fiacre finalmente parou na frente do clube. Micky esperou enquanto Edward pagava o cocheiro. Entraram. Na chapelaria, em meio às muitas pessoas que penduravam o chapéu, encontraram Tonio.

Micky ficou tenso. Cuidara de tudo; agora, só lhe restava cruzar os dedos e torcer para que a cena que previra se desenrolasse conforme o planejado.

Tonio avistou Edward, mostrou-se constrangido e murmurou:

– Bom dia para vocês dois.

Micky olhou para Edward. Seu rosto ficara rosado, os olhos esbugalhados, e ele disse:

– Quero falar com você, Silva.

Tonio fitou-o, amedrontado.

– O que é, Pilaster?

Edward disse bem alto:

– Sobre aquelas 100 libras.

Houve um súbito silêncio. Várias pessoas olharam, e dois homens, já de saída, pararam e se viraram. Era um comportamento reprovável falar de dinheiro, e um cavalheiro só fazia isso em circunstâncias extremas. Todos sabiam que Edward Pilaster tinha tanto dinheiro que não sabia o que fazer com ele, e assim era óbvio que havia outro motivo para mencionar a dívida de Tonio em público. Os espectadores pressentiram um escândalo. Tonio empalideceu.

– O que tem?

Edward declarou, impiedoso:

– Pode me pagar hoje, se isso lhe for conveniente.

Um desafio fora lançado. Muitas pessoas sabiam que a dívida era real, e por isso não havia sentido em contestá-la. Como cavalheiro, Tonio só tinha uma opção. Devia dizer: *É claro. Se é tão importante para você, terá o seu dinheiro imediatamente. Vamos subir, e farei um cheque... ou prefere ir até o meu banco ali na esquina?* Se ele não fizesse isso, todos saberiam que não podia pagar e cairia no ostracismo.

Micky observava com um fascínio mórbido. No início, uma expressão de pânico estampou-se no rosto de Tonio, e por um momento Micky chegou a temer que ele cometesse uma loucura. Depois, o medo cedeu lugar à raiva, e ele abriu a boca para protestar, mas as palavras não saíram. Em vez disso, Tonio abriu os braços num gesto suplicante, mas logo abandonou também esse curso. No fim, ficou com o rosto murcho como o de uma criança prestes a chorar. Foi nesse instante que se virou e saiu correndo. Os dois homens na porta recuaram para lhe dar passagem; ele disparou pelo saguão e foi para a rua sem o chapéu.

Micky exultou: tudo transcorrera com absoluta perfeição.

Todos os homens na chapelaria tossiram e se agitaram, tentando disfarçar o constrangimento. Um sócio mais velho comentou:

– Foi um pouco duro, Pilaster.

Micky interveio apressado:

– Ele mereceu.

– Não há dúvida, não há dúvida – murmurou o homem mais velho.

– Preciso de um drinque – disse Edward.

Ao que Micky propôs:

– Pode pedir um conhaque para mim? É melhor eu ir atrás de Silva, para evitar que ele se jogue sob as rodas de um fiacre.

Ele saiu apressado. Era a parte mais sutil de seu plano – agora tinha de convencer o homem que arruinara de que era seu melhor amigo.

Tonio seguia em passos rápidos na direção de St. James's, sem olhar para onde ia, esbarrando nas pessoas. Micky correu e alcançou-o.

– Lamento profundamente, Silva.

Tonio parou. Havia lágrimas em seu rosto.

– Estou liquidado. Acabou tudo.

– Pilaster recusou meu pedido. Fiz o que pude...

– Sei disso. Obrigado.

– Não me agradeça. Fracassei.

– Mas você tentou. Gostaria que houvesse algo que eu pudesse fazer para demonstrar meu agradecimento.

Micky hesitou, pensando: *Devo me atrever a pedir seu emprego agora*? Ele decidiu ser ousado.

– Para ser franco, há uma coisa... Mas é melhor conversarmos a respeito em outra ocasião.

– Não. Fale-me agora.

– Eu me sentiria mal. Vamos deixar para outro dia.

– Não sei por quantos dias continuarei aqui. O que é?

– Bem... – Micky simulou constrangimento. – Imagino que o embaixador cordovês terá de procurar alguém para substituir você.

– Ele precisará de alguém imediatamente. – A compreensão surgiu no rosto molhado de lágrimas de Tonio. – Mas é claro... você deve ficar com o cargo! Seria perfeito!

– Se pudesse interferir a meu favor...

– Farei mais do que isso. Direi a ele que você me prestou uma grande ajuda, tentou me livrar da confusão em que me meti. Tenho certeza de que vai querer nomeá-lo.

– Gostaria de não tirar proveito de seus problemas – disse Micky. – Sinto que estou me comportando como um rato.

– De jeito nenhum! – Tonio pegou a mão de Micky entre as suas. – Você é um amigo de verdade.

5
Setembro

I.

Dorothy, a irmã de 6 anos de Hugh, dobrava suas camisas e as guardava no baú. Ele sabia que assim que a irmã fosse para a cama teria de tirar tudo e arrumar de novo, porque ela não sabia dobrar direito; mas fingiu que Dorothy fazia um bom trabalho e elogiou-a.

– Fale de novo sobre a América – pediu ela.

– A América é tão longe que pela manhã o sol leva quatro horas para chegar lá.

– Eles passam a manhã inteira na cama?

– Isso mesmo, depois se levantam na hora do almoço e comem o desjejum!

Ela riu.

– Eles são preguiçosos.

– Não é bem assim. Como não escurece antes da meia-noite, eles têm de trabalhar a noite inteira.

– Eles vão para a cama tarde! Gosto de ir dormir tarde. Acho que eu gostaria da América. Por que não podemos ir com você?

– Eu bem que gostaria que pudessem, Dotty.

Hugh sentia-se bastante ansioso – passaria anos sem ver a irmã caçula. Ela já teria mudado quando ele voltasse. Compreenderia os fusos horários.

A chuva de setembro tamborilava nas janelas, e na baía o vento fustigava as ondas, mas ali havia um fogo de carvão e um tapete diante da lareira. Hugh guardou um punhado de livros: *Modernos métodos de negócios, O escriturário comercial de sucesso, A riqueza das nações, Robinson Crusoé.* Os funcionários mais velhos do Pilaster Bank desdenhavam o que chamavam de "aprendizado de livro" e gostavam de dizer que a experiência era a melhor mestra, no entanto estavam enganados. Hugh fora capaz de compreender o funcionamento dos diversos departamentos muito mais depressa porque estudara a teoria antes.

Partia para a América num momento de crise. No início da década de 1870, vários bancos haviam efetuado vultosos empréstimos com a garantia de ações especulativas de ferrovias. Em meados de 1873, quando a construção de ferrovias começou a enfrentar dificuldades, os bancos ficaram numa situação difícil. Poucos dias antes, o Jay Cooke & Co., agente do governo americano, havia quebrado, arrastando na queda o First National Bank, de Washington; e a notícia chegara a Londres no mesmo dia pelo cabo de telégrafo transatlântico. Agora, cinco bancos de Nova York haviam suspendido suas operações, inclusive o Union Trust Company – um banco grande – e o antigo Mechanics' Banking Association. A bolsa de valores fechara as portas. Negócios deixariam de ser feitos, milhares de pessoas ficariam desempregadas, o comércio sofreria e as operações americanas do Pilaster se tornariam menores e mais cautelosas; e assim seria mais difícil para Hugh demonstrar sua capacidade.

Até aquele momento, a crise causara pouco impacto em Londres. A taxa bancária subira um ponto, para 4 por cento, e um pequeno banco de Londres com estreitas ligações com o mercado americano fechara as portas, mas não existia pânico. Mesmo assim, o velho Seth insistia que haveria problemas muito em breve. Ele estava bastante fraco agora. Mudara-se para a casa de Augusta e passava a maioria dos dias na cama. No entanto, teimoso, recusava-se a renunciar enquanto não tivesse conduzido o Pilaster para fora da tempestade.

Hugh começou a dobrar suas roupas. O banco pagara dois ternos novos. Ele desconfiava de que a mãe persuadira seu tio-avô a autorizar isso. O velho Seth era tão sovina quanto o resto dos Pilaster, mas tinha uma fraqueza pela mãe de Hugh. Na verdade, fora a pequena mesada que Seth dava a ela que permitira sua sobrevivência durante todos aqueles anos.

A mãe também insistira que Hugh recebesse algumas semanas de licença antes de viajar, a fim de que tivesse mais tempo para se aprontar e se despedir. Quase não o via desde que ele fora trabalhar no banco – Hugh não tinha condições de arcar com a despesa da viagem de trem até Folkestone com muita frequência – e queria passar um tempo em sua companhia antes que deixasse o país. Permaneceram a maior parte do mês de agosto ali, à beira-mar, enquanto Augusta e sua família ficaram na Escócia durante as férias. Agora, as férias haviam acabado. Chegara o momento de partir, e Hugh tinha de dizer adeus à mãe.

Enquanto pensava nisso, ela entrou no quarto. Já estava no oitavo ano de viuvez, mas ainda se vestia de preto. Parecia que não queria se casar de novo, embora pudesse fazê-lo com a maior facilidade – continuava bonita, com serenos olhos azuis e abundantes cabelos louros.

Hugh sabia que ela sentia-se triste porque não o veria durante anos. Mas a mãe não falara de sua tristeza; em vez disso, partilhara a agitação e a apreensão do filho com o desafio de ir para outro país.

– Está quase na hora de se deitar, Dorothy – disse ela. – Vá vestir sua camisola.

Assim que Dotty saiu do quarto, a mãe começou a dobrar direito as camisas de Hugh. Ele queria conversar a respeito de Maisie, mas sentia-se inibido. Sabia que Augusta escrevera para ela. A mãe podia também ter sabido por intermédio de outras pessoas da família ou até ter se encontrado com alguém numa de suas raras viagens de compras a Londres. E a história que ela ouvira talvez fosse muito distante da verdade. Depois de um momento, ele murmurou:

– Mãe...

– O que é, querido?

– Tia Augusta nem sempre diz a verdade.

– Não precisa ser tão educado – ela respondeu, com um sorriso amargurado. – Há anos que Augusta vem espalhando mentiras sobre seu pai.

Hugh ficou surpreso com a franqueza.

– Acha que foi ela quem disse aos pais de Florence Stalworthy que ele era um jogador?

– Tenho certeza, infelizmente.

– Por que ela é assim?

A mãe largou a camisa que estava dobrando e pensou por um momento.

– Augusta foi uma garota muito bonita. Sua família ia ao culto na Igreja Metodista de Kensington, e foi lá que a conhecemos. Ela era filha única, mimada e voluntariosa. Os pais nada tinham de especial: ele era atendente de loja, abriu seu próprio negócio e acabou dono de três pequenas mercearias nos subúrbios a oeste de Londres. Mas era evidente que Augusta estava destinada a coisas maiores.

Ela foi até a janela molhada pela chuva e olhou para fora, contemplando não o canal da Mancha sob a tempestade, e sim o passado. Depois continuou:

– Quando Augusta estava com 17 anos, o conde de Strang apaixonou-se por ela. Era um rapaz adorável: gracioso, gentil, bem-nascido, rico. É claro que seus pais ficaram horrorizados com a perspectiva de seu casamento com a filha de um pequeno comerciante. Mas Augusta era linda e, já naquele tempo, embora ainda jovem, exibia um ar distinto que lhe permitia enfrentar a maioria das situações sociais.

– Eles ficaram noivos?

– Não formalmente. Mas todos presumiam que era um desfecho inevitável. E foi então que estourou um terrível escândalo. Acusaram o pai de Augusta de enganar sistematicamente no peso das mercadorias em suas lojas. Um empregado despedido denunciou-o à Junta de Comércio. Disseram que ele ludibriava até a igreja, que comprava o chá para os grupos de estudo da Bíblia nas noites de terça-feira, e assim por diante. Havia a possibilidade de que ele fosse para a prisão. Acontece que ele negou tudo com veemência, e no fim das contas não deu em nada. Mas Strang largou Augusta.

– Ela deve ter ficado desolada.

– Não, não desolada. Ela ficou transbordando de raiva. Durante toda a vida sempre impusera sua vontade. Agora, queria Strang mais do que jamais desejara qualquer outra coisa, mas não podia tê-lo.

– E ela acabou se casando com tio Joseph por tabela, como costumam dizer.

– Eu diria que Augusta se casou com ele num acesso de raiva. Joseph era sete anos mais velho do que ela, o que é muito quando se tem 17 anos, e não era mais bonito do que agora. Mas era muito rico, ainda mais rico do que Strang. Augusta merece o crédito de fazer tudo o que pode para ser uma boa esposa. No entanto, ele nunca será Strang, e ela ainda se sente furiosa por isso.

– O que aconteceu com Strang?

– Casou-se com uma condessa francesa e morreu num acidente de caça.

– Quase sinto pena de Augusta.

– Não importa o que tenha, ela sempre quer mais: mais dinheiro, um cargo mais importante para o marido, uma posição social mais elevada para si mesma. O motivo para ser tão ambiciosa, de querer tudo para si, Joseph e Edward, é que ainda anseia pelo que Strang poderia ter lhe proporcionado: um título, o lar de uma família tradicional, a vida de lazer interminável, riqueza sem trabalho. Na verdade, contudo, não era isso o que Strang lhe oferecia. Ele oferecia amor. E foi isso o que Augusta realmente perdeu. E nada jamais compensará essa perda.

Hugh nunca tivera uma conversa tão íntima com a mãe. Sentiu-se encorajado a abrir seu coração.

– Mãe, sobre Maisie...

Ela fitou-o com perplexidade.

– Maisie?

– A moça, a causa de todo o problema. Maisie Robinson.

O rosto da mãe se desanuviou.

– Augusta não me disse como ela se chamava.

Hugh hesitou, mas acabou falando:

– Ela não é uma mulher "desafortunada".

A mãe mostrou-se constrangida, pois os homens nunca mencionavam coisas como prostituição diante das mães.

– Entendo – murmurou ela, desviando os olhos.

Hugh continuou:

– Ela é de uma classe inferior, sem dúvida. E judia. – Ele olhou para o rosto da mãe e constatou que ela estava espantada, mas não horrorizada. – Mas não é nenhuma outra coisa pior do que isso. Para dizer a verdade...

Ele hesitou. A mãe tornou a fitá-lo.

– Continue.

– Ela era virgem.

A mãe corou.

– Mãe, lamento falar dessas coisas, mas, se eu não o fizer, você só conhecerá a versão da história de tia Augusta.

A mãe engoliu em seco.

– Você gostava dela, Hugh?

– Gostava. – Ele sentiu as lágrimas aflorarem aos olhos. – Não entendo por que ela desapareceu. Não tenho a menor ideia do lugar para onde foi. Nunca soube seu endereço. Perguntei no estábulo para o qual ela trabalhava e no Argyll Rooms, onde a conheci. Solly Greenbourne também gostava dela e está tão desnorteado quanto eu. Tonio Silva conhecia April, uma amiga de Maisie, mas ele voltou para a América do Sul e eu não consegui encontrá-la.

– Que coisa misteriosa!

– Tenho certeza de que tia Augusta arquitetou isso de algum modo.

– E eu não tenho a menor dúvida a respeito. Não posso imaginar como, porém sei que ela é terrivelmente insidiosa. Mas agora você deve pensar em seu futuro, Hugh. Boston será uma grande oportunidade. Deve trabalhar com afinco e dedicação.

– Ela é realmente uma moça extraordinária, mãe.

A mãe não acreditava nisso, Hugh percebeu.

– Mas você vai esquecê-la.

– Acho que não.

A mãe beijou-o na testa.

–Vai, sim. Eu prometo.

II.

Havia apenas uma gravura na parede do quarto de sótão que Maisie partilhava com April. Era um cartaz de circo colorido, mostrando Maisie numa malha justa, de pé no lombo de um cavalo branco que galopava. Abaixo, em letras vermelhas, estava escrito "A Maravilhosa

Maisie". Não era um cartaz que correspondesse à verdade absoluta, pois o circo nunca tivera nenhum cavalo branco e as pernas de Maisie não eram tão compridas. Ainda assim, ela gostava do cartaz. Era a sua única lembrança daqueles tempos.

Afora isso, no quarto havia apenas uma cama estreita, um lavatório, uma cadeira e um banco de três pernas. As roupas das duas eram penduradas em pregos nas paredes. A sujeira na janela servia como cortina. Elas bem que tentavam manter o quarto limpo, mas era impossível. A fuligem caía da chaminé, os camundongos subiam pelas frestas no assoalho e a poeira e os insetos entravam pelas aberturas entre o caixilho da janela e a alvenaria ao redor. Era um dia de chuva, e a água pingava do peitoril da janela e de uma rachadura no teto.

Maisie se vestia. Era o Rosh Hashanah, quando o Livro da Vida era aberto, e nessa época do ano sempre se perguntava o que estaria escrito para ela. Nunca chegava a orar, mas quase acalentava a esperança, de uma maneira um tanto solene, de que algo bom aconteceria em sua página do livro.

April fora fazer um chá na cozinha comunitária e voltou alvoroçada para o quarto com um jornal na mão.

– É você, Maisie, é você!

– Como?

– No *Lloyd's Weekly News*. Escute só: "Srta. Maisie Robinson, nome de nascimento Miriam Rabinowicz. Se a Srta. Robinson entrar em contato com os Srs. Goldman e Jay, advogados, na Gray's Inn, saberá de uma coisa em seu benefício". Só pode ser você!

O coração de Maisie disparou, mas ela assumiu uma expressão firme, e a voz soou fria:

– É Hugh. Não irei.

April pareceu decepcionada.

– Você pode ter herdado dinheiro de algum parente de quem não tem notícias há muito tempo.

– Pode ser até a rainha da Mongólia, mas não irei até a Gray's Inn por uma possibilidade remota.

Ela conseguia parecer resoluta, mas sentia um aperto no coração. Pensava em Hugh todos os dias e todas as noites, e sofria muito. Embora mal o conhecesse, era impossível esquecê-lo.

Ainda assim, estava determinada a tentar. Sabia que ele a tinha procurado. Estivera no Argyll Rooms todas as noites, pressionara Sammle, o dono do estábulo, e perguntara por ela na metade das pensões baratas de Londres. Depois, as indagações cessaram, e Maisie presumiu que ele desistira. Agora, tudo indicava que Hugh apenas mudara de tática e tentava encontrá-la por meio de anúncios de jornal. Era bastante difícil continuar a evitá-lo sabendo que ele a procurava com tanta persistência, e Maisie sentia-se muito ansiosa em revê-lo. Contudo, tomara sua decisão. Amava-o demais para querer arruiná-lo. Enfiou os braços no espartilho e pediu a April:

– Ajude-me com as barbatanas.

April começou a puxar os laços.

– Meu nome nunca apareceu no jornal – comentou ela, invejosa. – E o seu já apareceu duas vezes agora, se contar A Leoa como nome.

– E de que isso me adiantou? Por Deus, como estou engordando!

April prendeu os laços e ajudou-a a pôr o vestido. Iam sair naquela noite. April tinha um novo amante, um editor de revista de meia-idade, com esposa e seis filhos em Clapham. Ele e um amigo levariam April e Maisie a uma casa de espetáculos.

Até lá, elas passeariam pela Bond Street, olhando as vitrines das lojas elegantes. Não comprariam nada. A fim de se esconder de Hugh, Maisie fora obrigada a parar de trabalhar para Sammle – para grande pesar deste, que por intermédio dela conseguira vender cinco cavalos e um pônei com charrete – e o dinheiro que economizara estava quase acabando. Mas as duas tinham de sair, apesar do tempo, pois era deprimente demais permanecer no quarto.

O vestido de Maisie estava apertado nos seios, e ela estremeceu quando April o levantou. April lançou-lhe um olhar estranho.

– Seus mamilos estão doloridos?

– Estão, sim, por que será?

– Maisie, quando teve o último incômodo? – indagou April, em tom preocupado.

– Nunca me lembro de anotar. – Maisie pensou por um momento e um calafrio percorreu-lhe o corpo. – Oh, Deus!

– Quando?

– Acho que foi antes de irmos às corridas em Goodwood. Acha que estou grávida?

– Sua cintura aumentou, os mamilos estão doloridos e seu incômodo não vem há dois meses. É isso mesmo, você está grávida – declarou April, exasperada. – Não posso acreditar que tenha sido tão burra. Quem foi?

– Hugh, é claro. Mas só fizemos uma vez. Como se pode engravidar de uma única trepada?

– A mulher *sempre* engravida de uma única trepada.

– Oh, Deus! – Maisie tinha a sensação de que fora atropelada por um trem. Chocada, perplexa e assustada, sentou-se na cama e começou a chorar. – O que vou fazer?

– Podemos ir ao escritório daqueles advogados, para começar.

SUBITAMENTE, TUDO FICOU DIFERENTE.

A princípio, Maisie sentiu-se apavorada e furiosa. Depois, compreendeu que, pelo bem da criança em seu ventre, era obrigada a entrar em contato com Hugh. E quando admitiu isso para si mesma ficou mais contente do que assustada. Ansiava por revê-lo. Convencera-se antes de que isso seria um erro. Mas o bebê tornava tudo diferente. Agora, era seu dever falar com Hugh, e a perspectiva deixou-a tonta de alívio.

Apesar disso, estava nervosa quando ela e April subiram a escada íngreme para o escritório dos advogados, na Gray's Inn. O anúncio podia não ter sido posto por Hugh. Não seria surpresa se ele tivesse desistido de procurá-la. Ela mostrara-se tão esquiva quanto uma moça podia ser, e nenhum homem se mantém apaixonado para sempre. O anúncio podia ter alguma relação com seus pais, se ainda estivessem vivos. Talvez as coisas tivessem começado a melhorar para eles, finalmente, e dispusessem de dinheiro para procurá-la. Maisie não sabia direito como se sentia em relação a isso. Em muitas ocasiões, ansiara ver Mama e Papa de novo, porém tinha medo de que se envergonhassem de sua vida.

Chegaram ao topo da escada e entraram na antessala. O funcionário dos advogados era um jovem que usava um colete cor de mostarda e exibia um sorriso de superioridade. As moças estavam molhadas e enlameadas, mas ainda assim ele se dispôs a flertar.

– Minhas caras damas! Como duas deusas podem precisar dos serviços dos Srs. Goldman e Jay? O que posso fazer para ajudá-las?

April respondeu-lhe à altura:

– Pode tirar este colete, que está ferindo os meus olhos.

Maisie estava sem paciência para galanteios naquela dia.

– Meu nome é Maisie Robinson.

– Ah, sim! O anúncio! Por um feliz acaso, o cavalheiro em questão se encontra com o Sr. Jay neste momento.

Maisie sentiu-se trêmula de apreensão.

– Diga-me uma coisa – murmurou ela, hesitante. – O cavalheiro em questão... Por acaso, é o Sr. Hugh Pilaster?

Sua expressão era suplicante. Ele não a percebeu e disse em tom efusivo:

– Santo Deus, é claro que não!

As esperanças de Maisie sofreram outro colapso. Sentou-se num banco duro de madeira, ao lado da porta, fazendo um esforço para conter as lágrimas, balbuciando:

– Não é ele.

– Não, não é. Para ser franco, conheço Hugh Pilaster. Estudamos juntos em Folkestone. Ele foi para a América.

Maisie inclinou-se para trás, como se tivesse sido golpeada.

– América?

– Boston, Massachusetts. O navio partiu há umas duas semanas. Conheceu Hugh?

Maisie ignorou a pergunta. Seu coração parecia uma pedra, pesado e frio. Hugh fora para a América. E ela carregava uma criança sua no ventre. Sentia-se horrorizada demais para chorar. April perguntou, agressiva:

– Quem é então?

O escriturário começou a perceber que fora além de suas atribuições. Perdeu o ar de superioridade e respondeu, bastante nervoso:

– É melhor eu deixar que ele mesmo se apresente. Com licença.

Ele desapareceu por uma porta interna. Maisie ficou olhando para as caixas de papel empilhadas contra a parede, lendo os títulos inscritos nas laterais: *Espólio Blenkinsop, Regina versus Wiltshire Flour Millers, Great Southern Railway, Sra. Stanley Evans (falecida).* Tudo o que acontecia naquele escritório era uma tragédia para alguém, refletiu ela: morte, bancarrota, divórcio, um processo penal.

Quando a porta foi aberta de novo, um homem diferente apareceu, um homem de aparência impressionante. Não muito mais velho do que Maisie, tinha o rosto de um profeta bíblico, os olhos escuros destacando-se por baixo de sobrancelhas pretas, um nariz grande com narinas enormes e uma barba cerrada. Parecia familiar, e depois de um momento ela compreendeu que lembrava um pouco seu pai, embora Papa nunca parecesse tão aterrador.

– Maisie? – disse ele. – Maisie Robinson?

Suas roupas eram um pouco esquisitas, como se tivessem sido compradas em outro país, e o sotaque era americano.

– Isso mesmo. Sou Maisie Robinson. Quem é você?

– Não me reconhece?

E de repente ela se lembrou de um menino magro, esfarrapado e descalço, com a primeira insinuação de um bigode acima do lábio e uma expressão determinada nos olhos.

– Oh, Deus! Danny! – Por um momento ela esqueceu seus problemas e correu para os braços do irmão. – É mesmo você, Danny?

Ele abraçou-a com tanta força que até doeu.

– É claro que sou eu.

April interveio:

– Quem é ele?

– Meu irmão! – exclamou Maisie. – O que fugiu para a América! Ele voltou!

Danny soltou-a de seus braços para contemplá-la.

– Como conseguiu ficar tão bonita? Era uma pirralha esquelética!

Ela tocou em sua barba.

– Eu poderia tê-lo reconhecido se não fosse por todo esse pelo.

Houve uma tosse discreta atrás de Danny, e Maisie virou o rosto deparando com um homem idoso, parado na porta, que olhava a cena com ligeiro desdém.

– Ao que parece, fomos bem-sucedidos – comentou ele.

Danny disse:

– Sr. Jay, permita que lhe apresente minha irmã, a Srta. Robinson.

– Seu criado, Srta. Robinson. Se posso fazer uma sugestão...

– Por que não? – disse Danny.

– Há um café na Theobalds Road, a poucos metros daqui. Vocês devem ter muito o que conversar.

Era óbvio que ele queria tirá-los do escritório, porém Danny não parecia se importar com os desejos do Sr. Jay. Independentemente de qualquer coisa que pudesse ter lhe acontecido, não aprendera a ser atencioso.

– O que acham, meninas? Gostariam de conversar aqui ou preferem sair para tomar um café?

– Vamos sair – disse Maisie.

O Sr. Jay acrescentou:

– E talvez possa voltar mais tarde para acertar suas contas, Sr. Robinson.

– Não esquecerei. Vamos, meninas.

Deixaram o escritório e desceram a escada. Maisie fervilhava de perguntas, mas controlou a curiosidade com algum esforço enquanto seguiam até o café e se sentavam a uma mesa. Só então perguntou:

– O que andou fazendo nos últimos sete anos?

– Construindo ferrovias. Por acaso cheguei à América numa boa ocasião. A Guerra Civil terminara pouco antes, e a febre da construção de ferrovias estava começando. Precisavam tanto de trabalhadores que os traziam da Europa. Até mesmo um garoto magrela de 13 anos podia conseguir um emprego. Trabalhei na primeira ponte de aço já construída, sobre o rio Mississippi, em St. Louis. Depois, arrumei um emprego na construção da Union Pacific Railroad, em Utah. Fui capataz aos 19 anos, é um trabalho para jovens. Entrei para o sindicato e liderei uma greve.

– Por que você voltou?

– Houve um craque no mercado de ações. As ferrovias ficaram sem dinheiro e os bancos que as financiavam quebraram. Há milhares de homens, centenas de milhares, procurando por trabalho. Decidi voltar para casa e começar uma vida nova.

– O que pretende fazer? Construir ferrovias aqui?

Danny fez um aceno de cabeça, indicando que não.

– Tenho uma ideia nova. A mesma coisa me aconteceu duas vezes, minha vida foi abalada por uma crise financeira. Os homens que dirigem os bancos são as pessoas mais burras do mundo. Nunca aprendem, e por isso cometem os mesmos erros muitas vezes. E são os trabalhadores que sofrem. Ninguém os ajuda, ninguém jamais os ajudará. Eles devem contar uns com os outros.

April interveio:

– As pessoas nunca ajudam umas às outras. É cada um por si neste mundo. Você tem de ser egoísta.

April dizia isso com frequência, lembrou-se Maisie, embora na prática fosse uma pessoa generosa, capaz de fazer qualquer coisa por uma amiga.

– Vou começar uma espécie de clube para os trabalhadores – explicou Danny. – Eles pagarão 6 *pence* por semana, e se forem despedidos, caso a culpa não seja sua, o clube lhes pagará 1 libra por semana enquanto procuram um novo emprego.

Maisie fitou o irmão com profunda admiração. O plano era tremendamente ambicioso – mas ela pensara o mesmo quando aos 13 anos de idade ele dissera: *Há um navio no porto que vai para Boston com a maré da manhã. Vou subir por uma corda hoje à noite e me esconder num dos escaleres no convés.* Danny acabou fazendo o que dissera naquela ocasião, e era provável que também fizesse agora. Contara que liderara uma greve. Parecia ter se transformado no tipo de pessoa que outros homens seguiam.

– Tem notícias de Papa e Mama? – perguntou ele. – Manteve contato com eles?

Maisie acenou negativamente com a cabeça e depois, surpreendendo a si mesma, desatou a chorar. Sentia de repente a dor de perder a família, uma angústia que se recusara a reconhecer durante todos aqueles anos. Danny pôs a mão em seu ombro.

– Voltarei ao norte e tentarei encontrá-los.

– Torço para que os encontre. Sinto muita saudade. – Ela olhou para April, que a fitava espantada. – Mas receio que se envergonharão de mim.

– Por que deveriam?

– Estou grávida.

O rosto de Danny ficou vermelho.

– E não é casada?

–Não.

– Vai se casar?

– Não.

Danny explodiu:

– Quem é o miserável?

Maisie alteou a voz:

– Poupe-me do seu ato de irmão indignado, está bem?

– Eu gostaria de torcer o pescoço dele...

– Cale-se, Danny! – gritou Maisie, furiosa. – Deixou-me sozinha há sete anos e não pode voltar e se comportar como se fosse meu dono.

Ele mostrou-se consternado e Maisie acrescentou num tom mais gentil:

– Não importa mais. Ele teria se casado comigo, eu acho, mas fui eu quem não quis. Portanto, pode esquecê-lo. Além do mais, ele foi para a América.

Danny se acalmou.

– Se não fosse seu irmão, eu mesmo me casaria com você. Está muito bonita. Seja como for, pode ficar com o pouco dinheiro que me restou.

– Não o quero. – Ela compreendeu que parecia ingrata, mas não podia evitar. – Não precisa cuidar de mim, Danny. Invista o dinheiro no seu clube de trabalhadores. Eu me viro. Consegui fazer isso quando tinha 11 anos, acho que também consigo agora.

III.

Micky Miranda e Papa estavam num restaurante no Soho, almoçando um ensopado de ostras – o prato mais barato no cardápio – com cerveja forte. A casa ficava a poucos minutos da embaixada de Córdoba, em Portland Place, onde Micky agora trabalhava sentado a uma escrivaninha todas as manhãs, por uma ou duas horas, cuidando da correspondência do embaixador. Já concluíra seu serviço por aquele dia e se encontrara com Papa para almoçar. Sentaram-se de frente um para o outro, em bancos de madeira de encosto alto. Havia serragem no chão, e anos de gordura no teto baixo. Micky detestava comer em lugares assim, mas o fazia com frequência para poupar dinheiro. Só ia ao Cowes Club quando Edward pagava. Além do mais, levar Papa ao clube era uma tensão constante – Micky sentia um medo permanente de que o velho provocasse uma briga, sacasse uma arma ou cuspisse no tapete.

Papa enxugou a tigela com um pedaço de pão e empurrou-a para o lado.

– Devo lhe explicar uma coisa – disse ele.

Micky largou sua colher.

– Preciso dos rifles para lutar contra a família Delabarca. Depois que a destruir, assumirei o controle das minas de nitrato. As minas tornarão nossa família muito rica.

Micky acenou afirmativamente com a cabeça, sem dizer nada. Já ouvira tudo isso antes, todavia não ousava dizê-lo.

– As minas de nitrato são apenas o começo, o primeiro passo – continuou Papa. – Quando tivermos mais dinheiro, compraremos mais rifles. E diferentes pessoas da família se tornarão importantes na província.

Micky aguçou os ouvidos. Aquela era uma informação nova.

– Seu primo Jorge será coronel no Exército. Seu irmão Paulo vai ser o chefe de polícia da província de Santamaria.

E assim poderá ser um algoz profissional em vez de amador, pensou Micky. Papa acrescentou:

– E eu serei o governador da província.

Governador! Micky não imaginava que as aspirações de Papa fossem tão altas. Mas o velho ainda não acabara.

– Assim que controlarmos a província, vamos olhar pelo país. Seremos fervorosos partidários do presidente Garcia. Você será o embaixador dele em Londres. Seu irmão talvez seja o ministro da Justiça. Seus tios serão generais. Seu meio-irmão Dominic, o padre, será o arcebispo de Palma.

Micky estava atônito: nunca soubera que tinha um meio-irmão. Mas não disse nada, pois não queria interromper.

– E depois, quando chegar o momento oportuno, vamos expulsar a família Garcia e tomaremos seu lugar.

– Está querendo dizer que assumiremos o governo? – indagou Micky, os olhos arregalados, perplexo com a audácia e confiança de Papa.

– Isso mesmo. Em vinte anos, meu filho, ou eu serei o presidente de Córdoba... ou você.

Micky tentou absorver o plano. Córdoba tinha uma Constituição que determinava eleições democráticas, mas nenhuma jamais fora realizada. O presidente Garcia assumira o poder por meio de um golpe havia dez anos; antes, fora o comandante em chefe das Forças Armadas, sob o presidente Lopez, que liderara a rebelião contra o domínio espanhol em que Papa e seus vaqueiros haviam lutado.

Papa surpreendeu Micky pela sutileza de sua estratégia: tornar-se um fervoroso partidário do atual governante e depois traí-lo. Mas qual era o papel de Micky? Deveria assumir como o embaixador cordovês em Londres. Já dera o primeiro passo, afastando Tonio Silva e obtendo seu lugar. Teria de encontrar um meio de fazer isso também com o embaixador.

E depois? Se seu pai fosse presidente, Micky poderia ser o ministro do Exterior, viajar pelo mundo como representante de seu país. Mas Papa dissera que o próprio Micky poderia se tornar o presidente – não falou Paulo nem tio Rico, mas Micky. Seria mesmo possível?

Por que não? Micky era inteligente, implacável, bem-relacionado: de que mais precisava? A perspectiva de dominar um país inteiro era inebriante. Todos se curvariam a ele; as mais lindas mulheres do mundo estariam à sua disposição, quer assim desejassem, quer não, e seria tão rico quanto os Pilaster.

– Presidente... – murmurou ele, sonhador. – Gosto disso.

Papa inclinou-se calmamente e deu um tapa em seu rosto.

O velho tinha um braço musculoso e a mão calejada; o tapa sacudiu Micky. Ele soltou um grito de choque e dor, levantando-se de um pulo. Sentia o gosto de sangue na boca. Houve silêncio no restaurante, todos olharam.

– Sente-se – ordenou Papa.

Devagar, relutante, Micky obedeceu.

Papa estendeu as mãos por cima da mesa, agarrou-o pelas lapelas e disse numa voz desdenhosa:

– Todo esse plano corre perigo porque você fracassou por completo no serviço simples que lhe foi designado!

Micky estava apavorado.

– Vai ter seus rifles, Papa!

– Dentro de um mês, será primavera em Córdoba. Precisamos tomar as minas Delabarca nessa estação, porque no ano que vem será tarde demais. Reservei passagem num cargueiro que vai para o Panamá. O capitão já foi subornado para me desembarcar, junto com as armas, na costa atlântica de Santamaria.

Papa levantou-se, puxando Micky e rasgando sua camisa com a força do movimento. O rosto estava vermelho de raiva.

– O navio parte dentro de cinco dias – acrescentou ele numa voz que encheu Micky de medo. – Agora saia daqui e me compre aquelas armas!

O SUBSERVIENTE MORDOMO de Augusta Pilaster, Hastead, pegou o casaco molhado de Micky e pendurou-o perto do fogo que ardia no vestíbulo. Micky não agradeceu. Os dois se detestavam. Hastead tinha ciúme de qualquer pessoa que Augusta favorecesse, e Micky o desprezava por ser tão bajulador. Além do mais, Micky nunca sabia para que lado os olhos de Hastead se dirigiam, e isso o irritava.

Micky foi para a sala de visitas e encontrou Augusta sozinha. Ela pareceu satisfeita ao vê-lo. Pegou a mão de Micky entre as suas e comentou:

– Você está gelado.

– Atravessei o parque a pé.

– Mas que tolice! Deveria ter pegado um fiacre.

Micky não tinha condições de pagar fiacres de aluguel, mas Augusta não sabia disso. Ela comprimiu a mão dele contra seu busto e sorriu. Era como um convite sexual, porém ela agia como se estivesse inocentemente esquentando seus dedos frios.

Augusta fazia esse tipo de jogo com frequência quando se achavam a sós, e Micky costumava gostar. Ela pegava sua mão, tocava na coxa de Micky, ele tocava em seu braço ou ombro, fitava-a nos olhos, conversavam em voz baixa como amantes, sem jamais reconhecerem que flertavam. Mas hoje ele estava desesperado demais para tais distrações.

Ela percebeu e largou sua mão sem protestar, embora parecesse desapontada.

– Vamos nos sentar perto do fogo. – Augusta se instalou num sofá, apalpando o assento ao seu lado. – Seth melhorou bastante.

Micky sentiu um aperto no coração.

– Ele pode continuar conosco por muitos anos ainda. – Ela não podia evitar que a irritação transparecesse em sua voz. Estava impaciente, queria que o marido assumisse logo. – Ele mora aqui agora, como sabe. Pode visitá-lo depois de tomar um chá.

– Ele não pretende se aposentar em breve? – indagou Micky.

– Não há o menor sinal de que isso possa acontecer, infelizmente. Esta manhã mesmo ele proibiu a emissão de mais títulos ferroviários russos. – Augusta afagou o joelho de Micky. – Seja paciente. Seu Papa acabará obtendo os rifles mais cedo ou mais tarde.

– Ele não pode esperar muito mais – explicou Micky, preocupado. – Tem de partir na semana que vem.

– Então é por isso que você anda tão nervoso. Pobre menino. Gostaria de poder fazer alguma coisa para ajudar. Mas se houvesse qualquer possibilidade, eu já teria feito.

– Não conhece meu pai. – Micky não conseguia disfarçar o tom de desespero em sua voz. – Ele finge ser civilizado quando a encontra, mas na verdade é um bárbaro. Só Deus sabe o que fará comigo se eu o decepcionar.

Soaram vozes no vestíbulo.

– Há uma coisa que preciso lhe contar antes que as pessoas entrem, Micky. Finalmente conheci o Sr. David Middleton.

– O que ele disse?

– Foi educado, mas franco. Disse que não acreditava que toda a verdade sobre a morte de seu irmão tivesse sido revelada e perguntou se eu podia pô-lo em contato com Hugh Pilaster ou Antonio

Silva. Informei que os dois haviam viajado para o exterior e que ele desperdiçava seu tempo.

– Gostaria que pudéssemos resolver o problema do velho Seth tão bem quanto resolvemos esse – murmurou Micky no momento em que a porta era aberta.

Edward entrou, seguido pela irmã, Clementine. Ela se parecia com Augusta, mas não possuía a mesma força de personalidade; e embora fosse mais jovem, não era sexualmente atraente como a mãe. Augusta serviu o chá. Micky conversou com Edward de um modo superficial sobre os planos para a noite. Não havia festas nem bailes em setembro: a aristocracia permanecia longe de Londres até depois do Natal, e só os políticos e suas esposas estavam na cidade. Mas não havia falta de diversão para a classe média, e Edward tinha ingressos para uma peça de teatro. Micky fingiu estar ansioso pelo espetáculo, mas sua mente se concentrava em Papa.

Hastead trouxe os bolinhos quentes com manteiga. Edward comeu vários, mas Micky estava totalmente sem apetite. Mais pessoas da família chegaram: o irmão de Joseph, o jovem William; a feia irmã de Joseph, Madeleine; e o marido de Madeleine, major Hartshorn, com a cicatriz na testa. Todos conversavam sobre a crise financeira, mas Micky podia notar que não tinham medo – o velho Seth percebera que ela se aproximava e cuidara para que o Pilaster Bank não ficasse vulnerável. Os papéis de alto risco haviam perdido o valor – os títulos egípcios, peruanos e turcos despencaram –, contudo os títulos do governo inglês e as ações das ferrovias inglesas tinham sofrido apenas quedas mínimas.

Um a um, todos subiram para visitar Seth; um a um, todos desceram e disseram que ele estava maravilhoso. Micky esperou para ser o último. Só subiu às 17h30.

Seth estava no antigo quarto de Hugh. Uma enfermeira permanecia sentada no lado de fora, com a porta entreaberta, para o caso de ser chamada. Micky entrou e fechou a porta. Seth estava sentado na cama, lendo *The Economist*. Micky disse:

– Boa tarde, Sr. Pilaster. Como está se sentindo?

O velho baixou o jornal, com óbvia relutância.

– Muito bem, obrigado. Como vai seu pai?

– Ansioso por voltar para casa.

Micky ficou observando o velho frágil, nos lençóis brancos. A pele do rosto era translúcida e a curva do nariz Pilaster parecia mais acentuada do que nunca, mas ainda havia uma inteligência intensa brilhando nos olhos. Ele dava a impressão de que poderia continuar a viver e dirigir o banco por mais dez anos.

Micky teve a sensação de que ouvia a voz do pai em seu ouvido, indagando: *Quem está se interpondo em nosso caminho?*

O velho era fraco e impotente, só havia Micky no quarto e a enfermeira lá fora.

Micky compreendeu que tinha de matar Seth.

A voz do pai disse: *Faça isso agora.*

Podia sufocar o velho com um travesseiro, sem deixar nenhuma pista. Todos pensariam que ele sofrera uma morte natural.

O coração de Micky se encheu de aversão, e ele sentiu-se mal.

– Qual é o problema? – indagou Seth. – Você parece mais doente do que eu.

– Está confortável, senhor? Deixe-me ajeitar seus travesseiros.

– Não precisa se incomodar, por favor. Estou bem assim.

Mas Micky estendeu as mãos por trás dele pegou um enorme travesseiro de plumas.

Olhou para o velho e hesitou.

O medo surgiu nos olhos de Seth, que abriu a boca para gritar.

Antes que ele pudesse emitir qualquer som, Micky cobriu seu rosto com o travesseiro, empurrando a cabeça para trás.

Infelizmente, os braços de Seth encontravam-se fora das cobertas, e agora as mãos agarraram o antebraço de Micky com uma força surpreendente. Micky olhou horrorizado as garras envelhecidas puxando as mangas de seu casaco, mas continuou a apertar com toda a sua força. Seth batia desesperado nos braços de Micky, mas o homem mais jovem era mais forte.

Como nada conseguisse assim, Seth passou a chutar e se contorcer. Não conseguia escapar da pressão de Micky, contudo a velha cama de Hugh rangia. Micky ficou apavorado, pois a enfermeira podia ouvir e entrar para investigar. A única maneira que lhe ocorreu para manter o velho quieto foi montar em cima dele. Ainda mantendo o travesseiro sobre o rosto de Seth, Micky subiu na cama e estendeu-se sobre o corpo que se debatia. Era uma cena grotesca, parecia sexo com uma mulher que resistia, pensou Micky, desesperado, e reprimiu a risada histérica que aflorou em seus lábios. Seth continuou a espernear, mas os movimentos eram contidos pelo peso de Micky, e a cama parou de ranger. Micky continuou a pressionar.

Os movimentos finalmente cessaram. Micky manteve a pressão por tanto tempo quanto ousava, para ter certeza; depois, cauteloso, removeu o travesseiro, examinou o rosto branco e imóvel. Os olhos estavam fechados. O velho parecia morto. Micky pensou que deveria verificar as batidas do coração. Devagar, apreensivo, baixou a cabeça para o peito de Seth.

E foi nesse instante que os olhos de Seth se arregalaram e ele aspirou o ar, sôfrego e trêmulo.

Micky quase soltou um grito de horror. Um momento depois, recuperou o controle e tornou a comprimir o travesseiro contra o rosto de Seth. Sentia que tremia de medo e repulsa enquanto fazia força, mas não houve mais resistência.

Sabia que deveria persistir por vários minutos a fim de ter certeza de que o velho morrera mesmo desta vez, mas estava preocupado com a enfermeira. Ela podia notar o silêncio. Micky precisava falar, oferecer uma aparência de normalidade. Mas não podia imaginar o que dizer a um morto. Diga qualquer coisa, ordenou a si mesmo, não importa o que seja, contanto que ela escute um murmúrio de conversa.

– Estou muito bem – murmurou ele, desesperado. – Muito bem, muito bem. E como vai você? Bem, bem. Fico contente em saber que se sente melhor. Esplêndido, Sr. Pilaster. Fico contente em vê-lo tão bem, tão esplêndido, tão melhor, ah, Deus, não posso continuar com isso, muito bem, esplêndido, esplêndido...

Ele não conseguia mais aguentar. Tirou seu peso do travesseiro. Com uma careta de repugnância, pôs a mão no peito de Seth, onde imaginava que ficava o coração. Havia cabelos brancos esparsos na pele branca do velho. O corpo ainda estava quente por baixo da camisa de dormir, mas o coração não batia. *Está mesmo morto desta vez?* pensou Micky. E foi então que ele teve a impressão de ouvir a voz de Papa, furiosa e impaciente: *Está, sim, seu idiota! Ele já morreu, e agora trate de sair daí bem depressa!* Deixando o travesseiro sobre o rosto, Micky saiu de cima do cadáver e ficou de pé ao lado da cama.

Uma onda de náusea o engolfou. Sentia-se fraco e tonto, teve de se apoiar na cama. *Eu o matei*, pensou ele. *Eu o matei.*

Uma voz soou no patamar.

Micky olhou para o corpo na cama. O travesseiro ainda se encontrava sobre o rosto de Seth. Ele puxou-o dali. Os olhos do velho estavam arregalados, com um olhar fixo.

A porta abriu-se.

Augusta entrou.

Parou no mesmo instante, olhando para a cama desarrumada, o rosto imóvel de Seth com os olhos arregalados, o travesseiro nas mãos de Micky. O sangue se esvaiu de seu rosto.

Micky fitou-a, em silêncio e desamparado, esperando que ela falasse.

Augusta continuou parada, olhando de Seth para Micky, outra vez para Seth, por um longo momento.

Depois, devagar, fechou a porta.

Tirou o travesseiro de Micky. Levantou a cabeça de Seth, ajeitou o travesseiro por baixo, esticou as cobertas. Pegou *The Economist* no chão, colocou-o no peito do morto e cruzou as mãos dele por cima, a fim de dar a impressão de que Seth adormecera enquanto lia.

Ela fechou os olhos. E, depois, aproximou-se de Micky, murmurando:

– Você está tremendo.

Pegando o rosto de Micky entre as mãos, Augusta beijou-o na boca.

Por um instante, ele ficou desnorteado demais para manifestar uma reação. Depois, num relance, passou do terror para o desejo. Abraçou-a, sentindo os seios se comprimirem contra seu peito. Augusta abriu a boca, as línguas se encontraram. Micky segurou os seios com as duas mãos e os apertou com força. Ela ofegou. A ereção foi imediata. Augusta esfregou a pélvis contra a dele, roçando no pênis duro. Ambos tinham a respiração acelerada. Augusta pegou a mão de Micky, levou-a à sua boca e mordeu para não gritar. Mantinha os olhos fechados e tremia toda. Micky compreendeu que ela estava gozando, e sentiu-se tão inflamado que também chegou ao orgasmo.

Levara apenas uns poucos momentos. Depois, permaneceram abraçados, ofegantes, por mais um instante. Micky estava atordoado demais para pensar. Assim que recuperou o fôlego, Augusta desvencilhou-se.

– Vou para o meu quarto – murmurou ela. – Você deve deixar a casa imediatamente.

– Augusta...

– Trate-me de Sra. Pilaster!

– Está bem...

– Isso nunca aconteceu! – acrescentou ela num sussurro veemente. – Está me entendendo? *Nada disso jamais aconteceu!*

– Está bem.

Ela alisou a frente do vestido e ajeitou os cabelos. Micky observava-a impotente, imobilizado pela força de sua vontade. Augusta virou-se e encaminhou-se para a porta. Num gesto automático, Micky abriu-a. E saiu atrás.

A enfermeira lançou um olhar inquisitivo para os dois. Augusta levou um dedo aos lábios, num gesto de silêncio, e murmurou:

– Ele acaba de pegar no sono.

Micky sentiu-se espantado e assustado com tanta frieza.

– A melhor coisa para ele – comentou a enfermeira. – Vou deixá-lo descansar por uma hora.

Augusta balançou a cabeça em concordância.

– Era o que eu faria se estivesse no seu lugar. Pode ter certeza de que ele está muito bem agora.

Parte II

1879

1
Janeiro

I.

Hugh voltou a Londres seis anos depois.

Durante esse período, os Pilaster haviam dobrado sua fortuna – e Hugh era em parte o responsável.

Saíra-se extraordinariamente bem em Boston, melhor do que jamais sonhara. O comércio transatlântico prosperara à medida que os Estados Unidos se recuperavam da Guerra Civil, e Hugh cuidara para que o Pilaster Bank financiasse uma parcela considerável das transações.

Também orientara os sócios numa sucessão de lucrativas emissões de ações e outros títulos norte-americanos. Após a guerra, o governo e as empresas precisavam de recursos, e o Pilaster Bank se encarregou de levantar o dinheiro necessário.

Finalmente tornara-se um *expert* no caótico mercado de ações de ferrovias, determinando quais delas ganhariam fortunas e quais nunca passariam da primeira cordilheira. Tio Joseph mantivera-se cauteloso a princípio, lembrando-se do craque de Nova York em 1873; mas Hugh herdara o comedimento ansioso dos Pilaster e recomendara apenas as ações de melhor qualidade, evitando de forma escrupulosa qualquer coisa que cheirasse a mera especulação; e seu julgamento sempre fora procedente. Agora, o Pilaster era o líder mundial no levantamento de capital para o desenvolvimento industrial da América do Norte. Hugh ganhava mil libras por ano e sabia que seu trabalho valia mais.

Ao desembarcar em Liverpool, foi recebido no cais pelo escriturário-chefe da sucursal do Pilaster ali, um homem com quem trocara telegramas pelo menos uma vez por semana desde que fora para Boston. Nunca haviam se encontrado pessoalmente, e o escriturário comentou ao se identificarem:

– Eu não sabia que era tão jovem, senhor!

Hugh ficou satisfeito, pois naquela manhã mesmo encontrara um fio prateado entre seus cabelos pretos. Tinha 26 anos de idade.

Ele seguiu de trem para Folkestone, sem fazer escala em Londres. Os sócios do Pilaster Bank poderiam achar que ele deveria vê-los primeiro, antes de procurar a mãe, mas Hugh pensava diferente – dera-lhes os últimos seis anos de sua vida e devia à mãe pelo menos um dia.

Encontrou-a mais bela e serena do que nunca, mas ainda usando preto, em memória de seu pai. A irmã Dotty, agora com 12 anos, mal se lembrava dele e mostrou-se retraída até que Hugh a colocou sentada em seus joelhos e a lembrou de como ela dobrara desajeitadamente suas camisas.

Ele pediu à mãe que se mudasse para uma casa maior, pois agora ele podia pagar o aluguel sem dificuldades. Ela recusou, disse-lhe que guardasse seu dinheiro, juntasse um capital. Mas Hugh conseguiu persuadi-la a contratar outra criada para ajudar a Sra. Builth, a idosa governanta.

Partiu para Londres no dia seguinte, pela Chatham e Dover Railway, e desembarcou na estação de Holborn. Um imenso hotel fora construído na estação por pessoas que achavam que Holborn seria uma parada movimentada para ingleses a caminho de Nice ou São Petersburgo. Hugh não teria posto seu dinheiro no empreendimento; em sua opinião, a estação seria usada principalmente por pessoas que trabalhavam em City e que residiam nos subúrbios em expansão no sudeste de Londres.

Era uma linda manhã de primavera. Ele seguiu a pé para o Pilaster Bank. Esquecera-se do ar enfumaçado de Londres, muito pior do que o de Boston ou Nova York. Parou por um momento diante do banco, contemplando a fachada grandiosa.

Dissera aos sócios que queria voltar de licença para rever a mãe, a irmã e o país. Mas tinha outro motivo para retornar a Londres.

Estava prestes a lançar uma bomba.

Viera propor a fusão da operação norte-americana do Pilaster com um banco de Nova York, o Madler and Bell, formando uma nova sociedade que passaria a ser chamada Madler, Bell and Pilaster. Proporcionaria muito dinheiro ao banco, coroaria suas realizações nos Estados Unidos e permitiria seu retorno a Londres, passando de agente a um executivo responsável por decisões. Representaria o fim de seu período de exílio.

Ele ajeitou a gravata, nervoso, e entrou.

O salão, que anos atrás tanto o impressionam, com o chão de mármore e os pomposos mensageiros, agora parecia apenas sóbrio. Ao começar a subir a escada, encontrou-se com Jonas Mulberry, seu antigo supervisor. Mulberry mostrou-se surpreso e satisfeito ao vê-lo.

– Sr. Hugh! – exclamou ele, apertando sua mão vigorosamente.

– Voltou em caráter permanente?

– Espero que sim. Como vai a Sra. Mulberry?

– Muito bem, obrigado.

– Transmita-lhe os meus respeitos. E as três crianças?

– São cinco agora. Todas gozando de boa saúde, Deus seja louvado.

Ocorreu a Hugh que o escriturário-chefe podia saber a resposta a uma pergunta que o preocupava.

– Mulberry, você já estava aqui quando o Sr. Joseph foi promovido a sócio?

– Acabara de ingressar no banco. Isso foi há 25 anos, a completar em junho.

– Portanto, o Sr. Joseph tinha...

– Vinte e nove anos.

– Obrigado.

Hugh subiu para a sala dos sócios, bateu na porta e entrou. Os quatro sócios estavam lá: tio Joseph, sentado à mesa do sócio principal, parecia mais velho e mais calvo, mais como o velho Seth; o marido de tia Madeleine, major Hartshorn, com o nariz cada vez mais vermelho para combinar com a cicatriz na testa, lia *The Times* ao lado do fogo; tio Samuel, muito bem-vestido, como sempre, usava um fraque cinza-escuro trespassado e um colete cinza-pérola, o rosto franzido sobre um contrato; e o sócio mais novo, o jovem William, agora com 31 anos, sentado à sua mesa, escrevendo num bloco. Samuel foi o primeiro a cumprimentar Hugh.

– Meu caro rapaz! – disse ele, levantando-se e apertando sua mão. – Que aparência ótima!

Hugh apertou a mão de todos, aceitou uma taça de xerez. Correu os olhos pelos retratos dos sócios principais anteriores nas paredes.

– Há seis anos, nesta sala, vendi a sir John Cammel títulos do governo russo no valor de 100 mil libras – lembrou-se ele.

– É verdade – concordou Samuel.

– A comissão do Pilaster sobre essa venda, a 5 por cento, ainda é mais alta do que todo o dinheiro que recebi nos oito anos em que trabalhei para o banco – comentou Hugh com um sorriso.

– Espero que não esteja pedindo um aumento de salário. Já é o empregado mais bem pago de toda a firma – disse Joseph, irritado.

– Exceto pelos sócios – ressaltou Hugh.

– É claro – arrematou Joseph, ríspido.

Hugh percebeu que fora um mau começo. *Como sempre, estou ansioso demais*, disse a si mesmo. *Trate de se controlar*, pensou.

– Não estou pedindo um aumento. Mas tenho uma proposta para apresentar aos sócios.

– É melhor sentar-se e nos falar a respeito – disse Samuel.

Hugh largou seu drinque sem prová-lo e organizou os pensamentos. Queria desesperadamente que concordassem com sua proposta. Era ao mesmo tempo a culminação e a prova de seu triunfo sobre a adversidade. Traria mais negócios para o banco de uma só vez do que a maioria dos sócios podia atrair em um ano. E se concordassem, seriam mais ou menos compelidos a promovê-lo a sócio.

– Boston não é mais o centro financeiro dos Estados Unidos – começou ele. – Nova York é agora o lugar mais importante. Devemos transferir nosso escritório para lá. Mas há um problema. Muitos dos negócios que realizei nos últimos seis anos foram em conjunto com um estabelecimento de Nova York, o Madler and Bell. Sidney Madler, de certa forma, me tomou sob sua proteção quando eu era inexperiente. Se nos mudássemos para Nova York, nos tornaríamos seus concorrentes.

– Não há nada de errado com a competição, quando apropriada – declarou o major Hartshorn.

Raramente ele tinha qualquer coisa de valor com que contribuir para uma discussão; porém, em vez de permanecer calado, preferia enunciar o óbvio, de uma maneira dogmática.

– Talvez. Mas tenho uma ideia melhor. Por que não fundir nossa operação norte-americana com o Madler and Bell?

– Fundir? – repetiu Hartshorn. – Como assim?

– Seria um empreendimento conjunto. Madler, Bell and Pilaster. Teríamos um escritório em Nova York e outro em Boston.

– Como funcionaria?

– A nova empresa cuidaria de todos os financiamentos de importações e exportações que no momento as duas instituições realizam separadamente, e os lucros seriam divididos. O Pilaster teria a oportunidade de participar de todas as novas emissões de títulos e ações negociados pelo Madler and Bell. Eu cuidaria dessas atividades estabelecendo-me em Londres.

– Não me agrada – declarou Joseph. – Seria entregar nossos negócios ao controle de outros.

– Mas vocês ainda não ouviram a melhor parte – continuou Hugh. – Todos os negócios europeus do Madler and Bell, que hoje estão distribuídos entre vários agentes em Londres, seriam entregues ao Pilaster.

Joseph soltou um grunhido de surpresa.

– Isso deve equivaler a...

– Mais de 50 mil libras por ano em comissões.

– Santo Deus! – exclamou Hartshorn.

Todos estavam surpresos. Nunca haviam participado antes de um empreendimento conjunto e não esperavam que uma proposta tão inovadora partisse de alguém que nem mesmo era um dos sócios. Mas a perspectiva de 50 mil libras por ano em comissões era irresistível.

– É evidente que você já conversou a respeito disso com eles – disse Samuel.

– Isso mesmo. Madler é muito sagaz, assim como seu sócio, John James Bell.

– E você supervisionaria o empreendimento conjunto trabalhando aqui em Londres – comentou o jovem William.

Hugh percebeu que Wiliam o encarava como um rival que seria muito menos perigoso a 5 mil quilômetros de distância.

– Por que não? Afinal, é em Londres que se levanta o dinheiro.

– E qual seria sua posição?

Era uma pergunta a que Hugh preferia não responder tão cedo. William a fizera com astúcia para deixá-lo constrangido. Agora, não tinha como se esquivar.

– Creio que o Sr. Madler e o Sr. Bell esperariam tratar com um sócio.

– É jovem demais para ser um sócio – protestou Joseph no mesmo instante.

– Tenho 26 anos, tio Joseph. Você foi promovido a sócio quando tinha 29 anos.

– Três anos é uma grande diferença.

– E 50 mil libras por ano é um bocado de dinheiro.

Hugh percebeu que estava agindo com muita petulância – um defeito a que era propenso – e recuou apressado. Sabia que se os acuasse num canto rejeitariam a proposta por puro conservadorismo.

– Mas há diversos fatores que devem ser avaliados. Sei que vão querer conversar a respeito. Não seria melhor eu me retirar?

Samuel fez um aceno afirmativo com a cabeça, num gesto discreto, e Hugh encaminhou-se para a porta. Antes de sua saída, Samuel disse:

– Quer dê certo, quer não, Hugh, você merece os parabéns por uma boa proposta. Tenho certeza de que todos concordam com isso.

Ele olhou inquisitivo para os outros sócios, que balançaram a cabeça em assentimento. Tio Joseph murmurou:

– É verdade, é verdade...

Hugh não sabia se deveria se sentir frustrado por não terem concordado de imediato com seu plano ou satisfeito por não o terem ainda recusado. Fora tomado por uma sensação desoladora de anticlímax. Mas não havia mais nada que pudesse fazer ali.

– Obrigado – murmurou ele, saindo da sala.

ÀS 16 HORAS, ele PAROU diante da casa enorme e rebuscada de Augusta, na Kensington Gore.

Seis anos da fuligem de Londres haviam escurecido os tijolos vermelhos e manchado a pedra branca, mas ainda conservava as estátuas de aves e outros animais no frontão inclinado, com o navio com a vela enfunada no topo. *E ainda dizem que os americanos gostam de ostentar*!, pensou Hugh.

Pelas cartas da mãe, ele sabia que Joseph e Augusta haviam gastado uma parte de sua crescente fortuna com duas outras propriedades, um castelo na Escócia e uma mansão rural em Buckinghamshire. Augusta pensara em vender a casa em Kensington e comprar uma mansão em Mayfair, mas Joseph resistira: gostava daquele lugar.

Era uma casa relativamente nova quando Hugh partira, mas ainda lhe trazia muitas recordações. Sofrera ali a perseguição de Augusta, cortejara Florence Stalworthy, socara o nariz de Edward e fizera amor com Maisie Robinson. A lembrança de Maisie era a mais pungente. Não era tanto da humilhação e da vergonha que ele se recordava, e sim da paixão e da emoção. Não vira nem tivera notícias de Maisie desde aquela noite, contudo ainda pensava nela todos os dias de sua vida.

A família se lembraria do escândalo pelo relato de Augusta: como o filho depravado de Tobias Pilaster levara uma prostituta para casa e, ao ser surpreendido, agredira covardemente o pobre e indefeso Edward. Que assim fosse. Podiam pensar o que bem quisessem, mas tinham de reconhecê-lo como um Pilaster e um banqueiro; e muito em breve, com um pouco de sorte, seriam obrigados a promovê-lo a sócio.

Ele perguntou-se até que ponto a família teria mudado em seis anos. Sua mãe o mantivera a par dos eventos domésticos por meio das cartas mensais que lhe enviava. Sua prima Clementine ficara noiva e estava prestes a se casar; Edward, não, apesar dos esforços de Augusta; e o jovem William e Beatrice haviam tido uma filha. Mas a mãe não relatara as mudanças mais profundas. Tio Samuel ainda vivia com seu "secretário"? Augusta continuava impiedosa como antes ou abrandara com a idade? Edward se tornara mais sóbrio e se assentara? Micky Miranda finalmente se casara com uma das moças que se apaixonavam por ele em cada temporada?

Era tempo de enfrentar todos eles. Hugh atravessou a rua e bateu na porta. Foi aberta por Hastead, o mordomo bajulador de Augusta. Ele não parecia ter mudado – os olhos ainda se fixavam em direções diferentes.

– Boa tarde, Sr. Hugh.

O sotaque galês era gelado, indicando que Hugh permanecia em desfavor naquela casa. Sempre se podia contar que a recepção de Hastead refletia o que Augusta pensava.

Hugh passou pelo vestíbulo e deparou com um comitê de recepção formado pelas três megeras da família Pilaster: Augusta, a cunhada Madeleine e a filha, Clementine. Aos 47 anos, Augusta continuava tão bonita quanto antes: ainda possuía um rosto clássico, com sobrancelhas escuras, um olhar orgulhoso e, se engordara um pouco nos últimos seis anos, tinha altura suficiente para isso. Clementine era uma edição mais fina do mesmo livro, porém não exibia o ar indômito da mãe e não era bela. Tia Madeleine era uma Pilaster da cabeça aos pés, desde o nariz curvado para baixo, passando pelo corpo magro e anguloso até a cara renda na bainha do vestido azul.

Hugh cerrou os dentes e beijou todas elas.

– Posso presumir que sua experiência no exterior o tenha transformado num jovem mais sensato do que era, Hugh? – indagou Augusta.

Ela não deixaria ninguém se esquecer de que Hugh partira em circunstâncias condenáveis.

– Espero que todos nós tenhamos nos tornado mais sábios com a idade, minha cara tia – respondeu ele, tendo a satisfação de ver o rosto de Augusta se contrair de raiva.

– Tem toda a razão! – disse ela, a voz gelada.

Clementine interveio:

– Hugh, permita que lhe apresente meu noivo, sir Harry Tonks.

Trocaram um aperto de mão. Harry era jovem demais para ter sido contemplado com um título de nobreza, e por isso o "sir" devia significar que era um baronete, uma espécie de aristocracia de segunda classe. Hugh não o invejava por se casar com Clementine. Ela não chegava a ser tão ruim quanto a mãe, mas sempre tivera uma veia de mesquinhez.

– Como foi sua travessia? – perguntou Harry.

– Muito rápida – respondeu Hugh. – Viajei num dos novos vapores com hélice. Levou apenas sete dias.

– Deus, mas isso é incrível!

– De que parte da Inglaterra é, sir Harry? – indagou Hugh, sondando os antecedentes do homem.

– Tenho uma propriedade em Dorsetshire. A maioria dos meus arrendatários cultiva lúpulo.

A pequena aristocracia rural, concluiu Hugh; se ele tivesse algum bom-senso, venderia a propriedade e investiria o dinheiro no Pilaster Bank. Na verdade, Harry não parecia primar pela inteligência, mas podia ser dócil. As mulheres Pilaster gostavam de se casar com homens que lhes obedeciam, e Harry era uma versão mais jovem de George, o marido de Madeleine. Ao se tornarem mais velhos, ficavam rabugentos e ressentidos, no entanto raramente se rebelavam.

– Vamos para a sala de visitas – ordenou Augusta. – Todos esperam para vê-lo.

Hugh seguiu-a, mas ateve-se diante da porta. A ampla sala familiar, com enormes lareiras nas extremidades e portas de vidro dando para o jardim, mudara bastante. Todos os móveis e tecidos japoneses haviam desaparecido, e a sala fora redecorada numa profusão de padrões ousados de cores vivas. Olhando mais atentamente, Hugh percebeu que eram todos de flores: enormes margaridas amarelas no tapete, rosas vermelhas subindo por uma treliça no papel de parede, papoulas nas cortinas e crisântemos cor-de-rosa na seda que encobria as pernas das cadeiras, os espelhos, as mesas e o piano.

– Mudou a sala, Tia – comentou ele, desnecessariamente.

Clementine informou:

– Veio tudo da nova loja de William Morris, na Oxford Street. É a última moda.

– Mas o tapete tem de ser trocado – acrescentou Augusta. – Não é da cor certa.

Ela nunca estava satisfeita, lembrou-se Hugh.

Quase toda a família Pilaster se encontrava ali. Hugh percebeu que todos sentiam-se curiosos em relação a ele. Partira em desgraça, e talvez tivessem pensado que nunca mais tomariam a vê-lo; mas haviam-no subestimado, e ele voltara como um herói conquistador. Agora, todos se mostravam ansiosos para avaliá-lo melhor.

A segunda pessoa cuja mão ele apertou foi seu primo Edward. Aos 29 anos, Edward parecia mais velho – já se tornava bastante corpulento, e o rosto tinha a aparência corada de um glutão.

– Então você voltou – murmurou ele.

Edward tentou sorrir, mas a expressão foi de desdém ressentido. Hugh não podia culpá-lo. Os dois primos sempre haviam sido comparados. Agora, o sucesso de Hugh colocava em destaque a falta de realizações de Edward no banco.

Micky Miranda estava ao lado de Edward. Ainda bonito e impecavelmente vestido, parecia mais insinuante e presunçoso do que nunca.

– Olá, Miranda – disse Hugh. – Ainda trabalha para o embaixador cordovês?

– Agora *eu sou* o embaixador cordovês – respondeu Micky.

Hugh não se surpreendeu.

Ficou satisfeito ao ver sua velha amiga, Rachel Bodwin.

– Olá, Rachel. Como tem passado?

Ela nunca fora uma jovem bonita, mas estava se transformando numa mulher atraente, constatou Hugh. Tinha feições angulosas e olhos muito juntos, mas o que parecera feio seis anos antes era agora estranhamente interessante.

– O que tem feito nos últimos tempos, Rachel?

– Uma campanha para reformar a lei de propriedade das mulheres. – Ela sorriu e acrescentou: – Para o constrangimento de meus pais, que preferiam que eu fizesse campanha para arrumar um marido.

A franqueza de Rachel sempre fora alarmante, lembrou-se Hugh. Achava-a interessante por isso, porém podia imaginar que muitos solteiros se sentissem intimidados por esse comportamento. Os homens gostavam que as mulheres fossem um pouco tímidas e não muito inteligentes.

Enquanto conversava com ela, Hugh ficou imaginando se Augusta ainda queria promover o casamento entre os dois. Não fazia muita diferença, pois o único homem por quem Rachel já demonstrara interesse genuíno era Micky Miranda. Até mesmo agora, ela dava um jeito de incluir Micky em sua conversa com Hugh. Ele nunca entendera por que as jovens achavam Micky irresistível, e Rachel o surpreendia mais do que a maioria porque era inteligente o suficiente para perceber que Micky não prestava; mas a impressão era a de que fascinava ainda mais as mulheres justamente por causa disso.

Hugh foi cumprimentar o jovem William e sua esposa. Beatrice saudou-o calorosamente, e ele concluiu que ela não sofria tanto a influência de Augusta quanto as outras mulheres da família Pilaster. Hastead interrompeu-os para entregar um envelope a Hugh.

– Isto acaba de chegar, trazido por um mensageiro – anunciou o mordomo.

Contինha um bilhete, escrito por uma secretária, pelo que pareceu a Hugh:

Piccadilly 123
Londres, W.
Terça-feira

A Sra. Solomon Greenbourne solicita o prazer de sua companhia no jantar desta noite.

Abaixo, num rabisco vermelho, estava escrito:

Seja bem-vindo de volta! – Solly

Hugh ficou satisfeito. Solly sempre fora cordial e tranquilo. Por que os Pilaster não podiam ser também descontraídos assim? Seriam os metodistas naturalmente mais tensos do que os judeus?

Mas talvez houvesse tensões que ele desconhecesse na família Greenbourne. Hastead disse:

– O mensageiro espera por uma resposta, Sr. Hugh.

– Meus cumprimentos à Sra. Greenbourne, e avise que terei o maior prazer em comparecer ao jantar – disse Hugh.

Hastead fez uma reverência e se retirou. Beatrice disse:

– Vai jantar com os Solomon Greenbourne? Mas que coisa maravilhosa!

Hugh ficou surpreso.

– Não me parece tão maravilhoso assim. Fui colega de colégio de Solly e sempre gostei dele, mas um convite para jantar em sua casa nunca foi um privilégio cobiçado.

– É agora – garantiu Beatrice.

– Solly casou-se com uma mulher extraordinária – explicou William.

– A Sra. Greenbourne adora receber, e suas festas são as melhores de Londres.

– Eles fazem parte da Turma de Marlborough – acrescentou Beatrice, reverente. – São amigos do príncipe de Gales.

O noivo de Clementine, Harry, ouviu o comentário e protestou, num tom ressentido:

– Não sei para onde a sociedade inglesa está indo, visto que o herdeiro do trono prefere judeus a cristãos.

– É assim que você pensa? – indagou Hugh. – Pois devo dizer que nunca entendi por que as pessoas detestam os judeus.

– Eu não os suporto – declarou Harry.

– Mas como está entrando para uma família de banqueiros, vai encontrá-los com bastante frequência no futuro.

Harry mostrou-se ligeiramente ofendido.

– Augusta desaprova toda a Turma de Marlborough, os judeus e os outros – informou William. – Ao que parece, sua moral não é o que deveria ser.

– E eu aposto que não convidam Augusta para suas festas – comentou Hugh.

Beatrice riu da ideia, e William exclamou:

– Mas é claro que não!

– Agora me sinto ansioso por conhecer a Sra. Greenbourne – acrescentou Hugh.

PICCADILLY ERA UMA RUA DE PALÁCIOS. Às 20 horas de uma noite fria de janeiro, o movimento ali era intenso, com carruagens e fiacres passando de um lado para outro, as calçadas iluminadas por lampiões a gás e ocupadas por homens vestidos como Hugh, de gravata branca e fraque, e mulheres em casacos de veludo com gola de pele, além de prostitutas e prostitutos de rosto maquiado.

Hugh caminhava absorto em pensamentos. Augusta continuava implacavelmente hostil com ele, como sempre. Acalentara uma tênue esperança secreta de que ela pudesse estar mais branda, contudo isso não acontecera. E ela ainda era a matriarca; portanto, tê-la como inimiga era estar em desavença com a família.

A situação no banco era melhor. Os negócios obrigavam os homens a serem objetivos. Era inevitável que Augusta tentasse impedir sua ascensão ali, mas ele tinha mais chances de se defender nesse território. Embora ela soubesse como manipular as pessoas, era de uma ignorância total nas operações bancárias.

De modo geral, o dia não fora tão ruim assim, e agora ele aguardava ansioso por uma noite descontraída em companhia dos amigos.

Quando Hugh partira para a América, Solly Greenbourne morava com o pai, Ben, numa ampla casa diante do Green Park. Agora, Solly tinha sua própria casa, na mesma rua da residência do pai, e não muito menor. Hugh passou por um portal imponente, parou num enorme vestíbulo margeado de mármore verde e parou para contemplar a curva extravagante de uma escada de mármore preto e laranja. A Sra. Greenbourne tinha algo em comum com Augusta Pilaster: nenhuma das duas acreditava na discrição.

Um mordomo e dois lacaios estavam no vestíbulo. O mordomo recebeu o chapéu de Hugh apenas para entregá-lo a um dos lacaios; depois, o outro lacaio conduziu-o pela escada acima. No patamar, ele olhou por uma porta aberta e viu o assoalho envernizado de um salão de baile, as janelas cobertas por cortinas e, mais além, uma sala de visitas.

Hugh não entendia de decoração, mas reconheceu no mesmo instante o grandioso e extravagante estilo Luís XVI. O teto era uma profusão de sancas, as paredes tinham painéis de papel, e todas as mesas e cadeiras tinham finas pernas douradas, que davam a impressão de que poderiam se partir a qualquer instante. As cores eram amarelo, vermelho-laranja, dourado e verde. Hugh podia muito bem imaginar pessoas afetadas dizendo que era vulgar, escondendo sua inveja sob a pretensão de aversão. Na verdade, era sensual, uma sala em que pessoas de riqueza incalculável faziam qualquer coisa que lhes aprouvesse.

Muitos outros convidados já haviam chegado e conversavam em grupos, tomando champanhe e fumando cigarros. Aquilo era novidade para Hugh, que nunca vira ninguém fumando numa sala de visitas. Solly avistou-o e deixou um grupo de pessoas para ir ao seu encontro.

– Pilaster, que bom que você veio! Como tem passado?

Hugh percebeu que Solly se tornara um pouco mais extrovertido. Ainda era gordo e usava óculos e já havia uma mancha de algum tipo no colete branco. Contudo, ele mostrava-se mais alegre do que nunca, e Hugh sentiu logo que também era mais feliz.

– Muito bem, obrigado, Greenbourne.

– E sei disso muito bem! Tenho observado seu progresso. Gostaria que o nosso banco tivesse alguém como você na América. Espero que os Pilaster estejam lhe pagando uma fortuna... Você merece.

– E você se tornou um *socialite*, pelo que dizem.

– Não foi por obra minha. Eu me casei, como já sabe.

Ele virou-se, bateu no ombro alvo e despido de uma mulher baixa que usava um vestido branco e verde. Ela estava virada para o outro lado, mas suas costas eram estranhamente familiares, e uma súbita impressão de *déjà-vu* dominou Hugh, provocando uma tristeza inexplicável.

– Querida, você se lembra do meu velho amigo Hugh Pilaster?

A mulher permaneceu como estava por mais um momento, concluindo o que dizia às outras pessoas, e Hugh pensou: *Por que me sinto tão ansioso ao vê-la*? Depois ela se virou bem devagar, como uma porta se abrindo para o passado; e o coração de Hugh parou ao ver seu rosto.

– É claro que me lembro dele – disse ela. – Como vai, Sr. Pilaster?

Hugh ficou olhando perplexo, incapaz de falar, para a mulher que se tornara a Sra. Solomon Greenbourne.

Era Maisie.

II.

Augusta sentou-se à sua penteadeira e pôs o colar de pérolas de uma só volta que sempre usava nos jantares. Era sua joia mais cara. Os metodistas não admitiam ornamentos caros, e seu parcimonioso marido usava isso como desculpa para não lhe comprar joias. Ele bem que gostaria que Augusta parasse de redecorar a casa com tanta frequência, mas ela o fazia sem perguntar: se ficasse a critério de Joseph, ele não viveria melhor do que seus empregados. Aceitava as mudanças na decoração de má vontade e exigia apenas que ela não mexesse em seu quarto.

Ela tirou da caixa aberta o anel que Strang lhe dera trinta anos antes. Tinha a forma de uma serpente de ouro, a cabeça de diamante e os olhos de rubi. Enfiou-o no dedo e, como já fizera mil vezes, roçou a cabeça da serpente pelos lábios, recordando-se. A mãe lhe dissera:

– Devolva o anel e tente esquecê-lo.

Ao que Augusta, com 17 anos, respondera:

– Já o mandei de volta, e vou esquecê-lo.

Era mentira. Escondia o anel na lombada de sua Bíblia e jamais esquecera Strang. Se não podia ter o seu amor, ela jurara, teria um dia todas as outras coisas que Strang poderia lhe dar, de alguma forma.

Nunca seria a condessa de Strang, aceitara isso há muitos anos. Mas estava determinada a ter um título; e como Joseph não tinha nenhum, ela trataria de providenciá-lo.

Remoera o problema por anos, estudando os mecanismos pelos quais os homens adquiriam títulos, e empenhara em sua estratégia muitas noites em claro, quando se dedicava a planejar sua ação e acalentar seu anseio. Agora se encontrava preparada, e o momento era oportuno.

Iniciaria sua campanha durante o jantar naquela noite. Entre os seus convidados, havia três pessoas que desempenhariam um papel fundamental na concessão do título de conde a Joseph.

Ele poderia ser o conde de Whitehaven, refletiu Augusta. Whitehaven era o porto em que a família Pilaster começara os seus negócios quatro gerações antes. O bisavô de Joseph, Amos Pilaster, ganhara sua fortuna num jogo lendário, apostando todo o seu dinheiro num navio negreiro. Mas depois passara para transações menos arriscadas, comprando, na indústria têxtil de Lancashire, sarja e calicô estampado e embarcando-os para as Américas. A residência da família em Londres já era chamada de Whitehaven House, em reconhecimento ao local de origem dos negócios dos Pilaster. Augusta seria a condessa de Whitehaven se os seus planos dessem certo.

Ela imaginou-se entrando com Joseph numa imponente sala de recepção enquanto um mordomo anunciava: "O conde e a condessa de Whitehaven." O pensamento fê-la sorrir. Viu Joseph fazendo seu primeiro discurso na Câmara dos Lordes sobre um tema relacionado com as altas finanças, e os outros pares escutando com uma respeitosa atenção. Os lojistas a chamariam de "'lady Whitehaven" em voz alta, e as pessoas ao redor se virariam para ver quem era.

Mas queria isso, tanto quanto qualquer outra coisa, "por Edward", disse a si mesma. Um dia ele herdaria o título do pai e até lá poderia pôr em seu cartão de visitas: *O Honorável Edward Pilaster.*

Embora soubesse exatamente o que tinha a fazer, Augusta sentia-se apreensiva. Obter um título de nobreza não era como comprar um tapete – não se podia procurar o fornecedor e dizer: "Quero este. Quanto custa?" Tudo devia ser feito por insinuações. Precisaria ser muito cautelosa naquela noite. Se desse um único passo em falso, seus planos meticulosos poderiam desmoronar num instante. Se tivesse errado na avaliação das pessoas, estaria perdida.

Uma criada bateu na porta e avisou:

– O Sr. Hobbes chegou, senhora.

Ela terá de me chamar de milady muito em breve, pensou Augusta.

Guardando o anel de Strang, ela levantou-se e passou pela porta de comunicação interna para o quarto de Joseph. Ele já se vestira para o jantar e estava sentado junto ao armário em que mantinha sua coleção de caixinhas de rapé cravejadas de pedras preciosas, examinando uma delas à luz de gás. Augusta se perguntou se deveria mencionar Hugh naquele momento.

O sobrinho continuava a ser um estorvo. Seis anos antes, Augusta pensara que se livrara dele para sempre, mas Hugh voltara, ameaçando outra vez ofuscar Edward. Já se falava em promovê-lo a sócio – ela não podia tolerar essa perspectiva. Decidira que Edward seria um dia o sócio principal, e não permitiria que Hugh tomasse a dianteira.

Mas tinha razão em se preocupar tanto? Talvez fosse melhor deixar Hugh dirigir os negócios. Edward faria outra coisa, poderia até ingressar na política. Mas o banco era o coração da família. As pessoas que se afastavam, como o pai de Hugh, Tobias, sempre acabavam naufragando. Era no banco que se ganhava dinheiro, que se exercia o poder. Os Pilaster podiam derrubar um monarca ao lhe recusarem um empréstimo – poucos políticos tinham essa capacidade. Era terrível pensar em Hugh como sócio principal, recebendo embaixadores, tomando café com o ministro das Finanças e ocupando o lugar mais importante nas reuniões dos Pilaster, acima de Augusta e dos seus.

Mas seria muito difícil se livrar de Hugh agora. Ele estava mais velho e mais esperto, conquistara uma sólida posição no banco. O desgraçado trabalhara com afinco e paciência durante seis anos para reabilitar sua reputação. Ela conseguiria desfazer tudo isso?

No entanto, aquele não era o momento para confrontar Joseph a propósito de Hugh. Ela o queria no melhor ânimo possível para o jantar.

– Pode ficar aqui em cima por mais alguns minutos, se quiser, Joseph. Apenas Arnold Hobbes chegou até agora.

– Ótimo, eu gostaria de ficar mesmo, se você não se importar.

Seria conveniente para Augusta poder conversar a sós com Hobbes por um tempo.

Hobbes era o editor de um jornal político chamado *The Forum*. De modo geral, apoiava os Conservadores, que representavam a aristocracia e a Igreja oficial, e era contra os Liberais, o partido dos homens de negócios e metodistas. Os Pilaster eram ao mesmo tempo homens de negócios e metodistas, contudo os Conservadores detinham o poder.

Augusta encontrara-se com Hobbes somente uma ou duas vezes antes e imaginava que ele tivesse ficado surpreso ao receber seu convite. Mas estava certa de que o aceitaria. Hobbes não recebia muitos convites para casas tão ricas quanto a de Augusta.

Ele estava numa posição curiosa. Era poderoso porque seu jornal era muito lido e respeitado; mas também era pobre, pois não ganhava muito dinheiro com isso. A combinação era constrangedora para Hobbes – e mais do que apropriada aos objetivos de Augusta. Ele tinha o poder para ajudá-la e podia ser comprado.

Só havia um problema. Augusta esperava que ele não tivesse princípios elevados, pois isso acabaria com sua utilidade. Contudo, se tivesse feito uma avaliação acertada a seu respeito, Hobbes era corruptível.

Ela sentia-se nervosa e apreensiva. Parou por um momento na porta da sala de visitas dizendo a si mesma: *Relaxe, Sra. Pilaster. Você é muito competente nessas coisas.* Logo se acalmou e entrou na sala.

Hobbes levantou-se ansioso para cumprimentá-la. Era um homem nervoso e perspicaz, de movimentos ligeiros. Seu traje a rigor tinha pelo menos dez anos, calculou Augusta. Ela conduziu-o ao divã junto à janela, a fim de proporcionar à conversa um clima de intimidade, embora não fossem velhos amigos.

– Conte-me quem foi o alvo de suas críticas hoje – disse ela, num tom de brincadeira. – Desancou o Sr. Gladstone? Censurou nossa política na Índia? Falou mal dos católicos?

Ele fitou-a através dos óculos sujos.

– Escrevi sobre o City of Glasgow Bank.

Augusta franziu as sobrancelhas.

– Esse é o banco que quebrou há pouco tempo.

– Exatamente. Muitas associações profissionais escocesas ficaram arruinadas, como sabe.

– Lembro que ouvi comentários a respeito. Meu marido disse que já se sabia há anos que o City of Glasgow não era sólido.

– Não consigo entender – disse Hobbes, agitado. – As pessoas sabem que um banco não é bom, mas permitem que continue em atividade até quebrar, e milhares de pessoas perdem as economias de sua vida.

Augusta também não compreendia. Não sabia quase nada sobre negócios. Contudo, percebeu a oportunidade de levar a conversa na direção que desejava.

– Talvez os mundos do comércio e do governo estejam separados demais – comentou ela.

– Deve ser isso. Uma comunicação melhor entre homens de negócios e políticos poderia evitar tais catástrofes.

– Eu me pergunto... – Augusta hesitou, como se avaliasse uma ideia que acabara de lhe ocorrer. – Eu me pergunto se alguém como você não consideraria a possibilidade de se tornar diretor de uma ou duas companhias.

Ele ficou surpreso.

– Sim, isso é possível.

– Afinal, uma experiência direta, participando da direção de um empreendimento, poderia ajudá-lo quando comentasse em seu jornal o mundo do comércio.

– Não tenho a menor dúvida quanto a isso.

– As recompensas não são grandes, em torno de 100 ou 200 libras por ano, no máximo. – Augusta viu os olhos do jornalista se iluminarem: era um bocado de dinheiro para ele. – Mas as obrigações também não são muitas.

– Uma ideia muito interessante.

Hobbes esforçava-se para esconder seu entusiasmo, mas Augusta podia percebê-lo.

– Meu marido poderia dar um jeito, se estivesse interessado. Ele sempre recomenda diretores para as empresas em que tem alguma participação. Pense a respeito e depois me diga se gostaria que eu mencionasse o assunto.

– Está certo.

Até agora, tudo bem, pensou Augusta. Mas mostrar a isca era a parte fácil. Agora, tinha de fisgá-lo. Ela acrescentou, pensativa:

– E o mundo do comércio deve retribuir, é claro. Acho que mais homens de negócios deveriam servir a seu país na Câmara dos Lordes.

Os olhos de Hobbes contraíram-se um pouco, e ela concluiu que sua mente ágil começava a compreender o acordo que lhe era oferecido.

– Não resta a menor dúvida – murmurou ele, em tom neutro.

Augusta tratou de desenvolver o tema:

– As duas Casas do Parlamento se beneficiariam com os conhecimentos e a sabedoria de homens de negócios experientes, em particular nas discussões sobre as finanças da nação. Acontece que há um estranho preconceito contra a concessão de títulos de nobreza a homens de negócios.

– Há mesmo, e é completamente irracional – admitiu Hobbes. – Nossos comerciantes, produtores e banqueiros são responsáveis pela prosperidade do país, muito mais do que os proprietários de terras e os clérigos, mas são estes últimos que são promovidos à nobreza por seus préstimos à nação, enquanto se esquecem dos homens que de fato produzem e fazem as coisas.

– Deveria escrever um artigo sobre isso. É o tipo de causa pela qual seu jornal já fez campanha no passado: a modernização de nossas instituições.

Augusta dirigiu-lhe seu sorriso mais caloroso. Já pusera suas cartas na mesa. Hobbes não podia deixar de perceber que essa campanha era o preço que teria de pagar pelas diretorias de empresas que ela oferecia. Ele se empertigaria, com uma cara de ofendido, e discordaria? Iria embora furioso? Sorriria e rejeitaria sua proposta com toda a educação? Se fizesse qualquer das três coisas, ela teria de começar tudo de novo com outro.

Houve uma pausa prolongada, e depois ele disse:

– Talvez você tenha razão.

Augusta relaxou.

– Talvez devamos mencionar o assunto – continuou Hobbes. – Uma ligação maior entre o comércio e o governo.

– Títulos de nobreza para os homens de negócios – ressaltou Augusta.

– E diretorias de companhias para jornalistas – ele acrescentou.

Augusta sentiu que já haviam ido até onde era possível no curso da franqueza, e era o momento de recuar. Se ficasse subentendido que ela o estava subornando, ele poderia se sentir humilhado e recusar. Já ficara satisfeita com o que conseguira e estava prestes a mudar de assunto quando mais convidados chegaram, poupando-lhe o trabalho.

O restante dos convidados apareceu em grupo, e Joseph desceu exatamente naquele momento. Instantes depois, Hastead entrou na sala e anunciou:

– O jantar está servido, senhor.

Augusta ansiava por ouvi-lo dizer "milorde", em vez de "senhor".

Saíram da sala de visitas e atravessaram o vestíbulo para a sala de jantar. Essa procissão um tanto curta irritava Augusta. Nas casas aristocráticas havia quase sempre um desfile longo e elegante até a sala de jantar, e era um ponto alto no ritual. Os Pilaster, tradicionalmente, desdenhavam copiar as maneiras da classe alta, porém Augusta sentia-se diferente. Para ela, aquela casa parecia suburbana demais, de uma forma irremediável. Mas não conseguira persuadir Joseph a se mudar.

Naquela noite, ela providenciara para que Edward comparecesse ao jantar com Emily Maple, uma jovem bonita e tímida de 19 anos, acompanhada pelo pai, um ministro metodista, e a mãe. Eles ficaram impressionados com a casa e a companhia, e era evidente que não se enquadravam no ambiente; contudo, Augusta já começava a se desesperar em sua busca por uma esposa apropriada para o filho. Edward tinha agora 29 anos e nunca demonstrara o menor interesse por nenhuma moça casadoura, para tremenda frustração da mãe. Ele não podia deixar de achar Emily atraente – ela possuía enormes olhos azuis e um sorriso meigo. Os pais ficariam emocionados com a união. Quanto à jovem, teria de fazer o que lhe mandassem. Edward, no entanto, precisava ser pressionado. O problema era que ele não via motivos para se casar. Gostava da vida que levava com os amigos, frequentando o clube, e assim por diante, e acomodar-se na vida conjugal não o atraía. Por algum tempo Augusta presumira que se tratava apenas de uma fase normal na vida de um rapaz, mas já se prolongara por muito tempo, e ultimamente ela começara a se preocupar com a possibilidade de Edward nunca sair daquilo. Teria de lhe aplicar o máximo de pressão.

À sua esquerda, à mesa, Augusta acomodou Michael Fortescue, um jovem simpático, com aspirações políticas. Diziam que era muito ligado ao primeiro-ministro, Benjamin Disraeli, que fora elevado à nobreza e agora era lorde Beaconsfield. Fortescue era a segunda das três pessoas de quem Augusta precisava para ajudá-la a obter um título para Joseph. Embora não fosse tão inteligente quanto Hobbes, era mais sofisticado e seguro. Augusta fora capaz de impressionar Hobbes, mas teria de seduzir Fortescue.

O Sr. Maple fez a oração, e Hastead serviu o vinho. Nem Joseph nem Augusta tomavam vinho, mas sempre o ofereciam aos convidados. Enquanto o consomê era servido, Augusta sorriu calorosamente para Fortescue e perguntou em voz baixa e íntima:

– Quando vamos vê-lo no Parlamento?

– Eu bem que gostaria de saber.

– Todos se referem a você como um jovem brilhante, como deve saber.

Ele ficou satisfeito pela lisonja, mas também embaraçado.

– Não tenho tanta certeza assim.

– E também é bem-apessoado, o que nunca faz mal.

A reação de Fortescue foi de surpresa. Não esperava que ela flertasse, contudo não se sentia avesso à perspectiva.

– Não deveria esperar por uma eleição geral – continuou Augusta. – Por que não se candidata numa eleição suplementar? Deve ser bastante fácil providenciar isso... As pessoas dizem que você tem acesso direto ao primeiro-ministro.

– É muita gentileza sua, mas as eleições suplementares são muito caras, Sra. Pilaster.

Era a resposta que Augusta esperava, porém não o deixou perceber isso.

– É mesmo? – ela perguntou.

– E não sou rico.

– Eu não sabia disso. Neste caso, deve arrumar um patrocinador.

– Quem sabe um banqueiro? – sugeriu Fortescue, num tom que era meio brincalhão e meio ansioso.

– Não é impossível. O Sr. Pilaster tem interesse em assumir uma participação mais ativa no governo da nação. – Assim seria, se um título de nobreza lhe fosse oferecido. – E ele acha que não há motivos para que os homens dá área comercial se sintam na obrigação de apoiar os Liberais. Aqui entre nós, muitas vezes ele se vê mais de acordo com os Conservadores mais jovens.

O tom confidencial de Augusta encorajou-o a ser franco – como ela tencionava –, e ele indagou:

– De que maneira o Sr. Pilaster gostaria de servir à nação, além de patrocinar um candidato numa eleição suplementar?

Era um desafio. Ela deveria responder à pergunta ou continuar a ser indireta? Augusta decidiu ser franca também.

– Talvez na Câmara dos Lordes. Acha que é possível?

Ela estava gostando daquele jogo, e Fortescue também.

– Possível? É claro que sim. Se é provável, já é outra questão. Devo sondar?

Estava sendo mais direto do que Augusta previra.

– Poderia fazê-lo com discrição?

Ele hesitou.

– Creio que sim.

– Seria muita gentileza – murmurou ela, satisfeita por tê-lo convertido num colega de conspiração.

– Eu a informarei do que descobrir.

– E se uma eleição suplementar for conveniente...

– É muito generosa.

Augusta tocou em seu braço. Era um jovem muito atraente, e gostara de conspirar com ele.

– Acho que nos entendemos muito bem – murmurou ela.

Augusta notou que ele tinha mãos excepcionalmente grandes. Manteve a mão em seu braço por mais um momento, fitando-o nos olhos antes de se virar.

Sentia-se muito bem. Já acertara tudo com duas das três pessoas essenciais e ainda não cometera nenhum deslize. Durante a degustação do prato seguinte, ela conversou com lorde Morte, sentado à sua direita. Com ele, limitou-se a um diálogo educado e superficial: o objetivo era influenciar a esposa dele, e para isso ela teria de esperar que o jantar terminasse.

Os homens permaneceram na sala de jantar para fumar, e Augusta levou as mulheres para seu quarto, no andar de cima. Ali, ficou a sós com lady Morte por alguns minutos. Quinze anos mais velha do que Augusta, Harriet Morte era dama de companhia da rainha Vitória. Tinha cabelos grisalhos e um ar de superioridade. Como Arnold Hobbes e Michael Fortescue, dispunha de influência; e Augusta esperava que, como os dois, ela também fosse corruptível. Hobbes e Fortescue eram vulneráveis por serem pobres. Lorde e lady Morte não eram tão pobres, e sim imprevidentes: tinham muito dinheiro, contudo gastavam além de suas posses. Os vestidos de lady Morte eram esplêndidos, e as joias, magníficas – e lorde Morte ainda acreditava, contra evidências de quarenta anos, que tinha um bom olho para cavalos de corrida.

Augusta sentia-se mais nervosa por lidar com lady Morte do que ficara com os homens. As mulheres eram mais difíceis. Não aceitavam qualquer coisa pelas aparências e sabiam que estavam sendo manipuladas. Trinta anos como cortesã haviam refinado a sensibilidade de lady Morte ao ponto em que nada podia lhe escapar. Augusta começou dizendo:

– O Sr. Pilaster e eu somos grandes admiradores da nossa cara rainha.

Lady Morte assentiu com um aceno de cabeça, como se dissesse *Nem poderia ser de outra forma*. Mas não era bem assim: a rainha Vitória era detestada por grande parte da nação, por ser retraída, sóbria, arredia e inflexível. Augusta acrescentou:

– Se algum dia houver alguma coisa que possamos fazer para ajudar você em seus nobres deveres, teremos o maior prazer.

– É muita gentileza. – Lady Morte parecia um pouco perplexa. Hesitou por um instante, mas decidiu perguntar: – Mas o que poderiam fazer?

– O que os banqueiros fazem? Emprestam dinheiro. – Augusta baixou a voz. – Imagino que a vida na corte seja bastante dispendiosa.

Lady Morte empertigou-se. Havia um tabu em sua classe sobre falar de dinheiro, e Augusta o estava violando de maneira flagrante. Ainda assim, ela persistiu:

– Se abrisse uma conta no Pilaster, nunca teria problemas nessa área...

Lady Morte sentiu-se ofendida, mas, por outro lado, era-lhe oferecido o privilégio extraordinário de crédito ilimitado num dos maiores bancos do mundo. O instinto dizia-lhe para tratar Augusta com frieza, no entanto a ganância a conteve. Augusta pôde perceber o conflito em seu rosto e não lhe deu tempo para pensar.

– Por favor, perdoe-me por ser tão horrivelmente franca. Só faço isso pelo desejo de poder ajudar.

Embora não acreditasse nisso, lady Morte presumiu que Augusta queria apenas agradar à realeza. Não procuraria por um motivo mais específico, e Augusta não lhe daria mais nenhuma indicação naquela noite. Lady Morte ainda hesitou um pouco, mas acabou dizendo:

– É muito gentil.

Augusta superara o terceiro obstáculo. Se avaliara a mulher corretamente, lady Morte ficaria irremediavelmente em dívida com o Pilaster Bank dentro de seis meses. E só então descobriria o que Augusta desejava.

A Sra. Maple, a mãe de Emily, voltou do toalete e lady Morte aproveitou-se disso, retirando-se com uma expressão de leve constrangimento. Augusta sabia que ela e lorde Morte concordariam, ao voltarem para casa na carruagem, que as pessoas da área comercial eram insuportavelmente vulgares e mal-educadas; mas um dia, muito em breve, ele perderia mil guinéus num cavalo, e nesse mesmo dia a costureira de lady Morte exigiria o pagamento de 300 libras por uma conta com seis meses de atraso, e os dois concluiriam que aquelas pessoas vulgares, no fim das contas, tinham alguma utilidade.

As mulheres voltaram a se reunir na sala de visitas, no andar térreo, e tomaram café. Lady Morte ainda se mantinha distante, porém deixou de ser grosseira. Os homens se juntaram a elas poucos minutos depois. Joseph subiu com o Sr. Maple para mostrar sua coleção de caixinhas de rapé. Augusta ficou satisfeita: o marido só fazia isso quando gostava de alguém. Emily tocou piano. O Sr. Maple pediu-lhe que cantasse, mas ela disse que estava resfriada e persistiu na recusa com uma obstinação admirável, apesar das súplicas da mãe, levando Augusta a pensar, ansiosa, que talvez a moça não fosse tão submissa quanto parecia.

Ela já realizara seu trabalho naquela noite – queria agora que todos fossem embora para suas casas, a fim de poder repassar os acontecimentos e avaliar o quanto conseguira. Não gostava, na verdade, de nenhum deles, à exceção de Michael Fortescue. Contudo, forçou-se a ser educada e manteve a conversa por mais uma hora. Hobbes estava fisgado, concluiu Augusta; Fortescue fizera um acordo e cumpriria sua parte; lady Morte vislumbrara a encosta escorregadia que levava à perdição, e era apenas uma questão de tempo antes que começasse a descer. Augusta sentia-se aliviada e satisfeita.

Depois que todos os convidados se retiraram, Edward queria ir para o clube, mas Augusta o deteve.

– Sente-se e escute por um momento – disse ela. – Quero conversar com você e seu pai.

Joseph, que já ia para a cama, tornou a sentar-se. Ela perguntou-lhe:

– Quando vai promover Edward a sócio no banco?

Joseph mostrou-se irritado.

– Quando ele for mais velho.

– Mas ouvi dizer que Hugh pode ser promovido a sócio, e ele é três anos mais jovem que Edward.

Embora Augusta não tivesse a menor ideia de como se ganhava dinheiro, ela sempre sabia o que acontecia no banco em termos do progresso pessoal dos membros da família. Os homens não costumavam falar de negócios na presença das mulheres, mas ela lhes arrancava todas as informações em suas reuniões na hora do chá.

– A idade é apenas um dos meios pelos quais um homem pode se qualificar para sócio – disse Joseph, ainda irritado. – Outra é a capacidade de realizar negócios, que Hugh possui num grau que nunca vi em alguém tão jovem. Outras qualificações seriam um grande investimento de capital no banco, uma alta posição social ou a influência política. Receio que Edward ainda não tenha nada disso.

– Mas ele é seu filho.

– Um banco é um negócio, não uma recepção social! – protestou Joseph cada vez mais furioso, pois detestava quando a mulher o contestava. – O cargo não é apenas uma questão de posição ou precedência. A capacidade de ganhar dinheiro é o teste.

Augusta ficou em dúvida por um momento. Deveria pressioná-lo para promover Edward se este não era realmente capaz? Mas isso era um absurdo. Edward era perfeitamente capacitado. Podia não somar uma coluna de cifras tão depressa quanto Hugh, porém no fim a prática acabaria prevalecendo.

– Se você quisesse, Edward poderia ter um grande investimento de capital no banco – insistiu ela. – Pode lhe dar o dinheiro a qualquer momento.

Joseph assumiu uma expressão obstinada, que Augusta conhecia muito bem – era a mesma que ele exibia quando se recusava a mudar de casa ou a proibia de redecorar seu quarto.

– Não antes do rapaz se casar – declarou Joseph, saindo da sala em seguida.

Edward comentou:

– Você o deixou furioso.

– É para o seu bem, Teddy querido.

– Mas tornou a situação ainda pior!

– Não, não tornei. – Augusta suspirou. – Às vezes sua visão generosa o impede de perceber o que está acontecendo. Seu pai pode acreditar que adotou uma posição firme; no entanto, se pensar um pouco no que ele disse, vai compreender que lhe prometeu uma grande quantia, *além de* promovê-lo a sócio assim que você se casar.

– Tem razão, acho que foi isso mesmo – murmurou Edward, surpreso. – Não vi por esse lado.

– É esse o seu problema, querido. Não é astuto como Hugh.

– Hugh teve muita sorte na América.

– É claro que teve. Você gostaria de se casar, não é?

Edward sentou-se ao lado da mãe e pegou sua mão.

– Por que deveria, quando tenho você para cuidar de mim?

– Mas quem fará isso depois que eu for embora? Gostou da pequena Emily Maple? Achei-a encantadora.

– Ela me disse que a caça é uma crueldade com a raposa – disse Edward, em tom desdenhoso.

– Seu pai lhe daria pelo menos 100 mil libras... talvez mais, talvez um quarto de milhão.

Edward não se impressionou.

– Já tenho tudo o que quero e gosto de viver com você.

– E eu também gosto de tê-lo ao meu lado. Mas quero que tenha um casamento feliz, com uma esposa adorável, sua fortuna pessoal e o cargo de sócio no banco. Diga que pensará a respeito.

– Está certo, pensarei a respeito. – Ele beijou-a na face. – E agora tenho de ir, mamãe. Prometi me encontrar com alguns amigos há meia hora.

– Pois então vá logo.

Edward levantou-se e foi até a porta.

– Boa noite, mamãe.

– Boa noite... e pense em Emily.

III.

Kingsbridge Manor era uma das maiores residências da Inglaterra. Maisie já estivera lá três ou quatro vezes e ainda não vira nem a metade. A casa tinha vinte quartos principais, sem contar os quartos de cerca de cinquenta criados. Era aquecida por carvão e iluminada por velas. Só tinha um banheiro, mas o que faltava em matéria de confortos modernos compensava em luxo antigo – camas de baldaquino com cortinas grossas de seda, deliciosos vinhos da grande adega subterrânea, cavalos, armas, livros e caças intermináveis.

O jovem duque de Kingsbridge possuíra outrora 40 mil hectares da melhor terra agrícola de Wiltshire; contudo, aconselhado por Solly, vendera a metade e comprara uma boa parte de South Kensington com o dinheiro. Pouco depois, a depressão agrícola, que empobrecera muitas famílias importantes, deixara "Kingo" incólume, e ele ainda era capaz de receber os amigos em grande estilo.

O príncipe de Gales passara a primeira semana com eles. Solly, Kingo e o príncipe partilhavam um gosto por diversões agitadas, e Maisie ajudara a providenciá-las. Substituíra o creme batido por espuma de sabão na sobremesa de Kingo; desabotoara os suspensórios de Solly enquanto ele cochilava na biblioteca, e sua calça caíra no momento em que se levantara; e colara as páginas de *The Times*, a fim de que ninguém pudesse abrir o jornal. Por acaso, o príncipe fora o primeiro a pegá-lo e, enquanto ele puxava as páginas, houve um momento de suspense, todos se perguntando como seria sua reação, pois, embora o herdeiro do trono adorasse aquelas brincadeiras, nunca era a vítima. Depois, contudo, ele desatara a rir ao perceber o que acontecera, e os outros caíram na gargalhada, tanto de alívio tanto quanto por diversão.

O príncipe partira e Hugh chegara; e foi então que os problemas começaram.

Fora ideia de Solly convidar Hugh a Kingsbridge Manor. Solly gostava dele. Maisie não conseguira pensar numa razão plausível para protestar. Também fora Solly quem convidara Hugh para o jantar em Londres.

Ele recuperara o controle bastante depressa naquela noite e demonstrara ser um convidado perfeito para o jantar. Talvez seus modos não fossem tão refinados quanto poderiam ser se tivesse passado os últimos seis anos nos salões de Londres, e não nos armazéns de Boston, mas seu charme natural compensava qualquer deficiência. Nos dois dias em Kingsbridge divertira a todos com histórias da vida na América, um lugar que nenhum deles visitara.

Era irônico que ela considerasse os modos de Hugh um tanto rudes. Seis anos antes tinha sido o contrário. Mas Maisie aprendia depressa. Adquirira o sotaque da classe alta sem a menor dificuldade. A gramática demorara um pouco mais. As pequenas sutilezas de comportamento haviam sido o mais difícil, as atitudes que indicavam a superioridade social: a maneira como passavam por uma porta, falavam com um cachorro de estimação, mudavam o assunto de uma conversa, ignoravam um bêbado. Mas ela estudara com afinco, e agora tudo lhe vinha com naturalidade.

Hugh se recuperara do choque do reencontro, porém o mesmo não acontecera com Maisie. Ela jamais se esqueceria de sua expressão quando ele a viu. Estava preparada, mas para Hugh fora uma surpresa total. Por causa de seu espanto, ele deixara transparecer os sentimentos que o dominavam, e Maisie ficara consternada ao perceber o sofrimento em seus olhos. Ela o magoara profundamente seis anos antes, e Hugh não superara a dor.

A expressão dele a atormentava desde então. Ficara transtornada quando soubera que Hugh iria para Kingsbridge. Não queria vê-lo. Não desejava que o passado voltasse. Estava casada com Solly, que era um bom marido, e não podia suportar a ideia de fazê-lo sofrer. E havia Bertie, sua razão para viver.

O filho tinha o nome de Hubert, mas todos o chamavam de Bertie, que também era o apelido do príncipe de Gales. Bertie Greenbourne completaria 5 anos no dia 1º de maio, contudo isso era um segredo: seu aniversário era comemorado em setembro, para esconder o fato de que nascera apenas seis meses depois do casamento. A família de Solly conhecia a verdade, mas ninguém mais estava a par: Bertie nascera na Suíça durante a excursão europeia de 12 meses que fora a lua de mel. Desde então, Maisie vivia feliz.

Os pais de Solly não aceitaram Maisie. Eram judeus alemães empertigados e esnobes que viviam na Inglaterra havia gerações e desprezavam os judeus russos que falavam iídiche e tinham acabado de imigrar. O fato de ela estar grávida de outro homem reforçara seu preconceito, proporcionando-lhes um pretexto para rejeitá-la. Mas a irmã de Solly, Kate, que tinha mais ou menos a idade de Maisie e uma filha de 7 anos, tratava-a muito bem quando os pais não estavam presentes.

Solly a amava, e amava Bertie também, embora não soubesse quem era o pai do menino; e isso era suficiente para Maisie – até Hugh voltar.

Ela levantou-se cedo, como sempre, e foi à ala das crianças. Bertie comia o desjejum na sala de refeições com os filhos de Kingo, Anne e Alfred, sob a supervisão de três babás. Maisie beijou seu rosto sujo e perguntou:

– O que está comendo?

– Mingau com mel.

O menino falava com o jeito arrastado das classes altas, o sotaque que Maisie esforçara-se em aprender e do qual se esquecia de vez em quando.

– Está gostoso?

– O mel é gostoso.

– Acho que também vou comer um pouco – disse Maisie, sentando-se.

Seria mais leve de digerir do que os peixes defumados e os rins condimentados que os adultos comiam no desjejum.

Bertie não saíra a Hugh. Quando bebê, parecia-se com Solly, pois todos os bebês pareciam-se com Solly; agora, lembrava cada vez mais o pai de Maisie, de cabelos pretos e olhos castanho-claros. De vez em quando, Maisie notava que o filho tinha alguma coisa de Hugh, especialmente quando ele exibia um sorriso maroto. Por sorte, porém, não havia nenhuma semelhança óbvia.

Uma babá levou para Maisie um prato com mingau e mel, e ela provou.

– Gostou, mamãe? – perguntou Bertie.

Anne interveio:

– Não fale de boca cheia, Bertie.

Anne Kingsbridge era uma menina arrogante de 7 anos que dominava Bertie e o irmão dela, Freddy, de 5.

– Está uma delícia – disse Maisie.

Outra babá perguntou:

– Querem torradas com manteiga, crianças?

Todos responderam que sim em coro. A princípio, Maisie pensara que não era natural que uma criança crescesse cercada por criadas e receava que Bertie pudesse ser superprotegido; mas aprendera que as crianças ricas brincavam na sujeira, escalavam muros e se metiam em brigas tanto quanto as pobres, e a principal diferença era o fato de que as pessoas que as limpavam depois recebiam um pagamento por isso.

Ela gostaria de ter mais filhos – filhos de Solly –, no entanto tivera problemas no nascimento de Bertie, e os médicos suíços lhe disseram que nunca mais poderia conceber. Acertaram em cheio, pois ela dormia com Solly havia cinco anos e nunca conseguira engravidar. Bertie era o único filho que jamais teria. Lamentava amargamente por Solly, que nunca teria seus próprios filhos, embora ele declarasse que já tinha mais felicidade do que qualquer homem merecia.

A esposa de Kingo, a duquesa, conhecida pelos amigos como Liz, aderiu à reunião com as crianças pouco depois de Maisie. Enquanto lavavam as mãos e os rostos das crianças, Liz comentou:

– Sabe, minha mãe nunca teria feito isso. Ela só nos via depois que estávamos lavados e vestidos.

Maisie sorriu. Liz considerava-se muito equilibrada porque lavava os rostos dos próprios filhos.

Elas ficaram na ala das crianças até 10 horas, quando a governanta chegou e pôs as três para trabalhar em desenho e pintura. Maisie e Liz voltaram a seus aposentos. Seria um dia tranquilo, sem caçada. Alguns homens sairiam para pescar, outros passeariam pelo bosque, com um ou dois cães, atirando em coelhos. As mulheres – e os homens que gostavam das mulheres mais do que de cães – dariam uma volta pelo parque antes do almoço.

Solly já comera o desjejum e se aprontava para sair. Vestira um traje de passeio marrom, de tweed, com o paletó curto. Maisie beijou-o e ajudou-o a calçar as botas que subiam até os tornozelos – se ela não estivesse ali, Solly teria chamado seu criado pessoal, pois não conseguia se abaixar o suficiente para prender os cordões. Ela pôs um casaco de pele e um chapéu. Solly cobriu-se com um grosso casaco xadrez no estilo *inverness*, espécie de capa larga e curta sobre os ombros, e um chapéu-coco combinando. Em seguida, os dois desceram para o vestíbulo, a fim de se encontrar com os outros.

Era uma manhã clara e fria, maravilhosa para quem tinha um casaco de pele, mas uma tortura para os que viviam num cortiço ventoso e tinham de andar descalço. Maisie gostava de se lembrar das privações da infância – aumentava o prazer que sentia por ser casada com um dos homens mais ricos do mundo.

Ela foi andando com Kingo de um lado e Solly do outro. Hugh vinha atrás com Liz. Embora não o visse, Maisie podia sentir sua presença, ouvi-lo conversar com Liz e fazê-la rir, e imaginar o brilho em seus olhos azuis. Menos de 1 quilômetro depois chegaram ao portão principal. Quando se viraram para atravessar o pomar, Maisie avistou um vulto alto e familiar, de barba preta, aproximando-se da direção da aldeia. Por um momento, imaginou que fosse seu pai; depois, reconheceu o irmão, Danny.

Seis anos antes, Danny voltara à primeira cidade da Inglaterra em que haviam residido, mas descobrira que os pais não mais viviam na velha casa e não haviam deixado outro endereço. Decepcionado, viajara para o norte, até Glasgow, e fundara a Associação Beneficente dos Trabalhadores, que não apenas assegurava seus associados contra o desemprego, como também fazia campanha por regras de segurança nas fábricas, o direito ao ingresso nos sindicatos e a regulamentação financeira das empresas. Seu nome começara a aparecer nos jornais – Dan Robinson, não Danny, pois ele era formidável demais para ser Danny agora. Papa lera a seu respeito, fora ao escritório da associação e houve uma alegre reunião.

Papa e Mama haviam finalmente encontrado outros judeus, pouco depois de Maisie e Danny fugirem de casa. Tomaram dinheiro emprestado e se mudaram para Manchester, onde Papa conseguira outro emprego e nunca mais haviam passado tanta necessidade. Mama sobrevivera à doença e gozava agora de boa saúde.

Maisie já estava casada com Solly quando a família se reencontrou. Solly teria o maior prazer em dar a Papa uma casa e uma renda pelo resto da vida, contudo Papa não queria se aposentar; em vez disso, pediu a Solly que lhe emprestasse dinheiro para abrir uma loja. Agora, Papa e Mama vendiam caviar e outras iguarias aos cidadãos ricos de Manchester. Quando os visitava, Maisie tirava seus diamantes, vestia um avental e atendia os clientes de trás do balcão, confiante de que não era provável que alguém da Turma de Marlborough fosse a Manchester, e se um deles fosse, jamais faria suas próprias compras.

Vendo Danny ali, em Kingsbridge, Maisie temeu no mesmo instante que algo tivesse acontecido aos seus pais e correu ao encontro do irmão, com o coração na boca.

– Danny! O que houve? É Mama?

– Papa e Mama estão bem, assim como todo o resto – respondeu ele, com seu sotaque americano.

– Graças a Deus! Como soube que eu estava aqui?

– Você me escreveu.

– Ah, é verdade...

Danny parecia um guerreiro turco, com a barba cacheada e os olhos faiscantes, mas vestia-se como um escriturário, de terno preto surrado e chapéu-coco. Dava a impressão de ter caminhado por uma longa distância, pois tinha as botas enlameadas e uma expressão de cansaço. Kingo fitou-o de esguelha, porém Solly enfrentou a situação com sua elegância social habitual. Apertou a mão de Danny e disse:

– Como tem passado, Robinson? Este é meu amigo, o duque de Kingsbridge. Kingo, permita que lhe apresente meu cunhado, Dan Robinson, secretário-geral da Associação Beneficente dos Trabalhadores.

Muitos homens ficariam atordoados ao serem apresentados a um duque, mas não Danny.

– Como tem passado, duque? – disse ele com uma cortesia descontraída.

Kingo apertou sua mão, cauteloso. Maisie adivinhou que ele pensava que ser educado com as classes inferiores era certo, mas somente até determinado ponto; não se devia ir longe demais.

Depois, Solly acrescentou:

– E este é nosso amigo Hugh Pilaster.

Maisie ficou tensa. Em sua ansiedade por Mama e Papa, esquecera-se de que Hugh vinha logo atrás. Danny conhecia os segredos a respeito de Hugh, fatos que Maisie nunca revelara ao marido. Sabia que Hugh era o pai de Bertie. Danny quisera outrora torcer o pescoço de Hugh. Nunca haviam se encontrado, contudo Danny não se esquecera. O que faria agora?

Mas ele estava seis anos mais velho. Lançou um olhar frio para Hugh, porém apertou sua mão cortesmente.

Hugh, que não sabia que era pai, não tinha a menor ideia da ameaça antiga e dirigiu-se a Danny com toda a cordialidade:

– Então você é o irmão que fugiu de casa e foi para Boston?

– Isso mesmo.

– É curioso que Hugh saiba disso – comentou Solly.

Solly não imaginava quanto Hugh e Maisie sabiam a respeito um do outro. Ignorava que haviam passado uma noite juntos, contando um ao outro a história de sua vida.

Maisie sentiu-se angustiada com aquela conversa que deslizava sobre a superfície de muitos segredos, e o gelo era fino. Por isso, apressou-se em voltar ao presente:

– Por que está aqui, Danny?

O rosto cansado assumiu uma expressão de amargura.

– Não sou mais o secretário da Associação Beneficente dos Trabalhadores. Estou arruinado, pela terceira vez na vida, por banqueiros incompetentes.

– Danny, por favor! – protestou Maisie.

Ele sabia muito bem que tanto Solly quanto Hugh eram banqueiros. Mas Hugh interveio:

– Não se preocupe. Também detestamos os banqueiros incompetentes. Constituem uma ameaça a todos. Mas o que aconteceu exatamente, Sr. Robinson?

– Passei cinco anos desenvolvendo a Associação Beneficente. Era um tremendo sucesso. Pagávamos centenas de libras todas as semanas em benefícios e recebíamos milhares em contribuições. Mas o que deveríamos fazer com os excedentes?

– Presumo que guardaram contra a possibilidade de um ano desfavorável – disse Solly.

– E onde acha que guardamos?

– Num banco, eu espero.

– No City of Glasgow Bank, para ser mais preciso.

– Mas que pena! – murmurou Solly.

– Não estou entendendo – interveio Maisie.

Solly explicou:

– O City of Glasgow Bank quebrou.

– Oh, não! – gritou Maisie.

Ela estava com vontade de chorar.

Danny fez um aceno positivo com a cabeça.

– Todos aqueles xelins pagos por trabalhadores honestos... perdidos por idiotas de cartola. E ainda há quem se pergunte por que as pessoas falam em revolução. – Ele suspirou. – Vinha tentado salvar a Associação desde que isso aconteceu, mas o esforço foi inútil, e acabei desistindo.

Kingo disse, abruptamente:

– Sr. Robinson, lamento por você e seus associados. Não quer tomar um refresco? Deve ter andado 12 quilômetros se veio a pé da estação.

– Quero, sim, obrigado.

– Vou entrar com Danny e deixarei que vocês terminem seu passeio – disse Maisie.

Ela sentia que o irmão estava magoado e queria ficar a sós com ele, fazendo o que pudesse para atenuar seu sofrimento. Os outros também sentiam a tragédia, e Kingo indagou:

– Vai passar a noite aqui, Sr. Robinson?

Maisie estremeceu. Kingo estava sendo generoso demais. Era muito fácil ser cortês com Danny por alguns minutos ali fora, no parque, todavia se ele passasse a noite, Kingo e seus amigos indolentes logo se cansariam de suas roupas baratas e de suas preocupações das classes trabalhadoras e passariam a esnobá-lo, deixando-o magoado. Mas Danny disse:

– Preciso chegar a Londres ainda esta noite. Vim somente passar algumas horas com minha irmã.

– Neste caso, permita que eu mande minha carruagem levá-lo à estação no momento em que desejar – propôs Kingo.

– Agradeço a gentileza.

Maisie pegou o braço do irmão.

– Venha comigo; providenciarei alguma coisa para você comer.

Depois que Danny partiu para Londres, Maisie foi se juntar a Solly para um cochilo vespertino. Solly deitou-se na cama num roupão vermelho de seda e observou-a se despir.

– Não posso salvar a Associação Beneficente de Dan – disse ele. – Ainda que houvesse algum sentido financeiro nisso, o que não é o caso, eu não conseguiria persuadir os outros sócios.

Maisie foi tomada por um súbito ímpeto de afeição pelo marido. Não lhe pedira que ajudasse Danny.

– Você é um homem muito bom. – Ela abriu o roupão, beijou a grande barriga de Solly. – Já fez demais por minha família, nunca precisa se desculpar. Além disso, Danny não aceitaria sua ajuda, e você sabe disso. Ele é muito orgulhoso.

– Mas o que ele pretende fazer?

Maisie tirou as anáguas e baixou as meias.

– Vai se reunir amanhã com a Sociedade Geral dos Engenheiros. Danny quer ser membro do Parlamento e espera que eles o patrocinem.

– E imagino que ele fará campanha por regulamentos mais rigorosos do governo para os bancos.

– Você seria contra isso?

– Jamais gostaríamos que o governo nos dissesse o que fazer. É verdade que tem havido muitas quebras, mas poderia haver ainda mais se os políticos dirigissem os bancos.

Ele rolou para o lado e apoiou a cabeça na mão para ter uma visão melhor de Maisie tirando as roupas de baixo.

– Eu gostaria de não ter de partir esta noite.

Maisie desejava o mesmo. Uma parte dela se sentia animada com a perspectiva de ficar a sós com Hugh durante a ausência de Solly, mas isso aumentava ainda mais seu sentimento de culpa.

– Não me importo – murmurou ela.

– Sinto-me envergonhado por minha família, Maisie.

– Não deveria.

Era a Páscoa, e Solly ia celebrar o *seder* com os pais. Maisie não fora convidada. Compreendia a aversão que Ben Greenbourne lhe devotava e, em parte, achava que merecia a maneira como era tratada. Solly, no entanto, sentia-se profundamente perturbado. Seria capaz até de brigar com o pai se Maisie permitisse, porém ela não queria ter isso também na consciência e insistia que ele continuasse a se encontrar com os pais normalmente.

– Tem certeza de que não se importa? – indagou ele, ansioso.

– É claro que tenho. Se eu me preocupasse com essas coisas, poderia ir a Manchester passar a Páscoa com meus pais. – Ela calou-se, pensativa, por um momento. – A verdade é que nunca me senti parte de todo esse ritual judaico desde que deixamos a Rússia. Quando chegamos à Inglaterra, não havia judeus na cidade. A maioria das pessoas com quem convivi no circo não tinha religião nenhuma. Mesmo depois que me casei com um judeu, sua família me fez sentir indesejável. Estou fadada a ser uma intrusa e, para dizer a verdade, não me importo. Deus nunca fez nada por mim. – Maisie sorriu. – Mama diz que foi Deus que me deu você, mas isso é bobagem – eu o conquistei por mim mesma.

Solly sentiu-se tranquilizado.

– Sentirei sua falta esta noite.

Maisie sentou-se na beira da cama e inclinou-se para que ele pudesse aconchegar-se a seus seios.

– Também sentirei sua falta.

– Hum...

Depois de um momento deitaram-se lado a lado, com a cabeça em direções opostas, e Solly acariciou-a entre as pernas enquanto ela beijava, lambia e depois sugava seu pênis. Ele adorava fazer isso à tarde, e soltou um grito abafado ao gozar em sua boca.

Maisie mudou de posição e aninhou-se em seu ombro.

– Que gosto tem? – indagou ele, sonolento.

Ela estalou os lábios.

– Caviar.

Solly riu e fechou os olhos.

Maisie começou a se acariciar. Logo ele estava roncando. E quando ela gozou, Solly nem se mexeu.

POUCO ANTES DO JANTAR Maisie disse:

– Os homens que dirigiam o City of Glasgow Bank deviam ir para a cadeia.

– Isso é um pouco duro – protestou Hugh.

Ela achou o comentário presunçoso.

– Duro? – repetiu ela, irritada. – Não tão duro quanto o que aconteceu aos trabalhadores que perderam seu dinheiro!

– Ainda assim, ninguém é perfeito, nem mesmo esses trabalhadores – insistiu Hugh. – Se um carpinteiro comete um erro e uma casa cai, ele deve ir para a cadeia?

– Não é a mesma coisa!

– E por que não?

– Porque o carpinteiro ganha 30 xelins por semana e é obrigado a seguir as ordens de um capataz, enquanto um banqueiro ganha milhares de libras e justifica isso com a alegação de que carrega o peso da responsabilidade.

– É verdade. Mas o banqueiro é humano, tem uma esposa e filhos para sustentar.

– Pode-se dizer o mesmo de assassinos, contudo os enforcamos independentemente do destino de seus filhos órfãos.

– Mas se um homem mata outro acidentalmente – por exemplo, se alguém atira num coelho e acerta uma pessoa que está escondida atrás de uma moita –, nem mesmo o mandamos para a cadeia. Então por que deveríamos encarcerar os banqueiros que perdem o dinheiro de outras pessoas?

– Para tornar outros banqueiros mais cuidadosos!

– E, pela mesma lógica, poderíamos enforcar o homem que atirou no coelho para tomar os outros caçadores mais cuidadosos.

– Hugh, você está distorcendo tudo.

– Não estou, não. Por que tratar os banqueiros negligentes com mais rigor do que os caçadores negligentes?

– A diferença é que os tiros descuidados não jogam milhares de trabalhadores na miséria a intervalos de poucos anos, como fazem os banqueiros.

Naquele momento, Kingo interferiu de leve na conversa:

– Pelo que ouvi dizer, *é provável* que os diretores do City of Glasgow Bank sejam presos, e o gerente também.

– Creio que é inevitável – confirmou Hugh.

Maisie sentiu vontade de gritar de frustração.

– Então por que me contestou?

Ele sorriu.

– Para ver se você podia justificar seu argumento.

Ela se lembrou de que Hugh sempre tivera o poder de lhe fazer isso e mordeu a língua. Sua personalidade inflamada era uma das coisas que atraíam a Turma de Marlborough, um dos motivos pelos quais aceitavam-na, apesar de suas origens. No entanto, acabariam entediados se ela permitisse que seus acessos se prolongassem além da conta. Seu ânimo mudou no mesmo instante.

– Senhor, acaba de me insultar! – gritou ela, teatral. – Eu o desafio a um duelo!

– Com que armas as damas duelam? – indagou Hugh, rindo.

– Agulhas de crochê ao amanhecer!

Todos riram, e nesse instante um criado entrou para anunciar o jantar.

Havia sempre de 18 a vinte pessoas em torno da mesa comprida. Maisie não se cansava de admirar o linho engomado e a porcelana delicada, as centenas de velas refletidas nas taças, os impecáveis trajes a rigor em preto e branco dos homens, as cores deslumbrantes e as joias de valor inestimável das mulheres. Havia champanhe todas as noites, mas ele ia direto para a cintura de Maisie, por isso ela só se permitia um ou dois goles.

Descobriu-se sentada ao lado de Hugh. A duquesa normalmente a colocava junto de Kingo, pois ele gostava de mulheres bonitas, e a duquesa era tolerante; mas naquela noite, ao que parecia, ela decidira variar a fórmula. Ninguém disse uma oração, pois naquele grupo a religião era reservada aos domingos. A sopa foi servida e Maisie conversou na maior jovialidade com os homens ao seu lado. Seus pensamentos, no entanto, desviavam-se a todo instante para o irmão. Pobre Danny! Tão inteligente, tão dedicado, um líder tão vigoroso... e tão desafortunado. Ela se perguntou se Danny teria êxito em sua nova ambição, a de se tornar membro do Parlamento. Esperava que sim. Papa ficaria muito orgulhoso.

Hoje, de forma inesperada, suas origens haviam se intrometido visivelmente em sua nova vida. Era surpreendente quão pouca diferença fazia. Como ela, Danny não parecia pertencer a nenhuma classe específica da sociedade. Representava os trabalhadores, seus trajes eram da classe média e, no entanto, exibia o mesmo comportamento confiante e um pouco arrogante de Kingo e seus amigos. Não poderiam dizer com facilidade se ele era um filho da alta classe que optara pelo martírio entre os trabalhadores ou um filho da classe trabalhadora que subira na vida.

Algo similar se aplicava a Maisie. Qualquer pessoa com um mínimo de instinto para as diferenças de classes poderia dizer que ela não nascera uma dama. Contudo, desempenhava o papel tão bem, era tão bonita e encantadora que também não podiam acreditar no persistente rumor de que Solly a conhecera num salão de dança. Se restava alguma dúvida sobre sua aceitação pela sociedade de Londres, esta fora dirimida quando o príncipe de Gales, filho da rainha Vitória e futuro rei, confessara-se "cativado" por ela e lhe enviara de presente uma cigarreira de ouro com um fecho de diamantes.

Durante a refeição, ela foi sentindo mais e mais a presença de Hugh ao seu lado. Fez um esforço para manter a conversa leve e tratou de falar também com o homem sentado no outro lado; mas o passado parecia rondar à sua volta, esperando para ser reconhecido, como um suplicante cansado e paciente.

Ela e Hugh tinham se encontrado três ou quatro vezes desde que ele voltara a Londres e agora haviam passado 48 horas na mesma casa, no entanto não chegaram a conversar sobre o que acontecera seis anos antes. Tudo o que Hugh sabia era que ela desaparecera sem deixar vestígios, apenas para ressurgir como a Sra. Solomon Greenbourne. Mais cedo ou mais tarde, Maisie teria de lhe dar uma explicação. Ela temia que uma conversa sobre o assunto ressuscitasse todos os antigos sentimentos em ambos. Mas era preciso, e talvez aquela fosse uma ocasião oportuna, com Solly ausente.

Houve um momento em que várias pessoas ao redor da mesa conversavam ruidosamente. Maisie decidiu que deveria falar naquele instante. Virou-se para Hugh e subitamente foi dominada pela emoção. Começou a falar por três ou quatro vezes, e não conseguiu continuar. No fim, conseguiu apenas balbuciar umas poucas palavras:

– Eu teria arruinado sua carreira, sabe disso.

Depois, teve de fazer um esforço tão grande para não chorar que não foi capaz de acrescentar mais nada. Hugh compreendeu no mesmo instante o que ela queria dizer.

– Quem lhe disse que arruinaria minha carreira?

Se ele se mostrasse compadecido, Maisie poderia desmoronar, mas felizmente Hugh falou num tom agressivo, o que lhe permitiu responder:

– Sua tia Augusta.

– Eu já desconfiava de que ela estava envolvida de alguma forma.

– Mas ela estava certa.

– Não acredito nisso – respondeu ele, irritado. – Você não arruinou a carreira de Solly.

– Acalme-se. Solly não era a ovelha negra da família. Mesmo assim foi muito difícil. A família dele ainda me odeia.

– Apesar de você ser judia?

– Não faz diferença. Os judeus podem ser tão esnobes quanto as outras pessoas.

Ele nunca saberia o verdadeiro motivo: o fato de Bertie não ser filho de Solly.

– Por que simplesmente não me contou o que estava fazendo e o motivo disso?

– Não podia. – Recordando-se daqueles dias horríveis, Maisie sentiu que sufocava outra vez e respirou fundo para se acalmar. – Vi que era muito difícil me afastar daquele jeito, partiu meu coração. Não conseguiria se ainda tivesse de me justificar para você.

Ainda assim, ele persistiu.

– Poderia ter me enviado um bilhete.

Maisie disse quase num sussurro:

– Não tive coragem de escrevê-lo.

Hugh finalmente abrandou. Tomou um gole do vinho, evitando os olhos de Maisie.

– Foi horrível não compreender, não saber se você ainda estava viva.

Ele falava em tom ríspido, mas agora Maisie podia perceber a lembrança da angústia em seus olhos.

– Sinto muito – balbuciou ela. – Lamento demais tê-lo feito sofrer. Não queria isso. Apenas desejava salvá-lo da infelicidade. Fiz por amor.

Ela arrependeu-se no mesmo instante em que pronunciou a palavra. Hugh indagou abruptamente:

– Você ama Solly agora?

– Amo.

– Vocês dois parecem muito bem.

– Do jeito como vivemos não é difícil nos sentirmos contentes.

Ele ainda não descarregara toda a sua fúria.

– Você conseguiu o que sempre desejou.

Era um pouco exagerado, mas ela achou que talvez merecesse, por isso limitou-se a assentir com um aceno de cabeça.

– O que aconteceu com April?

Maisie hesitou. Estava indo longe demais.

– Quer dizer que me compara a April? – murmurou ela, magoada.

Por algum motivo, isso conteve a raiva de Hugh. Ele sorriu, pesaroso.

– Não, você nunca foi como April. Sei disso. Mesmo assim, eu gostaria de saber o que aconteceu com ela. Você ainda a vê?

– Ainda... discretamente.

April era um tópico neutro: conversar a seu respeito os afastaria daquele terreno perigosamente emocional. Ela decidiu satisfazer a curiosidade de Hugh.

– Conhece um lugar chamado Nellie's?

Ele baixou a voz:

– É um bordel.

Maisie não pôde se abster de perguntar:

– Já esteve lá alguma vez?

Hugh ficou constrangido.

– Uma vez. Foi um fiasco.

O que não a surpreendeu, pois se lembrava de como Hugh era ingênuo e inexperiente aos 20 anos.

– Pois April agora é a dona do lugar.

– Incrível! Como isso aconteceu?

– Primeiro, ela tornou-se amante de um famoso escritor e foi viver no mais lindo chalé de Clapham. Ele cansou-se de April na mesma ocasião em que Nell pensava em se aposentar. Assim, April vendeu o chalé e comprou a casa de Nell.

– É engraçado, jamais me esquecerei de Nell. Foi a mulher mais gorda que já conheci.

As pessoas à mesa ficaram quietas de repente, e a última frase foi ouvida por alguns que estavam mais perto deles. Houve risos e alguém perguntou:

– Quem era essa mulher tão gorda?

Hugh apenas sorriu, não respondendo. Depois, os dois se mantiveram longe de assuntos perigosos, contudo Maisie sentia-se deprimida e um tanto frágil, como se tivesse sofrido uma queda e se machucado.

Quando o jantar terminou e os homens tinham acabado de fumar seus charutos, Kingo anunciou que queria dançar. O tapete da sala de estar foi enrolado e um lacaio que sabia tocar polcas no piano foi chamado.

Maisie dançou com todos, à exceção de Hugh; mas logo ficou óbvio que o evitava, e acabou dançando com ele também. Foi como se seis anos se desvanecessem e eles estivessem de novo em Cremorne Gardens. Hugh mal a conduzia: pareciam fazer a mesma coisa instintivamente. Maisie não pôde reprimir o pensamento desleal de que Solly era um dançarino desajeitado.

Depois de Hugh, ela tomou outro parceiro, porém os demais homens pararam de chamá-la para dançar. Quando as 22 horas viravam 23 e o conhaque apareceu, as convenções foram abandonadas: gravatas brancas foram afrouxadas, algumas mulheres tiraram os sapatos e Maisie fez par constante com Hugh. Sabia que deveria se sentir culpada, todavia nunca fora de se deixar angustiar pela culpa – estava se divertindo, e não ia parar.

Quando o lacaio que tocava o piano ficou exausto, a duquesa quis respirar um pouco de ar fresco. As criadas foram buscar casacos, para que todos pudessem dar uma volta pelo jardim. Na escuridão, Maisie pegou o braço de Hugh.

– Todo mundo sabe o que andei fazendo nos últimos seis anos, mas e você?

– Gosto da América. Não há sistema de classes. Há ricos e pobres, porém não existe aristocracia, nenhuma dessas bobagens de posição e protocolo. O que você fez ao se casar com Solly e se tornar amiga dos mais poderosos do país é muito raro aqui, e mesmo agora sou capaz de apostar que nunca revelou toda a verdade sobre suas origens...

– Eles desconfiam, eu acho. Mas você tem razão, não contei tudo.

– Na América, você se gabaria de seus princípios humildes da mesma forma como Kingo se gaba de seus ancestrais que lutaram na batalha de Agincourt.

Ela estava interessada em Hugh, não na América.

– Você não se casou.

– Não.

– Em Boston... houve alguma moça de quem gostasse?

– Bem que tentei, Maisie.

Subitamente, ela desejou não ter feito a pergunta, pois teve uma premonição de que a resposta destruiria sua felicidade; mas era tarde demais, a pergunta fora formulada, e ele já respondia.

– Havia garotas bonitas em Boston, simpáticas, inteligentes, moças que dariam maravilhosas esposas e mães. Interessei-me por algumas, e elas pareciam gostar de mim. Mas quando chegava o momento em que tinha de propor casamento ou recuar, sempre constatei que meus sentimentos não eram suficientes. Não era o que senti por você. Não era amor.

Agora, ele já dissera.

– Pare! – sussurrou Maisie.

– Duas ou três mães ficaram aborrecidas comigo, minha reputação se espalhou, as moças se tornaram cautelosas. Mostravam-se bastante simpáticas, mas sabiam que havia algo errado comigo – eu não era sério, não era do tipo casadouro. Hugh Pilaster, o banqueiro inglês que partia corações. E se alguma moça parecia se apaixonar por mim, apesar de minha reputação, eu tratava de desencorajá-la. Não gosto de magoar as pessoas. Sei muito bem qual é a sensação.

Maisie percebeu que seu rosto estava molhado de lágrimas e sentiu-se grata pela escuridão.

– Sinto muito – sussurrou ela, tão baixo que mal deu para ouvir a própria voz.

– Seja como for, sei agora o que há de errado comigo. Creio que sempre soube, porém os dois últimos dias removeram qualquer dúvida.

Haviam ficado um pouco para trás dos outros, e Hugh parou e fitou-a. Maisie balbuciou:

– Não fale, Hugh, por favor.

– Ainda amo você. Isso é tudo.

Já falara, e estava tudo arruinado.

– E acredito que você também me ama – acrescentou ele, implacável. – Não é verdade?

Maisie fitou-o também. Podia ver refletidas em seus olhos as luzes da casa, no outro lado do gramado, mas o rosto de Hugh se mantinha nas sombras. Ele inclinou a cabeça, beijou-a nos lábios, e ela não se afastou.

– Lágrimas salgadas – murmurou ele, depois de um momento.

– Você me ama. Eu sabia.

Hugh tirou do bolso um lenço dobrado e tocou delicadamente no rosto de Maisie, enxugando as lágrimas. Ela precisava acabar com aquilo.

– Temos de alcançar os outros antes que comecem a falar.

Maisie virou-se, começou a andar, e Hugh tinha de largar seu braço ou acompanhá-la. Ele foi junto.

– Estou surpreso que se preocupe com o que as pessoas possam falar, Maisie. Sua turma é famosa por não se importar com coisas desse tipo.

Ela não estava de fato interessada nos outros. Era consigo mesma que se preocupava. Obrigou-o a andar mais depressa até se juntarem aos outros, depois se afastou de Hugh e passou a conversar com a duquesa.

Sentia-se vagamente aborrecida pelo comentário de Hugh de que a Turma de Marlborough era famosa por sua tolerância. Era verdade, mas gostaria que ele não tivesse usado a expressão *coisas desse tipo*, e não sabia direito por quê.

Ao retornarem à casa, o relógio no vestíbulo marcava meia-noite. De repente, Maisie sentiu-se esgotada pelas tensões do dia e anunciou:

– Vou para a cama.

Viu a duquesa lançar um olhar pensativo para Hugh, depois para ela, reprimindo o riso, e percebeu que todos pensavam que os dois dormiriam juntos naquela noite.

As mulheres subiram juntas, deixando os homens jogarem bilhar e tomarem um último drinque. Enquanto as mulheres lhe davam um beijo de boa-noite, Maisie percebeu uma expressão idêntica nos olhos de cada uma, um brilho de empolgação mesclado de inveja.

Foi para o seu quarto e fechou a porta. Um fogo mantido a carvão ardia vividamente na lareira e havia velas no consolo e na penteadeira. Na mesinha de cabeceira, como sempre, tinham sido colocadas uma bandeja com sanduíches e uma garrafa de xerez, para o caso de Maisie sentir fome durante a noite. Ela nunca as tocava, mas os bem-treinados criados de Kingsbridge Manor sempre deixavam uma bandeja ao lado de sua cama, sem falta.

Ela começou a se despir. Todos podiam estar errados – talvez Hugh não a procurasse naquela noite. O pensamento foi como uma pontada de dor, e compreendeu que ansiava por ele, queria vê-lo passar pela porta, a fim de poder abraçá-lo e beijá-lo, beijos de verdade, sem nenhuma culpa, como acontecera no jardim, mas sôfregos, sem inibições – o que trouxe de volta a lembrança sufocante da noite das corridas de Goodwood, seis anos antes, a cama estreita na casa da tia de Hugh, a expressão em seu rosto quando ela tirara o vestido.

Maisie contemplou seu corpo no espelho comprido. Hugh notaria como mudara. Seis anos antes, seus mamilos eram pequenos e rosados, como covinhas, mas agora, depois de amamentar Bertie, haviam crescido, se projetado e adquirido uma cor de morango. Quando moça, ela não precisara usar espartilho – tinha um corpo esguio natural –, mas sua cintura nunca voltara completamente ao normal depois da gravidez.

Ouviu os homens subindo a escada, arrastando os pés, rindo de alguma piada. Hugh tinha razão – nenhum deles ficaria chocado por um pequeno adultério durante uma festa numa casa de campo. Não se sentiriam desleais com seu amigo Solly?, especulou Maisie, desdenhosa. E foi então que lhe ocorreu, como um tapa na cara, que era ela quem devia se sentir desleal.

Excluíra Solly de sua mente durante toda a noite, mas agora ele estava de volta em espírito – o inofensivo e amável Solly, o gentil e generoso Solly, o homem que a amava perdidamente, o homem que amava Bertie mesmo sabendo que era filho de outro. Poucas horas depois que Solly viajara, Maisie já se dispunha a deixar que outro homem fosse à sua cama. *Que tipo de mulher eu sou?*, pensou ela.

Num súbito impulso, foi até a porta e trancou-a.

Entendeu agora por que detestara quando Hugh dissera *Sua turma é famosa por não se importar com coisas desse tipo*. Fazia com que seus sentimentos por ele parecessem vulgares, assim como qualquer outro dos muitos flertes, romances e infidelidades que proporcionavam temas para as conversas das mulheres da sociedade. Solly merecia algo melhor do que ser traído por uma ligação vulgar.

Mas eu quero Hugh, pensou ela.

A ideia de renunciar àquela noite em sua companhia deixou-a com vontade de chorar. Lembrou-se de seu sorriso maroto, o peito magro, os olhos azuis, a pele branca e lisa; e recordou-se também da expressão em seu rosto quando contemplara seu corpo, a expressão de admiração e felicidade, desejo e prazer, e parecia muito difícil abrir mão disso.

Houve uma batida leve na porta.

Ela ficou parada no meio do quarto, nua, paralisada e atordoada.

A maçaneta girou, a porta foi empurrada, mas é claro que não abriu.

Ela ouviu seu nome pronunciado em voz baixa.

Foi até a porta e pôs a mão na chave.

– Maisie! – chamou ele, baixinho. – Sou eu, Hugh!

Ela ansiava tanto por ele que o som de sua voz a deixou toda molhada. Enfiou um dedo na boca, mordeu com força, mas a dor não mascarou o desejo.

Hugh tornou a bater na porta.

– Maisie! Não quer me deixar entrar?

Ela encostou-se na parede, as lágrimas escorrendo pelas faces, pingando do queixo para os seios.

– Vamos pelo menos conversar!

Maisie sabia que não haveria conversa se abrisse a porta – trataria de abraçá-lo, e cairiam no chão, num frenesi de desejo.

– Diga *alguma coisa!* Você está aí? Sei que está aí!

Ela ficou imóvel, chorando em silêncio.

– Por favor, Maisie, por favor...

Depois de um tempo, ele foi embora.

MAISIE DORMIU MAL, acordou cedo, mas animou-se um pouco quando o novo dia raiou. Antes que os outros hóspedes se levantassem, foi até a ala das crianças, como sempre fazia. Parou de repente diante da porta da sala de refeições. Não fora a primeira hóspede a se levantar, no fim das contas. Podia ouvir uma voz de homem lá dentro. Ficou escutando. Era Hugh, que dizia:

– ... e foi nesse momento que o gigante acordou.

Houve um grito infantil de terror e satisfação, e Maisie reconheceu que partira de Bertie. Hugh continuou:

– João desceu pelo pé de feijão tão depressa quanto suas pernas podiam, mas o gigante foi atrás dele!

A filha de Kingo, Anne, interveio, com o jeito superior de uma menina de 7 anos que pensava saber tudo:

– Bertie se escondeu atrás de sua cadeira porque está com medo. Eu não tenho medo.

Maisie queria se esconder como Bertie. Virou-se, começou a voltar para o quarto, mas parou de novo. Teria de enfrentar Hugh hoje, em algum momento, e ali poderia ser o lugar mais fácil. Tratou de se controlar e entrou.

Hugh mantinha as três crianças fascinadas. Bertie mal reparou na entrada da mãe. Hugh fitou-a, com mágoa nos olhos.

– Não pare – disse Maisie, sentando-se ao lado de Bertie e abraçando-o.

Hugh tornou a se concentrar nas crianças.

– E o que vocês acham que João fez em seguida?

– Eu sei – declarou Anne. – Ele pegou um machado.

– Isso mesmo.

Maisie continuou sentada ali, abraçando Bertie, que fitava de olhos arregalados o homem que era o seu verdadeiro pai. Se eu puder suportar isso, pensou Maisie, sou capaz de qualquer coisa.

– Enquanto o gigante ainda estava no meio do pé de feijão – continuou Hugh – João cortou-o com o machado! O gigante despencou lá de cima... e morreu. E João e sua mãe viveram felizes para sempre.

Bertie pediu:

– Conte de novo.

IV.

O embaixador cordovês estava muito ocupado. No dia seguinte seria comemorado o Dia da Independência de Córdoba e haveria uma grande recepção à tarde para membros do Parlamento, autoridades do Ministério do Exterior britânico, diplomatas e jornalistas. Naquela manhã, para aumentar suas preocupações, Micky Miranda recebera um comunicado formal do ministro do Exterior sobre dois turistas ingleses que haviam sido assassinados quando exploravam os Andes. Mas quando Edward Pilaster chamou, Micky Miranda largou tudo, pois o que ele tinha a dizer ao amigo era muito mais importante do que a recepção ou o protesto. Precisava de meio milhão de libras e esperava obter todo esse dinheiro de Edward.

Micky era o embaixador cordovês havia um ano. Conquistar o cargo exigira toda a sua astúcia, mas também custara à sua família uma fortuna em subornos em Córdoba. Prometera a Papa que todo o dinheiro seria devolvido e agora precisava cumprir a promessa. Preferia morrer a decepcionar o pai.

Ele levou Edward para o gabinete do embaixador, uma sala grande onde se destacava uma enorme bandeira cordovesa. Foi até a mesa, abriu um mapa de Córdoba, prendendo os cantos com sua charuteira, a garrafa de cristal com xerez, uma taça e a cartola cinza de Edward. Hesitou por um instante. Era a primeira vez que pedia meio milhão de libras a alguém.

– Aqui está a província de Santamaria, no norte do país – começou ele.

– Conheço a geografia de Córdoba – disse Edward, impaciente.

– Sei que conhece.

Era verdade. O Pilaster Bank tinha um considerável volume de negócios em Córdoba, financiando suas exportações de nitrato, carne salgada e prata, bem como as importações de equipamentos de mineração, armas e artigos de luxo. Edward cuidava de todas as operações graças a Micky, que como adido e depois embaixador tornara a vida difícil para qualquer um que não quisesse usar o Pilaster Bank para financiar seu comércio com o país. Em decorrência disso, Edward era agora considerado o maior especialista em Córdoba em Londres.

– Sei que conhece – repetiu Micky. – E sabe também que todo o nitrato extraído por meu pai tem de ser transportado em caravanas de mulas de Santamaria até Palma. Mas o que pode não saber é que é perfeitamente possível construir uma ferrovia ao longo desse percurso.

– Como pode ter certeza? Uma ferrovia é uma coisa muito complicada.

Micky pegou um volume encadernado em sua escrivaninha.

– Porque meu pai encomendou um levantamento a um engenheiro escocês, Gordon Halfpenny. Todos os detalhes estão aqui, inclusive os custos. Dê uma olhada.

– Quanto? – indagou Edward.

– Quinhentas mil libras.

Edward folheou as páginas do relatório.

– Como está a situação política?

Micky levantou os olhos para o enorme retrato do presidente Garcia, no uniforme de comandante em chefe. Cada vez que olhava para aquilo, Micky jurava a si mesmo que um dia seria o seu próprio retrato que ocuparia aquele espaço na parede.

– O presidente é a favor da ideia. Acredita que reforçará seu controle militar sobre o interior.

Garcia confiava em Papa. Desde que Papa se tornara governador da província de Santamaria – com a ajuda de 2 mil rifles Westley-

Richards, de cano curto, fabricados em Birmingham –, os Miranda eram os mais fervorosos partidários e maiores aliados do presidente. Garcia não desconfiava dos motivos de Papa para querer uma ferrovia até a capital: permitiria que a família Miranda atacasse Palma em dois dias em vez de duas semanas.

– Como será financiada? – perguntou Edward.

– Levantaremos o dinheiro no mercado de Londres – respondeu Micky, num tom descontraído. – Para ser mais exato, pensei que o Pilaster Bank poderia gostar de se encarregar dessa operação.

Ele tentava manter uma respiração lenta e normal. Era o clímax do longo e meticuloso cultivo da família Pilaster, a recompensa por anos de preparativos. Mas Edward fez um aceno negativo com a cabeça.

– Não creio.

Micky ficou atônito e desalentado. Na pior das hipóteses, esperava que Edward concordasse em pensar a respeito.

– Mas vocês estão sempre levantando dinheiro para ferrovias, então pensei que aproveitariam essa oportunidade com a maior satisfação!

– Córdoba não é a mesma coisa que o Canadá ou a Rússia – explicou Edward. – Os investidores não gostam da estrutura política de seu país, cada caudilho de província contando com seu exército particular. É medieval.

Micky não pensara nisso.

– Mas vocês financiaram a mina de prata de Papa!

Aquilo acontecera três anos antes e rendera a Papa100 mil libras muito proveitosas.

– Tem razão. É a única mina de prata da América do Sul que tem dificuldades para dar lucro – disse Edward.

Na verdade, a mina era muito rica, mas Papa desviava todos os lucros e não deixava nada para os acionistas. Se ao menos ele deixasse uma pequena margem para garantir a respeitabilidade! Mas Papa nunca escutava conselhos desse tipo. Micky fez um esforço para conter o pânico, porém as emoções devem ter transparecido em seu rosto, pois Edward disse, preocupado:

– É tão importante assim, meu caro? Você parece transtornado.

– Para ser franco, significaria muito para minha família – admitiu Micky. Ele achava que Edward poderia levantar o dinheiro, se quisesse de fato; não podia ser impossível. – Se um banco com o prestígio do Pilaster apoiasse o projeto, tenho certeza de que as pessoas concluiriam que Córdoba deve ser um bom lugar para se investir.

– É possível – concordou Edward. – Se um dos sócios apresentasse a proposta e quisesse mesmo executá-la, provavelmente teria sucesso. Acontece que não sou sócio.

Micky subestimara a dificuldade de levantar meio milhão de libras. Mas não estava derrotado. Encontraria uma forma.

– Terei de pensar de novo – disse ele, com uma descontração forçada.

Edward esvaziou sua taça de xerez, levantou-se e propôs:

– Vamos almoçar?

NAQUELA NOITE, MICKY e os Pilaster assistiriam a *H.M.S. Pinafore*, no Opera Comique. Micky chegou alguns minutos antes. Enquanto esperava no saguão, encontrou a família Bodwin, muito ligada aos Pilaster. Albert Bodwin era um advogado que trabalhava bastante para o banco, e Augusta tentara outrora fazer com que a filha dele, Rachel Bodwin, se casasse com Hugh.

A mente de Micky se concentrava no problema de levantar dinheiro para a ferrovia, mas ele flertou com Rachel Bodwin numa reação automática, como fazia com todas as moças e muitas mulheres casadas.

– Como vai o movimento de emancipação feminina, Srta. Bodwin?

A mãe corou e pediu:

– Eu gostaria que não falasse a respeito, señor Miranda.

– Então, não falarei, Sra. Bodwin, pois seus desejos são para mim como as Leis do Parlamento, legalmente compulsórias.

Ele tornou a se virar para Rachel. Embora ela não fosse exatamente bonita – os olhos eram juntos demais –, tinha um corpo atraente, pernas compridas, cintura estreita, busto volumoso. Num súbito relance de fantasia, Micky imaginou-a com as mãos amarradas na cabeceira de uma cama, as pernas nuas abertas, e gostou da imagem. Levantando os olhos de seu busto, ele surpreendeu os olhos de Rachel. A maioria das moças teria corado e se apressado em virar o rosto, mas ela ofereceu-lhe um olhar de extraordinária franqueza e sorriu; foi Micky quem se sentiu constrangido. Procurando um assunto, ele perguntou:

– Sabia que nosso velho amigo Hugh Pilaster voltou das colônias?

– É claro que sabia. Estive com ele na Whitehaven House. Você também estava lá.

– Ah, sim, tinha me esquecido.

– Sempre gostei de Hugh.

Mas não queria se casar com ele, pensou Micky. Rachel estava em oferta no mercado de casamentos havia muitos anos e começava a parecer uma mercadoria velha e encalhada, refletiu ele, cruelmente. Contudo, seu instinto lhe dizia que Rachel era uma mulher das mais sensuais. Seu problema, sem dúvida, era ser temível demais. Afugentava os homens. De qualquer modo, devia estar ficando desesperada. Aproximava-se dos 30 anos e continuava sem marido; obviamente, especulava se estaria fadada a uma vida de solteirona. Algumas mulheres podiam encarar essa perspectiva com serenidade, porém não era o caso de Rachel, Micky tinha certeza.

Ela sentia-se atraída por ele, assim como quase todas as pessoas, jovens e velhas, homens e mulheres. Micky gostava quando os ricos e influentes se deixavam fascinar por ele, pois isso lhe proporcionava poder; mas Rachel não era ninguém, e seu interesse por ele não tinha o menor valor.

Os Pilaster chegaram, e Micky concentrou a atenção em Augusta. Ela usava um vestido rosa deslumbrante.

– Parece... deliciosa, Sra. Pilaster – murmurou ele.

Augusta sorriu com evidente prazer. As duas famílias conversaram por alguns minutos, e depois chegou o momento de ocuparem seus lugares.

Os Bodwin estavam na plateia, enquanto os Pilaster tinham um camarote. Ao se separarem, Rachel exibiu um sorriso caloroso para Micky e disse:

– Talvez possamos nos encontrar de novo mais tarde, señor Miranda.

O pai ouviu e fez uma expressão desaprovadora ao pegar seu braço e se afastar com ela apressado, mas a Sra. Bodwin sorriu para Micky ao se separarem. O Sr. Bodwin não queria que a filha se apaixonasse por um estrangeiro, pensou Micky, contudo a Sra. Bodwin não é mais tão exigente.

Ele preocupou-se com seu empréstimo ferroviário durante o primeiro ato. Não lhe ocorrera que a primitiva estrutura política de Córdoba, que permitira à família Miranda lutar para alcançar a riqueza e o poder, fosse encarada pelos investidores como um risco. Isso provavelmente significava que não conseguiria obter de nenhum outro banco o financiamento para o projeto ferroviário. Havia apenas um meio de levantar o dinheiro: usando sua influência interna com os Pilaster. E as únicas pessoas que podia influenciar eram Edward e Augusta.

Durante o primeiro intervalo, ele viu-se a sós no camarote com Augusta por alguns momentos e foi direto ao assunto, sabendo que ela apreciava sua franqueza:

– Quando Edward será promovido a sócio do banco?

– Essa é uma questão delicada – disse ela, num tom azedo. – Por que pergunta?

Micky fez um rápido relato sobre o projeto da ferrovia, excluindo o objetivo a longo prazo de Papa de atacar a capital.

– Não posso obter o dinheiro de outro banco. Nenhum deles sabe nada sobre Córdoba porque os mantive a distância em benefício de Edward.

Não era o verdadeiro motivo, mas Augusta nunca saberia disso, pois não compreendia o mundo dos negócios.

– Mas seria um sucesso se Edward apresentasse a proposta – acrescentou ele.

Augusta fez um aceno de cabeça, assentindo.

– Meu marido prometeu promover Edward a sócio assim que ele se casar.

Micky ficou surpreso. Edward se casar? A ideia era alarmante. No entanto, por que deveria ser?

– Até concordamos na escolha da esposa, Emily Maple, a filha do diácono Maple – informou Augusta.

– Como ela é?

– Bonita, jovem, tem apenas 19 anos, e é sensata. Os pais aprovam a união.

Parecia a mulher certa para Edward, pensou Micky. Ele gostava de garotas bonitas, mas precisava de uma que pudesse dominar.

– Então qual é o obstáculo?

Augusta franziu as sobrancelhas.

– Não sei. Mas por algum motivo Edward nunca se anima a pedi-la em casamento.

O que não surpreendia Micky. Não podia imaginar Edward se casando, por mais apropriada que fosse a moça. O que ele tinha a ganhar com o casamento? Não desejava ter filhos. Mas agora havia um incentivo: a posição de sócio. Ainda que Edward não se importasse com isso, Micky estava interessado.

– O que podemos fazer para encorajá-lo?

Augusta fitou-o nos olhos.

– Tenho a impressão de que ele poderia concordar se você também se casasse.

Micky desviou os olhos. Era muito perceptivo da parte de Augusta. Ela não tinha a menor ideia do que acontecia nos quartos do bordel da Nellie, ainda assim possuía a intuição de mãe. Ele também achava que, se fosse o primeiro a se casar, Edward poderia se mostrar mais disposto.

– Eu, me casar? – murmurou Micky, soltando uma risadinha.

É claro que se casaria, mais cedo ou mais tarde, pois todos faziam isso, porém não via motivo para fazê-lo por enquanto.

Mas se fosse o preço para obter o financiamento da ferrovia...

Não era apenas a ferrovia, refletiu Micky. Um empréstimo bem-sucedido levaria a outro. Países como a Rússia e o Canadá levantavam novos empréstimos todos os anos no mercado de Londres – para ferrovias, portos, companhias de abastecimento de água e financiamento geral do governo. Não havia razão para que Córdoba não pudesse fazer o mesmo. Micky receberia uma comissão, oficial ou extraoficial, para cada libra obtida; e, mais importante ainda, o dinheiro seria direcionado para os interesses de sua família em Córdoba, tornando-a ainda mais rica e poderosa.

E a alternativa era inconcebível. Se decepcionasse o pai desta vez, nunca seria perdoado. Para evitar a sua ira, seria capaz de se casar três vezes.

Ele tornou a olhar para Augusta. Nunca haviam conversado sobre o que acontecera no quarto de Seth naquele mês de setembro de 1873, mas não era possível que ela tivesse esquecido. Fora sexo sem intercurso sexual, infidelidade sem adultério, alguma coisa e nada. Ambos estavam vestidos, durara apenas alguns segundos, contudo fora mais arrebatador, comovente e inesquecível do que qualquer coisa que Micky já fizera com as prostitutas no bordel, e tinha certeza de que também fora um acontecimento significativo para Augusta. Como ela se sentia, no íntimo, diante da perspectiva do casamento de Micky? Metade das mulheres de Londres sentiria ciúme, todavia era muito difícil saber o que havia no coração de Augusta. Ele decidiu perguntar diretamente, e fitou-a nos olhos.

– Quer mesmo que eu me case?

Augusta hesitou. Ele viu o pesar em seu rosto por um momento, mas logo a expressão de Augusta se endureceu e a resposta soou firme:

– Quero.

Micky continuou a fitá-la. Ela sustentou o olhar. Ele compreendeu que Augusta falava a sério e sentiu uma estranha decepção.

– Deve ser acertado em breve – continuou Augusta. – Emily Maple e os pais não ficarão à espera indefinidamente.

Em outras palavras, é melhor eu me casar depressa. Pois farei isso. Que assim seja, pensou Micky.

Joseph e Edward voltaram ao camarote e a conversa passou para outros assuntos.

Durante o ato seguinte, Micky pensou em Edward. Eram amigos havia 15 anos. Edward era fraco e inseguro, ansioso em agradar, mas sem iniciativa nem ímpeto. Seu projeto de vida era fazer com que as pessoas o encorajassem e apoiassem, e Micky vinha suprindo essa necessidade desde que começara a ajudá-lo com o latim no colégio. Agora, Edward precisava ser pressionado ao casamento, que era necessário para a sua carreira – e a de Micky. Durante o segundo intervalo, Micky disse a Augusta:

– Edward precisa de alguém para ajudá-lo no banco, um escriturário inteligente, que lhe seja leal e cuide de seus interesses.

Augusta pensou por um momento.

– É uma boa ideia. Alguém que você e eu conheçamos e em quem possamos confiar.

– Exatamente.

– Tem alguém em vista?

– Tenho um primo trabalhando para mim na embaixada. Seu nome é Simon Oliver. Era Olivera, mas ele inglesou-o. É um rapaz inteligente e merece confiança absoluta.

– Leve-o para o chá – disse Augusta. – Se eu gostar do seu jeito, falarei com Joseph.

– Combinado.

O último ato começou. Ele e Augusta pensavam da mesma forma com frequência, refletiu Micky. Era com Augusta que deveria se casar – juntos, poderiam conquistar o mundo. Ele tratou de afastar da cabeça a ideia fantástica. Com quem iria se casar? Não devia ser uma herdeira, pois nada tinha a oferecer a uma garota desse tipo. Havia várias herdeiras que poderia cativar com a maior facilidade, mas conquistar seu coração seria apenas o começo – haveria uma batalha prolongada com os pais, sem nenhuma garantia de resultado certo. Nada disso. Precisava de uma moça de origens modestas, que já gostasse dele e o aceitasse com entusiasmo. Seus olhos vaguearam ociosos pelo teatro... e se fixaram em Rachel Bodwin.

Ela se ajustava com perfeição ao papel. Já era meio apaixonada por ele. E começava a se desesperar em sua procura por um marido. O pai não apreciava Micky, mas a mãe gostava dele, e mãe e filha juntas superariam a oposição do pai.

Mais importante ainda, ela o excitava.

Era uma virgem inocente e apreensiva. Faria coisas com ela que a deixariam desnorteada e enojada. Ela poderia resistir, o que tornaria tudo ainda melhor. Afinal, uma esposa tinha de ceder às exigências sexuais do marido, por mais bizarras ou repulsivas que fossem, pois ela não tinha a quem se queixar. Mais uma vez, Micky imaginou-a amarrada na cama, porém desta vez ela se contorcia, de dor ou desejo, talvez de ambos...

O espetáculo terminou. Ao deixarem o teatro, Micky procurou os Bodwin. Encontraram-se na calçada enquanto os Pilaster esperavam sua carruagem e Albert Bodwin fazia sinal para um fiacre. Micky exibiu um sorriso cativante para a Sra. Bodwin e disse:

– Posso ter a honra de lhe fazer uma visita amanhã à tarde?

Ela ficou obviamente espantada.

– A honra será toda minha, señor Miranda.

– É muito gentil. – Ele apertou a mão de Rachel, fitou-a nos olhos e acrescentou: – Até amanhã.

– Aguardarei ansiosa – murmurou ela.

A carruagem de Augusta chegou, Micky abriu a porta e perguntou num sussurro:

– O que acha dela?

– Seus olhos são muito juntos – respondeu Augusta ao subir. Depois de se acomodar em seu lugar, ela disse pela porta aberta: – Afora isso, ela se parece comigo.

Augusta bateu a porta e a carruagem partiu.

UMA HORA DEPOIS, Micky e Edward jantavam num quarto particular no Nellie's. Além da mesa, havia no quarto um sofá, um guarda-roupa e uma cama enorme. April Tilsley redecorara todo o bordel, e aquele quarto ostentava elegantes tecidos de William Morris e um conjunto de desenhos emoldurados, mostrando pessoas fazendo sexo com os mais diferentes tipos de frutas e legumes. Mas era da natureza do negócio que as pessoas se embriagassem e se comportassem mal, e o papel de parede já fora rasgado, as cortinas exibiam manchas, o carpete tinha rasgões. A luz de vela, no entanto, ocultava os defeitos e a falta de gosto do quarto, além de tirar anos da idade das mulheres.

Os dois homens estavam sendo servidos por duas de suas mulheres prediletas, Muriel e Lily, que usavam sapatos de seda vermelha e chapéus enormes e elaborados; afora isso, estavam nuas. Lá de fora vinham os sons de um canto rouco e de uma discussão acalorada, mas no interior do quarto reinava tranquilidade, com o crepitar do carvão que mantinha o fogo e as palavras murmuradas pelas duas mulheres enquanto serviam o jantar. O ambiente relaxou Micky, que deixou de se sentir tão ansioso com o empréstimo ferroviário. Pelo menos, tinha um plano. Só lhe restava agora tentar executá-lo. Olhou para Edward. A amizade entre os dois fora bastante proveitosa, refletiu Micky. Em algumas ocasiões, quase sentira afeição por ele. A dependência do amigo era cansativa, mas era o que proporcionava a Micky o poder sobre ele. Ajudara Edward, Edward o ajudara, e juntos haviam desfrutado todos os vícios da cidade mais sofisticada do mundo. Quando terminaram de comer, Micky serviu outra taça de vinho, e anunciou:

– Vou me casar com Rachel Bodwin.

Muriel e Lily riram. Edward fitou-o espantado por um longo momento, antes de murmurar:

– Não acredito.

Micky deu de ombros.

– Acredite no que quiser. De qualquer forma, é verdade.

– Fala a sério?

– É claro.

– Seu porco!

Micky ficou olhando surpreso para o amigo.

– Por que eu não deveria me casar?

Edward levantou-se e inclinou-se sobre a mesa, agressivo.

– Você é um porco maldito, Miranda, e isso é tudo o que tenho a dizer.

Micky não previra tal reação.

– Mas o que deu em você? Não vai se casar também, com Emily Maple?

– Quem lhe disse isso?

– Sua mãe.

– Não vou me casar com ninguém.

– Por que não? Está com 29 anos. E eu também. É a idade certa para um homem providenciar a simulação de uma família respeitável.

– Que se dane a família respeitável! – berrou Edward, virando a mesa.

Micky saltou para trás enquanto a louça se quebrava no chão e o vinho se esparramava. Encolhendo-se de medo, as duas mulheres nuas afastaram-se.

– Fique calmo! – protestou Micky.

– Depois de tantos anos! – berrou Edward. – Depois de tudo o que fiz por você!

Micky sentia-se perplexo com a fúria de Edward. Compreendeu que precisava acalmá-lo. Uma cena assim poderia reforçar seu preconceito contra o casamento, o oposto do que Micky desejava.

– Não é um desastre – disse ele, num tom razoável. – Não fará nenhuma diferença para nós.

– Isso é inevitável!

– Não é, não. Ainda viremos para cá.

Edward assumiu uma expressão desconfiada e indagou, numa voz mais contida:

– Viremos?

– É claro que sim, e continuaremos também a frequentar o clube. É para isso que os clubes servem. Os homens vão aos clubes para escapar das esposas.

– Acho que tem razão.

A porta abriu-se e April entrou.

– Que barulho foi esse? – indagou ela. – Edward, você quebrou minha porcelana?

– Desculpe, April. Pagarei tudo.

Micky acrescentou para April:

– Eu estava justamente explicando a Edward que ele ainda poderá vir aqui depois que se casar.

– Espero que sim. Se nenhum homem casado nos visitasse, eu teria de fechar a casa. – April virou-se para a porta e gritou – Sid! Traga uma vassoura!

Edward estava se acalmando rapidamente, para alívio de Micky.

– Logo depois de nos casarmos, Edward, devemos passar algumas noites em casa, oferecer um ou outro jantar. Mas após um tempo, tudo voltará a ser como antes.

Edward franziu as sobrancelhas.

– As esposas não se importam?

Micky deu de ombros.

– E quem se preocupa com o que elas se importam? O que uma esposa pode fazer?

– Se ela ficar insatisfeita, imagino que pode atormentar o marido.

Micky percebeu que Edward falava de sua mãe como uma esposa típica. Por sorte, poucas mulheres eram tão determinadas e inteligentes quanto Augusta.

– O truque é não ser muito bom para elas – explicou Micky, baseado na observação de seus colegas no Cowes Club que eram casados. – Se for bom com sua esposa, ela vai querer sempre a sua presença. Trate-a com rigor, e ela sempre ficará contente quando você sair à noite para ir ao clube, deixando-a em paz.

Muriel passou os braços pelo pescoço de Edward.

– Prometo que continuará a ser a mesma coisa depois que você se casar, Edward. Chuparei seu pau enquanto olha Micky foder Lily, exatamente como você gosta.

– Vai mesmo? – perguntou ele, com um sorriso tolo.

– É claro que sim.

– Então, nada vai realmente mudar – murmurou Edward, olhando para Micky.

– Só uma coisa vai mudar – ressaltou Micky. – Você será sócio no banco.

2
Abril

I.

A casa de espetáculos estava tão quente quanto um banho turco. O ar recendia a cerveja, crustáceos e pessoas sem tomar banho. No palco, uma jovem vestida com trapos estava na frente de um pano de fundo pintado como um pub. Segurava uma boneca, para representar um bebê recém-nascido, e cantava como fora seduzida e abandonada. O público, sentado em bancos, a mesas compridas sobre cavaletes, deu-se os braços e entoou no coro:

E só foi preciso uma pequena gota de gim!

Hugh cantava a plenos pulmões. Sentia-se bem. Comera uma porção de mariscos e tomara vários copos da cerveja. Apertava o corpo contra Nora Dempster, uma pessoa por quem era agradável ser espremido. Ela era rechonchuda e macia, tinha um sorriso sedutor e, provavelmente, salvara sua vida.

Depois da visita a Kingsbridge Manor, Hugh mergulhara numa profunda depressão. Ver Maisie despertara fantasmas antigos; e como fora novamente rejeitado por ela, os fantasmas passaram a atormentá-lo sem trégua.

Era capaz de sobreviver durante o dia, pois no trabalho havia desafios e problemas para afastar sua mente da angústia – estava ocupado em organizar o empreendimento conjunto com o Madler and Bell, que os sócios do Pilaster haviam finalmente aprovado. E muito em breve ele se tornaria um sócio, algo com que sempre sonhara. Mas à noite não se entusiasmava com nada. Era convidado para muitas festas, bailes e jantares – pois ingressara na Turma de Marlborough graças à sua amizade com Solly – e ia a esses eventos com frequência. Contudo, quando Maisie não estava presente, ficava entediado; e quando a encontrava, sentia-se infeliz. Passava a maioria das noites em seus aposentos, pensando nela, ou vagueava pelas ruas na esperança, contra todas as probabilidades, de encontrá-la.

Conhecera Nora na rua. Fora à Peter Robinson's, na Oxford Street – uma loja que outrora vendia roupas de cama e mesa, mas agora era chamada de "loja de departamentos" –, a fim de comprar um presente de aniversário para a irmã, Dotty, e planejava pegar o trem para Folkestone logo em seguida. Mas sentia-se tão angustiado que não sabia como poderia encarar a família, e uma espécie de paralisia diante de tantas opções de presentes o tornara incapaz de fazer uma escolha. Saiu de mãos vazias quando já começava a escurecer, e Nora literalmente deu de cara com ele. Ela tropeçou, e Hugh a amparou em seus braços.

Jamais se esqueceria da sensação. Embora ela usasse um casaco, seu corpo era macio e flexível, irradiava calor e perfume. Por um instante, a rua fria e escura de Londres desapareceu, e ele se viu num mundo fechado de súbito prazer. Depois, ela deixou cair sua compra, um pote de cerâmica, que se quebrou ao bater na calçada. Nora soltou um grito de lamento, dando a impressão de que desataria a chorar. Hugh, é claro, insistiu em comprar outro pote.

Nora era um ou dois anos mais nova do que ele, tinha 24 ou 25 anos. O rosto era redondo e bonito, com cachos ruivos e alourados se projetando debaixo de um gorro. As roupas eram baratas, mas harmoniosas: um vestido rosa de lã com flores bordadas e uma anquinha, e um blusão de veludo azul justo, adornado com pele de coelho. Nora falava com o arrastado sotaque *cockney*.

Enquanto compravam outro pote, Hugh comentou, para puxar conversa, que não tinha conseguido decidir o que dar à irmã como presente de aniversário. Nora sugeriu uma sombrinha colorida e, em seguida, insistiu em ajudá-lo a escolher.

Depois, ele a levou para casa num fiacre. Nora disse-lhe que morava com o pai, um caixeiro-viajante que vendia remédios. A mãe morrera. O bairro em que ela residia era um pouco menos respeitável do que Hugh imaginara, de classe trabalhadora pobre, e não de classe média.

Ele presumiu que nunca mais tornaria a vê-la, e durante todo o domingo em Folkestone pensou em Maisie, como sempre. Na segunda-feira, no banco, recebeu um bilhete de Nora, agradecendo sua gentileza – sua letra era pequena, feminina, desenhada com capricho, reparou Hugh antes de amassar o bilhete e jogá-lo na cesta de papel.

No dia seguinte, ele saiu do banco ao meio-dia a caminho de um café para um prato de costeletas de cordeiro, e a viu se aproximando pela rua, em sua direção. Não a reconheceu a princípio, pensando apenas que era uma moça de rosto bonito; mas logo ela sorriu, e Hugh se recordou. Tirou o chapéu, e Nora parou para conversar. Ela trabalhava como assistente de uma fabricante de espartilhos, contou Nora, corando, e estava voltando para a loja depois de visitar uma cliente. Um impulso repentino levou Hugh a convidá-la para dançar naquela noite.

Ela respondeu que gostaria de ir, porém não tinha um chapéu decente. Hugh a acompanhou até uma loja, comprou o chapéu, resolvendo o problema.

Muito do romance entre os dois se desenrolou enquanto faziam compras. Nora nunca possuíra muita coisa e demonstrava um prazer desinibido pela prosperidade de Hugh. Por sua vez, ele gostava de lhe comprar luvas, sapatos, casacos, pulseiras e qualquer outra coisa que Nora desejasse. A irmã, Dotty, com toda a sabedoria de seus 12 anos, anunciara que Nora só gostava dele por seu dinheiro. Hugh rira e dissera:

– Mas quem me amaria por minha aparência?

Maisie não saíra de sua cabeça – na verdade, ainda pensava nela todos os dias –, mas as recordações não mais o mergulhavam no desespero. Tinha algo por que esperar agora: seu próximo encontro com Nora. Em poucas semanas, ela lhe devolvera a *joie de vivre*.

Num de seus passeios de compras encontraram Maisie numa peleteria na Bond Street. Sentindo-se um tanto constrangido, Hugh apresentou-as. Nora ficou impressionada por conhecer a Sra. Solomon Greenbourne. Maisie convidou-os para um chá na casa em Piccadilly. Naquela noite, Hugh tornou a se encontrar com Maisie num baile. Para sua surpresa, Maisie mostrou-se indelicada em relação a Nora.

– Desculpe, mas não gosto dela – disse Maisie. – Pareceu-me uma mulher de coração frio e gananciosa, e não acredito que ela o ame nem um pouco. Pelo amor de Deus, não se case com ela.

Hugh sentiu-se magoado e ofendido. Era apenas ciúme de Maisie, concluiu ele. De qualquer forma, não estava pensando em casamento.

Quando a apresentação na casa de espetáculos terminou, eles saíram para a rua, onde um nevoeiro denso girava, recendendo a fuligem. Passaram os cachecóis em torno do pescoço, cobrindo a boca, e seguiram para a casa de Nora, em Camden Town.

Era como estar debaixo d'água. Todos os sons eram abafados, as pessoas e as coisas assomavam da neblina de repente, sem aviso: uma prostituta à procura de clientes sob um lampião a gás, um bêbado trocando as pernas na saída de um pub, um guarda em patrulha, um varredor de rua atravessando a pista, uma carruagem iluminada avançando devagar, um cão todo molhado na sarjeta, um gato de olhos brilhando num beco. Hugh e Nora andavam de mãos dadas, paravam de vez em quando na escuridão mais densa, baixavam os cachecóis e se beijavam. Os lábios de Nora eram macios e receptivos; ela o deixou enfiar a mão por dentro do casaco e acariciar seus seios. O nevoeiro tornava tudo secreto e romântico.

Hugh costumava deixá-la na esquina de sua rua, mas naquela noite, por causa do nevoeiro, conduziu-a até a porta. Queria beijá-la outra vez ali, mas teve medo de que o pai pudesse abrir a porta e vê-los. Nora, porém, surpreendeu-o ao perguntar:

– Não quer entrar?

Hugh nunca estivera no interior de sua casa.

– O que seu pai vai pensar?

– Ele foi para Huddersfield – explicou Nora, abrindo a porta.

O coração de Hugh disparou ao entrar. Não sabia o que poderia acontecer em seguida, mas sem dúvida era excitante. Ajudou Nora a tirar o casaco, e seus olhos admiraram com anseio as curvas por baixo do vestido azul-celeste.

A casa era pequena, ainda menor do que a casa da mãe de Hugh em Folkestone. A escada ocupava a maior parte do vestíbulo estreito. Havia duas portas ali, e deviam levar a uma sala na frente e a uma cozinha nos fundos. No andar de cima ficavam certamente dois quartos. Haveria uma pequena banheira de estanho na cozinha e uma privada no quintal dos fundos.

Hugh pendurou o casaco e o chapéu num suporte. Um cão latia na cozinha, e Nora abriu a porta para soltar um pequeno *terrier* escocês preto, com uma fita azul em torno do pescoço. O cachorro saudou-a com o maior entusiasmo, depois contornou Hugh, cauteloso.

– Blackie me protege quando papai viaja – disse Nora, e Hugh percebeu o duplo sentido.

Seguiu Nora para a sala. Os móveis eram velhos e desgastados, mas Nora enfeitara a sala com coisas que haviam comprado juntos: almofadas bonitas, um tapete colorido e um quadro do Castelo de Balmoral. Ela acendeu uma vela e fechou as cortinas.

Hugh ficou parado no meio da sala sem saber o que fazer, até que ela o tirou de seu dilema ao pedir:

– Veja se consegue avivar o fogo.

Havia algumas brasas no piso da lareira. Hugh acrescentou os gravetos, soprou as brasas com um pequeno fole até que o fogo ressurgiu.

Ao terminar, virou-se e viu Nora sentada no sofá, sem o chapéu, os cabelos soltos. Ela apalpou a almofada ao seu lado e Hugh sentou-se, obediente. Blackie lançou-lhe um olhar ciumento, e ele perguntou-se como poderia tirar o cão da sala.

Ficaram de mãos dadas, olhando para o fogo. Hugh sentia-se em paz. Não podia imaginar querer fazer outra coisa pelo resto de sua vida. Depois de um tempo, tornou a beijá-la. Hesitante, tocou em seu seio. Era firme, encheu sua mão. Ele apertou-o delicadamente e Nora deixou escapar um suspiro profundo. Hugh não se sentia tão bem assim havia anos, porém queria mais. Beijou-a com mais vigor, ainda acariciando os seios.

Aos poucos ela foi se inclinando para trás, até que Hugh já estava quase por cima de seu corpo. Os dois ofegavam. Ele tinha certeza de que Nora devia estar sentindo seu pênis comprimido contra sua coxa grossa. No fundo de sua mente, a voz da consciência lhe dizia que se aproveitava de uma moça na ausência do pai, mas era uma voz fraca, e não conseguiu prevalecer ao desejo que aflorava como um vulcão.

Hugh ansiava em tocar nas partes mais íntimas. Enfiou a mão entre as pernas de Nora. Ela contraiu-se no mesmo instante e o cachorro latiu sentindo a tensão. Hugh afastou-se um pouco, murmurando:

– Vamos pôr o cão lá fora.

Nora parecia perturbada.

– Talvez devêssemos parar.

Hugh não podia suportar a perspectiva de parar. Mas a palavra "talvez" encorajou-o.

– Não posso parar agora. Leve o cachorro para fora.

– Mas... não estamos noivos nem qualquer coisa assim!

– Podemos ficar noivos – disse ele sem pensar.

Nora empalideceu um pouco.

– Fala a sério?

Hugh se fez a mesma pergunta. Desde o início, considerara o caso um simples flerte, não um namoro sério; contudo, apenas uns poucos momentos antes pensara no quanto gostaria de passar o resto da vida de mãos dadas com Nora na frente de uma lareira acesa. Queria realmente se casar com ela? Ele concluiu que queria; mais do que isso, não havia nada que desejasse mais. Haveria problemas, é claro. A família diria que estava se casando com alguém de uma classe inferior à sua. Pois que todos se danassem. Tinha 26 anos, ganhava mil libras por ano e estava prestes a ser promovido a sócio num dos bancos de maior prestígio no mundo – podia casar-se com quem quisesse. A mãe ficaria desgostosa, mas o apoiaria; ainda que se preocupasse, acabaria contente por ver o filho feliz. E os outros podiam dizer o que lhes aprouvesse. Nunca haviam feito nada por ele.

Hugh contemplou Nora, rosada, bonita, adorável, recostada no sofá velho, os cabelos soltos sobre os ombros nus. Queria-a demais, agora, e depressa. Vivera sozinho por muito tempo. Maisie levava uma vida estável com Solly, nunca seria sua. Era tempo de ele encontrar uma mulher quente e macia para partilhar sua cama e sua vida. Por que não podia ser Nora? Ele estalou os dedos.

– Venha até aqui, Blackie.

O cão se adiantou, cauteloso. Hugh afagou sua cabeça e segurou a fita em torno do pescoço.

– Fique aí e vigie o vestíbulo.

Ele pôs o cachorro para fora e depois fechou a porta. Blackie ainda latiu duas vezes, mas em seguida permaneceu em silêncio.

Hugh foi sentar-se ao lado de Nora e pegou sua mão. Ela também se mostrava cautelosa.

– Nora, quer se casar comigo?

O rosto da moça ficou totalmente enrubescido.

– Quero.

Hugh beijou-a. Ela abriu a boca e retribuiu ao beijo com ardor. Ele tocou em seu joelho. Nora pegou sua mão e conduziu-a por baixo das roupas, entre as pernas, até a bifurcação das coxas. Através do tecido fino, ele pôde sentir os pelos ásperos e a carne macia. Os lábios de Nora roçaram seu rosto até o ouvido e ela sussurrou:

– Hugh, querido, faça-me sua esta noite, agora.

– Está bem – balbuciou ele, a voz rouca.

II.

O baile à fantasia da duquesa de Tenbigh foi o primeiro grande evento da temporada social de Londres em 1879. Todos falavam a respeito semanas antes. Fortunas foram gastas em fantasias, e as pessoas faziam qualquer coisa para conseguir um convite.

Augusta e Joseph Pilaster não foram convidados. O que não era de surpreender, pois não pertenciam ao mais alto escalão da sociedade de Londres. Mas Augusta queria ir, e tomou a decisão de comparecer de qualquer maneira.

Assim que soube do baile, mencionou-o a Harriet Morte, que reagiu com uma expressão constrangida e não disse nada. Como dama de companhia da rainha, lady Morte tinha grande poder social e ainda por cima era prima distante da duquesa de Tenbigh. Mas não se ofereceu para providenciar um convite para Augusta.

Augusta verificou a conta de lorde Morte no Pilaster Bank e descobriu que havia um saque a descoberto de mil libras. No dia seguinte, ele recebeu um bilhete indagando quando esperava regularizar sua conta.

Nesse mesmo dia, Augusta visitou lady Morte. Pediu desculpas, dizendo que o bilhete fora um equívoco e que o empregado responsável já tinha sido demitido. Depois, tornou a mencionar o baile.

O rosto de lady Morte, em geral impassível, foi dominado momentaneamente por uma expressão furiosa de intenso ódio quando ela compreendeu a barganha que lhe era oferecida. Augusta não se abalou. Não tinha o menor desejo de ser apreciada por lady Morte, queria apenas usá-la. E lady Morte se via diante de uma decisão simples: exercer sua influência para que Augusta fosse convidada para o baile ou encontrar mil libras para cobrir o saque a descoberto. Ela preferiu a opção mais fácil, e os convites foram entregues no dia seguinte.

Augusta ficou aborrecida por lady Morte não tê-la ajudado de bom grado. Era irritante ter de coagi-la. Como vingança, Augusta obrigou-a a conseguir um convite para Edward também.

Augusta iria à festa como a rainha Elizabeth; Joseph, como o conde de Leicester. Na noite do baile, eles jantaram em casa e trocaram de roupa em seguida. Depois de se vestir, Augusta foi ao quarto de Joseph para ajudá-lo a pôr sua fantasia e falar sobre o sobrinho Hugh.

Estava furiosa porque Hugh seria promovido a sócio do banco ao mesmo tempo que Edward. Pior ainda, todos sabiam que Edward só se tornaria sócio porque se casara e ganhara um investimento de 250 mil libras no banco, enquanto Hugh conseguia o cargo por ter fechado um negócio espetacularmente lucrativo com o Madler and Bell, de Nova York. As pessoas já começavam a se referir a Hugh como um possível sócio principal. O mero pensamento fazia Augusta ranger os dentes.

A promoção dos dois seria efetivada no fim de abril, quando o acordo anual da sociedade era formalmente renovado. Mas no início do mês, para enorme satisfação de Augusta, Hugh cometera o erro incrivelmente tolo de se casar com uma rechonchuda moça das classes trabalhadoras, de Camden Town.

O episódio de Maisie, seis anos antes, demonstrara que ele tinha uma queda por mulheres da sarjeta, mas Augusta nunca ousara ter a esperança de que ele desposasse uma. Hugh o fizera com discrição, em Folkestone, com a presença apenas de sua mãe e irmã e do pai da noiva e, depois, informou a família como um *fait accompli.* Ao ajustar o rufo elisabetano de Joseph, Augusta comentou:

– Presumo que você terá de pensar de novo sobre a promoção de Hugh a sócio, agora que ele se casou com uma criada.

– Ela não é uma criada, e sim uma *corsetière.* Ou melhor, era. Agora é a Sra. Pilaster.

– Seja como for, um sócio do Pilaster não pode ter uma atendente de loja como esposa.

– Devo dizer que acho que ele pode se casar com quem quiser.

Augusta já receava que o marido enveredasse por essa linha.

– Você não diria isso se ela fosse feia, magra e antipática – disse Augusta, incisiva. – Só porque ela é bonita e simpática, você se mostra tolerante.

– Não vejo qual é o problema.

– Um sócio deve reunir-se com ministros de Estado, diplomatas, líderes de grandes organizações. Ela não saberá como se comportar. Pode constrangê-lo a qualquer momento.

– Mas ela pode aprender. – Joseph hesitou por um instante, depois acrescentou: – Às vezes acho que você se esquece de suas próprias origens, querida.

Augusta empertigou-se e protestou com veemência:

– Meu pai tinha três lojas! Como ousa me comparar a essa pequena vagabunda?

Ele recuou no mesmo instante.

– Desculpe, desculpe...

Augusta continuou indignada.

– Além do mais, nunca trabalhei nas lojas do meu pai! Fui criada para ser uma dama!

– Já pedi desculpas. Não vamos mais falar nisso. Está na hora de partirmos.

Augusta calou-se, mas por dentro ainda fervia de raiva.

Edward e Emily esperavam-nos no vestíbulo, vestidos como Henrique II e Eleanor de Aquitânia. Edward estava tendo dificuldades com as jarreteiras douradas que se cruzavam e disse:

– Podem ir na frente, mãe, e depois mandem a carruagem nos buscar.

Mas Emily interveio prontamente:

– Oh, não, quero ir agora! Ajeite as jarreteiras no caminho.

Emily tinha enormes olhos azuis e o rosto atraente de uma menina; estava fascinante no vestido e manto bordados do século XII, com uma comprida touca de freira na cabeça. Augusta, porém, já descobrira que ela não era tão tímida quanto parecia. Durante os preparativos para o casamento, tornara-se evidente que Emily possuía vontade própria. Demonstrara o maior prazer em deixar que Augusta cuidasse do desjejum nupcial, mas insistira, com bastante obstinação, em se encarregar de seu próprio vestido e das damas de honra.

Ao embarcarem na carruagem e partirem, Augusta recordou-se vagamente de que o casamento de Henrique II e Eleanor fora tempestuoso. Esperava que Emily não criasse muitos problemas para Edward. Desde o casamento, Edward andava mal-humorado, e Augusta desconfiava de que havia algo errado. Tentara descobrir, interrogando-o com a maior delicadeza, mas ele não revelara nada.

O mais importante, no entanto, era que ele estava casado e se tornaria sócio do banco. Já tinha o seu lugar. Todo o resto poderia ser resolvido.

O baile começou às 20h30, e os Pilaster chegaram a tempo. Luzes brilhavam em todas as janelas de Tenbigh House. Já havia uma multidão de curiosos na rua, e uma fileira de carruagens esperava na Park Lane para entrar no pátio. A multidão aplaudia cada fantasia à medida que os convidados desciam dos veículos e subiam os degraus para a porta. Olhando para a frente enquanto aguardavam, Augusta viu Antônio e Cleópatra, vários puritanos do tempo de Cromwell, diversos cavaleiros medievais, duas deusas gregas e três Napoleões entrarem na casa.

Sua carruagem finalmente chegou à porta e eles saltaram. Dentro da casa havia outra fila, começando no vestíbulo e subindo pela escada curva até o patamar, onde o duque e a duquesa de Tenbigh, vestidos como Salomão e Sabá, cumprimentavam os convidados. O vestíbulo estava todo enfeitado de flores; uma banda tocava para distrair os convidados enquanto esperavam sua vez.

Os Pilaster foram seguidos por Micky Miranda - convidado graças à sua posição como embaixador - e sua esposa, Rachel. Micky parecia mais arrojado do que nunca na seda vermelha do traje de cardeal Wolsey, e por um instante o coração de Augusta palpitou ao contemplá-lo. Ela fitou com um olhar crítico sua esposa, que escolhera comparecer como uma escrava, o que era um tanto surpreendente. Augusta encorajara Micky a se casar, mas não pôde reprimir uma pontada de ressentimento pela mulher um tanto feia que desposara. Rachel retribuiu com frieza o olhar de Augusta e segurou o braço de Micky, num gesto possessivo, depois que ele beijou a mão de Augusta. Ao subirem a escada, lentamente, Micky disse a Rachel:

- O enviado espanhol também veio, não deixe de ser simpática com ele.

- Você é que tem de ser simpático - protestou Rachel, incisiva. - Eu o acho um indolente.

Micky franziu as sobrancelhas, porém não disse mais nada. Com suas opiniões extremas e atitudes firmes, Rachel teria dado uma boa esposa para um jornalista combativo ou um membro radical do Parlamento. Micky merecia uma mulher menos excêntrica e mais bonita, refletiu Augusta.

Mais à frente, ela viu outros recém-casados, Hugh e Nora. Hugh integrava a Turma de Marlborough graças à sua amizade com os Greenbourne e, para tristeza de Augusta, era convidado a todos os eventos. Ele vestia-se como um rajá indiano, enquanto Nora parecia ter ido como encantadora de serpentes, num traje cheio de lantejoulas e cortado para revelar uma calça de harém. Havia serpentes artificiais enroladas em seus braços e pernas, e uma delas repousava a cabeça de papel machê em seu busto volumoso. Augusta estremeceu.

- A esposa de Hugh é vulgar demais - murmurou ela para Joseph.

Ele estava propenso a ser tolerante.

– Ora, é apenas uma fantasia.

– Nenhuma das outras mulheres aqui teve a falta de gosto de mostrar as pernas.

– Não vejo a menor diferença entre uma calça larga e um vestido.

Era provável que ele estivesse apreciando a visão das pernas de Nora, pensou Augusta com profunda aversão. Era muito fácil para uma mulher assim turvar o julgamento dos homens.

– Apenas não acho que ela tenha condições de ser esposa de um sócio do Pilaster Bank.

– Nora não terá de tomar nenhuma decisão financeira.

Augusta teve vontade de soltar um grito de frustração. Não era suficiente que Nora fosse uma jovem da classe trabalhadora. Ela teria de fazer algo imperdoável para que Joseph e seus sócios se voltassem contra Hugh.

Era uma ideia.

A raiva de Augusta se dissipou tão depressa quanto aflorara. Talvez houvesse algum meio de colocar Nora numa encrenca, refletiu ela. Tornou a levantar os olhos pela escada, estudou sua presa.

Nora e Hugh conversavam com o adido húngaro, o conde de Tokoly, um homem de moral duvidosa, apropriadamente vestido de Henrique VIII. Nora era o tipo de mulher pela qual o conde se mostraria encantado, pensou Augusta, insidiosa. As damas respeitáveis cruzariam a sala para evitar a possibilidade de falar com ele, mas ainda assim era preciso convidá-lo para os eventos sociais por se tratar de um diplomata importante. Não havia o menor sinal de desaprovação no rosto de Hugh enquanto observava a esposa flertar com o velho devasso. Mais do que isso, a expressão de Hugh era toda de adoração. Ainda estava muito apaixonado para perceber qualquer defeito na esposa. Tal situação não duraria muito.

– Nora está conversando com De Tokoly – murmurou Augusta para Joseph. – É melhor ela cuidar de sua reputação.

– Não seja grosseira com ele – declarou Joseph, bruscamente. – Esperamos levantar 2 milhões de libras para seu governo.

Augusta não ligava a mínima para De Tokoly. Continuou a remoer o que podia fazer em relação a Nora. A jovem era mais vulnerável agora, quando tudo lhe era desconhecido e ainda não tivera tempo de aprender as maneiras da classe alta. Se encontrasse um meio de fazê-la se desgraçar por si mesma naquela noite, de preferência na frente do príncipe de Gales...

No mesmo instante em que ela pensava no príncipe, houve uma grande aclamação do lado de fora, indicando que a comitiva real chegara.

Um momento depois, o príncipe de Gales e a princesa Alexandra entraram, vestidos como rei Artur e rainha Guinevère, seguidos por sua comitiva, cavaleiros de armadura e damas medievais. A banda parou de tocar de repente, no meio de uma valsa de Strauss, e iniciou o hino nacional. Todos os convidados no vestíbulo fizeram reverências, e a fila na escada se inclinou como uma onda enquanto o casal real subia. O príncipe se tornava mais gordo a cada ano, pensou Augusta ao fazer sua reverência. Não tinha certeza de que já havia fios brancos em sua barba, mas estava ficando rapidamente calvo no alto da cabeça. Sempre sentira pena da linda princesa, que tinha de aturar muita coisa de seu marido perdulário e mulherengo.

No topo da escada, o duque e a duquesa receberam os convidados reais e levaram-nos para o salão de baile. Os outros convidados na escada adiantaram-se para acompanhá-los.

No salão de baile, numerosos ramalhetes de flores da estufa da casa de campo dos Tenbigh tomavam as paredes, e a luz de mil velas refletia-se nos espelhos altos entre as janelas. Os lacaios servindo champanhe estavam vestidos como cortesãos elisabetanos, de gibão e meias-calças. O príncipe e a princesa foram conduzidos a um palanque na extremidade do salão. Fora acertado que algumas das fantasias mais espetaculares deveriam desfilar em procissão pela frente do casal real. Assim que os dois se sentaram, o primeiro grupo se adiantou. Formou-se um aglomerado perto do palanque, e Augusta viu-se ao lado do conde de Tokoly.

– É uma jovem deslumbrante a esposa de seu sobrinho, Sra. Pilaster – comentou ele.

Augusta lançou-lhe um olhar gelado.

– É muita generosidade sua dizer isso, conde.

De Tokoly alteou uma sobrancelha.

– Estou percebendo um tom de discordância? Não resta a menor dúvida de que teria preferido que o jovem Hugh escolhesse uma esposa de sua própria classe.

– Sabe a resposta sem precisar que eu lhe diga.

– Mas a jovem possui um charme irresistível.

– Sem dúvida.

– Vou convidá-la para dançar mais tarde. Acha que ela aceitará?

Augusta não pôde resistir a um comentário ácido:

– Tenho certeza que sim. Ela não é muito exigente.

Augusta virou-se. Seria demais esperar que Nora provocasse um incidente com o conde...

E foi nesse instante que ela teve uma súbita inspiração.

O conde era o fator crítico. Se ela o juntasse a Nora, a combinação poderia ser explosiva.

Sua mente disparou. Aquela noite era uma oportunidade perfeita. Tinha de resolver tudo agora.

Sentindo-se um pouco ofegante dada a sua agitação, Augusta olhou ao redor, avistou Micky e aproximou-se dele.

– Há uma coisa que quero que faça por mim agora, o mais depressa possível – murmurou ela.

Micky lançou-lhe um olhar sugestivo.

– Qualquer coisa.

Augusta ignorou a insinuação.

– Conhece o conde de Tokoly?

– É claro. Todos os diplomatas se conhecem.

– Diga a ele que Nora não é melhor do que deveria ser.

A boca de Micky contraiu-se num meio sorriso.

– Apenas isso?

– Pode ir mais além se quiser.

– Devo insinuar que sei disso... por experiência pessoal?

A conversa estava passando dos limites do decoro, mas a ideia de Micky era boa, e Augusta consentiu, fazendo um aceno de cabeça.

– Ainda melhor.

– Sabe o que ele fará?

– Espero que ele faça uma sugestão indecente a ela.

– Se é isso o que você quer...

– É, sim.

Foi a vez de Micky de assentir com um aceno de cabeça.

– Sou seu escravo nisso também, como em todas as coisas.

Augusta dispensou o elogio com um gesto da mão, impaciente, tensa demais para ouvir galanteios jocosos. Procurou por Nora e avistou-a olhando ao redor em admiração, impressionada com a decoração suntuosa e os trajes extravagantes – a moça nunca vira nada assim em toda a sua vida. Estava desprevenida. Sem mais reflexões, Augusta atravessou a multidão para o lado de Nora e murmurou em seu ouvido:

– Quero lhe dar um conselho.

– Pode estar certa de que ficarei agradecida.

Hugh devia ter feito a Nora um relato insidioso do caráter de Augusta, mas a moça, para seu crédito, não deixou transparecer nenhum sinal de hostilidade. Parecia ainda não ter julgado Augusta e não se mostrou calorosa nem fria.

– Observei-a conversando com o conde de Tokoly.

– Um velho safado – disse Nora no mesmo instante.

Augusta estremeceu com a vulgaridade, mas continuou:

– Tome cuidado com ele se dá valor à sua reputação.

– Tomar cuidado? O que exatamente está querendo me dizer?

– Seja educada, é claro. Contudo, aconteça o que acontecer, não o deixe tomar liberdades. O menor encorajamento é suficiente para De Tokoly; e, quando ele não é contido de imediato, pode causar constrangimentos.

Nora fez um gesto com a cabeça, indicando sua compreensão.

– Não se preocupe. Sei lidar com esse tipo.

Hugh estava por perto, conversando com o duque de Kingsbridge. Notou Augusta, lançou um olhar desconfiado e foi para o lado da esposa. Augusta, no entanto, já dissera tudo o que queria e afastou-se para assistir ao desfile. Realizara seu trabalho, as sementes estavam plantadas. Agora tinha de esperar, ansiosa, e torcer pelo melhor.

Algumas pessoas da Turma de Marlborough passavam agora diante do príncipe, inclusive o duque e a duquesa de Kingsbridge, e Solly e Maisie Greenbourne. Vestiam-se como potentados orientais, xás, paxás e sultanas e, em vez de fazerem uma reverência, ajoelharam-se e o saudaram com um salamaleque, o que despertou uma risada do corpulento príncipe e aplausos da multidão. Augusta detestava Maisie Greenbourne, mas mal a notou. Sua mente analisava rapidamente as possibilidades. Havia uma centena de meios pelos quais sua trama poderia ser frustrada: De Tokoly poderia ficar fascinado por outro rosto bonito, Nora podia tratá-lo com toda a cortesia, Hugh podia permanecer por perto, evitando que o conde fizesse alguma coisa ofensiva. Mas, com um pouco de sorte, a cena que ela planejara se desenrolaria – e haveria então o maior tumulto.

O desfile terminava quando, para se desalento, Augusta viu David Middleton abrir caminho entre as pessoas e se encaminhar em sua direção.

Vira-o pela última vez havia seis anos, quando ele a interrogara sobre a morte de seu irmão, Peter, na Windfield School, e ela lhe dissera que as duas testemunhas, Hugh Pilaster e Antonio Silva, haviam viajado para o exterior. Mas agora Hugh voltara, e ali estava Middleton. Como um mero advogado podia ser convidado para um evento grandioso como aquele? Augusta lembrou-se vagamente de que ele era um parente distante do duque de Tenbigh. Dificilmente ela teria previsto aquela situação, que era potencialmente desastrosa. *Não posso pensar em tudo*, disse ela a si mesma, exaltada.

Para seu horror, Middleton encaminhou-se direto para Hugh. Augusta adiantou-se pela multidão e ouviu-o dizer:

– Olá, Pilaster. Soube que voltou para a Inglaterra. Lembra-se de mim? Sou o irmão de Peter Middleton.

Augusta virou as costas, a fim de que ele não percebesse sua presença e esforçou-se para ouvir a conversa em meio ao burburinho ao seu redor.

– Sim, eu me lembro. Você compareceu ao inquérito. Permita que lhe apresente minha esposa.

– Como tem passado, Sra. Pilaster? – murmurou Middleton, apressado, tornando a concentrar sua atenção em Hugh. – Nunca fiquei satisfeito com as conclusões do inquérito, como sabe.

Augusta sentiu um calafrio lhe percorrer o corpo. Middleton tinha de estar muito obcecado para mencionar daquela maneira um assunto tão impróprio durante um baile à fantasia. Era insuportável. O pobre Teddy nunca se livraria daquela suspeita antiga?

Ela não conseguiu ouvir a resposta de Hugh, mas o tom era neutro e cauteloso. A voz de Middleton era mais alta, e Augusta captou o que ele disse em seguida:

– Deve saber que o colégio inteiro não acreditou na história de que Edward tentou salvar meu irmão do afogamento.

Augusta ficou tensa de medo pelo que Hugh poderia dizer, porém ele se manteve prudente e fez um comentário sobre o longo tempo que se passara desde o incidente.

Foi nesse instante que Micky surgiu ao lado de Augusta. Seu rosto era uma máscara de civilidade descontraída, mas ela podia perceber a tensão nos ombros rígidos.

– Aquele não é o tal Middleton? – murmurou ele no ouvido de Augusta.

Ela fez um gesto afirmativo com a cabeça.

– Pensei tê-lo reconhecido.

– Fique calado e escute.

Middleton tornara-se um pouco agressivo.

– Acho que você conhece a verdade sobre o que aconteceu – declarou ele num tom de desafio.

– É isso o que pensa?

A voz de Hugh ficou audível, o tom menos cordial.

– Perdoe-me por ser tão brusco, Pilaster. Ele era meu irmão. Há anos que me pergunto o que aconteceu de fato. Não acha que tenho o direito de saber?

Houve uma pausa. Augusta sabia que tal apelo ao certo e errado do caso era o tipo de coisa capaz de comover o hipócrita do sobrinho. Queria interferir, fazer com que se calassem, mudassem de assunto ou se afastassem, mas isso seria o equivalente a uma confissão de que tinha algo a esconder; por isso, permaneceu imóvel, impotente e apavorada, enraizada no chão, aguçando os ouvidos para escutar tudo em meio ao burburinho da multidão. Hugh finalmente respondeu:

– Não vi Peter morrer, Middleton. Não posso lhe dizer o que aconteceu. Não sei com certeza, e seria errado especular.

– Isso significa que tem suspeitas? Pode imaginar como aconteceu?

– Não há margem para palpites num caso assim. Seria uma irresponsabilidade. Você diz que quer a verdade. Sou sempre a favor da verdade. Se eu a conhecesse, haveria de me considerar obrigado pelo dever a revelá-la. Mas acontece que não sei.

– Acho que está protegendo seu primo.

Hugh ficou ofendido.

– Está exagerando, Middleton. Tem direito a se sentir transtornado, mas não lance dúvidas sobre a minha honestidade.

– Mas tenho certeza de que alguém está mentindo – insistiu Middleton, rudemente, afastando-se em seguida.

Augusta voltou a respirar. O alívio deixou-a com os joelhos bambos, e teve de apoiar-se em Micky, discretamente. Os preciosos princípios de Hugh haviam trabalhado em favor dela. Hugh desconfiava de que Edward contribuíra para a morte de Peter, mas nada diria, pois era apenas uma suspeita. E agora Middleton deixara Hugh furioso. O que distinguia um cavalheiro era nunca mentir; e, para os jovens como Hugh, a insinuação de que poderia não estar dizendo a verdade era um grave insulto. Provavelmente, Middleton e Hugh nunca mais tornariam a se falar.

A crise desabara de repente, como uma tempestade de verão, assustando-a bastante; mas se dissipara com a mesma rapidez, deixando-a abalada, mas sã e salva.

O desfile terminou. A banda começou a tocar uma quadrilha. O príncipe levou a duquesa para dançar, e o duque foi com a princesa, formando o primeiro quarteto. Outros grupos seguiram o exemplo. A dança era bem tranquila, talvez porque muitas pessoas usassem fantasias pesadas e enfeites de cabeça incômodos. Augusta comentou com Micky:

– Talvez o Sr. Middleton já não represente um perigo para nós.

– Isso se Hugh continuar de boca fechada.

– E desde que seu amigo Silva permaneça em Córdoba.

– A família dele vem perdendo influência com o passar dos anos. Não espero vê-lo na Europa outra vez.

– Ainda bem. – A mente de Augusta voltou-se para a conspiração. – Falou com De Tokoly?

– Falei.

– Ótimo.

– Só espero que você saiba o que está fazendo.

Augusta lançou-lhe um olhar de reprovação.

– Que tolice a minha! – exclamou Micky. – Você sempre sabe o que está fazendo.

A segunda dança foi uma valsa, e Micky convidou-a para dançar. Quando Augusta era jovem, a valsa era considerada indecente, porque os parceiros ficavam muito próximos um do outro, o braço do homem envolvendo toda a cintura da mulher, num abraço. Naqueles dias, porém, até a realeza dançava a valsa.

Assim que Micky a tomou em seus braços, ela sentiu que mudava. Era como ter 17 anos outra vez e dançar com Strang. Quando dançava, Strang pensava em sua parceira, não nos próprios pés, e Micky possuía o mesmo talento. Fez Augusta sentir-se jovem, bela e despreocupada. Podia sentir a suavidade das mãos de Micky, o cheiro masculino de tabaco e óleo de macáçar, o calor do corpo dele contra o seu. Teve uma pontada de inveja de Rachel, que partilhava a cama de Micky. Por um momento, lembrou-se da cena no quarto do velho Seth, seis anos antes, mas parecia irreal, como um sonho que outrora tivera, e nunca conseguiu acreditar por completo que acontecera de fato.

Algumas mulheres em sua posição teriam uma ligação amorosa clandestina, mas Augusta, embora às vezes sonhasse com encontros secretos com Micky, não suportaria a passagem sorrateira por ruas transversais, os encontros em algum esconderijo, os abraços furtivos, as evasivas e desculpas. Além do mais, tais relacionamentos eram muitas vezes descobertos. Era mais provável que ela deixasse Joseph e fugisse com Micky. Ele talvez quisesse. E tinha certeza de que o faria querer, se assim se empenhasse. Todavia, sempre que cogitava realizar esse sonho, Augusta pensava em todas as coisas a que teria de renunciar: suas três casas, a carruagem, o dinheiro para roupas, a posição social, o acesso a bailes como aquele. Strang poderia lhe dar tudo isso, ao passo que Micky tinha apenas a oferecer sua personalidade sedutora, o que não era suficiente.

– Olhe nesta direção – sugeriu Micky, indicando com um aceno de cabeça.

Augusta avistou Nora dançando com o conde de Tokoly. Ficou tensa.

– Vamos chegar mais perto – murmurou ela.

Não foi fácil, pois o grupo real estava naquele canto e todos queriam se manter nas proximidades; mas Micky, com extrema habilidade, conduziu-a através da multidão e acabaram se posicionado perto de Nora e do conde.

A valsa continuava, repetindo interminavelmente a mesma melodia banal. Até aquele momento, Nora e o conde dançavam como qualquer outro casal. Ele fazia comentários ocasionais, em voz baixa; ela balançava a cabeça, sorria. Talvez ele a segurasse um pouco perto demais, mas não o suficiente para causar estranheza. Enquanto a música prosseguia, Augusta se perguntou se julgara errado suas duas vítimas. A preocupação deixava-a tensa, e passou a dançar mal.

A valsa foi se aproximando do clímax. Augusta não desviava os olhos de Nora e do conde. E, de repente, houve uma mudança. O rosto de Nora assumiu uma expressão de total espanto: o conde devia ter dito alguma coisa de que ela não gostara. As esperanças de Augusta aumentaram. Mas o que dissera não fora bastante ofensivo para que Nora fizesse uma cena, e continuaram dançando.

Augusta já perdia as esperanças, a valsa entrava nos últimos acordes quando a confusão ocorreu.

Augusta foi a única pessoa a perceber como começara. O conde aproximou os lábios do ouvido de Nora e murmurou alguma coisa. Ela ficou vermelha, parou de dançar abruptamente e empurrou-o para longe. No entanto, ninguém, à exceção de Augusta, notou isso, porque a dança estava terminando naquele instante. O conde, porém, arriscou sua sorte, tornando a falar, o rosto contraído num sorriso lascivo característico. No instante em que a música parou e houve um silêncio momentâneo, Nora acertou-lhe uma bofetada.

O som ressoou pelo salão como o estampido de um tiro. Não foi um tapa educado, como o de uma dama, apropriado ao recinto, e sim o tipo de golpe para deter um bêbado importuno num bar. O conde cambaleou para trás e... esbarrou no príncipe de Gales.

Houve um murmúrio de espanto coletivo das pessoas ao redor. O príncipe quase caiu e foi amparado pelo duque de Tenbigh. No silêncio de horror, o sotaque *cockney* de Nora soou em alto e bom tom:

– Nunca mais chegue perto de mim, seu velho safado!

Por mais um segundo, eles formaram um quadro vivo imóvel: a mulher indignada, o conde humilhado e o príncipe perplexo. Augusta foi tomada por uma alegria extrema. Dera certo, e muito melhor do que ela poderia imaginar!

Foi então que Hugh apareceu ao lado de Nora e pegou-a pelo braço; o conde empertigou-se e afastou-se; e um grupo de pessoas ansiosas se aglomerou em torno do príncipe, escondendo-o de vista. As conversas irromperam por todo o salão como uma trovoada.

Augusta olhou triunfante para Micky.

– Brilhante! – sussurrou ele com genuína admiração. – Você foi brilhante, Augusta!

Micky apertou o braço dela e levou-a para um canto do salão. Joseph a esperava.

– Mas que mulher terrível! – queixou-se ele. – Causar uma cena assim na presença do príncipe... desgraçou toda a família, e ainda por cima perdemos com certeza um grande contrato!

Era justamente a reação que Augusta esperava.

– Agora talvez você entenda que Hugh não pode ser promovido a sócio – comentou ela, triunfante.

Joseph lançou-lhe um olhar pensativo. Por um terrível momento, Augusta temeu ter exagerado e feito com que o marido imaginasse que fora ela quem orquestrara todo o incidente. No entanto, se o pensamento lhe passou pela mente, ele provavelmente o descartou, pois logo disse:

– Tem razão, querida. Tinha razão desde o início.

Hugh conduzia Nora para a porta.

– Estamos de saída – disse ele em tom neutro ao passarem.

– Vamos todos nos retirar agora – anunciou Augusta.

Mas ela não queria que o casal fosse embora imediatamente. Se nada mais fosse dito naquela noite, havia o perigo de que no dia seguinte, depois que todos esfriassem a cabeça, se pudesse dizer que o incidente não fora tão desastroso quanto parecera. Para se prevenir disso, Augusta queria mais uma briga agora: temperamentos exaltados, palavras iradas e acusações que não poderiam ser esquecidas com facilidade. Por isso, pôs a mão no braço de Nora, detendo-a, e comentou em tom acusador:

– Tentei avisá-la sobre o conde de Tokoly.

Hugh disse:

– Quando um homem ofende uma dama ao dançarem, não há muito que ela possa fazer sem causar uma cena.

– Não seja ridículo – disse Augusta em tom ríspido. – Qualquer moça de boa educação saberia exatamente o que fazer. Ela deveria ter dito que estava indisposta e pedir sua carruagem.

Hugh sabia que era verdade e não tentou negar. Mais uma vez, Augusta preocupou-se com a possibilidade de todos se acalmarem e o incidente ser superado. Mas Joseph ainda estava furioso e disse a Hugh:

– Só os céus sabem quantos danos você causou à família e ao banco esta noite.

Hugh ficou vermelho e indagou, tenso:

– O que está querendo dizer com isso?

Ao desafiar Joseph a fundamentar a acusação, Hugh só agravava sua situação, pensou Augusta, satisfeita. Ele era muito jovem para saber que àquela altura deveria se calar e ir para casa. Joseph ficou ainda mais irritado.

– É certo que perdemos a conta húngara e nunca mais seremos convidados para um evento real.

– Sei disso muito bem – respondeu Hugh. – Só perguntei por que acha que os danos foram causados *por mim*.

– Porque você trouxe para a família uma mulher que não sabe se comportar!

Cada vez melhor, pensou Augusta, com um júbilo malicioso. Hugh estava ainda mais vermelho agora, contudo falava com uma fúria controlada.

– Vamos esclarecer as coisas. A esposa de um Pilaster deve se mostrar disposta a sofrer insultos e humilhações em bailes, fazer qualquer coisa para não pôr em risco um negócio? É essa a sua filosofia?

Joseph sentia-se agora muito ofendido.

– Seu garoto insolente! O que estou dizendo é que ao se casar com alguém de uma classe mais baixa do que a sua, você se desqualificou para sempre como candidato a sócio no banco!

Ele disse!, pensou Augusta, exultante. *Ele disse o que eu queria!*

Hugh levou um choque que o deixou sem fala. Ao contrário de Augusta, não previra as implicações da briga. Agora, começava a absorver o significado do que acontecera, e ela viu a expressão dele mudar da raiva, passando pela ansiedade e compreensão, ao desespero.

Augusta esforçou-se para reprimir um sorriso vitorioso. Conseguira o que queria: vencera. Mais tarde, Joseph poderia se arrepender de seu pronunciamento, mas era improvável que o retirasse, pois era orgulhoso demais.

– Então é isso – disse Hugh, depois de um longo momento.

Ele olhava para Augusta, e não para Joseph. Ela constatou, surpresa, que o sobrinho estava à beira das lágrimas.

– Muito bem, Augusta, você venceu. Não sei como foi feito, porém não tenho a menor dúvida de que foi você quem provocou esse incidente. – Ele virou-se para Joseph. – Mas deve refletir a respeito, tio Joseph. Deve pensar em quem se importa de fato com o banco...

Hugh tornou a fitar Augusta e arrematou:

– E quem são seus verdadeiros inimigos.

III.

A notícia da queda de Hugh espalhou-se rapidamente por City. Na tarde seguinte, pessoas que disputavam o privilégio de conversar com ele, propondo projetos para ferrovias, usinas siderúrgicas, estaleiros e conjuntos habitacionais suburbanos, estavam cancelando as reuniões. No banco, funcionários que o veneravam até então passaram a tratá-lo como um gerente qualquer. Ele descobriu que podia entrar num café nas ruas próximas do Bank of England sem atrair um bando de pessoas ansiosas em conhecer suas opiniões sobre a Grand Trunk Railroad, o preço dos títulos públicos da Louisiana e a dívida nacional americana.

Houve uma briga na sala dos sócios. Tio Samuel mostrou-se indignado quando Joseph anunciou que Hugh não poderia ser promovido a sócio. Mas o jovem William apoiou seu irmão Joseph, e o major Hartshorn também, deixando Samuel sozinho.

Foi Jonas Mulberry, o calvo e lúgubre escriturário-chefe, quem disse a Hugh o que acontecera entre os sócios.

– Devo dizer que lamento a decisão, Sr. Hugh – declarou ele com evidente sinceridade. – Quando trabalhava sob as minhas ordens, ainda jovem, nunca tentou me culpar por seus erros, ao contrário de outros membros da família com os quais já lidei no passado.

– Eu não ousaria fazer isso, Sr. Mulberry – comentou Hugh, sorrindo.

Nora chorou por uma semana. Hugh recusou-se a culpá-la pelo que acontecera. Ninguém o obrigara a se casar com ela – tinha de assumir a responsabilidade por suas próprias decisões. Se sua família tivesse um mínimo de decência, trataria de apoiá-lo numa crise assim, mas nunca pudera contar com eles para esse tipo de amparo.

Depois que superou sua perturbação, Nora mostrou-se um tanto insensível, revelando um lado duro que surpreendeu Hugh. Ela não entendia o que significava para o marido tornar-se sócio do banco. Hugh compreendeu, um pouco decepcionado, que ela não era muito capaz de imaginar os sentimentos das outras pessoas. Pensou que isso devia ao fato de Nora ter crescido pobre e sem mãe e ser obrigada a colocar seus interesses pessoais em primeiro lugar durante toda a vida. Embora ficasse um pouco abalado com a atitude da esposa, ele se esquecia dessa questão todas as noites quando iam juntos para a cama enorme e faziam amor.

O ressentimento aumentava dentro de Hugh como uma úlcera, mas agora ele tinha uma esposa, uma casa nova e grande e seis criados para sustentar, por isso precisava permanecer no banco. Ganhou sua própria sala, no andar acima da sala dos sócios, e pôs na parede um mapa enorme da América do Norte. Todas as manhãs de segunda-feira escrevia um sumário dos negócios norte-americanos da semana anterior e enviava um cabograma para Sidney Madler em Nova York.

Numa segunda-feira, duas semanas depois do baile da duquesa de Tenbigh, ele encontrou na sala do telégrafo, no andar térreo, um estranho de cabelos escuros com cerca de 21 anos. Hugh sorriu:

– Bom dia. Quem é você?

– Simon Oliver – respondeu o homem num sotaque vagamente espanhol.

– Deve ser novo aqui. – Hugh estendeu a mão. – Sou Hugh Pilaster.

– Muito prazer.

Oliver parecia um tanto esquivo.

– Trabalho nos empréstimos norte-americanos – acrescentou Hugh. – E você?

– Trabalho com o Sr. Edward.

Hugh fez a ligação.

– Você é da América do Sul?

– Isso mesmo, de Córdoba.

Fazia sentido. Como a especialidade de Edward era a América do Sul em geral, e Córdoba em particular, podia ser útil ter um funcionário natural daquele país trabalhando com ele, ainda mais porque Edward não falava espanhol.

– Fui colega de colégio do embaixador cordovês, Micky Miranda – informou Hugh. – Deve conhecê-lo.

– Ele é meu primo.

– Ah... – Não havia nenhuma semelhança de família, mas Oliver se arrumava de maneira impecável, as roupas sob medida e bem passadas, os cabelos bem penteados, os sapatos brilhando, sem dúvida seguindo o exemplo do primo mais velho e bem-sucedido. – Espero que goste de trabalhar conosco.

– Obrigado.

Hugh voltou pensativo para sua sala. Edward precisava de toda ajuda que pudesse obter, mas Hugh sentia-se um pouco incomodado por ter um primo de Micky numa posição tão potencialmente influente no banco.

Sua apreensão se justificou poucos dias depois.

Mais uma vez, foi Jonas Mulberry quem lhe relatou o que acontecia na sala dos sócios. Mulberry foi à sala de Hugh com uma programação dos pagamentos que o banco tinha de efetuar em Londres em nome do governo dos Estados Unidos, mas seu verdadeiro objetivo era conversar. O rosto de *cocker spaniel* parecia mais longo do que nunca quando disse:

– Não gosto da situação, Sr. Hugh. Os títulos sul-americanos nunca foram sólidos.

– Estamos emitindo títulos sul-americanos?

Mulberry fez um aceno positivo com a cabeça.

– O Sr. Edward propôs, e os sócios concordaram.

– Para que é?

– Uma nova ferrovia, da capital de Córdoba, Palma, até a província de Santamaria.

– Cujo governador é Papa Miranda – completou Hugh.

– O pai do amigo do Sr. Edward, señor Miranda.

– E tio do escriturário de Edward, Simon Oliver – acrescentou mais uma vez Hugh.

Mulberry confirmou, fazendo um aceno de cabeça.

– Eu já trabalhava aqui quando o governo venezuelano deixou de pagar seus títulos, há 15 anos. Meu pai, que Deus guarde sua alma, se lembrava da inadimplência argentina em 1828. E olhe para os títulos mexicanos... só pagam dividendos de vez em quando. Quem já ouviu falar de títulos que só pagam o que é devido de vez em quando?

Hugh fez um aceno de cabeça, indicando que concordava.

– Além do mais, os investidores que gostam de ferrovias podem obter de 5 a 6 por cento sobre seu dinheiro nos Estados Unidos... Por que ir para Córdoba?

– Exatamente.

Hugh coçou a cabeça.

– Bem, tentarei descobrir o que eles estão pensando.

Mulberry estendeu um maço de papéis.

– O Sr. Samuel pediu um sumário dos passivos nos acordos do Extremo Oriente. Pode levar os dados para ele.

Hugh sorriu.

– Você pensa em tudo.

Ele pegou os papéis e desceu para a sala dos sócios. Apenas Samuel e Joseph se encontravam ali. Joseph ditava cartas a um estenógrafo, e Samuel examinava um mapa da China. Hugh pôs o relatório na mesa de Samuel.

– Mulberry me pediu que lhe entregasse isto.

– Obrigado. – Samuel fitou-o e sorriu. – Mais alguma coisa em sua mente?

– Há, sim. Tenho me perguntado por que vamos financiar a ferrovia de Santamaria.

Hugh ouviu Joseph interromper o ditado por um instante e depois recomeçar. Samuel disse:

– Não é o investimento mais atrativo que já emitimos, reconheço, mas tudo deve dar certo com o apoio do nome Pilaster.

– Pode-se dizer a mesma coisa sobre qualquer emissão que nos é proposta – protestou Hugh. – O motivo para termos tamanha reputação é que nunca oferecemos aos investidores um título que pode apenas "dar certo".

– Seu tio Joseph acha que a América do Sul pode estar pronta para uma recuperação.

Ouvindo seu nome, Joseph entrou na conversa, alegando:

– É como mergulhar o dedão na água para sentir a temperatura.

– Ou seja, é um risco.

– Se meu bisavô nunca tivesse assumido um risco, não empenharia todo o seu dinheiro num navio negreiro, e hoje não existiria o Pilaster Bank.

– Mas desde então os Pilaster sempre deixaram para casas menores e mais especulativas a exploração de águas desconhecidas – insistiu Hugh.

Tio Joseph não gostou de ser contestado e respondeu em tom irritado:

– Uma exceção não vai nos fazer mal.

– Mas a disposição de abrir exceções pode nos prejudicar profundamente.

– Não compete a você julgar isso.

Hugh franziu as sobrancelhas. Seu instinto estava certo – o investimento não tinha sentido comercial, e Joseph não podia justificá-lo. Então por que o aceitara? Assim que se fez a pergunta, Hugh percebeu qual era a resposta.

– Fez isso por causa de Edward, não é mesmo? Quer encorajá-lo, e este é o primeiro negócio que ele apresenta desde que se tornou sócio. Por isso, vai deixar que ele o realize, embora as perspectivas sejam desfavoráveis.

– Não cabe a você questionar meus motivos!

– E não a cabe a você arriscar o dinheiro de outras pessoas como um favor a seu filho. Pequenos investidores de Brighton e Harrogate aplicarão seu dinheiro nessa ferrovia e perderão tudo se o projeto fracassar.

– Você não é sócio, portanto sua opinião sobre isso não nos interessa.

Hugh detestava quando as pessoas mudavam de assunto no meio de uma discussão, e reagiu com grande irritação:

– Sou um Pilaster e, quando a reputação do banco é prejudicada, meu nome também é afetado.

Samuel interveio:

– Creio que você já falou demais, Hugh...

Hugh sabia que deveria se calar, mas não se conteve.

– Receio ainda não ter dito tudo o que devo. – Ele se ouviu gritando e tentou baixar a voz. – Estão dissipando a reputação do banco ao fazerem isso. Nosso bom nome é o nosso maior patrimônio. Usá-lo dessa maneira é como esbanjar capital.

Tio Joseph se encontrava agora bem além da cortesia.

– Não se atreva a me fazer uma preleção sobre princípios de investimentos em meu banco, seu jovem insolente e presunçoso! Saia desta sala!

Hugh fitou o tio em silêncio por um longo momento. Sentia-se furioso e deprimido. O tolo e fraco Edward era um sócio e levava o banco a realizar péssimos negócios com a ajuda do pai imprudente, e não havia nada que alguém pudesse fazer. Fervendo de frustração, Hugh virou-se e saiu da sala, batendo a porta.

Dez minutos depois, ele foi pedir um emprego a Solly Greenbourne.

Não tinha certeza se os Greenbourne o aceitariam. Era um funcionário que qualquer banco cobiçaria por causa de seus contatos nos Estados Unidos e no Canadá, mas os banqueiros achavam que não era uma atitude de cavalheiro tirar pessoas importantes de seus concorrentes. Além disso, os Greenbourne podiam temer que Hugh revelasse segredos à sua família durante o jantar, e o fato de ele não ser judeu só faria aumentar esse receio.

O Pilaster, no entanto, tornara-se um beco sem saída para ele. Tinha de sair de lá de qualquer maneira.

Chovera no início do dia, mas o sol aparecera na metade da manhã e o vapor se elevava do estrume de cavalo que cobria as ruas de Londres. A arquitetura de City era uma mistura de grandiosos edifícios clássicos e casas velhas quase em ruínas – o prédio do Pilaster era do tipo grandioso; o do Greenbourne, não. Pelo aspecto de sua matriz, não se poderia imaginar que o Greenbourne Bank era maior e mais importante do que o Pilaster. Os negócios haviam sido iniciados três gerações antes quando tomaram emprestadas, de importadores de peles, duas salas de uma casa antiga na Thames Street. Sempre que havia necessidade de mais espaço, eles se expandiam para outra casa. Agora, ocupavam quatro prédios adjacentes e mais três nas proximidades. Ocorre que mais negócios eram realizados naquelas residências caindo aos pedaços do que no esplendor suntuoso do edifício do Pilaster.

No interior, não havia aquele silêncio de igreja, como no salão de clientes do Pilaster. Hugh teve de abrir caminho através de uma multidão, como suplicantes esperando para falar com um rei medieval, cada um convencido de que, se pudesse ao menos ter um contato com Ben Greenbourne, apresentar seu caso ou vender uma proposta, ganharia uma fortuna. Os corredores em zigue-zague e as escadas estreitas eram parcialmente obstruídos por caixas de metal de arquivos antigos, caixas de papelão com papel timbrado e garrafões de tinta, e cada cubículo fora convertido numa sala para um escriturário. Hugh encontrou Solly numa sala grande, de assoalho irregular, cuja janela em estado precário dava para o rio. A corpulência de Solly estava parcialmente escondida por trás de pilhas de papel em sua mesa.

– Moro num palácio e trabalho numa choupana – comentou Solly, pesaroso. – Tento persuadir meu pai a construir um prédio próprio para um banco, mas ele alega que não há lucro em propriedades desse tipo.

Hugh sentou-se num sofá cheio de caroços e aceitou uma taça grande com um xerez muito caro. Sentia-se constrangido, porque pensava em Maisie no fundo de sua mente. Seduzira-a antes que ela se tornasse esposa de Solly, e o teria feito de novo mais tarde se ela permitisse. Mas tudo isso acabara agora, ele disse a si mesmo. Maisie trancara a porta em Kingsbridge Manor e ele se casara com Nora. Não tencionava ser um marido infiel.

Ainda assim, sentia-se constrangido.

– Vim procurá-lo aqui porque quero falar de negócios – anunciou ele.

Solly abriu os braços.

– Pode falar.

– Minha área de competência é a América do Norte, como sabe.

– E como sei! Você se saiu tão bem por lá que não nos deixou muito espaço para operar.

– Exatamente. E por causa disso estão perdendo muitos negócios lucrativos.

– Não precisa me jogar na cara. Papai me pergunta a todo instante por que não sou mais parecido com você.

– Você está precisando de alguém com experiência no mercado norte-americano, para abrir um escritório em Nova York e sair em busca dos negócios.

– Isso e mais uma fada madrinha.

– Falo a sério, Greenbourne. Sou o homem de que precisa.

– Você?

– Quero trabalhar para vocês.

Solly ficou abalado. Espiou por cima dos óculos como se conferisse que fora realmente Hugh quem dissera aquilo. Depois de um momento, comentou:

– Suponho que é por causa daquele incidente no baile da duquesa de Tenbigh.

– Disseram que não vão me promover a sócio por causa de minha esposa.

Solly compreenderia, pensou Hugh, porque também se casara com uma moça da classe inferior.

– Lamento ouvir isso – murmurou Solly.

– Mas não estou pedindo compaixão. Sei quanto valho, e terá de pagar o preço, se me quiser. Ganho agora mil libras por ano e espero ser aumentado todos os anos enquanto proporcionar mais e mais lucros para o banco.

– Isso não é problema. – Solly pensou por um momento. – Pode ser uma coisa muito importante para mim. Sou grato pela oferta. Você é um bom amigo e um excepcional homem de negócios.

Hugh, pensando outra vez em Maisie, sentiu uma pontada de culpa perante a expressão "bom amigo". Solly acrescentou:

– Não há nada que eu gostaria mais do que tê-lo trabalhando comigo.

– Percebo que há um "mas" que você ainda não disse – comentou Hugh com apreensão no coração.

Solly sacudiu a cabeça.

– Não há mas nenhum, pelo menos para mim. É claro que não posso contratá-lo como faria com um escriturário subalterno. Terei de consultar meu pai. Mas sabe como as coisas funcionam no mundo bancário: o lucro é um argumento que supera todos os outros. Não posso imaginar meu pai recusando uma considerável fatia do mercado norte-americano.

Hugh não queria parecer muito ansioso, mas não pôde deixar de indagar:

– Quando vai falar com ele?

– Por que não agora? – Solly levantou-se. – Não demorarei um minuto. Tome outra taça de xerez.

Ele saiu da sala. Hugh tomou um gole do xerez, porém teve dificuldade de engolir, tamanha era a sua tensão. Nunca pedira um emprego antes. Era enervante saber que seu futuro dependia do capricho do velho Ben Greenbourne. Pela primeira vez pôde compreender os sentimentos dos jovens bem-arrumados, em colarinhos engomados, que entrevistara algumas vezes para vagas de escriturário. Inquieto, ele levantou-se e foi até a janela. No outro lado do rio, uma barcaça descarregava fardos de tabaco para um armazém – era tabaco da Virgínia, e era provável que tivesse sido ele quem financiara a transação.

Ele estava com uma sensação pesarosa, um pouco parecida com a que experimentara ao embarcar no navio para Boston seis anos antes, a expectativa de que nada mais voltaria a ser como antes.

Solly voltou com o pai. Ben Greenbourne tinha o porte empertigado e a cabeça em formato de bala de um general prussiano. Hugh levantou-se para apertar sua mão; examinou ansioso o rosto do velho. A expressão era solene. Significava um não?

– Solly me disse que sua família decidiu não lhe oferecer um lugar na sociedade.

A fala de Ben era fria e incisiva; o sotaque, curto. Ele era muito diferente do filho, refletiu Hugh.

– Para ser mais preciso, eles ofereceram, mas depois retiraram – explicou Hugh.

Ben fez um aceno de cabeça, indicando que entendera. Era um homem que apreciava a precisão.

– Não cabe a mim criticar o julgamento deles. No entanto, se seu conhecimento do mercado norte-americano está à venda, pode ter certeza de que sou um comprador.

O coração de Hugh disparou. Parecia uma oferta de emprego.

– Obrigado.

– Mas não quero contratá-lo sob falsas impressões, e por isso devo esclarecer uma coisa. Não é provável que algum dia você venha a se tornar sócio do nosso banco.

Hugh não chegara a pensar tão longe, ainda assim era um golpe.

– Entendo.

– Digo isso agora para que nunca pense que é um reflexo do seu trabalho. Muitos cristãos são colegas apreciados e amigos queridos, mas os sócios sempre foram judeus, e sempre continuarão a ser.

– Agradeço sua franqueza.

Por Deus, pensou Hugh, *você é mesmo um velho impiedoso!*

– Ainda quer o emprego?

– Quero.

Ben Greenbourne tornou a apertar a mão de Hugh e acrescentou, antes de se retirar:

– Neste caso, aguardo ansioso o momento de começar a trabalhar com você.

Solly exibiu um largo sorriso.

– Seja bem-vindo à firma!

Hugh sentou-se.

– Obrigado.

Seu alívio e prazer eram um pouco ofuscados pelo pensamento de que nunca seria um sócio, mas fez um esforço para aceitar de bom grado a situação. Receberia um bom salário, viveria com conforto; contudo, nunca seria milionário, pois era preciso ser sócio para se ganhar tanto dinheiro assim.

– Quando pode começar? – perguntou Solly, ansioso.

Hugh não pensara nisso.

– Provavelmente, devo cumprir o aviso prévio de noventa dias.

– Se possível, diminua esse prazo.

– É claro. É maravilhoso, Solly. Não tenho palavras para descrever como estou satisfeito.

– Eu também.

Hugh não conseguia pensar em nada para dizer em seguida e levantou-se, mas Solly acrescentou:

– Posso fazer outra sugestão?

– Sem dúvida – disse ele, tornando a sentar-se.

– É sobre Nora. Espero que não se ofenda.

Hugh hesitou. Eram velhos amigos, porém ele não queria conversar com Solly sobre sua esposa. Seus próprios sentimentos eram ambíguos. Sentia-se constrangido pela cena que ela fizera, contudo achava que a atitude de Nora fora justificada. Ficava na defensiva por seu sotaque, modos e origem de classe inferior, mas também se orgulhava por Nora ser tão bonita e encantadora.

De qualquer modo, não podia ser suscetível com o homem que acabara de salvar sua carreira, e por isso concordou:

– Pode falar.

– Como sabe, também me casei com uma moça que... não estava acostumada à alta sociedade.

Hugh acenou afirmativamente com a cabeça. Sabia disso muito bem, embora ignorasse como Maisie e Solly haviam enfrentado a situação, pois se encontrava no exterior na ocasião do casamento. Provavelmente, lidaram direito com aquilo, pois Maisie se tornara uma das mais destacadas anfitriãs da sociedade de Londres; e se alguém se lembrava de suas origens humildes, nunca falava a respeito. Era algo raro, mas havia precedentes: Hugh já ouvira falar de duas ou três beldades das classes inferiores que haviam sido aceitas pela alta sociedade no passado.

– Maisie sabe o que Nora está enfrentando – continuou Solly. – Pode ajudá-la bastante, dizer a ela o que fazer e falar, que erros evitar, onde comprar vestidos e chapéus, como controlar o mordomo e a governanta, todas essas coisas. Maisie sempre gostou de você, Hugh, e por isso estou certo de que ela teria o maior prazer em ajudar. E não há motivo para que Nora não possa fazer a mesma coisa que Maisie e se tornar um pilar da sociedade.

Hugh comoveu-se quase às lágrimas. Aquele gesto de apoio do velho amigo tocou fundo em seu coração.

– Farei a sugestão – respondeu ele num tom um pouco brusco para disfarçar seus sentimentos e levantou-se para ir embora.

– Espero não ter ido além do que deveria – comentou Solly, apreensivo, ao trocarem um aperto de mão.

Hugh parou na porta.

– Ao contrário, Greenbourne. Você é um amigo melhor do que eu mereço.

AO VOLTAR AO PILASTER Bank, Hugh encontrou um bilhete à sua espera. Dizia:

10h30 da manhã

Meu caro Pilaster,

Preciso falar com você imediatamente. Poderá me encontrar no Plage's Coffee House, logo depois da esquina. Ficarei à sua espera.

Seu velho amigo,

Antonio Silva

Então Tonio voltara! Sua carreira fora arruinada quando perdera mais do que podia pagar num jogo de cartas com Edward e Micky. Deixara a Inglaterra em desgraça, mais ou menos na mesma ocasião que Hugh. O que lhe teria acontecido desde então? Na maior curiosidade, Hugh seguiu direto para o café.

Encontrou um Tonio mais velho, mais controlado, em roupas mais surradas, sentado a um canto lendo *The Times*. Ainda tinha os cabelos ruivos, mas afora isso nada restava do colegial travesso nem do jovem perdulário. Embora tivesse apenas a idade de Hugh, 26 anos, já havia pequenas rugas de preocupação em torno dos olhos.

– Fiz muito sucesso em Boston – disse Hugh em resposta à primeira pergunta de Tonio. – Voltei em janeiro. Mas agora tenho problemas outra vez com minha família. E você?

– Houve muitas mudanças em meu país. Minha família não é mais tão influente quanto antes. Ainda controlamos Milpita, nossa cidade natal, mas na capital outros se interpuseram entre nós e o presidente Garcia.

– Quem?

– A facção Miranda.

– A família de Micky?

– Isso mesmo. Eles assumiram o controle das minas de nitrato no norte, o que os tornou muito ricos. Também monopolizam o comércio com a Europa por causa da ligação com o banco de sua família.

Hugh ficou surpreso.

– Sabia que Edward fazia muitos negócios com Córdoba, porém não imaginei que eram todos por intermédio de Micky. Mas creio que isso não tem importância.

– Tem, sim. – Tonio tirou um maço de papéis do bolso interno do paletó. – Leia isto. É um artigo que escrevi para o *The Times*.

Hugh pegou o manuscrito e começou a ler. Era uma descrição das condições nas minas de nitrato que pertenciam aos Miranda. Como o comércio era financiado pelo Pilaster Bank, Tonio considerava o banco responsável pelos maus-tratos infligidos aos mineiros. A princípio, Hugh não se impressionou: longas horas de trabalho, salários ínfimos e crianças empregadas eram coisas que existiam em minas do mundo inteiro. Mas ao continuar a ler, compreendeu que a situação ali era muito pior. Nas minas dos Miranda, os capatazes estavam armados com pistolas e chicotes e usavam-nos sem a menor hesitação para impor a disciplina. Os trabalhadores – inclusive mulheres e crianças – eram açoitados por serem lerdos e podiam ser fuzilados se tentassem escapar antes que findasse o prazo de seus contratos. Tonio tinha depoimentos de testemunhas dessas "execuções".

Hugh ficou horrorizado:

– Mas isso é assassinato!

– Exatamente.

– Seu presidente não sabe disso?

– É claro que sabe, mas os Miranda são agora seus favoritos.

– E sua família...

– Houve um tempo em que podíamos acabar com essa situação. Agora, precisamos de todo o nosso esforço só para manter o controle de nossa província.

Hugh sentia-se mortificado por saber que sua própria família e seu banco financiavam uma indústria tão brutal, contudo por um momento tentou deixar de lado os sentimentos e analisar as consequências de forma objetiva. O artigo escrito por Tonio era o tipo de material que o *The Times* gostava de publicar. Haveria discursos no Parlamento e cartas de protesto nos jornais semanais. A consciência social dos homens de negócios, muitos dos quais metodistas, faria com que hesitassem antes de se envolver com o Pilaster Bank. Seria tudo extremamente prejudicial para o banco.

E eu me importo?, pensou Hugh. O banco o tratara muito mal, e ele estava prestes a deixá-lo. Apesar disso, porém, não podia ignorar aquele problema. Ainda era um empregado, receberia o salário no fim do mês e devia lealdade ao Pilaster, pelo menos ainda. Tinha de fazer alguma coisa.

O que Tonio queria? O fato de mostrar o artigo a Hugh antes de publicá-lo indicava que desejava um acordo.

– Qual é o seu objetivo? – perguntou Hugh. – Quer que suspendamos o financiamento ao comércio de nitrato?

Tonio fez um gesto negativo com a cabeça.

– Se o Pilaster saísse, outro assumiria... outro banco, mais insensível. Nada disso. Devemos ser mais sutis.

– Tem alguma ideia específica?

– Os Miranda estão planejando uma ferrovia.

– Isso mesmo. A ferrovia de Santamaria.

– Essa estrada de ferro tornará Papa Miranda o homem mais rico e poderoso do país, abaixo apenas do presidente. E Papa Miranda é um homem brutal. Quero que a ferrovia seja cancelada.

– E é por isso que vai publicar seu artigo.

– Vários artigos. E também promoverei reuniões, farei discursos, pressionarei membros do Parlamento e tentarei até me encontrar com o ministro do Exterior. Farei qualquer coisa para impedir o financiamento da ferrovia.

Podia dar certo, pensou Hugh. Os investidores se afastariam de um empreendimento tão controverso. Tonio mudara muito, do jovem arrebatado que não conseguia parar de jogar ao adulto sensato que fazia campanha contra os maus-tratos infligidos a mineiros.

– Então por que veio me procurar?

– Podemos abreviar o processo. Se o banco decidir que não emitirá os títulos da ferrovia, não publicarei o artigo. Assim, vocês evitam muita publicidade desagradável e eu consigo o que quero. – Tonio sorriu constrangido. – Espero que não considere minha atitude uma chantagem. Sei que é um tanto grosseiro, mas nem de longe tão terrível quanto açoitar crianças numa mina de nitrato.

Hugh fez um aceno de cabeça, indicando que concordava com ele.

– Não tem nada de grosseiro, e admiro seu espírito guerreiro. As consequências para o banco não me afetam diretamente... Estou prestes a pedir demissão.

– É mesmo? – Tonio ficou perplexo. – Por quê?

– É uma história comprida e deixarei para lhe contar em outra ocasião. Mas a conclusão é a de que existe apenas uma coisa que posso fazer: informar os sócios de que você me procurou com essa proposta. Eles decidirão como se sentem a respeito disso e o que pretendem fazer. Tenho certeza de que não pedirão minha opinião. – Hugh ainda segurava o manuscrito de Tonio. – Posso ficar com isto?

– Pode, sim. Tenho uma cópia.

As folhas tinham o cabeçalho do Hotel Russe, na Berwick Street, Soho. Hugh nunca ouvira falar – não era um dos melhores hotéis de Londres.

– Eu lhe transmitirei a resposta dos sócios.

– Obrigado. – Tonio mudou de assunto. – Lamento que toda a nossa conversa tenha sido sobre negócios. Vamos nos encontrar em outra ocasião e conversar sobre os velhos tempos.

– Você precisa conhecer minha esposa – disse Hugh.

– Eu adoraria.

– Entrarei em contato.

Hugh deixou o café e voltou para o banco. Ficou surpreso ao olhar para o relógio grande na parede – ainda não eram 13 horas e tanta coisa ocorrera naquela manhã! Foi direto para a sala dos sócios, onde encontrou Samuel, Joseph e Edward. Entregou o artigo de Tonio a Samuel, que o leu e passou para Edward.

Edward ficou transtornado de raiva e não conseguiu terminar de ler. Com o rosto vermelho, apontou um dedo para Hugh e disse:

– Você tramou essa história com seu velho amigo do colégio! Está tentando frustrar toda a nossa operação sul-americana! Tem inveja de mim porque não foi promovido a sócio!

Hugh compreendeu por que o primo se tornara tão histérico. O comércio sul-americano era a única contribuição significativa de Edward aos negócios do banco. Se isso acabasse, ele seria inútil. Hugh suspirou.

– Você era burro no colégio e continua a ser. A questão é se o banco quer ser responsável por aumentar o poder e a influência de Papa Miranda, um homem que aparentemente não hesita em açoitar mulheres e assassinar crianças.

– Não acredito nisso! – protestou Edward. – A família Silva é inimiga dos Miranda. Trata-se apenas de uma propaganda maldosa.

– Tenho certeza de que seu amigo Micky dirá isso. Mas será verdade?

Tio Joseph fitava Hugh com uma expressão desconfiada.

– Você esteve aqui há poucas horas para tentar me dissuadir dessa emissão de títulos. Não posso deixar de me perguntar se toda essa história não é um plano para frustrar a primeira grande operação de Edward como sócio.

Hugh levantou-se.

– Se vai lançar dúvidas sobre a minha boa-fé, devo me retirar imediatamente.

Tio Samuel interveio:

– Sente-se, Hugh. Não precisamos descobrir se a história é falsa ou verdadeira. Somos banqueiros, não juízes. O fato de a ferrovia de Santamaria tornar-se uma questão controversa faz com que a emissão dos títulos seja mais arriscada, e isso significa que devemos reconsiderar.

Tio Joseph declarou, agressivo:

– Não estou disposto a permitir que me pressionem. Vamos deixar esse pelintra sul-americano publicar seu artigo, e ele que se dane.

– É uma maneira de cuidar do problema – ponderou Samuel, tratando a beligerância de Joseph com mais seriedade do que merecia. – Podemos esperar para verificar o efeito do artigo no preço dos títulos sul-americanos existentes; não são muitos, mas há o suficiente para servir como um termômetro. Se caírem, cancelaremos a ferrovia de Santamaria. Se não, iremos em frente.

Joseph, num tom mais brando, comentou:

– Não me importo de submeter a decisão ao mercado.

– Há outra opção que podemos considerar – continuou Samuel. – Podemos chamar outro banco para participar conosco da emissão. Assim, qualquer publicidade hostil seria atenuada pela divisão do alvo.

O que fazia sentido, pensou Hugh. Não era o que ele faria, pois teria preferido cancelar a emissão dos títulos. Mas a estratégia imaginada por Samuel diminuiria o risco, e esse era o fator fundamental na atividade bancária. Samuel era um banqueiro muito melhor do que Joseph.

– Muito bem – disse Joseph, com sua impulsividade habitual. – Edward, veja se consegue nos arrumar um parceiro no empreendimento.

– A quem devo procurar? – indagou Edward, ansioso.

Hugh compreendeu que ele não tinha a menor ideia do que fazer num caso assim. Foi Samuel quem respondeu:

– É uma emissão grande. Pensando bem, não são muitos os bancos que querem tamanha exposição na América do Sul. Deve procurar os Greenbourne. Talvez sejam os únicos bastante grandes para assumir o risco. Conhece Solly Greenbourne, não é?

– Conheço, sim. Falarei com ele.

Hugh ficou imaginando se deveria aconselhar Solly a rejeitar a proposta de Edward, porém mudou de ideia no mesmo instante – estava sendo contratado como *expert* na América do Norte e seria muita presunção de sua parte se começasse com uma avaliação numa área completamente diferente. Ainda assim, decidiu fazer mais uma tentativa de persuadir tio Joseph a cancelar o projeto.

– É um negócio pouco lucrativo. O risco sempre foi alto, e agora, como se não bastasse, somos ameaçados com uma publicidade negativa. Precisamos mesmo disso?

Edward disse, petulante:

– Os sócios tomaram sua decisão, e não cabe a você questioná-los.

Hugh desistiu.

– Tem toda a razão. Não sou sócio e, em breve, não serei também um empregado.

Tio Joseph franziu as sobrancelhas.

– O que isso significa?

– Estou pedindo demissão do banco.

A surpresa de Joseph foi evidente.

– Não pode fazer isso!

– É claro que posso. Sou um mero empregado e tenho sido tratado como tal. Portanto, como um empregado, estou saindo para um lugar melhor.

– Que lugar?

– Para ser franco, vou trabalhar no Greenbourne.

Os olhos de tio Joseph davam a impressão de que iam saltar.

– Mas é você quem conhece todos os norte-americanos!

– Imagino que foi por isso que Ben Greenbourne se mostrou tão ansioso em me contratar.

– Mas você vai tirar negócios de nós!

– Deveria ter pensado nisso quando decidiu voltar atrás em sua oferta de sociedade.

– Quanto vão lhe pagar?

Hugh levantou-se para se retirar.

– Não é da sua conta – respondeu com firmeza.

Edward gritou, estridente:

– Como se atreve a falar assim com meu pai?

A indignação de Joseph estourou como uma bolha, e para surpresa de Hugh ele se acalmou subitamente.

– Cale a boca, Edward – disse ele, em tom suave. – Um bom banqueiro se faz com um mínimo de astúcia e discrição. Há ocasiões em que eu gostaria que você fosse mais parecido com Hugh. Ele pode ser a ovelha negra da família, mas pelo menos tem algum brio.

Ele tornou a virar-se para Hugh e acrescentou, sem maldade:

– Pode ir embora. Torço para que fracasse, contudo não estou apostando nisso.

– Não tenho a menor dúvida de que isso é o máximo de desejo de boa sorte que receberei do seu ramo da família – respondeu Hugh. – Bom dia para todos.

IV.

– E como está a nossa cara Rachel? – perguntou Augusta a Micky enquanto servia o chá.

– Está bem. Ela pode vir mais tarde.

Na verdade, ele não conseguia entender a esposa. Ela era virgem quando se casaram, porém se comportava como uma prostituta. Entregava-se a ele em qualquer momento, em qualquer lugar e sempre com entusiasmo. Uma das primeiras coisas que ele tentara, logo depois do casamento, fora amarrá-la na cabeceira da cama para recriar a visão que desfrutara na primeira vez em que se sentiu atraído por ela; e, um tanto para sua surpresa, Rachel se submetera com a maior docilidade. Até agora, nada do que Micky fizera com ela a levara a resistir. Ele até a possuíra na sala de visitas, onde havia um risco constante de serem surpreendidos pelos criados; e Rachel parecera gostar mais do que nunca.

Por outro lado, ela era o oposto da esposa submissa em todas as demais áreas da vida. Discutia com ele sobre a casa, os criados, dinheiro, política e religião. Quando se cansava de contestá-la, Micky tentava ignorá-la, depois a insultava, mas nada fazia diferença. Rachel sofria a ilusão de que tinha tanto direito a seu ponto de vista quanto um homem.

– Espero que ela seja uma boa ajuda em seu trabalho – comentou Augusta.

Micky confirmou com um aceno de cabeça.

– Ela é uma boa anfitriã nas funções da embaixada, sempre atenciosa e graciosa.

– Achei que ela se saiu muito bem na festa que você ofereceu ao embaixador Portillo – elogiou Augusta.

Portillo era o enviado português, e Augusta e Joseph haviam sido convidados para o jantar.

– Ela tem um plano idiota de criar um hospital-maternidade para mulheres sem marido – anunciou Micky de repente, deixando transparecer sua irritação.

Augusta sacudiu a cabeça em desaprovação.

– É inadmissível para uma mulher com a sua posição na sociedade. Além do mais, já há um ou dois hospitais desse tipo.

– Ela argumenta que são instituições religiosas que dizem às mulheres que elas não passam de pecadoras. Seu hospital vai ajudar sem pregações.

– Pior ainda. Pense só no que a imprensa diria a respeito disso! – ressaltou Augusta.

– É verdade. Tenho sido muito firme com ela nessa questão.

– Rachel é uma moça de sorte – murmurou Augusta, lançando-lhe um sorriso insinuante.

Micky compreendeu que Augusta flertava, mas ele não estava conseguindo corresponder. O fato é que se encontrava envolvido demais com Rachel. Evidentemente, não a amava, porém se deixara arrebatar ao máximo pelo relacionamento, e ela absorvia toda a sua energia sexual. Para compensar sua distração, ele segurou a mão de Augusta por um momento quando ela passou-lhe a xícara com o chá.

– Está me lisonjeando – murmurou ele.

– Não tenha a menor dúvida quanto a isso. Mas vejo que alguma coisa o preocupa.

– Perceptiva como sempre, minha cara Sra. Pilaster. Por que ainda imagino que posso lhe esconder alguma coisa? – Ele soltou a mão de Augusta e pegou o chá. – Estou um pouco tenso com a ferrovia de Santamaria.

– Pensei que os sócios já tivessem concordado nessa questão.

– E concordaram, mas a organização dessas coisas leva tempo.

– O mundo financeiro caminha devagar.

– Eu compreendo isso, mas minha família, não. Papa me envia cabogramas duas vezes por semana. Amaldiçoo o dia em que o telégrafo chegou a Santamaria.

Edward entrou nesse instante, ansioso em dar as notícias.

– Antonio Silva voltou! – anunciou ele antes mesmo de fechar a porta.

Augusta empalideceu.

– Como sabe?

– Hugh esteve com ele.

– É um golpe e tanto – disse ela.

Micky ficou surpreso ao perceber que a mão de Augusta estava tremendo quando ela baixou o pires e a xícara à mesa. Lembrando-se da conversa de Middleton com Hugh no baile da duquesa de Tenbigh, ele comentou:

– E David Middleton ainda continua a fazer perguntas.

Micky fingia estar preocupado, porém, na verdade, não se sentia insatisfeito com a situação. Achava bom que Edward e Augusta se lembrassem de vez em quando do segredo e da culpa que todos partilhavam.

– E não é apenas isso – acrescentou Edward. – Ele está tentando sabotar a emissão dos títulos da ferrovia de Santa Maria.

Micky franziu as sobrancelhas. A família de Tonio se opusera ao plano da ferrovia em Córdoba, mas fora repelida pelo presidente Garcia. O que Tonio poderia fazer em Londres? A mesma indagação ocorreu a Augusta.

– Como ele pode fazer alguma coisa?

Edward entregou um maço de papéis à mãe.

– Leia isto.

– E o que é isso? – perguntou Micky.

– Um artigo que Tonio planeja publicar em *The Times* sobre as minas de nitrato de sua família.

Augusta folheou as páginas rapidamente.

– Ele afirma que a vida de um mineiro de nitrato é desagradável e perigosa – comentou ela, desdenhosa. – Quem poderia supor que fosse uma festa?

– Ele também diz que mulheres são açoitadas e crianças fuziladas por desobediência – ressaltou Edward.

– Mas o que isso tem a ver com a emissão dos títulos? – indagou Augusta.

– A ferrovia vai transportar o nitrato para a capital. Os investidores não gostam de negócios que provocam controvérsias. Muitos já são cautelosos com qualquer título sul-americano. Algo assim pode afugentá-los por completo.

Micky estava abalado. Aquilo parecia uma péssima notícia. Ele perguntou a Edward:

– O que seu pai diz de tudo isso?

– Estamos tentando atrair outro banco para participar conosco da operação, mas basicamente vamos deixar Tonio publicar o artigo e ver o que acontece. Se a publicidade provocar uma queda nos títulos sul-americanos, teremos de desistir da ferrovia de Santamaria.

Maldito Tonio! Ele era esperto – e Papa era um tolo por dirigir suas minas num sistema de escravidão e ainda ter a esperança de levantar dinheiro no mundo civilizado.

Mas o que podia ser feito? Micky pôs-se a pensar. Era preciso silenciar Tonio, mas ele não se deixaria persuadir nem subornar. Micky sentiu um calafrio no coração ao compreender que teria de usar métodos mais brutais e arriscados. Fingiu manter a calma.

– Posso ver o artigo, por favor?

Augusta entregou-o. A primeira coisa que ele notou foi o endereço do hotel no alto da folha. Aparentando uma despreocupação que não sentia, Micky declarou:

– Ora, isso não é problema nenhum.

Edward protestou:

– Mas você ainda não leu!

– Nem preciso. Já vi o endereço.

– E daí?

– Agora que sabemos onde encontrá-lo, podemos negociar com Tonio. Deixem que eu resolvo tudo.

3
Maio

I.

Solly adorava observar Maisie se vestir.

No fim da tarde, ela punha um penhoar e chamava as criadas para prender seus cabelos, enfeitá-los com flores, plumas ou contas; depois, as dispensava e esperava o marido.

Iam sair naquela noite, o que quase sempre acontecia. Só costumavam ficar em casa durante a temporada social em Londres quando ofereciam uma festa. Entre a Páscoa e o fim de julho nunca jantavam a sós.

Solly entrou em seu quarto às 18h30, de calça a rigor e colete branco, com uma enorme taça de champanhe. Os cabelos de Maisie estavam enfeitados com flores amarelas de seda naquela noite. Ela tirou o penhoar e postou-se nua diante do espelho. Fez uma pirueta para agradar ao marido e começou a se vestir.

Primeiro, vestiu uma *chemise* de linho cuja gola tinha flores bordadas. Fitas de seda nos ombros da *chemise* permitiam que fosse amarrada ao vestido, a fim de que não aparecesse. Depois, Maisie calçou meias brancas de lã, prendendo-as com ligas elásticas um pouco acima dos joelhos. Colocou um calção de algodão que descia até os joelhos, com belos galões nas bainhas e um elástico na cintura; em seguida, calçou sandálias amarelas de seda.

Solly pegou o espartilho pela armação, ajudou-a a vesti-lo e depois deu os laços nos cordões atrás. A maioria das mulheres precisava da ajuda de uma ou duas criadas ao se arrumar, pois era impossível pôr sozinha o espartilho e o vestido. Solly, no entanto, aprendera a prestar esses serviços para não dispensar o prazer de assistir.

As anáguas de crinolina e as anquinhas haviam saído de moda, mas Maisie pôs uma anágua de algodão, com uma cauda de babados e uma bainha franzida, para sustentar a cauda do vestido. A anágua era presa nas costas com um laço, que Solly se encarregou de dar.

Finalmente, ela estava pronta para o vestido. Era de tafetá, com listras amarelas e brancas. O corpete tinha um drapeado folgado, o que ressaltava seu busto volumoso, e era preso nos ombros por laços. O resto do traje era igualmente lasseado e preso na cintura, nos joelhos e na bainha. Uma criada levara o dia inteiro para passá-lo a ferro.

Maisie sentou-se no chão e Solly levantou o vestido por cima de sua cabeça, de tal maneira que ela parecia estar dentro de uma tenda. Depois, Maisie levantou-se com o maior cuidado, enfiando as mãos pelas aberturas e a cabeça pela gola. Juntos, ela e Solly arrumaram as dobras e drapeados até que todos parecessem certos.

Maisie abriu sua caixa de joias e pegou um colar de diamantes e esmeraldas, além de um par de brincos iguais – tinham sido o presente de Solly no primeiro aniversário de casamento. Enquanto ela colocava as joias, Solly disse:

– Vamos ver muito mais nosso velho amigo Hugh Pilaster daqui por diante.

Maisie reprimiu um suspiro. A natureza confiante de Solly podia ser cansativa. O marido normal, desconfiado, já teria percebido a atração entre Maisie e Hugh e ficaria de mau humor toda vez que o nome do outro homem fosse mencionado, mas Solly era inocente demais. Não tinha a menor ideia de que estava colocando a tentação no caminho da esposa.

– Por quê? O que aconteceu? – perguntou ela em tom neutro.

– Ele vai trabalhar no banco.

– Por que ele está deixando o Pilaster? Pensei que estivesse muito bem lá.

– Recusaram-se a admiti-lo na sociedade.

– Oh, não!

Ela conhecia Hugh melhor do que qualquer outra pessoa e sabia o quanto ele sofrera por causa da falência e do suicídio do pai. Podia imaginar como ele ficara abalado ao lhe negarem a posição de sócio.

– A família Pilaster é muito mesquinha – murmurou Maisie, com ressentimento.

– Foi por causa da esposa dele.

Maisie fez um aceno de cabeça, indicando que concordava.

– Isso não me surpreende.

Ela testemunhara o incidente no baile da duquesa de Tenbigh. Conhecendo os Pilaster, não podia deixar de especular se não fora Augusta quem arquitetara de algum modo aquele problema, a fim de desacreditar Hugh.

– Temos de sentir pena de Nora – disse Solly.

– Hum...

Maisie conhecera Nora algumas semanas antes do casamento e sentira uma antipatia imediata por ela. Na verdade, magoara Hugh ao lhe dizer que Nora era uma interesseira que não o amava e que ele não deveria se casar com ela.

– Seja como for, sugeri a Hugh que você poderia ajudá-la.

– Como? – disse Maisie, rispidamente, desviando os olhos do espelho. – Ajudá-la?

– Reabilitá-la. Sabe como é ser desprezada por causa de suas origens. Você conseguiu superar todos os preconceitos.

– E agora devo promover a mesma transformação em todas as outras mulheres das classes inferiores que se casam com alguém da alta classe? – reagiu ela, bruscamente.

– Parece evidente que cometi um erro – murmurou Solly, preocupado. – Pensei que você teria o maior prazer em ajudar, pois sempre gostou de Hugh.

Maisie foi até o armário pegar as luvas.

– Gostaria que você tivesse me consultado antes.

Ela abriu o armário. Atrás da porta, emoldurado em madeira, estava pendurado o cartaz antigo que ela guardara do circo, mostrando-a de malha justa, de pé no lombo de um cavalo branco acima da legenda "A Maravilhosa Maisie". A imagem arrancou-a de seu acesso de raiva e, no mesmo instante, sentiu-se envergonhada. Correu para Solly e abraçou-o.

– Oh, Solly, como posso ser tão ingrata?

– Calma, calma... – sussurrou ele, acariciando os ombros nus da esposa.

– Tem sido gentil e generoso demais comigo e com minha família, e é claro que farei isso por você se é o que deseja.

– Eu detestaria forçá-la a qualquer coisa...

– Não, Solly, não está me forçando a nada. Por que eu não deveria ajudá-la a conseguir o que tenho? – Ela contemplou o rosto rechonchudo do marido, marcado agora com linhas de ansiedade. Acariciou sua face.

– Pare de se preocupar. Fui horrivelmente egoísta por um momento, mas já passou. Vá agora vista seu casaco. Já estou pronta.

Ela ficou na ponta dos pés e o beijou nos lábios, depois se virou e calçou as luvas.

Maisie sabia o que a deixara zangada. A ironia da situação era amarga. Pediam-lhe que treinasse Nora para o papel da Sra. Hugh Pilaster – uma posição que ela mesma ansiara por ocupar. No fundo de seu coração, ainda desejava ser a esposa de Hugh e odiava Nora por ter conquistado o que ela havia perdido. Em suma, era uma atitude vergonhosa, e Maisie decidiu abandoná-la. Deveria estar contente por Hugh ter se casado. Ele havia se sentido muito infeliz, e pelo menos em parte isso era por sua culpa. Agora, poderia parar de se preocupar com ele. Ela teve uma sensação de perda, se não de profundo sofrimento, mas poderia manter esses sentimentos trancados num quarto em que ninguém jamais entraria. Maisie se empenharia inteiramente na tarefa de fazer com que Nora Pilaster caísse novamente nas boas graças da alta sociedade de Londres.

Solly voltou com o casaco e os dois foram até os aposentos de Bertie. Ele já estava de camisola para dormir e brincava com um trenzinho de madeira. Adorava ver Maisie vestida em trajes elegantes e ficaria muito decepcionado se, por algum motivo, ela saísse à noite sem mostrar o que usava. Bertie contou o que acontecera no parque naquela tarde – fizera amizade com um cão enorme – e Solly sentou-se no chão para brincar de trem com o menino por alguns momentos. Depois, chegou a hora de Bertie ir para a cama, e Maisie e Solly desceram e embarcaram na carruagem.

Iam a um jantar e, depois, a um baile. Os eventos aconteceriam a menos de 1 quilômetro de sua casa em Piccadilly, mas Maisie não podia andar pelas ruas num traje tão refinado: a bainha e a cauda, sem falar nos sapatos de seda, estariam imundos quando chegasse. Ainda assim, ela sorria ao pensar que a menina que outrora andara por quatro dias para chegar a Newcastle não podia agora percorrer menos de 1 quilômetro sem sua carruagem.

Maisie conseguiu iniciar sua campanha em favor de Nora naquela mesma noite. Quando chegaram a seu destino e entraram na sala de visitas do marquês de Hatchford, a primeira pessoa que ela viu foi o conde de Tokoly. Conhecia-o muito bem, e o conde sempre flertava com ela, por isso Maisie se sentiu à vontade para ser direta.

– Quero que perdoe Nora Pilaster por esbofeteá-lo – disse ela.

– Perdoar? Mas eu me sinto lisonjeado! Pensar que na minha idade ainda posso fazer uma jovem me dar um tapa na cara é um grande elogio!

Não foi assim que você se sentiu na ocasião, pensou Maisie. Contudo, ela ficou contente por constatar que o conde decidira não dar maior importância ao incidente.

– Se ela se recusasse a me levar a sério, isso é que seria um insulto – acrescentou o conde.

Era exatamente o que Nora deveria ter feito, refletiu Maisie.

– Diga-me uma coisa: Augusta Pilaster o encorajou a flertar com Nora?

– Que sugestão pavorosa! A Sra. Joseph Pilaster como uma alcoviteira! Ela não fez nada disso.

– Alguém o encorajou?

Mantendo os olhos contraídos, ele fitou Maisie.

– Você é muito esperta, Sra. Greenbourne; sempre a respeitei por isso. Mais esperta do que Nora Pilaster. Ela jamais conseguirá chegar à sua posição.

– Mas não respondeu à minha pergunta.

– Direi a verdade, pois a admiro demais. O embaixador cordovês, señor Miranda, disse-me que Nora era... como posso explicar... suscetível.

Então era isso.

– E Micky Miranda foi instruído por Augusta, tenho certeza. Aqueles dois são como unha e carne – declarou Maisie.

De Tokoly ficou ofendido.

– Espero não ter sido usado como um peão de xadrez.

– Esse é o perigo de ser tão previsível – comentou Maisie, irritada.

NO DIA SEGUINTE, ela levou Nora à sua costureira.

Enquanto Nora experimentava modelos e tecidos, Maisie descobriu um pouco mais sobre o incidente no baile da duquesa de Tenbigh.

– Augusta lhe disse alguma coisa antes do seu problema com o conde? – perguntou ela.

– Avisou-me para não deixar que ele tomasse nenhuma liberdade – respondeu Nora.

– Ou seja, você estava preparada para reagir a ele, por assim dizer.

– É isso mesmo.

– E se Augusta não tivesse dito nada, você teria se comportado da mesma maneira?

Nora assumiu uma expressão pensativa.

– Provavelmente, não o teria esbofeteado. Eu não teria coragem para isso. Mas Augusta me fez pensar que era importante tomar uma posição firme.

Maisie fez um aceno positivo com a cabeça.

– Ela queria que isso acontecesse. Também mandou alguém dizer ao conde que você era fácil.

Nora ficou espantada.

– Tem certeza?

– O conde me contou. Augusta é uma vaca insidiosa, e não tem o menor escrúpulo. – Maisie percebeu que falava com seu sotaque de Newcastle, algo que agora acontecia apenas raramente. Voltou ao normal. – Nunca subestime a capacidade de Augusta para a traição.

– Ela não me assusta – afirmou Nora num tom de desafio. – Também não tenho muitos escrúpulos.

Maisie acreditou... e sentiu pena por Hugh.

Uma polonesa era o estilo perfeito para ela, pensou Maisie enquanto a costureira prendia um vestido em torno do corpo generoso de Nora. Os detalhes elaborados combinavam com sua aparência: os rufos plissados, a abertura na frente enfeitada com laços e a saia com pregas e folhos nas costas, tudo caía muito bem nela. Talvez Nora fosse um pouco voluptuosa demais, mas um espartilho poderia conter sua tendência para rebolar.

– Ser bonita é metade da batalha – comentou Maisie enquanto Nora se admirava no espelho. – Em relação aos homens, isso é tudo o que realmente importa. Mas precisa fazer mais para ser aceita pelas mulheres.

– Sempre me dei melhor com os homens do que com as mulheres.

Maisie não se surpreendeu: Nora era desse tipo.

– Você também deve ser assim – acrescentou Nora. – Foi por isso que chegamos até aqui.

Somos iguais?, perguntou-se Maisie.

– Não que eu me coloque no mesmo nível que o seu – continuou Nora. – É invejada por todas as garotas ambiciosas de Londres.

Maisie estremeceu ao pensamento de que era encarada como uma heroína pelas caçadoras de fortunas, porém não disse nada, porque provavelmente merecia. Nora casara-se por dinheiro, e não se importava em admiti-lo para Maisie, pois presumia que esta fizera o mesmo. E tinha razão.

– Não estou me queixando, mas peguei a ovelha negra da família, o que não tem capital, enquanto você se casou com um dos homens mais ricos do mundo.

Como você ficaria surpresa se soubesse que eu trocaria de bom grado!, pensou Maisie.

Mas tratou de afastar o pensamento da mente. Muito bem, ela e Nora eram da mesma espécie. Ajudaria Nora a ser aceita pelos esnobes e pelas megeras que dominavam a sociedade.

– Nunca fale muito sobre o preço das coisas – começou ela, lembrando-se de seus equívocos iniciais. – Mantenha-se sempre calma e inabalável, não importa o que aconteça. Se seu cocheiro sofrer um ataque do coração, a carruagem bater, o chapéu voar para longe ou o seu calção cair, diga apenas "Meu Deus, que excitante!" e pegue um fiacre de aluguel. Tenha em mente que o campo é melhor do que a cidade, a ociosidade é superior ao trabalho, o velho é preferível ao novo e a posição na sociedade é mais importante do que o dinheiro. Saiba um pouco de tudo, porém jamais seja uma profunda conhecedora de nada. Pratique falar sem mexer a boca, pois isso vai melhorar seu sotaque. Diga às pessoas que seu bisavô cultivava terras em Yorkshire, que é um lugar grande demais para alguém verificar. Além disso, a agricultura é um meio honrado de ser pobre.

Nora fez uma pose, com um olhar vago, e murmurou, lânguida:

– Mas é *tanta coisa* para eu me lembrar. Como vou conseguir fazer isso *algum dia*?

– Perfeito! – exclamou Maisie. – Vai se sair muito bem.

II.

Micky Miranda estava parado num portal na Berwick Street, usando um sobretudo leve para se proteger do frio da noite de primavera. Fumava um charuto e observava a rua. Havia um lampião a gás ali perto, mas ele mantinha-se na sombra, e assim seu rosto não podia ser visto com facilidade pelas pessoas que passavam. Sentia-se ansioso, insatisfeito consigo mesmo, sujo. Detestava a violência. Era o estilo de Papa, o estilo de Paulo. Para Micky, sempre parecera uma admissão de fracasso.

A Berwick Street era estreita e imunda, cheia de pubs ordinários e pensões. Cães revolviam o lixo nas sarjetas, crianças pequenas brincavam à luz do lampião. Micky estava ali desde o anoitecer e não avistara um único guarda. Já era quase meia-noite.

O Hotel Russe ficava no outro lado da rua. Já conhecera dias melhores, contudo ainda se mantinha um ponto acima dos demais na região. Havia uma luz sobre a porta, e Micky podia avistar lá dentro um saguão com um balcão de recepção. Mas parecia não haver ninguém lá.

Dois outros homens espreitavam na outra calçada, nas laterais da entrada do hotel. Todos os três esperavam por Antonio Silva.

Micky simulara calma na presença de Edward e Augusta, mas na verdade se sentira desesperadamente preocupado com a possibilidade de o artigo de Tonio aparecer em *The Times*. Empenhara muito esforço para persuadir os Pilaster a emitir os títulos da ferrovia de Santamaria. Chegara até a se casar com a vaca da Rachel para conseguir aqueles malditos títulos. Toda a sua carreira dependia do sucesso daquele projeto. Se falhasse com sua família, o pai não apenas ficaria furioso, como também se vingaria. Papa tinha o poder de promover a dispensa de Micky do cargo de embaixador. Sem dinheiro e destituído de posição, não teria condições de permanecer em Londres: teria de voltar para seu país, enfrentar a humilhação e a desgraça. De uma forma ou de outra, a vida que desfrutara por tantos anos seria encerrada.

Rachel queria saber onde ele planejava passar a noite. Micky rira e respondera:

– Nunca tente me interrogar.

Ela o surpreendera ao declarar:

– Então eu também vou sair esta noite.

– E vai aonde?

– Nunca tente me interrogar.

Micky a trancara no quarto.

Quando ele voltasse para casa, Rachel estaria fervendo de raiva, mas isso já acontecera antes. Em ocasiões anteriores, quando Rachel se encolerizara com ele, Micky a jogara na cama, arrancara suas roupas e ela sempre se submetera ansiosamente. Tinha certeza de que isso ocorreria outra vez naquela noite.

Gostaria de poder ter tanta certeza em relação a Tonio.

Nem mesmo sabia se ele ainda residia naquele hotel, contudo não podia perguntar sem levantar suspeitas.

Agira tão depressa quanto possível, ainda assim levara 48 horas para localizar e contratar dois marginais implacáveis, fazer o reconhecimento do local e preparar a emboscada. Durante esse período, Tonio poderia ter se mudado. E, nesse caso, Micky estaria perdido.

Um homem cauteloso mudaria de hotel a intervalos de poucos dias. Mas um homem cuidadoso não usaria um papel com o endereço em que podia ser encontrado. Tonio não era do tipo precavido. Ao contrário, sempre fora imprudente. Era bem provável que ainda continuasse naquele hotel, refletiu Micky.

E estava certo.

Poucos minutos depois da meia-noite, Tonio apareceu.

Micky pensou reconhecer o jeito de andar quando o vulto surgiu na outra extremidade da Berwick Street, vindo da direção da Leicester Square. Foi dominado pela tensão, mas resistiu à tentação de agir de imediato. Controlando-se com o maior esforço, esperou até que o homem passasse sob um lampião a gás, e seu rosto se tornou claramente visível por um momento. A partir daí, não houve mais nenhuma dúvida: era mesmo Tonio. Micky conseguir ver até mesmo a costeleta ruiva. Sentiu alívio e uma ansiedade aguçada ao mesmo tempo: alívio por Tonio se encontrar no seu campo de visão, e ansiedade pelo ataque violento e perigoso que estava prestes a acontecer.

E foi nesse instante que avistou os guardas.

Era muito azar. Dois guardas descendo pela Berwick Street, vindo da direção oposta, de capacete e capa, os cassetetes pendendo do cinto, iluminando os cantos escuros com suas lanternas furta-fogos. Micky permaneceu absolutamente imóvel. Não havia nada que pudesse fazer. Os guardas viram Micky, notaram a cartola e o charuto, acenaram com a cabeça, deferentes – não era da conta deles o que um homem da classe alta estava fazendo parado num portal, afinal procuravam criminosos, não cavalheiros. Passaram por Tonio a cerca de 15 ou 20 metros da entrada do hotel. Micky se remexeu, frustrado. Mais alguns instantes e Tonio estaria são e salvo dentro do hotel.

Depois, os guardas viraram uma esquina e desapareceram.

Micky gesticulou para seus dois cúmplices.

Eles agiram depressa.

Antes que Tonio alcançasse a porta do hotel, os dois o agarraram e o empurraram por um beco ao lado do prédio. Ele gritou uma vez porém em seguida seus gritos foram abafados.

Micky jogou fora o resto do charuto, atravessou a rua e entrou no beco. Tinham metido um lenço na boca de Tonio para evitar que ele fizesse barulho e o espancavam com barras de ferro. Seu chapéu caíra, e a cabeça e o rosto já se encontravam ensanguentados. O corpo estava protegido por um capote, mas os bandidos batiam nos joelhos, nas canelas e nas mãos desprotegidas.

A cena deixou Micky aflito.

– Parem com isso, seus idiotas! – disse Micky. – Não estão vendo que ele já apanhou bastante?

Não queria que os homens matassem Tonio. O incidente deveria parecer um assalto de rotina, acompanhado por uma surra brutal. Um assassinato teria uma repercussão muito maior, e os guardas haviam visto o rosto de Micky, ainda que só por um instante.

Com evidente relutância, os dois homens pararam de bater em Tonio, que despencou para o chão e ficou imóvel.

– Esvaziem os bolsos! – sussurrou Micky.

Tonio não se mexeu quando lhe tiraram o relógio e a corrente, a carteira, algumas moedas, um lenço de seda e uma chave.

– A chave é minha – disse Micky. – Podem levar o resto.

O mais velho dos dois homens, Barker – jocosamente chamado de Dog, o Cachorro, porque seu nome em inglês pode significar também "aquele que late" –, murmurou:

– Dê-nos o dinheiro.

Micky entregou 10 libras a cada um, em soberanos de ouro.

Dog deu-lhe a chave. Amarrada com um barbante, tinha um pedaço de cartolina com o número 11 rabiscado. Era tudo de que Micky precisava.

Ele virou-se para deixar o beco... e viu que eram observados. Um homem estava parado na rua, olhando para eles. O coração de Micky disparou.

Dog também o viu um momento depois. Grunhiu uma imprecação e levantou a barra de ferro, como se tencionasse atacar o homem. Subitamente, Micky percebeu uma coisa e segurou o braço de Dog.

– Não faça isso – disse ele. – Não é necessário. Olhe bem para o homem.

O intruso tinha a boca frouxa e um olhar vazio: era um doente mental. Dog baixou a arma, murmurando:

– Ele não vai nos causar nenhum mal. Não entende as coisas.

Micky passou pelo homem, voltando à rua. Ao olhar para trás, viu Dog e seu companheiro tirando as botas de Tonio. Depois se afastou, esperando nunca mais tornar a vê-los.

Entrou no Hotel Russe. Para seu alívio, a recepção no pequeno saguão continuava vazia. Subiu a escada.

O hotel era formado por três casas reunidas, e Micky demorou um pouco para encontrar o caminho. Dois ou três minutos depois, no entanto, entrou no quarto 11.

Era pequeno e sujo, com móveis que outrora haviam sido ostentosos, mas que agora eram apenas deteriorados. Micky pôs o chapéu e a bengala numa cadeira e começou a revistar tudo, rápida e metodicamente. Encontrou na escrivaninha uma cópia do artigo para *The Times*, que embolsou. O que não valia grande coisa. Tonio tinha outras cópias, ou poderia reescrever tudo de memória. No entanto, para que o artigo fosse publicado, ele teria de apresentar alguma espécie de prova, e era isso que Micky procurava.

Na arca de gavetas ele encontrou um romance intitulado *A duquesa de Sodoma*, que se sentiu tentado a roubar; mas decidiu que era um risco desnecessário. Tirou as camisas e roupas de baixo de Tonio das gavetas e jogou tudo no chão. Não havia nada escondido ali.

Ele não esperava mesmo encontrar num lugar tão óbvio.

Olhou por trás e por baixo da arcada cama e do guarda-roupa. Subiu na mesa para olhar em cima do guarda-roupa: não havia nada ali além de uma espessa camada de poeira.

Tirou os lençóis da cama, apalpou os travesseiros em busca de alguma coisa dura, examinou o colchão. Acabou descobrindo o que queria debaixo dele.

Dentro de um envelope grande havia um maço de papéis amarrado com fitas de advogados.

Antes que pudesse examinar os documentos, Micky ouviu passos no corredor.

Largou tudo e se postou atrás da porta.

Os passos seguiram adiante, desvanecendo-se.

Micky desatou as fitas e passou os olhos rapidamente pelos documentos. Estavam escritos em espanhol e tinham o lacre de um advogado de Palma, capital de Córdoba. Continham depoimentos juramentados de testemunhas que haviam presenciado os açoites e execuções nas minas de nitrato da família de Micky.

Ele levou os papéis aos lábios e beijou-os. Eram a resposta às suas orações.

Guardou-os no bolso interno do casaco. Antes de os destruir, precisava anotar os nomes e endereços das testemunhas. Os advogados podiam ter cópias dos depoimentos, mas de nada adiantariam sem as testemunhas. E agora que Micky sabia quem eram elas, seus dias estavam contados. Mandaria os endereços para Papa, que trataria de silenciá-las.

Havia mais alguma coisa? Micky correu os olhos pelo quarto. Estava todo desarrumado. Nada mais restava para ele ali. Já tinha o que queria. Sem provas, o artigo de Tonio não tinha nenhum valor.

Ele saiu do quarto e desceu a escada.

Para sua surpresa, deparou com um atendente na recepção. Fitando-o, o homem perguntou num tom desafiador:

– Posso perguntar o que está fazendo aqui?

Micky tomou uma decisão imediata. Se ignorasse a interpelação, o homem provavelmente pensaria que ele era apenas grosseiro. Se parasse para se explicar, o homem poderia estudar seu rosto. Micky não disse nada, apenas deixou o hotel. O atendente não o seguiu.

Ao passar pelo beco, ele ouviu um débil pedido de socorro. Tonio rastejava para a rua, deixando uma trilha de sangue. A visão provocou náuseas em Micky. Tomado de repulsa, ele fez uma careta, desviou os olhos e afastou-se.

III.

À tarde, as damas ricas e os cavalheiros ociosos se visitavam. Era uma prática cansativa, e quatro dias por semana Maisie mandava os criados informarem que ela não estava em casa. Só recebia as pessoas nas sextas-feiras, e podia haver vinte ou trinta ao longo de uma tarde. Eram sempre mais ou menos as mesmas: a Turma de Marlborough, a colônia judaica, mulheres com ideias "avançadas", como Rachel Bodwin, e algumas esposas dos mais importantes associados de Solly nos negócios.

Emily Pilaster pertencia à última categoria. Seu marido, Edward, participava com Solly da emissão dos títulos de uma ferrovia em Córdoba, e Maisie presumiu que era por isso que Emily a visitava. Mas ela passou a tarde inteira ali, e às 17h30, quando os outros se retiraram, Emily permaneceu.

Era uma moça bonita, com enormes olhos azuis, tinha apenas 20 anos, e qualquer um podia perceber que se sentia angustiada. Por isso, Maisie não ficou surpresa quando ela perguntou:

– Posso lhe falar de uma coisa pessoal, por favor?

– Certamente. O que é?

– Espero que não fique ofendida, mas não há mais ninguém com quem eu possa conversar.

Parecia um problema sexual. Não seria a primeira vez que uma moça bem-nascida abordava Maisie em busca de conselhos sobre um assunto que não podia discutir com a mãe. Talvez tivessem ouvido rumores sobre seu passado irregular ou talvez apenas a considerassem acessível.

– E difícil me ofender – respondeu Maisie. – Qual é o problema?

– Meu marido me odeia – balbuciou Emily, desatando a chorar.

Maisie sentiu pena da jovem. Conhecera Edward nos velhos tempos do Argyll Rooms, e ele já era um cretino naquela ocasião. Não havia a menor dúvida de que piorara desde então. Maisie se solidarizaria com qualquer moça sem sorte o bastante para se casar com um homem assim.

– Os pais queriam que ele se casasse – explicou Emily, entre soluços –, contudo essa não era a sua vontade. Por isso, ofereceram-lhe uma enorme quantia e a posição de sócio no banco, e isso o convenceu. Concordei porque meus pais desejavam que eu aceitasse, ele parecia tão bom quanto qualquer outro e eu queria ter filhos. Mas Edward nunca gostou de mim e agora que tem o dinheiro e se tornou sócio do banco não consegue sequer suportar minha presença.

Maisie suspirou.

– Pode parecer uma coisa terrível, mas você se encontra na mesma situação de milhares de mulheres.

Emily enxugou os olhos com um lenço e se esforçou para parar de chorar.

– Sei disso, e não quero que pense que sinto pena de mim mesma. Compreendo que devo tirar o melhor proveito possível. E sei que conseguiria suportar a situação se ao menos pudesse ter um bebê. Isso é tudo o que sempre desejei.

As crianças são o consolo da maioria das esposas infelizes, refletiu Maisie.

– Há algum motivo para que não tenha filhos?

Emily remexia-se inquieta no sofá, embaraçada, mas o rosto infantil exibia uma expressão determinada.

– Estou casada há dois meses, e *nada aconteceu.*

– Às vezes demora...

– Não, não estou querendo dizer que esperava já ter engravidado a esta altura.

Maisie sabia que era difícil para moças assim serem específicas, e por isso resolveu conduzi-la com algumas perguntas.

– Ele vai para sua cama?

– Ia no começo, agora não vai mais.

– Quando ele ia, qual era o problema?

– O problema é que não sei direito o que deveria acontecer.

Maisie tornou a suspirar. Como as mães podiam permitir que as filhas se casassem tão ignorantes? Ela se lembrou de que o pai de Emily era um ministro metodista. O que em nada ajudava.

– Vou explicar o que deve acontecer. Seu marido a beija e acaricia, seu pênis fica grande e duro e ele o coloca dentro da sua vagina. A maioria das mulheres gosta.

Emily ficou vermelha.

– Ele me beijou e me tocou, mas foi só isso.

– Seu membro ficou duro?

– Estava escuro.

– Você não sentiu?

– Ele me fez acariciá-lo uma vez.

– E como estava? Rígido como uma vela ou mole como uma minhoca? Ou num jeito intermediário, como uma salsicha antes de ser cozida?

– Mole.

– E ele ficou duro quando você o acariciou?

– Não. E isso o deixou furioso; ele me bateu, disse que eu não era bastante boa. A culpa é *minha*, Sra. Greenbourne?

– Não, a culpa não é sua, embora os homens costumem dizer que a mulher é responsável. É um problema comum chamado impotência.

– Qual é a causa?

– Podem ser diversas coisas.

– E isso significa que não posso ter um bebê?

– Não, não pode enquanto ele não ficar duro.

Emily dava a impressão de que ia chorar.

– Quero tanto ter um bebê... Eu me sinto solitária e infeliz, mas poderia suportar todo o resto se tivesse um bebê.

Maisie ficou imaginando qual seria o problema de Edward. Tinha certeza de que ele não era impotente no passado. Poderia fazer alguma coisa para ajudar Emily? Talvez conseguisse descobrir se Edward era impotente durante todo o tempo ou apenas com a esposa. April Tilsley saberia. Na última vez em que Maisie conversara com April, ela soube que Edward continuava a ser um frequentador do bordel... embora isso tivesse ocorrido há alguns anos. Era muito difícil para uma dama da sociedade permanecer amiga íntima da principal meretriz de Londres.

– Conheço uma pessoa muito ligada a Edward – disse Maisie, cautelosa. – Talvez ela possa informar alguma coisa sobre o problema.

Emily engoliu em seco.

– Está querendo dizer que ele tem uma amante? Por favor, conte-me tudo, tenho de enfrentar os fatos.

Era uma moça determinada, pensou Maisie. Podia ser ignorante e ingênua, porém conseguiria o que desejava.

– Essa mulher não é amante de seu marido. Mas se ele tem uma amante, ela pode saber.

Emily fez um aceno de cabeça, indicando que concordava.

– Gostaria de conhecer sua amiga.

– Não sei se deve conhecê-la pessoalmente...

– Eu quero. Ele é meu marido, e se há alguma coisa errada a ser dita a seu respeito quero ouvir. – Seu rosto tornou a assumir uma expressão obstinada, e ela acrescentou: – Farei qualquer coisa, deve acreditar, absolutamente qualquer coisa. Toda a minha vida será um desperdício se eu não me salvar.

Maisie decidiu testar a determinação de Emily.

– O nome da minha amiga é April. Ela é dona de um bordel perto da Leicester Square. Fica a dois minutos daqui. Está disposta a ir até lá comigo agora?

– O que é um bordel?

O FIACRE PAROU diante do Nellie's. Maisie esquadrinhou a rua. Não queria que um conhecido a visse entrando num bordel. Mas aquela era a hora em que a maioria das pessoas de sua classe se vestia para o jantar, e só havia uns poucos indivíduos pobres na rua. Ela e Emily saltaram do fiacre. Maisie pagara antes ao cocheiro. A porta do bordel não estava trancada. As duas entraram.

A luz do dia não era generosa com o Nellie's. À noite, o lugar ainda podia ter um certo encanto decadente, pensou Maisie, mas naquele momento tudo parecia puído e encardido. Os estofamentos de veludo estavam desbotados, as mesas tinham marcas de copos e queimaduras de charuto, o papel de parede descascava e os quadros eróticos eram apenas vulgares. Uma velha varria o chão, com um cachimbo na boca. Não se mostrou surpresa por ver duas damas da sociedade em vestidos elegantes. Quando Maisie disse que desejava falar com April, a velha sacudiu o polegar na direção da escada.

Encontraram April numa cozinha no andar de cima, tomando chá à mesa com várias outras mulheres, todas de roupão ou vestidos de usar em casa: era evidente que ainda se passariam algumas horas antes que o movimento começasse. A princípio, April não reconheceu Maisie, e as duas ficaram se olhando em silêncio por um longo momento. Maisie constatou que sua velha amiga pouco mudara: ainda era esguia, o rosto duro, os olhos vivos, talvez parecendo um pouco cansada de tantas noites acordada e muito champanhe vagabundo, mas tinha o ar confiante e decidido de uma mulher de negócios vitoriosa.

– O que desejam? – perguntou ela.

– Não me reconhece, April?

No mesmo instante, April soltou um grito de alegria, levantou-se de um pulo e adiantou-se. Depois que se abraçaram e se beijaram, ela virou-se para as outras mulheres na cozinha e disse:

– Meninas, esta é a mulher que fez aquilo com que todas nós sonhamos. A ex-Miriam Rabinowicz, depois Maisie Robinson, é agora a Sra. Solomon Greenbourne!

As mulheres aclamaram, como se Maisie fosse uma espécie de heroína. Ela sentiu-se constrangida: não previra que April faria um relato tão franco de sua vida, ainda mais na presença de Emily Pilaster, mas agora era tarde demais.

– Vamos tomar um gim para celebrar – propôs April.

Elas sentaram-se, uma das mulheres pegou uma garrafa e alguns copos, o gim foi servido. Maisie jamais gostara de gim, e agora, depois que se acostumara ao melhor champanhe, o apreciava ainda menos; mas bebeu para se mostrar cordial. Viu Emily tomar um gole de seu copo e fazer uma careta. Os copos foram imediatamente reabastecidos.

– O que a traz aqui? – indagou April.

– Um problema conjugal – respondeu Maisie. – Minha amiga aqui tem um marido impotente.

– Mande-o para cá, minha querida – disse April a Emily. – Daremos um jeito nele.

– Desconfio de que ele já é cliente – informou Maisie.

– Qual é o nome?

– Edward Pilaster.

April se mostrou surpresa.

– Santo Deus! – Ela fitou Emily. – Então você é Emily! Pobre criança!

– Sabe meu nome. – Emily estava mortificada. – Isso significa que ele fala a meu respeito.

Ela tomou outro gole de gim. Uma das mulheres garantiu:

– Edward não é impotente.

Emily corou.

– Desculpe – acrescentou a mulher. – Acontece que ele quase sempre me chama.

Era uma moça alta, de cabelos escuros e busto volumoso. Maisie não a achou muito atraente em seu robe sujo, fumando um cigarro como um homem; mas talvez ela o fosse quando estivesse arrumada. Emily recuperou o controle.

– É muito estranho. Ele é meu marido, mas você sabe mais a respeito dele do que eu. E nem mesmo sei o seu nome.

– Lily.

Houve um momento de silêncio e constrangimento. Maisie tomou outro gole de gim; a segunda dose parecia melhor do que a primeira. Era uma cena insólita, pensou ela: a cozinha, as mulheres em *déshabillé*, os cigarros e o gim, e Emily, que uma hora atrás não sabia direito em que consistia a relação sexual, discutindo a impotência do marido com a prostituta predileta dele.

– Muito bem – interveio April, incisiva –, agora você já tem a resposta para sua pergunta. Por que Edward é impotente com a esposa? Porque Micky não está presente. Ele jamais consegue ficar duro quando está a sós com uma mulher.

– Micky? – repetiu Emily, incrédula. – Micky Miranda? O embaixador cordovês?

April confirmou com um aceno de cabeça.

– Eles fazem tudo juntos, especialmente aqui. Edward bem que tentou fazer sozinho algumas vezes, mas nunca deu certo.

A perplexidade de Emily era cada vez maior. Maisie fez a pergunta óbvia:

– O que exatamente eles fazem?

Foi Lily quem respondeu:

– Nada muito complicado. Ao longo dos anos, experimentaram diversas variações. No momento, gostam de ir para a cama, os dois juntos, com uma só mulher, em geral eu ou Muriel.

– Mas Edward faz a coisa direito? – insistiu Maisie. – Fica duro e tudo mais?

Lily fez um aceno positivo com a cabeça.

– Quanto a isso, não tenha a menor dúvida.

– Acha que essa é a única maneira pela qual ele pode conseguir? – perguntou Maisie.

Lily franziu as sobrancelhas.

– Tenho a impressão de que não faz muita diferença o que acontece, com quantas mulheres, e assim por diante. Se Micky está presente, funciona; se não está, nada feito.

Maisie murmurou:

– Quase como se fosse Micky quem Edward realmente ama.

– Tenho a sensação de estar sonhando ou qualquer coisa parecida – balbuciou Emily, tomando outro gole de gim. – Tudo isso pode ser verdade? Essas coisas acontecem de fato?

– Você nem imagina o que se passa aqui – respondeu April. – Edward e Micky até que são comportados em comparação com alguns dos nossos outros clientes.

Até Maisie ficou espantada. O pensamento de Edward e Micky juntos na cama com uma mulher era tão bizarro que a deixava com vontade de rir e teve de fazer um esforço para se conter.

Lembrou-se da noite em que Edward a encontrara fazendo amor com Hugh. Ele mostrara-se incontrolavelmente excitado; e sua intuição lhe dissera que Edward fora atraído pela ideia de se deitar com ela logo depois de Hugh.

– A "sopa"! – exclamou ela.

Algumas mulheres riram.

– É isso mesmo – concordou April.

Emily sorriu, confusa.

– Não estou entendendo.

– Alguns homens gostam de se deitar com mulheres que acabaram de ser possuídas por outros – explicou April enquanto as mulheres riam ainda mais.

Emily começou a rir, e um instante depois todas se sacudiam em gargalhadas histéricas. *Era uma combinação do gim, da estranha situação e da conversa sobre as insólitas preferências sexuais dos homens*, pensou Maisie. Cada vez que os risos se atenuavam, uma delas dizia "Uma sopa!", e todas tornavam a cair na gargalhada.

Por fim, as mulheres ficaram tão exaustas que não conseguiam mais continuar a rir. Assim que se aquietaram, Maisie indagou:

– Mas e como fica a Emily? Ela quer ter um bebê e não pode convidar Micky para deitar-se na cama com ela e o marido.

Emily estava angustiada. April fitou-a nos olhos e perguntou:

– Até que ponto você é determinada, Emily?

– Farei qualquer coisa, tudo o que for necessário.

– Se está mesmo decidida, há uma coisa que podemos tentar.

IV.

Joseph Pilaster terminou de comer um prato de rins de cordeiro grelhados com ovos mexidos e começou a passar manteiga numa torrada. Augusta costumava se perguntar se o mau humor habitual dos homens de meia-idade não teria alguma relação com a quantidade de carne que ingeriam. Passava mal só de pensar em comer rins no desjejum.

– Sidney Madler está em Londres – informou Joseph. – Vou me reunir com ele esta manhã.

Por um momento, Augusta não soube de quem o marido falava.

– Madler?

– De Nova York. Ele está furioso porque Hugh não foi promovido a sócio.

– E o que ele tem a ver com isso? – perguntou Augusta. – Que insolência!

Ela falou com arrogância, mas sentia-se perturbada.

– Já sei o que ele vai dizer – continuou Joseph. – Quando formamos o nosso empreendimento conjunto com o Madler and Bell, havia um acordo tácito de que o lado da operação em Londres seria dirigido por Hugh. Agora, Hugh pediu demissão do banco, como sabe.

– Mas você não queria que Hugh saísse.

– Não, mas só poderia mantê-lo se oferecesse sociedade.

Augusta percebeu que havia risco de o marido fraquejar. A perspectiva a assustava. Precisava reforçar sua coragem.

– Espero que não permita que pessoas de fora decidam quem será e quem não será um sócio no Pilaster Bank.

– É evidente que não permitirei.

Um pensamento ocorreu a Augusta.

– O Sr. Madler pode cancelar o empreendimento conjunto?

– Pode, sim, embora até agora não tenha feito essa ameaça.

– Vale muito dinheiro?

– Valia. Mas é provável que Hugh, ao se transferir para o Greenbourne, leve muitos negócios.

– Portanto, não faz muita diferença o que o Sr. Madler possa pensar.

– Talvez, não. Mas terei de lhe dizer alguma coisa. Ele veio de Nova York só para reclamar do que aconteceu.

– Diga que Hugh casou-se com uma mulher inaceitável. Ele não pode deixar de compreender isso.

– É claro. – Joseph levantou-se. – Até mais tarde, querida.

Augusta também se levantou, e beijou o marido nos lábios.

– Não se deixe pressionar, Joseph.

Ele empertigou os ombros, a boca contraiu-se de um jeito determinado.

– Não deixarei.

Depois que o marido saiu, ela tornou a sentar-se à mesa, tomando café e se perguntando até que ponto aquela ameaça era séria. Tentara incentivar a resistência de Joseph, mas havia um limite para o que podia fazer. Teria de manter-se atenta à situação.

Estava surpresa por saber que a saída de Hugh custaria muito dinheiro ao banco. Não lhe ocorrera que ao promover Edward e derrubar Hugh também envolvia dinheiro. Por um momento, especulou se poderia estar pondo em perigo o banco que era a fundação de todos os seus planos e esperanças. Mas isso era ridículo. O Pilaster Bank era rico demais, nada poderia ameaçá-lo.

Enquanto ela terminava o desjejum, Hastead entrou para avisar que o Sr. Fortescue desejava lhe falar. Augusta tratou de afastar Sidney Madler de seus pensamentos. Aquilo era muito mais importante. Seu coração passou a bater mais depressa.

Michael Fortescue era o seu político submisso. Depois de ganhar a eleição suplementar de Deaconridge com a ajuda financeira de Joseph, ele era agora um membro do Parlamento e tinha uma dívida com Augusta. Ela deixara bem claro como esse débito poderia ser quitado – ajudando-a a obter um título de nobreza para Joseph. A eleição suplementar custara 5 mil libras, o suficiente para comprar a melhor casa de Londres, mas era um preço ínfimo por um título de lorde. A tarde era a ocasião para visitas, e assim os visitantes matutinos só apareciam por problemas urgentes. Ela estava certa de que Fortescue não a procuraria tão cedo se não tivesse novidades sobre a concessão do título, e era por isso que seu coração disparara.

– Leve o Sr. Fortescue para a sala de vigia – disse ela ao mordomo.

– Irei ao seu encontro daqui a pouco.

Augusta manteve-se imóvel por alguns instantes, fazendo um esforço para se acalmar.

Sua campanha transcorrera até agora de acordo com os planos. Arnold Hobbes publicara uma série de artigos em seu jornal, *The Forum*, reclamando títulos de nobreza para os homens do comércio. Lady Morte falara com a rainha sobre o assunto e entoara louvores a Joseph – e informara que Sua Majestade se mostrara impressionada. Fortescue afirmara ao primeiro-ministro Disraeli que havia uma onda da opinião pública em favor da ideia. Agora, talvez, todo o empenho estivesse prestes a ser coroado de sucesso.

A tensão era quase insuportável, e Augusta sentiu-se um pouco ofegante ao subir a escada, a cabeça transbordando com as palavras que esperava ouvir em breve: *lady Whitehaven... o conde e condessa Whitehaven... está certo, milady...*

A sala de vigia era curiosa. Ficava em cima do vestíbulo, com o acesso por uma porta no meio da escada. Tinha uma janela ampla dando para a rua, mas não era por isso que tinha esse nome. O detalhe mais insólito era uma janela interna pela qual se podia avistar o vestíbulo principal. As pessoas ali nem desconfiavam de que eram observadas, e ao longo dos anos Augusta vira muitas coisas estranhas daquele posto de observação. Era uma sala informal, pequena e aconchegante, de teto baixo e com lareira. Ela recebia ali os visitantes pela manhã.

Fortescue parecia um pouco tenso. Augusta sentou-se ao seu lado no divã próximo à janela, oferecendo-lhe um sorriso caloroso e tranquilizador.

– Acabei de falar com o primeiro-ministro – anunciou ele.

Augusta mal podia falar.

– Conversaram sobre títulos de nobreza?

– Conversamos. Consegui convencê-lo de que está na hora de os bancos terem um representante na Câmara dos Lordes, e ele resolveu se empenhar em conceder um título de nobreza a um homem de City.

– Maravilhoso! – Mas a expressão de Fortescue era de desconforto, não a de quem trazia grandes notícias, e por isso Augusta acrescentou, apreensiva: – Então por que você parece tão sombrio?

– Há também más notícias – murmurou Fortescue, parecendo agora um pouco assustado.

– Qual?

– Infelizmente, ele quer conceder o título a Ben Greenbourne.

– Oh, não! – Augusta teve a sensação de que levara um soco violento. – Como ele pode fazer uma coisa dessas?

Fortescue ficou na defensiva:

– Suponho que ele pode conceder títulos a quem quiser, pois é o primeiro-ministro.

– Mas não me dei a todo esse trabalho em beneficio de Ben Greenbourne!

– Concordo que é irônico – disse Fortescue, um tanto desanimado. – Mas fiz o melhor que podia.

– Não seja tão presunçoso – protestou ela em tom ríspido. – Não se quiser minha ajuda em futuras eleições.

A revolta aflorou nos olhos de Fortescue, e por um momento ela pensou que o perdera, imaginou que ele ia dizer que já saldara sua dívida e agora não precisava mais de sua ajuda. Mas o jovem membro do Parlamento baixou os olhos e murmurou:

– Asseguro-lhe que fiquei arrasado com a notícia...

– Fique quieto e deixe-me pensar. – Augusta pôs-se a andar de um lado para outro da pequena sala. – Devemos encontrar um meio de fazer o primeiro-ministro mudar de ideia... Precisamos criar um escândalo. Quais são as fraquezas de Ben Greenbourne? O filho é casado com uma menina de rua, mas isso não é suficiente...

Ocorreu-lhe que se Greenbourne ganhasse um título, seria herdado pelo filho, Solly, e isso significava que Maisie acabaria se tornando uma condessa. Essa ideia era angustiante.

– Qual é a posição política de Greenbourne?

– Ele não tem nenhuma, pelo que se sabe.

Augusta fitou-o atentamente e constatou que ele estava contrariado. Compreendeu que lhe falara com aspereza excessiva. Tornou a sentar-se ao seu lado, pegando uma das mãos enormes de Fortescue entre as suas.

– Seu instinto político é extraordinário, e foi isso que de imediato atraiu minha atenção. Diga-me qual é seu palpite.

Ele desmanchou-se no mesmo instante, como em geral acontecia com todos os homens quando ela se dava ao trabalho de ser amável com eles.

– Se pressionado, ele provavelmente se declararia liberal. Quase todos os homens de negócios são liberais, assim como a maioria dos judeus. No entanto, como ele nunca expressou nenhuma opinião em público, será difícil convertê-lo num inimigo do governo conservador...

– Ele é judeu – disse Augusta. – E esse o caminho.

Fortescue assumiu uma expressão de dúvida.

– O próprio primeiro-ministro é judeu por nascimento, e agora se tornou lorde Beaconsfield.

– Sei disso, mas ele é agora um cristão praticante. Além do mais...

Augusta fez uma pausa e Fortescue alteou as sobrancelhas, inquisitivo.

– Também tenho intuição – acrescentou Augusta. – E a minha diz que o fato de Ben Greenbourne ser judeu é a chave de tudo.

– Se houver algo que eu possa fazer...

– Você tem sido maravilhoso. Não há nada que possa fazer por enquanto. Mas quando o primeiro-ministro começar a ter dúvidas sobre Ben Greenbourne, basta lembrá-lo de que há uma alternativa segura em Joseph Pilaster.

– Conte comigo, Sra. Pilaster.

LADY MORTE MORAVA numa casa na Curzon Street que seu marido não tinha condições de manter. A porta foi aberta por um lacaio de libré que usava uma peruca empoada. Augusta foi conduzida a uma sala repleta de objetos caros das lojas da Bond Street: candelabros de ouro, molduras de retratos em prata, ornamentos de porcelana, vasos de cristal e um requintado tinteiro antigo cravejado de pedras preciosas, que deveria ter custado tanto quanto um jovem cavalo de corrida. Augusta desprezava Harriet Morte por sua fraqueza de gastar um dinheiro que não possuía; ao mesmo tempo, porém, sentiu-se tranquilizada por aqueles sinais de que a mulher continuava tão perdulária quanto antes.

Ela ficou andando de um lado para outro da sala enquanto esperava. Um sentimento de pânico a dominava toda vez que encarava a perspectiva do título de nobreza ser concedido a Ben Greenbourne, e não a Joseph. Achava que não seria capaz de desfechar uma campanha igual pela segunda vez. E se contorcia só de pensar que o resultado de seus esforços podia acabar sendo a concessão do título de nobreza àquela ratazana de esgotos, Maisie Greenbourne...

Lady Morte entrou na sala nesse instante, dizendo num tom frio:

– Mas que adorável surpresa vê-la a esta hora do dia!

Era uma censura a Augusta por visitá-la antes do almoço. Os cabelos grisalhos de lady Morte pareciam ter sido penteados às pressas, e Augusta calculou que ela não se vestira completamente.

Mas você tinha de me receber de qualquer maneira, não é? Você ficou com medo de que eu tivesse vindo procurá-la por causa de sua conta no banco, e assim não teve saída, pensou Augusta.

No entanto, falou num tom subserviente que agradaria à mulher:

– Vim pedir seu conselho sobre um problema urgente.

– Qualquer coisa que eu possa fazer...

– O primeiro-ministro concordou em conceder um título de nobreza a um banqueiro.

– Esplêndido! Mencionei o assunto a Sua Majestade, como sabe. Sem dúvida, teve seu efeito.

– Infelizmente, ele quer dar o título a Ben Greenbourne – disse Augusta.

– Oh, não! Mas isso é lamentável!

Augusta percebeu que Harriet Morte sentia-se secretamente satisfeita com a notícia. Ela odiava Augusta.

– É mais do que lamentável. Empenhei muito esforço para conseguir, e agora tudo indica que o beneficiado será o maior rival de meu marido.

– Posso compreender sua posição.

– Gostaria de podermos impedir que isso acontecesse.

– Não tenho certeza se é possível fazer alguma coisa.

Augusta fingiu estar pensando em voz alta:

– Os títulos de nobreza não devem ser aprovados pela rainha?

– Devem, sim. Tecnicamente, é ela quem os concede.

– Então, se você pedisse, ela poderia fazer alguma coisa.

Lady Morte soltou uma risada breve.

– Minha cara Sra. Pilaster, superestima o meu poder.

Augusta conteve a língua e ignorou o tom condescendente enquanto lady Morte acrescentava:

– Não é provável que Sua Majestade aceite o meu conselho em detrimento da recomendação do primeiro-ministro. Além do mais, qual seria a minha base para uma objeção?

– Greenbourne é judeu.

Lady Morte balançou a cabeça.

– Houve um tempo em que isso liquidaria todas as suas pretensões. Lembro de quando Gladstone quis promover Lionel Rothschild a par do reino: a rainha recusou de imediato. Mas isso aconteceu há dez anos. Desde então, tivemos Disraeli.

– Mas Disraeli é cristão. Greenbourne é um judeu praticante.

– Eu me pergunto se isso faria diferença. É possível. E ela vive criticando o príncipe de Gales por ter tantos judeus entre seus amigos.

– Nesse caso, se mencionar a ela que o primeiro-ministro tenciona elevar um deles à nobreza...

– Posso fazer um comentário durante uma conversa. Não tenho certeza de que seja suficiente para atender seu propósito.

Augusta pensou depressa.

– Há alguma coisa que possamos fazer para que a questão desperte a preocupação de Sua Majestade?

– Se houvesse algum protesto público, talvez perguntas no Parlamento ou artigos na imprensa...

– É isso, a imprensa! – Augusta pensou em Arnold Hobbes. – Acho que se pode dar um jeito.

HOBBES FICOU EXTREMAMENTE perturbado com a presença de Augusta em seu escritório abarrotado e cheio de tinta. Não sabia se arrumava as coisas, dispensava-lhe toda a sua atenção ou tentava se livrar dela. Por isso começou a fazer as três coisas, numa confusão histérica: transferiu papéis e pilhas de provas do chão para a mesa e tornou a acomodá-las no chão, foi buscar uma cadeira, uma taça de xerez e um prato de biscoitos e, ao mesmo tempo, propôs que fossem conversar em outro lugar. Augusta deixou-o se agitar por um ou dois minutos antes de dizer:

– Sr. Hobbes, sente-se, por favor, e me escute.

– Sim, sim... – balbuciou ele, arriando-se numa cadeira e fitando-a por cima dos óculos sujos.

Augusta relatou em poucas frases a possibilidade da concessão do título de nobreza a Ben Greenbourne.

– É lamentável, lamentável... – murmurou o jornalista cada vez mais nervoso. – Mas não creio que *The Forum* possa ser acusado de falta de entusiasmo na promoção da causa que tão gentilmente me sugeriu.

E em troca disso você recebeu duas diretorias lucrativas em companhias controladas por meu marido, pensou Augusta.

– Sei que não é culpa sua – disse ela, irritada. – A questão é outra: o que pode fazer a respeito disso?

– Meu jornal está numa situação difícil – respondeu ele, preocupado. – Depois de fazermos uma campanha vigorosa para que um banqueiro fosse elevado à nobreza, é difícil voltar atrás e protestar quando isso acontece.

– Mas sua intenção nunca foi a de que um judeu recebesse o título.

– É verdade, é verdade, embora muitos banqueiros sejam judeus.

– Não poderia escrever que há banqueiros cristãos em número suficiente para que o primeiro-ministro escolha um deles?

Hobbes continuou relutante.

– Poderia...

– Então faça isso!

– Desculpe, Sra. Pilaster, mas isso não basta.

– Não estou entendendo – disse ela, impaciente.

– É uma consideração profissional, mas preciso de algo que os jornalistas chamam de ponto de vista. Por exemplo: poderíamos acusar Disraeli, ou lorde Beaconsfield, como ele é chamado agora, de ser parcial em favor de pessoas de sua própria raça. Isso seria um ponto de vista. De modo geral, no entanto, ele é um homem tão íntegro que essa acusação específica não seria aceita.

Augusta detestava hesitação, mas conteve sua impaciência porque percebeu que havia nisso um problema real. Pensou por um instante e uma ideia lhe ocorreu.

– A cerimônia foi normal quando Disraeli tomou posse na Câmara dos Lordes?

– Creio que sim, em todos os aspectos.

– Ele prestou o juramento de lealdade numa Bíblia cristã?

– É claro.

– O Antigo e o Novo Testamento?

– Já entendi aonde quer chegar, Sra. Pilaster. Ben Greenbourne juraria sobre uma Bíblia cristã? Pelo que sei a seu respeito, duvido muito.

Augusta balançou a cabeça, indicando que estava em dúvida.

– Bem que poderia se nada fosse dito a respeito. Ele não é homem de procurar confronto. Mas torna-se obstinado quando é desafiado. Se houvesse um clamor público para que ele prestasse o juramento da mesma forma que todos os outros, Greenbourne poderia se rebelar. Não deixaria as pessoas dizerem que foi pressionado a fazer alguma coisa.

– Um clamor público... – repetiu Hobbes. – É isso mesmo.

– Poderia criá-lo?

Hobbes começou a se entusiasmar com a ideia.

– Já posso imaginar – disse ele, animado. – Blasfêmia na Câmara dos Lordes. Isso é o que chamo de um ponto de vista, Sra. Pilaster. A senhora é brilhante. Deveria ser jornalista!

– Quanta lisonja!

Ele nem percebeu o sarcasmo e, de repente, assumiu uma expressão pensativa.

– O Sr. Greenbourne é um homem muito poderoso.

– O Sr. Pilaster também é.

– Certamente, certamente...

– Posso contar com você?

Hobbes avaliou rapidamente os riscos e decidiu apoiar a causa de Pilaster.

– Deixe tudo comigo.

Augusta fez um aceno de cabeça. Já se sentia melhor. Lady Morte faria com que a rainha se voltasse contra Greenbourne, Hobbes protestaria na imprensa e Fortescue sussurraria no ouvido do primeiro-ministro o nome de uma alternativa irrepreensível: Joseph. Mais uma vez, as perspectivas pareciam boas. Ela levantou-se, porém Hobbes ainda tinha algo a dizer:

– Permite-me falar sobre outro assunto?

– Fique à vontade.

– Ofereceram-me um prelo bastante barato. No momento, como sabe, usamos prelos de terceiros. Se tivéssemos o nosso, poderíamos reduzir o custo do jornal e talvez até ganhar algum dinheiro extra imprimindo também outras publicações.

– Obviamente – murmurou Augusta, com impaciência.

– Tenho pensado na possibilidade de o Pilaster Bank nos conceder um empréstimo comercial.

Era o preço que Hobbes estava cobrando pela manutenção de seu apoio.

– Quanto?

– Cento e sessenta libras.

Era uma ninharia. E se ele fizesse uma campanha contra a elevação de judeus à nobreza com a mesma energia e astúcia que empregara na defesa da concessão de títulos de nobreza a banqueiros, valeria a pena.

– Um preço ínfimo, posso garantir... – acrescentou Hobbes.

– Falarei com o Sr. Pilaster.

Joseph concordaria, mas ela não queria que Hobbes pensasse que era fácil demais. Ele daria uma importância maior se o empréstimo fosse concedido com alguma relutância.

– Obrigado. É sempre um prazer encontrá-la, Sra. Pilaster.

– Sem dúvida – murmurou ela, saindo em seguida.

4
Junho

I.

A embaixada cordovesa estava silenciosa. Não havia ninguém nas salas do primeiro andar, pois os três funcionários tinham ido para casa horas antes. Micky e Rachel haviam oferecido um jantar no segundo andar a um pequeno grupo – sir Peter Mountjoy, subsecretário do Ministério do Exterior, e sua esposa; o embaixador dinamarquês; e o *chevalier* Michele, da embaixada italiana. Os convidados já tinham se retirado, tudo fora arrumado pelos criados e agora Micky se preparava para sair.

A novidade do casamento começava a se desgastar. Tentara chocar ou repugnar sua esposa sexualmente inexperiente, mas fracassara. O incessante entusiasmo de Rachel por qualquer perversão que ele propunha passara a enervá-lo. Ela decidira aceitar qualquer coisa que ele quisesse, e não havia como demovê-la quando tomava uma decisão assim. Micky jamais conhecera uma mulher que pudesse exibir uma lógica tão implacável.

Na cama, Rachel fazia qualquer coisa que ele pedia, contudo acreditava que fora do quarto uma mulher não devia ser uma escrava do marido, e era igualmente rígida com as duas regras. Assim, viviam brigando sobre questões domésticas. Às vezes, Micky podia passar de uma situação para outra. No meio de uma discussão sobre criados ou dinheiro, ele dizia: "Levante a saia e deite-se no chão."

E tudo terminava num abraço arrebatado. Acontece que isso não funcionava em todas as ocasiões – de vez em quando, Rachel retomava a discussão assim que ele virava para o lado.

Ultimamente, ele e Edward vinham passando cada vez mais noites em seus antigos antros. Aquela era a Noite das Máscaras no bordel da Nellie. Era uma das inovações introduzidas por April: todas as mulheres estariam de máscara. April afirmava que damas da alta sociedade sexualmente frustradas misturavam-se com as prostitutas nas Noites das Máscaras. É verdade que algumas mulheres não eram do bordel, mas Micky desconfiava de que as estranhas eram mulheres de classe média em dificuldades financeiras desesperadoras, e não aristocratas entediadas à procura de emoções degeneradas. Qualquer que fosse a verdade, a Noite das Máscaras nunca deixava de ser interessante.

Ele penteou os cabelos, encheu a charuteira e desceu Para sua surpresa, deparou com Rachel parada no vestíbulo, bloqueando a passagem para a porta. Ela cruzara os braços e exibia uma expressão determinada. Micky preparou-se para uma briga.

– São onze horas da noite – disse Rachel. – Para onde você vai?

– Para o inferno. Saia da minha frente.

Ele pegou o chapéu e a bengala.

– Vai a um bordel chamado Nellie's?

A surpresa foi grande ao ponto de Micky se manter calado por um momento.

– Já vi que vai – acrescentou Rachel.

– Com quem você andou conversando?

Ela hesitou, mas acabou respondendo:

– Emily Pilaster. Ela me contou que você e Edward vão a esse bordel com frequência.

– Não deve dar ouvidos às intrigas das mulheres.

Rachel tinha o rosto muito branco, e Micky compreendeu que estava assustada. O que era inesperado. Talvez aquela briga fosse diferente.

– Deve parar de ir a esse lugar, Micky.

– Já lhe disse que não deve tentar dar ordens a seu amo.

– Não é uma ordem, e sim um ultimato.

– Não seja tola. Saia da minha frente.

– A menos que me prometa que não irá mais lá, vou deixar você. Sairei daqui esta noite e nunca mais voltarei.

Micky percebeu que ela falava a sério. Era por isso que parecia assustada. Até calçara os sapatos de sair.

– Você não vai embora – disse ele. – Eu a trancarei em seu quarto.

– Vai ser difícil. Recolhi todas as chaves e joguei fora. Não há um único aposento nesta casa que possa ser trancado.

Rachel fora muito esperta. Parecia que aquela seria uma das disputas mais interessantes entre os dois. Ele sorriu e murmurou:

– Tire o calção.

– Isso não vai adiantar esta noite, Micky. Para mim, isso significava que você me amava. Agora, compreendi que o sexo é apenas a sua maneira de controlar as pessoas. Duvido até de que você goste.

Ele estendeu a mão e apertou o seio da esposa. Era quente e pesado em sua mão, apesar das camadas de roupa. Acariciou-o, observando o rosto de Rachel, mas a expressão dela não se alterou. Micky concluiu que ela não se entregaria à paixão naquela noite. Apertou com força, machucando-a, depois retirou a mão.

– O que deu em você? – perguntou ele com genuína curiosidade.

– Os homens pegam doenças infecciosas em lugares como o Nellie's.

– As garotas são muito limpas...

– Por favor, Micky, não finja ser tão burro.

Rachel tinha razão. Prostituta limpa era algo que não existia. Na verdade, ele dera sorte até agora: tivera apenas uma ocorrência branda de varíola durante os muitos anos de visitas a bordéis.

– Está bem – admitiu ele. – Posso pegar uma doença infecciosa.

– E transmitir para mim.

Ele deu de ombros.

– É um dos riscos de ser esposa. Também posso lhe transmitir sarampo se o pegar.

– Mas a sífilis pode ser hereditária.

– Aonde está querendo chegar?

– Posso transmiti-la a nossos filhos se os tivermos. E isso é o que não estou disposta a fazer. Não trarei para o mundo uma criança com uma doença tão terrível.

Rachel arquejava, um sinal de tensão intensa.

Ela está falando a sério, pensou Micky.

– Por isso, vou deixá-lo – arrematou Rachel –, a menos que você concorde em interromper todo e qualquer contato com prostitutas.

Não havia sentido em continuar a discussão.

– Veremos se você pode me deixar com o nariz quebrado – disse ele, erguendo a bengala para agredi-la.

Ela estava preparada. Esquivou-se do golpe e correu para a porta. Para surpresa de Micky, a porta se encontrava entreaberta – ela devia tê-la deixado assim, na expectativa de violência, pensou ele – e Rachel saiu num instante.

Micky foi em seu encalço. Outra surpresa o aguardava lá fora: havia uma carruagem à espera na beira da calçada. Rachel embarcou. Ele estava espantado por constatar como a esposa planejara tudo de forma meticulosa. Já ia entrar também na carruagem, atrás dela, quando foi bloqueado por um vulto grande, de cartola. Era o pai, Sr. Bodwin, o advogado.

– Presumo que você se recusa a corrigir seus hábitos – disse ele.

– Está sequestrando minha esposa? – indagou Micky, furioso por ter sido ludibriado.

– Ela deixa esta casa por sua livre e espontânea vontade. – A voz de Bodwin soava um pouco trêmula, mas ele mantinha-se firme. – Voltará quando você concordar em renunciar a seus hábitos depravados. Na dependência, é claro, de um exame médico satisfatório.

Por um momento, Micky sentiu-se tentado a agredi-lo, mas apenas por um momento. A violência não era o seu estilo. De qualquer forma, o advogado com certeza o acusaria de agressão, e um escândalo assim poderia arruinar uma carreira diplomática. Rachel não valia isso. Ele compreendeu que havia um impasse. *Por que estou lutando?*, perguntou a si mesmo.

– Pode ficar com sua filha – declarou Micky. – Já fiz tudo o que queria com ela.

Ele tornou a entrar na casa, batendo a porta.

Ouviu a carruagem se afastar. Para sua surpresa, descobriu que lamentava a partida de Rachel. Evidentemente, casara-se com ela apenas por conveniência – fora um meio de persuadir Edward a casar-se também –, e sob alguns aspectos a vida seria mais simples sem a esposa. Mas, por algum motivo, gostara do duelo diário de personalidades. Nunca tivera isso com uma mulher. Às vezes era cansativo, sem dúvida, e ele disse a si mesmo que, no fim das contas, estaria melhor sozinho.

Depois de recuperar o fôlego, Micky pôs o chapéu e saiu. Era uma noite amena de verão, com o céu claro, as estrelas cintilando. O ar de Londres sempre se tornava melhor no verão, quando as pessoas não precisavam queimar carvão para aquecer suas casas.

Enquanto descia pela Regent Street, concentrou os pensamentos nos negócios. Desde que ordenara a surra em Tonio Silva, um mês antes, nunca mais ouvira falar de seu artigo sobre as minas de nitrato. Era provável que Tonio ainda estivesse se recuperando dos ferimentos. Micky enviara a Papa um telegrama em código, com os nomes e endereços das testemunhas que haviam assinado os depoimentos em poder de Tonio, e todas já deviam estar mortas àquela altura. Hugh parecera tolo por ter iniciado um pânico desnecessário, e Edward ficara exultante.

Enquanto isso, Edward persuadira Solly Greenbourne a concordar em princípio com a emissão conjunta dos títulos da ferrovia de Santamaria. Não fora fácil: Solly mostrava-se tão desconfiado da América do Sul quanto a maioria dos investidores. Edward fora obrigado a oferecer uma comissão mais alta e assumir parte de um esquema especulativo de Solly antes que o negócio fosse fechado. Edward também recorrera ao fato de serem antigos colegas de colégio, e Micky achou que fora o coração mole de Solly que acabara se tornando o fator decisivo.

Agora, estavam elaborando os contratos. Era um processo angustiosamente lento. O que tornava a vida difícil para Micky era que Papa não entendia por que essas coisas não podiam ser feitas em poucas horas. Ele exigia o dinheiro de imediato.

Micky, no entanto, sentia-se satisfeito consigo mesmo ao pensar nos obstáculos que tivera de superar. Depois da rejeição inicial de

Edward, a missão parecia impossível. Mas com a ajuda de Augusta, manobrara Edward para o casamento e o lugar de sócio no banco. Depois, enfrentara a oposição de Hugh Pilaster e Tonio Silva. Agora, os frutos de seus esforços estavam prestes a cair em suas mãos. Em Córdoba, a ferrovia de Santamaria seria sempre a ferrovia de Micky. Meio milhão de libras era uma soma vultosa, maior do que o orçamento militar de todo o país. Era uma realização que valeria mais do que tudo o que seu irmão Paulo já fizera.

Ele entrou no Nellie's poucos minutos depois. A festa alcançara um ponto de extrema animação, todas as mesas ocupadas, o ar denso de fumaça de charuto, conversas obscenas e risadas roucas eram ouvidas, apesar do som de uma pequena orquestra que tocava música dançante. Todas as mulheres usavam máscaras. Algumas eram simples, mas a maioria era bem trabalhada; umas poucas cobriam toda a cabeça, deixando à mostra apenas os olhos e a boca.

Micky abriu caminho pela multidão, acenando com a cabeça para os conhecidos e beijando algumas mulheres. Edward estava na sala de jogo, mas levantou-se assim que Micky entrou.

– April arrumou uma virgem para nós – informou ele numa voz meio engrolada.

Havia sempre algo estimulante numa garota assustada, e Micky sentiu-se excitado.

– Que idade?

– Dezessete anos.

O que devia significar 23, pensou Micky, sabendo como April calculava a idade de suas mulheres. Ainda assim, estava curioso.

– Você já a viu?

– Já, sim. Ela usa uma máscara, é claro.

– Não podia ser de outra forma.

Micky perguntou-se qual seria a história da garota. Podia ser do interior: fugira de casa e agora passava fome em Londres; podia ter sido sequestrada de uma fazenda; podia ser uma mera criada, cansada de trabalhar como se fosse escrava, 16 horas por dia a 6 xelins por semana.

Uma mulher usando uma pequena máscara preta tocou em seu braço. A máscara era apenas simbólica, e ele reconheceu April, que murmurou:

-- Uma virgem genuína.

Com toda a certeza, ela cobraria de Edward uma fortuna pelo privilégio de tirar a virgindade da moça.

– Já pôs a sua mão nela para sentir o hímen? – perguntou Micky, cético.

April fez um aceno negativo com a cabeça.

– Não preciso. Sei quando uma moça está dizendo a verdade.

– Se eu não sentir arrebentar, você não recebe – disse ele, embora ambos soubessem que Edward é que pagaria.

– Combinado.

– Qual é a história da garota?

– É uma órfã que foi criada por um tio. Ele estava ansioso para se livrar da sobrinha o mais depressa possível e acertou seu casamento com um homem mais velho. Quando ela se recusou, o tio a expulsou de casa. Eu a salvei de uma vida de trabalho servil.

– Você é um anjo – murmurou Micky, sarcástico.

Ele não acreditava em uma só palavra. Não podia ver a expressão de April por trás da máscara, porém tinha um forte pressentimento de que ela tramava alguma coisa. Fitou-a com um olhar cético e indagou:

– Conte-me a verdade.

– Já contei. Se não a quiser, há seis outros homens aqui que pagarão por ela tanto quanto você.

Edward interveio, impaciente:

– Nós a queremos. Pare de discutir, Micky. Vamos dar uma olhada na garota.

– Quarto três – informou April. – Ela espera por vocês.

Micky e Edward subiram a escada, repleta de casais se abraçando, e foram para o quarto três.

A garota se encontrava num canto. Usava um vestido simples de musselina e tinha a cabeça inteira coberta por um capuz, apenas com aberturas para os olhos e para a boca. Mais uma vez, Micky foi tomado pela suspeita. Nada podiam ver de seu rosto nem de sua cabeça – ela podia ser de uma feiura hedionda, talvez deformada. Seria alguma brincadeira?

Ele percebeu, enquanto a contemplava, que a garota tremia de medo, e deixou as dúvidas de lado ao sentir que o desejo começava a se manifestar em suas virilhas. Para assustá-la ainda mais, atravessou o quarto rapidamente, abriu a gola do vestido e enfiou a mão chegando aos seios. Ela se encolheu, o terror estampou-se nos olhos azul-claros, mas a moça não saiu do lugar. Tinha seios pequenos e firmes.

O medo da moça fez com que Micky quisesse ser brutal. Normalmente, ele e Edward se divertiam com uma mulher por algum tempo, mas Micky decidiu que possuiria aquela logo de uma vez.

– Fique de joelhos na cama – ordenou ele.

Ela obedeceu. Micky postou-se por trás e levantou a saia da garota. Ela soltou um gritinho de medo. Não usava nada por baixo.

Foi mais fácil penetrá-la do que ele esperava: April devia ter dado algum creme para lubrificá-la. Ele sentiu a obstrução do hímen. Agarrou-a pelos quadris e puxou-a com força em sua direção, ao mesmo tempo em que arremetia para a frente. A membrana se rompeu. Ela começou a soluçar, e isso o excitou ainda mais, a tal ponto que alcançou o orgasmo no instante seguinte.

Retirou-se para dar a vez a Edward. Havia sangue em seu pênis. Sentia-se insatisfeito agora que acabara e desejou ter ficado em casa e ido para a cama com Rachel. Depois se lembrou de que ela o deixara e sentiu-se ainda pior.

Edward virou a garota, deixando-a com o rosto para frente. Ela quase caiu da cama, e ele teve de segurá-la pelos tornozelos e puxá-la para o centro. Ao fazer isso, o capuz soltou-se parcialmente.

– Santo Deus! – exclamou Edward.

– Qual é o problema? – perguntou Micky sem muito interesse.

Edward estava ajoelhado entre as coxas da moça, com o pau na mão, olhando fixamente para o rosto parcialmente revelado. Micky concluiu que a garota devia ser alguém que eles conheciam. Observou, fascinado, enquanto ela tentava puxar o capuz para baixo. Edward impediu-a, arrancando o capuz.

E foi nesse instante que Micky viu os enormes olhos azuis e o rosto de menina da esposa de Edward, Emily.

– Nunca ouvi falar de uma coisa assim! – exclamou ele, desatando a rir.

Edward soltou um berro de raiva.

– Sua vaca nojenta! Fez isso para me envergonhar!

– Não, Edward, não! – soluçou ela. – Para ajudar você, ajudar nós dois!

– Agora todos sabem! – gritou ele dando um soco no rosto da esposa.

Ela começou a chorar e a se debater, e Edward agrediu-a outra vez.

Micky riu ainda mais. Era a coisa mais engraçada que já vira: um homem entrando num bordel e encontrando a própria esposa!

April veio correndo em resposta aos gritos.

– Deixe-a em paz! – gritou ela, tentando afastar Edward.

Ele empurrou-a para o lado.

– Posso castigar minha esposa se assim quiser!

– Seu grande tolo, ela só quer ter um bebê!

– Vai ter meu punho em vez disso!

Lutaram por um momento. Edward acertou outro soco em Emily, e depois April bateu em seu ouvido. Ele soltou um grito de dor e surpresa, fazendo Micky se desmanchar num riso histérico.

Por fim, April conseguiu afastar Edward da esposa.

Emily levantou-se da cama. Surpreendentemente, não saiu correndo do quarto. Em vez disso, disse ao marido:

– Por favor, Edward, não desista. Farei qualquer coisa que você quiser, qualquer coisa!

Ele tornou a avançar para Emily. April puxou suas pernas, derrubando-o. Ele caiu de joelhos, e April disse:

– Saia, Emily, antes que ele a mate.

Ela saiu correndo, em lágrimas.

Edward ainda continuava enfurecido.

– Nunca mais virei a este bordel nojento! – berrou ele, apontando o dedo para April.

Micky deixou-se cair no sofá, comprimindo os flancos, morrendo de rir.

II.

O Baile do Solstício de Verão oferecido por Maisie Greenbourne era um dos pontos altos da temporada social de Londres. Ela sempre tinha a melhor banda, a comida mais deliciosa, os enfeites mais extravagantes e um estoque interminável de champanhe. Mas o principal motivo para que todos quisessem ir era a presença garantida do príncipe de Gales.

Naquele ano, Maisie decidiu aproveitar a ocasião para lançar a nova Nora Pilaster.

Era uma estratégia de alto risco, pois, se não desse certo, tanto Nora quanto Maisie seriam humilhadas. Todavia, se tudo corresse bem, ninguém se atreveria mais a esnobar Nora.

Maisie ofereceu um jantar pequeno, para 24 pessoas, antes do baile. O príncipe não pôde comparecer ao jantar. Hugh e Nora estavam presentes, e ela mostrava-se fascinante num vestido azul-celeste de tecido finíssimo, coberto com pequenos laços de cetim. O estilo de ombros à mostra realçava a pele rosada e o corpo voluptuoso.

Os outros convidados mostraram-se surpresos ao vê-la à mesa, mas presumiram que Maisie sabia o que estava fazendo. Ela esperava que estivessem certos. Compreendia como a mente do príncipe funcionava e tinha quase certeza de que podia prever suas reações. De vez em quando, porém, ele contrariava as expectativas e se voltava contra os amigos, em particular se achasse que tentavam usá-lo. Se isso acontecesse, Maisie acabaria como Nora, desprezada pela sociedade de Londres. Quando pensava a respeito, espantava-se por assumir tamanho risco apenas em benefício de Nora. Acontece que não era por Nora, e sim por Hugh.

Hugh concluía o prazo de aviso prévio no Pilaster Bank. Dois meses já haviam transcorrido desde que pedira demissão. Solly estava impaciente para que ele começasse a trabalhar no Greenbourne o quanto antes, mas os sócios do Pilaster haviam exigido o cumprimento dos três meses. Não restava dúvida de que queriam adiar o máximo possível o momento em que Hugh passaria a trabalhar para os concorrentes.

Depois do jantar, Maisie conversou por um instante com Nora enquanto as mulheres usavam o banheiro.

– Fique perto de mim o máximo que puder – recomendou ela. – Quando chegar o momento de apresentar você ao príncipe, não poderei sair à sua procura; você deve estar perto de mim.

– Ficarei grudada em você como um escocês numa nota de 5 libras – prometeu Nora em seu sotaque *cockney*, trocando em seguida para a fala arrastada da classe alta ao acrescentar: – Não tenha medo! Não vou fugir!

Os convidados começaram a chegar às 22h30. Maisie normalmente não convidava Augusta Pilaster, mas a chamara naquele ano para testemunhar o triunfo de Nora, se é que haveria um triunfo. Em parte, esperava que Augusta recusasse, contudo ela foi uma das primeiras a aparecer ali. Maisie também convidara o mentor de Hugh em Nova York, Sidney Madler, um homem encantador, em torno dos 60 anos, com uma barba branca. Ele se apresentou numa versão tipicamente americana de um traje a rigor, de casaco curto e gravata preta.

Maisie e Solly ficaram cumprimentando os convidados por uma hora até que o príncipe chegou. Escoltaram-no para o salão de baile e apresentaram-no ao pai de Solly. Ben Greenbourne fez uma reverência formal, abaixando-se à altura da cintura, as costas retas como um militar prussiano. Depois, Maisie dançou com o príncipe.

– Tenho uma esplêndida intriga para lhe contar, senhor – disse ela enquanto valsavam. – Só espero que não o deixe zangado.

Ele puxou-a mais um pouco e disse em seu ouvido:

– Muito intrigante, Sra. Greenbourne, continue.

– É sobre o incidente no baile da duquesa de Tenbigh.

Ela sentiu que o príncipe se empertigava.

–Ah, sim. Um pouco embaraçoso, confesso. – Ele baixou a voz. – Quando a garota chamou De Tokoly de velho safado, pensei por um instante que estivesse falando comigo!

Maisie riu alegremente, como se a ideia fosse absurda, embora soubesse que muitas pessoas haviam feito a mesma suposição.

– Mas continue – acrescentou o príncipe. – Havia mais do que os olhos podiam ver?

– Parece que sim. De Tokoly fora informado, falsamente, de que a jovem era, como posso dizer... aberta a convites.

– Aberta a convites! – O príncipe riu, deliciado. – Devo me lembrar dessa expressão!

– E ela, por sua vez, fora aconselhada a esbofeteá-lo no mesmo instante se ele tentasse tomar liberdades.

– Então era quase inevitável que ocorresse uma cena. Muito hábil. Quem estava por trás de tudo?

Maisie hesitou por um momento. Nunca antes usara sua amizade com o príncipe para falar mal de alguém. Mas Augusta era bastante perversa para merecê-lo.

– Sabe quem é Augusta Pilaster?

– Evidentemente. A matriarca da *outra* família de banqueiros.

– Foi ela. A moça, Nora, é casada com o sobrinho de Augusta, Hugh. Augusta fez isso para se vingar de Hugh, a quem ela odeia.

– Que cobra ela deve ser! Mas não deveria provocar tais cenas quando estou presente. Tenho vontade de puni-la.

Era o momento que Maisie esperava.

– Tudo o que precisa fazer é notar Nora, mostrar que ela está perdoada – disse Maisie, prendendo a respiração à espera da resposta.

– E talvez ignorar Augusta. Acho que posso fazer isso.

A dança terminou. Maisie perguntou:

– Devo apresentá-lo a Nora? Ela está aqui.

O príncipe fitou-a nos olhos.

– Planejou tudo isso, hem, sua pequena petulante?

Ela receava isso. Ele não era burro, e podia perceber a sua trama. Seria melhor não negar. Maisie assumiu um ar tímido, fez o melhor que pôde para corar.

– Descobriu tudo. Foi tolice da minha parte pensar que conseguiria lançar areia nos seus olhos de águia. – Ela mudou a expressão e dirigiu-lhe um olhar direto e franco. – O que devo fazer por penitência?

Um sorriso lascivo estampou-se no rosto do príncipe.

– Não me tente. Vamos, eu a perdoo.

Maisie respirou mais tranquila – escapara impune. Agora, cabia a Nora encantá-lo.

– Onde está Nora? – indagou ele.

Nora estava por perto, de acordo com as instruções. Maisie fitou-a e ela se aproximou no mesmo instante.

– Vossa Alteza Real – disse Maisie –, permita que lhe apresente a Sra. Nora Pilaster.

Nora fez uma reverência, piscando os olhos. O príncipe contemplou os ombros nus, o colo cheio e rosado.

– Encantadora! – exclamou ele, no maior entusiasmo. – Muito encantadora!

HUGH OBSERVAVA, espantado e feliz, Nora conversar alegremente com o príncipe de Gales.

Ontem, ela era uma pária social, a prova viva de que não se pode aparentar o que não se é. Fizera o banco perder um grande contrato e lançara a carreira de Hugh num impasse. Agora, era invejada por todas as mulheres no salão – suas roupas eram perfeitas, exibia maneiras encantadoras e flertava com o herdeiro do trono. E a transformação fora promovida por Maisie.

Hugh olhou para tia Augusta, parada ao seu lado junto com tio Joseph. Ela não desviava os olhos de Nora e do príncipe. Tentava parecer despreocupada, mas Hugh percebia que ela estava horrorizada. Como deve enfurecê-la saber que Maisie, a moça da classe inferior que desdenhara seis anos antes, é agora muito mais influente do que ela, pensou Hugh.

Sidney Madler aproximou-se no momento mais oportuno e perguntou a Joseph, com um ar incrédulo:

– É *aquela* a mulher que você diz ser irremediavelmente inapropriada para esposa de um banqueiro?

Antes que Joseph pudesse responder Augusta interveio, num tom suave, capaz de enganar apenas quem não a conhecesse:

– Ela fez o banco perder um grande contrato.

– Não fez, não – protestou Hugh. – O negócio está sendo fechado.

Augusta virou-se para Joseph.

– O conde de Tokoly não interferiu?

– Ele parece ter superado o seu acesso de ressentimento muito depressa – respondeu Joseph.

Augusta tinha de fingir estar satisfeita.

– Ainda bem – murmurou ela, mas sua insinceridade era evidente.

– De modo geral, a necessidade financeira sempre acaba prevalecendo sobre os preconceitos sociais – comentou Madler.

– Tem toda a razão – concordou Joseph. – Talvez eu tenha sido um pouco precipitado ao negar sociedade a Hugh.

Augusta tornou a interferir, numa voz de doçura venenosa:

– Mas o que está dizendo, Joseph?

– Falamos de negócios, minha cara. Conversa de homens. Não precisa se preocupar com essas coisas. – Ele virou-se para Hugh. – Não queremos que você trabalhe para o Greenbourne.

Hugh não sabia o que dizer. Sabia que Sidney Madler protestara com veemência e que tio Samuel o apoiara – mas era algo quase sem precedentes tio Joseph reconhecer um erro. No entanto, pensou ele com crescente empolgação, que outro motivo levaria Joseph a abordar o assunto?

– Sabe por que vou para o Greenbourne tio Joseph.

– Nunca o farão sócio, e sabe disso. Só se fosse judeu.

– Estou a par da situação.

– Nessas circunstâncias, não prefere trabalhar para a família?

Hugh sentiu-se decepcionado; no fim das contas, Joseph apenas tentava persuadi-lo a continuar como empregado.

– Não, não prefiro trabalhar para a família – respondeu ele, indignado. Percebeu que o tio se sentia consternado com a intensidade de seu sentimento, mas continuou: – Para ser franco, prefiro trabalhar para os Greenbourne, pois em seu banco estarei livre das intrigas de família –, disse lançando um olhar desafiador para Augusta. – E lá minhas responsabilidades e recompensas dependerão exclusivamente da minha capacidade como banqueiro.

Augusta disse, em tom escandalizado:

– Prefere judeus à sua própria família?

– Fique fora disso! – ordenou Joseph, bruscamente. – Sabe por que toquei no assunto, Hugh. O Sr. Madler acha que o decepcionamos, e todos os sócios se preocupam com a possibilidade de você levar nossos negócios norte-americanos quando sair.

Hugh tentou se controlar. Era o momento de impor um acordo firme.

– Eu não voltaria atrás nem que dobrasse meu salário – declarou ele, assumindo uma posição sem retorno. – Só pode me oferecer uma coisa para me fazer mudar de ideia: a sociedade.

Joseph suspirou.

– Você é o próprio demônio para se negociar.

Madler interveio:

– Como todo bom banqueiro deve ser.

– Muito bem – disse Joseph, depois de um longo momento. – Ofereço-lhe a sociedade.

Hugh sentiu-se tonto. Eles recuaram, pensou. Cederam. E eu venci. Mal podia acreditar que acontecera de fato.

Olhou para Augusta. Seu rosto era uma máscara rígida de autocontrole, mas ela não disse nada: sabia que perdera.

– Neste caso... – disse ele, e hesitou, saboreando o momento. Respirou fundo. – Neste caso, eu aceito.

Augusta finalmente perdeu a compostura. Ficou vermelha, os olhos pareceram se esbugalhar.

– Vão se arrepender pelo resto da vida! – exclamou ela, afastando-se em seguida.

ELA ABRIU PASSAGEM pela multidão no salão de baile, a caminho da porta. As pessoas olhavam para ela e pareciam ficar nervosas. Augusta compreendeu que sua raiva transparecia e desejou poder ocultar seus sentimentos, mas estava transtornada demais. Todos que ela detestava e desprezava haviam triunfado. A miserável Maisie, o vulgar Hugh e a estarrecedora Nora haviam frustrado seus esforços e conseguido o que queriam. O estômago de Augusta contraía-se em frustração e náusea.

Acabou passando pela porta e saiu para o patamar do segundo andar, onde não havia tanta gente. Abordou um criado que passava.

– Chame imediatamente a carruagem da Sra. Pilaster! – ordenou.

Ele saiu em disparada. Pelo menos, ela ainda podia intimidar os lacaios.

Deixou a festa sem falar com ninguém. O marido podia ir para casa num fiacre. Ferveu de raiva por todo o caminho até Kensington. Ao chegar em casa, encontrou o mordomo, Hastead, no vestíbulo.

– O Sr. Hobbes está à espera na sala de visitas – anunciou ele, sonolento. – Eu disse que a senhora talvez não voltasse antes do amanhecer, mas ele insistiu em esperar.

– Mas o que ele quer?

– Ele não me disse, senhora.

Augusta não sentia a menor disposição para falar com o editor de *The Forum*. O que ele teria ido fazer em sua casa de madrugada? Ficou tentada a ignorá-lo e ir direto para seu quarto, porém depois se lembrou do título de nobreza e decidiu que era melhor atendê-lo.

Foi para a sala de visitas. Hobbes dormia ao lado do fogo se desvanecia na lareira.

– Bom dia! – disse Augusta quase gritando.

Ele estremeceu; levantou-se de um pulo, fitando-a através dos óculos sujos.

– Sra. Pilaster! Boa... ah, sim, bom dia.

– O que o traz aqui a esta hora?

– Achei que gostaria de ser a primeira a ver isto – respondeu Hobbes, estendendo um exemplar do jornal.

Era o novo número de *The Forum*, ainda quente, recendendo a tinta. Augusta abriu a primeira página e leu a manchete do artigo principal:

UM JUDEU PODE SE TORNAR UM LORDE?

Ela recobrou o entusiasmo. O fiasco daquela noite fora apenas uma derrota, lembrou a si mesma. Havia outras batalhas a serem travadas.

Leu os primeiros parágrafos.

Esperamos que não haja nenhuma procedência nos rumores que circulam em Westminster e nos clubes de Londres, de que o primeiro-ministro cogita a concessão de um título de nobreza a um proeminente banqueiro da raça e fé judaicas.

Nunca fomos a favor da perseguição a religiões pagãs. Contudo, a tolerância pode ir longe demais. Oferecer a mais alta honraria a quem rejeita a salvação cristã seria uma atitude perigosamente próxima da blasfêmia.

É verdade que o próprio primeiro-ministro é judeu por nascimento. Mas converteu-se e prestou o juramento de lealdade a Sua Majestade sobre a Bíblia cristã. Assim, não houve dúvida institucional em sua elevação à nobreza. Mas temos de indagar se o banqueiro sem batismo, o homem indicado pelos rumores, estaria disposto a comprometer a sua fé ao ponto de jurar sobre o Antigo e o Novo Testamento juntos. Se ele insistisse em fazê-lo apenas pelo Antigo Testamento, como os bispos da Câmara dos Lordes poderiam admitir tal atitude sem protestos?

Não temos a menor dúvida de que se trata de um cidadão leal e um honesto homem de negócios...

Havia muito mais no mesmo estilo. Augusta ficou satisfeita. Levantou os olhos do jornal e comentou:

– Bom trabalho. Deve ter a maior repercussão.

– Espero que sim. – Num gesto rápido, Hobbes enfiou a mão dentro do paletó e tirou um papel. – Tomei a liberdade de efetuar a compra do prelo de que lhe falei. A nota...

– Vá ao banco pela manhã – disse Augusta, ríspida, ignorando o papel estendido. Ela nunca conseguia ser cortês com Hobbes por muito tempo, nem mesmo quando ele a servia da melhor maneira possível. Algo em seu comportamento a irritava. Fez um esforço para ser mais afável e acrescentou, abrandando a voz:

– Meu marido lhe dará um cheque.

Hobbes fez uma mesura.

– Neste caso, peço licença para me retirar.

Ele saiu. Augusta deixou escapar um suspiro de satisfação. Seria uma lição para todos. Maisie Greenbourne pensava que era a líder da sociedade de Londres. Podia dançar com o príncipe de Gales a noite inteira, mas não era capaz de lutar contra o poder da imprensa. Os Greenbourne levariam muito tempo para se recuperar daquele ataque. E, enquanto isso, Joseph obteria seu título de nobreza.

Sentindo-se melhor, ela sentou-se para reler o artigo.

III.

Hugh despertou exultante na manhã seguinte ao baile. A esposa fora aceita na alta sociedade, e ele viria se tornar sócio do Pilaster Bank. A sociedade proporcionava-lhe a oportunidade de ganhar não apenas milhares de libras, como também, ao longo dos anos, centenas de milhares. Um dia seria rico.

Solly ficaria decepcionado ao saber que Hugh não iria trabalhar para ele, no fim das contas. Mas Solly era um homem afável e compreenderia a situação.

Hugh vestiu o chambre. Pegou na gaveta da mesinha de cabeceira uma caixa de joia embrulhada para presente, pôs no bolso e foi para o quarto da esposa.

O quarto de Nora era grande, mas sempre parecia apertado. As janelas, os espelhos e a cama tinham cortinas estampadas de seda, o chão era coberto por tapetes espessos, as cadeiras ostentavam almofadas bordadas e todas as prateleiras e tampos de mesa se achavam ocupados por retratos emoldurados, bonecas e caixinhas de porcelana e outros objetos similares. As cores predominantes eram as prediletas de Nora, rosa e azul, mas quase todas as outras estavam expostas em algum lugar, no papel de parede, nas roupas de cama, nas cortinas ou nos estofamentos.

Nora estava sentada na cama cercada por travesseiros de rendas, tomando chá. Hugh sentou-se na beira da cama e disse:

– Você foi maravilhosa ontem à noite.

– Dei uma lição em todo mundo! – exclamou ela, satisfeita consigo mesma. – Dancei com o príncipe de Gales.

– Ele não parava de olhar para seu busto.

Hugh estendeu a mão, acariciou os seios da esposa através da seda da camisola abotoada até o pescoço. Ela empurrou sua mão para o lado, irritada.

– Agora não, Hugh!

Ele sentiu-se magoado.

– Por que não?

– É a segunda vez esta semana.

– Assim que nos casamos, costumávamos fazer constantemente.

– Mas foi assim que nos casamos. Uma mulher não espera ter de fazer isso todos os dias para sempre.

Hugh franziu as sobrancelhas. Ficaria feliz se pudesse fazer todos os dias, para sempre, afinal, o casamento não era para isso? Mas ele não sabia o que era normal. Talvez fosse excessivamente ativo.

– Com que frequência acha que deveríamos fazer? – indagou, indeciso.

Nora parecia satisfeita com a pergunta, como se aguardasse uma oportunidade para esclarecer o assunto.

– Não mais do que uma vez por semana – respondeu ela com firmeza.

– É mesmo?

O sentimento de empolgação de Hugh se desvaneceu, e ele foi dominado por um súbito abatimento. Uma semana parecia muito tempo. Acariciou a coxa de Nora através dos lençóis.

– Talvez um pouco mais do que isso.

– Não! – disse ela, afastando a perna.

A perturbação de Hugh era intensa. Tempos atrás, ela mostrara-se entusiasmada com o ato de amor. Era algo que desfrutavam juntos. Como aquilo pudera se transformar num dever que ela cumpria em benefício do marido? Será que Nora jamais gostara, apenas fingia? Havia algo terrivelmente deprimente nessa ideia.

Ele não sentia mais vontade de lhe dar o presente, porém já o comprara e não queria devolvê-lo à loja.

– Seja como for, comprei isto para você, a fim de comemorar seu triunfo no baile de Maisie Greenbourne – murmurou ele, meio triste, estendendo a caixa.

A atitude da esposa mudou no mesmo instante.

– Oh, Hugh, você sabe como eu adoro presentes!

Ela tirou a fita e abriu a caixa. Continha um pingente no formato de um buquê de flores, com rubis e safiras em hastes de ouro. Pendia de uma corrente de ouro.

– É lindo! – exclamou Nora.

– Pois então ponha-o.

Ela o enfiou pela cabeça. Não se destacava muito sobre a camisola.

– Ficará melhor com um vestido decotado – comentou Hugh.

Nora lançou-lhe um olhar coquete e começou a desabotoar a camisola. Hugh observava, na maior ansiedade, enquanto ela expunha mais e mais do busto. A joia aninhou-se entre os seios como uma gota de chuva num botão de rosa. Ela sorriu para o marido, continuou a abrir a camisola e depois a puxou, mostrando os seios.

– Não quer beijá-los, Hugh?

Ele não sabia agora o que pensar. Nora brincava com ele ou queria mesmo fazer amor? Ele inclinou-se, beijou os seios com a joia aninhada no meio. Pegou o mamilo entre os lábios, sugou-o delicadamente.

– Venha para a cama – sussurrou Nora.

– Mas você disse...

– Uma mulher tem de demonstrar sua gratidão, não é mesmo?

Ela empurrou as cobertas para o lado. Hugh sentia-se angustiado. Fora a joia que a fizera mudar de ideia. Ainda assim, ele não foi capaz de resistir ao convite. Despiu-se, odiando-se por ser tão fraco, e deitou-se na cama ao lado de Nora.

Quando gozou, sentiu vontade de chorar.

HAVIA UMA CARTA de Tonio Silva na correspondência da manhã.

Tonio sumira pouco depois que Hugh o encontrara na Plage's Coffee House. Nenhum artigo aparecera em *The Times*. Hugh parecera um tanto tolo por ter feito tamanho estardalhaço sobre o perigo para o banco. Edward aproveitava todas as oportunidades para lembrar os sócios do alarme falso de Hugh. Contudo, o incidente fora ofuscado pela ameaça de Hugh de ir trabalhar para os Greenbourne.

Hugh escrevera para o Hotel Russe, mas não recebera resposta. Embora se preocupasse com o amigo, não podia fazer mais nada.

Abriu a carta com ansiedade. Vinha de um hospital e pedia a Hugh que fosse visitá-lo. No fim, recomendava: "O que quer que faça, *não conte a ninguém onde estou!*"

O que teria acontecido? Tonio encontrava-se em perfeita saúde dois meses antes. E por que estava num hospital público? Hugh ficou consternado. Apenas os pobres se internavam em hospitais, que eram lugares sujos, insalubres; quem tinha recursos ficava em casa sob os cuidados de médicos e enfermeiras contratados, até mesmo para cirurgias.

Perplexo e preocupado, Hugh seguiu direto para o hospital. Encontrou Tonio numa enfermaria escura onde havia trinta leitos. Seu cabelo vermelho fora raspado, o rosto e a cabeça exibiam muitas cicatrizes.

– Santo Deus! – exclamou Hugh. – Você foi atropelado?

– Espancado.

– O que aconteceu?

– Fui atacado na rua, perto do Hotel Russe, há dois meses.

– E foi roubado, suponho.

– Isso mesmo.

– Você está horrível!

– Não é tão ruim quanto parece. Fiquei com um dedo quebrado e tive uma lesão no tornozelo, mas fora isso sofri apenas talhos e equimoses... embora muitos. Mas já estou melhor agora.

– Deveria ter me procurado antes. Precisamos tirá-lo daqui. Mandarei meu médico para você e providenciarei uma enfermeira...

– Não, obrigado, meu caro amigo. Agradeço sua generosidade, mas o dinheiro não é o único motivo para a minha permanência aqui. Também é mais seguro. Além de você, só há uma pessoa que sabe onde estou, um colega de confiança que me traz comida, conhaque e mensagens de Córdoba. Espero que não tenha contado a ninguém que vinha me visitar.

– Nem mesmo à minha esposa.

– Ainda bem.

A antiga temeridade de Tonio parecia ter acabado, pensou Hugh, e ele passara para o outro extremo.

– Mas não pode ficar no hospital pelo resto da vida para se esconder dos assaltantes que andam pelas ruas.

– As pessoas que me atacaram não eram meros ladrões, Pilaster.

Hugh tirou o chapéu e sentou-se na beira da cama. Tentou ignorar os gemidos intermitentes do homem no leito ao lado.

– Conte-me o que aconteceu.

– Não foi um assalto comum. Pegaram minha chave e usaram-na para entrar em meu quarto. Não levaram nada de valor, apenas os papéis relacionados com meu artigo para *The Times*, inclusive os depoimentos assinados pelas testemunhas.

Hugh ficou horrorizado. Sentiu um frio no coração ao pensar que transações respeitáveis, discutidas nas salas solenes do Pilaster, podiam ter qualquer ligação com o crime violento nas ruas e o rosto desfigurado à sua frente.

– Quase parece que o banco está sob suspeita!

– Não o banco – disse Tonio. – O Pilaster é uma instituição poderosa, mas não creio que pudesse organizar assassinatos em Córdoba.

– Assassinatos? – A situação ficava cada vez pior. – Quem foi assassinado?

– Todas as testemunhas cujos nomes e endereços constavam dos depoimentos que foram roubados do meu quarto no hotel.

– Não dá para acreditar!

– Tenho sorte de continuar vivo. Acho que teriam me matado também se não fosse pelo fato de os crimes serem investigados com mais rigor em Londres do que em Córdoba. Ficaram com medo da repercussão.

Hugh ainda estava atordoado e indignado pela revelação de que pessoas haviam sido assassinadas por causa de uma emissão de títulos pelo Pilaster Bank.

– Mas quem está por trás de tudo isso?

– Micky Miranda.

Hugh fez um gesto negativo com a cabeça, incrédulo.

– Você sabe que não gosto de Micky, porém não posso crer que ele faria isso.

– A ferrovia de Santamaria é vital para ele. Fará com que sua família se torne a segunda mais poderosa do país.

– Sei disso, e não duvido de que Micky seria capaz de violar várias regras para alcançar seus objetivos. Mas ele não é um assassino.

– É, sim! – garantiu Tonio.

– Ora, pare com isso!

– Sei com certeza. Nem sempre agi como se soubesse... Para ser franco, tenho sido um idiota em relação a Miranda. Mas isso acontece porque ele tem um jeito envolvente. Por algum tempo, me fez pensar que era meu amigo. A verdade é que ele é um demônio, e sei disso desde o tempo do colégio.

– Como poderia?

Tonio mudou de posição na cama.

– Sei o que realmente aconteceu há 13 anos na tarde em que Peter Middleton se afogou no poço em Bishop's Wood.

Hugh sentiu um calafrio. Vinha especulando a respeito desse assunto havia muitos anos. Peter Middleton era um excelente nadador – era improvável que tivesse morrido por acidente. Hugh se convencera havia muito de que ele fora vitima de algum ato infame. Talvez, finalmente, fosse descobrir a verdade.

– Continue, meu caro. Mal posso esperar para ouvir toda a história.

Tonio hesitou.

– Poderia me dar um pouco de vinho?

Havia uma garrafa de Madeira no chão, ao lado da cama. Hugh despejou um pouco da bebida numa taça. Enquanto Tonio tomava um gole, Hugh lembrou-se do calor daquele dia, o ar parado em Bishop's Wood, as paredes rochosas do poço e a água fria, muito fria.

– O juiz que presidiu o inquérito foi informado de que Peter estava em dificuldades no poço. Nunca lhe contaram que Edward empurrou sua cabeça para dentro da água várias vezes.

– Até aí eu sei – interrompeu Hugh. – Recebi uma carta de "Hump" Cammel, da Colônia do Cabo. Ele observava a cena do outro lado do poço. Mas não ficou para ver até o fim.

– Isso mesmo. Você escapou, e Hump foi embora. Apenas Peter, Edward, Micky e eu continuamos ali.

– O que aconteceu depois que fui embora? – perguntou Hugh, impaciente.

– Saí da água e joguei uma pedra em Edward. Ela o acertou no meio da testa, e saiu sangue. Ele parou de atormentar Peter e foi atrás de mim. Subi pelo lado da pedreira, tentando fugir.

– Edward nunca foi rápido, nem mesmo naquele tempo – comentou Hugh.

– É verdade. Consegui me distanciar e, na metade do paredão, olhei para trás. Micky continuava a atormentar Peter. Ele nadara para a beira do poço e tentava sair da água, mas Micky empurrava sua cabeça para baixo. Embora eu tenha olhado para os dois apenas por um momento, pude ver nitidamente o que acontecia. E, depois, continuei a subir.

Ele tomou outro gole de vinho.

– Quando cheguei lá em cima, tornei a olhar para trás. Edward ainda me seguia, mas estava muito longe, e tive tempo de recuperar o fôlego. – Tonio fez uma pausa, e uma expressão de repulsa estampou-se no rosto cheio de cicatrizes. – Àquela altura, Micky entrou na água junto com Peter. O que vi, com absoluta nitidez, e ainda posso ver na minha memória como se tivesse acontecido ontem, foi Micky segurando Peter debaixo d'água. Peter se debatia, mas Micky prendia sua cabeça com o braço e ele não conseguia se desvencilhar. Micky estava afogando Peter. Não tenho a menor dúvida disso. Foi mesmo um assassinato.

– Santo Deus! – balbuciou Hugh.

Tonio confirmou com um aceno de cabeça.

– Até mesmo agora me sinto mal só de pensar nisso. Não sei por quanto tempo fiquei olhando para os dois. Edward quase me alcançou. Peter tinha parado de se debater, e seus movimentos eram cada vez mais lentos quando Edward chegou à beira da pedreira e eu tive de fugir.

– Então foi assim que Peter morreu...

Hugh estava atônito e horrorizado.

– Edward seguiu-me pelo bosque por algum tempo, mas logo perdeu o fôlego e me livrei dele. Depois, encontrei você.

Hugh lembrou-se de Tonio aos 13 anos vagueando por Bishop's Wood, nu, todo molhado, carregando suas roupas e chorando. A lembrança trouxe de volta o choque e a dor que sofrera mais tarde, naquele mesmo dia, quando soube da morte do pai.

– Mas por que você nunca contou a ninguém o que tinha visto?

– Sentia medo de Micky, medo de que ele pudesse fazer comigo o que fizera com Peter. Ainda tenho medo de Micky. Veja como estou! Você também deveria temê-lo.

– Eu tenho medo dele, não se preocupe. – Hugh pensou por um momento.

– Quer saber de uma coisa? Não acredito que Edward e sua mãe saibam de toda a verdade.

– O que o leva a pensar assim?

– Eles não tinham motivos para proteger Micky.

Tonio parecia em dúvida.

– Edward poderia fazer isso por amizade.

– Talvez, embora eu duvide que ele conseguisse guardar o segredo por mais de um ou dois dias. Seja como for, Augusta sabia que a história que eles contaram sobre a tentativa de Edward de salvar Peter era mentira – disse Hugh.

– Como ela podia saber?

– Minha mãe contou para ela. O que significa que Augusta estava envolvida no encobrimento da verdade. Acredito que Augusta diria qualquer mentira para proteger o filho, mas não Micky. Ela nem mesmo o conhecia naquele tempo.

– Então o que acha que aconteceu?

Hugh franziu as sobrancelhas.

– Imagine a cena. Edward desiste de alcançar você e volta para o poço. Encontra Micky tirando o corpo de Peter da água. Quando Edward aparece, Micky diz: "Você o matou!" Lembre-se de que Edward não viu Micky mantendo a cabeça de Peter dentro d'água.

Segundo Micky, Peter ficou tão cansado com os caldos dados por Edward que não conseguiu mais nadar e se afogou. "O que vou fazer?" pergunta Edward. E Micky responde: "Não se preocupe. Diremos que foi um acidente. Mais do que isso, vamos dizer que você pulou na água para tentar salvá-lo." Com isso, Micky encobre seu próprio crime e ainda ganha a gratidão eterna de Edward e Augusta. Faz sentido?

Tonio fez um aceno de cabeça, concordando.

– Por Deus, acho que você está certo!

– Devemos procurar a polícia – declarou Hugh, furioso.

– Com que propósito?

– Você é testemunha de um crime. O fato de ter acontecido há 13 anos não faz a menor diferença. Micky deve ser levado a julgamento.

– Está se esquecendo de uma coisa, Hugh. Micky tem imunidade diplomática.

Hugh não pensara nisso. Como embaixador cordovês, Micky não poderia ser julgado na Inglaterra.

– Ainda assim, podemos fazê-lo cair em desgraça, o que o obrigaria a voltar a seu país.

Tonio fez um gesto negativo com a cabeça.

– Sou a única testemunha. Micky e Edward contarão uma história diferente. E todos sabem que a família de Micky e a minha são inimigas em Córdoba. Ainda que isso tivesse ocorrido ontem, teríamos dificuldade em convencer alguém. – Tonio fez uma pausa. – Mas você pode querer contar a Edward que ele não é um assassino.

– Acho que ele não acreditaria em mim. Pensaria que estou tentando jogá-lo contra Micky. Mas há uma pessoa a quem devo contar.

– Quem?

– David Middleton.

– Por quê?

– Ele tem o direito de saber como o irmão morreu. Interrogou-me a respeito no baile da duquesa de Tenbigh. Foi um tanto grosseiro, para ser franco. Mas eu disse que, se soubesse a verdade, seria obrigado pela honra a revelá-la. Vou procurá-lo hoje mesmo.

– Acha que ele falará com a polícia?

– Presumo que, assim como nós dois, ele chegará à conclusão de que seria inútil. – Subitamente, Hugh sentiu-se sufocado pelo ambiente lúgubre da enfermaria e pela conversa sombria sobre um crime do passado. Levantou-se. – É melhor eu voltar ao trabalho. Vou ser promovido a sócio do banco.

– Meus parabéns! Tenho certeza de que você merece. – Tonio mostrou-se esperançoso. – Acha que poderá impedir o financiamento para a ferrovia de Santamaria?

Hugh fez um aceno de cabeça, indicando que não.

– Sinto muito, Tonio. Por mais que eu deteste o projeto nada mais posso fazer a respeito. Edward fez um acordo com o Greenbourne Bank para a emissão conjunta dos títulos. Os sócios dos dois bancos já aprovaram a operação e os contratos estão sendo elaborados. Receio termos perdido essa batalha.

– Droga!

Tonio estava desolado.

– Sua família terá de encontrar outros meios de se opor aos Miranda.

– Receio que se torne impossível detê-los.

– Sinto muito – repetiu Hugh. Um novo pensamento ocorreu-lhe, e ele franziu as sobrancelhas, perplexo. – Você resolveu um mistério para mim, Tonio. Eu não conseguia compreender como Peter se afogara, pois ele era um excelente nadador. Mas sua resposta expõe um mistério ainda maior.

– Não entendi.

– Pense um pouco. Peter nadava inocentemente, e Edward, por pura maldade, deu-lhe uns caldos. Todos nós fugimos. Edward foi atrás de você... e Micky aproveitou para matar Peter a sangue frio. *Isso nada tem a ver com o que aconteceu antes.* Então o que aconteceu? O que Peter terá feito?

– Tem toda a razão. Também é um mistério para mim há anos.

– Micky Miranda assassinou Peter Middleton... mas por quê?

5
Julho

I

No dia em que a concessão do título de nobreza a Joseph foi anunciada, Augusta comportou-se como uma galinha que pusera um ovo. Micky foi para sua casa na hora do chá, como sempre, e encontrou a sala de visitas apinhada de pessoas dando os parabéns a ela por se tornar a condessa de Whitehaven. O mordomo, Hastead, exibia um sorriso presunçoso e dizia "milady" em todas as oportunidades.

Ela era incrível, refletiu Micky enquanto observava as pessoas zumbindo ao redor de Augusta como as abelhas no jardim ensolarado que ele avistava pelas janelas abertas. Augusta planejara sua campanha como um general. Em determinado momento, circulara o rumor de que Ben Greenbourne receberia o título, mas essa perspectiva fora liquidada pela explosão de um sentimento antissemita na imprensa. Augusta não admitia, nem mesmo para Micky, que se encontrava por trás dessa manifestação, mas ele tinha certeza disso. Em alguns aspectos, ela o fazia lembra-se do pai: Papa também possuía essa determinação implacável. Augusta, todavia, era mais esperta. A admiração de Micky por ela aumentava com o passar dos anos.

A única pessoa que conseguira derrotar sua astúcia fora Hugh Pilaster. Era incrível como parecia difícil destruí-lo. Como uma erva daninha persistente, Hugh podia ser arrancado de seu lugar várias vezes, mas sempre voltava a crescer, mais forte do que nunca.

Ainda bem que Hugh não fora capaz de impedir o financiamento para a ferrovia de Santamaria. Micky e Edward haviam se mostrado mais fortes do que Hugh e Tonio.

– Por falar nisso – disse Micky a Edward enquanto tomavam chá –, quando você vai assinar o contrato com o Greenbourne?

– Amanhã.

– Excelente!

Micky ficaria aliviado quando o negócio fosse finalmente sacramentado. Arrastava-se por seis meses, e Papa agora enviava cabogramas furiosos todas as semanas indagando se algum dia receberia o dinheiro.

Naquela noite, Micky e Edward jantaram no Cowes Club. Durante a refeição, Edward foi interrompido várias vezes por pessoas que lhe davam os parabéns. Um dia ele herdaria o título. Micky sentia-se satisfeito. Sua associação com Edward e os Pilaster fora um fator fundamental em tudo o que conseguira, e mais prestígio para os Pilaster significaria mais poder para Micky.

Depois do jantar, foram para a sala de fumantes. Haviam sido os primeiros a jantar, e por algum tempo ficaram sozinhos ali.

– Cheguei à conclusão de que os ingleses têm pavor de suas esposas – comentou Micky enquanto acendiam os charutos. – É a única explicação possível para o fenômeno dos clubes londrinos.

– Mas do que você está falando?

– Olhe ao redor. Este lugar é exatamente como a sua casa ou a minha. Móveis caros, criados por toda parte, comida insossa e bebida ilimitada. Podemos fazer todas as nossas refeições aqui, receber a correspondência, ler os jornais, tirar um cochilo; e se ficarmos bêbados demais para conseguir entrar num fiacre, podemos até arrumar uma cama para dormir. A única diferença entre o clube de um inglês e sua casa é a de que no clube não existem mulheres.

– Quer dizer que vocês não têm clubes assim em Córdoba?

– É claro que não. Ninguém se tornaria sócio. Se um cordovês quiser beber, jogar cartas, conversar sobre política, falar de prostitutas, fumar, arrotar e peidar com o todo conforto, faz isso em sua própria casa; e se a esposa é tola o bastante para protestar, ele a espanca até que ela veja a luz da razão. Mas um cavalheiro inglês tem tanto medo da esposa que sai de casa para se divertir. É por isso que existem os clubes.

– Você não parece ter medo de Rachel. Livrou-se dela, não é mesmo?

– Mandei-a de volta para a mãe – disse Micky, alegremente.

Não fora bem assim que acontecera, mas ele não contaria a verdade a Edward.

– As pessoas devem notar que ela não cumpre mais suas funções na embaixada. Ninguém comenta?

– Digo a todo mundo que está com problemas de saúde.

– Mas todos sabem que Rachel está tentando abrir um hospital para mulheres solteiras terem filhos. É um escândalo público.

– Não tem importância. As pessoas se compadecem de mim por ter uma esposa difícil.

– Vai se divorciar?

– Não. Isso é que seria um verdadeiro escândalo. Um diplomata não pode se divorciar. Terei de continuar casado enquanto for o embaixador cordovês, infelizmente. Graças a Deus, ela não engravidou antes de ir embora.

Era um milagre que isso não tivesse acontecido, pensou Micky. Talvez ela fosse estéril. Ele acenou para um garçom e pediu outro conhaque antes de acrescentar, hesitante: – Por falar em esposas, o que me diz de Emily?

Edward parecia constrangido.

– Eu a vejo tão pouco quanto você vê Rachel. Comprei uma casa de campo em Leicestershire há algum tempo, e ela fica lá.

– Portanto, somos solteiros outra vez.

Edward sorriu.

– Nunca fomos outra coisa, não é mesmo?

Micky olhou para o outro lado da sala vazia e avistou o vulto corpulento de Solly Greenbourne à porta. Por algum motivo, sua presença fez Micky se sentir nervoso, o que era estranho, porque Solly era o homem mais inofensivo de Londres.

– Lá vem outro amigo para lhe dar os parabéns – disse Micky a Edward enquanto Solly se aproximava.

Quando Solly chegou perto, no entanto, Micky compreendeu que ele não exibia seu sorriso amável habitual. Na verdade, parecia muito zangado. O que era raro. Micky concluiu, intuitivamente, que era algum problema com a operação da ferrovia de Santamaria. Disse a si mesmo que estava se preocupando como uma velha. Mas Solly nunca se irritava...

A ansiedade levou Micky a demonstrar uma falsa cordialidade.

– Olá, Solly, meu caro. Como vai o gênio de City?

Ocorre que Solly não estava interessado em Micky. Sem ao menos responder ao cumprimento, deu rudemente as costas a Micky e confrontou Edward.

– Pilaster, você não presta!

Micky ficou atônito e horrorizado. Solly e Edward estavam a ponto de assinar o acordo. Aquilo era muito grave – Solly nunca discutia com as pessoas. O que teria acontecido? Edward também ficou surpreso.

– Mas do que se trata, Greenbourne?

Com o rosto vermelho, Solly mal conseguia falar.

– Descobri que você e aquela bruxa a que chama de mãe é que estão por trás daqueles artigos sórdidos do jornal *The Forum*.

– Oh, não! – murmurou Micky para si mesmo, consternado.

Era uma catástrofe. Desconfiara do envolvimento de Augusta, embora não tivesse nenhuma prova. Mas como Solly descobrira? A mesma pergunta ocorreu a Edward.

– Quem encheu sua cabeça gorda com tamanha podridão?

– Uma das amigas de sua mãe é dama de companhia da rainha.

Micky calculou que ele se referia a Harriet Morte – Augusta parecia ter algum poder sobre ela.

Solly continuou:

– Ela revelou o segredo. Contou tudo ao príncipe de Gales. Acabei de conversar com ele.

Solly devia estar quase insano de raiva ao falar de uma forma tão indiscreta sobre uma conversa particular com a realeza, pensou Micky. Tratava-se de uma alma doce sendo pressionada a um ponto excessivo. Ele não podia imaginar como uma briga assim poderia ser revertida – pelo menos, não a tempo de garantir a assinatura do contrato no dia seguinte. Desesperado, tentou acalmar os ânimos.

– Solly, meu caro, não pode saber com certeza se essa história é verdadeira...

Solly virou-se para ele. Tinha os olhos arregalados, o rosto coberto de suor.

– Não posso? Ainda que tenha lido no jornal de hoje que Joseph Pilaster recebeu o título de nobreza que deveria ser concedido a Ben Greenbourne?

– Ainda assim...

– Tem ideia do que isso significa para meu pai?

Micky começou a compreender como a armadura da cordialidade de Solly fora rompida. Não era por si mesmo que ele estava furioso, e sim pelo pai. O avô de Ben Greenbourne chegara a Londres com o fardo de peles russas, uma nota de 5 libras e um buraco na botina. Para Ben, ocupar um lugar na Câmara dos Lordes seria o supremo símbolo de aceitação na sociedade inglesa. Por outro lado, não havia dúvida de que Joseph gostaria igualmente de coroar sua carreira com um título de nobreza – sua família também se elevara pelos próprios esforços –, mas seria uma realização muito maior para um judeu. O título de Greenbourne seria um triunfo não apenas para si mesmo e sua família, mas para toda a comunidade judaica na Grã-Bretanha.

– Não posso evitar que você seja judeu – disse Edward.

Micky apressou-se em intervir:

– Não deveriam deixar que seus pais interferissem entre vocês dois. Afinal, estão associados num grande empreendimento...

– Não seja idiota, Miranda! – gritou Solly com uma fúria que fez Micky se encolher. – Pode esquecer a ferrovia de Santamaria ou qualquer outro empreendimento com o Greenbourne Bank. Depois que nossos sócios ouvirem essa história, nunca mais vão querer fazer negócio nenhum com os Pilaster.

MICKY SENTIU A BÍLIS subir pela garganta enquanto observava Solly deixar a sala. Era fácil se esquecer de como aqueles banqueiros eram poderosos, em particular o despretensioso Solly. Num momento de fúria, porém, ele era capaz de liquidar todas as esperanças de Micky com uma única frase.

– Mas que insolência! – murmurou Edward. – É um judeu típico.

Micky quase lhe disse para se calar. Edward sobreviveria ao colapso daquele negócio, mas talvez Micky não conseguisse. Papa ficaria decepcionado e irado, procuraria alguém para punir, e Micky teria de suportar todo o impacto de sua raiva.

Será que não havia mesmo nenhuma esperança? Ele tentou parar de se sentir destruído e começou a pensar. Poderia fazer alguma coisa para evitar que Solly cancelasse a operação? Se houvesse, teria de agir depressa; afinal, depois que Solly revelasse aos outros Greenbourne o que descobrira, todos seriam contra o negócio.

Conseguiria dissuadir Solly? Micky tinha de tentar.

Levantou-se abruptamente.

– Aonde você vai? – perguntou Edward.

Micky decidiu não dizer a Edward o que tinha em mente.

– À sala de jogo. Não quer jogar?

– Sim, é claro.

Edward também se levantou e os dois saíram da sala. Na base da escada, Micky desviou-se para o banheiro, avisando:

– Pode subir, encontro você num instante.

Edward subiu. Micky foi para a chapelaria, pegou o chapéu e a bengala e passou apressado pela porta da frente.

Olhou para um lado e outro da Pall Mall, apavorado com a possibilidade de Solly já ter desaparecido de vista. Anoitecia, os lampiões a gás começavam a ser acesos. Micky não viu Solly em lugar nenhum. Só depois de algum tempo é que divisou, a uns 100 metros de distância, um vulto corpulento, de cartola, encaminhando-se em passos rápidos para St. James's.

Micky partiu em seu encalço.

Explicaria a Solly como a ferrovia era importante para ele e Córdoba. Diria que Solly estava punindo milhares de camponeses pobres por causa de uma atitude de Augusta. Solly tinha o coração mole; se conseguisse acalmá-lo, talvez a persuasão desse certo.

Ele dissera que havia acabado de conversar com o príncipe de Gales. Isso significava que talvez ainda não tivesse contado a ninguém o segredo revelado pelo príncipe – o de que Augusta promovera a campanha antissemita na imprensa. Ninguém ouvira a discussão no clube, pois apenas os três estavam na sala de fumantes naquele momento. Provavelmente, Ben Greenbourne ainda não sabia que fora privado de seu título de nobreza de modo fraudulento.

Evidentemente, a verdade poderia aflorar mais cedo ou mais tarde. O príncipe talvez a contasse a outra pessoa. Mas o contrato deveria ser assinado no dia seguinte. Se fosse possível guardar o segredo até lá, tudo acabaria bem. Depois disso, os Greenbourne e os Pilaster poderiam brigar até o Juízo Final, pois Papa já teria sua ferrovia.

A Pall Mall estava apinhada de prostitutas andando pelas calçadas, havia o movimento de entrada e saída de homens diante dos clubes, os acendedores de lampiões faziam seu trabalho, carruagens e fiacres passavam de um lado para outro. Estava difícil para Micky alcançar Solly. O pânico dominou-o. Solly entrou numa rua transversal, seguindo para casa, em Piccadilly.

Micky foi atrás. O movimento na rua transversal era menor. Micky começou a correr.

– Greenbourne! – gritou ele. – Espere um instante!

Solly parou, virou-se, a respiração ofegante. Reconheceu Micky e tornou a se virar. Micky alcançou-o e segurou-o pelo braço.

– Preciso falar com você!

Solly ofegava tanto que mal podia falar.

– Tire suas malditas mãos de mim! – balbuciou ele.

Desvencilhando-se de Micky, continuou a andar. Micky foi atrás, segurando-o de novo. Solly tentou se livrar, mas desta vez Micky o segurava com firmeza.

– Quero que me escute!

– Eu lhe disse para me deixar em paz!

– Só um instante!

Micky começava a se enfurecer. Mas Solly não queria escutar. Sacudiu o braço, soltando a mão de Micky, e continuou a andar.

Dois passos adiante, chegou a um cruzamento e foi obrigado a parar no meio-fio, enquanto uma carruagem passava a toda velocidade. Micky aproveitou a oportunidade para falar outra vez:

– Solly, acalme-se! Só quero argumentar com você!

– Vá para o inferno!

A rua ficou livre. Para impedi-lo de continuar, Micky segurou Solly pelas lapelas. Solly se debateu, mas Micky manteve-se firme.

– Quero que me escute!

– Largue-me!

Solly livrou uma das mãos e acertou um soco no nariz de Micky. O golpe doeu, Micky sentiu o gosto de sangue e gritou:

– Maldito!

Largou o casaco de Solly e desferiu um soco em resposta, acertando-o no rosto.

Solly cambaleou para a rua. Nesse momento, os dois viram uma carruagem se aproximando em alta velocidade. Solly pulou de volta para a calçada, a fim de não ser atropelado.

Micky percebeu uma oportunidade.

Se Solly morresse, todos os seus problemas acabariam.

Não havia tempo para calcular as probabilidades, nenhuma margem para hesitação nem ponderação.

Micky deu um violento empurrão em Solly, jogando-o para a rua na frente dos cavalos.

O cocheiro soltou um berro, puxando as rédeas. Solly tropeçou, viu os cavalos quase em cima dele, caiu no chão e gritou.

Paralisado por um instante, Micky viu os cavalos avançando, as pesadas rodas da carruagem, o cocheiro apavorado e o corpo imenso e impotente de Solly caído de costas no meio da rua.

E depois os cavalos passaram por cima de Solly. Micky viu o corpo gordo se contorcer, atingido pelos cascos com ferraduras. A roda da frente da carruagem atingiu a cabeça de Solly, um golpe violento, e ele ficou inerte, inconsciente. Uma fração de segundo depois, a roda posterior passou sobre o seu rosto, esmagando o crânio como se fosse uma casca de ovo.

Micky virou-se. Pensou que ia vomitar, mas conseguiu controlar o impulso. E depois começou a tremer. Sentia-se fraco, meio tonto, teve de se encostar na parede.

Forçou-se a olhar para o corpo imóvel no meio da rua. A cabeça de Solly fora esmagada, o rosto se tornara irreconhecível, o sangue e mais alguma coisa espalhavam-se pela rua, ao seu lado. Ele estava morto.

E Micky se salvara.

Agora, Ben Greenbourne nunca saberia o que Augusta lhe fizera – a operação seria concretizada, a ferrovia construída e Micky viraria um herói em Córdoba.

Ele sentiu um filete quente no lábio. Seu nariz sangrava. Tirou o lenço do bolso e enxugou-o.

Olhou para Solly por mais um momento. *Você só perdeu a calma uma vez na vida, e isso o matou*, pensou Micky.

Olhou para um lado e outro da rua iluminada pelos lampiões a gás. Não havia ninguém por perto. Apenas o cocheiro vira o que acontecera.

A carruagem parou, estremecendo toda, cerca de 30 metros adiante. O cocheiro saltou, uma mulher olhou pela janela. Micky virou-se, afastando-se apressado, voltando para Pall Mall.

Poucos segundos depois, ouviu o cocheiro gritar:

– Ei, você!

Micky andou mais depressa, virou a esquina para Pall Mall sem olhar para trás. Um momento depois, sumiu na multidão.

Por Deus, consegui!, pensou ele. Agora que não podia mais ver o corpo mutilado, a sensação de repulsa começava a passar e o sentimento era de triunfo. O pensamento rápido e a ação ousada haviam lhe permitido superar mais um obstáculo.

Subiu apressado os degraus do clube. Com um pouco de sorte, ninguém teria percebido sua ausência, ele esperava. No entanto, ao passar pela porta da frente teve o azar de esbarrar com Hugh Pilaster, que estava saindo.

Hugh fez um aceno de cabeça e disse:

– Boa noite, Miranda.

– Boa noite, Pilaster.

Micky entrou, amaldiçoando Hugh. Foi para a chapelaria. O nariz estava vermelho por causa do soco de Solly, mas afora isso parecia apenas um pouco machucado. Ele endireitou as roupas e alisou os cabelos. Ao fazê-lo, pensou em Hugh Pilaster. Se Hugh não estivesse na porta no momento errado, ninguém jamais saberia que Micky deixara o clube – ele ausentara-se por poucos minutos. Mas será que isso tinha alguma importância? Ninguém desconfiaria de que Micky pudesse matar Solly; e se alguém suspeitasse disso, o fato de ter deixado o clube por alguns minutos não provaria nada. Ainda assim, já não contava mais com um álibi irrefutável, e isso o preocupava.

Lavou as mãos com todo o cuidado e subiu apressado para a sala de jogo.

Edward já estava jogando bacará, e havia um lugar vazio na mesa ao seu lado. Micky sentou-se. Ninguém comentou sua ausência. Ele recebeu as cartas.

– Você parece um pouco enjoado – comentou Edward.

– É verdade, estou mesmo – respondeu Micky, calmamente. – Acho que a sopa de peixe não estava muito fresca esta noite.

Edward acenou para um garçom.

– Traga um copo de conhaque para este homem.

Micky olhou para suas cartas. Tinha um nove e um dez, a mão perfeita. Apostou 1 soberano.

Hoje não podia perder.

II.

Hugh foi procurar Maisie dois dias após a morte de Solly.

Encontrou-a sozinha, sentada em silêncio e imóvel num sofá, impecável num vestido preto, parecendo pequena e insignificante no esplendor da sala de visitas da mansão em Piccadilly. O rosto estava vincado pelo pesar, e ela dava a impressão de que não dormira. O coração de Hugh confrangeu-se por ela. Foi Maisie quem se jogou em seus braços, balbuciando:

– Oh, Hugh, ele era o melhor de nós!

Quando ela disse isso, Hugh não conteve as lágrimas. Até aquele momento, sentira-se atordoado demais para chorar. Era um destino terrível morrer como Solly, e ele o merecia menos do que qualquer homem que Hugh pudesse nomear.

– Não havia maldade nele – murmurou Hugh. – Parecia incapaz disso. Eu o conhecia há 15 anos e não me recordo de uma única ocasião em que tenha sido grosseiro com alguém.

– Por que essas coisas acontecem? – indagou Maisie, desesperada.

Hugh hesitou. Apenas poucos dias antes descobrira, por intermédio de Tonio Silva, que Micky Miranda matara Peter Middleton. Por causa disso, Hugh não podia deixar de cogitar se Micky tinha algo a ver com a morte de Solly. A polícia procurava por um homem bem-vestido que discutira com Solly pouco antes do atropelamento. Hugh vira Micky entrando no Cowes Club por volta da hora da morte de Solly, e assim era certo que ele estivera nas proximidades.

Mas não havia motivo, ao contrário. Solly estava prestes a fechar o contrato da ferrovia de Santamaria, que era do maior interesse de Micky. Por que ele mataria seu benfeitor? Hugh decidiu não dizer nada a Maisie sobre suas suspeitas infundadas.

– Parece ter sido um trágico acidente – comentou ele.

– O cocheiro acha que Solly foi empurrado. Por que o homem que testemunhou tudo fugiria se não fosse culpado?

– Talvez ele estivesse tentando assaltar Solly. Pelo menos é o que dizem os jornais.

A história obtivera grande repercussão. Era um caso sensacional – a morte pavorosa de um proeminente banqueiro, um dos homens mais ricos do mundo.

– Ladrões usam traje a rigor?

– Estava quase escuro. O cocheiro pode ter se enganado sobre as roupas do homem.

Maisie afastou-se de Hugh e tornou a sentar-se.

– E se você tivesse esperado um pouco mais poderia ter se casado comigo, e não com Nora – murmurou ela.

Hugh ficou surpreso com a franqueza. O pensamento lhe ocorrera segundos depois de ouvir a notícia, e ele se envergonhava disso. Era típico de Maisie dizer à queima-roupa o que ambos pensavam. Ele não sabia como responder, por isso fez um gracejo tolo:

– Se um Pilaster se casasse com uma Greenbourne, não seria um casamento, e sim uma fusão.

Ela fez um aceno negativo com a cabeça.

– Não sou uma Greenbourne. A família de Solly nunca me aceitou.

– Mas deve ter herdado uma boa parte do banco.

– Não herdei nada, Hugh.

– Mas isso é impossível!

– É a pura verdade. Solly não tinha dinheiro seu. O pai lhe dava uma quantia considerável todos os meses, mas, por minha causa, nunca concedeu nenhum capital. Até mesmo esta casa é alugada. Possuo roupas, móveis e joias, e assim nunca passarei fome. Mas não sou herdeira do banco... e o pequeno Bertie também não é.

Hugh ficou espantado e também irritado por alguém ser tão mesquinho com Maisie.

– O velho não vai sequer sustentar seu filho?

– Não vai dar nada a Bertie. Estive com meu sogro esta manhã.

Era uma maneira injusta de tratá-la, e Hugh, como amigo de Maisie, ficou pessoalmente ofendido.

– É vergonhoso!

– Nem tanto. Dei a Solly cinco anos de felicidade e em troca tive cinco anos da melhor vida. Posso voltar ao que era antes. Venderei minhas joias, investirei o dinheiro e viverei tranquilamente dos rendimentos.

Era difícil aceitar.

– Vai morar com seus pais?

– Em Manchester? Não. Acho que não conseguiria retroceder tanto. Permanecerei em Londres. Rachel Bodwin está abrindo um hospital para mães solteiras e posso trabalhar com ela.

– Há muita reação contra o hospital de Rachel. As pessoas acham que é um escândalo.

– Então me convém muito bem!

Hugh ainda se sentia magoado e preocupado pelo mau tratamento que Ben Greenbourne dispensava à nora. Decidiu falar com ele, tentar persuadi-lo a mudar de ideia. Mas não mencionaria a tentativa a Maisie. Não queria atiçar suas esperanças e depois decepcioná-la.

– Não tome nenhuma decisão súbita, está bem, Maisie?

– Por exemplo?

– Não saia desta casa. Greenbourne pode tentar confiscar seus móveis.

– Não sairei.

– E precisa de um advogado para defender seus interesses.

Ela fez um aceno negativo com a cabeça.

– Não pertenço mais à classe de pessoas que chamam um advogado como se fosse um lacaio. Preciso pensar no custo. Não contratarei nenhum advogado, a menos que tenha certeza de que estou sendo tapeada. E não creio que venha a acontecer. Ben Greenbourne não é desonesto. É apenas um velho duro e frio como o ferro. É espantoso que tenha gerado alguém tão generoso quanto Solly.

– Encara a situação de uma maneira filosófica – comentou Hugh, admirando tanta coragem.

Maisie deu de ombros.

– Tive uma vida espantosa, Hugh. Era mendiga aos 11 anos e fabulosamente rica aos 19. – Ela tocou num anel em seu dedo. – Este diamante deve valer muito mais dinheiro do que minha mãe jamais viu. Promovi as melhores festas de Londres, conheci todas as pessoas ilustres, dancei com o príncipe de Gales. Não tenho nada a lamentar, exceto o seu casamento com Nora.

– Gosto muito dela – disse Hugh, sem muita convicção.

– Ficou furioso porque eu não quis ter um caso com você. Sentia-se desesperado, precisando da descarga sexual. E escolheu Nora porque ela fazia com que se lembrasse de mim. Mas ela não tem nada a ver comigo, e agora você é infeliz.

Hugh estremeceu como se tivesse sido golpeado. Tudo aquilo era angustiosamente próximo da verdade.

– Você jamais gostou de Nora – ele disse.

– E você pode dizer que tenho ciúme, talvez esteja certo, mas repito que ela nunca o amou e só se casou pelo seu dinheiro. Aposto que, depois do casamento, você descobriu que isso é verdade. Não tenho razão?

Hugh pensou na maneira como Nora se recusava a fazer amor mais de uma vez por semana e como mudava se ganhasse presentes. Sentiu-se angustiado e desviou os olhos.

– Ela sempre foi pobre, Maisie. Não é de surpreender que seja tão materialista.

– Ela nunca foi tão pobre quanto eu – respondeu Maisie, num tom de desprezo. – Até mesmo você foi tirado do colégio por falta de dinheiro, Hugh. Não é desculpa para falsos valores. O mundo está repleto de pessoas pobres que compreendem que o amor e a amizade são mais importantes do que a riqueza.

Seu desdém levou Hugh a assumir uma posição defensiva.

– Ela não é tão ruim quanto a pinta.

– De qualquer forma, você não é feliz.

Confuso, Hugh tratou de voltar ao que sabia que era certo.

– Mas agora estou casado com ela e não vou deixá-la. É isso que os votos representam.

Maisie sorriu, à beira das lágrimas.

– Eu sabia que você diria isso.

Hugh teve uma súbita visão de Maisie nua, os seios redondos e sardentos, a moita de pelos ruivo-dourados entre as coxas, e desejou poder voltar atrás em suas palavras de princípios elevados. Em vez disso, levantou-se para sair. Maisie também se levantou.

– Obrigada por ter vindo, Hugh querido.

Ele tencionava apenas apertar sua mão, mas acabou se inclinando para beijá-la no rosto; e, de alguma forma, descobriu-se a beijá-la nos lábios. Foi um beijo terno, que se prolongou por um momento a mais e quase destruiu a determinação de Hugh; mas ele acabou se desvencilhando e saiu da sala sem dizer mais nada.

A CASA DE BEN GREENBOURNE era outro palácio a poucos metros de distância, ao longo de Piccadilly. Hugh foi direto para lá depois de conversar com Maisie. Sentia-se contente por ter alguma coisa para fazer, um meio de afastar os pensamentos do turbilhão em seu coração. Disse que queria falar com o velho.

– Avise que é uma questão da maior urgência – disse ele ao mordomo.

Enquanto esperava, notou que os espelhos no vestíbulo estavam cobertos e imaginou que era parte do ritual de luto judaico.

Maisie o deixara atordoado. Quando a vira, seu coração se enchera de amor e anseio. Sabia que nunca poderia ser realmente feliz sem ela. Mas Nora era sua esposa. Ela trouxera calor e afeição à sua vida depois que Maisie o rejeitara, e fora por isso que se casara. Qual era o sentido de fazer promessas numa cerimônia de casamento se fosse mudar de ideia mais tarde?

O mordomo conduziu Hugh à biblioteca. Seis ou sete pessoas se retiravam, deixando Ben Greenbourne sozinho. Ele estava sentado sem sapatos num banco de madeira. Havia frutas e doces para os visitantes numa mesa.

Greenbourne já passara dos 60 anos – Solly fora um filho temporão – e parecia velho e esgotado, mas não apresentava sinais de lágrimas. Levantou-se, empertigado e formal como sempre, apertou a mão de Hugh e acenou-lhe para sentar-se em outro banco.

Tinha uma carta antiga na mão.

– Escute isto – disse ele, começando a ler: "Querido papai, temos um novo professor de latim, o reverendo Green, e estou ficando cada vez melhor. Waterford pegou um rato no armário de vassouras e está tentando treiná-lo para comer de sua mão. A comida aqui é muito pouca, pode me mandar um bolo? Seu filho que muito o ama, Solomon." Ele tinha 14 anos quando escreveu isto.

Hugh percebeu que Greenbourne sofria, apesar de seu rígido autocontrole.

– Eu me lembro desse rato – disse ele. – Acabou roendo os dedos de Waterford.

– Como eu gostaria que os anos pudessem voltar...

Hugh percebeu que o autocontrole do velho começava a se desvanecer.

– Devo ser um dos amigos mais antigos de Solly.

– É verdade. Ele sempre o admirou, apesar de você ser mais jovem.

– Não consigo imaginar por quê. Mas ele sempre se mostrava disposto a pensar o melhor das pessoas.

– Tinha um bom coração.

Hugh não queria que a conversa seguisse por esse rumo.

– Não vim aqui apenas como amigo de Solly, mas também como amigo de Maisie.

Greenbourne reassumiu uma postura rígida no mesmo instante. A expressão triste desapareceu do rosto, e ele voltou a ser a caricatura do prussiano empertigado. Hugh perguntou-se como alguém podia odiar tanto uma mulher tão bela e alegre quanto Maisie.

– Só a conheci depois de Solly. Apaixonei-me por ela, mas foi Solly quem a conquistou.

– Ele era mais rico.

– Sr. Greenbourne, espero que me permita ser franco. Maisie era uma moça pobre à procura de um marido rico. Depois que se casou com Solly, porém, cumpriu sua parte. Foi uma boa esposa.

– E teve sua recompensa. Desfrutou a vida de uma dama durante cinco anos.

– É curioso, mas ela disse a mesma coisa. Contudo, não creio que seja o suficiente. E o pequeno Bertie? Não vai querer deixar seu neto desamparado, não é mesmo?

– Neto? – repetiu Greenbourne. – Hubert não é meu parente.

Hugh teve a estranha premonição de que algo da maior importância estava prestes a acontecer. Era como um pesadelo, em que algo terrível, mas indefinido, se achava prestes a ocorrer.

– Não entendi. O que está querendo dizer com isso?

– Aquela mulher já esperava uma criança quando se casou com meu filho.

Hugh soltou um murmúrio de espanto.

– Solly sabia disso e sabia também que a criança não era sua – continuou Greenbourne. – Casou-se com ela mesmo assim, contra a minha vontade, nem preciso acrescentar. As pessoas, de modo geral, não sabem disso, é claro. Fizemos todos os esforços para guardar o segredo, mas não há mais necessidade agora que...

Ele parou de falar e engoliu em seco antes de acrescentar:

– Eles viajaram pelo mundo depois do casamento, e a criança nasceu na Suíça. Providenciaram uma data de nascimento falsa e, quando voltaram para casa, depois de uma ausência de quase dois anos, era difícil alguém perceber que o bebê tinha quatro meses a mais do que diziam.

Hugh tinha a sensação de que seu coração parara. Havia uma pergunta que precisava fazer, mas tinha pavor da resposta.

– Quem... quem é o pai?

– Ela nunca disse – respondeu Greenbourne. – Solly nunca soube.

Mas Hugh sabia.

O filho era seu.

Ele ficou olhando fixamente para Ben Greenbourne, incapaz de falar.

Conversaria com Maisie, haveria de obrigá-la a contar a verdade, mas sabia que ela confirmaria sua intuição. Maisie nunca fora promíscua, apesar das aparências. Era virgem quando ele a seduzira. Engravidara-a naquela noite. Depois, Augusta tramara para separá-los e Maisie casara-se com Solly.

Ela até dera ao bebê o nome de Hubert, bastante parecido com Hugh.

– É terrível, eu sei – comentou Greenbourne, percebendo a consternação de Hugh e não entendendo o motivo.

Tenho um filho. Um filho. Hubert. Que todos chamam de Bertie, pensou Hugh. E o pensamento dilacerava seu coração.

– Mas tenho certeza de que entende por que não desejo ter mais nenhum relacionamento com aquela mulher e sua criança, agora que meu querido filho morreu.

– Não se preocupe – murmurou Hugh, distraído. – Cuidarei deles.

– Você? – murmurou Greenbourne, surpreso. – Por que isso deveria ser um problema seu?

– Ah... acho que sou a única pessoa com quem podem contar agora.

– Não se deixe enganar, jovem Pilaster – disse Greenbourne, gentilmente. – Tem sua própria esposa para se preocupar.

Hugh não queria explicar, e estava atordoado demais para inventar uma história. Concluiu que precisava sair dali sem demora. Levantou-se.

– Preciso ir. Minhas profundas condolências, Sr. Greenbourne. Solly foi o melhor homem que já conheci.

Greenbourne abaixou a cabeça. Hugh se retirou.

No vestíbulo, com os espelhos amortalhados, ele recebeu o chapéu de um lacaio e saiu para o sol de Piccadilly. Foi andando para oeste e entrou no Hyde Park, a caminho de sua casa, em Kensington. Poderia pegar um fiacre, mas queria tempo para pensar.

Tudo era diferente agora. Nora era sua esposa legal, mas Maisie era a mãe de seu filho. Nora podia cuidar de si mesma – e Maisie também, sem dúvida –, porém uma criança precisava de um pai. Subitamente, a questão do que fazer com o resto de sua vida aflorava outra vez.

Um clérigo diria, com toda a certeza, que nada mudara, e ele deveria continuar com Nora, a mulher com quem se casara na igreja; no entanto, os clérigos não sabiam muito da vida. O metodismo rigoroso dos Pilaster não fora absorvido por Hugh, Ele nunca conseguira acreditar que a resposta a todos os modernos dilemas morais podia ser encontrada na Bíblia. Nora o seduzira e casara-se sem amor, em proveito próprio – Maisie tinha razão nesse ponto –, e tudo o que havia entre os dois era um pedaço de papel. O que era muito pouco se comparado com uma criança – fruto de um amor tão forte que resistira por muitos anos a muitas provações.

Estou apenas inventando desculpas?, perguntou-se Hugh. *Tudo isso não passa de uma justificativa capciosa para eu ceder a um desejo que sei que é errado*?

Ele sentia-se dividido.

Tentou avaliar os aspectos práticos. Não tinha motivos para o divórcio, mas estava convencido de que Nora se mostraria disposta a concordar se lhe oferecesse bastante dinheiro. Os Pilaster, no entanto, pediriam que ele deixasse o banco, pois o estigma social do divórcio era grande demais para permitirem que continuasse como sócio. Poderia conseguir outro emprego, porém as pessoas respeitáveis de Londres não receberiam nem ele nem Maisie, mesmo depois que se casassem. Era quase certo que teriam de ir para o exterior. Contudo, essa perspectiva o atraía, e tinha certeza de que também agradaria a Maisie. Podia voltar para Boston ou, melhor ainda, ir para Nova York. Talvez nunca se tornasse um milionário, mas o que isso representava em comparação com a alegria de viver com a mulher que sempre amara?

Ele se viu diante de sua casa. Era parte de um conjunto novo e elegante, em Kensington, a menos de 1 quilômetro da residência muito mais extravagante de sua tia Augusta, em Kensington Gore. Nora estaria em seu quarto ornamentado com o maior exagero, vestindo-se para almoçar. O que o impedia de entrar e anunciar que ia deixá-la?

Era o que desejava fazer, sabia disso agora. Mas seria certo?

Era a criança que fazia a diferença. Seria errado deixar Nora por Maisie, mas era certo deixar Nora pelo bem de Bertie.

Ele perguntou-se o que Nora diria quando lhe falasse de sua decisão, e sua imaginação deu a resposta. Viu seu rosto contrair-se em linhas de determinação, ouviu o tom desagradável em sua voz e pôde adivinhar as palavras exatas que ela diria: "Custará todo o seu dinheiro."

Por mais estranho que pudesse parecer, foi isso que o fez decidir. Se a imaginasse se desmanchando em lágrimas de tristeza, seria incapaz de seguir em frente, mas sabia que sua primeira intuição era a certa.

Entrou na casa e subiu correndo a escada.

Nora estava diante do espelho, pondo o pingente que Hugh lhe dera. Era um amargo lembrete de que precisava comprar joias para persuadi-la a fazer amor. Ela falou antes que Hugh pudesse dizer qualquer coisa:

– Tenho uma notícia para você.

– Não se preocupe com isso agora...

Mas ela não quis se calar. Tinha uma expressão estranha, meio triunfante, meio aborrecida.

– Você terá de passar um tempo longe da minha cama.

Hugh constatou que não conseguiria falar enquanto ela não acabasse o que tinha a dizer.

– Mas do que está falando? – indagou ele, impaciente.

– O inevitável aconteceu.

E, de repente, Hugh adivinhou. Sua sensação foi a de ter sido atropelado por um trem. Era tarde demais, concluiu – agora, nunca mais poderia deixá-la. Sentiu repulsa e angústia pela perda: a perda de Maisie, a perda de seu filho.

Fitou Nora nos olhos. Havia desafio ali, quase como se ela tivesse previsto o que ele planejava. O que talvez fosse verdade. Mas ele forçou-se a sorrir.

– O inevitável?

E Nora confirmou:

– Vou ter um bebê.

Parte III

1890

1
Setembro

I

Joseph Pilaster morreu em setembro de 1890. Fora o sócio principal do Pilaster Bank por 17 anos. Durante esse período, a Grã-Bretanha se tornara cada vez mais rica, e os Pilaster também. Eram agora quase tão ricos quanto os Greenbourne. O patrimônio de Joseph ultrapassava 2 milhões de libras, incluindo sua coleção de 65 caixinhas de rapé antigas, cravejadas de pedras preciosas – uma para cada ano de sua vida –, que valia 100 mil libras e que deixou para o filho Edward.

A família inteira mantinha todo o seu capital investido no banco, que pagava juros garantidos de 5 por cento sobre o dinheiro, na maior parte do tempo. Os sócios recebiam ainda mais. Além de 5 por cento sobre seu capital investido, partilhavam os lucros entre eles com base em fórmulas complicadas. Depois de dez anos partilhando os lucros, Hugh encontrava-se a meio caminho de se tornar milionário.

Na manhã do funeral, enquanto fazia a barba Hugh examinou seu rosto no espelho à procura de sinais de velhice. Tinha 37 anos. Os cabelos começavam a ficar grisalhos, mas os pelos que estava raspando do rosto ainda eram pretos. Os bigodes crespos encontravam-se na moda e ele se perguntou se deveria deixar crescer o seu, a fim de parecer mais jovem.

Tio Joseph tivera sorte, pensou ele. Durante o tempo em que ocupara a posição de sócio principal, o mundo financeiro se mantivera estável. Apenas duas crises de poucas proporções haviam ocorrido: a bancarrota do City of Glasgow Bank, em 1878, e a quebra do banco francês Union Générale, em 1882. Nas duas ocasiões, o Bank of England contivera a crise, elevando as taxas de juros para 6 por cento por um breve período, o que ainda ficara muito abaixo do nível de pânico. Na opinião de Hugh, tio Joseph comprometera demais o banco com investimentos na América do Sul, contudo o desastre que ele constantemente temera não chegou a acontecer; e para Joseph, jamais ocorreria. Mas fazer investimentos arriscados era como possuir uma casa prestes a desmoronar e alugá-la a inquilinos – os aluguéis continuariam a ser pagos até o fim, mas quando a casa finalmente desmoronasse não haveria mais nem o aluguel nem a casa. Agora que Joseph morrera, Hugh queria levar o banco para um terreno mais sólido, vendendo ou liquidando os perigosos investimentos na América do Sul.

Depois de fazer a barba e se lavar, vestiu o chambre e foi para o quarto de Nora. Ela o esperava, pois sempre faziam amor nas manhãs de sexta-feira. Havia muito Hugh aceitara a regra de uma vez por semana. Ela engordara cor.sideravelmente, seu rosto estava mais redondo do que nunca, mas por causa disso tinha poucas rugas e ainda parecia bonita.

Mesmo assim, enquanto fazia amor com ela, Hugh fechou os olhos imaginou que estava com Maisie.

Às vezes tinha vontade de largar tudo. Mas aquelas sessões nas manhãs de sexta-feira já haviam lhe dado três filhos, aos quais amava profundamente: Tobias, assim chamado em homenagem a seu pai; Samuel, em homenagem ao tio; e Solomon, em homenagem a Solly Greenbourne. Toby, o mais velho, começaria a estudar na Windfield School no ano seguinte. Nora gerava bebês sem maiores dificuldades, mas perdia o interesse por eles depois que nasciam, e Hugh lhes dispensava a maior atenção a fim de compensar a frieza da mãe.

O filho secreto de Hugh com Maisie, Bertie, tinha agora 16 anos, estudava em Windfield havia anos, era um aluno premiado e o astro da equipe de críquete. Hugh pagava o colégio, visitava-o nas festas escolares e, em geral, comportava-se como um padrinho. Talvez isso levasse algumas pessoas cínicas a desconfiar de que ele era o verdadeiro pai de Bertie. Mas Hugh fora amigo de Solly, e todos sabiam que o pai de Solly se recusava a sustentar o menino; assim, a maioria das pessoas presumia que ele apenas se mostrava generoso e fiel à memória do amigo.

Depois que Hugh saiu de cima de Nora, ela perguntou:

– A que horas será a cerimônia?

– Às 11 horas, na Igreja Metodista de Kensington. Haverá um almoço depois na Whitehaven House.

Hugh e Nora ainda moravam em Kensington, mas haviam se mudado para uma casa maior por causa dos meninos. Hugh deixara a escolha aos cuidados da esposa, e ela optara por uma residência grande, no mesmo estilo muito ornamentado e vagamente flamengo da mansão de Augusta – um estilo que se tornara o auge da moda, pelo menos da suburbana, depois que Augusta construíra sua casa.

Augusta nunca se sentira satisfeita com a Whitehaven House. Queria um palácio em Piccadilly, como os Greenbourne. Mas ainda havia certo puritanismo metodista nos Pilaster, e Joseph insistira que a Whitehaven House já era luxo suficiente para qualquer um, por mais rico que fosse. Agora, a casa pertencia a Edward. Talvez Augusta o persuadisse a vendê-la e comprar algo mais majestoso.

Ao descer para o desjejum, Hugh encontrou sua mãe à espera. Ela e sua irmã Dotty haviam chegado de Folkestone no dia anterior. Hugh beijou a mãe e sentou-se. Ela perguntou, sem rodeios:

– Acha que ele realmente a ama, Hugh?

Hugh não precisava perguntar a quem a mãe se referia. Dotty, agora com 23 anos, estava noiva do lorde Ipswich, o filho mais velho do duque de Norwich. Nick Ipswich era herdeiro de um ducado falido, e a mãe receava que ele quisesse Dotty apenas por seu dinheiro; ou melhor, pelo dinheiro do irmão.

Hugh olhou afetuosamente para a mãe. Ela ainda se vestia de preto, 24 anos depois da morte de seu pai. Tinha agora os cabelos brancos, mas os olhos continuavam lindos como sempre.

– Ele a ama, mamãe.

Como Dotty não tinha pai vivo, Nick procurara Hugh para fazer o pedido formal de casamento. Em casos assim, era comum os advogados de ambas as partes elaborarem o contrato de matrimônio antes que o noivado fosse confirmado, mas Nick insistira em agir de outro modo.

– Já contei para a Srta. Pilaster que sou pobre – dissera ele a Hugh. – Ela afirma que já conheceu tanto a prosperidade quanto a pobreza, e sabe que a felicidade vem das pessoas com quem se vive, não do dinheiro que se possui.

Era tudo muito idealista, e Hugh com certeza daria um dote generoso à irmã; mas sentia-se feliz por saber que Nick a amava de verdade, independentemente de sua riqueza ou pobreza.

Augusta ficara furiosa ao saber que Dotty se casaria tão bem. Quando o pai de Nick morresse, Dotty seria uma duquesa, título superior ao de condessa.

Dotty desceu poucos minutos depois. Crescera de uma forma que Hugh nunca poderia imaginar. A menina tímida e risonha tornara-se uma mulher fascinante e sensual, de cabelos escuros, vontade firme e temperamento explosivo. Hugh imaginava que muitos rapazes sentiam-se intimidados por ela, e talvez fosse por isso que chegara aos 23 anos sem se casar. Mas Nick Ipswich possuía uma força serena, que não precisava do suporte de uma esposa dócil. Hugh tinha a impressão de que aquele casamento seria repleto de paixão e brigas, muito diferente do seu.

Nick apareceu, conforme o combinado, às 10 horas, quando ainda estavam à mesa para o desjejum. Hugh o convidara. Nick sentou-se ao lado de Dotty e tomou uma xícara de café. Era um rapaz inteligente, de 22 anos; acabara de sair de Oxford, onde prestara exames e obtivera um diploma, ao contrário do que acontecia com a maioria dos jovens aristocratas. Possuía a típica aparência inglesa – belas feições, cabelos louros e olhos azuis –, e Dotty o contemplava como se quisesse devorá-lo com os olhos. Hugh invejava o amor simples e sensual dos dois.

Aos 37 anos, ele sentia-se jovem demais para assumir o papel de chefe da família, mas convocara aquela reunião e por isso foi direto ao assunto.

– Dotty, seu noivo e eu tivemos várias conversas sobre dinheiro.

A mãe levantou-se para deixar a sala, mas Hugh a deteve.

– As mulheres também devem compreender os problemas hoje em dia, mamãe... é o jeito moderno.

Ela sorriu para Hugh como se ele estivesse sendo um menino tolo, mas tornou a sentar-se. Hugh continuou:

– Como todos sabem, Nick planejava iniciar uma carreira profissional e pensava em se tornar advogado, uma vez que o ducado não tem mais condições de prover seu sustento.

Como banqueiro, Hugh entendia exatamente como o pai de Nick perdera tudo. O duque fora um proprietário de terras progressista e, no surto de expansão agrícola na metade do século, tomara dinheiro emprestado para financiar melhorias: sistemas de drenagem, a remoção de quilômetros de sebes e dispendiosas máquinas a vapor para debulhar, ceifar e colher. Depois, na década de 1870, ocorrera a grande depressão agrícola, que ainda persistia em 1890. O preço das terras agrícolas caíra, e as propriedades do duque valiam menos do que as hipotecas que ele assumira.

– Mas se Nick conseguir se livrar das hipotecas que pendem em torno de seu pescoço e racionalizar o ducado, ainda pode gerar uma renda considerável. Esse empreendimento precisa apenas ser bem administrado, assim como qualquer outro.

Nick acrescentou:

– Vou vender muitas das fazendas mais afastadas e outras propriedades e me concentrar em tirar o máximo de proveito do que restar. E pretendo construir casas nos terrenos que possuímos em Sydenham, no sul de Londres.

– Chegamos à conclusão de que as finanças do ducado podem ser transformadas em caráter permanente com cerca de 100 mil libras. Assim, Dotty, esse é o dote que vou lhe dar.

Dotty soltou um grito de espanto, e a mãe começou a chorar. Nick, que já conhecia o valor, murmurou:

– É muita generosidade de sua parte.

Dotty abraçou e beijou o noivo, depois contornou a mesa para beijar o irmão. Hugh sentiu-se um pouco sem jeito, mas ainda assim estava contente por ser capaz de torná-los tão felizes. Tinha confiança de que Nick saberia usar muito bem o dinheiro, proporcionando um lar seguro a Dotty.

Nora desceu nesse instante, vestida para o funeral, numa bombazina púrpura e preta. Comera o desjejum em seu quarto, como sempre.

– Onde estão os meninos? – indagou ela, irritada. – Mandei aquela governanta idiota aprontá-los...

Foi interrompida pela chegada da governanta com os meninos: Toby, de 11 anos; Sam, de 6; e Sol, de 4. Todos vestiam fraque e gravata pretos e carregavam pequenas cartolas. Hugh sentiu o maior orgulho.

– Meus soldadinhos – murmurou ele. – Qual foi a taxa de desconto do Bank of England ontem à noite, Toby?

– Inalterada em 2,5 por cento, senhor – respondeu Tobias, que tinha de ler *The Times* todas as manhãs.

Sam, o do meio, transbordava de notícias, e anunciou, muito empolgado:

– Mamãe, tenho um bicho de estimação!

A governanta parecia nervosa.

– Você não me contou...

Sam tirou uma caixa de fósforos do bolso, estendeu-a para a mãe e abriu-a:

– Bill, a aranha! – disse, orgulhoso.

Nora gritou, arrancou a caixa de sua mão com um tapa e saltou para longe, berrando:

– Menino horrível!

Sam abaixou-se para pegar a caixa.

– Bill sumiu! – exclamou ele, começando a chorar.

Nora virou-se para a governanta.

– Como permitiu que ele fizesse isso?

– Desculpe. Eu não sabia...

Hugh interveio, tentando acalmar a situação:

– Não houve mal nenhum. – Ele passou o braço pelos ombros de Nora. – Você apenas foi tomada de surpresa, mais nada. – Ele conduziu-a para o vestíbulo. – Vamos embora. Está na hora de partirmos.

Ao deixarem a casa, ele pôs a mão no ombro de Sam.

– Espero que tenha aprendido que não se deve assustar as mulheres Sam.

– Perdi meu bichinho de estimação – murmurou o menino, angustiado.

– As aranhas não gostam mesmo de viver em caixas de fósforo. Talvez você devesse ter um bicho de estimação diferente. Que tal um canário?

Sam se animou no mesmo instante.

– Eu posso?

– Terá de alimentá-lo e dar água regularmente, caso contrário o canário morreria.

– Farei isso, farei isso!

– Então vamos procurar um canário amanhã.

– Oba!

Seguiram para o Salão Metodista de Kensington em carruagens fechadas. Chovia muito. Os meninos nunca haviam ido a um funeral. Toby, que era um tanto sério, perguntou:

– Devemos chorar?

– Não seja burro! – respondeu Nora.

Hugh gostaria que ela fosse mais afetuosa com os meninos. Nora era um bebê quando a mãe morreu, e ele imaginava que era por isso que a esposa tinha tanta dificuldade para lidar com os próprios filhos – nunca aprendera como se fazia isso. Ainda assim, ela deveria tentar com mais afinco, pensou Hugh. Ele disse a Toby:

– Mas, se sentir vontade, você pode chorar. É permitido nos funerais.

– Acho que não vou chorar. Não gostava muito do tio Joseph.

– Eu adorava Bill, a aranha – declarou Sam.

– Sou muito grande para chorar – arrematou Sol, o caçula.

O Salão Metodista de Kensington expressava em pedras os sentimentos ambivalentes dos prósperos metodistas, que acreditavam na simplicidade religiosa, mas secretamente ansiavam por ostentar sua riqueza. Embora fosse chamado de salão, era tão ornamentado quanto qualquer igreja anglicana ou católica. Não tinha altar, porém havia um órgão magnífico. Quadros e estátuas eram proibidos; no entanto, o lugar exibia arquitetura barroca, cornijas extravagantes e uma decoração, requintada.

Naquela manhã, a igreja encontrava-se apinhada até as galerias, com pessoas de pé nos corredores laterais e no fundo. Os empregados do banco haviam recebido o dia de folga para comparecerem, e ali estavam representantes de todas as instituições financeiras importantes de City. Hugh acenou com a cabeça para o diretor do Bank of England, o ministro da Fazenda e o velho Ben Greenbourne, com mais de 70 anos, porém ainda empertigado como um jovem soldado.

A família foi conduzida aos bancos reservados na fila da frente. Hugh sentou-se ao lado de tio Samuel, impecável como sempre, de sobrecasaca preta, colarinho alto de ponta virada e uma elegante gravata de seda. Como Greenbourne, Samuel também já estava na faixa dos 70 anos, e ainda se mantinha alerta e capaz.

Samuel era a escolha óbvia para sócio principal, agora que Joseph morrera. Era o mais velho e o mais experiente dos sócios. Contudo, Augusta e Samuel acalentavam um ódio mútuo, e ela se oporia a ele com toda a fúria. Provavelmente, apoiaria o irmão de Joseph, o jovem William, agora com 42 anos.

Entre os outros sócios, dois não seriam considerados porque não tinham o nome Pilaster: o major Hartshorn e sir Harry Tonks, marido da filha de Joseph, Clementine. Os demais sócios eram Hugh e Edward.

Hugh queria ser sócio principal, e queria de todo o coração. Embora fosse o mais jovem dos sócios, era o mais competente banqueiro entre todos. Sabia que poderia tornar o banco maior e mais forte do que nunca e, ao mesmo tempo, reduzir sua exposição ao tipo de empréstimos de risco que Joseph aceitara. A questão é que Augusta se oporia a ele com mais empenho do que a Samuel. Mas Hugh não suportaria esperar até que Augusta estivesse velha ou morta para que ele pudesse assumir o controle. Ela estava com apenas 58 anos e poderia muito bem viver por mais 15, tão vigorosa e rancorosa quanto sempre.

O outro sócio era Edward, que estava sentado na primeira fila, ao lado de Augusta. Tornara-se corpulento, com o rosto vermelho. Atingira a meia-idade e pouco antes passara a ter erupções na pele, que eram repulsivas. Edward não era inteligente nem trabalhador, e em 17 anos aprendera muito pouco das atividades bancárias. Chegava ao banco depois das 10 horas, saía para almoçar em torno do meio-dia e muitas vezes não voltava à tarde. Bebia xerez no desjejum e nunca se mantinha completamente sóbrio durante o dia; por isso, contava com seu assistente, Simon Oliver, para não se meter em maiores encrencas. A ideia de promovê-lo a sócio principal era inadmissível.

A esposa de Edward, Emily, estava sentada seu lado, o que era um fato raro. Levavam vidas inteiramente separadas. Ele residia em Whitehaven House com a mãe, e Emily passava todo o seu tempo na casa de campo, indo a Londres apenas em ocasiões formais, como funerais. Emily fora outrora muito bonita, com enormes olhos azuis e um sorriso de criança, mas ao longo dos anos seu rosto se tornara marcado por rugas de decepção. Não tinham filhos, e a impressão de Hugh era a de que se odiavam.

Ao lado de Emily estava Micky Miranda, sempre diabolicamente elegante e atraente, num casaco cinza com gola preta de visom. Desde que descobrira que Micky assassinara Peter Middleton, Hugh passara a ter medo dele. Edward e Micky ainda eram como unha e carne. Micky estava envolvido em muitos dos investimentos sul-americanos que o banco apoiara nos últimos dez anos.

A cerimônia foi longa e tediosa, e depois o cortejo do salão ao cemitério, sob a chuva implacável de setembro, levou mais de uma hora, porque centenas de carruagens seguiam o coche fúnebre.

Hugh estudou Augusta enquanto o caixão de seu marido era baixado para a sepultura. Ela se mantinha sob um enorme guarda-chuva que Edward segurava. Seus cabelos estavam completamente grisalhos, e ela parecia magnífica, com um enorme chapéu preto. Será que agora, ao perder o companheiro de toda a sua vida, pareceria humana e digna de compaixão? Mas seu rosto orgulhoso era marcado por linhas firmes, como uma escultura de mármore de um senador romano, e ela não demonstrava nenhum pesar.

Após o funeral, houve um almoço na Whitehaven House para toda a família Pilaster e seus parentes, incluindo os sócios com suas esposas e filhos, além de parceiros nos negócios e antigos parasitas, como Micky Miranda. A fim de que todos pudessem comer juntos, Augusta pusera duas mesas de jantar unidas na enorme sala de visitas.

Havia mais de um ano que Hugh não entrava na casa. Desde a sua última visita, fora redecorada novamente, agora na nova moda:

o estilo árabe. Arcadas mouriscas haviam sido instaladas nas portas, todos os móveis exibiam arabescos, os estofamentos eram nos coloridos padrões abstratos islâmicos, e na sala de visitas havia um biombo do Cairo e um suporte para o Corão.

Augusta reservou a Edward a cadeira do pai. Hugh achou que era uma falta de tato. Colocá-lo à cabeceira da mesa enfatizava cruelmente como ele era incapaz de assumir o lugar de Joseph. Joseph podia ter sido um líder excêntrico, porém nunca fora um tolo.

Augusta, porém, tinha um propósito, como sempre. Quase no fim da refeição, declarou, em sua forma brusca habitual:

– Deve haver um novo sócio principal o mais depressa possível, e é evidente que será Edward.

Hugh ficou horrorizado. Augusta sempre se mostrara cega aos defeitos do filho, ainda assim era uma atitude totalmente inesperada. Ele tinha certeza de que ela jamais conseguiria realizar seu intento, mas a mera sugestão já era enervante.

Houve um momento de silêncio, e Hugh percebeu que todos esperavam que ele se manifestasse. Era considerado pela família como a oposição a Augusta.

Ele hesitou, pensando na melhor maneira de enfrentar a situação. Decidiu tentar um adiamento da decisão.

– Acho que os sócios devem discutir a questão amanhã.

Augusta não se deixaria desviar de seu objetivo com facilidade.

– Agradeceria se não me dissesse o que posso ou não discutir em minha própria casa, jovem Hugh.

– Já que insiste... – Hugh recuperou-se no mesmo instante. – Não há nada de evidente nessa decisão, embora seja óbvio, minha cara tia, que não compreende as sutilezas do problema, talvez porque nunca tenha trabalhado no banco nem em qualquer outra coisa, diga-se de passagem...

– Como ousa...

Ele alteou a voz, impedindo que Augusta prosseguisse:

– O sócio mais velho é tio Samuel. – Hugh percebeu que estava sendo muito agressivo e tratou de abrandar a voz. – Tenho certeza de que todos concordariam que ele seria uma escolha sensata, um sócio principal maduro, experiente e aceitável para a comunidade financeira.

Tio Samuel inclinou a cabeça em agradecimento pelo elogio, mas não disse nada.

Ninguém contestou Hugh, mas também ninguém o apoiou. Ele imaginou que não queriam contrariar Augusta – os covardes prefeririam que ele fizesse isso em benefício de todos. Pois que assim fosse.

– Contudo, tio Samuel já recusou essa honra uma vez. Se assumisse essa mesma atitude de novo, o Pilaster mais velho seria o jovem William, que também é muito respeitado em City.

Augusta declarou, impaciente:

– Não é City que tem de fazer a escolha, é a família Pilaster.

– Os sócios Pilaster, para ser mais exato – corrigiu-a Hugh. – No entanto, assim como os sócios precisam da confiança do resto da família, o banco necessita merecer a confiança da comunidade financeira em geral. Se perdermos essa confiança, estaremos liquidados.

Augusta parecia cada vez mais furiosa.

– Temos o direito de escolher quem quisermos!

Hugh acenou vigorosamente com a cabeça, indicando que não concordava. Nada o irritava mais do que aquele tipo de declaração irresponsável.

– Não temos direitos, apenas deveres – disse ele, incisivo. – Outras pessoas nos confiam milhões de libras. Não podemos fazer o que queremos, temos de fazer o que devemos.

Augusta tentou outro rumo:

– Edward é o filho e herdeiro.

– Não é um título hereditário! – protestou Hugh, indignado. – Vai para o mais competente.

Foi a vez de Augusta se mostrar indignada.

– Edward é tão bom quanto qualquer outro!

Hugh correu os olhos pela mesa, fitando cada um dos homens de forma intensa antes de perguntar:

– Há alguém aqui que esteja disposto a pôr a mão no coração e declarar que Edward é o banqueiro mais competente entre nós?

Ninguém falou por um minuto. Augusta disse:

– Os títulos sul-americanos de Edward levaram uma fortuna para o banco.

Hugh concordou com um aceno de cabeça.

– É verdade que vendemos milhões de libras em títulos sul-americanos nos últimos dez anos, e Edward cuidou de todas essas operações. Mas é um dinheiro perigoso. As pessoas compram os títulos porque confiam no Pilaster. Se um desses governos suspender o pagamento dos juros, a cotação de todos os títulos sul-americanos irá despencar... e o Pilaster será responsabilizado por isso. Por causa do sucesso de Edward na venda de títulos sul-americanos, nossa reputação, que é o patrimônio mais valioso do banco, se encontra agora nas mãos de déspotas cruéis e generais que nem sabem ler.

Hugh descobriu-se dominado pela emoção ao dizer isso. Ajudara a criar a reputação do banco com sua inteligência e seu trabalho árduo, e sentia-se furioso por constatar que Augusta estava disposta a arriscar tudo.

– Você vende títulos norte-americanos – declarou Augusta. – Há sempre um risco. É a própria essência da atividade bancária.

Ela falou triunfante, como se fosse um argumento irrefutável.

– Os Estados Unidos da América possuem um governo moderno e democrático, muitas riquezas naturais e nenhum inimigo. Agora que aboliram a escravidão, não há motivo para que o país não seja estável pelos próximos cem anos. Em contraste, a América do Sul é um amontoado de ditaduras envolvidas em guerras que podem não ser mais as mesmas nos próximos dez dias. Há um risco nos dois casos, mas no norte é muito menor. A essência da atividade bancária é o risco *calculado*.

– Você está apenas com inveja de Edward, como sempre esteve – disse Augusta.

Hugh perguntou-se por que os outros sócios se mantinham em silêncio. Constatou no mesmo instante que Augusta devia ter conversado com eles antes. Mas como pudera persuadi-los a aceitar Edward como sócio principal? Ele começou a ficar muito preocupado.

– O que ela disse a vocês? – perguntou ele, abruptamente, olhando para cada um. – William? George? Harry? Vamos, contem logo. Discutiram o assunto antes e Augusta os aliciou.

Ficaram todos com cara de tolos. William acabou respondendo:

– Ninguém foi aliciado, Hugh. Mas Augusta e Edward deixaram claro que se ele não fosse o escolhido para sócio principal...

O jovem William hesitou, constrangido.

– Fale logo! – insistiu Hugh.

– Eles retirariam seu capital do banco.

– *O quê?*

Hugh estava atordoado. Retirar o capital do banco era um pecado mortal na família – seu pai fizera isso e nunca fora perdoado. O fato de Augusta mostrar-se disposta a fazer tal ameaça era espantoso... e demonstrava como ela estava decidida.

Ela e Edward controlavam cerca de 40% por cento do capital do banco, mais de 2 milhões de libras. Se retirassem o dinheiro no fim do ano financeiro, como tinham o direito de fazer, o banco ficaria numa situação crítica.

Era surpreendente que Augusta fizesse tal ameaça e ainda pior que os sócios parecessem dispostos a ceder.

– Vocês estão entregando toda a autoridade a ela! Se a deixarem impor sua vontade agora, ela tornará a agir assim mais tarde. No momento em que quiser alguma coisa, bastará ameaçar com a retirada de seu capital e vocês terão de se submeter. Podem muito bem *indicá-la* diretamente para a posição de sócio principal!

Edward protestou;

– Não se atreva a falar com minha mãe desse jeito. Alto lá com seus modos!

– Os modos que se danem! – Hugh sabia que de nada servia à sua causa perder o controle, mas estava muito furioso para se conter. – Vocês estão prestes a arruinar um grande banco. Augusta é cega, Edward é burro e os outros são covardes demais para detê-los.

Ele empurrou sua cadeira para trás, levantou-se e jogou o guardanapo na mesa como um desafio antes de acrescentar:

– Pois aqui está alguém que não se deixará intimidar!

Respirando fundo, Hugh compreendeu que estava prestes a dizer uma coisa que mudaria o curso do resto de sua vida. Ao redor da mesa, todos o fitavam. Concluiu que não tinha alternativa e arrematou:

– Peço demissão.

Ao se virar, olhou para Augusta e viu que seu rosto exibia um sorriso vitorioso.

TIO SAMUEL PROCUROU-O naquela noite.

Era um velho agora, mas não menos vaidoso do que vinte anos antes. Ainda vivia com seu "secretário", Stephen Caine. Hugh era o único Pilaster que frequentava sua casa, no bairro vulgar de Chelsea, decorada no estilo estético em voga e cheia de gatos. Uma ocasião, depois que haviam tomado meia garrafa de Porto, Stephen comentara que ele era a única esposa Pilaster que não se comportava como uma megera.

Quando Samuel chegou Hugh estava na biblioteca, para onde costumava ir após o jantar. Tinha um livro nos joelhos, mas não o lia. Em vez disso, olhava para o fogo, pensando no futuro. Possuía bastante dinheiro, o suficiente para levar uma vida confortável pelo resto de seus dias, sem trabalhar, mas agora nunca seria o sócio principal.

Tio Samuel parecia cansado e triste.

– Passei a maior parte da vida em conflito com meu primo Joseph – comentou ele. – Gostaria que não tivesse sido assim.

Hugh ofereceu-lhe um drinque, e ele pediu um Porto. Hugh chamou o mordomo e solicitou uma garrafa.

– Como se sente em relação a tudo isso, Hugh?

Tio Samuel era a única pessoa no mundo que perguntava como Hugh se sentia.

– Fiquei zangado antes, agora estou apenas desanimado. Edward é irremediavelmente inadequado para o cargo de sócio principal, mas não há nada que se possa fazer. E você, como se sente?

– Igual a você. Também vou pedir demissão. Não retirarei meu capital, pelo menos não de imediato, mas sairei no fim do ano. Foi o que anunciei após sua saída dramática. Não sei se não deveria ter falado antes. De qualquer modo, não faria a menor diferença.

– O que mais eles disseram?

– É por isso que estou aqui, meu caro. Lamento dizer que sou uma espécie de mensageiro do inimigo. Pediram-me que o persuadisse a não sair do banco.

– Então são uns idiotas.

– Quanto a isso, não resta a menor dúvida. Mas há uma coisa em que você deve pensar. Se pedir demissão agora, todos em City saberão por quê. As pessoas dirão que, se Hugh Pilaster acredita que Edward não tem condições de dirigir o banco, é provável que ele esteja certo. Poderia causar uma perda de confiança.

– Se o banco tem uma liderança fraca, as pessoas devem mesmo perder a confiança nele. Caso contrário, perderão seu dinheiro.

– E se sua saída provocar uma crise financeira?

Hugh não pensara nisso.

– É possível?

– Acho que sim – disse Samuel.

– É desnecessário dizer que eu não gostaria que isso acontecesse.

Uma crise poderia destruir outros empreendimentos sólidos, da mesma forma que o colapso do Overend Gurney afundara a empresa do pai de Hugh em 1866.

– Talvez você devesse ficar até o fim do ano financeiro, como eu – aconselhou Samuel. – Faltam apenas poucos meses. Até lá, Edward já estará no comando há algum tempo e as pessoas terão se acostumado. Poderia sair sem maiores repercussões.

O mordomo voltou com o Porto. Hugh tomou um gole, pensativo. Achava que devia concordar com a proposta de Samuel, por mais que detestasse a ideia. Fizera um sermão sobre o dever para com os depositantes e a comunidade financeira em geral e devia se guiar por suas próprias palavras. Se permitisse que o banco fosse prejudicado somente por causa de seus sentimentos pessoais, não seria melhor do que Augusta. Além disso, o adiamento lhe proporcionaria tempo para pensar no que fazer com o resto de sua vida. Ele suspirou.

– Está bem. Ficarei até o fim do ano.

Samuel fez um aceno de cabeça.

– Eu já imaginava que você concordaria. É a coisa certa a fazer, e você sempre acaba agindo direito.

II.

Antes de se despedir da alta sociedade, 11 anos antes, Maisie Greenbourne procurara todos os seus amigos – que eram muitos e ricos – e os persuadira a dar dinheiro ao Hospital para Mulheres de Southwark, criado por Rachel Bodwin. Assim, os custos operacionais do hospital eram cobertos pela renda gerada pelos investimentos.

O dinheiro era administrado pelo pai de Rachel, o único homem envolvido na direção do hospital. A princípio, Maisie quisera cuidar pessoalmente dos investimentos, mas logo descobrira que os banqueiros e corretores recusavam-se a levá-la a sério. Ignoravam suas instruções, pediam a autorização de seu marido e negavam-lhe informações. Maisie poderia ter lutado contra eles, mas ao fundarem o hospital ela e Rachel já tinham brigas demais para enfrentar, e por isso deixaram o Sr. Bodwin cuidar das finanças.

Maisie era viúva, enquanto Rachel continuava casada com Micky Miranda. Rachel nunca via o marido, mas ele não se divorciava. Havia dez anos que Rachel mantinha uma ligação discreta com o irmão de Maisie, Dan Robinson, membro do Parlamento. Os três viviam juntos na casa de Maisie no subúrbio de Walworth.

Southwark, o bairro em que se situava o hospital, era uma área da classe trabalhadora, no coração da cidade. Haviam feito um arrendamento longo de quatro casas vizinhas, perto da catedral de Southwark, abrindo portas internas de ligação em cada andar. Em vez de fileiras de camas em imensas enfermarias, havia quartos pequenos e confortáveis, cada um deles com apenas duas ou três camas.

O escritório de Maisie era um refúgio aconchegante, perto da entrada principal. Ali havia duas poltronas confortáveis, flores num vaso, um tapete desbotado e cortinas alegres. Na parede ela pendurara o cartaz emoldurado de *A maravilhosa Maisie*, sua única recordação do circo. A escrivaninha era pequena e os livros em que mantinha os registros ficavam guardados num armário.

A mulher sentada à sua frente estava descalça, maltrapilha e grávida de nove meses. Tinha nos olhos a expressão cautelosa e desesperada de um gato faminto que entra numa casa estranha com a esperança de ser alimentado.

– Qual é o seu nome, minha cara? – perguntou Maisie.

– Rose Porter, madame.

Sempre a chamavam de "madame", como se ela fosse uma grande dama. Já fazia muito tempo que desistira de tentar fazer com que a tratassem por Maisie.

– Quer tomar uma xícara de chá?

– Quero, sim. Obrigada, madame.

Maisie serviu o chá numa xícara simples de porcelana e acrescentou leite e açúcar.

– Você parece cansada.

– Vim andando de Bath para cá, madame.

Era um percurso de mais de 150 quilômetros.

– Mas deve ter levado uma semana! – exclamou Maisie. – Pobrezinha!

Rose começou a chorar.

Isso era normal, e Maisie já se acostumara. Era melhor deixar que elas chorassem pelo tempo que quisessem. Maisie sentou-se no braço da poltrona de Rose e passou o braço por seus ombros.

– Sei que fui uma pecadora – soluçou Rose.

– Não foi, não – protestou Maisie. – Somos todas mulheres aqui e compreendemos. Não falamos de pecado. Deixamos essa conversa para os clérigos e políticos.

Depois de um tempo, Rose acalmou-se e tomou o chá. Maisie pegou um livro no armário e sentou-se à escrivaninha. Fazia anotações sobre todas as mulheres que eram internadas no hospital. Os registros muitas vezes eram úteis. Se algum conservador hipócrita se levantava no Parlamento para dizer que a maioria das mães solteiras era composta de prostitutas, ou que todas queriam abandonar seus bebês, ou alguma outra infâmia, ela refutava a afirmação com uma carta cuidadosa, educada e objetiva e repetia os argumentos em discursos que fazia por todo o país.

– Conte-me o que aconteceu, Rose. Como você vivia antes de engravidar?

– Era cozinheira da Sra. Freeman, em Bath.

– E como conheceu seu jovem?

– Ele se aproximou e falou comigo na rua. Era a minha tarde de folga, e eu levava uma sombrinha amarela nova. Estava muito atraente. Sei disso. Aquela sombrinha amarela foi a minha perdição.

Maisie arrancou-lhe toda a história. Era típica. O homem era estofador, um respeitável e próspero membro da classe trabalhadora. Cortejara Rose, falaram em casamento. Nas noites quentes, acariciavam-se sentados no parque depois do escurecer, cercados por outros casais que faziam a mesma coisa. As oportunidades de intercurso sexual eram poucas, mas as tiveram quatro ou cinco vezes durante viagens da patroa de Rose e quando a senhoria do estofador ficara bêbada demais. Depois, ele perdeu o emprego e mudou-se para outra cidade à procura de trabalho. Ainda chegou a escrever para Rose uma ou duas vezes, mas logo desapareceu de sua vida por completo. Ela descobriu que estava grávida.

– Tentaremos entrar em contato com ele – disse Maisie.

– Acho que ele não me ama mais.

– Veremos.

Era surpreendente o número de casos em que os homens se dispunham a se casar com as moças, no fim das contas. Mesmo quando fugiam ao saberem da gravidez, podiam se arrepender de seu pânico. No caso de Rose, as chances eram grandes. Afinal, o homem fora embora porque perdera o emprego, não porque deixara de gostar da moça; e ainda não sabia que ia ser pai. Maisie sempre tentava atrair os homens ao hospital para que vissem a mãe com a criança. A visão de um bebê desamparado, sua própria carne e sangue, às vezes despertava o melhor nos homens. Rose estremeceu, e Maisie indagou:

– Qual é o problema?

– Estou sentindo muita dor nas costas. Deve ser de tanto andar.

Maisie sorriu.

– Não é dor nas costas. Seu bebê está para nascer. Vamos para uma cama.

Ela levou Rose para o segundo andar e entregou-a aos cuidados uma enfermeira.

– Vai dar tudo certo – garantiu Maisie. – Você terá um bebê lindo e forte.

Ela foi para outro quarto, parou ao lado da cama de uma mulher que chamavam de Senhorita Ninguém, pois ela se recusava a fornecer qualquer informação a seu respeito – nem sequer dizia seu nome. Era uma jovem de cabelos escuros, em torno dos 18 anos. Seu sotaque era da classe alta, e as roupas de baixo, caras; além disso, Maisie tinha quase certeza de que era judia.

– Como se sente, minha cara? – perguntou Maisie.

– Estou bem, e lhe agradeço por tudo, Sra. Greenbourne.

Ela era completamente diferente de Rose – poderiam ter vindo de extremidades opostas do mundo –, mas ambas se encontrava no mesmo apuro e dariam à luz na mesma situação dolorosa.

Ao retornar à sua sala, Maisie continuou a carta que começara a escrever para o editor de *The Times*.

Hospital para Mulheres
Bridge Street
Southwark
Londres, S. E.
10 de setembro de 1890

Ao editor de *The Times*

Prezado Senhor,

Li com interesse a carta do Dr. Charles Wickham sobre a questão da inferioridade física das mulheres em relação aos homens.

Não sabia antes como continuar, mas a chegada de Rose Porter lhe inspirara.

Acabei de internar neste hospital uma jovem, numa determinada condição, que aqui chegou procedente de Bath, de onde veio a pé.

O editor provavelmente cortaria as palavras "numa determinada condição", considerando-as vulgares, mas Maisie não faria a censura por ele.

Constato que o Dr. Wickham escreve do Cowes Club, e não posso deixar de me perguntar quantos sócios do clube seriam capazes de andar de Bath a Londres.

É claro que uma mulher como eu nunca esteve no interior do clube, mas vejo com frequência os sócios nos degraus, chamando fiacres para conduzi-los a uma distância de 1 quilômetro ou menos, e me sinto propensa a dizer que a maioria dá a impressão de que teria a maior dificuldade de andar de Piccadilly Circus à Parliament Square.

É evidente que não teriam condições de cumprir uma jornada de trabalho de 12 horas numa oficina de costura no East End, como milhares de mulheres inglesas fazem todos os dias...

Ela foi interrompida de novo por uma batida na porta.

– Entre!

A mulher que entrou não era pobre nem estava grávida. Tinha enormes olhos azuis e o rosto de menina, e estava elegantemente vestida. Era Emily, a esposa de Edward Pilaster.

Maisie levantou-se e beijou-a. Emily Pilaster era um dos esteios do hospital. O grupo incluía uma surpreendente diversidade de mulheres. A amiga antiga de Maisie, April Tilsley, agora proprietária de três bordéis em Londres, era uma delas. Doavam roupas que seriam jogadas fora, móveis velhos, o excesso de comida de suas cozinhas e suprimentos sortidos, até mesmo papel e tinta. Às vezes até arranjavam empregos para as mães depois do resguardo. Mas, acima de tudo, elas ofereciam apoio moral a Maisie e Rachel quando eram difamadas pelos homens por não exigirem orações, hinos e sermões sobre a iniquidade da condição de mãe solteira.

Maisie sentia-se responsável em parte pela desastrosa visita de Emily ao bordel de April na Noite das Máscaras, quando ela fracassara na tentativa de seduzir o próprio marido. Desde então, Emily e o repulsivo Edward levavam discretamente vidas separadas, como os casais ricos que se odiavam.

Naquela manhã, os olhos de Emily faiscavam, numa empolgação evidente. Ela sentou-se, tornou a levantar-se e verificou se a porta estava fechada direito. Só depois anunciou:

– Estou apaixonada!

Maisie não tinha certeza se aquilo era mesmo uma boa notícia, mas disse:

– Que coisa maravilhosa! Por quem?

– Robert Charlesworth. Ele é poeta e escreve artigos sobre a arte italiana. Passa a maior parte do ano em Florença, mas alugou um chalé em nosso povoado, pois gosta da Inglaterra em setembro.

A impressão de Maisie foi de que Robert Charlesworth tinha dinheiro suficiente para viver bem sem ter de trabalhar de verdade.

– Ele parece muito romântico – comentou ela.

– E é mesmo, um homem muito sensível! Você vai gostar dele!

– Tenho certeza disso.

Na verdade, Maisie não suportava os poetas sensíveis com rendas privadas. Mas sentiu-se feliz por Emily, que tivera mais azar do que merecia.

– Já é amante dele?

Emily corou.

– Oh, Maisie, você sempre faz as perguntas mais embaraçosas! É claro que não!

Depois do que acontecera na Noite das Máscaras, Maisie achava incrível que Emily ainda pudesse se sentir constrangida por qualquer coisa. Contudo, a experiência lhe ensinara que era ela, Maisie, quem se mostrava diferente nesse aspecto. A maioria das mulheres era capaz de fechar os olhos a tudo se assim desejasse. Mas Maisie não tinha paciência com eufemismos educados e frases delicadas. Quando queria saber alguma coisa, não hesitava em perguntar.

– Ora, você não pode se tornar a esposa dele, não é mesmo?

A resposta a pegou de surpresa:

– Foi por isso que vim procurá-la, Maisie. Sabe alguma coisa sobre anulação de casamento?

– Oh, Deus! – Maisie pensou por um momento. – Sob a alegação de que seu casamento nunca foi consumado, eu presumo?

– Isso mesmo.

Maisie fez um aceno de cabeça, indicando que sim.

– Sei alguma coisa a respeito.

Não era surpresa que Emily a procurasse em busca de conselhos legais. Não havia nenhuma mulher que fosse advogada, e um homem trataria de contar tudo a Edward. Maisie fazia campanha pelos direitos das mulheres e estudara as leis existentes do casamento e do divórcio.

– Você teria de recorrer à Divisão de Divórcio do Tribunal Superior e provar que Edward é impotente em todas as circunstâncias, não apenas com você.

Emily ficou desanimada.

– Sabemos que ele não é...

– Além disso, o fato de você não ser mais virgem seria um grande problema.

– Então não tem jeito – murmurou Emily, angustiada.

– O único meio seria persuadir Edward a cooperar. Acha que ele concordaria?

Emily se reanimou.

– É possível.

– Se ele assinasse um depoimento dizendo que é impotente e concordasse em não contestar a anulação, não haveria muitas dificuldades.

– Nesse caso, terei de encontrar uma maneira de fazê-lo assinar.

O rosto de Emily assumiu uma expressão obstinada, e Maisie se lembrou de como aquela mulher podia se mostrar inesperadamente forte.

– Seja discreta. É contra a lei que marido e mulher conspirem dessa forma, e há um homem chamado Procurador da Rainha que atua como uma espécie de policial dos divórcios.

– Poderei me casar com Robert depois?

– Certamente. A não consumação é motivo para um divórcio pleno pelas leis da Igreja. Demorará cerca de um ano para que o caso seja levado a julgamento, com um período posterior de espera de seis meses antes da homologação do divórcio. Mas depois você terá permissão para se casar de novo.

– Espero que ele concorde.

– Como Edward se sente em relação a você?

– Ele me odeia.

– Acha que gostaria de se livrar de você?

– Não creio que se importe comigo, desde que eu não o atrapalhe.

– E se você o atrapalhasse?

– Se me tornasse um estorvo para ele?

– Foi o que pensei.

– Acho que é possível.

Maisie tinha certeza de que Emily poderia se tornar um estorvo insuportável se assim decidisse.

– Precisarei de um advogado para escrever a carta que Edward terá de assinar – lembrou-se Emily.

– Pedirei ao pai de Rachel. Ele é advogado.

– Pedirá mesmo?

– É claro que sim. – Maisie olhou para o relógio. – Não posso falar com ele hoje, pois é o primeiro dia do ano letivo em Windfield e tenho de levar Bertie. Mas prometo que o procurarei amanhã de manhã.

Emily levantou-se.

– Maisie, você é a melhor amiga que uma mulner pode ter.

– Isso vai provocar a maior agitação na família Pilaster. Augusta terá um ataque.

– Augusta não me assusta – declarou Emily.

MAISIE GREENBOURNE ATRAIU muita atenção na Windfield School, o que sempre acontecia. E havia vários motivos. Era conhecida como a viúva do fabulosamente rico Solly Greenbourne, embora ela própria não tivesse muito dinheiro. Além disso, era notória como uma mulher "avançada" que acreditava nos direitos das mulheres e encorajava as criadas, pelo que se dizia, a terem bebês ilegítimos. E quando levava Bertie para a escola, era sempre acompanhada por Hugh Pilaster, o belo banqueiro que pagava os estudos de seu filho – com toda a certeza, os mais bem informados entre os outros pais desconfiavam de que Hugh era o verdadeiro pai de Bertie. Mas o principal motivo, refletiu ela, era que aos 34 anos continuava bastante bonita para fazer os homens virarem a cabeça.

Naquele dia, estava usando um traje vermelho – um vestido com um casaco curto por cima e um chapéu com uma pluma. Sabia que parecia linda e despreocupada. Na verdade, porém, aquelas idas à escola com Bertie e Hugh partiam seu coração.

Dezessete anos haviam transcorrido desde que passara uma noite com Hugh, e ainda o amava tanto quanto antes. Durante a maior parte do tempo, mergulhava nos problemas das moças pobres que procuravam o hospital e esquecia-se de seu próprio pesar; duas ou três vezes por ano, porém, tinha de se encontrar com Hugh, e toda a angústia ressurgia.

Onze anos antes, ele descobrira que era o verdadeiro pai de Bertie. Ben Greenbourne dera-lhe uma indicação, e ele a confrontara com suas suspeitas. Maisie contara a verdade. Desde então, Hugh fizera tudo o que podia por Bertie, só faltara reconhecê-lo como seu filho. Bertie pensava que seu pai era o falecido e adorável Solomon Greenbourne, e revelar-lhe a verdade poderia apenas causar um sofrimento desnecessário.

Seu nome era Hubert, e chamá-lo de Bertie fora um cumprimento dissimulado ao príncipe de Gales, que também era Bertie. Maisie não via mais o príncipe. Deixara de ser uma anfitriã da alta sociedade e a esposa de um milionário – era apenas uma viúva, vivendo numa casa modesta num subúrbio do sul de Londres, e uma mulher assim não se enquadrava no círculo de amigos do príncipe.

Ela resolvera dar ao filho o nome de Hubert porque soava parecido com Hugh, mas logo se sentira constrangida com a semelhança, e esse fora outro motivo para chamá-lo de Bertie. Por sorte, não havia uma semelhança física óbvia entre Bertie e Hugh. Na verdade, Bertie era como o pai de Maisie, de cabelos escuros e olhos castanhos tristes. Era alto e forte, bom atleta e excelente aluno, e Maisie se orgulhava tanto do filho que às vezes tinha a sensação de que seu coração ia explodir.

Nessas ocasiões, Hugh mostrava-se escrupulosamente educado com Maisie, desempenhando o papel de amigo da família, mas ela notava que ele sentia a amargura e a ternura da situação com a mesma intensidade.

Maisie soubera, pelo pai de Rachel, que Hugh era considerado um prodígio em City. Quando ele falava sobre o banco, seus olhos brilhavam, e era sempre interessante e divertido. Dava para perceber que seu trabalho representava um desafio e uma realização. Mas se a conversa por acaso se desviasse para o campo doméstico, Hugh ficava contrafeito e pouco comunicativo. Não gostava de falar de sua casa, da vida social – muito menos da esposa. Da família, só conversava com Maisie sobre os três filhos, que amava profundamente. Mas havia um tom de pesar até mesmo quando mencionava os meninos, e Maisie concluíra que Nora não era uma mãe amorosa. Ao longo dos anos, ela o vira resignar-se a um casamento frio e frustrante na área sexual.

Naquele dia, ele estava usando um terno de tweed cinza-prateado, combinando com os cabelos, e uma gravata azul da cor dos olhos. Estava mais corpulento do que antes, porém ainda tinha um sorriso maroto que surgia de vez em quando. Formavam um casal atraente, mas não eram um casal, e o fato de parecerem e agirem como tal era o que a deixava tão triste. Maisie pegou no braço de Hugh ao entrarem na Windfield School e pensou que daria sua própria alma para estar com aquele homem todos os dias.

Ajudaram Bertie a desfazer seu baú, e depois o garoto fez-lhes um chá em seus aposentos. Hugh levara um bolo que provavelmente alimentaria toda a sexta série por uma semana.

– Meu filho Toby estará aqui no próximo semestre – comentou Hugh, enquanto tomavam o chá. – Será que você poderia ficar de olho nele por mim?

– Terei o maior prazer, e cuidarei para que ele não vá nadar em Bishop's Wood. – Maisie franziu as sobrancelhas; Bertie apressou-se em acrescentar: – Desculpem. Foi uma piada de mau gosto.

– Ainda falam sobre isso até hoje? – perguntou Hugh.

– Todos os anos o diretor conta a história do afogamento de Peter Middleton para tentar assustar os alunos. Mas eles continuam a ir até lá para nadar.

Despediram-se de Bertie depois do chá. Como sempre, Maisie estava chorosa por ter de deixar seu filhinho, embora Bertie fosse agora mais alto do que ela. Voltaram a pé para a cidade e pegaram o trem para Londres. Ficaram sozinhos num compartimento da primeira classe. Enquanto contemplavam a paisagem pela janela, Hugh informou:

– Edward vai ser o novo sócio principal do banco.

Maisie se surpreendeu.

– Nunca pensei que ele fosse bastante inteligente para isso.

– E não é. Devo deixar o banco no fim do ano.

– Oh, Hugh! – Maisie sabia como o banco era importante para ele. Depositara ali todas as suas esperanças. – O que pretende fazer?

– Não sei. Continuarei até o fim do ano financeiro e assim terei tempo de pensar nisso.

– O banco não será arruinado por Edward?

– Infelizmente, é possível.

Maisie sentiu-se triste por Hugh. Ele tivera mais azar do que merecia, enquanto Edward contara com muita sorte.

– Edward é também lorde Whitehaven. Compreende que se o título tivesse ido para Ben Greenbourne, como deveria, Bertie estaria na fila para herdá-lo?

– É verdade.

– Mas Augusta acabou com essa possibilidade.

– Augusta? – murmurou Hugh, franzindo as sobrancelhas em perplexidade.

– Isso mesmo. Ela estava por trás daquela campanha na imprensa: "Um judeu pode se tornar um lorde?" Você se lembra disso?

– É claro que me lembro. Mas como pode ter certeza de que Augusta foi a responsável?

– O príncipe de Gales nos contou.

– Ora, ora... – Hugh fez um aceno de cabeça. – Augusta nunca para de me surpreender.

– Seja como for, a pobre Emily é agora lady Whitehaven.

– Pelo menos, ela obteve alguma coisa desse casamento infeliz.

– Vou lhe contar um segredo. – Maisie baixou a voz, embora não houvesse ninguém por perto para escutar. – Emily está prestes a pedir a Edward a anulação do casamento.

– O que é ótimo para ela. Sob a alegação de não consumação, não é mesmo?

– E, sim. Você não parece surpreso.

– Dá para perceber. Eles nunca se tocam. Mostram-se tão contrariados um com o outro que é difícil acreditar que sejam marido e mulher.

– Ela tem levado uma vida falsa durante todos esses anos e decidiu acabar com isso.

– Enfrentará problemas com a minha família.

– Ou seja, com Augusta. – Essa fora também a reação de Maisie. – Emily sabe disso. Mas tem uma veia de obstinação que deve ajudá-la.

– Ela tem um amante?

– Há um homem por quem está apaixonada, mas ela se recusa a ser sua amante. Não consigo entender por que tem de ser tão escrupulosa. Edward passa todas as noites num bordel.

Hugh sorriu para ela, um sorriso triste e afetuoso.

– Você também foi escrupulosa certa vez.

Maisie sabia que ele se referia à noite em Kingsbridge Manor quando trancara a porta do quarto para impedir sua entrada.

– Eu era casada com um bom homem, e nós dois estávamos prestes a traí-lo. A situação de Emily é muito diferente.

Hugh fez um aceno de cabeça, concordando.

– Ainda assim, creio que entendo como ela se sente. É a mentira que torna o adultério vergonhoso.

Maisie discordava.

– As pessoas devem aproveitar a felicidade onde puderem encontrá-la. Só se tem uma vida.

– Mas quando uma pessoa aproveita a felicidade, pode perder uma coisa ainda mais valiosa: sua integridade.

– É abstrato demais para mim.

– Pode ter certeza de que também foi para mim naquela noite na casa de Kingo, quando eu trairia de bom grado a confiança de Solly se você permitisse. Ao longo dos anos, porém, foi se tornando cada vez mais concreto. Agora, acho que prezo a integridade mais do que qualquer outra coisa.

– Mas o que é isso?

– Significa dizer a verdade, cumprir as promessas e assumir a responsabilidade por seus erros. Funciona tanto nos negócios quanto na vida cotidiana. É uma questão de ser o que você diz ser, de fazer o que diz que fará. E um banqueiro, entre todas as pessoas, não pode ser um mentiroso. Afinal, se a própria mulher não pode confiar nele, quem poderá?

Maisie percebeu que começava a se zangar com Hugh e especulou por quê. Recostou-se em silêncio por um tempo, olhando pela janela para os subúrbios de Londres ao crepúsculo. Agora que ele ia deixar o banco, o que restava em sua vida? Não amava a esposa, e esta não amava seus filhos. Por que não deveria encontrar a felicidade nos braços de Maisie, a mulher que sempre amara?

Na estação de Paddington, Hugh conduziu-a até o ponto dos fiacres e ajudou-a a embarcar. Ao se despedirem, ela segurou suas mãos e murmurou:

– Venha para casa comigo.

Ele pareceu triste e fez um gesto negativo com a cabeça.

– Nós nos amamos... sempre nos amamos – suplicou Maisie. – Venha comigo e que se danem as consequências.

– Mas a vida é feita de consequências, não é mesmo?

– Por favor, Hugh!

Ele retirou as mãos e recuou.

– Adeus, Maisie querida.

Ela fitou-o, desolada. Anos de anseio reprimido dominavam-na. Se fosse bastante forte, poderia agarrá-lo, arrastá-lo para o fiacre mesmo contra sua vontade. Sentia-se enlouquecida de frustração.

Poderia ter permanecido ali para sempre, mas Hugh acenou com a cabeça para o cocheiro e disse:

– Pode partir.

O homem encostou o chicote no cavalo e as rodas giraram.

Um momento depois, Hugh desapareceu das vistas de Maisie.

III.

Ele dormiu mal naquela noite. Acordou várias vezes, recordando-se da conversa com Maisie. Desejava ter cedido, ido para casa com ela. Poderia estar dormindo em seus braços agora, a cabeça aconchegada em seus seios, em vez de ficar se revirando sozinho na cama.

Mas outra coisa também o perturbava. Tinha a impressão de que ela dissera algo da maior importância, algo surpreendente e sinistro, cujo significado lhe escapara no momento. E que continuava a lhe fugir agora.

Haviam falado sobre o banco, a promoção de Edward a sócio principal; o título de Edward; o plano de Emily para obter a anulação do casamento; a noite em Kingsbridge Manor em que quase haviam feito amor; os valores conflitantes da felicidade e integridade... Qual seria a revelação de suma importância?

Hugh tentou reconstituir a conversa de trás para a frente: *Venha para casa comigo... As pessoas devem aproveitar a felicidade onde puderem encontrá-la... Emily está prestes a pedir a Edward a anulação do casamento... Emily é agora lady Whitehaven... compreende que se o título tivesse ido para Ben Greenbourne, como deveria, Bertie estaria na fila para herdá-lo?*

Não, ele perdera alguma coisa. Edward ganhara o título que deveria ter sido de Ben Greenbourne... graças à interferência de Augusta. Ela esteve por trás da campanha contra a elevação de um judeu a nobre. Hugh não chegou a perceber isso, mas agora, lembrando-se dos fatos, achou que deveria ter adivinhado na ocasião. Mas o príncipe de Gales descobrira, de alguma forma, e contara a Maisie e a Solly.

Hugh revirou a questão. Por que deveria ser uma revelação tão significativa? Era apenas outro exemplo da força impiedosa de Augusta. Não foi comentado na ocasião. Mas Solly ficara sabendo...

Subitamente, Hugh sentou-se na cama, olhando para a escuridão.

Solly ficara sabendo.

E se Solly sabia que os Pilaster eram os responsáveis por uma campanha jornalística de ódio racial contra seu pai, jamais faria qualquer negócio com o Pilaster Bank. Em particular, teria cancelado a emissão dos títulos da ferrovia de Santamaria. E teria comunicado a Edward que estava se retirando da transação. E Edward teria avisado Micky.

– Oh, Deus! – exclamou Hugh.

Sempre se perguntara se Micky tinha alguma coisa a ver com a morte de Solly. Sabia que Micky se encontrava nas proximidades. Mas o motivo sempre fora um enigma. Até onde ele sabia, Solly estava prestes a concretizar o negócio, dar o que Micky queria; e se isso estava garantido, Micky tinha todos os motivos para manter Solly vivo. No entanto, se Solly pretendia cancelar a emissão dos títulos, Micky poderia tê-lo matado para salvar a operação. Teria sido Micky o homem bem-vestido que discutia com Solly poucos segundos antes do atropelamento? O cocheiro sempre alegara que Solly fora empurrado para sua frente. Micky teria jogado Solly sob as rodas da carruagem? O pensamento era horrível e repulsivo.

Hugh saiu da cama e acendeu a luz a gás. Não conseguiu voltar a dormir naquela noite. Vestiu um chambre e ficou sentado junto às brasas da lareira. Teria Micky assassinado *dois* de seus amigos, Peter Middleton e Solly Greenbourne?

E se isso tivesse acontecido, o que faria?

Ele ainda se afligia com a pergunta no dia seguinte, quando aconteceu algo que lhe proporcionou a resposta.

Passou a manhã à sua mesa, na sala dos sócios. Outrora ansiara sentar-se ali, no tranquilo e luxuoso centro do poder e tomar decisões sobre milhões de libras sob os olhos dos retratos de seus ancestrais; agora já se acostumara. E em breve renunciaria a tudo aquilo.

Estava cuidando dos problemas, concluindo projetos já iniciados, mas sem começar novos. Seus pensamentos se desviavam a todo instante para Micky Miranda e o pobre Solly. Enfurecia-o pensar que um homem tão bom quanto Solly fora liquidado por um réptil e parasita como Micky. Sua vontade era estrangular Micky com as próprias mãos. Contudo, não podia matá-lo; na verdade, nem adiantava falar de suas suspeitas à polícia, pois não dispunha de provas.

Seu assistente, Jonas Mulberry, parecera nervoso durante toda a manhã. Entrara na sala dos sócios quatro ou cinco vezes sob diferentes pretextos, porém não dissera o que tinha em mente. Hugh acabou chegando à conclusão de que Mulberry tinha algo a revelar, mas não queria que os outros sócios ouvissem.

Poucos minutos antes do meio-dia, Hugh deixou a sala dos sócios e seguiu pelo corredor para a sala do telefone. Haviam instalado o telefone dois anos antes e já estavam arrependidos de não tê-lo posto na sala dos sócios, pois cada um deles era chamado para atender ligações várias vezes por dia.

No caminho, ele encontrou Mulberry no corredor. Deteve-o e perguntou:

– Há alguma coisa que quer me contar?

– Sim, Sr. Hugh – respondeu Mulberry com evidente alívio. Ele baixou a voz. – Por acaso vi alguns documentos que estão sendo preparados por Simon Oliver, o assistente do Sr. Edward.

– Venha comigo. – Hugh entrou na sala do telefone e fechou a porta. – O que há nesses papéis?

– Uma proposta para um empréstimo a Córdoba... no valor de 2 milhões de libras!

– Essa não! – exclamou Hugh. – O banco precisa de menos exposição à dívida sul-americana... não de mais!

– Eu sabia que pensaria assim.

– Para que é o empréstimo?

– Para a construção de um novo porto na província de Santamaria.

– Outro esquema do señor Miranda.

– Isso mesmo. Ele e seu primo Simon Oliver têm muita influência sobre o Sr. Edward.

– Obrigado por me avisar, Mulberry. Tentarei resolver o problema.

Esquecendo-se do telefonema que fora atender, Hugh voltou à sala dos sócios. Os outros sócios deixariam que Edward levasse adiante esse projeto? Era provável. Hugh e Samuel, por estarem de saída, já não tinham tanta influência. O jovem William não partilhava o temor de Hugh com relação a um colapso na América do Sul. O major Hartshorn e sir Harry fariam o que mandassem. E Edward era agora o sócio principal.

O que Hugh podia fazer? Ainda não deixara o banco e tinha sua participação nos lucros; portanto, suas responsabilidades não haviam terminado.

O problema era que Edward não agia de forma racional: como Mulberry dissera, ele estava sob a influência total de Micky Miranda.

Haveria algum meio de Hugh enfraquecer essa influência? Podia dizer a Edward que Micky era um assassino. Edward não acreditaria. Mas ele começava a pensar que não podia deixar de tentar. Nada tinha a perder. E precisava fazer algo sobre a terrível revelação da noite anterior.

Edward já saíra para o almoço. Num súbito impulso, Hugh decidiu segui-lo.

Adivinhando o destino de Edward, tomou um fiacre para o Cowes Club. Passou a viagem de City a Pall Mall tentando encontrar palavras que fossem plausíveis e inofensivas, a fim de convencer Edward. Mas todas as frases que imaginou pareciam artificiais e, ao chegar, decidiu contar a verdade pura e simples, torcendo pelo melhor.

Ainda era cedo, e ele encontrou Edward sozinho na sala de fumantes do clube, tomando uma taça grande de Madeira. As erupções na pele de Edward estavam cada vez piores, ele notou – onde o colarinho roçava no pescoço, a pele se achava vermelha, quase em carne viva.

Hugh sentou-se à mesma mesa e pediu um chá. Quando eram meninos, Hugh dedicava um ódio profundo a Edward por considerá-lo brutal e arrogante. Nos últimos anos, porém, passara a encarar o primo como uma vítima. Edward era assim por causa da influência de duas pessoas impiedosas, Augusta e Micky. Augusta o sufocara, e Micky o corrompera. Mas Edward não abrandara sua opinião em relação a Hugh, e naquele momento não hesitou em deixar claro que a companhia do primo não era do seu agrado.

– Não veio tão longe para tomar uma xícara de chá – disse ele. – O que você quer?

Era um mau conheço, mas nada se podia fazer para contorná-lo. Sentindo-se pessimista, Hugh começou:

– Tenho uma coisa para lhe contar que vai deixá-lo chocado e horrorizado.

– É mesmo?

– Não vai querer acreditar, mas mesmo assim é a verdade. Acho que Micky Miranda é um assassino.

– Ora, pelo amor de Deus! – exclamou Edward, irritado. – Não venha me incomodar com essa bobagem!

– Quero que me escute antes de descartar a ideia por completo – insistiu Hugh. – Estou deixando o banco, você é o sócio principal, não tenho mais nada por que brigar. Mas descobri uma coisa ontem. Solly Greenbourne sabia que sua mãe estava por trás da campanha de imprensa contra a concessão do título de nobreza a Ben Greenbourne.

Edward estremeceu, numa reação involuntária, como se as palavras Hugh se ligassem a algo que já soubesse.

Hugh sentiu-se mais esperançoso.

– Estou no caminho certo, não é mesmo? – Levantando uma hipótese, ele continuou: – E Solly ameaçou cancelar o acordo da ferrovia de Santamaria, não foi?

Edward confirmou com um aceno de cabeça.

Hugh inclinou-se para a frente, tentando conter o entusiasmo.

– Eu estava sentado a esta mesma mesa, com Micky, quando Solly apareceu, furioso. Mas...

– E nessa noite Solly morreu.

– Isso mesmo, mas Micky passou a noite inteira comigo. Jogamos cartas aqui e depois fomos ao Nellie's.

– Ele deve tê-lo deixado, nem que tenha sido por alguns minutos.

– Não...

– Eu o vi entrando no clube mais ou menos na hora em que Solly morreu.

– Deve ter sido antes.

– Ele pode ter ido ao banheiro ou qualquer coisa assim.

– O que não lhe daria tempo suficiente.

Edward assumiu uma expressão de decidido ceticismo. As esperanças de Hugh tornaram a se desvanecer. Por um momento, conseguira criar uma dúvida na mente de Edward, porém não durara muito.

– Você perdeu o juízo – acrescentou Edward. – Micky não é um assassino. A ideia é absurda.

Hugh decidiu falar sobre Peter Middleton. Era um ato de desespero, pois se Edward se recusava a acreditar que Micky matara Solly 11 anos antes, por que acreditaria que Micky matara Peter há 24? Mas tinha de tentar.

– Micky matou Peter Middleton também – declarou ele, sabendo que corria o risco de parecer delirante.

– Isso é ridículo!

– Você pensa que o matou. Sei disso. Deu-lhe diversos caldos e depois saiu atrás de Tonio. E você pensa também que Peter ficou exausto demais para nadar até a beira e se afogou. Mas há algo que desconhece.

Apesar de seu ceticismo, Edward ficou curioso

– O quê?

– Peter era um excelente nadador.

– Ele era um fraco!

– Era, sim. Acontece que vinha praticando natação todos os dias durante o verão. Era um fraco, é verdade, mas conseguia nadar por quilômetros. Nadou até a beira sem dificuldades... Tonio viu.

– O que... – Edward engoliu em seco. – O que mais Tonio viu?

– Enquanto você subia pela pedreira, Micky manteve a cabeça de Peter debaixo d'água até que ele se afogasse.

Para surpresa de Hugh, Edward não rejeitou a ideia; em vez disso, perguntou:

– Por que esperou tanto tempo para me contar?

– Achei que não acreditaria. Só estou contando agora por desespero, para tentar dissuadi-lo desse novo investimento em Córdoba. – Ele estudou a expressão de Edward e acrescentou: – Mas acredita em mim, não é mesmo?

Edward concordou, fazendo um aceno de cabeça.

– Por quê?

– Porque conheço o motivo.

– Conhece o motivo? – Hugh foi dominado pela curiosidade. Havia anos que especulava a respeito. – E por que Micky matou Peter?

Edward tomou um gole longo do Madeira e permaneceu em silêncio por um tempo. Hugh receou que ele não quisesse falar mais nada, mas o primo acabou respondendo:

– Em Córdoba a família Miranda é muito rica, mas seu dinheiro não compra muita coisa aqui. Quando Micky foi para Windfield, gastou em poucas semanas o dinheiro que trouxera para passar todo o ano. Mas se gabara da fortuna da família, e era muito orgulhoso para admitir a verdade. Assim, quando ficou sem nada... ele roubou.

Hugh recordou-se do escândalo que abalara o colégio em junho de 1866.

– Os 6 soberanos de ouro que roubaram do Sr. Offerton – murmurou ele, espantado. – Micky foi o ladrão?

– Isso mesmo.

– Essa não!

– E Peter sabia.

– Como?

– Ele viu Micky saindo da sala de Offerton e adivinhou a verdade quando o roubo foi denunciado. Disse que contaria tudo se Micky não confessasse. Achamos que foi um golpe de sorte encontrá-lo no poço. Quando dei os caldos, estava tentando assustá-lo para que se mantivesse calado. Mas nunca pensei...

– Que Micky o mataria.

– E durante todos esses anos ele me deixou acreditar que a culpa era minha e que estava me dando cobertura – comentou Edward. – Que desgraçado!

Hugh constatou que, contra todas as chances, conseguira abalar a fé de Edward em Micky. Sentiu-se tentado a dizer *Agora que você sabe como ele é, esqueça o porto de Santamaria.* Mas precisava ser cauteloso para não forçar demais. Concluiu que já falara o suficiente. Era melhor deixar que Edward tirasse suas próprias conclusões. Hugh levantou-se para sair e disse:

– Lamento ter dado tamanho golpe.

Edward estava imerso em seus pensamentos, esfregando o pescoço no ponto em que coçava.

– Tudo bem – murmurou ele, vagamente.

– Tenho de ir agora.

Edward não disse nada. Parecia ter se esquecido da existência de Hugh. Olhava para sua taça. Hugh fitou-o com mais atenção e viu, surpreso, que ele chorava.

Saiu em silêncio e fechou a porta.

IV.

Augusta gostava de ser viúva. Por um lado, o preto lhe caía muito bem. Com seus olhos escuros, cabelos prateados e sobrancelhas pretas, ficava atraente em roupas de luto.

Joseph morrera havia quatro semanas e era extraordinário quão pouca saudade sentia dele. Estranhava um pouco que ele não estivesse ali para se queixar de que o bife estava malpassado ou a biblioteca coberta de pó. Jantava sozinha uma ou duas vezes por semana, mas sempre fora capaz de desfrutar sua própria companhia. Não era mais a esposa do sócio principal, porém era a mãe do novo sócio principal. E era a condessa viúva de Whitehaven. Tinha tudo o que Joseph lhe dera, sem o estorvo do próprio Joseph.

E poderia casar-se outra vez. Tinha 58 anos, e não era mais capaz de gerar filhos, contudo ainda sentia os desejos que considerava sentimentos juvenis. Quando Micky Miranda tocava em seu braço, a fitava nos olhos ou punha a mão em seu quadril ao conduzi-la para uma sala, Augusta sentia mais forte do que nunca a sensação de prazer combinada com fraqueza que a deixava tonta.

Contemplando-se no espelho da sala de visitas, ela pensou: *Somos muito parecidos, Micky e eu, até mesmo na cor da pele. Poderíamos ter tido lindos bebês morenos.*

Enquanto pensava nisso, seu bebê de cabelos louros e olhos azuis entrou na sala. Ele não parecia bem-disposto. Passara da corpulência à gordura incontestável, e tinha algum tipo de problema de pele. Muitas vezes se mostrava irritado na hora do chá, à medida que passavam os efeitos do vinho que tomara durante o almoço.

Mas Augusta tinha algo importante para lhe dizer e não sentia a menor disposição para tratá-lo com brandura.

– Que história é essa que ouvi sobre Emily pedir anulação do casamento?

– Ela quer se casar com outro – respondeu Edward, apático.

– Mas não pode... já é casada com você!

– Não realmente.

Mas do que ele estava falando? Por mais que o amasse, não podia deixar de reconhecer que Edward era às vezes profundamente irritante.

– Não diga bobagem! – protestou Augusta, ríspida. – É claro que ela é casada com você.

– Só me casei porque você queria, e Emily só concordou porque seus pais a obrigaram. Nunca nos amamos e... – Ele hesitou, mas acabou acrescentando: – Nunca consumamos o casamento.

Então era esse o problema. Augusta espantou-se pelo filho se referir diretamente ao ato sexual – tais coisas nunca eram ditas na presença das mulheres. Contudo, ela não estava surpresa por descobrir que o casamento não passara de uma farsa, pois havia que anos desconfiava disso. Ainda assim, não permitiria que Emily cumprisse seu intento.

– Não podemos ter um escândalo – declarou ela com firmeza.

– Não seria um escândalo...

– É evidente que seria! – gritou Augusta, exasperada com a miopia do filho. – Seria a conversa de toda a Londres por um ano e ainda seria noticiado nos jornais mais vulgares.

Edward era lorde Whitehaven agora, e uma questão sexual envolvendo um par do reino era o tipo de assunto publicado pelos jornais semanais que os criados compravam.

– Mas não acha que Emily tem direito à sua liberdade? – indagou Edward, angustiado.

Augusta ignorou o débil apelo à justiça.

– Ela pode forçá-lo?

– Quer que eu assine um documento admitindo que o casamento nunca foi consumado. E depois, ao que parece, o processo é simples.

– E se você não assinar?

– Torna-se mais difícil. Essas coisas não são fáceis de provar.

– Então está decidido. Não temos de nos preocupar com nada. E não falemos mais sobre esse assunto embaraçoso.

– Mas...

– Diga a ela que não poderá conseguir a anulação. Não admitirei de jeito nenhum.

– Está bem, mãe.

Augusta ficou espantada com a rápida capitulação. Embora no fim ela sempre acabasse impondo sua vontade, Edward costumava resistir com mais empenho. Ele devia ter outros problemas na cabeça.

– O que aconteceu, Teddy? – indagou ela com voz suave.

O filho suspirou.

– Hugh me contou uma coisa terrível.

– O quê?

– Disse que Micky matou Solly Greenbourne.

Augusta sentiu um calafrio de fascínio horrorizado.

– Como? Solly foi atropelado.

– Hugh diz que Micky o empurrou para a frente da carruagem.

– E você acreditou?

– Micky esteve comigo naquela noite, mas pode ter escapulido por alguns minutos. É possível. Acredita nisso, mãe?

Augusta concordou com a cabeça. Micky era perigoso e ousado; e era isso que o tornava tão magnético. Ela não tinha a menor dúvida de que Micky era capaz de cometer um crime tão audacioso – e escapar impune.

– Acho difícil acreditar – acrescentou Edward. – Sei que Micky é cruel em algumas coisas, mas pensar que ele seria capaz de matar...

– Mas ele seria – garantiu Augusta.

– Como pode ter certeza?

Edward parecia tão patético que Augusta se viu tentada a partilhar seu segredo. Seria sensato? Não podia fazer mal. O choque da revelação de Hugh parecia ter deixado Edward mais pensativo do que o habitual. Talvez a verdade lhe fosse benéfica. Poderia torná-lo mais sério. Ela decidiu contar:

– Micky matou seu tio Seth.

– Santo Deus!

– Sufocou-o com um travesseiro. Eu o surpreendi em flagrante.

Augusta sentiu um calor intenso na virilha ao se lembrar da cena subsequente. Edward perguntou:

– Mas por que Micky mataria tio Seth?

– Não se lembra de que ele tinha pressa no embarque daqueles rifles para Córdoba?

– Sim, me lembro.

Edward permaneceu em silêncio por alguns momentos. Augusta fechou os olhos, revivendo aquele longo e desvairado abraço com Micky no quarto, junto ao falecido.

O filho arrancou-a de seu devaneio.

– Há mais uma coisa, e é ainda pior. Está lembrada daquele menino chamado Peter Middleton?

– Certamente. – Augusta nunca o esqueceria. Sua morte atormentava a família desde então. – O que houve com ele?

– Hugh diz que foi Micky quem o matou.

Agora, Augusta estava chocada.

– O quê? Não... não posso acreditar.

Edward confirmou com um aceno de cabeça.

– Micky manteve de propósito sua cabeça debaixo d'água e afogou-o.

Não era o assassinato em si, mas a ideia da traição de Micky que horrorizava Augusta.

– Hugh deve estar mentindo.

– Ele diz que Tonio Silva viu tudo.

– Mas isso significaria que Micky nos enganou perniciosamente durante todos esses anos!

– Acho que é verdade, mãe.

Augusta concluiu, com um medo crescente, que Edward não daria crédito a uma história como aquela se não tivesse motivo.

– Por que se mostra tão disposto a acreditar no que Hugh diz?

– Porque sei de uma coisa que Hugh ignorava, algo que confirma a história. Micky tinha roubado dinheiro de um dos professores. Peter sabia e ameaçara denunciá-lo. Micky estava desesperado à procura de um meio de fazê-lo se calar.

– Micky sempre teve pouco dinheiro – lembrou-se Augusta, movendo a cabeça num gesto de incredulidade. – E durante todos esses anos pensamos...

– Que Peter havia morrido por minha culpa.

Augusta assentiu.

– E Micky nos deixou pensar – acrescentou Edward. – Não consigo aceitar, mãe. Eu pensava que era um assassino, e Micky sabia que eu não era, mas nunca disse nada. Não é uma terrível traição de amizade?

Augusta fitou o filho, compadecida.

– Vai romper com ele?

– É inevitável – murmurou Edward, desesperado. – Mas o problema é que ele é meu único amigo.

Augusta encontrava-se à beira das lágrimas. Ficaram olhando um para o outro, pensando no que haviam feito e por quê.

– Há quase 25 anos que o tratamos como um membro da família – disse Edward. – E ele é um monstro.

Um monstro, pensou Augusta. Era verdade.

E, no entanto, ela o amava. Embora ele tivesse matado três pessoas, Augusta amava Micky Miranda. Apesar de ter sido enganada, ela sabia que, se Micky entrasse na sala naquele momento, ansiaria em tomá-lo nos braços.

Ela tornou a olhar para o filho. Lendo seu rosto, constatou que ele sentia o mesmo. Sempre soubera, no fundo de seu coração, mas agora sua mente reconhecia.

Edward também amava Micky.

2
Outubro

I.

Micky Miranda estava preocupado. Sentado no salão do Cowes Club, fumando um charuto, queria saber o que fizera para ofender Edward. O fato é que Edward passara a evitá-lo. Não aparecia no clube, deixara de frequentar o Nellie's e não comparecia sequer à sala de visitas de Augusta na hora do chá. Havia uma semana que Micky não o encontrava.

Perguntara a Augusta qual era o problema, mas ela dissera que não sabia. Também vinha se comportando de um modo um pouco estranho com ele, e Micky desconfiava de que ela sabia, porém não queria contar.

Fazia vinte anos que isso não acontecia. De vez em quando Edward se ofendia com alguma atitude de Micky, porém isso nunca durava mais que um ou dois dias. Desta vez era sério, e isso significava que podia ser um risco para o dinheiro do porto de Santamaria.

Nos últimos dez anos, o Pilaster Bank emitira títulos cordoveses cerca de uma vez por ano. Uma parte do dinheiro fora capital para ferrovias, sistemas de abastecimento de água e minas; outra parte foram simples empréstimos para o governo. Tudo beneficiara a família Miranda, direta ou indiretamente, e Papa era agora o homem mais poderoso de Córdoba, depois do presidente.

Micky ganhara uma comissão em tudo – embora ninguém no banco soubesse disso – e tinha agora uma verdadeira fortuna pessoal. E mais, sua capacidade de levantar dinheiro o convertera numa das figuras mais importantes na política cordovesa, o herdeiro incontestável do poder do pai.

E Papa estava prestes a deflagrar uma revolução.

Os planos estavam prontos. O exército de Miranda seguiria para o sul, pela ferrovia, e sitiaria a capital. Haveria um ataque simultâneo a Milpita, o porto na costa do Pacífico que servia à capital.

Mas revoluções custam muito dinheiro. Papa instruíra Micky a levantar o maior empréstimo até agora, 2 milhões de libras esterlinas, a fim de comprar armas e suprimentos para uma guerra civil. E Papa prometeu uma recompensa incomparável. Quando ele se tornasse o presidente, Micky seria o primeiro-ministro, com autoridade sobre todos, à exceção do próprio Papa. E seria designado seu sucessor, assumindo presidência quando o velho morresse.

Era tudo o que ele sempre desejara.

Retornaria a seu país como um herói vitorioso, o herdeiro do trono, braço direito do presidente, predominando sobre todos os primos e tios e até mesmo – o mais gratificante – sobre o irmão mais velho.

E agora tudo isso corria risco por causa de Edward.

Ele era essencial para o plano. Micky dera ao Pilaster o monopólio extraoficial do comércio com Córdoba, a fim de elevar o prestígio e o poder de Edward no banco. Dera certo – Edward era agora o sócio principal, algo que jamais conseguiria obter sem ajuda. Mas ninguém mais na comunidade financeira de Londres tivera a oportunidade de desenvolver um conhecimento mais profundo dos negócios cordoveses. Em consequência, os outros bancos achavam que não sabiam o suficiente para investir ali e se mostravam duplamente desconfiados de qualquer projeto que Micky lhes apresentasse, presumindo que já tivesse sido rejeitado pelo Pilaster. Micky tentara levantar dinheiro para Córdoba por intermédio de outros bancos, contudo nunca obtivera êxito.

O mau humor de Edward, portanto, era inquietante demais. Micky não vinha conseguindo dormir direito. Como Augusta não mostrava disposição ou capacidade para esclarecer o problema, Micky não tinha mais ninguém a quem perguntar – era o único amigo íntimo de Edward.

Sentado ali, fumando preocupado, ele viu Hugh Pilaster. Eram 19 horas e Hugh estava vestido a rigor: fora tomar um drinque sozinho, presumivelmente antes de se encontrar com outras pessoas para o jantar.

Micky não gostava de Hugh e estava ciente de que o sentimento era mútuo. Hugh, no entanto, talvez soubesse o que estava acontecendo. E Micky nada tinha a perder por perguntar. Levantou-se e foi até a mesa de Hugh.

– Boa noite, Pilaster.

– Boa noite, Miranda.

– Tem visto seu primo Edward ultimamente? Ele parece ter desaparecido.

– Ele vai ao banco todos os dias.

– Ah... – Micky hesitou. Como Hugh não o convidara a se sentar, ele perguntou: – Posso me juntar a você?

Micky sentou-se sem esperar pela resposta e indagou, em voz baixa:

– Por acaso fiz alguma coisa que possa ter ofendido Edward?

Hugh manteve-se calado, pensativo, por um momento. Depois declarou:

– Não vejo motivo para não lhe contar. Edward descobriu que você matou Peter Middleton e que há 24 anos vem mentindo para ele a respeito disso.

Micky quase saltou da cadeira. Como isso viera à tona? Ele quase fez a pergunta, mas lembrou-se a tempo de que não poderia formulá-la sem admitir sua culpa. Em vez disso, simulou raiva e levantou-se abruptamente.

– Esquecerei que você disse isso – murmurou ele, deixando a sala em seguida.

MICKY LEVOU APENAS alguns minutos para concluir que não corria mais perigo com a polícia do que antes. Ninguém poderia provar o que ele fizera, e acontecera há tanto tempo que não haveria sentido em reiniciar a investigação. O verdadeiro perigo que ele enfrentava agora era a possibilidade de Edward recusar-se a levantar os 2 milhões de libras de que Papa necessitava.

Precisava que Edward o perdoasse. E para isso tinha de vê-lo.

Não podia fazer nada naquela noite, pois já se comprometera a comparecer a uma recepção diplomática na embaixada francesa e a uma ceia com membros conservadores do Parlamento. Mas no dia seguinte foi ao Nellie's, na hora do almoço, acordou April e persuadiu-a a enviar um bilhete a Edward prometendo "algo especial" se ele fosse ao bordel naquela noite.

Micky providenciou o melhor quarto de April e reservou a atual favorita de Edward, Henrietta, uma jovem esguia, de cabelos escuros curtos. Instruiu-a a usar um traje a rigor masculino, inclusive com uma cartola, uma peça que Edward achava sensual.

Às 21h30, ele esperava por Edward. No quarto havia uma enorme cama de baldaquino, dois sofás, uma lareira grande e toda ornamentada, o lavatório habitual e uma série de quadros vividamente obscenos, mostrando um atendente servil numa capela mortuária realizando vários atos sexuais com o cadáver pálido de uma linda jovem. Micky estava reclinado num sofá de veludo, usando apenas um chambre de seda, e tomava conhaque com Henrietta ao seu lado. Ela logo se entediou e perguntou:

– Gosta desses quadros?

Micky deu de ombros. Não queria conversar com ela. Tinha pouco interesse em mulheres, para o bem delas próprias. O ato sexual em si era um processo mecânico enfadonho. O que apreciava no sexo era o poder que lhe proporcionava. Mulheres e homens apaixonavam-se por ele, e nunca se cansava de usar essa atração para controlá-los, explorá-los e humilhá-los. Até mesmo sua paixão juvenil por Augusta Pilaster fora em parte o desejo de domar e cavalgar uma égua arisca.

Nesse aspecto, Henrietta nada lhe oferecia: não havia desafio em controlá-la, ela nada tinha que pudesse explorar e não se obtinha nenhuma satisfação em humilhar uma mulher tão baixa quanto uma prostituta. Por isso, ele limitava-se a fumar seu charuto, preocupado em saber se Edward apareceria ou não.

Uma hora se passou, e depois outra. Micky começou a perder a esperança. Haveria outro meio de entrar em contato com Edward? Era muito difícil abordar um homem que não quisesse ser visto. Ele podia "não estar em casa" quando fosse visitá-lo ou permanecer indisponível no local de trabalho. Micky poderia esperar fora do banco para falar com Edward quando este saísse para o almoço, mas seria pouco digno e, de qualquer maneira, o outro ainda poderia ignorá-lo. Mas cedo ou tarde, haveriam de se encontrar em um evento social, contudo talvez isso não ocorresse por semanas e Micky não podia se dar ao luxo de esperar por tanto tempo.

Pouco antes da meia-noite, April esticou a cabeça próximo à porta e anunciou:

– Ele chegou.

– Finalmente – murmurou Micky, aliviado.

– Está tomando um drinque, mas disse que não vai querer jogar cartas. Calculo que subirá dentro de poucos minutos.

A tensão de Micky aumentou. Era culpado de uma terrível traição. Permitira que Edward sofresse por um quarto de século sob a ilusão de que matara Peter Middleton quando, na verdade, era ele o culpado. Era demais pedir a Edward que o perdoasse.

Mas Micky tinha um plano.

Ajeitou Henrietta no sofá. Fez com que se sentasse com a cartola sobre os olhos, as pernas cruzadas, fumando um cigarro. Abaixou as luzes a gás e foi sentar-se na cama, atrás da porta.

Edward entrou instantes depois. À meia-luz, não percebeu Micky sentado na cama. Parou perto da porta e, olhando para Henrietta, disse:

– Olá... quem é você?

Ela ergueu o rosto.

– Olá, Edward.

– Ah, é você... – Ele fechou a porta e se adiantou. – O que é o "algo especial" que April me prometeu? Já a vi de fraque antes.

– Sou eu – respondeu Micky, levantando-se.

Edward franziu as sobrancelhas.

– Não quero falar com você – disse ele, virando-se para a porta.

Micky postou-se na sua frente.

– Pelo menos me diga por quê. Somos amigos há muito tempo.

– Descobri a verdade sobre Peter Middleton.

Micky fez um aceno de cabeça.

– Pode me dar a chance de explicar?

– O que há para explicar?

– Como cometi um erro tão lamentável e por que nunca tive a coragem de admiti-lo.

Edward parecia obstinado.

– Sente-se, só por um instante, ao lado de Henrietta e deixe-me falar – insistiu Micky.

Edward hesitou.

– Por favor... – murmurou Micky.

Edward sentou-se no sofá. Micky foi até o aparador e serviu-lhe um conhaque. Edward aceitou, com um aceno de cabeça. Henrietta chegou mais perto, no sofá, e segurou seu braço. Edward tomou um gole, olhou ao redor e comentou:

– Detesto esses quadros.

– Eu também – disse Henrietta. – Deixam-me toda arrepiada.

– Cale a boca, Henrietta – ordenou Micky.

– Já me arrependi de ter falado – protestou ela, indignada.

Micky foi sentar-se no outro sofá, fitando Edward.

– Eu estava errado e o traí. Mas tinha 16 anos na ocasião, e temos sido amigos durante a maior parte da nossa vida. Pretende mesmo romper essa amizade por causa de um pecadilho de colegial?

– Mas poderia ter me contado a verdade em qualquer momento dos últimos 25 anos! – protestou Edward, indignado.

Micky fez sua cara triste.

– Poderia, e deveria, mas depois que se conta uma mentira é difícil voltar atrás. Teria arruinado nossa amizade.

– Não necessariamente.

– Mas não foi o que aconteceu agora?

– Tem razão – murmurou Edward, mas com um tremor de incerteza na voz.

Micky constatou que chegara o momento de jogar a cartada decisiva.

Levantou-se e tirou o chambre.

Sabia que tinha um corpo atraente: ainda era esguio e tinha a pele lisa, exceto pelos cabelos crespos no peito e na virilha.

Henrietta saiu do sofá no mesmo instante e ajoelhou-se na sua frente. Micky observou Edward. O desejo faiscou em seus olhos, porém depois ele assumiu uma expressão irritada e obstinada, virando o rosto.

Em desespero, Micky resolveu usar seu último trunfo.

– Deixe-nos, Henrietta – disse ele.

Ela ficou surpresa, mas levantou-se e saiu. Edward olhou surpreso para Micky.

– Por que a mandou sair?

– Para que precisamos dela?

Micky aproximou-se do sofá, a virilha a poucos centímetros do rosto de Edward. Estendeu a mão, tocou na cabeça de Edward e afagou delicadamente seus cabelos. Edward não se mexeu.

– Estamos melhor sem ela... não concorda? – acrescentou Micky.

Edward engoliu em seco e não disse nada.

– Não estamos? – insistiu Micky.

E Edward acabou respondendo, num sussurro:

– Estamos, sim.

NA SEMANA SEGUINTE, Micky entrou pela primeira vez na sóbria dignidade da sala dos sócios do Pilaster Bank.

Levava negócios para o banco havia 17 anos, mas sempre que ia até lá era conduzido a uma das outras salas e um mensageiro chamava Edward na sala dos sócios. Desconfiava de que um inglês teria sido admitido naquele santuário muito mais depressa. Adorava Londres, porém sabia que sempre seria um forasteiro na cidade.

Sentindo-se nervoso, estendeu na mesa grande, no meio da sala, planos para o porto de Santamaria. As plantas mostravam um porto inteiramente novo na costa atlântica de Córdoba, com instalações para reparos em navios e um ramal ferroviário.

Nada daquilo jamais seria construído, é claro. Os 2 milhões de libras iriam direto para o fundo de guerra dos Miranda. Mas o levantamento era genuíno, e as plantas haviam sido elaboradas por profissionais. Caso fosse uma proposta honesta, podia até dar um bom dinheiro.

Tratando-se de uma proposta desonesta, provavelmente estava entre as fraudes mais ambiciosas da história.

Enquanto Micky explicava, falando de materiais de construção, custo de mão de obra, tarifas alfandegárias e projeções de receita, esforçava-se para manter uma aparência calma. Toda a sua carreira, o futuro da família e o destino do país dependiam da decisão que seria tomada ali, naquele dia.

Os sócios também estavam tensos. Todos os seis se encontravam presentes: os dois parentes pelo casamento, o major Hartshorn e sir Harry Tonks; Samuel, o velho pederasta; o jovem William, Edward e Hugh.

Haveria uma batalha, mas as chances eram favoráveis a Edward. Afinal, era o sócio principal. O major Hartshorn e sir Harry sempre faziam o que suas esposas Pilaster mandavam, e estas recebiam ordens de Augusta; por isso, eles apoiariam Edward. Samuel provavelmente ficaria ao lado de Hugh. A única posição que não se podia prever era a do jovem William.

Edward mostrou-se entusiasmado, como era de se esperar. Perdoara Micky, eram de novo os melhores amigos e aquele era o seu primeiro grande projeto como sócio principal. Estava satisfeito por levar um negócio tão vultoso para marcar o início de seu mandato. Sir Harry falou depois de Micky:

– A proposta é meticulosa e bem fundamentada, há dez anos que temos lucrado com os títulos de Córdoba. Parece-me uma ideia muito interessante.

Como era previsto, a oposição partiu de Hugh. Fora ele quem revelara a Edward a verdade sobre Peter Middleton, e o motivo fora sem dúvida impedir aquela emissão.

– Andei examinando o que aconteceu com as nossas últimas emissões de títulos sul-americanos – disse ele, distribuindo cópias de um relatório ao redor da mesa.

Micky estudou o relatório enquanto Hugh continuava:

– A taxa de juros subiu de 6 por cento há três anos para 7,5 por cento no ano passado. Apesar desse aumento, o número de títulos não vendidos tem sido mais alto a cada emissão.

Micky entendia o suficiente de finanças para saber o que isso significava: os investidores consideravam os títulos sul-americanos cada vez menos atrativos. A exposição serena e a lógica irrefutável de Hugh deixaram Micky furioso.

– Além disso – continuou Hugh –, nas últimas três emissões o banco foi obrigado a comprar títulos no mercado aberto para manter o preço alto artificialmente.

O que significava, concluiu Micky, que os dados no relatório ainda estavam aquém da gravidade do problema.

– A consequência de nossa persistência nesse mercado saturado é que agora temos em nossas mãos quase meio milhão de libras em títulos de Córdoba. Nosso banco se encontra comprometido demais com esse único setor.

Era um argumento convincente. Tentando permanecer calmo, Micky refletiu que, se fosse um dos sócios, votaria agora contra a emissão. Mas a questão não seria resolvida apenas pelo raciocínio financeiro. Havia mais em jogo do que o dinheiro.

Ninguém falou por alguns segundos. Edward parecia furioso, mas estava se contendo, pois sabia que seria melhor se um dos outros sócios contestasse Hugh. Sir Harry acabou dizendo:

– Um bom argumento, Hugh, mas acho que você pode estar exagerando um pouco.

George Hartshorn apoiou-o:

– Todos concordamos que o plano em si é sólido. O risco é mínimo, os lucros serão consideráveis. Acho que devemos aceitar.

Micky já sabia que aqueles dois apoiariam Edward. Esperava pelo veredicto do jovem William, contudo foi Samuel quem falou em seguida:

– Compreendo que todos relutem em vetar a primeira grande proposta apresentada por um novo sócio principal. – Seu tom sugeria que eles não eram inimigos divididos em campos opostos, e sim homens sensatos que não poderiam deixar de chegar a um acordo se houvesse um pouco de boa vontade. – Talvez vocês não se sintam muito propensos a depositar maior confiança nas opiniões de dois sócios que já anunciaram sua decisão de deixar o banco. Mas estou neste negócio há pelo menos o dobro do tempo de qualquer outro nesta sala, e Hugh é provavelmente o mais bem-sucedido jovem banqueiro do mundo, e ambos achamos que este projeto é mais perigoso do que parece. Não deixem que considerações pessoais os levem a descartar de imediato nosso conselho.

Samuel era eloquente, pensou Micky, mas sua posição já era conhecida. Todos olharam para o jovem William, que começou a se manifestar:

– Os títulos sul-americanos sempre pareceram mais arriscados. Se permitíssemos que nos assustassem, teríamos perdido muitos negócios lucrativos durante os últimos anos.

Parecia um bom começo, refletiu Micky enquanto William continuava:

– Não creio que possa ocorrer um colapso financeiro. Córdoba tornou-se cada vez mais forte sob a orientação do presidente Garcia. Podemos prever lucros crescentes de nossas operações ali no futuro. Devemos procurar por mais negócios, não menos.

Micky deixou escapar a respiração num longo e silencioso suspiro de alívio. Vencera.

– Quatro sócios a favor, portanto, e dois contra – anunciou Edward.

– Um momento, por favor – disse Hugh.

Deus me livre que Hugh tenha algum trunfo na manga, Micky pensou. Sua vontade era gritar um protesto, mas reprimiu os sentimentos. Edward lançou um olhar irritado para Hugh.

– O que é? Você perdeu a votação.

– O voto sempre foi o último recurso nesta sala – argumentou Hugh. – Quando há divergência entre os sócios, tentamos chegar a um acordo que todos possam aceitar.

Micky percebeu que Edward estava disposto a descartar essa ideia, contudo William perguntou:

– O que tem em mente, Hugh?

– Antes, gostaria de fazer uma pergunta a Edward – disse Hugh.

– Está confiante de que podemos vender toda essa emissão ou a maior parte dela?

– Certamente, se estabelecermos o preço adequado – respondeu Edward.

Sua expressão deixava evidente que ele não sabia quais eram as intenções de Hugh. Micky teve uma terrível premonição de que estava prestes a ser superado em sua manobra.

– Então por que não vendemos os títulos na base da comissão em vez de subscrevermos toda a emissão? – propôs Hugh.

Micky reprimiu uma imprecação. Não era o que ele desejava. Normalmente, quando o banco efetuava uma emissão, digamos, de títulos no valor de 1 milhão de libras, concordava em adquirir todos os que não fossem vendidos no mercado, garantindo assim que o tomador recebesse seu milhão completo. Em troca dessa garantia, o banco recebia uma porcentagem mais elevada. O método alternativo era pôr os títulos à venda sem nenhuma garantia. O banco não assumia riscos e sua comissão era muito menor; no entanto, se apenas 10 mil do milhão em títulos fossem vendidos, o tomador só receberia 10 mil libras. O risco ficava com o tomador... e, àquela altura, Micky não queria nenhum risco.

– Hum... – murmurou William. – É uma ideia.

Hugh fora muito esperto, pensou Micky, desolado. Se continuasse a se opor totalmente ao projeto, os outros prevaleceriam. Mas sugerira um meio de reduzir os riscos; e os banqueiros, sendo conservadores, adoravam isso. Sir Harry comentou:

– Se vendermos tudo, ainda ganharemos cerca de 60 mil libras, mesmo com a comissão reduzida. E, se não vendermos tudo, teremos evitado uma perda considerável.

Diga alguma coisa, Edward!, pensou Micky. Edward estava perdendo o controle da reunião, mas parecia não saber como recuperá-lo. Samuel acrescentou:

– E poderemos registrar uma decisão unânime dos sócios, o que é sempre um resultado dos mais agradáveis.

Houve um murmúrio geral de assentimento. Em desespero, Micky declarou:

– Não posso prometer que meus superiores vão concordar com isso. No passado, o banco sempre subscreveu os títulos cordoveses. Se decidirem mudar sua política... – Ele hesitou. – Posso recorrer a outro banco.

Era uma ameaça vazia, mas eles sabiam disso? William mostrou-se ofendido.

– É uma prerrogativa sua. Outro banco pode adotar uma posição diferente sobre os riscos.

Micky percebeu que a ameaça só servira para consolidar a oposição. Apressou-se em acrescentar:

– Os líderes do meu país prezam seu relacionamento com o Pilaster Bank, e não gostariam de arriscá-lo.

– O sentimento é recíproco – declarou Edward.

– Obrigado.

Micky concluiu que não havia mais nada a dizer. Começou a enrolar as plantas do porto. Fora derrotado, mas não desistiria. Aqueles 2 milhões de libras constituíam a chave para a presidência de seu país. Tinha de obtê-los.

Pensaria em alguma coisa.

EDWARD E MICKY haviam combinado de almoçar juntos no Cowes Club. Fora planejado como uma comemoração do triunfo, porém agora nada tinham para celebrar.

Quando Edward chegou, Micky já definira o que tinha de fazer. Sua única chance agora era persuadir Edward a se colocar secretamente contra a decisão dos sócios e subscrever os títulos sem informá-los. Era um ato afrontoso, temerário, provavelmente criminoso. Mas não havia alternativa.

Micky já estava à mesa quando Edward entrou no restaurante.

– Estou muito decepcionado com o que aconteceu no banco hoje de manhã – declarou Micky, de forma direta .

– Foi culpa do desgraçado do meu primo Hugh – disse Edward ao se sentar. Ele acenou para um garçom. – Traga-me uma taça grande de Madeira.

– O problema é que se a emissão não for subscrita, não haverá garantia de que o porto será construído.

– Fiz o melhor que pude – protestou Edward, lamuriando-se. – Você viu isso, estava presente.

Micky concordou fazendo um aceno de cabeça. Infelizmente, era verdade. Se Edward fosse um brilhante manipulador de pessoas –

como a mãe –, poderia ter derrotado Hugh. Mas se Edward fosse esse tipo de pessoa, não seria um peão nas mãos de Micky.

No entanto, mesmo sendo um peão, ele podia resistir à proposta de Micky, que tentou imaginar um meio de persuadi-lo ou coagi-lo. Pediram o almoço. Depois que o garçom se afastou, Edward disse:

– Estive pensando em ter minha própria casa. Moro com minha mãe há muito tempo.

Micky fez um esforço para se mostrar interessado.

– Pretende comprar uma casa?

– Pequena. Não quero um palácio, com dezenas de criados circulando por toda parte, pondo carvão nas lareiras. Uma casa modesta, que possa ser bem-cuidada por um mordomo eficiente e alguns empregados.

– Mas tem tudo de que precisa na Whitehaven House.

– Tudo, exceto privacidade.

Micky percebeu aonde ele queria chegar.

– Não quer que sua mãe saiba de tudo o que faz...

– Você pode querer passar a noite comigo, por exemplo – sugeriu Edward, fitando Micky nos olhos.

Micky percebeu no mesmo instante que poderia explorar essa ideia. Simulou tristeza, fazendo um gesto negativo com a cabeça.

– Quando você encontrar sua casa, é provável que eu já tenha deixado Londres.

Edward ficou arrasado.

– Que diabos está dizendo?

– Se eu não levantar o dinheiro para o novo porto, tenho certeza de que serei chamado de volta pelo presidente.

– Mas não pode voltar! – exclamou Edward, apavorado.

– Nem quero. Mas talvez não tenha opção.

– Venderemos todos os títulos, tenho certeza.

– Espero que sim. Se isso não acontecer...

Edward bateu na mesa com o punho, fazendo a louça tremer.

– Eu bem que gostaria que Hugh me deixasse subscrever a emissão!

Micky murmurou, nervoso:

– Suponho que você tem de respeitar a decisão dos sócios.

– É claro que tenho. O que mais poderia fazer?

– Bem... – Ele hesitou. Tentou parecer indiferente ao acrescentar: – Não poderia ignorar o que foi dito hoje e mandar seu pessoal preparar um contrato de subscrição sem contar a ninguém?

– Creio que poderia fazer isso – respondeu Edward, preocupado.

– Afinal, você é o sócio principal. Isso deve significar alguma coisa.

– Tem toda a razão.

– Simon Oliver prepararia os documentos com toda a discrição. Você pode confiar nele – sugeriu Micky.

– Sei disso.

Micky mal podia acreditar que Edward estivesse concordando com tanta facilidade.

– Talvez seja a diferença entre minha permanência em Londres e ser chamado de volta a Córdoba.

O garçom trouxe o vinho e serviu-os.

– Mais cedo ou mais tarde, todos acabariam sabendo – comentou Edward.

– A esta altura, já seria tarde demais. E você pode dizer que foi erro de um escriturário.

Micky sabia que isso era implausível e duvidava que Edward pudesse engolir. Mas Edward ignorou a questão.

– Se você ficar...

Ele fez uma pausa e baixou os olhos.

– O que é?

– Se continuar em Londres, vai passar algumas noites em minha nova casa?

Era a única coisa em que Edward estava interessado, constatou Micky, com uma sensação de triunfo. Exibiu o seu sorriso mais cativante.

– É claro.

Edward fez um aceno de cabeça.

– Isso é tudo o que quero. Falarei com Simon esta tarde.

Micky levantou sua taça de vinho.

– À amizade.

Edward tocou sua taça na de Micky, com um sorriso inibido.

– À amizade.

II.

Sem avisar, a esposa de Edward, Emily, mudou-se para a Whitehaven House.

Embora todos ainda pensassem naquela residência como a casa de Augusta, Joseph na verdade a legara a Edward. Assim, não podiam expulsar Emily – seria um fundamento provável para o divórcio, e era justamente isso o que Emily queria.

O fato é que, em termos técnicos, Emily era a dona da casa e Augusta apenas uma sogra residindo ali por tolerância. Se Emily procurasse uma confrontação aberta com Augusta, haveria um tremendo conflito de vontades. Augusta bem que gostaria, contudo Emily era hábil demais para combatê-la ostensivamente.

"A casa é sua", dizia ela em seu tom mais doce. "Pode fazer o que desejar."

A condescendência deixava Augusta toda arrepiada. Emily tinha até o título de Augusta. Como esposa de Edward, era agora a condessa de Whitehaven, enquanto Augusta não passava da condessa viúva.

Augusta continuava a dar ordens aos criados como se ainda fosse a dona da casa e, sempre que tinha a oportunidade, cancelava as instruções de Emily, que nunca se queixava. Os criados, no entanto, logo se tornaram subversivos. Gostavam mais de Emily do que de Augusta – porque era indulgente demais, pensava Augusta – e sempre descobriam meios de tornar a vida de Emily mais confortável, apesar dos esforços em contrário de sua sogra.

A arma mais poderosa que um empregador tinha era a ameaça de dispensar um criado sem uma carta de referências. Ninguém mais daria emprego ao criado depois disso. Mas Emily tirara essa arma de Augusta com uma tranquilidade quase assustadora. Um dia, Emily pediu linguado para o almoço, e Augusta mudou para salmão. O linguado foi servido, e Augusta despediu a cozinheira. Mas Emily deu à cozinheira uma carta de referências excepcional e ela foi contratada pelo duque de Kingsbridge, com um salário maior. Pela primeira vez, os criados não tinham medo de Augusta.

Os amigos de Emily apareciam na Whitehaven House à tarde. O chá era um ritual presidido pela dona da casa. Emily exibia um sorriso doce e pedia a Augusta que assumisse o comando. Nesse caso, porém, Augusta tinha de ser gentil com os amigos de Emily, o que era quase tão ruim quanto permitir que a nora desempenhasse o papel de dona casa.

O jantar era pior. Augusta tinha de suportar os convidados lhe dizerem como era gentil da parte de lady Whitehaven homenagear a sogra deixando-a sentar-se à cabeceira.

Augusta estava sendo manipulada, uma experiência nova para ela. Normalmente mantinha sobre as pessoas a suprema ameaça: expulsá-las do círculo dos que eram a seu favor. Mas era a expulsão que Emily queria, o que tornava impossível assustá-la.

Augusta ficou ainda mais determinada a nunca ceder.

As pessoas começaram a convidar Edward e Emily para atividades sociais. Emily ia, quer Edward a acompanhasse, quer não. As pessoas passaram a notar. Quando Emily se escondia em Leicestershire, seu afastamento do marido podia ser ignorado; mas, com os dois vivendo na mesma cidade, era uma situação embaraçosa.

Houve uma época em que Augusta se mostrara indiferente à opinião da alta sociedade. Era uma tradição entre as pessoas da área comercial considerar a aristocracia frívola, se não degenerada, e ignorar suas opiniões ou, pelo menos, assim fingir. Mas Augusta havia muito deixara para trás esse orgulho simplório de classe média. Era a condessa viúva de Whitehaven e ansiava pela aprovação da elite de Londres. Não podia permitir que o filho recusasse grosseiramente os convites das melhores pessoas e passou a obrigá-lo a aceitá-los.

Naquela noite houve um caso assim. O marquês de Hocastle estava em Londres para um debate na Câmara dos Lordes, e a marquesa oferecia um jantar para seus poucos amigos que não se encontravam no campo, caçando. Edward e Emily iriam, e Augusta também.

Ao descer, em seu vestido preto de seda, Augusta deparou com Micky Miranda num traje a rigor, tomando um uísque na sala de visitas. Seu coração disparou ao vê-lo tão atraente no colete branco e de colarinho alto. Ele levantou-se e beijou sua mão. Augusta sentiu-se contente por ter escolhido aquele vestido de corpete decotado que deixava o colo à mostra.

Edward afastara-se de Micky depois de descobrir a verdade sobre Peter Middleton, mas a separação durara apenas poucos dias, e agora eram amigos ainda mais unidos do que antes, o que deixava Augusta satisfeita. Não podia se zangar com Micky. Sempre soubera que ele era perigoso, o que o tornava ainda mais desejável. Às vezes o temia, sabendo que ele matara três pessoas, mas o medo era excitante. Era a pessoa mais imoral que ela já conhecera e gostaria que Micky a jogasse no chão e a violentasse.

Micky ainda era casado. Era provável que pudesse se divorciar de Rachel se assim desejasse – havia rumores persistentes sobre ela e o irmão de Maisie Robinson, Dan, o membro radical do Parlamento –, mas não poderia fazê-lo enquanto fosse embaixador.

Augusta sentou-se no sofá egípcio, desejando que Micky se acomodasse ao seu lado. Para seu desapontamento, no entanto, ele sentou-se à sua frente. Sentindo-se desprezada, ela perguntou:

– O que veio fazer aqui?

– Edward e eu vamos assistir a uma luta de boxe.

– Não, não vão. Edward vai jantar com o marquês de Hocastle.

– Ah... – Micky hesitou. – Não sei se fui eu quem cometeu o erro ou se foi ele.

Augusta tinha quase certeza de que Edward era o responsável e duvidava que fosse um mero equívoco. Ele adorava lutas de boxe, e tudo indicava que tencionava se esquivar do compromisso para o jantar. Teria de pôr um ponto final naquilo.

– É melhor você ir sozinho, Micky.

Uma expressão de rebeldia aflorou nos olhos de Micky. Por um momento, Augusta chegou a pensar que ele fosse desafiá-la e se perguntou se estaria perdendo o poder sobre aquele jovem. Mas Micky levantou-se, embora devagar, e disse:

– Nesse caso, vou sair agora, se puder fazer a gentileza de explicar a Edward.

– É claro.

Mas era tarde demais. Edward entrou na sala antes que Micky chegasse à porta.

Augusta notou que a pele do filho estava ainda mais inflamada naquela noite. As erupções cobriam a garganta e a nuca, subiam até uma orelha. Era algo que a perturbava, mas Edward dizia que o médico garantira que não havia motivos para preocupação. Esfregando as mãos, em expectativa, ele comentou:

– Estou ansioso pelas lutas desta noite.

Augusta interveio, em sua voz mais autoritária:

– Edward, você não pode assistir às lutas hoje à noite.

Ele parecia uma criança que acaba de ser informada de que o Natal fora cancelado.

– Por que não?

Por um momento, Augusta sentiu pena do filho e quase cedeu. Mas logo endureceu o coração e respondeu:

– Sabe muito bem que temos um compromisso para jantar com o marquês de Hocastle.

– Não é esta noite, não é?

– Sabe que é.

– Eu não vou.

– Tem de ir!

– Mas jantei com Emily ontem à noite!

– Então esta noite fará o segundo jantar civilizado seguido.

– Por que diabos fomos convidados?

– Não pragueje na frente de sua mãe! Fomos convidados porque eles são amigos de Emily.

– Emily pode ir para... – Ele percebeu o olhar de Augusta e se conteve. – Diga-lhes que fiquei doente.

– Não seja ridículo.

– Acho que posso ir para onde eu quiser, mãe.

– Não pode ofender pessoas da classe alta!

– Quero assistir às lutas!

– Mas não pode ir!

Emily entrou na sala nesse momento. Não podia deixar de notar o clima tenso e se apressou em perguntar:

– Qual é o problema?

– Vá buscar aquela droga de papel que você vive me pedindo que assine! – gritou Edward.

– Mas do que está falando? – perguntou Augusta. – Que papel é esse?

– Minha concordância com a anulação do casamento – respondeu ele.

Augusta ficou horrorizada... e concluiu, com uma raiva súbita, que nada daquilo fora acidental. Emily planejara tudo. Seu objetivo era irritar Edward a tal ponto que ele assinaria qualquer coisa só para se livrar dela. Augusta até a ajudara, sem saber, ao insistir que Edward cumprisse suas obrigações sociais. Sentia-se uma tola, pois permitira que a manipulassem. E agora o plano de Emily estava na iminência do sucesso.

– Emily! Fique aqui! – gritou Augusta.

Emily sorriu com doçura e saiu da sala.

Augusta virou-se para Edward.

– Você não vai consentir na anulação!

– Tenho 40 anos de idade, mãe. Sou o chefe do negócio da família, e esta casa é minha. Não deve me dizer o que fazer.

Edward tinha uma expressão irritada e obstinada, e ocorreu a Augusta o pensamento terrível de que ele poderia desafiá-la, pela primeira vez em sua vida.

Começou a se sentir assustada.

– Venha sentar-se aqui, Teddy – disse ela em voz mais branda.

Relutante, ele sentou-se ao seu lado.

Augusta levantou a mão para acariciar seu rosto, mas o filho desviou a cabeça.

– Não tem condições de cuidar de si mesmo sozinho, Teddy. Nunca foi capaz. É por isso que Micky e eu sempre cuidamos de você, desde os tempos do colégio.

Ele parecia ainda mais obstinado.

– Talvez seja a hora de pararem.

Um sentimento de pânico dominou Augusta. Era quase como se estivesse perdendo o controle.

Antes que ela pudesse dizer mais alguma coisa, Emily voltou com um documento. Pôs na escrivaninha mourisca, onde já havia penas e tinta.

Augusta olhou para o rosto do filho. Seria possível que ele tivesse mais medo da esposa do que da mãe? Augusta pensou em apanhar o documento, jogar as penas no fogo, derramar a tinta. Tratou de se controlar. Talvez fosse melhor ceder e fingir que isso não tinha muita importância. Mas a farsa seria inútil – assumira a posição de proibir a anulação, e todos saberiam que fora derrotada. Ela disse a Edward:

– Terá de renunciar à sua posição no banco se assinar esse documento.

– Não vejo por quê. Não é como um divórcio – respondeu ele.

– A Igreja não faz objeção a uma anulação se os motivos forem genuínos – acrescentou Emily.

Parecia uma citação – era evidente que ela já verificara. Edward sentou-se à mesa, escolheu uma pena, mergulhou a ponta num tinteiro de prata. Augusta disparou seu último tiro.

– Edward! – gritou ela, a voz trêmula de raiva. – Se assinar esse documento, nunca mais falarei com você!

Ele hesitou por um instante, depois encostou a pena no papel. Todos se mantiveram em silêncio. Sua mão se deslocou e o roçar da pena no papel soava como uma trovoada.

Edward largou a pena.

– Como pode tratar sua mãe desse jeito? – balbuciou Augusta, e o soluço em sua voz era genuíno.

Emily retirou o excesso de tinta sobre a assinatura e pegou o documento.

Augusta se posicionou entre Emily e a porta.

Edward e Micky ficaram olhando, fascinados e imóveis, enquanto duas mulheres se confrontavam.

– Dê-me esse papel – disse Augusta.

Emily adiantou-se, hesitou diante de Augusta e, depois, surpreendentemente, acertou-lhe um tapa no rosto.

O golpe doeu. Augusta soltou um grito de surpresa e dor, cambaleando para trás.

Emily passou por ela rapidamente, abriu a porta e saiu da sala, ainda segurando o documento.

Augusta deixou-se cair na cadeira mais próxima e começou a chorar.

Ouviu Edward e Micky se retirarem.

Sentia-se velha, derrotada e sozinha.

III.

A emissão dos títulos para o porto de Santamaria, no valor de 2 milhões de libras foi um fracasso muito pior do que Hugh temera. No fim do prazo, o Pilaster Bank vendera apenas 400 mil libras, e o preço caiu no dia seguinte. Hugh sentiu-se profundamente satisfeito por ter forçado Edward a vender os títulos por comissão em vez de subscrevê-los.

Na manhã da segunda-feira seguinte, Jonas Mulberry levou o sumário das operações da semana anterior, que foi entregue a todos os sócios. Antes que ele se retirasse, Hugh notou uma discrepância.

– Espere um instante, Mulberry. Isto não pode estar certo. – Havia uma enorme queda no dinheiro em caixa, acima de 1 milhão de libras. Hugh acrescentou: – Não houve nenhuma grande retirada, não é mesmo?

– Não que eu saiba, Sr. Hugh.

Hugh correu os olhos pela sala. Todos os sócios estavam presentes, à exceção de Edward.

– Alguém se lembra de uma grande retirada na semana passada?

Ninguém se recordava. Hugh levantou-se, dizendo a Mulberry:

– Vamos verificar.

Eles subiram a escada para a sala do escriturário-chefe. O item que procuravam tinha um valor alto demais para ter sido um saque em dinheiro. Só podia ser uma transação interbancária. Hugh lembrava-se, de seus tempos como escriturário, que havia um registro dessas transações, atualizado todos os dias. Sentou-se a uma mesa e pediu a Mulberry:

– Traga-me o livro das transações interbancárias, por favor.

Mulberry tirou um enorme livro-caixa de uma prateleira e colocou-o na frente de Hugh. Outro escriturário perguntou:

– Há alguma coisa que eu possa fazer para ajudar, Sr. Hugh? Sou eu quem cuida desse livro-caixa.

Ele tinha um ar preocupado, e Hugh percebeu que o escriturário receava ter cometido um erro.

– Seu nome é Clemmow, não é mesmo?

– Sim, senhor.

– Quais foram as grandes retiradas na semana passada: 1 milhão de libras ou mais?

– Só houve uma – respondeu Clemmow no mesmo instante. – A Companhia Docas de Santamaria retirou 1,8 milhão de libras, que era o valor total da emissão dos títulos, menos a comissão.

Hugh levantou-se de um pulo.

– Mas eles não tinham tudo isso. Levantaram apenas 400 mil libras!

Clemmow empalideceu.

– A emissão foi de títulos no valor de 2 milhões de libras...

– Mas não foi subscrito! Era uma venda comissionada!

– Verifiquei o saldo deles... era de 1,8 milhão de libras.

– Santo Deus! – berrou Hugh, atraindo os olhares de todos os funcionários ali. – Mostrem-me o livro-caixa!

Outro escriturário trouxe um enorme livro-caixa para Hugh e abriu-o numa página com a indicação "Companhia Docas de Santamaria".

Havia apenas três registros: um crédito de 2 milhões de libras, um débito de 200 mil libras de comissão devida ao banco e uma transferência do saldo para outro banco.

Hugh ficou lívido. O dinheiro desaparecera. Se apenas tivesse sido creditado na conta da Companhia Docas de Santamaria por equívoco, o erro poderia ser retificado sem nenhum problema. Mas o dinheiro fora sacado do banco no dia seguinte. Isso sugeria uma fraude cuidadosamente planejada.

– Alguém vai para a cadeia por isso! – exclamou ele, furioso. – Quem escreveu estes registros?

– Fui eu, senhor – respondeu o escriturário que apanhara o livro-caixa, tremendo de medo.

– Com base em quais instruções?

– Os documentos habituais, senhor. Estava tudo em ordem.

– De onde vieram?

– Do Sr. Oliver.

Simon Oliver era um cordovês, primo de Micky Miranda. Hugh desconfiou no mesmo instante que ele estava por trás da fraude.

Hugh não queria continuar a fazer perguntas na presença de vinte funcionários. Já lamentava ter permitido que todos tomassem conhecimento do problema. Ao começar, porém, não sabia que descobriria um desfalque daquelas proporções.

Oliver era o assistente de Edward e trabalhava no andar dos sócios, ao lado de Mulberry.

– Procure o Sr. Oliver e leve-o imediatamente à sala dos sócios – ordenou Hugh a Mulberry.

Seria melhor continuar a investigação lá, junto com os outros sócios.

– Certo, Sr. Hugh – disse Mulberry. – E vocês todos podem voltar ao trabalho agora.

Os funcionários retornaram às suas mesas, pegaram as penas, mas irrompeu um zumbido de conversas agitadas antes mesmo que Hugh se retirasse.

Ele voltou à sala dos sócios e anunciou, sombrio:

– Houve uma grande fraude. A Companhia Docas de Santamaria recebeu o valor total da emissão dos títulos, apesar de termos vendido somente 400 mil libras.

Todos ficaram horrorizados.

– Como isso aconteceu? – perguntou William.

– A quantia foi creditada na conta deles e no instante seguinte transferida para outro banco.

– Quem é o responsável?

– Creio que seja Simon Oliver, o assistente de Edward. Mandei chamá-lo, mas meu palpite é de que o miserável já embarcou num navio com destino a Córdoba.

– Podemos recuperar o dinheiro? – indagou sir Harry.

– Não sei. A esta altura já devem ter enviado o dinheiro para fora do país.

– Não podem construir um porto com dinheiro roubado!

– Talvez não queiram construir um porto. Tudo isso pode ter sido uma fraude planejada desde o início.

– Santo Deus!

Mulberry entrou... e, para surpresa de Hugh, estava acompanhado por Simon Oliver. O que sugeria que Oliver não roubara o dinheiro. Tinha na mão um volumoso contrato. Parecia assustado – sem dúvida o comentário de Hugh de que alguém iria para a cadeia chegara a seus ouvidos.

Sem fazer nenhuma consideração prévia, Oliver declarou:

– A emissão de títulos de Santamaria foi subscrita. É o que diz o contrato.

Ele estendeu o documento para Hugh, com a mão trêmula.

– Os sócios acertaram que esses títulos seriam vendidos na base da comissão – disse Hugh.

– O Sr. Edward mandou-me preparar um contrato de subscrição.

– Pode provar?

– Posso, senhor.

Ele entregou outro documento a Hugh. Era a minuta do contrato – um resumo das instruções sobre os termos do acordo – encaminhada por um sócio ao funcionário encarregado de elaborar o contrato completo. Era a letra de Edward, e dizia expressamente que o empréstimo seria subscrito.

Isso esclarecia a questão. Edward era o responsável. Não houvera fraude, e não havia a menor possibilidade de se recuperar o dinheiro. A transação fora absolutamente legítima. Hugh sentia-se desolado e furioso.

– Muito bem, Oliver, pode se retirar – disse ele.

Oliver não se mexeu.

– Espero que não reste nenhuma suspeita sobre o meu comportamento, Sr. Hugh.

Hugh não estava convencido da absoluta inocência de Oliver, mas foi obrigado a dizer:

– Você não é culpado por nada que tenha feito por ordem do Sr. Edward.

– Obrigado, senhor.

Oliver retirou-se. Hugh olhou para os outros sócios e disse, amargurado.

– Edward foi contra nossa decisão coletiva. Mudou os termos da emissão sem o nosso conhecimento. E isso nos custou 1,4 milhão de libras.

Samuel jogou-se na cadeira, murmurando:

– Que coisa terrível!

Sir Harry e o major Hartshorn pareciam totalmente perplexos.

– Estamos quebrados? – indagou William.

Hugh compreendeu que a pergunta fora dirigida a ele. Estavam quebrados? Era inconcebível. Ele refletiu por um momento antes de responder:

– Tecnicamente, não. Embora nossa reserva em dinheiro tenha caído em 1,4 milhão de libras, os títulos aparecem no outro lado, na coluna de crédito, valorizados quase ao preço de compra. Portanto, o patrimônio se iguala aos débitos, e continuamos solventes.

Samuel acrescentou:

– Desde que não haja uma queda brusca nas cotações.

– É verdade. Se acontecer alguma coisa que provoque uma queda nos títulos sul-americanos, ficaremos em graves dificuldades.

Pensar que o poderoso Pilaster Bank era tão fraco fazia o tremer de raiva de Edward.

– Podemos abafar o caso? – perguntou Sir Harry.

– Duvido muito – respondeu Hugh. – Infelizmente, não tentei esconder o problema quando fui investigar na sala dos escriturários. A notícia já deve estar circulando por todo o prédio a esta altura, e City tomará conhecimento antes de terminar a hora do almoço.

Jonas Mulberry interveio, com uma indagação prática:

– E a nossa liquidez, Sr. Hugh? Precisaremos de um depósito grande antes do fim da semana para atender às retiradas de rotina. Não podemos vender os títulos do porto... faria o preço cair ainda mais.

Era um problema e tanto. Hugh pensou a respeito por um momento.

– Pedirei 1 milhão ao Colonial Bank. O velho Cunliffe será discreto. Deve ser suficiente para aguentar o primeiro impacto. – Ele correu os olhos pelos outros. – Isso resolve a emergência imediata. Mas o banco se encontra numa posição perigosamente fraca. A médio prazo, temos de corrigi-la.

– O que me diz de Edward? – indagou William.

Hugh sabia o que Edward tinha de fazer: renunciar. Mas queria que outro declarasse isso, e assim permaneceu calado.

Foi Samuel quem se manifestou:

– Edward deve renunciar a seu cargo no banco. Nenhum de nós poderá jamais tornar a confiar nele.

– Ele pode retirar seu capital – lembrou-se William.

– Não, não pode – respondeu Hugh. – Não temos mais o dinheiro. A ameaça perdeu seu poder.

– Tem razão – murmurou William. – Eu não tinha pensado nisso.

– Mas quem será o sócio principal? – perguntou sir Harry.

Houve um momento de silêncio, interrompido por Samuel:

– Ora, pelo amor de Deus, como pode haver qualquer dúvida a respeito? Quem descobriu a trapaça de Edward? Quem assumiu o comando na crise? A quem todos vocês recorreram em busca de orientação? Durante a última hora, todas as decisões foram tomadas por uma única pessoa. Vocês se limitaram a fazer perguntas, parecendo impotentes. Vocês *sabem* quem deve ser o novo sócio principal.

Hugh foi tomado de surpresa. Concentrara-se nos problemas que o banco enfrentava e não pensara por um instante sequer em sua própria posição. Percebia agora que Samuel tinha razão. Os outros haviam se mantido mais ou menos inertes. Desde que notara a discrepância no sumário semanal, ele vinha se comportando como se fosse o sócio principal. E sabia que era o único capaz de conduzir o banco até o fim da crise.

E, lentamente, ocorreu-lhe que estava prestes a consumar a grande ambição de sua vida: seria o sócio principal do Pilaster Bank. Olhou para William, Harry e George. Todos tinham um ar envergonhado. Haviam provocado aquele desastre ao permitirem que Edward se tornasse o sócio principal. Agora, sabiam que Hugh tinha razão desde o início. Desejavam tê-lo ouvido antes e queriam compensar seu erro. Dava para perceber em seu rosto que desejavam que ele assumisse.

Mas tinham de dizê-lo expressamente. Hugh olhou para William, que era o Pilaster mais velho depois de Samuel.

– Qual é a sua opinião?

William hesitou apenas por um segundo.

– Acho que você deve ser o sócio principal, Hugh.

– Major Hartshorn?

– Concordo.

– Sir Harry?

– É claro que sim, e espero que você aceite.

Estava consumado. Hugh mal podia acreditar. Respirou fundo.

– Obrigado pela confiança. Eu aceito. Espero poder conduzir todos nós até o fim dessa calamidade com nossa reputação e fortuna intactas.

Foi nesse momento que Edward entrou na sala.

Houve um silêncio desalentador. Vinham conversando quase como se ele estivesse morto, e foi um choque vê-lo na sala. A princípio, Edward não notou o clima.

– Todo o banco se encontra num turbilhão – comentou ele. – Os funcionários mais novos estão correndo de um lado para outro, os mais graduados sussurram nos corredores, quase ninguém trabalha. O que está acontecendo?

Ninguém disse nada.

A consternação tomou o rosto de Edward, depois surgiu uma expressão de culpa.

– Qual é o problema? – indagou ele, mas seu rosto revelou a Hugh que o primo já adivinhara. – É melhor me contarem por que estão todos me olhando desse jeito. Afinal, sou o sócio principal.

– Não, não é mais – declarou Hugh. – Agora sou eu.

3
Novembro

I.

A Srta. Dorothy Pilaster casou-se com o visconde Nicholas Ipswich no Salão Metodista de Kensington, numa manhã clara e fria de novembro. A cerimônia foi simples, embora o sermão tenha sido longo. Depois, um almoço de consomê quente, linguado de Dover, ave silvestre assada e *sorbet* de pêssego foi servido para trezentas pessoas, sob uma ampla tenda no jardim da casa de Hugh.

Ele sentia-se muito feliz. A irmã exibia uma beleza radiante, e seu marido foi encantador com todos. Mas a pessoa mais feliz era a mãe de Hugh. Sorrindo extasiada, sentou-se ao lado do pai do noivo, o duque de Norwich. Pela primeira vez em 24 anos ela não vestia preto – usava um traje de caxemira azul-acinzentado, que realçava os volumosos cabelos grisalhos e os serenos olhos de cor cinza. Sua vida fora atormentada pelo suicídio do marido e sofrera anos de extrema pobreza, mas agora, na faixa dos 60 anos, tinha tudo o que desejava. A linda filha tornara-se a viscondessa Ipswich, e um dia seria a duquesa de Norwich, enquanto o filho era rico e bem-sucedido, o sócio principal do Pilaster Bank.

– Eu costumava pensar que tinha muito azar – murmurou ela para Hugh no intervalo entre os pratos. – Estava enganada.

Ela pôs a mão no braço do filho, num gesto que parecia uma bênção, e acrescentou.

– Sou muito afortunada.

Hugh sentiu vontade de chorar. Como nenhuma das mulheres queria usar branco (com receio de competir com a noiva) nem preto (porque era reservado a funerais), as convidadas proporcionavam um espetáculo colorido. Pareciam ter escolhido cores quentes como uma defesa contra o frio do outono: laranja brilhante, amarelo-ouro, vermelho-cereja e fúcsia. Os homens vestiam preto, branco e cinza, como sempre. Hugh usava uma sobrecasaca com lapelas e punhos de veludo: era preta, mas ele desafiava as convenções, como sempre, ao exibir uma gravata de seda azul, sua única excentricidade. Era tão respeitável agora que às vezes sentia saudade do tempo em que fora a ovelha negra da família.

Ele tomou um gole de Château Margaux, seu vinho tinto predileto. Era um suntuoso desjejum nupcial para um casal muito especial, e Hugh sentia-se contente por ter condições de pagá-lo. Mas também sentia uma pontada de culpa por gastar todo aquele dinheiro num momento em que o Pilaster Bank atravessava uma situação difícil. Ainda tinham 1,4 milhão de libras em títulos do porto de Santamaria, além de outros títulos cordoveses, num total de quase meio milhão de libras; não podiam vendê-los sem provocar uma queda nas cotações, justamente o que Hugh mais temia. Precisaria de, pelo menos, um ano para fortalecer a situação do banco. Mas conseguira conduzi-lo em meio à crise e agora dispunham de dinheiro suficiente para atender às retiradas normais num futuro previsível. Edward nem aparecia mais no banco, embora oficialmente ainda fosse um dos sócios até o fim do ano financeiro. Estavam a salvo de tudo, exceto de alguma catástrofe inesperada como guerra, terremoto ou praga. Em tudo e por tudo, ele achava que tinha o direito de oferecer um casamento luxuoso à única irmã.

E era bom para o Pilaster Bank. Todos na comunidade financeira sabiam que o banco tinha um rombo de mais de 1 milhão de libras por causa do porto de Santamaria. Aquela grande festa incutia confiança, assegurando às pessoas que os Pilaster ainda eram imensamente ricos. Um casamento despretensioso despertaria suspeitas.

O dote de Dotty, no valor de 100 mil libras, fora transferido para o marido, mas permanecia investido no banco a juros de 5 por cento. Nick podia retirá-lo, mas não precisava do dinheiro de imediato.

Sacaria aos poucos, à medida que pagasse as hipotecas feitas pelo pai e reorganizasse as propriedades. Hugh sentia-se contente por ele não querer todo o dinheiro logo, pois retiradas vultosas eram um sacrifício para o banco no momento.

Todos sabiam do enorme dote de Dotty. Hugh e Nick não conseguiram manter o valor em segredo, e aquele era o tipo de notícia que se espalhava muito depressa. Agora, era o tema das conversas em Londres. Hugh calculou que o assunto era discutido naquele exato momento na metade das mesas, no mínimo.

Olhando ao redor, ele avistou uma única convidada que não parecia feliz... mais do que isso, exibia uma expressão angustiada, como um eunuco numa orgia: tia Augusta.

– A SOCIEDADE DE LONDRES degenerou-se por completo – disse Augusta ao coronel Mudeford.

– Infelizmente, lady Whitehaven, acho que tem razão – murmurou ele, educado.

– A linhagem não conta mais – continuou ela. – Os judeus são admitidos em toda parte.

– É verdade.

– Fui a primeira condessa de Whitehaven, mas os Pilaster já constituíam uma família distinta por um século antes de serem honrados com um título; hoje, um homem cujo pai foi um mero trabalhador pode obter um título de nobreza só porque ganhou uma fortuna vendendo salame.

– Tem toda a razão. – O coronel Mudeford virou-se para a mulher no seu outro lado. – Sra. Telston, posso servi-la mais um pouco deste molho de groselha?

Augusta perdeu o interesse nele. Fervia de raiva pelo espetáculo a que fora obrigada a comparecer. Hugh Pilaster, o filho do falido Tobias, oferecendo Château Margaux a trezentos convidados; Lydia Pilaster, viúva de Tobias, sentada ao lado do duque de Norwich; Dorothy Pilaster, a filha de Tobias, casada com o visconde Ipswich, com o maior dote de que todos já tinham ouvido falar. Enquanto isso, seu filho, o querido Teddy, a prole do grande Joseph Pilaster, fora sumariamente afastado da posição de sócio principal e em breve teria seu casamento anulado.

Não havia mais regras! Qualquer pessoa podia ingressar na sociedade. Como se para provar seu argumento, ela avistou o maior expoente de todos os novos-ricos: a Sra. Solly Greenbourne, ex-Maisie Robinson. Era espantoso que Hugh tivesse a desfaçatez de convidá-la, uma mulher cuja vida inteira fora escandalosa. Primeiro, fora praticamente uma prostituta, depois se casara com o judeu mais rico de Londres e agora dirigia um hospital em que mulheres não melhores do que ela davam à luz seus bastardos. Mas lá estava ela, sentada à mesa ao lado num vestido da cor de uma moeda nova de cobre, conversando muito séria com o diretor do Bank of England. Devia estar falando sobre mães solteiras. E ele escutava!

– PONHA-SE NO LUGAR de uma criada solteira – disse Maisie. O diretor do banco ficou surpreso, e ela reprimiu um sorriso. – Pense nas consequências de se tornar mãe: ela perderá o emprego e a casa, não terá meios de prover seu sustento e seu filho não terá pai. Será que lhe ocorreria um pensamento como: "Ora, mas se eu posso dar à luz no belo hospital da Sra. Greenbourne, em Southwark, então também posso ir em frente com o sexo?" É claro que não. Meu hospital não faz nada para encorajar as moças à imoralidade. Apenas evito que tenham seus filhos na sarjeta.

Dan Robinson, sentado ao outro lado da irmã, acrescentou:

– É como a lei bancária que estou propondo no Parlamento, que obrigaria os bancos a fazerem um seguro em benefício dos pequenos depositantes.

– Estou a par do assunto.

Dan continuou:

– Alguns críticos dizem que estimularia a bancarrota dos bancos, tornando-a menos dolorosa. Mas é um absurdo. Nenhum banqueiro vai querer quebrar em nenhuma circunstância.

– Tem toda a razão.

– Quando um banqueiro faz um negócio, ele não pensa que pode deixar uma viúva em Bournemouth na miséria por causa de sua imprudência... Ele se preocupa apenas com sua própria riqueza. Da mesma forma, fazer crianças ilegítimas sofrer não contribui em nada para desencorajar homens inescrupulosos a seduzir pobres criadas.

– Entendo seu argumento – disse o diretor do banco com uma expressão aflita. – Um... ah... paralelo muito original.

Maisie decidiu que já o haviam atormentado bastante e virou o rosto, deixando que ele se concentrasse na comida. Dan comentou:

– Já notou como os títulos de nobreza sempre vão para as pessoas erradas? Olhe só para Hugh e seu primo Edward. Hugh é honesto, talentoso e trabalhador, enquanto Edward é tolo, preguiçoso e sem valor. No entanto, Edward é o conde de Whitehaven, enquanto Hugh é apenas o Sr. Pilaster.

Maisie tentava não olhar para Hugh. Embora ficasse contente por ter sido convidada, era angustiante observá-lo no seio de sua família. A esposa, os filhos, a mãe e a imã formavam um círculo familiar fechado, que a deixava de fora. Sabia que o casamento dele com Nora era infeliz, o que se tornava evidente pela maneira como falavam um com o outro, jamais se tocando, nunca sorrindo, sem nenhuma demonstração de afeto. Mas isso não servia de consolo. Eles constituíam uma família, da qual ela nunca faria parte.

Desejou não ter ido ao casamento.

Um lacaio aproximou-se de Hugh e informou:

– Há um telefonema do banco para o senhor.

– Não posso atender agora – respondeu Hugh.

O mordomo veio procurá-lo poucos minutos depois.

– O Sr. Mulberry, do banco, está ao telefone desejando lhe falar, senhor.

– Não posso atender agora! – disse Hugh, irritado.

– Está bem, senhor.

O mordomo afastou-se.

– Não. Espere um pouco.

Mulberry sabia que Hugh estaria no meio da recepção do casamento. Era um homem inteligente e responsável. Não insistiria em falar com Hugh se não houvesse um problema grave.

É muito grave.

Hugh sentiu um calafrio de medo.

– É melhor eu falar com ele. – Hugh levantou-se. – Com licença, por favor, mãe. Vossa Graça... tenho de resolver um problema.

Ele saiu da barraca apressado, atravessou o gramado e entrou na casa. O telefone ficava na biblioteca. Ele atendeu.

– Hugh Pilaster falando.

Ele ouviu a voz de seu assistente:

– É Mulberry, senhor. Lamento...

– O que aconteceu?

– Um telegrama de Nova York. Irrompeu uma guerra em Córdoba.

– Oh, não!

Era uma notícia catastrófica para Hugh, sua família e o banco. Nada poderia ser pior.

– Uma guerra civil, para ser mais preciso – continuou Mulberry. – Uma rebelião. A família Miranda atacou a capital, Palma.

O coração de Hugh estava disparado.

– Alguma indicação da força dos rebeldes?

Se a rebelião pudesse ser rechaçada depressa, ainda haveria esperança.

– O presidente Garcia fugiu.

– Essa não! – A crise era mesmo grave. Hugh xingou Micky e Edward, amargurado. – Mais alguma coisa?

– Há um cabograma do nosso escritório em Córdoba, mas ainda está sendo decodificado.

– Telefone-me assim que ficar pronto.

– Certo, senhor.

Hugh girou a manivela e deu à telefonista o nome do corretor do banco. Esperou enquanto o homem era chamado ao telefone.

– Danby, aqui é Hugh Pilaster. O que está acontecendo com os títulos cordoveses?

– Estamos oferecendo pela metade do preço, e ninguém quer comprar.

O que significava que o Pilaster já estava quebrado, pensou Hugh. O desespero envolveu seu coração.

– Até que ponto devem cair?

– Acho que chegarão a zero. Ninguém paga juros sobre títulos do governo no meio de uma guerra civil.

Zero. O Pilaster acabara de perder 2,5 milhões de libras. Não havia esperança agora de uma recuperação gradativa do banco. Tentando agarrar-se a qualquer coisa, Hugh perguntou:

– Se os rebeldes forem rechaçados nas próximas horas, o que acontece?

– Creio que ninguém compraria os títulos mesmo assim – respondeu Danby. – Os investidores vão esperar para ver. Na melhor das hipóteses vai demorar cinco ou seis semanas para a confiança começar a voltar.

– Entendo...

Hugh sabia que Danby tinha razão. O corretor apenas confirmava o que sua intuição já lhe dissera.

– Não haverá maiores problemas com seu banco, não é mesmo, Pilaster? – perguntou Danby, preocupado. – Vocês devem ter muitos desses títulos. Circulou a informação de que quase não conseguiram vender a emissão do porto de Santamaria.

Hugh hesitou. Detestava mentir, mas a verdade destruiria o banco.

– Temos mais títulos cordoveses do que eu gostaria, Danby. Mas também temos muitas outras coisas.

– Ainda bem.

– Tenho de voltar para os meus convidados. – Hugh não tinha a menor intenção de fazer isso, mas queria passar uma impressão de calma. – Estou oferecendo uma recepção para trezentas pessoas... Minha irmã se casou esta manhã.

– Eu soube. Meus parabéns.

– Adeus.

Antes que Hugh pudesse pedir outro número, Mulberry tornou a telefonar.

– O Sr. Cunliffe, do Colonial Bank, está aqui, senhor – disse ele, com pânico na voz. – Solicita o pagamento do empréstimo.

– Desgraçado!

O Colonial emprestara ao Pilaster 1 milhão de libras para sustentá-lo durante a crise, mas o dinheiro deveria ser pago de imediato, à vista. Cunliffe soubera da guerra civil, acompanhara a queda nos títulos cordoveses e sabia que o Pilaster estava numa situação precária. Como não podia deixar de ser, queria tirar seu dinheiro antes que o banco falisse.

E era apenas o primeiro. Outros viriam logo em seguida. Na manhã do dia seguinte, os depositantes fariam fila nas portas do banco para tirar seu dinheiro. E Hugh não teria condições de pagar.

– Temos 1 milhão de libras, Mulberry?

– Não, senhor.

O peso do mundo abateu-se sobre os ombros de Hugh, e ele se sentiu muito velho. O fim chegara. Era o pesadelo do banqueiro: as pessoas vinham buscar seu dinheiro, e o banco não o tinha. Acontecia agora com Hugh.

– Diga ao Sr. Cunliffe que não conseguiu obter autorização para assinar o cheque porque todos os sócios estão no casamento.

– Certo, Sr. Hugh.

– E mais uma coisa...

– Pois não, senhor?

Hugh fez uma pausa. Sabia que não tinha opção, mas ainda assim hesitava em pronunciar as palavras terríveis. Fechou os olhos. Era melhor acabar logo com aquilo.

– E depois, Mulberry, você deve fechar as portas do banco.

– Oh, Sr. Hugh!

– Sinto muito, Mulberry.

Houve um ruído estranho na linha e Hugh percebeu que Mulberry estava chorando.

Ele desligou. Olhando para as prateleiras de sua biblioteca, viu em vez disso a fachada imponente do Pilaster Bank e imaginou o fechamento das ornamentadas portas de ferro. Viu os transeuntes parando e olhando. Logo haveria uma multidão apontando para as portas fechadas e fazendo comentários sem parar. A notícia circularia por City mais depressa do que fogo num depósito de óleo: o Pilaster quebrara.

O Pilaster quebrara.

Hugh baixou o rosto para as mãos.

II.

– Estamos absolutamente sem dinheiro – declarou Hugh. Eles não entenderam, a princípio. Dava para perceber por seus rostos.

Haviam se reunido na sala de visitas da sua casa. Era um lugar atravancado, decorado por sua esposa, Nora, que adorava cobrir cada móvel com tecidos floridos e encher todas as superfícies com ornamentos. Os convidados haviam finalmente se retirado – Hugh não dera a má notícia a ninguém antes de a festa terminar – e a família ainda vestia os trajes elegantes. Augusta estava sentada ao lado de Edward, os dois com expressões desdenhosas e incrédulas. Tio Samuel acomodara-se ao lado de Hugh. Os outros sócios – o jovem William, o major Hartshorn e sir Harry – mantinham-se de pé atrás de um sofá onde estavam suas esposas, Beatrice Madeleine e Clementine. Nora, corada por causa do champanhe, optara por ficar em sua poltrona habitual, ao lado do fogo. Os recém-casados, Nick e Dotty, de mãos dadas, pareciam assustados. Hugh sentiu pena deles.

– O dote de minha irmã se perdeu, Nick. Receio que todos os nossos planos tenham sido em vão.

Tia Madeleine protestou, a voz estridente:

– Você é o sócio principal. A culpa deve ser sua!

Ela estava sendo burra e maldosa. Era uma reação previsível, ainda assim Hugh sentiu-se magoado. Era uma injustiça que ela o culpasse depois que lutara com tanto empenho para evitar o desastre. Mas William, o irmão mais moço, apressou-se em corrigi-la com uma surpreendente rispidez:

– Não diga bobagem, Madeleine. Edward enganou a todos nós, sobrecarregando o banco com imensas quantidades de títulos cordoveses que agora não valem nada.

Hugh sentiu-se grato a ele por sua honestidade. William acrescentou, olhando para Augusta:

– A culpa é daqueles entre nós que permitiram que Edward se tornasse o sócio principal.

Nora parecia atordoada, e murmurou:

– Não podemos estar *sem dinheiro!*

– Mas estamos – reiterou Hugh, paciente. – Todo o nosso dinheiro está no banco, e o banco quebrou.

Havia uma desculpa para sua esposa não entender aquilo: ela não nascera numa família de banqueiros.

Augusta levantou-se e foi até a lareira. Hugh se perguntou se ela tentaria defender o filho, mas Augusta não era tão tola assim.

– Não importa de quem é a culpa – disse ela. – Devemos tentar salvar o que for possível. Imagino que ainda resta muito dinheiro no banco, em ouro e notas. Podemos retirar tudo, esconder em algum lugar seguro antes que os credores peguem. E depois...

Hugh interrompeu-a em tom incisivo:

– Não faremos isso. O dinheiro não é nosso.

– Mas é claro que o dinheiro é nosso! – ela gritou.

– Cale a boca e sente-se, Augusta, ou mandarei os lacaios expulsarem-na daqui.

Ela ficou bastante surpresa e calou-se, porém não se sentou.

Hugh continuou:

– Há dinheiro no banco e, como ainda não nos declararam oficialmente falidos, podemos optar pelo pagamento de alguns credores. Todos terão de dispensar seus criados; e se os mandarem para a porta lateral do banco com uma nota dizendo quanto lhes é devido, providenciarei o pagamento. Devem pedir a todos os comerciantes com os quais mantêm contas que lhes apresentem o saldo devedor, e providenciarei também o pagamento deles. No entanto, só farei isso até a data de hoje. Não pagarei nenhuma dívida que assumirem daqui por diante.

– Quem é você para me mandar dispensar meus criados? – protestou Augusta, indignada.

Hugh estava propenso a sentir compaixão pela situação crítica em que todos se encontravam, apesar de ter sido provocada por eles próprios. Contudo, começava a ficar cansado daquela estupidez deliberada, e disse bruscamente:

– Se não forem dispensados, eles sairão de qualquer maneira, porque não serão mais pagos. Tia Augusta, tente compreender: você *não tem mais dinheiro*.

– Ridículo! – murmurou ela.

Nora tornou a falar:

– Não posso dispensar nossos criados. Não é possível viver numa casa como esta sem criados.

– Quanto a isso, não precisa se preocupar – respondeu Hugh. – Não vai mais viver numa casa como esta. Terei de vendê-la. Todos nós teremos de vender nossas casas, móveis, obras de arte, adegas e joias.

– Isso é um absurdo! – gritou Augusta.

– É a lei – declarou Hugh. – Cada um dos sócios é pessoalmente responsável por todas as dívidas do negócio.

– Não sou um dos sócios – disse Augusta.

– Mas Edward é. Ele renunciou ao cargo de sócio principal, mas permaneceu como sócio. E é o dono da sua casa... Joseph deixou-a para ele.

Nora interveio:

– Temos de morar em algum lugar.

– Amanhã, todos devemos procurar por casas menores e mais baratas para alugar. Se escolherem casas modestas, nossos credores aceitarão. Senão, terão de procurar outra coisa.

Augusta declarou:

– Não tenho a menor intenção de sair da minha casa e ponto final. E imagino que o resto da família pensa da mesma forma. – Ela olhou para a cunhada. – Madeleine?

– Você está certa, Augusta – disse Madeleine. – George e eu ficaremos onde estamos. Tudo isso é invenção. Não podemos estar na miséria.

Hugh desprezava-os. Até mesmo agora, quando se encontravam arruinados por sua arrogância e irresponsabilidade, ainda se recusavam a escutar a voz da razão. No fim, teriam de renunciar a suas ilusões. Mas se tentassem se apegar à riqueza que não mais lhes pertencia, destruiriam a reputação da família, além de sua fortuna. Ele estava determinado a fazer com que se comportassem com uma honestidade escrupulosa, tanto na pobreza quanto na riqueza. Seria uma luta árdua, porém ele não cederia.

Augusta virou-se para a filha.

– Clementine, tenho certeza de que você e Harry adotarão a mesma posição de Madeleine e George.

– Não, mãe.

Augusta ficou perplexa. Hugh também se surpreendeu. Sua prima Clementine não costumava se colocar contra a mãe. Pelo menos uma pessoa da família adquiriu um pouco de bom-senso, pensou ele.

– Foi por escutar o que você diz que todos nos metemos nesta encrenca – acrescentou Clementine. – Se tivéssemos promovido Hugh a sócio principal em vez de Edward, ainda seríamos tão ricos quanto Creso.

Hugh começou a se sentir melhor. Havia na família quem compreendesse o que ele tentava fazer. Clementine continuou:

– Você estava errada, mãe, e nos arruinou. Nunca mais aceitarei seus conselhos. Hugh estava certo, e é melhor que todos concordemos que ele nos guie através deste terrível desastre.

– Tem toda a razão, Clementine – disse William. – Devemos fazer qualquer coisa que Hugh aconselhar.

As linhas da batalha haviam sido traçadas. Apoiando Hugh estavam William, Samuel e Clementine, que controlava o marido, sir Harry. Tentariam comportar-se de um modo decente e honesto. A Hugh se opunham Augusta, Edward e Madeleine, que falava pelo major Hartshorn – tentariam agarrar o que pudessem, e deixariam que a reputação da família se danasse. Mas foi nesse instante que Nora declarou, num tom de desafio:

– Só sairei desta casa carregada.

Hugh sentiu um gosto amargo na boca. Sua própria esposa se juntava ao inimigo.

– Você é a única pessoa nesta sala que assumiu uma posição contra seu marido ou esposa – comentou ele, muito triste. – Não me deve nenhuma lealdade?

Ela fez um aceno negativo com a cabeça.

– Não me casei com você para viver na pobreza.

– Ainda assim, *terá* de sair desta casa. – Ele olhou para os outros intransigentes: Augusta, Edward, Madeleine e o major Hartshorn. – Todos terão de ceder, mais cedo ou mais tarde. Se não o fizerem agora, com dignidade, serão forçados depois, em desgraça, com a presença de oficiais de justiça, guardas e repórteres de jornais, criticados pela imprensa sensacionalista e insultados por seus criados sem pagamento.

– É o que veremos! – gritou Augusta.

DEPOIS QUE TODOS SE RETIRARAM, Hugh continuou sentado, olhando para o fogo, vasculhando o cérebro à procura de um meio de pagar os credores do banco.

Estava determinado a impedir que o Pilaster Bank recebesse uma declaração formal de falência. Era uma perspectiva angustiante demais. Passara toda a sua vida à sombra da bancarrota do pai. Toda a sua carreira fora uma tentativa de provar que não se contaminara. No fundo de seu coração, temia que, se sofresse o mesmo destino do pai, também poderia ser levado a se matar.

O Pilaster estava liquidado como banco. Fechara as portas aos depositantes, e tal situação era irremediável. A longo prazo, no entanto, teria condições de pagar suas dívidas, especialmente se os sócios fossem escrupulosos na venda de seus bens valiosos.

Enquanto a tarde se transformava em crepúsculo, os contornos de um plano começaram a se delinear em sua mente, e ele se permitiu um tênue vislumbre de esperança.

Às 18 horas foi procurar Ben Greenbourne.

Com mais de 70 anos, Greenbourne ainda gozava de excelente saúde e continuava a dirigir seus negócios. Tinha uma filha, Kate, mas Solly era o único filho homem; por isso, quando se aposentasse, teria de entregar tudo aos sobrinhos, e parecia relutante em fazê-lo.

Hugh foi à mansão em Piccadilly. A propriedade dava a impressão não apenas de prosperidade, mas também de riqueza ilimitada. Cada relógio era uma joia, cada móvel uma antiguidade de valor inestimável, cada painel exibia uma escultura refinada, cada tapete era de um luxo incomparável. Hugh foi conduzido à biblioteca, onde havia luzes a gás e fogo na lareira. Fora naquela sala que descobrira que o menino chamado Bertie Greenbourne era seu filho.

Especulando se os livros seriam apenas mera ostentação, ele examinou vários deles enquanto esperava. Alguns podiam ter sido escolhidos por serem edições de luxo, concluiu Hugh, mas outros mostravam sinais de que já haviam sido muito manuseados, e havia obras em diversas línguas. O saber de Greenbourne era genuíno. O velho apareceu 15 minutos depois e pediu desculpas por deixar Hugh esperando.

– Um problema familiar me deteve – explicou, com sua cortesia prussiana.

Sua família nunca fora prussiana. Ele copiara as maneiras dos alemães da classe alta e as conservara ao longo de cem anos de vida na Inglaterra. Continuava tão empertigado quanto antes, mas Hugh achou que parecia cansado e preocupado. Greenbourne não informou qual era o problema familiar, e Hugh não perguntou.

– Creio que já sabe que os títulos cordoveses caíram esta tarde – disse Hugh.

– Sei, sim.

– E provavelmente já foi informado de que meu banco fechou as portas em consequência disso.

– Já sabia. Lamento muito.

– Já se passaram 24 anos desde a última vez em que um banco inglês quebrou – disse Hugh.

– Foi o Overend and Gurney. Estou muito bem lembrado.

– Eu também. Meu pai foi à falência e enforcou-se em seu escritório, na Leadenhall Street.

Greenbourne mostrou-se constrangido.

– Sinto muito, Pilaster. Havia me esquecido desse fato terrível.

– Muitas firmas quebraram naquela crise. Mas pior ainda acontecerá amanhã. – Hugh inclinou-se para a frente e iniciou sua argumentação. – No último quarto de século, os negócios em City aumentaram dez vezes. E como a atividade bancária se tornou cada vez mais sofisticada e complexa, estamos mais interligados do que nunca. Algumas pessoas cujo dinheiro perdemos não conseguirão pagar suas dívidas e quebrarão também, e assim por diante. Na próxima semana, *dezenas* de bancos estarão falidos, centenas de companhias serão obrigadas a fechar e milhares de pessoas vão se ver de repente na miséria, a menos que iniciemos uma ação para impedir.

– Ação? – repetiu Greenbourne com mais do que um indício de irritação. – Que ação pode ser feita? Sua única saída é pagar as dívidas, mas não pode fazê-lo. Portanto, está impotente.

– Sozinho, estou mesmo. Mas espero que a comunidade bancária faça alguma coisa.

– Propõe pedir aos outros bancos que paguem suas dívidas? Por que deveriam?

Ele parecia quase furioso.

– Tenho certeza de que vai concordar que seria melhor para todos se os credores do Pilaster pudessem ser pagos integralmente.

– Isso é óbvio.

– Vamos supor que se formasse uma associação de banqueiros para assumir tanto os ativos quanto os passivos do Pilaster. A associação garantiria o pagamento a todos os credores. Ao mesmo tempo, começaria a liquidar os ativos do Pilaster de uma maneira ordenada.

Subitamente, Greenbourne mostrou-se interessado, e sua irritação desapareceu enquanto avaliava a proposta.

– Estou entendendo. Se os membros da associação fossem bastante respeitados e prestigiados, a garantia poderia ser suficiente para tranquilizar a todos, e os credores talvez não exigissem o pagamento imediato. Com um pouco de sorte, o fluxo de dinheiro da venda do patrimônio poderia cobrir os pagamentos aos credores.

– E uma tremenda crise seria evitada.

Greenbourne balançou a cabeça.

– No fim, porém, os membros da associação perderiam dinheiro, pois as dívidas do Pilaster são maiores do que seus ativos.

– Não necessariamente.

– Como assim?

– Temos mais de 2 milhões de libras em títulos de Córdoba que hoje não valem nada. Mas nossos outros ativos são substanciais. Muita coisa dependerá de quanto conseguirmos levantar com a venda das casas dos sócios e assim por diante, no entanto calculo que a diferença a menos é de apenas 1 milhão de libras.

– Portanto, a associação deve esperar um prejuízo de 1milhão.

– Talvez. Mas os títulos de Córdoba podem recuperar seu valor. Talvez os rebeldes sejam derrotados. Ou o novo governo retome o pagamento dos juros. Em algum momento, a cotação dos títulos de Córdoba vai subir.

– É possível.

– Se os títulos alcançarem apenas a metade do nível anterior, a associação não terá prejuízo. E se subirem mais do que isso, a associação passará a ter lucro.

Greenbourne balançou a cabeça.

– Poderia dar certo, se não fosse por aqueles títulos do porto de Santamaria. Aquele embaixador cordovês, Miranda, me parece um ladrão rematado; e o pai, ao que parece, é o líder dos rebeldes. Meu palpite é de que os 2 milhões de libras foram inteiramente gastos em armas e munição. Neste caso, os investidores nunca terão nenhum retorno.

O velho continuava tão perceptivo quanto antes, pensou Hugh: era exatamente o que ele mesmo temia.

– Acho que é isso, sim. De qualquer modo, há uma possibilidade. E se permitirem um pânico financeiro, podem estar certos de que perderão dinheiro por outros meios.

– É um plano engenhoso. Você sempre foi o mais inteligente de sua família, jovem Pilaster.

– Mas o plano depende de você.

– Hum...

– Se concordar em liderar a associação, City seguirá seu exemplo. Se recusar sua participação, a associação não terá o prestígio necessário para tranquilizar os credores.

– Sei disso.

Greenbourne não era um homem de falsa modéstia.

– O que pretende fazer?

Hugh prendeu a respiração. O velho permaneceu em silêncio por vários segundos, pensando, depois declarou, com firmeza:

– Não vou participar.

Hugh deixou-se afundar na cadeira. Era seu último recurso, e fracassara. Sentiu um imenso cansaço dominá-lo, como se sua vida chegasse ao fim e fosse um velho exausto. Greenbourne acrescentou:

– Tenho sido cauteloso durante toda a minha vida. Onde outros homens veem lucros altos eu vejo riscos altos, e resisto à tentação. Seu tio Joseph não era como eu. Assumia os riscos... e embolsava os lucros. Seu filho Edward foi pior ainda. Não digo nada a seu respeito, pois acaba de assumir. Mas os Pilaster devem pagar o preço por seus anos de lucros elevados. Não me beneficiei desses lucros... por que deveria pagar suas dívidas? Se eu gastar dinheiro para salvá-los agora, o investidor tolo será recompensado e o cauteloso sofrerá. E se a atividade bancária fosse dirigida assim, por que alguém seria previdente? Poderíamos todos assumir os maiores riscos, pois eles nada significam se bancos falidos podem ser ajudados e salvos. Contudo, há sempre um risco. A atividade bancária não pode ser conduzida à sua maneira. Sempre haverá quebras. Elas são necessárias para lembrar aos bons e maus investidores que o risco é real.

Antes de vir, Hugh se perguntara se deveria contar ao velho que Micky Miranda assassinara Solly. Agora, considerou outra vez a ideia e chegou à mesma conclusão: a informação deixaria Greenbourne chocado e angustiado, porém não ajudaria a persuadi-lo a salvar o Pilaster.

Procurava algo para dizer, uma última tentativa de fazer Greenbourne mudar de ideia quando o mordomo entrou e disse:

– Com licença, Sr. Greenbourne, mas me pediu que o avisasse no momento em que o detetive chegasse.

Greenbourne levantou-se no mesmo instante, parecendo nervoso, mas a cortesia não lhe permitia se retirar às pressas sem uma explicação.

– Lamento muito, Pilaster, mas devo deixá-lo. Minha neta Rebecca... desapareceu... e estamos todos transtornados.

– Lamento muito. – Hugh conhecia a irmã de Solly, Kate, e tinha uma vaga lembrança de sua filha, uma garota bonita, de cabelos escuros.

– Espero que a encontrem sã e salva.

– Não acreditamos que ela tenha sofrido nenhum tipo de violência. Para ser franco, temos quase certeza de que apenas fugiu de casa com um rapaz. Mas isso já é bastante terrível. Peço que me dê licença, por favor.

– Certamente.

O velho se retirou, deixando Hugh em meio às ruínas de suas esperanças.

III.

Maisie se perguntava às vezes se não haveria algo contagioso no trabalho de parto. Acontecia com frequência, nos quartos repletos de mulheres grávidas de nove meses, que se passassem dias sem nenhum nascimento; no entanto, assim que uma delas entrava em trabalho de parto, as outras seguiam o exemplo numa questão de horas.

Fora assim naquele dia. Começara às 4 horas, e muitos outros partos haviam ocorrido desde então. As parteiras e enfermeiras faziam a maior parte do trabalho, mas quando havia atividade de mais Maisie e Rachel tinham de largar suas penas e livros de registros e circular com toalhas e mantas.

Por volta das 7 horas, porém, tudo já havia terminado, e elas estavam tomando chá na sala de Maisie junto com o amante de Rachel, Dan Robinson, quando Hugh Pilaster apareceu e foi logo dizendo:

– Trago péssimas notícias, infelizmente.

Maisie servia o chá naquele instante, mas o tom de voz de Hugh deixou-a tão chocada que ela parou. Fitando-o, constatou que ele estava desesperado e pensou que alguém morrera.

– O que aconteceu, Hugh?

– Guardavam todo o dinheiro do hospital numa conta em meu banco, não é mesmo?

Se era apenas dinheiro, refletiu Maisie, a notícia não podia ser tão ruim assim. Foi Rachel quem respondeu:

– É, sim. Meu pai cuida do dinheiro, mas tem uma conta particular com vocês desde que se tornou advogado do banco. Suponho que ele tenha achado mais conveniente manter também a conta do hospital com vocês.

– E ele investiu o dinheiro em títulos de Córdoba.

– Investiu?

– Qual é o problema, Hugh? – perguntou Maisie. – Pelo amor de Deus, conte logo!

– O banco quebrou.

Os olhos de Maisie ficaram marejados de lágrimas, não por si mesma, mas por ele.

– Oh, Hugh!

Ela sabia quanto Hugh estava angustiado. Para ele, era quase como a morte de uma pessoa amada, pois investira todos os seus sonhos e esperanças no banco. Desejou poder assumir uma parte da aflição, a fim de atenuar seu sofrimento.

– Santo Deus! – exclamou Dan. – Haverá pânico!

– Vocês perderam todo o seu dinheiro – disse Hugh. – É provável que tenham de fechar o hospital. Não tenho palavras para dizer quanto lamento.

Rachel ficara pálida com o choque.

– Não é possível! – gritou ela. – Como podemos ter perdido nosso dinheiro?

Foi Dan quem respondeu, amargurado:

– O banco não pode pagar suas dívidas. É isto que significa a bancarrota: você deve dinheiro às pessoas e não tem condições de pagá-las.

Num súbito relance, Maisie viu seu pai, um quarto de século mais jovem, muito parecido com Dan hoje, dizendo a mesma coisa sobre bancarrota. Dan passara grande parte de sua vida tentando proteger as pessoas comuns dos efeitos daquelas crises financeiras... mas até agora nada conseguira.

– Talvez agora aprovem a sua lei dos bancos, Dan – comentou ela.

Rachel perguntou a Hugh:

– Mas o que vocês *fizeram* com o nosso dinheiro?

Hugh suspirou.

– Isto aconteceu por causa de uma coisa que Edward fez quando era sócio principal. Foi um erro, um tremendo erro, e ele perdeu muito dinheiro, mais de 1 milhão de libras. Venho tentando recuperar a situação do banco desde então, porém hoje minha sorte acabou.

– Nunca imaginei que isso pudesse acontecer – disse Rachel.

– Vocês devem recuperar uma parte do dinheiro, mas não antes de um ano ou mais – informou Hugh.

Dan passou o braço pelos ombros de Rachel, mas não havia como confortá-la.

– E o que vai acontecer com todas essas pobres mulheres que vêm aqui em busca de ajuda?

Hugh parecia tão consternado que Maisie sentiu vontade de mandar Rachel se calar.

– Eu daria todo o dinheiro do meu próprio bolso com o maior prazer – respondeu ele. – Mas também perdi tudo.

– Tem certeza de que não se pode fazer coisa alguma? – insistiu Rachel.

– Bem que tentei. Estou vindo da casa de Ben Greenbourne. Pedi-lhe que salvasse o banco e pagasse aos credores, mas ele recusou. O pobre homem já tem seus problemas pessoais: ao que parece, sua neta Rebecca fugiu de casa com o namorado. De qualquer forma, nada poderá ser feito sem o seu apoio.

Rachel levantou-se.

– Acho melhor eu ir conversar com meu pai.

– E eu devo ir para a Câmara dos Comuns – declarou Dan.

Eles saíram.

Maisie sentia uma angústia profunda. Estava transtornada pela perspectiva de fechar o hospital, abalada pela súbita destruição de tudo por que tanto se empenhara; mas, acima de qualquer coisa, sofria por Hugh. Lembrou-se, como se apenas um dia tivesse se passado, de uma noite 17 anos antes, depois das corridas de cavalos em Goodwood, quando Hugh lhe contara a história de sua vida; e ainda podia ouvir a agonia em sua voz ao relatar que o pai quebrara, e por isso se matara. Ele dissera na ocasião que seria um dia o banqueiro mais sagaz, mais conservador e mais rico do mundo... como se acreditasse que isso aliviaria a dor de sua perda. E, de fato, talvez a atenuasse. Em vez disso, porém, ele se via diante do mesmo destino do pai.

Seus olhos se encontraram. Maisie viu um apelo silencioso no olhar de Hugh. Levantou-se devagar e foi ficar perto dele. De pé, ao lado de sua cadeira, pegou sua cabeça entre as mãos e aninhou-a nos seios, afagando os cabelos. Hesitante, ele passou o braço pela cintura de Maisie, cauteloso, a princípio, e depois a apertou com força. E começou a chorar.

DEPOIS QUE HUGH FOI EMBORA, Maisie fez uma ronda pelos quartos. Agora, via tudo com novos olhos: as paredes que elas próprias haviam pintado, as camas de segunda mão, as lindas cortinas feitas pela mãe de Rachel. Recordou-se dos esforços extraordinários que elas empreenderam para abrir o hospital: as brigas com os médicos e o conselho administrativo local, os argumentos incessantes que ela e Rachel haviam usado para convencer respeitáveis donas de casa e clérigos hostis da vizinhança, a persistência obstinada que lhes permitira vencer. Consolou-se com o pensamento de que, no fim das contas, tinha sido bem-sucedidas e o hospital funcionara por 12 anos, proporcionando conforto a centenas de mulheres. Mas ela desejara promover uma mudança permanente. Considerara aquele o primeiro de dezenas de Hospitais para Mulheres que se disseminariam por todo o país. Mas fracassara nesse ponto.

Falou com cada uma das mulheres que dera à luz naquele dia. Só se preocupava com uma, a Senhorita Ninguém. Ela era franzina, e a criança nascera muito pequena. Maisie calculava que ela andara passando fome para esconder a gravidez da família. Maisie sempre se espantava que outras mulheres conseguissem fazer isso – ela estufara ao engravidar, e não fora mais possível esconder depois de cinco meses –, mas sabia por experiência que era algo que acontecia com frequência.

Ela sentou-se na beira da cama da Senhorita Ninguém, que amamentava a filha recém-nascida.

– Ela não é linda? – murmurou a moça.

Maisie concordou fazendo um aceno de cabeça.

– Tem os cabelos pretos, iguais aos seus.

– Minha mãe também tem cabelos assim.

Maisie estendeu a mão e acariciou a cabeça da criança. Como todos os bebês, aquele também parecia se com Solly. Na verdade...

Maisie teve um sobressalto com a súbita revelação.

– Oh, Deus, já sei quem você é!

A moça fitou-a atordoada.

– É Rebecca, a neta de Ben Greenbourne, não é mesmo? Manteve a gravidez em segredo por tanto tempo quanto pôde e depois fugiu de casa para ter a criança.

Os olhos da moça se arregalaram.

– Como soube? Não me via desde que eu tinha 2 anos!

– Mas conheci sua mãe muito bem. Afinal, fui casada com o irmão dela. – Kate não se mostrara tão esnobe quanto o resto dos Greenbourne e sempre fora gentil com Maisie quando a família não estava presente. – E me lembro de quando você nasceu. Tinha cabelos pretos, iguais aos de sua filha.

Rebecca estava assustada.

– Promete que não vai contar a eles?

– Prometo que não farei nada sem o seu consentimento. Mas acho que deve mandar um aviso para sua família. Seu avô está transtornado.

– É dele que tenho medo.

Maisie assentiu com um gesto de cabeça.

– Entendo por quê. É um velho rabugento de coração duro, como sei por experiência própria. Mas se me deixar conversar com ele, acho que posso meter um pouco de bom-senso em sua cabeça.

– É mesmo? – murmurou Rebecca, a voz já transbordando com um otimismo juvenil. – Faria isso por mim?

– É claro. Mas não direi onde você está, a menos que ele prometa ser gentil.

Rebecca baixou os olhos. A criança parara de mamar e mantinha os olhos fechados.

– Ela está dormindo...

Maisie sorriu.

– Já escolheu um nome para ela?

– Já, sim – respondeu Rebecca. – Vou chamá-la de Maisie.

O ROSTO DE BEN GREENBOURNE estava molhado de lágrimas quando ele saiu do quarto da enfermaria.

– Deixei-a a sós com Kate – murmurou ele, a voz embargada.

O velho tirou um lenço do bolso, tentou em vão enxugar as faces. Maisie nunca vira o sogro perder o controle daquele jeito. Ele parecia uma figura um tanto patética, mas Maisie refletiu que isso lhe faria muito bem.

– Vamos para a minha sala – sugeriu ela. – Farei um chá.

– Obrigado.

Quando ele se sentou, Maisie pensou que era o segundo homem que chorava ali naquela noite.

– Todas essas moças... estão na mesma situação de Rebecca?

– Nem todas – respondeu Maisie. – Algumas são viúvas. Outras foram abandonadas pelos maridos. Muitas fugiram de homens que as espancavam. Uma mulher pode suportar muita coisa e permanecer com um marido mesmo quando ele a machuca. No entanto, quando engravida, fica com medo de que as pancadas possam afetar a criança, e é nesse momento que ela sai de casa. A maioria, porém, é como Rebecca, garotas que simplesmente cometeram um erro estúpido.

– Pensava que a vida não tinha muita coisa a mais para me ensinar. Agora, descubro que tenho sido um tolo e ignorante.

Maisie deu-lhe a xícara com chá.

– Obrigado. É muito gentil, e eu nunca fui gentil com você.

– Todos nós cometemos erros.

– Ainda bem que você está aqui – comentou Greenbourne. – De outro modo, para onde iriam essas pobres moças?

– Teriam seus bebês em valas e becos.

– E pensar que isso poderia ter acontecido com Rebecca...

– Infelizmente, o hospital vai fechar.

– Mas por quê?

Ela fitou-o nos olhos.

– Todo o nosso dinheiro estava no Pilaster Bank. Agora, não temos mais nada.

– É mesmo? – murmurou Ben Greenbourne, pensativo.

HUGH PREPAROU-SE para dormir, mas não sentia sono. Foi sentar-se diante da lareira, de chambre, e ficou olhando para o fogo. Embora tivesse analisado várias vezes a situação do banco, não conseguia descobrir nenhum meio de melhorá-la. Mas não podia parar de pensar a respeito.

À meia-noite, ouviu uma batida alta e determinada na porta da frente. Desceu para atender. Havia uma carruagem parada na calçada, e um lacaio de libré junto à porta.

– Peço perdão por bater em sua porta tão tarde, senhor, mas a mensagem é urgente.

Ele entregou um envelope e foi embora. Enquanto Hugh fechava a porta, seu mordomo desceu a escada e indagou, preocupado:

– Está tudo bem, senhor?

– É apenas uma mensagem. Pode voltar para a cama.

– Obrigado, senhor.

Hugh abriu o envelope e deparou com a letra impecável e antiquada de um velho meticuloso. As palavras fizeram seu coração transbordar de alegria.

Piccadilly, 12
Londres, S. W.
23 de novembro de 1890

Prezado Pilaster,

Pensando melhor, decidi concordar com sua proposta.

Cordialmente,
B. Greenbourne

Ele levantou os olhos da mensagem e sorriu para o vestíbulo vazio.

– Mas que tremenda surpresa! – disse radiante. – O que será que fez o velho mudar de ideia?

IV.

Augusta estava sentada na sala dos fundos da melhor joalheria da Bond Street. Luzes a gás faziam as joias faiscarem em seus mostruários. Havia vários espelhos ali. Um assistente atencioso atravessou a sala e pôs na sua frente uma caixa de veludo preto contendo um colar de diamantes. O gerente da loja mantinha-se de pé ao lado de Augusta.

– Quanto custa? – perguntou ela.

– Nove mil libras, lady Whitehaven. – Ele murmurou o preço com devoção, quase como se fosse uma oração.

O colar era simples, apenas uma fieira de enormes diamantes idênticos incrustados em ouro. Ficaria deslumbrante contra os vestidos pretos de uma viúva, pensou Augusta. Ocorre que não ia comprá-lo para usar.

– É uma peça maravilhosa, milady, a mais adorável que temos aqui.

– Não tente me apressar. Estou pensando.

Era a sua última e desesperada tentativa de conseguir levantar algum dinheiro. Já tentara indo ao banco e exigindo 100 libras em soberanos de ouro. O empregado, um cão insolente chamado Mulberry, negara-lhe. Tentara transferir a casa do nome de Edward para o seu, mas também não dera certo, pois a escritura estava no cofre do velho Bodwin, o advogado do banco, e ele passara para o lado de Hugh. Agora, sua ideia era comprar diamantes a crédito para vender à vista. Edward fora seu aliado, a princípio, mas agora até ele se recusava a ajudá-la.

– O que Hugh está fazendo é o melhor – dissera ele, como um idiota. – Se por acaso se espalhar a notícia de que pessoas da família estão tentando se apoderar do que podem, a associação de bancos pode se desfazer. Foram persuadidos a entrar com dinheiro para evitar uma crise financeira, não para manter a família Pilaster no luxo.

Fora um discurso longo para Edward. Um ano antes, ela ficaria profundamente abalada pela posição contrária do filho, mas desde sua rebelião no caso da anulação do casamento ele deixara de ser o menino meigo e obediente que Augusta tanto amara. Clementine também se virara contra ela, aprovando os planos de Hugh para transformar a todos em indigentes. Augusta tremia de raiva só de pensar a respeito. Mas eles não escapariam impunes. Ela levantou os olhos para o gerente da joalheria e anunciou, decidida:

– Vou levá-lo.

– Uma sábia escolha, não tenho a menor dúvida, lady Whitehaven.

– Mande a conta para o banco.

– Pois não, milady. Entregaremos o colar na Whitehaven House.

– Vou levá-lo agora. Quero usá-lo esta noite.

O gerente fitou-a com uma expressão aflita.

– Deixa-me numa situação embaraçosa, milady.

– Mas do que está falando? Mande logo embrulhar!

– Lamento, mas não posso liberar a joia antes que o pagamento tenha sido efetuado.

– Não seja ridículo! Sabe quem eu sou?

– Sim, mas os jornais dizem que o banco fechou.

– Isto é um insulto!

– Sinto muito.

Augusta levantou-se e pegou o colar.

– Eu me recuso a escutar esses absurdos. Levarei o colar agora.

Suando, o gerente colocou-se entre ela e a porta.

– Suplico que não faça isso, milady.

Ela se adiantou, mas o homem se manteve firme.

– Saia da minha frente!

– Terei de mandar trancar a porta da joalheria e chamar a polícia – avisou ele.

Augusta constatou que, embora estivesse quase gaguejando de terror, o homem não cedera um milímetro. Tinha medo dela, mas temia muito mais perder um colar de diamantes no valor de 9 mil libras. Ela concluiu que estava derrotada. Furiosa, jogou o colar no chão. O homem recolheu-o de um só golpe, sem nenhuma tentativa de fazer um gesto elegante. Augusta abriu a porta, atravessou a loja e saiu para sua carruagem que a esperava.

Mantinha a cabeça erguida, mas sentia-se mortificada. O homem praticamente a acusara de roubo. Uma vozinha no fundo de sua mente dizia que fora mesmo um roubo o que tentara fazer, porém tratou de reprimi-la. Voltou para casa dominada pela raiva.

Quando Augusta chegou, Hastead tentou detê-la, mas ela não tinha cabeça para trivialidades domésticas naquele momento e silenciou-o, ordenando:

– Leve-me um copo de leite quente.

Ela sentia dor no estômago. Foi para o quarto. Sentou-se à penteadeira e abriu sua caixa de joias. Havia bem pouco ali. Valia no máximo umas poucas centenas de libras. Augusta removeu a bandeja do fundo, tirou um pedaço de seda dobrado e abriu-o, expondo o anel de ouro em formato de serpente que Strang lhe dera. Como sempre, enfiou-o no dedo e esfregou a cabeça da serpente contra os lábios. Nunca venderia aquele anel. Como tudo teria sido diferente se tivessem permitido que ela se casasse com Strang... Por um momento, sentiu vontade de chorar.

Foi então que ouviu vozes estranhas do lado de fora. Um homem, talvez dois homens... e uma mulher. Não pareciam criados, e além do mais os empregados jamais teriam a ousadia de conversar no patamar. Ela saiu do quarto.

A porta do quarto de seu falecido marido estava aberta e as vozes vinham de lá. Ao chegar à porta, Augusta viu um jovem, obviamente um empregado subalterno, e um casal mais velho, bem-vestido, da classe alta.

– Mas quem são vocês? – perguntou ela.

O jovem respondeu:

– Sou Stoddart, da agência imobiliária, milady. O Sr. e Sra. De Graaf estão muito interessados em comprar sua linda casa...

– Saiam daqui!

A voz do jovem reduziu-se a um ganido:

– Mas recebemos instruções para oferecer a casa no mercado...

– Eu mandei vocês saírem! Minha casa não está à venda!

– Mas falei pessoalmente...

O Sr. De Graaf tocou no braço de Stoddart, silenciando-o.

– Um equívoco constrangedor, com toda a certeza, Sr. Stoddart – disse ele, suavemente. Virou-se para a esposa. – Vamos embora, minha querida?

Os dois retiraram-se com uma tranquila dignidade que a deixou fervendo de raiva; Stoddart foi atrás, desmanchando-se em desculpas.

Hugh era o responsável. Augusta nem precisava indagar para saber disso. A casa era propriedade da associação que salvara o banco, dissera ele, e evidentemente desejavam vendê-la. Hugh aconselhara Augusta a se mudar dali, mas ela se recusara. A reação dele fora a de enviar compradores em potencial para visitar o imóvel assim mesmo. Ela sentou-se na cadeira de Joseph. O mordomo entrou com o leite quente.

– Não deve mais permitir a entrada dessas pessoas, Hastead. A casa não está à venda.

– Está certo, milady.

Ele pôs a bandeja numa mesa e hesitou.

– Mais alguma coisa? – perguntou Augusta.

– O açougueiro veio aqui hoje para tratar da conta, milady.

– Diga-lhe que será pago de acordo com a conveniência de lady Whitehaven, e não quando ele quiser receber.

– Está certo, milady. E os dois lacaios foram embora hoje.

– Quer dizer que eles apresentaram um aviso prévio?

– Não. Apenas foram embora.

– Desgraçados!

– Milady, os outros empregados querem saber quando receberão seus salários.

– Mais alguma coisa?

Hastead ficou atônito.

– Mas o que direi a eles?

– Diga-lhes que não respondi à sua pergunta!

– Está bem. – Ele tornou a hesitar. – Desejo comunicar que vou embora no fim da semana.

– Por quê?

– Todos os outros Pilaster dispensaram seus empregados. O Sr. Hugh nos disse que receberíamos até a última sexta-feira, não mais do que isso, independentemente do tempo que continuássemos no serviço.

– Suma da minha vista, seu traidor!

– Pois não, milady.

Augusta disse a si mesma que ficaria contente por nunca mais ver Hastead. Era melhor se livrar de todos eles – eram ratos abandonando o navio que naufragava.

Ela tomou um gole do leite, mas a dor no estômago não diminuiu.

Correu os olhos pelo quarto. Joseph nunca a deixara redecorá-lo, e por isso continuava no estilo que ela escolhera em 1873, o mesmo papel de parede, cortinas de brocado e a coleção de caixinhas de rapé cravejadas de pedras preciosas no armário laqueado. O quarto parecia morto, como Joseph. Ela desejou poder trazer o marido de volta. Nada daquilo estaria acontecendo se ele estivesse vivo. Teve uma visão momentânea de Joseph parado ao lado da janela, segurando uma de suas caixinhas de rapé prediletas, virando-a para um lado e para outro, a fim de admirar o jogo de luz nas pedras preciosas. Sentiu uma estranha sensação de sufocamento e sacudiu a cabeça para dissipar a visão.

Em breve, o Sr. De Graaf ou outro como ele se instalaria naquele quarto. E com toda a certeza removeria o papel de parede e as cortinas, e faria uma nova decoração, provavelmente no estilo em voga, com painéis de carvalho e cadeiras rústicas.

Ela teria de sair da casa. Já aceitara isso, embora fingisse o contrário. Mas não se mudaria para uma casa moderna e apertada em St. John's Wood ou Clapham, como Madeleine e Clementine. Não suportaria viver em condições modestas em Londres, onde poderia ser vista por pessoas que outrora desprezara.

Preferia deixar o país.

Ainda não sabia direito para onde ir. Calais era uma cidade de vida barata, mas muito perto de Londres. Paris era elegante, no entanto Augusta sentia-se velha demais para iniciar uma nova vida social num localidade estranha. Ouvira comentários sobre um lugar chamado Nice, na costa mediterrânea da França, onde se podia ter uma casa grande e vários criados por uma bagatela, e havia uma comunidade de estrangeiros, muitos de sua idade, desfrutando os invernos amenos e o ar marinho.

Mas não poderia viver do nada. Precisava de dinheiro suficiente para o aluguel e os salários dos criados; e, embora estivesse disposta a levar uma vida frugal, não poderia dispensar uma carruagem. Ocorre que dispunha de muito pouco dinheiro, não mais do que 50 libras. Daí a sua tentativa desesperada de comprar os diamantes. Nove mil libras não era muita coisa, mas talvez fosse o suficiente para sustentá-la por alguns anos.

Ela sabia que estava colocando em risco os planos de Hugh. Edward tinha razão nesse ponto. A boa vontade da associação de banqueiros dependia da seriedade da família no empenho de pagar as dívidas. Uma pessoa da família fugindo para o continente com a bagagem cheia de joias era o tipo de coisa que podia arruinar uma frágil coalizão. De certa forma, isso tornava a perspectiva ainda mais atrativa – ficaria feliz em dar uma rasteira no hipócrita do Hugh.

Mas precisava ter um suporte. O resto seria fácil: arrumaria tudo num único baú, iria ao escritório da companhia de navegação para reservar a passagem, chamaria um fiacre pela manhã e seguiria para a estação ferroviária sem avisar ninguém. Mas o que ela poderia converter em dinheiro?

Tornando a correr os olhos pelo quarto do marido, Augusta notou um caderninho de anotações. Abriu-o, com uma vaga curiosidade, e observou que alguém - devia ter sido Stoddart, o funcionário da agência imobiliária - fizera um inventário do que havia na casa. Enfureceu-a ver seus bens relacionados no caderninho de um empregado subalterno e avaliados por alto: *mesa de jantar, 9 libras; biombo egípcio, 30 xelins, retrato de uma mulher por Joshua Reynolds, 110 libras.* Os quadros deviam valer alguns milhares de libras, mas não havia como levá-los num baú. Ela virou a página e leu: *65 caixas de rapé – consultar departamento de joias.* Levantou os olhos. Ali, na sua frente, no armário que comprara havia 17 anos, encontrava-se a solução de seu problema. A coleção de caixas de rapé de Joseph valia milhares de libras, talvez até 100 mil. Poderia esconder as caixas na bagagem com a maior facilidade, pois eram pequenas, feitas para caber no bolso do colete de um homem. Não teria dificuldade de vendê-las, uma a uma, à medida que precisasse do dinheiro.

Seu coração bateu mais depressa. Aquilo podia ser a resposta às suas preces.

Estendeu a mão para abrir o armário. Estava trancado.

Augusta ficou em pânico. Não sabia se conseguiria arrombá-lo, pois a madeira era grossa, e os painéis de vidro, pequenos e grossos.

Tratou de se acalmar. Onde Joseph costumava guardar a chave? Devia ser na gaveta de sua escrivaninha. Ela foi até lá e abriu a gaveta. Havia um livro ali, com o título horrível de *A duquesa de Sodoma*, que ela empurrou para o fundo, e uma pequena chave prateada. Pegou a chave.

Com a mão trêmula, tentou inseri-la na fechadura do armário. Ao virá-la, ouviu um estalido e a porta se abriu no instante seguinte.

Respirou fundo, esperou até que as mãos parassem de tremer.

E depois começou a retirar as caixinhas das prateleiras.

4
Dezembro

I.

A quebra do Pilaster foi o escândalo do ano na sociedade. Os jornais sensacionalistas noticiavam cada fato com o maior estardalhaço: a venda das grandes mansões em Kensington; os leilões de quadros, móveis antigos e caixas de vinho do Porto; o cancelamento da planejada lua de mel de seis meses de Nick e Dotty na Europa; e as modestas casas suburbanas em que os orgulhosos e poderosos Pilaster agora descascavam as batatas que iam comer e lavavam suas roupas de baixo.

Hugh e Nora alugaram uma casa pequena com um jardim em Chingford, um povoado a cerca de 15 quilômetros de Londres. Dispensaram todos os criados, mas uma musculosa garota de 14 anos ia até lá na parte da tarde limpar o chão e lavar as janelas. Nora, que passara 12 anos sem realizar nenhum trabalho doméstico, submeteu-se contrafeita à mudança. Arrastava-se de um lado para outro num avental imundo, varrendo o chão sem muito ânimo, preparando refeições intragáveis e sempre se queixando. Os meninos gostavam mais do povoado do que de Londres porque podiam brincar no bosque. Hugh viajava de trem para City todos os dias e continuava a ir ao banco, onde seu trabalho consistia na liquidação dos ativos dos Pilaster por conta da associação de banqueiros.

Cada um dos sócios recebia uma pequena quantia mensal do banco. Em teoria, não tinham direito a nada. Mas os membros da associação eram banqueiros como os Pilaster e pensavam, no fundo de sua mente: *Eu poderia estar nessa situação, se não fosse pela graça de Deus.* Além disso, a cooperação dos sócios era importante na liquidação dos ativos, e valia conceder-lhes um pequeno pagamento para garantir sua boa vontade.

Hugh acompanhava o andamento da guerra civil em Córdoba com o coração ansioso. O resultado determinaria quanto dinheiro a associação perderia. Ele queria muito que obtivessem lucro. Desejava que um dia pudesse dizer que ninguém perdera dinheiro ao salvar o Pilaster Bank. Mas a possibilidade parecia remota.

A princípio, a facção dos Miranda dava a impressão de estar na iminência de ganhar a guerra. Pelos relatos, seu ataque fora bem planejado e desfechado com a maior brutalidade. O presidente Garcia fora obrigado a fugir da capital e se refugiara na cidade fortificada de Campanário, no Sul, sua região natal. Hugh andava desanimado. Se os Miranda vencessem, dirigiriam Córdoba como um reino particular e nunca pagariam os juros por empréstimos contraídos pelo regime anterior; e os títulos de Córdoba continuariam a não ter nenhum valor por todo o futuro previsível.

Mas depois ocorreu um avanço inesperado. A família de Tonio, os Silva, que por alguns anos fora a base da pequena e ineficaz oposição liberal, entrara na guerra ao lado do presidente em troca de promessas de eleições livres e reforma agrária quando Garcia recuperasse o controle do país. As esperanças de Hugh tornaram a aumentar.

O exército presidencial revitalizado conquistara um grande apoio popular e conseguira deter os usurpadores. Havia agora um equilíbrio de forças. Isso também acontecia com os recursos financeiros. Os Miranda haviam gasto seu fundo de guerra na violenta ofensiva inicial. O Norte tinha as minas de nitrato, enquanto o Sul tinha a prata, mas nenhum dos lados podia obter financiamento nem seguro para suas exportações, uma vez que o Pilaster não mais operava e nenhum outro banco aceitaria um cliente que poderia desaparecer no dia seguinte.

Ambos os lados apelaram ao governo britânico por reconhecimento, na esperança de que isso os ajudasse a conseguir uma linha de crédito. Micky Miranda, ainda oficialmente o embaixador cordovês em Londres, assediava as autoridades do Ministério do Exterior, os altos escalões do governo e membros do Parlamento, pressionando para que Papa Miranda fosse reconhecido como o novo presidente. Até aquele momento, porém, o primeiro-ministro, lorde Salisbury, recusara-se a favorecer qualquer dos lados.

E foi então que Tonio Silva voltou a Londres.

Na véspera do Natal, ele apareceu na casa onde Hugh morava no subúrbio. Hugh estava na cozinha, servindo leite quente e torrada com manteiga aos meninos enquanto Nora se vestia, pois iria a Londres fazer compras de Natal, embora dispusesse de bem pouco dinheiro para gastar. Hugh concordara em ficar em casa, cuidando dos filhos, pois não tinha nenhum trabalho urgente para fazer no banco naquele dia.

Ele atendeu pessoalmente à porta, uma experiência que lhe lembrou os velhos tempos com a mãe, em Folkestone. Tonio deixara crescer o bigode e a barba, sem dúvida para esconder as cicatrizes da surra que recebera dos bandidos contratados por Micky 12 anos antes. Ainda assim, Hugh reconheceu no mesmo instante os cabelos ruivos e o sorriso espontâneo de Tonio. Estava nevando, e havia uma camada branca no chapéu e nos ombros de Tonio.

Hugh levou o velho amigo para a cozinha.

– Como me encontrou?

– Não foi fácil – respondeu Tonio. – Não havia ninguém em sua antiga casa e o banco estava fechado. Mas fui à Whitehaven House e falei com sua tia Augusta. Ela não mudou. Não sabia o seu endereço, mas se lembrou de Chingford. Pela maneira como falou, parecia um campo de prisioneiros, como a Terra de Van Diemen.

Hugh fez um aceno de cabeça.

– Não é tão ruim assim. Os meninos até que gostam. É um pouco duro para Nora.

– Augusta não deixou a casa – disse Tonio.

– Sei disso. Ela é mais culpada do que qualquer outra pessoa pela nossa situação crítica, mas é a única que ainda se recusa a aceitar a realidade. Vai descobrir que há lugares piores do que Chingford.

– Córdoba, por exemplo – disse Tonio.

– Como estão as coisas por lá?

– Meu irmão morreu em combate.

– Sinto muito.

– A guerra chegou a um impasse. Tudo depende agora do governo britânico. O lado que conseguir o reconhecimento poderá obter crédito, reabastecer seu exército e esmagar a oposição. É por isso que estou aqui.

– Foi enviado pelo presidente Garcia?

– Melhor do que isso. Sou agora, oficialmente, o embaixador cordovês em Londres. Miranda foi afastado do cargo.

– Esplêndido!

Hugh sentia-se satisfeito por Micky ter sido finalmente demitido. Irritava-o ver um homem que lhe roubara 2 milhões de libras circulando por Londres, frequentando clubes, teatros e jantares como se nada tivesse acontecido. Tonio acrescentou:

– Trouxe cartas de credenciamento e as apresentei ontem no Ministério do Exterior.

– E espera persuadir o primeiro-ministro a apoiar o seu lado.

– Isso mesmo.

Hugh fitou-o com uma expressão irônica.

– Como?

– Garcia é o presidente... a Grã-Bretanha deve apoiar o governo legítimo.

Era um argumento pouco incisivo, pensou Hugh.

– Não o fizemos até agora.

– Direi ao primeiro-ministro que devem fazer isso.

– Lorde Salisbury anda muito ocupado tentando manter fechado o caldeirão fervente que é a Irlanda e não tem tempo para uma distante guerra civil sul-americana.

Hugh não tencionava parecer negativo, mas uma ideia começava a aflorar em sua cabeça.

Tonio comentou, irritado:

– Meu trabalho é persuadir Salisbury de que deve dispensar alguma atenção ao que acontece na América do Sul, ainda que esteja preocupado com outros problemas. – Mas até ele podia perceber a fraqueza dessa posição e tratou de perguntar depois de um momento: – Você é inglês, Hugh. O que acha que atrairia a atenção do primeiro-ministro?

Hugh respondeu sem hesitar:

– A promessa de que vocês protegerão os investidores britânicos de prejuízos.

– Como?

– Ainda não sei direito, estou apenas pensando em voz alta.

Hugh mudou de posição na cadeira. Sol, de 4 anos, construía um castelo de blocos de madeira em torno de seus pés. Era muito estranho estar decidindo o futuro de um país ali, na pequena cozinha de uma modesta casa de subúrbio.

– Investidores britânicos aplicaram 2 milhões de libras na Companhia Docas de Santamaria, e o Pilaster Bank foi o maior contribuinte. Todos os diretores da companhia eram membros ou associados da família Miranda, e não tenho a menor dúvida de que todo o dinheiro foi direto para seu fundo de guerra. Precisamos recuperá-lo.

– Mas já foi tudo gasto com armas!

– Acontece que a família Miranda deve ter um patrimônio que vale milhões.

– É verdade, possui as minas de nitrato do país.

– Se o seu lado vencesse a guerra, o presidente Garcia poderia entregar as minas à Companhia Docas de Santamaria como compensação pela fraude? Os títulos passariam a valer alguma coisa assim.

Tonio disse com firmeza:

– O presidente me disse que posso prometer qualquer coisa... *absolutamente qualquer coisa*... que atraia os britânicos para o lado das forças do governo em Córdoba.

Hugh começou a sentir-se empolgado. A perspectiva de pagar todas as dívidas do Pilaster parecia de repente mais próxima.

– Deixe-me pensar... devemos preparar o terreno antes que você faça o contato. Creio que posso persuadir o velho Ben Greenbourne a falar com lorde Salisbury, dizendo-lhe que deve apoiar o investidor britânico. E como reagiria a oposição no Parlamento? Podemos conversar com Dan Robinson, o irmão de Maisie, que é membro do Parlamento e obcecado com a questão da falência dos bancos. Ele aprova o meu esquema de salvação do Pilaster e quer que dê certo. Pode nos garantir o apoio da oposição na Câmara dos Comuns. – Hugh tamborilou com os dedos sobre a mesa da cozinha. – Já começa a parecer possível!

– Temos de agir depressa.

– Vamos para a cidade imediatamente. Dan Robinson mora com Maisie na zona sul de Londres. Greenbourne deve estar em sua casa de campo, mas posso lhe telefonar do banco. – Hugh levantou-se. – Vou avisar Nora.

Ele tomou cuidado para não derrubar o castelo de Sol com os pés e saiu da cozinha. Encontrou Nora no quarto, pondo um chapéu todo elaborado com forro de pele.

– Tenho de ir a Londres – anunciou Hugh, colocando o colarinho e gravata.

– E quem vai tomar conta dos meninos?

– Você, eu espero.

– Não! – protestou Nora, a voz estridente. – Vou fazer compras!

– Lamento, Nora, mas é muito importante.

– Eu também sou importante!

– É claro que é, porém não posso fazer o que você deseja agora. Preciso conversar o mais depressa possível com Ben Greenbourne.

– Estou cansada de tudo isto! Cansada desta casa, cansada deste povoado insuportável, cansada das crianças e cansada de você! Meu pai vive melhor do que nós! – O pai de Nora abrira um pub, com um empréstimo do Pilaster Bank, e estava indo muito bem. – Prefiro ir morar com ele e trabalhar no bar! Seria mais divertido, e eu ainda receberia um pagamento pelo trabalho!

Hugh fitou-a, atônito. Compreendeu subitamente que nunca mais partilharia a cama da esposa. Seu casamento acabara. Nora o odiava, e ele a desprezava.

– Tire o chapéu, Nora. Você não vai fazer compras hoje.

Hugh vestiu o paletó e saiu do quarto. Tonio o esperava, impaciente, no vestíbulo. Hugh beijou os meninos, pegou o chapéu e o casaco e abriu a porta.

– Um trem partirá em poucos minutos – informou ele ao saírem. Ele pôs o chapéu e vestiu o casaco enquanto atravessavam o pequeno jardim e passavam pelo portão. Continuava a nevar, e uma camada espessa cobria a relva. Havia mais vinte ou trinta casas iguais à de Hugh, construídas no que fora outrora uma plantação de rabanetes. Os dois homens foram andando por um caminho de cascalho na direção do povoado.

– Falaremos com Robinson primeiro – disse Hugh, planejando o esquema de ação. – Depois, poderei comunicar a Greenbourne que a oposição já está do nosso lado... Escute!

– O quê?

– É o nosso trem. Temos de nos apressar.

Aceleraram os passos. Por sorte, a estação ficava no lado mais próximo do povoado. O trem apareceu no momento em que atravessavam uma passarela sobre a linha.

Um homem estava debruçado no parapeito, observando o trem. Virou-se no momento em que eles passaram, e Hugh reconheceu-o: era Micky Miranda.

E tinha um revólver na mão.

Depois disso, tudo aconteceu muito depressa.

Hugh berrou, mas seu grito foi um sussurro em comparação com o ruído do trem. Micky apontou a arma para Tonio e disparou à queima-roupa. Tonio cambaleou e caiu. Micky virou a arma para Hugh, mas nesse instante o vapor e a fumaça da locomotiva passaram pela passarela numa densa nuvem, e os dois ficaram com a visão ofuscada. Hugh jogou-se no chão, coberto de neve. Ouviu a arma disparar de novo, duas vezes, porém nada sentiu. Rolou para o lado e ficou de joelhos, tentando ver alguma coisa através da nuvem.

A fumaça começou a se dissipar. Hugh vislumbrou um vulto e jogou-se em sua direção. Micky viu-o e se virou, mas era tarde demais; Hugh chocou-se contra ele antes que pudesse atirar. Micky caiu, a arma escapuliu de sua mão, voou por cima do parapeito e foi parar na linha do trem, lá embaixo. Hugh tombou por cima de Micky e rolou para o lado.

Ambos se levantaram com bastante dificuldade. Micky inclinou-se para pegar sua bengala. Hugh tornou a avançar e derrubou-o outra vez, contudo Micky não largou a bengala. Quando ele se levantou, Hugh atacou-o novamente. Mas Hugh não brigava com ninguém havia vinte anos e errou o soco. Micky ergueu a bengala e acertou-a em sua cabeça. O golpe doeu. Micky bateu de novo. O segundo golpe enfureceu Hugh, que soltou um urro de raiva e avançou para Micky, dando uma cabeçada em seu rosto. Os dois cambalearam para trás, ofegantes.

Foi nesse instante que soou um apito na estação, indicando que o trem estava prestes a partir. O pânico estampou-se no rosto de Micky. Hugh concluiu que Micky planejara escapar naquele trem e não podia permanecer em Chingford por mais uma hora tão perto do local de seu crime. O palpite estava certo – Micky virou-se e saiu correndo para a estação.

Hugh partiu em seu encalço.

Micky não era um corredor, tinha passado muitas noites bebendo em bordéis. Hugh, por sua vez, levara a vida adulta sentado atrás de uma escrivaninha e não se encontrava em muito melhor forma. Micky entrou correndo na estação no momento em que o trem começava a se mover. Hugh seguiu-o, respirando com dificuldade. Ao avançarem para a plataforma, um ferroviário gritou:

– Ei, onde estão suas passagens?

Como resposta, Hugh berrou:

– Assassino!

Micky disparou pela plataforma, tentando alcançar a traseira do trem. Hugh foi atrás, fazendo um esforço para ignorar a pontada de dor no flanco. O ferroviário aderiu à perseguição. Micky alcançou o trem, segurou uma alça e pulou para o degrau. Hugh saltou, segurou seu tornozelo, mas acabou por largá-lo. O ferroviário tropeçou em Hugh e caiu no chão.

Quando Hugh se levantou, o trem já estava fora de alcance. Ficou olhando, desesperado. Viu Micky abrir a porta do vagão e passar cautelosamente do degrau para o interior e, depois, fechar a porta. O ferroviário também se pôs de pé, sacudindo a neve da roupa.

– Mas, afinal, o que aconteceu?

Hugh curvou-se para frente, respirando como um fole cheio de buracos, fraco demais para falar.

– Um homem foi baleado – informou ele assim que recuperou o fôlego.

Quando se sentiu em condições de caminhar, ele voltou para a entrada da estação, fazendo sinal para que o ferroviário o seguisse. Levou-o para a passarela em que Tonio ficara.

Hugh ajoelhou-se ao lado do corpo. Tonio fora atingido entre os olhos, e não restava muita coisa de seu rosto.

– Por Deus, que coisa terrível! – murmurou o ferroviário.

Hugh engoliu em seco, reprimindo a náusea. Forçou-se a enfiar a mão por baixo do casaco de Tonio e sentir o coração. Como já esperava, não havia batimentos. Lembrou-se do menino travesso com quem costumava nadar no poço em Bishop's Wood 24 anos antes e sentiu uma onda de tristeza que o levou à beira das lágrimas.

A mente de Hugh começava a se desanuviar, e ele percebeu, com uma lucidez angustiante, como Micky planejara tudo. Micky tinha amigos no Ministério do Exterior, como todos os diplomatas competentes. Uma dessas pessoas devia tê-lo informado, talvez numa recepção ou num jantar na noite anterior, que Tonio se encontrava em Londres. Tonio já apresentara suas credenciais, e por isso Micky sabia que seus dias estavam contados. No entanto, se Tonio morresse, a situação voltaria a ficar confusa. Não haveria ninguém em Londres para negociar por conta do presidente Garcia, e Micky seria o embaixador *de facto*. Era a única esperança de Micky. Mas ele tinha de agir depressa e correr riscos, pois só lhe restava um dia, no máximo dois.

Como Micky soubera onde Tonio estava? Talvez tenha mandado alguém segui-lo ou talvez Augusta o tenha avisado de que Tonio fora à sua casa, perguntando onde encontrar Hugh. Seja como for, ele acompanhara Tonio até Chingford.

Procurar a casa de Hugh implicaria falar com pessoas demais. Mas ele sabia que mais cedo ou mais tarde Tonio voltaria à estação ferroviária. Assim, permanecera à espreita perto da estação, planejando matar Tonio – e qualquer testemunha do crime – e escapar de trem.

Micky estava desesperado, e seu plano era muito arriscado – porém, quase dera certo. Precisaria matar Hugh também, além de Tonio, mas a fumaça da locomotiva prejudicara sua mira. Se tudo tivesse corrido de acordo com o planejado, ninguém o teria reconhecido. Em Chingford não havia telégrafo nem telefone e não existia nenhum meio de transporte mais rápido do que o trem; por isso, ele voltaria a Londres antes que o crime pudesse ser comunicado. E, com toda a certeza, um de seus empregados lhe providenciaria um álibi.

Mas ele não conseguira matar Hugh. E, de repente, Hugh se deu conta de que, tecnicamente, Micky não era mais o embaixador cordovês – perdera a imunidade diplomática.

Podia ser enforcado pelo que fizera.

Hugh levantou-se.

– Devemos comunicar o crime o mais depressa possível.

– Há uma delegacia de polícia em Walthamstow, a poucas estações daqui.

– Quando passa o próximo trem?

O homem tirou um relógio grande do bolso do colete.

– Daqui a 47 minutos.

– Devemos embarcar nele. Você vai à delegacia em Walthamstow e eu irei a Londres para informar a Scotland Yard.

– Não há ninguém para cuidar da estação. Sou o único que está trabalhando, pois é véspera de Natal.

– Tenho certeza de que seu chefe vai querer que você cumpra seu dever público.

– Tem razão – respondeu o ferroviário, agradecido por alguém lhe determinar o que fazer.

– É melhor levarmos o pobre Silva daqui. Há algum lugar na estação em que possamos deixar o corpo?

– Somente a sala de espera.

– Então vamos carregá-lo até lá e trancá-lo. – Hugh inclinou-se, pegou o corpo pelos braços. – Você segura as pernas.

Levaram Tonio para a estação e estenderam-no num banco na sala de espera. Depois, não sabiam direito o que fazer. Hugh sentia-se irrequieto. Não podia se lamentar... era cedo demais. Queria primeiro pegar o assassino. Ficou andando de um lado para outro, consultando o relógio a intervalos de poucos minutos e esfregando a área dolorida na cabeça em que a bengala de Micky o acertara. O ferroviário sentou-se no banco em frente, olhando para o cadáver com um fascínio assustado. Depois de um tempo, Hugh sentou-se ao seu lado. Assim permaneceram, calados, olhando, partilhando a sala fria com o cadáver até que o trem seguinte entrou na estação.

II.

Micky Miranda fugia por sua vida.

Sua sorte se esgotava. Cometera quatro assassinatos nos últimos 24 anos e escapara impune dos três primeiros, mas desta vez fora diferente. Hugh Pilaster o vira atirar em Tonio Silva em plena luz do dia, e não havia jeito de escapar ao carrasco, a não ser deixando a Inglaterra.

E de repente ele se tornara um fugitivo na cidade que fora o seu lar durante a maior parte de sua vida. Atravessou apressado a estação da Liverpool Street, evitando os olhos dos guardas – arquejando, o coração disparado –, e embarcou num fiacre de aluguel.

Seguiu direto para o escritório da Companhia de Navegação da Costa do Ouro e do México.

O lugar estava apinhado, e quase todos eram latinos. Alguns tentavam voltar para Córdoba, outros queriam trazer parentes de lá e havia até quem estivesse apenas em busca de notícias. Reinava a maior confusão, uma completa desorganização. Micky não podia esperar que a gentalha fosse atendida na sua frente. Abriu caminho até o balcão, usando a bengala em homens e mulheres, indiscriminadamente. As roupas elegantes e a arrogância da classe alta atraíram a atenção de um funcionário, a quem ele disse:

– Quero reservar uma passagem para Córdoba.

– Há uma guerra em Córdoba.

Micky suprimiu uma resposta sarcástica.

– Mas presumo que vocês não suspenderam todas as viagens.

– Estamos vendendo passagens para Lima, Peru. O navio continuará até Palma se as condições políticas permitirem, mas a decisão só será tomada na chegada ao Peru.

Serviria. Antes de qualquer coisa, Micky precisava sair da Inglaterra.

– Quando é a próxima saída?

– Daqui a quatro semanas.

Ele sentiu um frio no coração.

– Não dá! Tenho de partir antes disso!

– Se tem tanta pressa, há um navio que zarpa de Southampton esta noite.

– Graças a Deus! – Sua sorte ainda não se esgotara por completo.

– Reserve-me um camarote... o melhor que tiver.

– Pois não, senhor. Pode me dar seu nome?

– Miranda.

– Como, senhor?

Os ingleses ficavam surdos quando um nome estrangeiro era pronunciado. Micky já ia soletrar seu nome quando mudou de ideia.

– Andrews – disse ele. – M. R. Andrews.

Ocorrera-lhe que a polícia poderia verificar as listas de passageiros, procurando pelo nome Miranda. Desse modo, não o descobririam. Sentia-se grato pelo insano liberalismo das leis britânicas, que permitiam que as pessoas entrassem no país e saíssem dele sem passaportes. Não seria tão fácil assim em Córdoba.

O funcionário começou a preparar a passagem. Micky ficou observando, apreensivo, massageando o ponto dolorido do rosto em que Hugh Pilaster o atingira com uma cabeçada. Compreendeu que tinha outro problema. A Scotland Yard poderia enviar sua descrição a todos os portos pelo telégrafo. Em apenas uma hora, haveria policiais locais verificando todos os passageiros. Precisava de alguma espécie de disfarce.

O funcionário lhe entregou a passagem e ele pagou em dinheiro. Tornou a abrir caminho pela multidão e saiu para a neve, ainda preocupado.

Pegou um fiacre, mandando o cocheiro seguir para a embaixada cordovesa, mas depois mudou de ideia. Era arriscado voltar lá, e de qualquer forma dispunha de bem pouco tempo.

A polícia procuraria por um homem bem-vestido, com cerca de 40 anos, viajando sozinho. Um jeito de despistá-la era se apresentar como um homem mais velho, acompanhado. Podia até se fingir de inválido e ser levado para bordo numa cadeira de rodas. Para isso, no entanto, precisaria de um cúmplice. Quem poderia usar? Não tinha certeza de poder confiar em nenhum de seus subordinados, ainda mais agora que deixara de ser o embaixador.

Portanto, só restava Edward.

– Siga para a Hill Street – ordenou ele ao cocheiro.

Edward tinha uma casinha em Mayfair. Ao contrário dos outros Pilaster, já morava numa casa alugada, e não fora obrigado a se mudar porque pagara adiantado três meses de aluguel.

Edward parecia não ter se importado que Micky tivesse destruído o Pilaster Bank e provocado a ruína de sua família. Apenas se tornara ainda mais dependente de Micky. Quanto ao resto dos Pilaster, Micky não os via desde que o banco quebrara.

Edward abriu a porta num chambre de seda todo manchado e levou Micky para o seu quarto, onde havia uma lareira. Fumava um charuto e bebia uísque às 11 horas da manhã. As erupções na pele haviam se espalhado por todo o rosto, e Micky quase abandonou a ideia de usá-lo como cúmplice, pois as marcas na face atrairiam muita atenção. Mas não havia tempo para ser exigente. Teria de se contentar com Edward.

– Estou deixando o país – anunciou Micky.

– Leve-me com você! – exclamou Edward, começando a chorar.

– Mas que diabos há com você? – indagou Micky, irritado.

– Estou morrendo. Vamos para algum lugar tranquilo em que possamos viver juntos, em paz, até eu morrer.

– Você não está morrendo, seu idiota. Tem apenas uma doença de pele.

– Não é uma doença de pele. É sífilis.

Micky escancarou a boca, horrorizado.

– Meu Deus, eu também posso ter!

– Não seria de admirar depois de termos passado tanto tempo no Nellie's.

– Mas as mulheres de April são consideradas limpas!

– As prostitutas nunca são completamente limpas.

Micky fez um esforço para reprimir o pânico. Se permanecesse em Londres para consultar um médico, poderia morrer na ponta de uma corda. Precisava deixar o país ainda naquele dia. Contudo, o navio fazia escala em Lisboa, e ele poderia procurar um médico ali dentro de poucos dias. Aquilo teria de funcionar. E talvez nem tivesse a doença – era muito mais saudável do que Edward em termos gerais e sempre se lavara depois do sexo, enquanto o amigo não era tão meticuloso.

Mas Edward não se encontrava em condições de ajudá-lo a fugir do país. Além do mais, Micky não tinha a menor intenção de levar para Córdoba um caso terminal de sífilis. Ainda precisava de um cúmplice. E só restava uma pessoa a quem podia recorrer: Augusta.

Não tinha tanta certeza em relação a ela quanto tinha em relação a Edward. Afinal, Edward sempre se mostrara disposto a fazer qualquer coisa que ele pedisse. Augusta era independente. Mas ela era sua última chance.

Ele virou-se para sair.

– Não me deixe aqui! – suplicou Edward.

Não havia tempo para sentimentalismo.

– Não posso levar comigo um homem agonizante.

O rosto de Edward assumiu uma expressão rancorosa.

– Se não me levar...

– O que vai fazer?

– Contarei à polícia que você matou Peter Middleton, tio Seth e Solly Greenbourne.

Augusta devia ter lhe contado sobre o velho Seth. Micky contemplou Edward. Era uma figura patética. *Como pude aturá-lo por tanto tempo?*, perguntou-se. E concluiu que ficaria muito feliz em deixá-lo para trás.

– Pode contar. Já estão à minha procura por matar Tonio Silva, e a pena por um crime é a mesma que por quatro: a forca.

Micky saiu sem olhar para trás. Foi pegar um fiacre em Park Lane, e disse ao cocheiro:

– Kensington Gore. Whitehaven House.

No caminho, refletiu sobre sua saúde. Não tinha nenhum dos sintomas: nada de problemas de pele, nada de caroços inexplicáveis nos órgãos genitais. Mas teria de esperar para ter certeza. *Maldito Edward!*, pensou.

Também se preocupou com Augusta. Não a via desde a quebra do banco. Ela o ajudaria? Sabia que Augusta sempre lutara para conter o desejo sexual que sentia por ele; e numa única e bizarra ocasião até cedera à sua paixão. Naquele tempo, Micky também a desejava. Desde então, porém, o fogo de sua paixão arrefecera, mas tinha a impressão que o de Augusta se tornara ainda mais quente. Esperava que assim fosse, pois ia lhe pedir que fugisse com ele.

A porta de Augusta não foi aberta pelo mordomo, e sim por uma mulher desleixada, usando um avental. Passando pelo vestíbulo, Micky notou que o lugar não estava muito limpo. Era evidente que Augusta passava por dificuldades. Tanto melhor – isso a deixaria mais propensa a concordar com seu plano.

Mas ela exibiu sua personalidade autoritária habitual ao entrar na sala de visitas. Usava uma blusa púrpura de seda com mangas bufantes e uma saia larga na barra e bem justa na cintura. Mais jovem, fora uma mulher de beleza espetacular e ainda agora, aos 58 anos, podia fazer os homens virarem a cabeça para admirá-la. Micky recordou-se do desejo que sentira por ela quando era um menino de 16 anos, mas agora nada mais sentia. Teria de simular. Augusta não lhe estendeu a mão.

– Por que veio aqui? – perguntou ela, friamente. – Trouxe a ruína para mim e minha família.

– Não tive a intenção...

– Devia saber que seu pai estava prestes a iniciar uma guerra civil.

– Mas não sabia que os títulos cordoveses perderiam o valor por causa da guerra. Você sabia? – ele disse.

Ela hesitou. Era evidente que isso não lhe passara pela cabeça.

Abrira-se uma fresta em sua armadura, e Micky tentou expandi-la.

– Eu não teria feito se soubesse. Preferiria cortar minha própria garganta antes de lhe fazer qualquer mal.

Ele percebeu que Augusta queria acreditar nisso, mas ela disse:

– Você persuadiu Edward a enganar os sócios, a fim de obter os 2 milhões de libras.

– Pensei que houvesse tanto dinheiro no banco que não faria a menor diferença.

Augusta desviou os olhos, murmurando:

– Eu também.

Micky tratou de aproveitar a vantagem.

– Seja como for, tudo isso é irrelevante agora. Deixarei a Inglaterra hoje, e é provável que nunca mais volte.

Ela fitou-o com um súbito temor nos olhos, e Micky constatou que já a dominara.

– Por quê?

Não havia tempo para rodeios.

– Acabo de matar um homem com um tiro, e a polícia está à minha procura.

Augusta arquejou, pegando a mão dele.

– Quem?

_Antonio Silva.

Ela ficou agitada, além de chocada. Seu rosto enrubesceu um pouco, os olhos brilharam.

– Tonio! Mas por quê?

– Ele era uma ameaça para mim. Reservei passagem num vapor que parte de Southampton esta noite.

– Tão depressa?

– Não tenho opção.

– E veio se despedir – murmurou Augusta, baixando os olhos.

– Não.

Ela tornou a fitá-lo. Seria de esperança o brilho em seus olhos? Micky hesitou, mas logo se arriscou:

– Quero que você venha comigo.

Os olhos de Augusta se arregalaram. Ela deu um passo para trás.

Micky agarrou sua mão.

– Ter de partir... e tão depressa... me fez entender uma coisa que já deveria ter admitido para mim mesmo há muito tempo. Acho que você sempre soube. Eu a amo, Augusta.

Enquanto representava seu papel, ele observava o rosto de Augusta, avaliando-o da maneira como um marujo interpreta a superfície do mar. Por um momento, ela tentou demonstrar espanto, mas logo abandonou essa expressão. Exibiu o indício de um sorriso de satisfação, depois um rubor de constrangimento, quase como uma donzela; e no fim, o olhar calculista de quem estimava o que tinha a ganhar e perder.

Micky percebeu que ela ainda estava indecisa.

Pôs a mão em sua cintura e puxou-a delicadamente. Augusta não resistiu, mas seu rosto ainda conservava a expressão avaliadora que dizia a Micky que não chegara a uma decisão. Quando seus rostos estavam próximos e os seios de Augusta se encostaram em suas lapelas, Micky disse:

– Não posso viver sem você, Augusta querida.

Sentiu-a tremer sob seu contato.

Com a voz trêmula, ela sussurrou:

– Tenho idade bastante para ser sua mãe.

Ele falou em seu ouvido, roçando o rosto com os lábios:

– Mas não é... Ao contrário, é a mulher mais desejável que já conheci. Ansiei por você durante todos esses anos, e sabe disso. Agora... – Micky subiu a mão da cintura até quase alcançar o seio. – Agora, mal consigo manter as mãos sob controle. Augusta... – Ele fez uma pausa.

– O que é? – ela perguntou.

Micky quase a tinha por completo, mas ainda não inteiramente. Precisava usar seu último trunfo.

– Agora que não sou mais embaixador, posso me divorciar de Rachel.

– O que está querendo dizer?

Ele sussurrou em seu ouvido:

– Quer se casar comigo?

– Quero.

E Micky beijou-a.

III.

April Tilsley entrou na sala de Maisie no Hospital para Mulheres toda emperiquitada numa roupa de seda escarlate e pele de raposa. Trazia um jornal na mão e foi logo dizendo:

– Já soube do que aconteceu?

Maisie levantou-se.

– April! O que houve?

– Micky Miranda atirou em Tonio Silva!

Maisie sabia quem era Micky, mas demorou um momento para lembrar-se de que Tonio fora um dos rapazes que andavam com Solly e Hugh quando jovens. Era um jogador naquele tempo, recordou-se ela, e April gostara dele até descobrir que perdia o pouco dinheiro que tinha em apostas.

Micky *atirou* nele? – disse ela, surpresa – E ele morreu?

– Morreu. Saiu no jornal da tarde.

– Mas por quê?

– O jornal não diz. Mas também informa... – April hesitou. - Sente-se, Maisie.

– Por quê? O que houve?

– O jornal diz que a polícia quer interrogá-lo sobre três outros crimes... de Peter Middleton, Seth Pilaster e... Solomon Greenbourne.

Maisie desabou na cadeira.

– Solly! – Sentiu que quase desfalecia. – Micky matou Solly? Oh, pobre Solly!

Ela fechou os olhos e baixou o rosto nas mãos.

– Você precisa de um gole de conhaque, Maisie. Onde guarda a garrafa?

– Não temos conhaque aqui. – Maisie fez um esforço para se controlar. – Mostre-me este jornal.

April entregou-o.

Maisie leu o primeiro parágrafo. Dizia que a polícia procurava pelo ex-embaixador cordovês, Miguel Miranda, para interrogá-lo sobre o assassinato de Antonio Silva.

– Pobre Tonio – murmurou April. – Foi um dos homens mais simpáticos para quem já abri as pernas.

Maisie continuou a ler. A polícia também queria interrogar Miranda sobre as mortes de Peter Middleton, na Windfield School, em 1866; de Seth Pilaster, o sócio principal do Pilaster Bank, em 1873; e de Solomon Greenbourne, atropelado por uma carruagem a toda velocidade numa rua transversal de Piccadilly, em julho de 1879.

– Até Seth Pilaster... o tio Seth de Hugh? – disse Maisie, muito nervosa. – Por que ele matou todas essas pessoas?

– Os jornais nunca explicam o que a gente quer realmente saber.

O terceiro parágrafo provocou outro abalo em Maisie. O crime ocorrera a nordeste de Londres, perto de Walthamstow, num povoado chamado Chingford. Seu coração parou.

– Chingford!

– Nunca ouvi falar...

– É onde Hugh vive!

– Hugh Pilaster? Ainda arrasta uma asa por ele?

– Não percebe que ele deve estar envolvido? Não pode ser mera coincidência! Oh, Deus, espero que nada tenha lhe acontecido!

– Acho que o jornal diria se ele estivesse ferido.

– Aconteceu há poucas horas, talvez ainda não saibam. – Maisie não podia suportar a incerteza. Levantou-se. – Tenho de descobrir se ele está bem.

– Como?

Ela pôs o chapéu, prendendo-o com um grampo.

– Irei até sua casa.

– A esposa não vai gostar.

– Ela não passa de um *paskudniak*.

April riu.

– O que é isso?

– Um saco de merda.

Maisie pôs o casaco. April também se levantou.

– Minha carruagem está lá fora. Eu a levarei até a estação.

Ao entrarem na carruagem de April, descobriram que nenhuma das duas sabia em que estação de Londres se podia tomar um trem para Chingford. Por sorte, o cocheiro, que também era o porteiro do bordel Nellie's, informou que era a estação da Liverpool Street.

Ao chegarem lá, Maisie agradeceu mecanicamente a April e entrou correndo na estação. Estava lotada de passageiros por causa das festividades do Natal e de pessoas que voltavam das compras para suas residências nos subúrbios. O ar estava impregnado de fumaça e poeira. Ouviam-se gritos de saudações e despedidas em meio ao ranger dos freios de aço e aos jatos explosivos das locomotivas a vapor. Maisie fez o maior esforço para abrir caminho até o guichê de passagens através da multidão de mulheres carregadas de pacotes, escriturários de chapéu-coco que estavam voltando mais cedo para casa, maquinistas e fornalheiros de cara preta, crianças, cavalos e cães.

Teve de esperar 15 minutos por um trem. Na plataforma, assistiu à dolorosa despedida de dois jovens enamorados e invejou-os.

O trem passou pelos bairros pobres de Bethnal Green, os subúrbios de Walthamstow e os campos cobertos de neve de Woodford, parando a intervalos de poucos minutos. Embora fosse duas vezes mais rápido do que uma carruagem puxada por cavalos, parecia lento a Maisie, que roía as unhas e se perguntava se Hugh estaria bem.

Ao desembarcar em Chingford, foi detida pela polícia e convidada a entrar na sala de espera. Um detetive perguntou-lhe se estivera na localidade naquela manhã. Era evidente que procuravam por testemunhas do crime. Maisie explicou que nunca estivera em Chingford. Num súbito impulso, resolveu perguntar:

– Mais alguém foi ferido além de Antonio Silva?

– Duas pessoas sofreram pequenos cortes e contusões no tumulto.

– Estou preocupada com um amigo meu que conhecia o Sr. Silva. Seu nome é Hugh Pilaster.

– O Sr. Pilaster atracou-se com o agressor e foi atingido na cabeça. Seus ferimentos não são graves.

– Graças a Deus! Pode me informar onde fica a sua casa?

O detetive disse para onde ela devia ir e acrescentou:

– O Sr. Pilaster esteve na Scotland Yard. Não sei dizer se já voltou.

Maisie se perguntou se não deveria voltar a Londres imediatamente, agora que sabia que Hugh estava bem. Evitaria um encontro com a terrível Nora. Mas se sentiria melhor se visse Hugh, e não tinha medo de Nora. Partiu para a casa indicada, andando por uma camada de neve de 5 ou 6 centímetros.

Chingford contrastava brutalmente com Kensington, refletiu ela enquanto caminhava pela rua nova de casas baratas, com pequenos jardins na frente. Hugh se mostraria estoico com a queda de padrão, concluiu Maisie, mas ela não tinha a mesma certeza em relação a Nora. A infeliz casara-se com Hugh por dinheiro e não devia estar gostando nada de voltar a ser pobre.

Ela ouviu uma criança chorando lá dentro quando bateu na porta da casa de Hugh. Foi aberta por um garoto de cerca de 11 anos.

– Você é Toby, não é mesmo? – disse Maisie. – Vim falar com seu pai. Sou a Sra. Greenbourne.

– Lamento, mas papai não está em casa.

– Quando ele deve voltar?

– Não sei.

Maisie ficou desolada. Aguardara com ansiedade a oportunidade de se encontrar com Hugh.

– Talvez possa dizer a seu pai que li a notícia no jornal e vim me certificar de que ele estava bem.

– Está certo. Direi a ele.

Não havia mais nada a dizer. Ela podia voltar logo à estação e esperar pelo próximo trem para Londres. Virou-se, frustrada. Pelo menos se livrara de uma altercação com Nora.

Alguma coisa no rosto do menino a perturbara: uma expressão quase de medo. Numa reação impulsiva, Maisie tornou a se virar e perguntou:

– Sua mãe está?

– Não. Ela saiu.

O que era muito estranho. Hugh não tinha mais condições de pagar uma governanta. Maisie teve o pressentimento de que havia algo errado.

– Posso falar com a pessoa que está tomando conta de vocês?

O menino hesitou.

– Na verdade, não há mais ninguém em casa, só eu e meus irmãos.

A intuição de Maisie estava certa. O que teria acontecido? Como puderam deixar três meninos pequenos sozinhos em casa? Não queria interferir, sabendo que ouviria o diabo de Nora Pilaster. Por outro lado, também não podia ir embora e largar os filhos de Hugh sozinhos.

– Sou uma velha amiga de seu pai... e de sua mãe.

– Eu a vi no casamento de tia Dotty.

– Tem razão. Ah... posso entrar?

Toby parecia aliviado.

– Por favor.

Maisie passou pela porta e seguiu o som do choro do menino até a cozinha, no fundo da casa. Havia um garoto de 4 anos sentado no chão, chorando, e outro de 6 anos sentado à mesa da cozinha, dando a impressão de que também poderia começar a chorar a qualquer momento.

Ela pegou o menor no colo. Sabia que ele se chamava Solomon em homenagem a Solly Greenbourne, mas todos o tratavam por Sol.

– Calma, calma... – murmurou ela. – Qual é o problema?

– Quero mamãe! – gritou o menino, passando a chorar ainda mais alto.

– Calma, calma...– disse Maisie, embalando a criança.

Sentiu a umidade penetrar em suas roupas e percebeu que o garotinho urinara. Olhando ao redor, constatou que a cozinha estava na maior bagunça. A mesa encontrava-se coberta de leite derramado e migalhas de pão, havia pratos sujos na pia e lama no chão. Também fazia frio, pois o fogo se apagara. A impressão era a de que as crianças haviam sido abandonadas.

– O que está acontecendo aqui? – perguntou ela a Toby.

– Dei alguma coisa para eles almoçarem. Passei manteiga no pão, cortei um pouco de presunto. Tentei fazer um chá, mas queimei a mão na chaleira. – Toby tentava mostrar-se corajoso, mas era óbvio que também estava à beira das lágrimas. – Sabe onde meu pai está?

– Não, não sei. – O caçula queria ver a mãe, mas o mais velho perguntava pelo pai, notou Maisie. – E sua mãe?

Toby pegou um envelope no consolo da lareira e estendeu-o. Era endereçado apenas a *Hugh*.

– Não foi lacrado – disse Toby. – Eu li.

Maisie abriu o envelope, tirou uma única folha de papel. Continha uma única palavra, escrita em letras grandes, maiúsculas, furiosas:

ADEUS

Maisie ficou horrorizada. Como uma mãe podia abandonar três filhos pequenos, deixando-os entregues à própria sorte? Nora dera à luz cada um daqueles meninos, aconchegara-os contra o seio quando bebês. Maisie pensou nas mães no Hospital para Mulheres de Southwark. Se uma delas pudesse viver numa casa de três quartos em Chingford, haveria de pensar que alcançara o paraíso. Ela tratou de afastar tais pensamentos, pelo menos por enquanto.

– Seu pai voltará ainda esta noite, tenho certeza – declarou ela, rezando para que fosse verdade. Olhou para o menino de 4 anos em seu colo. – Mas não gostaríamos que ele encontrasse a casa nessa bagunça, não é mesmo?

Sol balançou a cabeça, com uma expressão séria.

– Vamos lavar os pratos, limpar a cozinha, acender o fogo e preparar o jantar. – Ela fitou o menino de 6 anos. – Acha que é uma boa ideia, Samuel?

O garoto fez um gesto afirmativo com a cabeça.

– Eu gosto de torrada com manteiga – sugeriu ele, querendo ser útil.

– Pois então é o que teremos.

Toby ainda não se sentia tranquilo.

– A que horas acha que meu pai voltará para casa?

– Não sei – respondeu Maisie com franqueza. Não havia sentido em mentir: as crianças sempre sabiam. – Mas faremos uma coisa. Você pode ficar acordado até ele chegar, por mais tarde que seja. Combinado?

O menino ficou um pouco aliviado.

– Combinado.

– Muito bem. Toby, você é o mais forte, pode ir buscar um balde de carvão. Samuel, creio que posso confiar em você para fazer um trabalho direito: limpe a mesa da cozinha com um pano. Sol, você pode varrer o chão porque... porque é o menor, e fica mais perto do chão. Muito bem, meninos, vamos começar a trabalhar!

IV.

Hugh ficou impressionado com a maneira como a Scotland Yard reagiu a seu relato. O caso foi entregue ao inspetor-detetive Magridge, um homem de rosto afilado, mais ou menos da idade de Hugh, meticuloso e inteligente, do tipo que seria promovido a escriturário-chefe num banco. Em menos de uma hora, ele já distribuíra uma descrição de Micky Miranda e providenciara vigilância em todos os portos.

Também mandou um sargento-detetive entrevistar Edward Pilaster, por sugestão de Hugh; e o homem voltou com a informação de que Miranda pretendia deixar o país.

Edward dissera ainda que Micky estava implicado nas mortes de Peter Middleton, Seth Pilaster e Solomon Greenbourne. A sugestão de que Micky matara tio Seth abalou Hugh, mas ele disse a Magridge que já desconfiava de que Micky matara Peter e Solly.

O mesmo detetive foi procurar Augusta. Ela ainda morava na Whitehaven House. Sem dinheiro, não poderia resistir indefinidamente, contudo até aquele momento conseguira evitar a venda da casa e do que havia em seu interior.

Um guarda encarregado da verificação nos escritórios das companhias de navegação em Londres comunicou que um homem correspondendo à descrição, mas se apresentando como M. R. Andrews, adquirira uma passagem no *Aztec*, que zarparia de Southampton naquela noite. A polícia de Southampton foi instruída a posicionar seus homens na estação ferroviária e no cais.

O detetive que fora procurar Augusta voltou com a notícia de que ninguém atendera quando tocara a campainha e batera na porta da Whitehaven House.

– Tenho uma chave – informou Hugh.

Magridge disse:

– É provável que ela simplesmente tenha saído... e quero que o sargento dê um pulo na embaixada cordovesa. Por que você mesmo não revista a Whitehaven House?

Contente por ter alguma coisa para fazer, Hugh pegou um fiacre até Kensington Gore. Tocou a campainha, bateu na porta, mas ninguém atendeu. Era evidente que o último criado já fora embora. Ele usou sua chave para entrar na casa.

Estava frio lá dentro. Esconder-se não era o estilo de Augusta, ainda assim ele decidiu revistar todos os cômodos. Não havia ninguém no térreo. Hugh subiu para o segundo andar e foi diretamente para o quarto de Augusta.

E espantou-se com o que viu. As portas do guarda-roupa estavam entreabertas, as gavetas do cofre puxadas, havia roupas espalhadas pela cama e nas cadeiras. Era estranho, pois Augusta era uma pessoa organizada, de mente ordenada. A princípio, ele pensou que pudesse ter havido um assalto. E, depois, outro pensamento lhe ocorreu.

Subiu dois lances de escada para os aposentos dos criados. Quando morara ali, 17 anos antes, as malas e baús eram guardados num closet grande, conhecido como quarto da bagagem.

Encontrou a porta aberta. Havia algumas malas, mas nenhum baú de viagem.

Augusta fugira.

Ele apressou-se em revistar todos os outros cômodos da casa. Como esperava, não havia ninguém ali. Os aposentos dos criados e os quartos de hóspedes já começavam a adquirir a aparência mofada da falta de uso. Ao olhar no quarto que fora de tio Joseph, ficou surpreso ao constatar que continuava como sempre fora, embora o resto da casa tivesse sido redecorado várias vezes. Já ia se retirar quando seus olhos se fixaram no armário laqueado que continha a valiosa coleção de caixinhas de rapé de Joseph.

Estava vazio.

Hugh franziu as sobrancelhas. Sabia que as caixas de rapé ainda não haviam sido entregues aos leiloeiros, pois até aquele momento Augusta conseguira evitar a retirada de qualquer objeto da residência.

Portanto, só podia significar uma coisa: ela levara as caixas de rapé ao fugir.

Valiam 100 mil libras, e ela poderia viver confortavelmente com esse dinheiro pelo resto da vida.

As caixas, no entanto, não lhe pertenciam. Eram propriedade da associação de banqueiros.

Hugh decidiu partir em seu encalço.

Desceu correndo a escada e saiu para a rua. Havia um ponto de fiacres a alguns metros de distância. Os cocheiros conversavam num grupo, batendo os pés no chão para se manterem aquecidos. Hugh foi até lá e perguntou:

– Algum de vocês conduziu lady Whitehaven esta tarde?

– Dois de nós – respondeu um cocheiro. – Um só para a sua bagagem!

Os outros riram. A dedução de Hugh fora confirmada.

– Para onde a levaram?

– À Estação de Waterloo, para pegar o trem costeiro das 13 horas.

O trem costeiro levava passageiros para Southampton, de onde partiria o navio de Micky. Os dois sempre haviam sido muito ligados. Micky estivera nas boas graças de Augusta, beijando sua mão, adulando-a. Apesar da diferença de idade de 18 anos, formavam um belo casal.

– Mas eles perderam o trem costeiro – acrescentou o cocheiro.

– Eles? – repetiu Hugh. – Havia alguém com ela?

– Um velho numa cadeira de rodas.

Não era Micky, com toda a certeza. Quem seria então? Ninguém na família era bastante frágil para precisar de uma cadeira de rodas.

– Disse que eles perderam o trem. Sabe quando parte o próximo trem para Southampton?

– Às 15 horas.

Hugh olhou para o relógio. Eram 14h30. Ainda conseguiria alcançá-lo.

– Leve-me para Waterloo – disse ele, subindo no fiacre.

Chegou à estação bem a tempo de comprar a passagem e embarcar no trem costeiro.

Os vagões eram interligados, e assim ele podia percorrer toda a composição. Enquanto o trem saía da estação e ganhava velocidade, passando pelos cortiços do sul de Londres, Hugh saiu em busca de Augusta.

Não precisou procurar muito. Encontrou-a no vagão seguinte.

Com um rápido olhar, passou direto pelo compartimento para que ela não o visse.

Micky não estava ali. Devia ter viajado num trem anterior. A única outra pessoa no compartimento era um homem idoso, com uma manta nos joelhos.

Hugh foi para o outro vagão e sentou-se. Não havia muito sentido em confrontar Augusta. Ela podia não estar com as caixinhas de rapé em seu poder. Talvez as tivesse guardado na bagagem. Falar com ela naquele momento serviria apenas para alertá-la. Era melhor esperar que o trem chegasse a Southampton. Ele saltaria na frente, procuraria um guarda e confiscaria a bagagem no momento em que estivesse sendo descarregada.

E se Augusta negasse estar de posse das caixinhas de rapé? Hugh exigiria que a polícia revistasse a bagagem. Eles eram obrigados a investigar qualquer comunicação de roubo; e, quanto mais Augusta protestasse, mais desconfiados ficariam.

E se ela alegasse que as caixinhas de rapé lhe pertenciam? Era difícil provar qualquer coisa de imediato. Se isso acontecesse, Hugh decidiu que proporia que a polícia assumisse a custódia da coleção enquanto investigava as alegações contraditórias.

Ele conteve sua impaciência enquanto o trem passava pelos campos brancos de Wimbledon. Cem mil libras era uma boa parcela do dinheiro que o Pilaster Bank devia. Não permitiria que Augusta as roubasse. As caixinhas de rapé também simbolizavam a determinação da família de pagar suas dívidas. Se deixasse Augusta escapar com a coleção, as pessoas diriam que os Pilaster estavam desviando tudo o que podiam, como defraudadores comuns. Hugh sentia-se furioso só de pensar nisso.

Ainda nevava quando o trem chegou a Southampton. Hugh inclinou-se pela janela no momento em que a locomotiva entrou na estação. Havia policiais uniformizados por toda parte, o que significava que Micky ainda não fora capturado.

Hugh saltou para a plataforma com o trem ainda em movimento e chegou à barreira de saída na frente de todo mundo.

– Sou o sócio principal do Pilaster Bank – disse ele a um inspetor de polícia, entregando seu cartão. – Sei que procura por um assassino, mas há uma mulher neste trem que carrega bens roubados no valor de 100 mil libras pertencentes ao banco. Creio que ela planeja deixar o país esta noite, no *Aztec*.

– E do que se trata, Sr. Pilaster?

– Uma coleção de caixinhas de rapé cravejadas de pedras preciosas.

– E o nome da mulher?

– Trata-se da condessa viúva de Whitehaven.

O inspetor franziu as sobrancelhas.

– Costumo ler os jornais, senhor. Presumo que tudo isso tem a ver com a quebra do banco.

Hugh confirmou com um aceno de cabeça.

– A coleção deve ser vendida para ajudar a pagar as pessoas que perderam seu dinheiro.

– Pode me apontar lady Whitehaven?

Hugh correu os olhos pela plataforma através da neve que caía.

– É aquela ali, junto ao vagão de bagagem, usando um chapéu grande com asas de pássaro.

Augusta supervisionava a descarga de sua bagagem.

– Fique aqui na barreira comigo, senhor. Vamos detê-la quando ela passar.

Hugh ficou tenso enquanto observava as pessoas descerem do trem e deixarem a plataforma. Mesmo tendo certeza de que Micky não viajara no trem, examinou o rosto de cada passageiro.

Augusta foi a última a sair. Três carregadores levavam sua bagagem. Ela empalideceu ao avistar Hugh na barreira. O inspetor falou-lhe com extrema educação:

– Com licença, lady Whitehaven, mas podemos conversar por um momento?

Hugh nunca vira Augusta tão assustada, mas nem assim ela perdeu a atitude arrogante.

– Lamento não dispor de tempo, oficial – respondeu ela, com toda a frieza. – Tenho de embarcar num navio que vai zarpar esta noite.

– Garanto que o *Aztec* não partirá sem levá-la. – O inspetor olhou para os carregadores. – Podem deixar tudo aqui por um minuto.

Ele tornou a virar-se para Augusta e acrescentou:

– O Sr. Pilaster aqui presente alega que a senhora tem em seu poder algumas caixas de rapé muito valiosas que pertencem a ele. É verdade?

Ela começou a parecer menos alarmada, o que deixou Hugh intrigado. E preocupado também. Ele temia que ela pudesse contar com um trunfo escondido.

– Não sei por que devo responder a uma pergunta tão impertinente – protestou Augusta.

– Se não o fizer, terei de revistar sua bagagem.

– Muito bem, estou com as caixinhas de rapé. Só que elas me pertencem. Eram do meu marido.

O inspetor virou-se para Hugh.

– O que tem a dizer sobre isso, Sr. Pilaster?

– Eram de fato de seu marido, mas ele as deixou para o filho, Edward Pilaster; e todos os bens de Edward foram confiscados pelo banco. Lady Whitehaven está tentando roubá-las.

O inspetor declarou:

– Devo pedir aos dois que me acompanhem à delegacia enquanto suas alegações são investigadas.

Augusta entrou em pânico.

– Mas não posso perder meu navio!

– Neste caso, só posso sugerir que deixe a propriedade contestada aos cuidados da polícia. Será devolvida se suas alegações forem confirmadas.

Augusta hesitou. Hugh sabia que partiria seu coração se separar de tamanha fortuna. Mas ela percebeu que era inevitável. Fora apanhada em flagrante, e tinha sorte de não ir para a cadeia.

– Onde estão as caixinhas de rapé, milady? – insistiu o inspetor.

Hugh esperou. Augusta apontou para uma valise.

– Estão ali.

– A chave, por gentileza...

Ela tornou a hesitar e cedeu outra vez. Pegou uma pequena argola com as chaves da bagagem, separou uma e entregou-a.

O inspetor abriu a valise. Estava cheia de bolsas de sapatos. Augusta indicou uma delas. O inspetor abriu-a, tirando uma caixa de charutos de madeira clara. Levantou a tampa e viu numerosos objetos pequenos, enrolados em papel. Tirou um ao acaso e desembrulhou. Era uma caixinha de ouro, com pequenos diamantes, no formato de um lagarto.

Hugh deixou escapar um profundo suspiro de alívio. O inspetor fitou-o.

– Sabe quantas caixas deve haver aqui, senhor?

Todos na família sabiam.

– Sessenta e cinco – respondeu Hugh. – Uma para cada ano da vida de Tio Joseph.

– Gostaria de contá-las?

– Estão todas aí – garantiu Augusta.

Hugh contou-as assim mesmo. Havia 65. Ele começou a sentir o prazer da vitória. O inspetor pegou a caixa de charutos e entregou-a a outro policial.

– Se quiser acompanhar o guarda Constable Neville até a delegacia, ele lhe dará um recibo oficial pela mercadoria apreendida, milady.

– Mande o recibo para o banco – disse Augusta. – Posso ir agora? Hugh estava inquieto. Augusta parecia decepcionada, mas não arrasada. Era quase como se estivesse mais preocupada com outra coisa ainda mais importante do que as caixinhas de rapé. E onde se metera Micky Miranda?

O inspetor fez uma reverência e Augusta afastou-se, acompanhada pelos três carregadores.

– Muito obrigado, inspetor – disse Hugh. – Só lamento não terem também capturado Miranda.

– Mas vamos pegá-lo, senhor. Ele só embarcara no *Aztec* se souber voar.

O guarda do vagão de bagagem aproximou-se pela plataforma empurrando uma cadeira de rodas. Parou na frente de Hugh e do inspetor e indagou:

– O que devo fazer com isto?

– Qual é o problema? – perguntou o inspetor, paciente.

– Aquela mulher com muita bagagem e um pássaro na cabeça..

– Lady Whitehaven. O que tem ela?

– Ela embarcou em Waterloo com um velho. Levou-o para um compartimento na primeira classe e depois me pediu que guardasse a cadeira de rodas no vagão de bagagem. Eu disse que seria um prazer atendê-la. Ao desembarcar em Southampton, no entanto, ela fingiu que não sabia do que eu estava falando. Disse que eu a devia estar confundindo com outra pessoa. Insisti que não era possível, pois só existe um chapéu como o dela.

Hugh interveio:

– É isto mesmo: o cocheiro me disse que ela foi para a estação com um homem numa cadeira de rodas, e vi um velho em seu compartimento.

– Não falei? – disse o guarda, triunfante.

O inspetor perdeu de repente o ar indulgente e virou-se para Hugh.

– Viu o velho passar pela barreira?

– Não. E examinei bem cada passageiro. Tia Augusta foi a última.

– E foi nesse instante que lhe ocorreu. – Santo Deus! Acha que era Micky Miranda disfarçado?

– Isso mesmo. Mas onde ele está agora? Pode ter desembarcado numa estação anterior?

– Não – respondeu o guarda. – É um trem expresso, que vai direto de Waterloo a Southampton.

– Então vamos revistar o trem. Miranda ainda deve estar nele.

Mas não estava.

V.

O *Aztec* fora todo enfeitado com lanternas e tiras de papel coloridas. A festa de Natal estava animada quando Augusta embarcou – uma banda tocava no convés principal, os passageiros em trajes a rigor tomavam champanhe e dançavam com amigos que tinham vindo se despedir.

Um camareiro conduziu Augusta pela escada principal até um camarote num convés superior. Ela gastara todo o seu dinheiro no melhor camarote disponível, pensando que não precisava se preocupar com tais problemas, uma vez que levava as caixinhas de rapé numa valise. O camarote abria-se diretamente para o convés. Tinha uma cama larga, lavatório amplo, poltronas confortáveis e luz elétrica. Havia flores na cômoda, uma caixa de bombons ao lado da cama e uma garrafa de champanhe num balde com gelo na mesinha de canto. Augusta ia dizer ao camareiro que levasse o champanhe, mas mudou de ideia. Estava iniciando uma vida nova e talvez devesse tomar champanhe dali por diante.

Ela chegara bem a tempo. Ouviu o tradicional grito "Desembarquem todos os que em terra vão ficar!" no mesmo momento em que os carregadores levavam a bagagem para o camarote. Assim que eles se retiraram, Augusta saiu para o estreito convés, levantando a gola do casaco para se proteger da neve. Debruçou-se na amurada e olhou para baixo. Era enorme a distância até a água, onde um rebocador já manobrava em posição para tirar o transatlântico da enseada e levá-lo para mar aberto. Enquanto ela observava, os passadiços eram recolhidos um a um e os cabos de atracação começavam a ser soltos. Soou o apito de nevoeiro, a multidão no cais aclamou, e devagar, de uma forma quase imperceptível, o imenso navio começou a se deslocar.

Augusta retornou ao camarote e fechou a porta. Despiu-se sem pressa, pôs uma camisola de seda e um chambre combinando. Depois, chamou o camareiro e avisou que não precisaria de mais nada naquela noite.

– Devo acordá-la pela manhã, milady?

– Não, obrigada. Tocarei a campainha quando precisar.

– Pois não, milady.

Augusta trancou a porta assim que o homem se retirou. Abriu o baú e deixou Micky sair. Ele cambaleou pelo camarote e caiu na cama.

– Jesus me salve, pensei que fosse morrer – balbuciou ele.

– Meu pobre querido! Onde sente dor?

– Nas pernas.

Augusta massageou suas panturrilhas, que tinham os músculos contraídos em câimbras. Ela usava a ponta dos dedos, sentindo o calor da pele de Micky através do pano da calça. Fazia tempo que não tocava num homem daquela maneira e sentiu um fluxo de calor lhe subir pela garganta.

Sonhara muitas vezes em fazer aquilo, fugir com Micky Miranda, tanto antes quanto depois da morte de seu marido. O que a impedira fora sempre o pensamento de que perderia tudo: casa, criados, dinheiro para roupas, posição social e o poder da família. Mas a quebra do banco acabara com tudo isso, e agora ela estava livre para se entregar a seus desejos.

– Água – murmurou Micky.

Ela serviu em um copo, do jarro ao lado da cama. Micky virou-se e sentou-se para segurar o copo, depois tomou tudo.

– Mais um pouco, Micky?

Ele fez um aceno negativo com a cabeça.

Augusta pegou o copo.

– Você perdeu as caixinhas de rapé – disse ele. – Ouvi tudo. Aquele desgraçado do Hugh...

– Mas você tem bastante dinheiro. – Ela apontou para o champanhe no balde com gelo. – Devemos beber a isso. Você saiu da Inglaterra. Conseguiu escapar.

Ele olhava para seu busto. Augusta percebeu que seus mamilos estavam duros de excitamento, e Micky podia vê-los através da seda da camisola. Sentiu vontade de dizer *Pode tocá-los, se quiser*, mas hesitou. Havia tempo suficiente: tinham toda a noite. Tinham toda a viagem. Tinham resto de suas vidas. Mas, subitamente, ela não podia mais esperar. Sentiu-se culpada e envergonhada, todavia ansiava por apertar o corpo nu de Mick em seus braços, e o desejo foi maior do que a vergonha. Sentou-se na beira cama. Pegou a mão de Micky, levou-a a seus lábios e beijou-a; depois, a comprimiu contra seu seio.

Por um momento, Micky fitou-a com uma expressão de curiosidade. Em seguida, começou a acariciar o seio de Augusta através da seda. Era uma carícia delicada. Com a ponta dos dedos, ele roçava o mamilo sensível, e Augusta ofegou de prazer. Micky mudou a posição, comprimiu a palma contra o seio, subindo e descendo, indo de um lado para outro. Pegou o mamilo entre o polegar e o indicador, apertou. Augusta fechou os olhos. Ele apertou com mais força, e doeu. E de repente Micky torceu o mamilo com a maior violência. Ela soltou um grito, desvencilhou-se e ficou de pé.

– Sua piranha estúpida! – exclamou Micky, desdenhoso, também se levantando.

– Não, Micky! Não!

– Pensou realmente que eu fosse me casar com você?

– Pensei...

– Não tem mais dinheiro nem influência, o banco estourou, e você até perdeu as caixinhas de rapé. O que eu poderia querer com você?

Augusta sentiu uma dor intensa no peito, como uma faca cravada em seu coração.

– Você disse que me amava...

– Já tem 58 anos... a idade de minha mãe, pelo amor de Deus! É velha e enrugada, mesquinha e egoísta, e eu não treparia com você nem que fosse a última mulher do mundo!

Augusta sentiu-se tonta. Fez um esforço para não chorar, mas não adiantou. As lágrimas afloraram aos seus olhos, ela pôs-se a tremer e a soluçar de desespero. Estava arruinada. Não tinha casa, nem dinheiro, nem amigos, e agora era traída pelo homem em quem confiara. Virou-se para ocultar o rosto, pois não queria que ele visse sua vergonha e seu sofrimento.

– Pare, por favor, Micky...

– Vou parar mesmo. Tenho um camarote reservado neste navio e é para lá que eu vou.

– Mas quando chegarmos a Córdoba...

– Você não vai para Córdoba. Pode deixar o navio em Lisboa e voltar para a Inglaterra. Você não tem mais nenhuma utilidade para mim.

Cada palavra era como um golpe, e Augusta recuou, erguendo as mãos à sua frente como se desse modo pudesse aparar os insultos. Esbarrou na porta do camarote. Desesperada para escapar de Micky, abriu-a e saiu.

O ar gelado da noite desanuviou subitamente sua cabeça. Comportava-se como uma mocinha desamparada, não como uma mulher madura e capaz. Perdera o controle de sua vida por um instante e era o momento de recuperá-lo.

Um homem vestido a rigor passou por ela, fumando um charuto. Olhou perplexo para suas roupas de dormir, mas não disse nada.

E isso deu uma ideia a Augusta.

Tornou a entrar no camarote e fechou a porta. Micky ajustava a gravata diante do espelho.

– Há um homem vindo para cá! – sussurrou Augusta, em tom de urgência. – Um policial!

A atitude de Micky mudou no mesmo instante. O desdém desapareceu de seu rosto e foi substituído pelo pânico.

– Oh, Deus!

Augusta pensava depressa.

– Ainda estamos dentro das águas territoriais britânicas. Você pode ser preso e enviado de volta num cúter da Guarda Costeira.

Ela não tinha a menor ideia se isso podia ser verdade.

– Terei de me esconder de novo. – Micky entrou no baú. – Feche logo! – disse ele.

Augusta fechou-o dentro do baú.

E puxou a tranca, murmurando:

– Assim está melhor.

Sentou-se na cama, olhando para o baú. Reconstituiu toda a conversa. Tornara-se vulnerável, e ele a magoara. Pensou na maneira como

Micky a acariciara. Apenas dois outros homens haviam tocado em seus seios: Strang e Joseph. Pensou na maneira como ele torcera seu mamilo e depois a desacatara com palavras obscenas. À medida que os minutos passaram, a raiva se desvaneceu e foi se transformando num cruel desejo de vingança. A voz de Micky saiu abafada do interior do baú:

– Augusta! O que está acontecendo?

Ela não respondeu.

Micky começou a gritar por socorro. Ela cobriu o baú com os cobertores da cama para abafar o som.

Depois de um tempo, ele parou.

Pensativa, Augusta removeu as etiquetas com seu nome do baú.

Ouviu portas de camarotes sendo fechadas: os passageiros seguiam para o jantar. O navio começou a balançar um pouco enquanto avançava pelo Canal da Mancha. A noite estava passando depressa para Augusta, que permanecia sentada na cama, absorta em pensamentos.

Entre meia-noite e 2 horas, os passageiros voltaram a seus camarotes aos pares ou em grupos de três. Depois disso, a banda parou de tocar e houve silêncio, rompido apenas pelos ruídos das máquinas do navio e do mar.

Augusta mantinha obsessivamente os olhos do baú em que trancara Micky. Fora levado para o camarote nas costas de um carregador musculoso. Ela não seria capaz de erguê-lo, mas supunha que conseguiria arrastá-lo. Tinha alças de latão nos lados, tiras de couro em cima e embaixo. Ela segurou a tira de couro da parte superior, deu um puxão, inclinando o baú para o lado. Balançou por um instante e caiu, com o maior estrépito. Micky recomeçou a gritar, e ela tornou a cobrir o baú com os cobertores. Esperou para ver se alguém aparecia, querendo saber o motivo do estrondo, porém ninguém veio. Micky parou de gritar.

Augusta tornou a pegar a alça e puxou de novo. Era muito pesado, mas ela conseguia deslocar o baú uns poucos centímetros de cada vez, descansando um pouco após cada puxão.

Levou dez minutos para arrastar o baú até a porta do camarote. Ela calçou meias e botas e depois vestiu o casaco de pele e abriu a porta.

Não havia ninguém por ali. Os passageiros dormiam, e, se algum tripulante patrulhava o convés, ela não o viu. O navio era iluminado por lâmpadas elétricas fracas, e não havia estrelas.

Augusta arrastou o baú pela porta do camarote e descansou.

Depois foi um pouco mais fácil, pois o convés estava escorregadio com a neve. Em dez minutos, encostou o baú na amurada.

Vinha agora a parte mais difícil. Segurando a tira, ergueu uma extremidade do baú, tentando pô-lo de pé. Deixou-o cair na primeira tentativa. O som produzido pelo impacto no chão lhe pareceu muito alto, porém, novamente, ninguém foi investigar – havia ruídos intermitentes durante todo o tempo no navio, as chaminés expelindo fumaça, o casco cortando as ondas.

Na segunda vez, Augusta fez um esforço mais determinado. Abaixou-se sobre um joelho, segurou a alça com as duas mãos e ergueu o baú devagar. Quando o posicionou num ângulo de 45 graus, Micky moveu-se lá dentro, seu peso se deslocava para o fundo, e de repente ficou fácil terminar de levantá-lo.

Ela tornou a inclinar o baú, encostando-o na amurada.

A última parte era a mais difícil de todas. Augusta abaixou-se, segurou a tira inferior, respirou fundo e a ergueu.

Não sustentava todo o peso do baú, pois a outra extremidade se apoiava na amurada. Ainda assim, precisou de toda a sua força para erguê-lo a 2 ou 3 centímetros do chão; depois, os dedos gelados escorregaram, e ela o deixou cair.

Não ia conseguir.

Descansou, sentindo-se exausta, o corpo dormente. Mas não podia desistir. Tivera a maior dificuldade para levar o baú até ali. Devia tentar outra vez.

Abaixou-se e pegou a alça. Micky voltou a falar:

– O que está fazendo, Augusta?

Ela respondeu em voz baixa e incisiva:

– Lembre-se de como Peter Middleton morreu.

Fez uma pausa. Não veio nenhum som do interior do baú.

– Você vai morrer da mesma maneira.

– Não, por favor, Augusta, meu amor!

– A água será mais fria e terá um gosto salgado ao encher seus pulmões; mas você conhecerá o terror que ele sentiu quando a morte fechar o punho sobre seu coração.

Ele começou a gritar:

– Socorro! Socorro! Alguém me salve!

Augusta agarrou a alça e levantou-a com toda a sua força. O fundo do baú saiu do convés. Enquanto Micky se dava conta do que estava acontecendo, seus gritos abafados se tornaram ainda mais altos, mais apavorados, sobrepondo-se ao barulho das máquinas e do mar. Logo apareceria alguém. Augusta fez outro esforço. Ergueu a base do baú até o nível do peito e parou, exausta, sentindo que não podia fazer mais nada. Sons frenéticos partiam lá de dentro enquanto Micky tentava em vão escapar. Ela fechou os olhos, cerrou os maxilares e empurrou. Enquanto usava toda a sua força, sentiu que alguma coisa se rompia em suas costas e soltou um grito de dor, mas continuou em frente. O fundo do baú estava agora mais alto do que a parte superior, e ele escorregou pela amurada por vários centímetros, no entanto parou. Augusta sentia uma terrível dor nas costas. A qualquer momento, os gritos de Micky despertariam um passageiro meio embriagado. Ela sabia que só teria condições de suspendê-lo mais uma vez. Tinha de ser um esforço definitivo. Concentrou todas as suas forças, fechou os olhos, rangeu os dentes contra a dor nas costas e empurrou.

O baú deslizou para a frente sobre a amurada, lentamente, e depois caiu.

Micky soltou um grito prolongado, que se perdeu no vento.

Augusta cambaleou para a frente, inclinando-se sobre a amurada, a fim de aliviar a dor nas costas, e observou o enorme baú cair, rolando pelo ar, em meio aos flocos de neve. Bateu na água com um estrondo e afundou.

Aflorou à superfície um momento depois. Flutuaria por algum tempo, pensou Augusta. A dor nas costas era lancinante, e ela ansiava em se deitar, mas permaneceu na amurada observando o baú balançar nas ondas. Até que desapareceu de vista.

Ela ouviu uma voz de homem ao seu lado, preocupada:

– Pensei ter ouvido alguém gritar por socorro.

Augusta controlou-se depressa, virou-se e deu de cara com um jovem educado, num chambre de seda e echarpe.

– Era eu – disse ela, forçando um sorriso. – Tive um pesadelo e acordei gritando. Saí do camarote para desanuviar a cabeça.

– Tem certeza de que está bem?

– Estou, sim. É muita gentileza sua.

– Neste caso, boa noite.

– Boa noite.

O jovem voltou a seu camarote.

Augusta tornou a olhar para o mar. Logo voltaria cambaleando para a cama, mas ainda queria contemplar o mar por mais um momento. O baú se encheria pouco a pouco, pensou ela, a água entrando pelas fendas mínimas. O nível subiria pelo corpo de Micky, centímetro a centímetro, enquanto ele tentasse abrir o baú. Quando cobrisse o nariz e a boca, ele prenderia a respiração por tanto tempo quanto pudesse. No fim, porém, soltaria um arquejo profundo, involuntário, e a água salgada entraria por sua boca, desceria pela garganta, encheria os pulmões. Ele ainda se debateria por um instante, sacudido pela dor e pelo terror e, depois, seus movimentos se tornariam cada vez mais fracos até cessarem por completo; lentamente tudo ficaria escuro... e Micky morreria.

VI.

Hugh estava exausto quando finalmente seu trem entrou na estação de Chingford e ele desembarcou. Embora ansiasse por sua cama, parou na passarela por cima da linha, no lugar em que Micky baleara Tonio naquela manhã. Tirou o chapéu e permaneceu imóvel por um minuto – a neve caía sobre sua cabeça descoberta enquanto ele se lembrava do amigo como um garoto e um homem. Depois, seguiu em frente.

Perguntou-se como o crime afetaria a atitude do Ministério do Exterior em relação a Córdoba. Micky escapara à polícia até agora. No entanto, quer Micky fosse capturado, quer não, Hugh poderia explorar o fato de que testemunhara o assassinato. Os jornais adorariam publicar seu relato detalhado. O público se sentiria ultrajado com o fato de um diplomata estrangeiro cometer um assassinato em plena luz do dia, e os membros do Parlamento provavelmente exigiriam alguma espécie de retaliação. O fato de Micky ser o assassino podia muito bem arruinar as chances de Papa Miranda ser reconhecido pelo governo britânico. O Ministério do Exterior poderia ser persuadido a apoiar a família Silva para punir os Miranda... e para obter uma compensação para os investidores britânicos na Companhia Docas de Santamaria.

Quanto mais pensava a respeito, mais otimista ficava.

Esperava que Nora já estivesse dormindo quando chegasse em casa. Não queria ouvi-la descrever o dia infeliz que tivera, perdida num povoado remoto sem ninguém para ajudá-la a tomar conta de três meninos desordeiros. Desejava apenas se meter debaixo das cobertas e fechar os olhos. No dia seguinte, pensaria nos acontecimentos da véspera e verificaria seus efeitos em relação a ele e seu banco.

Ficou decepcionado ao ver uma luz acesa por trás das cortinas quando alcançou o portão do pequeno jardim. Isso significava que Nora ainda estava acordada. Ele entrou com sua chave e foi para a sala da frente.

Ficou surpreso ao encontrar os três meninos, todos de pijama, sentados no sofá, olhando para um livro ilustrado.

E se espantou ainda mais ao ver Maisie entre eles, lendo a história em voz alta.

Os garotos pularam do sofá e correram para ele. Hugh abraçou-os e beijou-os, um a um: Sol, o caçula; depois, Samuel; e Toby. Os dois menores demonstravam apenas alegria em vê-lo, mas havia algo mais no rosto de Toby.

– O que foi, meu velho? – perguntou-lhe Hugh. – Aconteceu alguma coisa? Onde está sua mãe?

– Ela foi fazer compras – respondeu o menino, desatando a chorar.

Hugh passou o braço por seus ombros e olhou para Maisie.

– Cheguei aqui por volta das 16 horas – informou ela. – Nora deve ter saído logo depois de você.

– Ela deixou as crianças sozinhas?

Maisie confirmou com um aceno de cabeça.

Hugh sentiu uma raiva intensa aflorar em seu peito. Os meninos haviam passado a maior parte do dia sozinhos naquela casa. Qualquer coisa poderia ter acontecido.

– Como ela foi capaz de fazer uma coisa dessas? – murmurou ele, amargurado.

– Há um bilhete.

Maisie entregou-lhe o envelope. Hugh abriu-o e leu a mensagem de uma única palavra: ADEUS.

– Não estava lacrado – explicou ela. – Toby leu e me mostrou.

– É difícil acreditar...

Mas assim que as palavras saíram de sua boca, Hugh percebeu que não representavam a verdade: ao contrário, era muito fácil acreditar. Nora sempre colocara seus próprios desejos acima de qualquer outra coisa. Agora, abandonara os filhos. Hugh imaginou que ela devia ter ido para o pub do pai.

E o bilhete parecia insinuar que não voltaria.

Ele não sabia o que sentir.

Seu primeiro dever era para com os meninos. Era importante não deixá-los ainda mais transtornados. Ele tratou de reprimir os próprios sentimentos por um instante.

– Já deviam ter ido para a cama há muito tempo. Está na hora de dormir. Vamos!

Hugh levou-os para o segundo andar. Samuel e Sol partilhavam um quarto, mas Toby tinha o seu próprio cômodo. Hugh ajeitou os menores na cama e foi para o quarto do mais velho. Inclinou-se para beijá-lo.

– A Sra. Greenbourne é muito boa – disse Toby.

– Sei disso. Ela era casada com meu melhor amigo, Solly, que morreu há algum tempo.

– Ela é bonita também.

– Você acha?

– Acho. Mamãe vai voltar?

Era essa a pergunta que Hugh receava.

– É claro que vai.

– De verdade?

Hugh suspirou.

– Para ser franco, meu velho, eu não sei.

– Se ela não voltar, a Sra. Greenbourne vai cuidar de nós?

Ninguém melhor do que uma criança para ir direto à essência do problema, pensou Hugh. Mas ele esquivou-se de dar uma resposta.

– Ela dirige um hospital. Tem dezenas de pacientes para cuidar. Acho que não dispõe de tempo para cuidar também de meninos. Agora, chega de perguntas. Boa noite.

Toby não parecia muito convencido, mas não insistiu.

– Boa noite, pai.

Hugh soprou a vela, saiu do quarto e fechou a porta. Maisie fizera um chocolate.

– Tenho certeza de que você preferiria um conhaque, mas parece que não há nenhum na casa.

Hugh sorriu.

– Nós, da classe média baixa, não temos condições de tomar bebidas alcoólicas. Chocolate está ótimo.

Havia xícaras e um jarro numa bandeja, porém nenhum dos dois foi até lá. Permaneceram no meio da sala, olhando um para o outro. Maisie disse:

– Li sobre o crime no jornal da tarde e vim até aqui para ver se você estava bem. Encontrei os meninos sozinhos e preparei o jantar. Ficamos esperando por você.

Ela exibiu um sorriso resignado, de aceitação, que indicava que dependeria de Hugh o que aconteceria em seguida. E, de repente, ele começou a tremer. Teve de se apoiar no encosto de uma cadeira.

– Foi um dia terrível – murmurou Hugh, a voz trêmula também. – Estou me sentindo um pouco estranho.

– Talvez seja melhor se sentar.

Subitamente, ele foi dominado pelo amor que sentia por Maisie. Em vez de se sentar, foi abraçá-la, suplicando:

– Abrace-me com força!

Ela passou os braços por sua cintura.

– Eu amo você, Maisie. Sempre amei.

– Sei disso.

Ele fitou-a nos olhos. Estavam marejados de lágrimas. Enquanto Hugh observava, uma lágrima rolou, escorrendo pela face. Ele removeu-a com um beijo.

– Depois de tantos anos, Maisie, depois de tantos anos...

– Faça amor comigo esta noite, Hugh.

Ele fez um aceno de cabeça.

– E todas as noites, daqui por diante.

E tornou a beijá-la.

Epílogo

1892

De *The Times*:

MORTES

Em 30 de maio, em sua residência em Antibes, França, depois de uma prolongada doença, o CONDE DE WHITEHAVEN, ex-sócio principal do Pilaster Bank.

– Edward morreu – disse Hugh, levantando os olhos do jornal.

Maisie estava sentada ao seu lado no trem, usando um vestido de verão amarelo com bolinhas vermelhas e um pequeno chapéu com fitas amarelas de tafetá. Seguiam para o Dia do Discurso na Windfield School.

– Ele era um infeliz, mas a mãe vai sentir saudade – comentou Maisie. Augusta e Edward viviam juntos no sul da França havia 18 meses. Apesar do que tinham feito, a associação de banqueiros que assumira o Pilaster Bank decidira lhes conceder uma ajuda de custo igual a dos outros Pilaster. Ambos eram inválidos: Edward tinha sífilis terminal e Augusta sofria de hérnia de disco, por isso passava a maior parte do tempo numa cadeira de rodas. Hugh soubera que, apesar da doença, ela se tornara a rainha sem coroa da comunidade inglesa naquela parte do mundo: promovia casamentos, arbitrava as disputas, organizava os eventos e promulgava as regras sociais.

– Ele amava a mãe – murmurou Hugh.

Maisie fitou-o, curiosa.

– Por que diz isso?

– É a única coisa boa que me ocorre a seu respeito.

Ela sorriu afetuosamente e beijou-o no nariz.

O trem entrou na estação de Windfield e eles desembarcaram. Era o fim do primeiro ano de Toby na escola e do último ano de Bertie ali.

O sol brilhava, o dia estava quente. Maisie abriu a sombrinha – que era de uma seda estampada igual à do vestido –, e eles seguiram a pé para a escola.

Mudara bastante nos 26 anos desde que Hugh saíra de lá. Seu velho diretor, o Dr. Poleson, morrera havia muito tempo, e uma estátua sua fora colocada na entrada. O novo diretor ainda usava a notória bengala conhecida como Listradora, mas com menos frequência. O dormitório da quarta série continuava a ser na antiga leiteria, ao lado da capela de pedra, porém havia um prédio novo, com um salão em que cabiam todos os alunos. A instrução também era melhor: Toby e Bertie aprendiam matemática e geografia, além de latim e grego.

Encontraram-se com Bertie diante do salão. Havia um ou dois anos que ele se tornara mais alto do que Hugh. Era um garoto sério, esforçado e bem-comportado – não se metia em encrencas no colégio como costumava acontecer com Hugh. Tinha muita coisa dos ancestrais Rabinowicz e lembrava a Hugh o irmão de Maisie, Dan. Ele beijou a mãe e apertou a mão de Hugh.

– Está havendo um pequeno tumulto – disse Bertie. – Não temos cópias suficientes da canção da escola, e os garotos menores não estão cantando direito. Preciso corrigi-los logo. Falarei com vocês depois dos discursos.

Ele afastou-se, apressado. Hugh observou-o, afetuosamente, recordando-se nostálgico de como o colégio nos parece importante até que o deixamos.

Encontraram Toby pouco depois. Os meninos pequenos não eram mais obrigados a usar cartola e sobrecasaca: Toby usava um chapéu de palha e um paletó curto.

– Bertie disse que depois dos discursos eu posso tomar chá com vocês nos aposentos dele se vocês não se importarem. Posso?

– É claro! – respondeu Hugh, rindo.

– Obrigado, pai!

Toby afastou-se correndo. Entrando no salão, Hugh e Maisie ficaram surpresos ao depararem com Ben Greenbourne, que parecia mais velho e um tanto frágil.

Maisie, brusca como sempre, perguntou:

– O que está fazendo aqui?

– Meu neto é o primeiro aluno da turma. Vim ouvir seu discurso.

Hugh ficou espantado. Bertie não era neto de Greenbourne, e o velho sabia disso. Será que ele estava amolecendo na velhice?

– Sentem-se ao meu lado – ordenou Greenbourne.

Hugh olhou para Maisie. Ela deu de ombros e sentou-se. Ele fez o mesmo.

– Soube que vocês dois se casaram – disse Greenbourne.

– No mês passado – confirmou Hugh. – Minha primeira esposa não contestou o divórcio.

Nora vivia com um vendedor de uísque, e o detetive contratado por Hugh levara menos de uma semana para obter provas de adultério.

– Não aprovo o divórcio. – Greenbourne suspirou. – Mas estou velho demais para dizer às pessoas o que fazer. O século está chegando ao fim. O futuro pertence a vocês. Desejo-lhes o melhor.

Hugh pegou a mão de Maisie e apertou-a. Greenbourne perguntou a Maisie:

– Vai mandar o garoto para a universidade?

– Não tenho condições. Já é difícil pagar o colégio.

– Eu teria o maior prazer em pagar.

Maisie ficou surpresa.

– É muita gentileza sua.

– Eu deveria ter sido mais gentil há alguns anos – disse Greenbourne. – Sempre a considerei uma caçadora de fortunas. Foi um dos meus erros. Se você estivesse apenas atrás de dinheiro, não teria se casado com o jovem Pilaster. Eu me enganei a seu respeito.

– Não me causou nenhum mal.

– Ainda assim, fui rigoroso demais. Não tenho muitos arrependimentos na vida, mas esse é um deles.

Os alunos começaram a entrar no salão, os menores sentaram-se na frente, no chão, e os mais velhos, em cadeiras.

Maisie disse a Greenbourne:

– Hugh adotou Bertie legalmente.

O velho lançou um olhar incisivo para Hugh.

– Imagino que você é o verdadeiro pai.

Hugh confirmou com um aceno de cabeça.

– Eu deveria ter adivinhado há muito tempo. Mas não importa. O menino pensa que sou seu avô, e isso me dá uma responsabilidade. – Ele tossiu, embaraçado e mudou de assunto. – Soube que a associação vai pagar um dividendo.

– É verdade. – Hugh conseguira finalmente liquidar todos os ativos do Pilaster Bank, e a associação de banqueiros que evitara a bancarrota obtivera um pequeno lucro. – Todos os participantes receberão cerca de 5 por cento sobre seu investimento.

– Bom trabalho. Não pensei que você conseguiria.

– Tudo foi possível graças ao novo governo de Córdoba. Entregaram os bens da família Miranda à Companhia Docas de Santamaria, e isso fez com que os títulos voltassem a valer alguma coisa.

– O que aconteceu com aquele Miranda que vivia aqui? Ele não prestava.

– Micky? Seu corpo foi encontrado dentro de um baú de viagem que o mar levou para uma praia da Ilha de Wight. Ninguém jamais descobriu como chegou lá nem por que ele estava dentro do baú.

Hugh se preocupara com a identificação do corpo:, pois fora importante determinar que Micky estava mesmo morto, a fim de que Rachel pudesse finalmente se casar com Dan Robinson.

Um estudante circulou por ali, distribuindo cópias manuscritas da canção do colégio a todos os pais e parentes.

– E você? – perguntou Greenbourne a Hugh. – O que pretende fazer quando o Pilaster Bank for liquidado?

– Planejava pedir seus conselhos a respeito. Gostaria de abrir um novo banco.

– Como?

– Lançando as cotas no mercado. Pilaster Limited. O que acha?

– É uma ideia ousada, mas você sempre foi original. – Greenbourne pensou por um momento. – O mais curioso é que a quebra do seu banco acabou aumentando ainda mais a sua reputação de banqueiro competente, graças à maneira como você lidou com a crise. Afinal, quem poderia ser mais confiável do que um banqueiro que consegue pagar todos os seus credores mesmo depois de quebrar?

– Acha então que pode dar certo?

– Tenho certeza disso. E sou capaz até de investir meu dinheiro no empreendimento.

Hugh fez um aceno de cabeça, agradecido. Era importante que Greenbourne gostasse da ideia. Todos em City ouviam sua opinião, e sua aprovação valia muito. Hugh calculara que o plano podia funcionar, mas era necessário que Greenbourne acrescentasse a marca de sua confiança.

Todos se levantaram no momento em que o diretor entrou, acompanhado pelos professores, o orador convidado – um membro liberal do Parlamento – e Bertie, o primeiro aluno da turma de formandos. Sentaram-se nas cadeiras na plataforma e, depois, Bertie adiantou-se e disse em voz firme:

– Vamos cantar a canção da escola.

Hugh olhou para Maisie, que sorriu, orgulhosa. Os acordes familiares da introdução foram tocados ao piano, e logo todos estavam cantando.

UMA HORA DEPOIS, Hugh deixou-os tomando chá nos aposentos de Bertie, atravessou a quadra de tênis e entrou em Bishop's Wood.

Fazia calor, como naquele dia fatídico, há 26 anos. O bosque parecia igual, silencioso e úmido, à sombra das faias e dos olmos. Ele ainda se lembrava do caminho para o poço na pedreira abandonada, e encontrou-o sem a menor dificuldade.

Não desceu pela encosta da pedreira, pois não tinha mais a agilidade necessária. Sentou-se na beira e jogou uma pedra no poço. Isso rompeu a quietude espelhada da superfície da água, irradiando ondas em círculos perfeitos.

Ele era o único que restava, além de Albert Cammel, que ainda vivia na Colônia do Cabo. Todos os outros haviam morrido: Peter Middleton, afogado naquele dia; Tonio, baleado por Micky no Natal, dois anos antes; o próprio Micky, afogado num baú de viagem; e agora Edward, morto pela sífilis, enterrado num cemitério na França. Era como se alguma força maligna tivesse saído das profundezas da água naquele dia em 1866 e entrado em suas vidas fazendo aflorar as paixões sinistras que acabaram por arruiná-las, o ódio, a ganância, o egoísmo e a crueldade que fomentaram a fraude, a bancarrota, a doença e o assassinato. Mas tudo acabara agora. As dívidas estavam pagas. Se existira um espírito do mal, este já retornara para o fundo do poço. E Hugh sobrevivera.

Ele levantou-se. Era tempo de voltar à sua família. Afastou-se alguns passos, parou e lançou um último olhar para trás.

As ondas provocadas pela pedra haviam desaparecido e a superfície do poço voltara a ficar imaculadamente serena outra vez.

fim

EDIÇÕES
BestBolso

Este livro foi composto na tipologia Minion Pro Regular, em corpo 10/12,5, e impresso em papel off-set 56g/m^2 no Sistema Cameron da Divisão Gráfica da Distribuidora Record.